Dai Houying
Die große Mauer

Roman

Aus dem Chinesischen von
Monika Bessert
und Renate Stephan-Bahle
Mit einem Nachwort
von Helmut Martin

Carl Hanser Verlag

Originalausgabe: *Ren a ren!*, Kanton 1980
Redaktion: Susanne Ettl

ISBN 3-446-14508-7

Schutzumschlag: Klaus Detjen, Hamburg,
unter Verwendung des Gemäldes
Wir ziehen an einem Strang von Wan Jia-ming
Satz: LibroSatz, Kriftel
Druck und Bindung: Ebner Ulm
Printed in Germany

1. Zhao Zhenhuan

Die Geschichte ist ein mutwilliges Geschöpf. Sie fällt mich nachts oft an. Mein Haar ist weiß geworden.

Ich schwimme in einer grenzenlosen Flut, als hinge mein Leben davon ab. Ich weiß weder woher noch wohin, ich weiß auch nicht, wieviel Zeit schon vergangen ist und wie lange ich noch schwimmen muß. Alles, was ich will, ist, diesem Mädchen zu folgen, das da vor mir an der Wasseroberfläche dahingleitet. Ihre schlanken Arme bewegen sich gleichmäßig. Seit ich sie bemerkt habe, bleibt ihre Erscheinung unverändert. Ich kann ihr Gesicht nicht sehen. Aber ich spüre, daß ich sie kenne, daß sie mir vertraut ist und daß ich sie liebe.

Ich will sie einholen, ihr meine Gefühle begreiflich machen. Noch nie bin ich so gut geschwommen wie jetzt. Mein Stil ist perfekt, Arm- und Beinbewegungen vollkommen aufeinander abgestimmt. Ohne Anstrengung, mit großer Geschwindigkeit gleite ich durchs Wasser. Dennoch wird der Abstand zwischen uns nicht kleiner. Ich folge ihr unermüdlich.

Plötzlich stößt mein Kopf an etwas – der Kadaver einer Kuh treibt vorüber. Erschrocken und voll Abscheu weiche ich aus. Jetzt hat sich auch noch etwas in meinen Beinen verfangen. Meine Kraft läßt plötzlich nach; ich kann nicht mehr schwimmen.

Das Mädchen entfernt sich immer weiter von mir.

Voller Angst rufe ich ihr nach, gebrauche Worte, die ich schon lange nicht mehr gebraucht habe, vertraute Worte; Worte, die nur sie und ich verstehen können. Endlich wendet sie sich nach mir um.

Schmale Augenbrauen, ein feiner Mund, leicht vorstehende Backenknochen. Ich bin ganz sicher! Das ist sie!

Ich will lachen und weinen zugleich. Ich strecke die Arme nach ihr aus. Aber etwas schlingt sich um meinen Hals. Das Mädchen bewegt sich unablässig vorwärts. Mit aller Kraft versuche ich, mich loszureißen, doch die Schlingpflanze hält nur noch fester. Das Mädchen ist nicht mehr zu sehen.

Ich schreie auf. Ich darf sie nicht verlieren!

»Was hast du denn Schlimmes geträumt?« Eine Frauenstimme, direkt an meinem Ohr.

Meint sie mich? Träume ich noch immer? Unsinn! Kann man denn im Traum alles so klar unterscheiden? Wer ist diese Frau, die solchen Unsinn redet? Warum ist sie so nah bei mir? Seltsam, vor meinen Augen verschwimmt alles. Das Gesicht der Frau an meiner Schulter kann ich nicht deutlich erkennen, aber irgendwie kommt mir diese süßlich lächelnde Miene bekannt vor. Sie gleicht einer Papiermaske, die mir die Sicht versperrt. Der Anblick der Maske tut mir weh, und dann die Erkenntnis: meine Frau. Kein Zweifel, das ist meine Frau Feng Lanxiang. Ihre Hand umklammert meinen Hals. Die verhaßte Schlingpflanze! Wütend reiße ich sie weg und frage vorwurfsvoll: »Warum hast du mich zurückgezogen?«

»Von wo habe ich dich zurückgezogen? Bist du immer noch nicht ganz wach?« sagt sie halb überrascht, halb spottend und hält mir die Nase zu.

Endlich wird alles klar vor meinen Augen. Ich habe geträumt.

»Von wem hast du denn geträumt? Du bist ja immer noch ganz durcheinander.« Feng Lanxiang läßt meine Nase los. Warum hat sie mich überhaupt losgelassen? Sie hätte mich genausogut ersticken können! Sie läßt mich nicht einmal meinen Traum zu Ende träumen. Ich wende mich ab, vergrabe den Kopf unter der Decke, aber sie zieht mir die Decke wieder weg.

»Was ist eigentlich los mit dir? Ständig hast du Alpträume. Du weinst und schreist und sprichst nicht mit mir darüber. Du entziehst dich mir immer mehr.« Ihre Stimme ist voller Vorwürfe und Selbstmitleid.

Sie tut mir leid. Ich schaue sie an und habe sogleich wieder dieses süßliche Lächeln vor Augen. Sie hat kräftige Augenbrauen, aber leider zupft sie sie zur Hälfte aus, um sie schmaler erscheinen zu lassen. Ihr Lachen ist hübsch genug. Warum gibt sie ihren Augenbrauen noch diesen Schwung nach oben; um verführerischer auszusehen? Ich will mich wieder umdrehen, halte mich aber zurück. Ich will freundlich sein, aber da mir plötzlich nichts mehr einfällt, verziehe ich nur das Gesicht zu einem Lächeln.

»Von wem hast du geträumt?« fragt sie.

Ich weiß selbst nicht, wer dieses Mädchen in meinem Traum war. Warum kam sie mir jetzt so fremd vor?

»Ich habe gar nicht geträumt. Mir war nur etwas schwindlig.« Ich halte eine freundliche Lüge für vertretbar, wenn es darum geht, jemanden zu beruhigen.

Sie lacht: »Du hast gestern zuviel getrunken. Du wolltest immer mehr. Kein Wunder, an deinem Geburtstag!«

Geburtstag? Richtig, jetzt fällt mir alles wieder ein. Gestern hatte ich, Zhao Zhenhuan, Journalist bei einer Provinzzeitung, meinen 44. Geburtstag. Alles lief glatt. In meinem Dorf war die Zahl Vier eine Glückszahl. Mein Freund und Kollege Wang Panzi meinte, das sei wirklich ein Grund zum Feiern. Außerdem gäbe es noch weitere: erstens hätte ich in den zehn Jahren der Katastrophe unheimliches Glück gehabt; mir sei, anders als ihm, kein Haar gekrümmt worden. Er hatte als »Rebell« gegolten, seine Überprüfung war zwar gerade beendet, er hatte aber noch keine Arbeit zugewiesen bekommen. Zweitens hätte ich ein wunderbares Heim; meine Frau Feng Lanxiang sei eine anerkannte Schönheit und dazu sehr nett. Meine Tochter Huanhuan sei klug und aufgeweckt und scheine großes Talent zum Tanz zu haben. Darüber hinaus hätte ich zwei recht schöne Zimmer. Drittens würde mein Einfluß in der Redaktion immer größer: der Chefredakteur bewundere meinen schnellen Arbeitsstil, und mein Lohn sei auch gerade erhöht worden. Er hatte schon recht: alles bestens. Lanxiang war ganz seiner Meinung. Sie nahm also das Geld, das sie für einen Mantel gespart hatte, um ein Geburtstagsfest für mich vorzubereiten. Mir war vollkommen klar, daß sich die beiden bei mir nur beliebt machen wollten.

Wang Panzi hofft, daß ich beim Chefredakteur ein gutes Wort für ihn einlegen werde, damit er wieder als Reporter arbeiten kann, und Lanxiang hat Angst, daß ich sie verlasse. Sie macht sich Gedanken, wen ich da im Traum gesehen habe. Solange es noch jemanden gibt, der sich bei einem beliebt machen will, ist man noch was wert. Warum sonst wollen die Leute so gerne Gutes über sich hören. Ich bin auch nicht anders. Die Anbiederung von Wang Panzi und Lanxiang ist mir nicht unangenehm. Deshalb stimmte ich zu: wir feiern. Sollten sie nur alle kommen und mir gratulieren. Alles in bester Ordnung!

Ich hatte meinen Geburtstag noch nie so gefeiert. Bei dem Gedanken daran wird mir jetzt noch schwindlig.

Das Zimmer war mit Freunden vollgestopft, der Tisch bog sich.

Wir tranken und knobelten.

»Der Mensch muß im Leben alle Freuden auskosten; trinke dem Mond niemals mit leerem Glas zu.« »Komm!« »Zwei ist gut!« So ging's mit jedem. Ich streckte beim Knobeln immer zwei Finger aus und gewann natürlich nur selten. »Sechs, sechs ist besser!« »Zehn, zehn ist doppeltes Glück!« »Einer weniger, einer weniger!« »Alle voll, alle voll!« Die Frauen machten ein anderes Spiel: Tiger und Stock. Der Tiger frißt das Huhn, das Huhn frißt den Wurm, der Wurm zernagt den Stock, der Stock schlägt den Tiger. Es ist ein sehr simples Spiel, aber auch sehr dialektisch. Stark und schwach, Gewinn und Verlust bedingen einander.

Musik, Tanz, alles ganz up to date. Huanhuan führte ein Ballett vor, das sie sich selbst ausgedacht hatte. Obwohl sie nicht auf den Spitzen tanzte, wurde ihr von allen applaudiert. Lanxiang zerrte mich zum Tanzen. Weiß der Teufel, was für ein Tanz das war. Damals, auf der Universität, ging ich am Wochenende gern zum Tanzen. Sie, die ich verlassen hatte, war jedesmal meine Partnerin gewesen. Als wir das erste Mal Hand in Hand miteinander tanzten, spielte man gerade: »Suche, suche einen Freund, halte, halte seine Hand und lache, lache!« An dieser Stelle mußte sie lachen. Ich lachte mit und klatschte dabei auf ihre Handflächen.

Alles drehte sich. Die Leute drehten sich. Der Tisch drehte sich, bis er keine Ecken mehr hatte. Das Zimmer drehte sich. Die Erde drehte sich.

Ich drehte mich um, lachte und erhob mein Glas:

»Kommt! ›Ich muß mein Talent nutzen; denn verstreut man tausend Goldstücke, sind sie für immer verloren.‹«

»Ha! Ha!, der alte Zhao ist betrunken! Er kann das Gedicht nicht mehr richtig zitieren!« rief Wang Panzi.

»Strafe! Strafe!« Ich mußte für mein falsches Zitat bezahlen. Ich trank mein Glas in einem Zug leer und griff nach der Flasche.

Jemand nahm mir das Glas weg und legte mich aufs Bett.

Schaukeln. Das Bett schaukelte. Es war, als läge ich in einem Boot. Ich brachte die Augen kaum auf. Mir fiel ein, wie mein Vater einmal betrunken gewesen war. Er lag auf dem Bett und schrie mit erhobenen Händen: »Ich mache mich lächerlich!« Wie alt war ich damals? Acht vielleicht. Ich selber war nicht so altmodisch wie mein Vater und schämte mich auch nicht vor Huanhuan. Sie stand neben meinem Bett und zog vorsichtig mein Lid hoch: »Alles Gute zum Geburtstag, Papa.« Ich konnte verschwommen erkennen, wie sich ihre kleine Gestalt neben mein Bett kniete. Richtig, sagte ich zu ihr. Als ich noch klein war, mußte ich oft zu Neujahr und anderen Feiertagen vor den Erwachsenen einen Kotau machen. Huanhuan ist ein sehr kluges Kind.

Lanxiang, Wang Panzi und die anderen lachten und ermunterten sie: »Mach vierundvierzigmal Kotau! Nochmal vier! Kotau! Nochmal Kotau!«

Als ich drei war, starb mein Großvater. Ich mochte diesen Großvater nicht und ging nur ungern in seine Seelenhalle. Mein Vater drückte meinen Kopf nach unten und sagte: »Mach einen Kotau vor der Seelentafel deines Großvaters! Kotau! Nochmal Kotau!«

Mir war plötzlich zum Heulen. Am liebsten hätte ich Huanhuan umarmt und mich mit ihr an einem menschenleeren Ort versteckt, um mich auszuweinen. Aber ich hatte keine Kraft mehr. Ich konnte sie nur noch ansehen und abwinken: »Geh, Huanhuan! Warte lieber, bis dein Papa wirklich tot ist, dann kannst du . . .« Ich konnte die Tränen nicht mehr zurückhalten und drückte rasch das Gesicht ins Kopfkissen.

Und dann? Dann kam die große Flut!

Als Lanxiang bemerkt, daß ich sie mit verkniffenen Augen anstarre, verstärkt sie ihr süßliches Lächeln und schmiegt sich noch enger an mich. Angeekelt stoße ich sie weg. Wütend dreht sie sich zur Wand. Wir ignorieren einander. Nach einer Weile beginnen ihre Schultern zu zucken. Sie weint. Ich bekomme ein schlechtes Gewissen, schließlich ist sie meine Frau und Huanhuans Mutter. Ich muß versuchen, mit ihr auszukommen. Ich strecke die Hand nach ihr aus, ziehe sie dann aber wieder zurück. Warum soll ich sie trösten? Wer tröstete mich? Außerdem: wäre sie nicht gewesen, dann hätte ich Sun Yue nicht verloren.

Plötzlich wird mir klar, daß das Mädchen im Traum Sun Yue war. Natürlich nicht die Sun Yue von heute, sondern die Sun Yue von früher. Unsere gemeinsame Tochter muß jetzt ungefähr so alt sein wie sie damals.

Ich denke an meinen Traum zurück. Seltsam, gestern war ich den ganzen Tag so beschäftigt, daß ich überhaupt nicht an Sun Yue gedacht habe. In der Nacht aber habe ich von ihr geträumt, und dieser Traum gleicht dem, was wir damals zusammen erlebt haben.

Wir hatten die Untere Mittelschule hinter uns und machten gerade die Aufnahmeprüfung für die Obere Mittelschule. Auf dem Rückweg in unser Dorf wurden wir von einer Überschwemmung überrascht. Wir konnten nur mit einem Boot nach Hause zurück. Sun Yue war ausgelassen; sie ließ die Beine ins Wasser hängen und spritzte mich naß. Ich drohte ihr: »Wenn du reinfällst, springe ich dir bestimmt nicht nach!« – »Wirklich?« Ich weiß nicht, ob mit Absicht oder nicht, jedenfalls hatte sie kaum zu Ende gesprochen, als sie auch schon ins Wasser fiel. Erschrocken sprang ich hinterher, denn sie konnte nicht schwimmen. Ich packte sie. Sie hatte schon einiges Wasser geschluckt, lachte aber immer noch. Ich schob sie ins Boot zurück. Ich blieb im Wasser – meine Kleider waren ohnehin naß – und schwamm hinter dem Boot her. Wir lachten unentwegt. Ihr Lachen führte mich die fünf Kilometer bis nach Hause. Als meine Großmutter sagte, ich sei wohl von allen guten Geistern verlassen, sah ich Sun Yue verlegen an, und sie wurde rot. Von dem Tag an änderten sich meine Gefühle für sie.

Wir besuchten dieselbe Obere Mittelschule und dieselbe Universität. Als wir schließlich heirateten, waren wir das meistbewunderte Paar. Besonders ich wurde von allen männlichen Kommilitonen beneidet.

Wer hätte gedacht, daß wir uns nach fünf Jahren Ehe scheiden lassen würden und daß ich derjenige sein würde, der die Scheidung einreichte.

Wir hatten erst nach dem Examen geheiratet. Es war zwar Sun Yues Vorschlag, aber sie tat es vor allem meinetwegen. Ich wurde aus Shanghai in die mehr als 500 km entfernte Provinz X versetzt. Sun Yue blieb an der Universität. Es machte mir nichts aus, von Shanghai wegzugehen, aber ich hatte Angst, Sun Yue zu verlassen.

»Gegenüber der Partei sollten persönliche Bedürfnisse keine Rolle spielen. Da wir sowieso zusammengehören, können wir auch gleich nach Hause fahren und dort heiraten«, schlug sie vor. Ich war überglücklich, machte mir aber gleichzeitig große Sorgen. Mein Vater war bettlägerig und die wirtschaftliche Situation mit vielen Geschwistern besonders schwierig. Es fehlte selbst am Allernotwendigsten. Sun Yue machte das nichts aus. Als wir zu Hause waren, zog sie einfach bei meiner Familie ein. Meine Mutter liebte diese unkonventionelle Schwiegertochter über alles. Jeden Tag schob sie beim Mittagessen heimlich ein Spiegelei in ihre Schüssel, und Sun Yue nahm das Ei ebenso heimlich wieder heraus und gab es meiner kleinen Schwester.

Als sie jung waren, hielten sie einander bei der Hand
und tanzten.
Zehn Jahre liebten sie sich und heirateten.
Durch zehntausend Meilen und einen Fluß getrennt,
Tauschten sie Briefe innigster Liebe.
Erst mit gebrochenen Flügeln erkennen sie die
Bitternis des Lebens.
Wie kann diese Wunde je wieder heilen.
Demütig höre ich eine zärtliche Mutter sagen:
Es gibt keine Zuflucht auf dieser unendlichen Welt.

Dieses Gedicht kam von Sun Yue, gerade als ich ihr das Bestätigungsschreiben unserer Scheidung schicken wollte.

Ich zerriß es zwar damals vor Lanxiangs Augen, aber vergessen konnte ich es nie.

Wie soll ich das alles erklären?

Sobald meine Mutter von unserer Scheidung erfuhr, machte sie die weite Reise zu mir nach X und wollte wissen, wie es dazu hatte kommen können.

Ich versuchte, mich herauszureden: »Sie ist zu gut für mich!«

Meine Mutter schimpfte mich einen undankbaren Kerl. Bevor sie zurückfuhr, verbot sie mir, je wieder einen Fuß in ihr Haus zu setzen: als hätte sie mich nie geboren, sagte sie. Tatsächlich sahen wir uns bis zu ihrem Tod im letzten Jahr nicht wieder.

Als Lanxiang merkt, daß ich stur bleibe, dreht sie sich um und drängt sich in rührender Weise an mich: »Bedauerst du es?«

Ich tue so, als verstünde ich nicht: »Bedauern, was?«

»Daß du mich geheiratet hast«, sagt sie und sieht mich forschend an.

Ich lache einigermaßen unbefangen und streiche ihr übers Haar: »Ich habe es nie bereut. Wie hätte ich es je bereuen können? Hast du nicht den Eindruck, daß wir glücklich miteinander sind? Seit wir verheiratet sind, bin ich jeden Tag sauber und korrekt gekleidet und mache meinem Ruf als gutaussehender Mann alle Ehre. Sun Yue? Die hat sich nie um sowas gekümmert. Die hatte nur ihre Ideale im Kopf.«

»Warum sind deine Haare dann so schnell weiß geworden? Du bist erst vierundvierzig und schon ganz weiß. Wer uns nicht kennt, könnte meinen, ich kümmere mich nicht um dich!« Schmollend zupft sie an meinem Haar; sie will bemitleidet werden. Meine Stimmung sinkt.

Als meine Mutter damals das weiße Haar sah, verzieh sie mir. »Du bist selbst daran schuld, mein Sohn. Eine solche Familie reißt man nicht auseinander. Geh zu Sun Yues Eltern und bitte sie um Verzeihung, damit ich in Ruhe sterben kann!« Das waren ihre letzten Worte. Ich ging nicht zu Sun Yues Eltern. Nachdem ich mich um die Beerdigung gekümmert hatte, kehrte ich zurück. Ich wollte sämtliche

Erinnerungen begraben. Ob Sun Yue wohl von meinem weißen Haar weiß . . .?

»Damals als die Arbeiter noch hoch im Kurs standen, da war ich dir recht. Heute seid ihr Intellektuellen obenauf, da steht natürlich Sun Yue besser da als ich«, sagt Lanxiang.

Langsam packt mich die Wut: »Denk, was du magst. Ich will schlafen!« Ich knipse das Licht aus, mache die Augen zu und kümmere mich nicht darum, wie sie sich hin- und herwälzt und leise weint.

Bin ich gefühllos? Wahrscheinlich! Aber sie versteht mich auch nicht im geringsten. Wie soll ich sie da lieben können? Warum habe ich sie nur geheiratet? Ein böser Traum! Jeder wußte damals, daß sie als Arbeiter-Abgeordnete des Revolutionskomitees zu den wichtigen Leuten in der Redaktion gehörte. Sie hat spät geheiratet, hatte aber schon in jungen Jahren eine Abtreibung. Wie kann man vor einer solchen Person Achtung haben? Dennoch ist sie heute meine Frau.

Es war damals eine Zeit des Aufruhrs und der Verunsicherung. »Rebellen, Rebellen!« hieß es. Es herrschte das absolute Chaos. Sun Yue schrieb normalerweise jede Woche. In dieser unruhigen Zeit konnte ich mich jedoch nicht mehr darauf verlassen. Einmal erhielt ich nach mehreren Monaten ohne Nachricht ein Telegramm, in dem nur »Friede« stand, was wohl heißen sollte, daß sie, meine Frau, noch am Leben war. Gleich zu Beginn der Kampagne wurde sie als »eisenharte Konservative« bezeichnet. Es dauerte nicht lange, und die Attribute wurden immer infamer, immer schmutziger, bis hin zur »Hure des Parteisekretärs der Universität Shanghai«. Im Grunde glaubte ich natürlich nicht an diese Verleumdungen. Aber ich fand die Vorstellung abscheulich, daß sie mit einem solchen Schild um den Hals der Öffentlichkeit preisgegeben war. Ich fing an, ihr politisches Engagement zu mißbilligen. In ihrer Abwesenheit sah ich eine Verletzung ihrer Pflichten als Ehefrau. Mir wurde das Leben allein immer unerträglicher. Ausgerechnet da führte mich Wang Panzi in den Kreis um Lanxiang ein. Schon bald besuchte ich sie allein.

»Viele verheiratete Frauen leben allein. Tun Männer das auch?« fragte sie mich, als sie das erste Mal zu mir kam und dabei mit säuerlicher Miene unser Hochzeitsfoto an der Wand betrachtete. Sun Yue lehnt auf dem Bild glücklich an meiner Schulter und mein Kopf berührt den ihren.

»Du bist ja eifersüchtig!« sagte ich. Ich schaute nicht in den Spiegel, aber ich wußte, ich hätte einen Mann ohne Schamgefühl gesehen. Wie konnte ich mich nur so benehmen?

Ich nahm unser Hochzeitsfoto von der Wand und steckte dafür eines von Lanxiang in meine Brieftasche. Es gefiel mir immer besser, Sun Yue in Lanxiangs Gegenwart schlechtzumachen.

Schon nach knapp zwei Monaten spürte ich eine große Veränderung in mir. Die Begierde vernebelte mir den Verstand und schaltete ihn am Ende sogar ganz aus. Und als ich wieder zur Vernunft kam, war Lanxiang schwanger.

»Ein einziger Fehltritt bringt ewige Reue!« Wer dieses Sprichwort erfunden hat, muß Ähnliches erlebt haben!

Zwischen Lanxiang und Sun Yue liegen Welten. Beide gelten als schön, aber Sun Yues Schönheit ist natürlich, die von Lanxiang ist aufgesetzt. Sun Yue war eine ›Geliebte‹ im eigentlichen Sinn, Lanxiang ist nur eine Frau unter vielen. Sun Yue und ich haben nicht lange zusammengelebt, aber es sind unendlich viele Erinnerungen damit verbunden, das Leben mit Lanxiang dagegen ist eintönig, ein Tag wie der andere. Ich kann mir wirklich nicht vorstellen, wie eine solche Beziehung von Dauer sein soll!

Aber kann ich mich noch einmal scheiden lassen? Was soll aus Huanhuan werden? Was würde Sun Yue davon halten? Ob sie mir verzeihen könnte? Solche Fragen gehen mir ständig im Kopf herum. Ich habe Angst. Um diese Gedanken zu verbannen, zwinge ich mich, immer mehr zu tun, immer mehr mit den Kollegen zusammenzusein. Wir laden ständig Freunde zum Essen ein, die dann unser glückliches Familienleben loben, aber es nützt nichts. Die Geschichte ist ein mutwilliges Geschöpf. Sie fällt mich nachts oft an. Mein Haar ist weiß geworden. Ich würde so gern Sun Yue und unsere Tochter sehen, sie um Verzeihung bitten!

Aber für Reue ist es zu spät! Sun Yue muß wohl wieder

verheiratet sein. Sollte sie jetzt, wo es ihr gutgeht, noch etwas für mich übrig haben? Hat sie nicht den Namen unserer Tochter geändert?

Lanxiang schläft nicht. Es ist mir egal. Eigentlich bin ich sicher, daß Sun Yue nicht wieder geheiratet hat. Dennoch weiß ich, daß meine Reue zu spät kommt, ganz einfach zu spät.

2. Sun Yue

Vergangenheit und Gegenwart sind untrennbar.
Ich bin dieser Sache so überdrüssig.

Parteisekretär Xi Liu hat mich zu sich nach Hause eingeladen. Ich habe Angst hinzugehen, denn wenn ich seine Frau Chen Yuli sehe, werde ich jedesmal an diesen furchtbaren, erniedrigenden Tag erinnert.

Chen Yuli ist zu Hause. Ihr Name paßt zu ihr: ein Bild aus Jade. Trotz ihrer fünfzig Jahre zeigt ihr Gesicht keine Falte, der Klang ihrer Stimme ist jung. Ich unterdrücke meine Abneigung und begrüße die beiden.

Chen Yuli bringt Tee und eine Kleinigkeit zu essen, aber ich rühre nichts an. Xi Liu drückt mir eine Zeitschrift in die Hand mit der Bitte, sie durchzusehen. Im Inhaltsverzeichnis fällt mir ein Artikel von Xu Hengzhong auf; er ist Lehrer in meiner Abteilung: »Die literarische Linie der Viererbande«. Es gibt auch noch einen Artikel von You Ruoshui, dem Leiter des Parteibüros der Universität: »Die Überlebenden«. Xu Hengzhong hatte mir zwar von dem Artikel erzählt, ich habe ihn aber noch nicht gelesen. Auch jetzt habe ich eigentlich keine Lust dazu. You Ruoshuis Artikel dagegen interessiert mich sehr, da ich mir nicht vorstellen kann, was er zu sagen hat. Will er sich etwa zu den »Überlebenden« zählen?

»Wußtest du von Xu Hengzhongs Artikel?« fragt mich Xi Liu.

»Er hat ihn erwähnt.«

»Heißt das, daß du seine Meinung teilst?« Er scheint nicht erfreut.

»Die Partei hat sich damit noch nicht befaßt. Hältst du das für nötig?«

Ich überfliege nebenbei mit wachsendem Interesse den Artikel von You Ruoshui.

Die große Halle ist zur Hälfte mit Moos bedeckt.
Sind die Pfirsichblüten verwelkt, beginnt der Kohl
zu wachsen.
Wohin soll sich der Pfirsichgärtner wenden?
Der lang abwesende Liu kehrt zurück.

Er benutzt Liu Yuxis Gedicht »Rückkehr zum Xuan-du-Tempel«, um seine Stimmung nach der Zerschlagung der Viererbande zu beschreiben. Er hat sich wirklich große Mühe gegeben. Vierzehn Jahre nach seiner Verbannung bekundet Liu Yuxi mit diesem Gedicht seine Furchtlosigkeit vor der Regierung und zeigt deutlich seine Entrüstung über die erlittenen Demütigungen. Was wollte You Ruoshui damit sagen? Daß er ein zweiter Liu Yuxi sei?

»Du als Sekretärin einer Parteiabteilung dürftest dich nicht so gleichgültig verhalten.«

Als ich Xi Liu das sagen höre, kann ich nicht mehr weiterlesen und lege You Ruoshuis Artikel beiseite. Xi Liu ist wütend. Sein Gesicht wirkt noch länger und steifer als sonst. Ich sage nichts.

»Mit welchem Recht kritisiert Xu Hengzhong die Viererbande? Er war doch einer ihrer Helfershelfer!« sagt er haßerfüllt.

Eine Szene von damals fällt mir ein. Xi Liu, so dünn, daß er sich kaum aufrecht halten konnte, stand gebeugt auf der Plattform vor versammelter Öffentlichkeit. Xu Hengzhong, der innerhalb der Abteilung zu den »rebellierenden« Lehrern gehörte, hielt gerade eine Rede. Chen Yuli und ich hatten ein Schild mit der Aufschrift »Xi Lius Hure« um den Hals. Neben uns stand Xi Lius kranke Frau. In eben dieser Versammlung holte auch You Ruoshui zum »Schlag« aus und schloß sich als erster Kader der Universität den »Rebellen« an. Daraufhin wurde er stellvertretender Chef im Revolutionskomitee der Abteilung für chinesische Literatur.

»Er hat uns damals rücksichtslos bekämpft. Die ganze Familie wurde zerstört. Uns alte Kader haßte er besonders.«

»Ich habe sogar gehört, er soll aus einer Grundbesitzerfamilie stammen«, mischt sich Chen Yuli ein.

Ihre Stimme ist so hart, daß sie nicht aus diesem schönen

Mund zu kommen scheint. Damals, zur Zeit der öffentlichen Anprangerung, klang sie ganz anders. Chen Yuli zitterte vor Angst und brachte kein Wort heraus. Gerade bei dieser großen Kritikversammlung war sie völlig niedergeschmettert ... es hatte wie eine Bombe eingeschlagen, als Xu Hengzhong in aller Öffentlichkeit Xi Lius Liebesbriefe an sie vorlas. Ihr Mann und ihre Kinder waren unter den Zuschauern. Sie hatten immer zu ihr gehalten, in dem Glauben, daß es sich hier um eine beispiellose Verleumdung handelte.

Was waren das für Briefe! »Wie gern wäre ich dein Hund ...« Ich konnte nicht weiter zuhören. Mein Kopf wollte platzen. Ich fühlte mich selbst, als hätte Xi Liu mich in einen Hund verwandelt, als hätte ich meine Persönlichkeit verloren. Ohne Xi Lius Geständnis hätte ich diese Briefe nie für echt gehalten. Der Xi Liu meiner Vorstellung war eine einfache und integre Persönlichkeit. Er hatte ein ehrliches Gesicht und eine aufrechte Haltung. Er hatte mich ständig kritisiert: »Sun Yue, du mußt dein Weltbild verbessern. Du bist zu sehr von der bourgeoisen Literatur des 18. und 19. Jahrhunderts beeinflußt, du bist voll von kleinbürgerlicher Gefühlsduselei. Das kann im Klassenkampf gefährlich werden für dich!«

Unter seinem Einfluß übte ich umfassende Selbstkritik an der bourgeoisen Ideologie, mit der mein Kopf so vollgestopft war. Auf einer Studentenversammlung trat ich vor und bekannte mich zum verderblichen Einfluß der ausländischen Literatur des 18. und 19. Jahrhunderts: da ich zum Klassenkampf nicht fest entschlossen gewesen sei, sei ich dem Einfluß des Humanismus erlegen. Ich hätte mich sogar in einen ›Rechten‹ verliebt. Als Xi Liu meine Selbstkritik hörte, trat er für mich ein: »Sun Yue ist ebenso mutig und optimistisch wie ein Mann. Aber die Lektüre bourgeoiser Literatur hat ihren revolutionären Geist untergraben. Die heutige Prüfung hat sie jedoch ausgezeichnet bestanden. Ich bin überzeugt, daß sie von nun an ein entschlossener Kämpfer für die proletarische Sache sein wird.« Ich weinte, als ich ihn das sagen hörte. Er war mein großes Vorbild. Und doch hatte er solche Briefe geschrieben. Unter welchem Klasseneinfluß waren die wohl entstanden. Gleich nach jener Kritikversammlung schrieb ich Zhao Zhenhuan, daß ich Xi Liu nie wieder verteidigen würde. Die Bezeichnung »Xi Lius Hure« hatte mich nicht sonderlich berührt. Ich war überzeugt, daß mich irgendwann Wind und Regen reinwaschen würden. Aber von da an hatte ich jeglichen Glauben verloren. Der Schmutz klebte an mir wie Schmiere.

Kurz darauf ließen Chen Yuli und ihr Mann sich scheiden. Xi Lius Frau starb. Ganze Familien wurden zerstört.

»Willst du etwa Xu Hengzhong für all das verantwortlich machen?« bricht es aus mir heraus.

Xi Lius Gesicht wird noch häßlicher. Er hatte schon immer vorstehende Augen, aber nun quellen sie ihm förmlich aus den Höhlen.

Er spricht mit Nachdruck: »Wir dürfen dieses Stück Geschichte nie vergessen. Sonst könnten wir noch einmal alles verlieren!«

Ich muß ihm einfach widersprechen: »Ich habe nicht vergessen, und ich kann auch nicht vergessen. Aber ich bin mit eurer Auslegung der Geschichte nicht einverstanden. Ihr seid ungerecht. You Ruoshui war in den Jahren damals viel mächtiger als Xu Hengzhong und hat viel Schlimmeres angerichtet. Er ist allgemein unbeliebt. Warum überprüfst du nicht ihn, anstatt ihn zum Bürochef des Parteikomitees zu machen. Etwa weil er ein alter Kader ist? Ihr erinnert euch nur an das, was eurem Vorteil dient. Alles andere wollt ihr unter den Tisch fallenlassen. Xi Liu, auch du hast Familien zerstört. Es gab eine Zeit, als dein Einfluß bei weitem größer war als der Xu Hengzhongs.«

Das ist in einem Zug herausgesprudelt; ich bin selbst überrascht.

»Worauf willst du hinaus?« fragt er finster.

Die Bilder verschiedener Personen steigen in meiner Erinnerung auf, darunter das eines ehemaligen Mitschülers: der kleine Xie, ein heimgekehrter Auslandschinese. Nur weil Xies Mutter im Ausland einen kleinen Laden betrieb, ließ Xi Liu ihn nicht zu einem Besuch ausreisen. Als Xie ihn deshalb zur Zeit der ›Hundert-Blumen-Bewegung‹ öffentlich angriff, wurde er als »Rechter« abgestempelt und einige

Jahre zur Umerziehung aufs Land geschickt. Er wagte damals nicht, seiner alten Mutter den wahren Sachverhalt zu erklären. Erst nach seiner Rehabilitierung schilderte er ihr die ganze Geschichte. Daraufhin bekam sie einen Nervenschock und ist bis heute in einer Anstalt. Als er endlich ausreisen durfte, brachte ich ihn zum Flughafen. Er weinte die ganze Zeit lautlos vor sich hin.

Dann war da noch He Jingfu. Auch er wurde als »Rechter« gebrandmarkt und mußte die Universität verlassen, weil er sich für einen zu Unrecht beschuldigten Kommilitonen eingesetzt hatte. Selbst ich fühle mich schuldig, wenn ich an ihn denke.

Warum läßt Xi Liu das kalt? Jedes weitere Wort an ihn ist verschwendet. Ich will nur noch weg.

»Gibt's noch was?«

»Ihr müßt wirklich sehr vorsichtig sein! Sagt Xu Hengzhong, daß er, wenn er weiterhin publizieren will, vorher die Partei fragen muß. Und informiert die Redaktion der Zeitung, daß vorläufig nichts von ihm veröffentlicht werden soll.«

»Aber das widerspricht der Parteipolitik und auch der Verfassung.«

»Deine Ansichten haben sich aber sehr geändert. Du solltest dir das besser überlegen. Du enttäuschst die Hoffnungen, die wir in dich gesetzt haben. Als ich meine alte Stelle wieder hatte, habe ich dich aus der Mittelschule geholt und dir die Verantwortung über eine ganze Abteilung übertragen. Ich hätte nicht gedacht . . .« Xi Liu wirkt niedergeschlagen.

Hier mischt sich Chen Yuli ein: »Sun Yue, wir haben doch einiges zusammen durchgemacht. Ich muß dich darauf aufmerksam machen, daß die Leute über dich klatschen. Du und Xu Hengzhong, ihr solltet mehr Abstand halten. Seine Frau ist noch nicht lange tot . . .«

»Yuli!« unterbricht Xi Liu sie scharf.

Ich stehe auf und gehe. Der Unterricht ist noch nicht zu Ende, aber ich habe keine Lust mehr, in die Fakultät zurückzugehen. Ich will nach Hause. Vor dem Wohnheim treffe ich Xu Hengzhong. Was für ein Zufall! Er hat kaputte Schuhe in der Hand, Männerschuhe und Kinderschuhe.

»Heute gehst du aber früh heim!« begrüßt er mich.

»Gehst du aus?« entgegne ich gezwungen.

»Unsere Schuhe sind kaputt, und wir haben kein Geld für neue. Also bringe ich sie zum Richten.« Er hält mir die Schuhe entgegen und auf seinem hageren, aber gutaussehenden Gesicht erscheint ein kleines Lächeln, halb bitter, halb ironisch.

Es schnürt mir die Kehle zu. Er und seine verstorbene Frau, wir haben fünf Jahre zusammen studiert und dann zusammen gearbeitet. Seine Frau rief mich kurz vor ihrem Tod zu sich. In Gegenwart ihres Sohnes bat sie mich um Verzeihung für all das, was mir Xu Hengzhong während der Kulturrevolution angetan hatte. Ich akzeptierte ihre Bitte und versprach auch, mich so gut es ging um den kleinen Kun zu kümmern. Mir ist, als hörte ich ihre eindringlichen Worte noch einmal: »Vergiß die alten Feindseligkeiten, Sun Yue!«

Als ich mich wieder gefaßt habe, sage ich Xu Hengzhong, der immer noch auf eine Antwort wartet: »Ich bin gerade dabei, für Kun neue Schuhe zu machen. Sie sind nur noch nicht ganz fertig.«

Seine Augen leuchten auf. Chen Yulis »Ermahnung« klingt mir noch in den Ohren. Ich lasse ihn stehen und gehe schnell nach Hause. Vater und Sohn haben mit sechzig Yuan eigentlich genug Geld. Aber seit dem Tode seiner Frau muß Xu Hengzhong auch noch seinen Schwiegervater versorgen.

Das gleichmäßige Geräusch des Fadens gleicht dem monotonen Klang einer Qin. Es macht mich melancholisch und nervös zugleich.

Schmutz! Schmutz! Überall, wohin man geht.

»Au!« Ich habe mich in den Finger gestochen, ziemlich tief. Ein kleiner Tropfen erstarrt auf der Fingerkuppe. Überall im menschlichen Körper ist Blut, sind Nerven. Wenn man sich verletzt, fließt Blut, und es tut weh. Alte Wunden verheilen, aber bei neuen fließt wieder Blut, und der Schmerz beginnt von neuem. Endlos fließendes Blut, endloser Schmerz bis zum Tod.

Ich stecke den Finger in den Mund. Niemand soll den Stich sehen. Manche Leute werden süchtig nach Blut. Sie lieben es, offenen Wunden anderer Leute Blut zu entnehmen für »wissenschaftliche Experimente«, um zu untersuchen, wie man Blut in Schmutzwasser verwandeln kann . . .

Ich hätte nicht an die Universität zurückkehren dürfen. Ich habe mich als Lehrerin an der Mittelschule sehr wohlgefühlt. Aber ich war in der glücklichen Überzeugung zurückgekommen, Xi Liu hätte aus der Vergangenheit gelernt und sich geändert. Dabei erschöpfte sich seine historische Erkenntnis in der einfachen Feststellung: »In der Vergangenheit hatte ich Erfolg, dann zehn Jahre Pech, und jetzt habe ich Macht.« Er hat zwar nichts dergleichen geäußert, aber in jedem Wort, in jeder Geste kommt diese Haltung zum Vorschein. Wenn ich damals schon von ihm enttäuscht war, nach dieser Kritikversammlung, so bin ich es heute noch viel mehr, viel tiefer. Seine ursprünglichen Vorzüge, seine Klugheit, Tüchtigkeit, sein Verständnis für andere, sie sind alle verlorengegangen. Damals lagen ihm die Lebensumstände von Dozenten und Studenten noch am Herzen. Heute ist ihm nur noch seine Position wichtig.

Ich überlege mir ernsthaft, ob ich nicht an die Mittelschule zurückgehen soll.

Das monotone Geräusch der Nähnadel rührt an tausend lose Enden in mir. Ich lege die Schuhsohle beiseite.

Früher war ich nicht so leicht aus der Ruhe zu bringen.

Kann ich unter diesen Umständen noch Sekretärin einer Parteizelle sein?

»Sun Yue! Sun Yue!«

Das kann nur Li Yining sein. Sie bringt wieder Leben ins Haus. Auf ihrem runden Gesicht steht immer ein Kinderlachen, das ihre Grübchen zum Vorschein bringt. Obwohl sie schon vierzig ist, liebt sie leuchtende Farben. Heute trägt sie ein knallrotes Wolljackett. Trotzdem wirkt sie nicht aufgedonnert.

Sie packt mich an der Schulter und lacht: »Rate mal, was ich heute gemacht habe?«

Keine Ahnung. Sie macht die Tür zu und sagt: »Wo ist Hanhan?«

»Sie ist mit einer Freundin unterwegs. Zuhause ist es ihr meistens zu einsam; sie kommt oft erst zum Abendessen zurück.«

»Das muß anders werden, deshalb bin ich ja heute gekommen.«

Ohne mich zu beachten, beschreibt sie mir den idealen Ehepartner: irgendeinen berühmten Schriftsteller, achtundfünfzig Jahre alt, nie verheiratet gewesen, jetzt aber mit zunehmendem Alter daran interessiert, im Universitätsbereich eine geeignete Partnerin zu finden. Im Falle einer Heirat wäre er auch bereit umzuziehen. Als Li Yining mit ihrer Beschreibung zu Ende ist, sieht sie mich mit ihren schönen Augen erwartungsvoll an.

»Aha, ein Schriftsteller muß per Inserat eine Frau suchen. Der in Frage kommende Personenkreis: alle alleinstehenden Universitätsdozentinnen der Nation. Bietet: Unabhängigkeit in der Wahl seines Arbeitsplatzes. Und du hoffst, daß ich freudestrahlend auf dieses Angebot eingehe, nicht wahr?« sage ich im Spaß. Aber eigentlich ist mir nicht nach Späßen zumute. Ich bin niedergeschlagen.

Li Yinings Augen werden noch runder: »Ganz gleich, was ich sage, du verdrehst mir das Wort im Mund und machst alles schlecht.«

Da ich sie nicht verärgern will, werde ich wieder ernst: »Du weißt doch genau, daß ich keine Heiratsvermittlung will. Ich käme mir vor wie eine Ware, die von anderen ausgesucht wird.«

»Und wenn du diejenige bist, die aussucht?« fragt Yining.

»Nein, ich habe auch nicht die Absicht, den Käufer zu spielen. In der Liebe sollte es nur auf die gegenseitige Anziehung ankommen. Es darf nicht der geringste Anschein von Geschäft dabeisein.«

»Die Art von Liebe, von der du sprichst, existiert im wirklichen Leben nicht. Ich wette, daß fünfundneunzig von hundert Ehepaaren versuchen, mit dem zurechtzukommen, was sie haben.«

»Richtig! Vielleicht sind sie sogar glücklich dabei. Aber die ideale Liebe gibt es trotzdem. Die restlichen fünf Prozent«, gebe ich zur Antwort.

»Na, dann erklär mir doch dein Ideal! Sag mir doch, wo dein idealer Geliebter ist! Selbst wenn er am Ende der Welt säße, würde ich ihn für dich herholen. Ich will . . .«

Sie hat Tränen in den Augen. Ihr Charakter und ihre Arbeit als Sozialkundelehrerin an der Mittelschule passen überhaupt nicht zusammen. Als ich nach meiner »Rehabilitierung« nicht mehr an die Universität zurück wollte, wurde ich als Literaturlehrerin an Yinings Schule versetzt. Wir wurden schnell Freunde. Ich war damals in sehr schlechter Verfassung und verkroch mich meistens zu Hause. Sie ließ sich stets etwas einfallen, um mich herauszulocken. Sie war mir ein großer Trost. Aber so sehr ich mich auch bemühte, ich konnte nicht so unbeschwert werden wie sie. Ich dachte immer, es läge daran, daß sie ein friedliches und erfülltes Familienleben führte, aber sie widersprach:

»Das kommt nur daher, daß ich mich mit einem gleichförmigen Leben zufriedengeben kann und mich nicht mit Illusionen abgebe. Du hältst mich für gefühllos, nicht wahr? Ich weiß auch, daß die Sonne brennt, Eis und Schnee kalt sind; daß Blumen schön sind und daß Vögel fliegen können.«

»Als Sozialkundelehrerin kommst du nicht darum herum, politische Veränderungen wahrzunehmen!«

Sie lachte: »Für mich ist ein Lehrbuch der Sozialkunde wie eine Strickanleitung oder ein Kochbuch. Es sind alles Sachbücher, und sie berühren mich nicht weiter. Aber du, du bist dumm!«

Das wußte ich selber. Ich hatte sie gern, bewunderte sie sogar, aber ich konnte nicht so sein wie sie.

»Komm, willst du nicht offen mit mir reden?« drängt sie.

Soll ich ihr alles erzählen? Nein, das geht nicht. Ich weiß, daß sie mich nicht auslachen würde. Aber sie klatscht gern, und es würde schnell herumgehen. Damit hätte ich einen Eimer Schmutzwasser gegen den anderen eingetauscht. Eines haben mich die vergangenen Jahre gelehrt: seine wahren Gefühle behält man am besten für sich. Wenn einmal etwas ins falsche Licht geraten ist, läßt es sich so leicht nicht wieder richtigstellen. Wie soll ich mein Ideal auch beschreiben. Ich sehne mich nach jemandem, der mir sagt: »Dein Platz ist hier; du brauchst nicht mehr herumzuirren.«

Im Traum bin ich diesem Jemand einmal begegnet. Aber es war alles so verschwommen ... Ich fand mich an einem unbekannten Ort, ohne zu wissen, wie ich dort hingekommen war. Die Landschaft war öde, der Weg schlammig. Aber um mich herum drängten die unterschiedlichsten Menschen; sie warteten darauf, überprüft zu werden. Überall war eine unsichtbare Überwachung spürbar. Ich war ganz für mich allein, nicht wie die anderen, die in Gruppen standen. Ich wurde herumgestoßen und wußte nicht, wo ich mich einordnen sollte. Von weitem näherte sich Pferdegetrappel. Ein großer Reiter flog vorüber und verschwand. Ich war über und über mit Staub bedeckt. Plötzlich schrien einige: »... Sun Yue ist hier ...!« Diese Rufe beruhigten mich. Gleichzeitig begriff ich, daß er mich suchte und ich gekommen war, um bei ihm Zuflucht zu finden. Aber wer war er? Ich hatte seinen Namen nicht verstanden. Als ich aufwachte, dachte ich lange darüber nach. Doch je länger ich nachgrübelte, desto weniger Sinn ergab alles.

Zwecklos, Yining davon zu erzählen. Sie würde glauben, ich sei verrückt. So schüttle ich nach einigem Zögern den Kopf: »Ich habe noch nicht richtig darüber nachgedacht.«

Ihr Gesicht verdüstert sich: »Du glaubst wohl, ich sei zu oberflächlich, um dich zu verstehen. Aber ich verstehe dich genau. Du brauchst jemand, der dich aufrichtet. Du hoffst auf jemand, der dir hilft, aus dem ganzen Schlamm herauszukommen. Du hoffst, daß du dich in seiner Nähe endlich wieder frei entfalten kannst. Mir ist schon klar, daß du weißt, was Liebe heißt. Nur weil du in der Realität dein Ideal nicht finden kannst, vergibst du auch noch diese Chance zu einer Heirat. Sun Yue, manchmal könnte ich weinen deinetwegen!«

Ich umarme sie.

»Laß mich einfach abwarten! Warten ist besser, als enttäuscht zu werden«, sage ich bittend.

»Warten ist dasselbe wie enttäuscht werden. Ewiges Warten führt zur Verzweiflung.«

Wir schweigen eine Weile, auf der Suche nach einem

anderen Thema. Dann entdeckt sie die halbfertige Schuhsohle: »Du bist unvorsichtig. Wenn du nicht aufpaßt, werden die Leute über dich reden. Das wäre nicht gut!«

»Man hat schon damit angefangen.« Ich nehme ihr die Sohle aus der Hand und nähe weiter. Einen Moment halte ich inne, um es ihr zu erklären: »Ich muß mich um die beiden kümmern. Seine Frau und ich waren zusammen auf der Universität. Als sie starb, habe ich ihr versprochen, mich um ihren Sohn zu kümmern. Außerdem habe ich Ähnliches durchgemacht, als ich zu den politisch ›Unberührbaren‹ gehörte. Verwandte und Freunde haben mich nicht mehr besucht, und wenn sie mich zufällig trafen, übersahen sie mich. Das war hart! Ich kann mich anderen gegenüber nicht genauso verhalten, auch wenn es dann heißt, daß ich nicht genug auf Distanz gehe. Yining, du befaßt dich doch mit Philosophie; sag, sollen sich die Leute so voneinander abgrenzen? Können wir wirklich unsere revolutionäre Gesinnung nur dadurch zeigen, daß wir eine Grenze ziehen zu denen, die Fehler gemacht haben? Wollen wir nicht die ganze Menschheit befreien? Außerdem: vergleicht man Xu Hengzhongs Fehler mit denen You Ruoshuis, dann fallen sie kaum ins Gewicht. Warum kann der eine weiterhin im Amt bleiben und der andere nicht einmal einen Artikel veröffentlichen?«

»Und was ist daran unverständlich? Es war schon immer so! Nur du empfindest das als Unrecht. Ich habe nicht die Absicht, mich um diese Dinge zu kümmern! Aber wenn man dich so hört, könnte man meinen, du hättest eine Schwäche für Xu Hengzhong«, sagt sie und zieht dabei mutwillig die Augenbrauen hoch.

Ich fuchtle mit der Schuhsohle vor ihrem Gesicht herum: »Du hast mir doch gerade noch diesen Schriftsteller angepriesen, und jetzt willst du mich schon an Xu Hengzhong verhökern. Meinst du, ich brauche deine Hilfe, falls ich mich wirklich in ihn verlieben wollte?«

Sie lacht unbefangen: »Ich habe doch nichts anderes im Sinn, als daß du deine Vergangenheit vergißt und ein neues Leben anfängst.«

»Für mich ist die Vergangenheit nicht vorbei! Vergangenheit und Gegenwart sind untrennbar. Yining, ich kann es nicht besser erklären. Ich bin diese Sache so leid.«

Nach dem Abendessen ist mir, als platze mein Kopf, ich gehe früh zu Bett. Kaum bin ich eingeschlafen, rüttelt Hanhan mich wach: »Da ist jemand, den ich nicht kenne.« Ich muß aufstehen und mich anziehen.

Auf He Jingfu wäre ich nie gekommen. Ich habe mir im Leben keine Feinde gemacht. Aber He Jingfu hat tausend Gründe, mich zu hassen, mich zu verachten. Ich schicke Hanhan zu einer Freundin zum Fernsehen. Sie geht.

He Jingfus Augen sind rot, als hätte er geweint. Kann er weinen? Woher kommt er? Was ist passiert?

Er schaut Hanhan nach und sagt gerührt: »Die Kinder sind alle so groß geworden!« Dann streckt er die Hand aus: »Das hättest du nicht gedacht, was?«

»Nein, wirklich nicht.«

»Ich wollte schon oft kommen und habe es nie geschafft. Heute ging es nicht anders. Zhang Yuanyuan ist gestorben. Ich komme gerade von der Trauerfeier«, sagt er und holt sich einen Stuhl. Er setzt sich und zieht einen zerschlissenen Tabaksbeutel hervor. Dieses Relikt aus seiner bäuerlichen Vergangenheit sehe ich zum ersten Mal. Ich versteife mich innerlich. Er will damit wohl zeigen, daß wir jetzt verschiedene Menschen sind, daß auch ich zu denen gehöre, die ihn auf diese endlose Straße voll Kummer und Leid geschickt haben. Ich stelle ihm automatisch einen Aschenbecher hin, aber er schiebt ihn weg.

Sein Gesicht ist so traurig. Wenn es wegen Zhang Yuanyuan ist – das kann ich verstehen.

Sie war damals, als wir noch auf der Universität waren, Generalsekretärin der Abteilung für chinesische Literatur. Da sie »rechte Studenten in Schutz nahm«, wurde sie an die Mittelschule versetzt, und You Ruoshui übernahm ihren Posten. Unter ihren »Schützlingen« war He Jingfu der prominenteste. Als Xi Liu ihn als »Rechten« abstempeln wollte, widersetzte sie sich. Ihre Erklärung dafür war sehr einfach: »Ich habe sie ermutigt, ihre Meinung zu sagen, und jetzt soll ich sie dafür als ›Rechte‹ angreifen. Heißt das nicht, ihnen absichtlich eine Falle stellen? Außerdem, sie sind ja alle noch Kinder.« Xi Liu meldete seine Meinungsverschiedenheit mit Zhang Yuanyuan der Partei und setzte damit eine Diskussion in Gang. Selbstverständlich zog Zhang Yuanyuan den kürzeren. Sie wurde als »alte Glucke« bezeichnet, »die ihr Nest schützt«, die »Rechte« ausbrütet und unter ihre Fittiche nimmt. Sie bekam von der Partei einen schweren Verweis und wurde anschließend als stellvertretende Direktorin an die Mittelschule versetzt. Vor einigen Jahren ging sie aus Krankheitsgründen in den Ruhestand. Zhang Yuanyuan behandelte He Jingfu wie ihren eigenen Sohn. Als sie davon hörte, daß er aufs Land geschickt werden sollte, begleitete sie ihn zum Bahnhof. Er weinte an ihrer Schulter. Zur Zeit der öffentlichen Anprangerung hatte er keine Träne vergossen.

Ich würde ihn gerne trösten, aber wie?

»Glaubst du, daß ich über Zhang Yuanyuans Tod so traurig bin, nur weil sie zu den wenigen gehörte, die sich um mich gekümmert haben?« fragt er mich.

Mache ich etwa diesen Eindruck? Aber ich will nicht mit ihm streiten.

»Nein! Ich bedaure unsere Partei! Ein so guter Kader! Sie war unendlich viel mehr wert als Xi Liu. Leider hat das kaum einer erkannt. Deshalb konnte Xi Liu in sein Amt zurückkehren und sie nicht. Das ist unverzeihlich, was immer man dazu sagen mag.«

Warum kommt er gerade zu mir, um über den Wert von Xi Liu und Zhang Yuanyuan zu sprechen? Weil ich damals zu den »Parteigängern Xi Lius« gehört habe? Ich will mich nicht kleinkriegen lassen: »Xi Liu ist wert, was er wert ist.«

Er klopft die Pfeife an seinem Schuh aus. Die Asche rieselt auf den Boden. Ich ziehe die Augenbrauen hoch, und er merkt, was er angerichtet hat. Er sucht einen Besen. Ich hole ihn und kehre die Asche weg. Er lacht verlegen und sagt: »Richtig, Xi Liu war einmal ein sehr guter Mann. Er hat damals mutig gekämpft. In den 50er und 60er Jahren war er zweifellos ein fähiger Kader. Aber auch damals hatte er schon etwas Falsches an sich. Heute besteht sein Wert nur noch darin, den Leuten zu zeigen, wie tief ein Mitglied der

Kommunistischen Partei durch engstirniges und kleinliches Denken sinken kann.«

»Er hatte es schwer; das kannst du nicht leugnen!« sage ich angriffslustig, nicht so sehr Xi Lius, sondern eher meinetwegen.

»Leiden ist kein Maßstab für den Wert eines Menschen. Leiden kann ihn weiterbringen oder ihn resignieren lassen.« Er schweigt und schaut mich abschätzend an. Dann fragt er: »Wie ist es möglich, daß du heute noch genauso an Xi Liu glaubst wie damals?«

Damit hat er meinen wunden Punkt getroffen. In seinen Augen stehen Verwirrung und Sorge. Ich werde heftig: »Fängst du jetzt auch schon an mit dem alten Slogan: ›Der Bambus klopft den Takt zur Xi-Liu-Parteigänger-Melodie.‹«

Er starrt mich schweigend an. Er kann nicht wissen, daß man mir in jenen Jahren diesen Spruch fast jeden Tag ins Gesicht geschrien hat. Man wollte mir damit sagen, daß ich mich nur aus Opportunismus vor Xi Liu gestellt habe. Ich wende mich ab. Ich darf ihn nicht so behandeln, ich will es nicht!

»Ich sehe, ich hätte nicht kommen sollen. Ich habe dich belästigt.«

Ich höre seine Schritte, aber ich drehe mich nicht um.

In dieser Nacht kann ich nicht aufhören zu weinen.

3. He Jingfu

Ich bewahre die Geschichte wie ein kostbares Gut, denn ich habe sie der Zukunft weiterzugeben. Ich bin auf dem Weg in die Zukunft, aber der Weg ist noch weit.

Ich hätte nicht zu ihr gehen sollen. Und dann so eine Abfertigung; beinahe hätte sie mir die Tür gewiesen!

Warum bin ich überhaupt hingegangen? Um mit ihr über Zhang Yuanyuan zu reden, über Xi Liu? Um mit ihr zu diskutieren? Und dann diese Kälte!

Und alles wegen dieser kleinen gelben Blume.

Zum ersten Mal war ich auf der Beerdigung eines Menschen, den ich geliebt und geachtet habe. Ihr Mann gab mir die gelbe Blume. Im aschfahlen Gesicht keine Spur von Tränen, aber das war schlimmer, als wäre er in Tränen aufgelöst gewesen. In seinem Gesicht habe ich Einsamkeit gesehen, die Einsamkeit eines Menschen, der alt geworden ist, und nun sein Liebstes verloren hat.

Ich nahm die kleine Blume und befestigte sie am Revers. Dann konnte ich die Tränen nicht länger zurückhalten. In der Begräbnishalle hing ihr Totenbild – so gütig und zugleich so energisch. Genau wie damals, vor mehr als zwanzig Jahren, als sie mir weinend die Hand auf die Schulter legte. Das ist nun alles vorbei. Was noch von ihr übriggeblieben ist, ist diese kleine gelbe Blume aus Papier.

Wenn ich einmal sterbe, sollen keine kleinen gelben Blumen verteilt werden. Wenn man keine Spuren hinterläßt, hinterläßt man auch keinen Schmerz. Abgesehen davon, wer sollte für mich solche Blumen machen.

Es gibt auf der Welt nur wenige, die mir nahestehen, jetzt ist es wieder eine weniger. Wer wird mich so verstehen wie Zhang Yuanyuan, sich so um mich sorgen und kümmern wie sie?

Ich hüte das gelbe Blümchen an meiner Brust. Es ist ein Symbol für die Trauer der Lebenden und ihre Wertschätzung für die Tote. Nach der Trauerfeier habe ich es vorsichtig abgenommen und in die Manteltasche gesteckt.

Und genau diese Blume hat mich verleitet, Sun Yue zu besuchen. Ich wollte mit ihr darüber reden, aber dann habe ich es doch vergessen. Sie steckt immer noch in meiner Manteltasche.

Aber selbst wenn ich die gelbe Blume vergessen habe, Sun Yue: so darfst du mich nicht behandeln! Du weißt doch, daß du mir der vertrauteste Mensch auf der Welt bist. Wir haben nie wirklich offen miteinander geredet, uns auch nie etwas geschenkt, und doch bist du sehr wichtig in meinem Leben und wirst es immer bleiben.

Hätte ich ihr gleich diese gelbe Blume gezeigt und sie gefragt: »Sun Yue, wenn ich sterbe, wirst du dann auch so eine Blume tragen?« – dann hätte sie sich bestimmt ganz anders verhalten. Wäre mir in die Arme gefallen und hätte mir ihre Reue und Sehnsucht gestanden: »Ich liebe dich doch von Herzen«, hätte sie gesagt, »obwohl ich nach außen so gleichgültig bin«. Aber ich mußte ausgerechnet über Zhang Yuanyuans Verdienste reden, über Xi Lius Wert. Sie mußte mich ja mißverstehen und annehmen, ich mache mich über sie lustig.

Aber Sun Yue, kennst du mich denn so wenig? Wie könnte ich mich je über dich lustig machen? Ich habe dich geliebt, damals, während des Studiums, und lief dir nach; du liebtest mich nicht, wolltest nichts von mir wissen. Diese unerfüllte Liebe zu dir war tatsächlich die erste Seite in meiner Geschichte der Liebe, sie ist auch die einzige geblieben. Ich bewahre sie bis heute wie einen Schatz. In meine Tagebücher schrieb ich meine Sehnsucht nach dir, mein Sorgen um dich, freilich auch meinen Haß. Wirst du diese Aufzeichnungen je sehen wollen?

Ich presse die kleine gelbe Blume im Tagebuch.

Wenn jemand mein Tagebuch zu lesen bekäme, hieße es bestimmt: Der ist ja verrückt. Ein Landstreicher, der eine verheiratete Frau liebt, die sich gar nichts aus ihm macht und von seiner Liebe wahrscheinlich nicht einmal weiß – für wen schreibt er das auf? Für sich selber. Er beichtet sich seine Liebe, spielt die Rolle der Geliebten selbst.

Herr Freud nähme meine Aufzeichnungen wohl mit Vergnügen als Beweis für seine Theorie des Unterbewußten.

Doch solche Theorien sind mir egal. Wenn Normales sich nicht normal äußern darf, kann daraus Unnatürliches entstehen. Werden natürliche Anlagen *unter*drückt, dann müssen sie ja nach *unten*, in die Tiefen der Seele, zum unsichtbaren *Unter*bewußten des Menschen. Aber dieses ›Unterbewußte‹ muß deshalb nicht schlecht sein. Wenn es sich ›literarisch‹ ausdrückt, kann es möglicherweise zu einem großen Werk werden. Leider bin ich keine Berühmtheit; wäre ich es, würden vielleicht auch diese Aufzeichnungen zu einem »bedeutenden« Werk. Seit jeher gilt in China: Nur große Männer äußern große Worte, schreiben große Werke. Dabei ist romantisch und degeneriert ja oft dasselbe, der Unterschied liegt nur in den verschiedenen Personen, bei denen diese Eigenschaften sich zeigen. Zur Zeit liegt der Wert meiner Tagebücher nur darin, daß sie eine gelbe Papierblume beherbergen.

Ob Sun Yue wohl eine rote Schleife darumbinden würde?

Ich bin nicht attraktiv. Ich habe nie zu denen gehört, auf die die Frauen fliegen. Über mein Äußeres habe ich mir nie Gedanken gemacht, weil mir eigentlich nichts daran lag, die Zuneigung irgendeiner Frau zu gewinnen. Zwar war mein Herz von Liebe erfüllt, sobald ich die Bedeutung dieses Wortes erfaßt hatte, doch war das eine Liebe ohne reales Objekt, die Liebe eines Don Quichotte. Ich träumte mir eine Dulcinea, aber sie blieb körperlos. Und ich war zufrieden damit.

Aber seit ich Sun Yue begegnet bin, ist das anders.

Ich lernte sie bei der Begrüßung der neuen Studenten kennen. Damals war ich Mitglied der Studentenvereinigung der Fakultät, zuständig für Fragen des täglichen Lebens. Auf einer dreirädrigen Fahrradrikscha kam sie mit Zhao Zhenhuan bei der Empfangsstation an; Kleidung und Gepäck zeigten, daß die beiden vom Land kamen. Aber ihr blühendes Aussehen zog mich sofort an. Außerdem sahen sich die beiden sehr ähnlich, nur daß Zhao Zhenhuan die feineren Gesichtszüge hatte. Ich hielt sie für Zwillinge.

Als ich sie zum Schulbus brachte, fragte ich: »Ihr seid wohl zum ersten Mal hier in Shanghai?«

»Natürlich. Als die Nachricht kam, daß ich hier studieren soll, habe ich geweint. Ich wollte nicht hierher. Hier herrschen ja nur schlechte Sitten«, gab sie mir zur Antwort.

»Wer hat dir denn das erzählt?« fragte ich interessiert.

»Lies Romane, dann weißt du's!« kam es im Brustton der Überzeugung zurück.

»Die Romane handeln alle von der Zeit vor der Befreiung, jetzt ist alles anders.«

»Anders? Pah! Gerade, als unsere Rikscha die Brücke überquerte und einige Leute uns beim Schieben zu Hilfe kamen, dachte ich noch, hier ist es ja doch nicht so übel. Aber kaum waren wir drüben, da hielten sie die Hand auf, so was Unverschämtes! Alles, was wir in der Tasche hatten, haben wir ihnen gegeben. Das war das erste und letzte Mal, daß ich auf sowas reingefallen bin. Das nächste Mal sollen die mich kennenlernen!«

Ihre Stimme klang noch immer wütend, und am Ende fuchtelte sie mir mit der Faust vor dem Gesicht herum, als sei ich einer von diesen Typen.

Für mich war sie noch ein kleines Mädchen, und ich zog sie auf: »Na sowas, und warum meldest du dich dann hier in Shanghai an die Uni? Geh lieber nach Peking!«

Da errötete sie und wies, plötzlich verlegen, auf Zhao Zhenhuan: »Er wollte, daß ich mitkomme, und auf ihn höre ich. Ich wäre so gern nach Peking gegangen! Wenn ich dort wäre, würde ich bestimmt jede Woche einmal zur Großen Mauer wandern!«

Ich schaute Zhao Zhenhuan an, er hörte ihr lachend zu. Sein Lachen war glücklich.

Als ich ihnen die Schlafplätze zuwies, stellte sich heraus, daß beide kein Moskitonetz dabei hatten. Es war schon spät, vom Wohnheim waren keine mehr zu bekommen, und so teilte ich Zhao Zhenhuan das Bett eines Kommilitonen zu, der noch in Ferien war, Sun Yue gab ich mein eigenes Netz.

»Wem gehört das? Doch nicht etwa dir? Das will ich nicht!« sagte sie. »Sollen mich die Mücken ruhig eine Nacht lang plagen – mein Blut ist bitter, bei mir kommen sie nicht auf ihre Kosten!«

Ich erklärte ihr, es sei nicht meines, sondern gehöre einem Kommilitonen, der noch nicht zurück sei. Da erst nahm sie es an. Sie bedankte sich nicht, lächelte mich nur an, natürlich und herzlich. In jener Nacht peinigten mich die Mücken derart, daß an Schlaf nicht zu denken war. »Mein Blut ist auch bitter, Sun Yue, auch von mir werden die Mücken nichts haben«, dachte ich. Warum machte mich der Gedanke an jedes ihrer Worte, jede ihrer Gesten so froh?

Seitdem beschäftigt sie mich.

Ich begegnete ihr oft im Lesesaal der Abteilung für chinesische Literatur. Am liebsten las sie ausländische Bücher. Die Geschwindigkeit und die ungeteilte Aufmerksamkeit, mit der sie las, machten mir Vergnügen. Oft mußte sie sich beim Lesen Tränen aus den Augen wischen. In den Tagen, als sie »Jane Eyre« las, war der Lesesaal immer voll besetzt; sie las im Stehen vor dem Regal und weinte dabei, ohne sich um die anderen zu kümmern. Als ich sie einmal damit aufzog, daß sie mit ihren Tränen das Buch ruinieren würde, wandte sie sich ab und fuhr sich mit dem Handrücken über die Augen, ohne mich zu beachten.

Das Semester war noch nicht zu Ende, da war Sun Yues vielseitige Begabung bereits allgemein bekannt: ihre Studienergebnisse waren vorzüglich, laufend erschienen Prosa und Gedichte von ihr in der Unizeitung. Bei Tanzveranstaltungen am Wochenende ließ sie sich nur von Zhao Zhenhuan auffordern. Sie war Mitglied der Sportgruppe und machte in der Theatergruppe mit. Für Sun Yue interessierten sich Kommilitonen jeden Jahrgangs, oft hörte man ihre Lieder vor Sun Yues Zimmerfenster.

Ich beschloß, mich in die Theatergruppe zu melden. »Laß mich mitmachen«, sagte ich zum Regisseur, »auf der Bühne braucht man die unterschiedlichsten Typen. Im Leben hab ich meinen Platz, warum nicht auch auf der Bühne?«

Dem Regisseur, einem Studenten aus dem vierten Semester, machte das Eindruck, und er nahm mich auf. Es traf sich gut; zum Gedenken an den 9. Dezember sollte »Leg deine Peitsche nieder« aufgeführt werden. Sun Yue spielte die kleine Tochter des Straßenmusikanten. Ich bat darum, die Rolle ihres Vaters übernehmen zu dürfen. Der Regisseur war tatsächlich einverstanden; er fand, diese Rolle passe zu mir.

Es lief wirklich alles gut. Man war mit meinen Leistungen auf den Proben zufrieden. Keiner konnte ahnen, was dann am Tag der Aufführung passierte: Schon als Sun Yue in ihrem Kostüm vor mir stand, war ich völlig verwirrt, und kaum standen wir auf der Bühne, da hatte ich meinen Text vergessen. Zum Glück gab's den Souffleur. Mit Ach und Krach brachten wir den größten Teil des Stückes hinter uns, ich wünschte sehnlichst das Ende herbei. Da kam die Szene, wo sich das Mädchen nach den Worten »Das dürft ihr meinem Vater nicht übelnehmen, er verhungert ja!« bitterlich weinend in die Arme ihres Vaters stürzt. Und sie weinte wirklich und wahrhaftig, kein bißchen Schauspielerei dabei. Ich erbebte. Die Bühne war vergessen. Ich hob ihren Kopf von meiner Schulter, umfaßte ihn mit meinen beiden zitternden Händen, schaute sie an, und ich stammelte leise: »Sun Yue!« Ich muß beängstigend ausgesehen haben, denn Sun Yue starrte mich mit offenem Mund an, ohne noch ein weiteres »Papa« herauszubringen.

Ich kann mich nicht mehr erinnern, wie die Vorstellung zu Ende ging. Jedenfalls fuhr uns der Regisseur an, noch ehe wir uns umgezogen hatten: »Was habt ihr denn da veranstaltet! Eine Liebesszene, was?« Sun Yue machte auf dem Absatz kehrt und rannte davon – nicht ohne mir vorher noch einen bitterbösen Blick zugeworfen zu haben. Aber ich war glücklich! Ich hatte mich selbst gespielt, hatte meine Dulcinea gefunden!

Ich begann, ihr Briefe zu schreiben. Jeden Tag einen. Aber keiner wurde beantwortet. Wenn wir uns begegneten, schaute sie mich giftig an; sie schien mich zu verachten, aber ich konnte mir nicht vorstellen, warum. Ich beschloß, sie zu fragen. Mit verstellter Schrift und ohne Unterschrift schrieb ich ihr: »Es gibt etwas Wichtiges zu besprechen, bitte sei am Samstag abend um sieben Uhr am Tor des Stadtparks.«

Sie kam, sah mich und riß böse die Augen auf: »Weißt du nicht, daß ich einen Freund habe?«

»Ich habe davon gehört. Aber ich liebe dich.«

»Findest du das anständig, wie du dich verhältst?«

»Ich . . . daran habe ich nicht gedacht.«

In Wirklichkeit hatte ich sehr wohl darüber nachgedacht. Ich fand aber an meinem Verhalten nichts Unmoralisches. Meine Liebe zu ihr war rein. Ich wollte sie nur wissen lassen, daß ich sie liebte. Zhao Zhenhuan hatte davon keinen Schaden, mir schadete er ja auch nicht.

»Dann denk mal gründlich darüber nach! Deine Briefe schicke ich dir in Zukunft ungeöffnet zurück.« Ihre Zöpfe flogen herum, sie rannte davon. Ich hinterher: »Ich bring dich doch heim!« – Sie, ohne sich auch nur umzudrehen: »Ich habe Begleitung!« Und wahrhaftig tauchte da auch schon Zhao Zhenhuan auf, sie hakte sich bei ihm ein – und spazierte davon.

Ich war sehr unglücklich, geschrieben habe ich ihr seitdem nicht mehr. Ich respektierte ihre Wahl, wäre gerne an Zhao Zhenhuans Stelle gewesen. Meine Gefühle für sie waren unverändert, ich lebte sie in meinem Tagebuch aus. Täglich gestand ich ihr, was mich bewegte – bis zum Jahr 1957, als meine Aufzeichnungen der Öffentlichkeit preisgegeben wurden.

Wie sie heute wohl die politischen Ereignisse von 1957 beurteilt? Vielleicht fühlt sie sich mir gegenüber schuldig, glaubt, ich hasse sie wegen damals. Aber wie könnte ich die historische Verantwortung einem naiven, jungen Mädchen anlasten.

Im Frühjahr 1957 schlug ich eine Wandzeitung an: »Dem Genossen Xi Liu wäre etwas mehr Menschlichkeit zu wünschen« – eine Kritik an Xi Lius Verhalten gegenüber dem Kommilitonen Xie, einem Überseechinesen, der um die Erlaubnis gebeten hatte, seine kranke Mutter im Ausland besuchen zu dürfen. Es war zu Anfang der ›Hundert-Blumen-Bewegung‹. Mit der Begründung, die Bewegung sei die vordringliche politische Aufgabe, untersagte Xi Liu dem jungen Xie die Ausreise und empfahl ihm noch dazu dringend, sich von seiner bourgeoisen Mutter zu distanzieren. Xie, ideologisch uneinsichtig, veröffentlichte seine Unterredung mit Xi Liu in einer Wandzeitung und verursachte damit großen Aufruhr unter den Kommilitonen. Er tat mir leid, und in meiner Wandzeitung kritisierte ich, daß Xi Liu Xies Mutter unter die Feinde einreihte. Es sei doch wohl nicht richtig, sich rücksichtslos über normale menschliche Gefühle hinwegzusetzen. Ich schrieb, selbst gegenüber Feinden habe man sich auf revolutionäre Art menschlich zu verhalten, sofern sie die Revolution nicht gefährdeten, um wieviel mehr, wenn es sich um eine gewöhnliche alte Arbeiterin handele! Ich forderte Xi Liu auf, seine Fehlentscheidung unverzüglich zu korrigieren und Xie die Ausreise zu genehmigen.

Meine Wandzeitung fand bei Dozenten und Studenten großen Anklang. Am Ende hatten mehr als tausend Personen unterschrieben. Eingehend studierte ich jeden einzelnen Namen und entdeckte an einer unauffälligen Stelle den von – Sun Yue. Zhao Zhenhuans Unterschrift fand ich nicht. Ich war selig! Vielleicht stand ich ihrem Herzen doch näher als er!

Ich weiß nicht, wie lange meine Euphorie angehalten haben würde, hätte nicht Xu Hengzhongs Wandzeitung »Disput mit He Jingfu« der Bewegung eine neue Wendung gegeben und mich zur Zielscheibe aller Angriffe gemacht.

Es folgte eine Flut von Wandzeitungen, die mich kritisierten. Mir blieb gar nicht die Zeit, sie alle zu lesen. Nur zwei davon haben einen nachhaltigen Eindruck hinterlassen: die von Xu Hengzhong, weil er emotional besonders heftig reagiert hatte; er behauptete, meine Wandzeitung sei nichts weiter als Lüge und Verleumdung und ärgere ihn derart, daß er keinen Bissen herunterbrächte, kein Auge mehr zutun könne und einmal sogar mitten in der Nacht aufgestanden sei und bitterlich geweint habe. Die andere war von Sun Yue. Sie setzte sich nicht mit mir auseinander, sondern übte Selbstkritik, weil sie meine Wandzeitung unterschrieben und damit den »richtigen Standpunkt« verlassen habe. Vermutlich hatte die Fakultät sie gerügt.

Ich wurde als »rechtes Element« scharf kritisiert. Meine Verbrechen hießen: Opposition gegen die Klassenlinie auf der Basis bürgerlicher Theorie, Opposition gegen den Klassenkampf, verleumderische Diskriminierung der Parteiführung.

Ich stritt es ab, Gerüchte verbreitet zu haben. Daraufhin wurde meine Strafe noch verschärft: Meine Tagebücher wurden beschlagnahmt.

Diesen Tag werde ich nie vergessen! Auszüge aus meinen Aufzeichnungen wurden öffentlich angeschlagen. Überschrift: »Beweise für He Jingfus abstoßenden und unmoralischen Charakter!« Sun Yues Name war durch zwei Kreuzchen ersetzt. Aber jeder wußte, wer gemeint war, denn in einem Absatz hatte ich eingehend meine Verfassung während der Aufführung von »Leg deine Peitsche nieder« geschildert. Da stand: »Nichts wünschte ich in diesem Moment sehnlicher, als deine beiden fein geschnittenen Augen zu küssen! Diese beredten Augen!« Der Kopist meines Tagebuchs hatte diese Stelle mit roten Schlangenlinien unterstrichen und am Rande mit »schamlos« kommentiert.

Schönes war gemein geworden, Liebe in den Dreck gezogen. Ich stand wie unter Schock und versank in Schweigen, hatte nur einen Gedanken: Sun Yue alles zu erklären. Täglich suchte ich eine Gelegenheit, sie allein zu sprechen. Endlich, eines Abends folgte ich ihr in eine entlegene Ecke des Parks. Sie wich mir nicht aus, sah mich aber auch nicht an.

»Sun Yue, es tut mir so leid! Du darfst mich nicht falsch verstehen! Ich wollte nur mich selbst trösten, nicht dich beleidigen. Wenn ich dir damit geschadet habe, bitte verzeih mir.« Mir versagte fast die Stimme; als sie sich endlich umdrehte sah ich, daß sie weinte.

»Ich hasse dich, ich hasse mich selber!« sagte sie leise. Plötzlich spürte ich einen Kuß auf meiner Stirn. Ich stand wie versteinert. Als ich wieder zu mir kam, war sie verschwunden.

War es Mitleid gewesen, oder Liebe? Ein großmütiges Almosen oder Ausdruck ihrer wahren Gefühle? Fragen konnte ich sie nicht, aber ich liebte sie mehr denn je, was immer die Antwort gewesen wäre.

1962 teilte mir die Universität mit, ich könne zurückkommen und mein Studium wieder aufnehmen. Ich hatte mich bereits an das Leben auf dem Land gewöhnt, beschäftigte mich außerdem insgeheim mit Philosophie, denn ich wollte herausbekommen, wie Marxisten den Menschen und seine Gefühle zu behandeln hätten. Zurück wollte ich nicht. Aber immerhin schrieb ich einen Brief an Sun Yue. Ich wußte nicht, ob sie noch an der Universität war und wollte mich nach ihrem Aufenthaltsort und ihren Lebensumständen erkundigen. Die Antwort kam von Zhao Zhenhuan. Er teilte mir mit, daß sie verheiratet seien. Ich schickte ihnen meine Glückwünsche, aufrichtig und von ganzem Herzen.

Der kleine Hoffnungsschimmer in der Tiefe meines Herzens erlosch. Meine Eltern waren in der großen Hungersnot umgekommen, meine einzige Schwester war schon verheiratet und aus dem Hause. Plötzlich fühlte ich mich völlig allein und beschloß wegzugehen. Meiner Schwester hinterließ ich eine Nachricht, dann machte ich mich auf den Weg. Wohin ich gehen wollte, wußte ich selbst nicht. Umherziehend lernte ich meine Lektionen in der Gesellschaft. Zwei Bücher haben mich begleitet: »Der Traum der roten Kammer« und »Ausgewählte Werke« von Marx und Engels.

Ich wurde ein »Schwarzer«, verlor jede Beziehung zum normalen sozialen Leben: kein Familienbuch, keine Bezugsscheine, keine Verwandtenbesuche, keinen Briefkontakt. Niemand fragte nach dem Woher und Wohin. Man kannte mich nur als »He den Köhler«, »He den Dachdecker«, »He den Steineschlepper«, »He den Karrenkuli« – und dann gab es noch »He den Geschichtenerzähler«. Ich tat meine Arbeit, ich aß meinen Reis. Das war alles.

Die Welt meiner Gedanken war eingefroren. Sun Yue hatte ich fast schon vergessen, als plötzlich, in einer lebensgefährlichen Situation, ihr Bild wieder vor mir stand. Es war beim Sprengen in einem Steinbruch, da schoß mir der entsetzliche Gedanke durch den Kopf: Ich werde sie nie wiedersehen! – Aber seltsam, diese Vorstellung gab mir ungeheuren Mut und Scharfsinn. Ich entging der Gefahr, ohne zu wissen wie. Da wurde mir klar, daß ich sie noch immer liebte, und das machte mich glücklich. Der Mensch braucht nichts weiter als die Fähigkeit zu lieben, und schon hat er den Wunsch und den Mut weiterzuleben. Ich begann wieder Tagebuch zu führen, schrieb Briefe an Sun Yue hinein und Gespräche mit ihr. Auf diesen Seiten schuf ich uns beide neu. Schreibend machte ich sie zu einer Heiligen. Ob das Liebe war zu einem weiblichen Wesen oder Liebe zum Leben überhaupt – ich weiß es nicht. Aber ich weiß: Diese Liebe hat mir die Kraft gegeben, den Schatten meiner selbst wahrzunehmen und mir bewußt zu machen daß ich noch ein Mensch war, ein Mensch, der menschenwürdig leben wollte.

»Sun Yue, auf welcher Seite stehst du? Gehörst du zu den Konservativen oder zu den Rebellen? Hoffentlich zu den selbständig Denkenden. Kritisiere scharf, was Kritik verdient; verteidige entschlossen, was es wert ist, verteidigt zu werden. Du bist jetzt auch schon dreißig, du solltest gelernt haben, selbständig zu denken. Wir tragen nämlich einen Kopf auf den Schultern, keine dicke Warze. Und wozu? Zum Denken, Analysieren, Entscheiden. Vor allem hoffe ich, daß du dir über Xi Liu im klaren bist. Meiner Meinung nach hat er sich weit von den Prinzipien der Partei entfernt. 1957 habe ich ihm aufrichtig meine Hilfe angeboten, aber er wollte nicht. Jetzt, hoffe ich, hilfst du ihm, ja?«

Das war ein Brief, den ich Sun Yue Ende 1966 schrieb – in meinem Tagebuch.

Die Große Kulturrevolution, was bedeutete sie mir, dem Außenseiter? Selbst Zeitungen las ich selten. Aber ich interessierte mich für Sun Yue.

»Universität Shanghai. – Die Große Kulturrevolution greift immer weiter um sich – Xi Liu, Machthaber auf dem kapitalistischen Weg, endlich geschnappt!« Eine Schlagzeile, die ich zufällig in einer Zeitung entdeckte. Der Artikel berichtete in allen Einzelheiten vom Kampf der Rebellen mit der Gruppe der »Xi-Liuisten«. Eine der Hauptstützen dieser Clique sei eine gewisse »Sun X.«. War damit Sun Yue gemeint? Ich machte mir Sorgen. Sun Yue, muß dein Name immer in so obskuren Zusammenhängen erscheinen?

Ich schnitt mir den Artikel aus, sagte meinen Job bei der Spedition ab und fuhr nach Shanghai.

An der Universität war man zu beschäftigt, um mich zu

erkennen. Ich sah aus wie ein waschechter Bauer aus dem Norden.

In der Aula wurde gerade eine Vollversammlung zur Kritik an Xi Liu eröffnet. Ich drängelte mich hinein.

Das erste, was mir in die Augen sprang, war eine Holztafel mit der Aufschrift: »Xi Lius Hure – Sun Yue«. Es verschlug mir den Atem.

Sun Yues Zopf war abgeschnitten, das Haar ungekämmt, das Gesicht gelblichgrau. Gebeugt stand sie unter der Last der schweren Tafel.

»Sun Yue, erkläre: Wie hat Xi Liu dich dazu gebracht, die revolutionären Massen zu unterdrücken?« fragte der Vorsitzende in scharfem Ton.

»Genosse Xi Liu hat mir keine derartigen Anweisungen gegeben. Ich weiß gar nichts.« Ihre Stimme war leise, aber fest.

»Nieder mit Sun Yue, Brecheisen der Monarchie! – Nieder mit Sun Yue, Hure von Xi!«

»Sun Yue war schon immer reaktionär. Schon zu Beginn der Anti-Rechts-Bewegung steckte sie mit dem ultrarechten Element He Jingfu unter einer Decke, hatte ein Verhältnis mit ihm, dabei war sie damals schon mit Zhao Zhenhuan verlobt. Wer will bestreiten, daß sie eine Rechte ist, die durchs Netz geschlüpft ist, eine konterrevolutionäre Hure. Ja, auch Xi Liu ist ein verkappter Rechter. Sein Engagement in der Anti-Rechts-Bewegung war nur Tarnung.«

»Nieder, nieder, nieder . . .!« In allen Stimmlagen. In meinen Ohren klang es wie: Wieder, wieder, . . . wieder kehrten sie das Unterste zuoberst.

Auch mich hatte man also nicht vergessen. Ich war immer noch eine »Person«, ein Werkzeug im Klassenkampf. Sie schneidern sich die Geschichte zurecht, verdrehen sie und arbeiten dabei mit billigen Tricks. Was wurde da gespielt? Sollte man weinen oder lachen?

Ich war mir über Sun Yue nicht im klaren. Was ging in ihr vor? Sollte ich sie bemitleiden oder hassen? Ich wußte es nicht.

Gefühle sind verläßlich, Gefühle sind nicht verläßlich.

Manchmal weiß man selbst nicht, was man fühlt. Geschichte und Gegenwart, Theorie und Praxis, Aberglaube und Wissenschaft, Heuchelei und Wahrheit, du und ich, Mensch und Tier, alles zusammen in einen Topf, gut durchgerührt, Gewürze und Farbstoffe dazu.

Wenn man dir anschließend einen Löffel voll zu kosten gibt – bist du dann noch imstande, sauer, süß, bitter oder scharf herauszuschmecken? Alles, was du sagen kannst, ist, Farbe, Geruch und Geschmack seien vollkommen.

Ich wollte zu ihr gehen und mit ihr reden. Aber was hätte ich ihr schon sagen können? Nichts weiter, als ihr empfehlen, aus dem gewohnten Kreis auszubrechen, sich woanders illusionslos umzusehen und nachzudenken, man muß lernfähig sein. Aber sie befand sich in »Isolation« – und das mußte inzwischen noch Schlimmeres bedeuten als damals bei mir. So blieb mir nur die Rückkehr in mein eigenes Leben. Meinen Karren ziehen, meine Bücher lesen, mich um meine Probleme kümmern.

Mein Tagebuch erwähnt Sun Yue nicht mehr. Um eine Heilige zu erschaffen, braucht man die passende Umgebung. Um mich nicht in Zwiespalt zu bringen, vergrub ich Sun Yue und die ganze Vergangenheit in der Tiefe meines Herzens. Doch ich hütete die Geschichte wie ein wertvolles Gut, um sie der Zukunft zu übergeben – ohne zu wissen, wann diese Zukunft sein noch wie sie aussehen würde.

»Genosse He Jingfu, die Partei hat Ihre Angelegenheit erneut überprüft und hält die Maßnahmen, die 1957 gegen Sie ergriffen wurden, für fehlerhaft. Man hat deshalb beschlossen, Sie zu rehabilitieren und Ihnen Arbeit zuzuteilen.«

Die Fakultät hatte meinen Aufenthaltsort ausfindig gemacht und rief mich zurück. Sun Yue, stellvertretende Generalsekretärin der Parteizelle, führte das Gespräch mit mir. Ihre Schläfen waren grau geworden.

Dankbarkeit habe ich nicht gezeigt. Sollte ich mich für die Wiederherstellung der historischen Ausgangslage bedanken? Außerdem, wer dankbar ist, muß abrechnen – und mit wem sollte ich schon abrechnen.

»Du hast viel gelitten in diesen Jahren«, sagte sie teilnahmsvoll in dem Ton, in dem die Führung zu reden pflegt.

»Nein. Mir ist es gutgegangen. Und dir?« Ich blieb gleichgültig. Mir gefiel dieser Ton nicht.

»Danke, nicht schlecht. Was für eine Arbeit hättest du gerne?«

»Ich möchte ins Informationsbüro. Ich schreibe ein Buch, brauche Material und Zeit.«

»Worüber schreibst du?«

»Marxismus und Humanismus.«

»Was?«

»Wieso, ist das verboten? Ein altes Thema, von Bourgeoisie und Reaktion schon zigmal abgehandelt.«

»Davon verstehe ich nichts. Du wirst das schon machen. Viel Erfolg.«

So hatte ich mir unser erstes Gespräch unter vier Augen nicht vorgestellt. Kühler Ton auf beiden Seiten, fast schon eine Kampfansage. Was kann man machen.

Nach dieser Begegnung ist mir klar, daß es die Sun Yue, die ich damals geliebt habe, nicht mehr gibt. Aber ich habe neue Hoffnung geschöpft. Und außerdem: wäre sie dieselbe geblieben, hätte mich das ja noch viel mehr befremdet. Mir gegenüber ist sie immer so geschäftsmäßig. Zu anderen ist sie viel unbefangener. Sie hat mich noch nie zu sich nach Hause eingeladen. Als Alleinstehender wohne ich im Wohnheim; nie schaut sie bei mir vorbei, wenn sie andere Dozenten im Hause besucht. Selbst wenn wir direkt ineinander hineinlaufen, nickt sie mir nur knapp zu, gerade heute wieder.

Mein Weg in die Zukunft ist noch weit. Diesmal laufe ich keiner Heiligen hinterher, sondern einem Menschen aus Fleisch und Blut. Und Menschen sind immer schwerer zu verstehen als Heilige. Heilige sind Menschenwerk.

4. Xu Hengzhong

Geschichte ist für mich ein einziges Drunter und Drüber. Früher kehrte ich bei anderen das Unterste zuoberst, heute machen sie es mit mir genauso. Ich glaube, ich habe die Sache durchschaut.

Gestern mit dem Jungen im Park gewesen. Wenn ich mir die anderen Kinder so ansehe, alle schon in hübschen Frühlingssachen, und dann mein Kun – immer noch in seiner abgeschabten Winterhose; es ist schon peinlich. Auf dem Rückweg in einige Kindergeschäfte geschaut – Preise sind das, erschreckend. Mir fiel die Nähmaschine ein, die noch zu Hause rumsteht. »Sich regen bringt Segen.« Warum eigentlich nicht? Zwei Stoffe gekauft. Ein Schnittmuster geliehen. Zentimetermaß, Schere, farbige Kreide; Arbeitsstück und Werkzeuge liegen bereit.

Zuerst die Hose zuschneiden. Ich muß sie vorher aufzeichnen.

»Hallo, alter Junge, du kannst dich mit der Ruhe wohl gar nicht abfinden?«

Ein Kollege erzählte mir, was Xi Liu über mich denkt und legte mir nahe, keine Artikel mehr zu veröffentlichen.

Ich verstehe nicht, warum ich nicht schreiben soll. Niemand hat mir offiziell das Recht der freien Meinungsäußerung entzogen. Aber ich weiß, er meint es gut mit mir, deshalb habe ich eingewilligt. Von persönlicher Machtpolitik zum Rechtsstaat – das ist ein weiter Weg.

»Es ist nicht so einfach, weißt du. Die großen Namen sieht man jetzt wieder gedruckt, sogar ohne Pseudonym«, sagte er voll Sarkasmus.

Wieso sollte ich ein Pseudonym brauchen? Weil ich Fehler gemacht habe? Waren Xi Lius Fehler nicht viel größer als meine? Ich habe niemanden zum »Machthaber auf dem kapitalistischen Weg« abgestempelt, zum »Konterrevolutionär« – und er? Wie viele hat er fälschlich zu rechten Elementen erklärt! Habe ich vielleicht den feinen Herrn gespielt und heimlich Frauen verführt? Und was ist mit You Ruoshui? Er hat genausoviel Dreck am Stecken. Zur Zeit der »Kritik an Deng« war er viel aktiver als ich. Warum können solche Leute – und zwar ohne Pseudonym – Parteisekretär oder sogar Parteizellenleiter werden? Ja, ihre Fehler soll die Geschichte verantworten. Aber wieso muß ausgerechnet ich für die Geschichte geradestehen? Wahrscheinlich weil ich so unbedeutend bin wie Senfpulver. Außerdem: bin ich vielleicht jemand anders, wenn ich mir ein Pseudonym zulege? Aber ich weiß schon, Artikel unter Pseudonym zu veröffentlichen, das macht man jetzt eben. Wir Chinesen haben es immer schon geliebt, uns über das Problem Bezeichnung und Realität auszulassen. Wir achten die Namen und verachten die Realität. Su Qin hatte ganz recht: »Ach, einen Armen wollen nicht einmal die eigenen Eltern zum Sohn; den Reichen fürchtet die ganze Verwandtschaft. Das Leben der Menschen auf der Welt ist ein einziger Kampf um Reichtum und Macht, Ruhm und Ehre!«

Na gut, ich werde mich mit der Ruhe abfinden. Leben wie ein Daoist: nichts verlangen, nichts erwarten, mich um nichts kümmern.

Als You Ruoshui ins Parteibüro aufgestiegen ist, hat er mich extra zu sich zum Essen eingeladen. Er hatte wohl Angst, ich könnte »zum Gegenschlag ausholen«. Er ließ sich lang und breit über Zhuangzi aus: »Der Edle ist selbstlos, der Heilige handelt nicht, der Weise strebt nicht nach Ruhm und Namen.« Gut gesagt, sehr clever. Nur, wenn ich allzu »selbstlos« bin, wer sorgt dann für meinen Sohn? Wenn ich »nicht handle«, wer gibt mir Lohn? Und »Ruhm und Namen« – wer wollte sonst ein Wort von mir hören? Ich will keine Berühmtheit werden, nur so wie You Ruoshui, das wäre nicht schlecht. Su Qin war doch vernünftiger als Zhuang Zi.

Die Linie verläuft nicht gerade, das ist schwierig aufzuzeichnen. In der Tat, fast alles in der Welt bewegt sich auf krummen Bahnen. Gekrümmte Wege sind wirklicher, natürlicher als gerade. In Büchern allerdings laufen sie trotzdem meist gerade. Warum? Krümmungen sind schwieriger aufzuzeichnen.

Doch diese Kurve hier muß gelingen, sie gehört zum Hosenboden. Wenn ich jetzt nicht ordentlich zeichne, muß der Hintern meines Sohnes dafür büßen. Auch ein Kinderpopo ist etwas Natürliches und Reales. Seit dem Tod von Kuns Mutter habe ich nicht einmal draufgehauen.

»Hengzhong, wenn ich tot bin, muß du für Kun eine gute Stiefmutter suchen, sonst finde ich keine Ruhe! Sun Yue . . . sie hat doch wohl noch keinen Freund?«

Selbst Sterbende reden manchmal dummes Zeug. Ich war damals ein »Rebell«, und Sun Yue gehörte zu den »alten Gewährsleuten der Partei«. Heute ist sie der Liebling des Parteizellenleiters unserer Fakultät; und ich, ein gewöhnlicher Dozent, bin ihm ein Dorn im Auge. Läßt sich das unter einen Hut bringen? Immerhin, die Welt besteht aus Widersprüchen.

Sun Yue näht Schuhe für Kun. Sie war mir nie böse und hat mich nie verachtet. Sie ist wirklich herzensgut, diese Frau Parteisekretär.

Jetzt zuschneiden. Leider zittern die Hände ein wenig. – Warum können wir nicht nackt wie die ersten Menschen herumlaufen? Oder wie die Afrikaner, nur ein Tuch um den Bauch? Das sei der Fortschritt, heißt es, die Zivilisation. In Wirklichkeit bringt es nur Unannehmlichkeiten. Baumwollkapseln Stück für Stück pflücken, zu einem großen Ballen zusammenrollen, dann Faden für Faden herauslösen, die Fäden zu Tuch verweben, das Tuch Stück für Stück auseinanderschneiden, die Teile wieder zusammennähen, erst dann wird ein Kleidungsstück daraus. Himmel, wie oft wird da zusammengefügt und wieder getrennt!

Ich muß lernen, alles dialektisch zu sehen. Eins teilt sich in zwei, zwei vereinen sich zu einem. Mal teilen, mal zusammenfügen und so fort, bis in alle Ewigkeit. Die letzte »Teilung« ging auf meine Kosten.

Es klopft. Soll ich das Zeug vom Tisch räumen? Verliere ich nicht das Gesicht, wenn jemand das sieht? Ein erwachsener Mann, der Frauenarbeit macht! Ach was. Wenn ich mich unauffällig verhalte, wird Xi Liu mich wenigstens bald vergessen haben.

Es ist He Jingfu. Seit ich weiß, daß er an die Uni zurückgekehrt ist, ist mir nicht recht wohl. Es wäre ein leichtes für ihn, sich an mir zu rächen. Ich hatte ja vor, ihm alles zu erklären, ihm zu sagen, daß ich die Wandzeitung damals auf Xi Lius Geheiß geschrieben habe. Aber dann hatte ich Angst, Xi Liu damit noch stärker gegen mich aufzubringen. Die ganze Zeit bin ich He Jingfu aus dem Weg gegangen, und jetzt kommt er von selber. Ich habe schon genug am Hals, will er mir noch einen Brocken aufladen?

Ich lasse He Jingfu Platz nehmen und schenke ihm Tee ein. Um meine Unruhe zu verbergen, greife ich wieder zur Schere.

Erstaunt schaut er mich an, als verstehe er nicht, was ich da tue. Aber erst als er eine Pfeife leergeraucht hat, fragt er: »Schneidest du etwas zu? Sachen fürs Kind?«

»Ja, wie findest du's? Sieht gut aus, was? Wie die Vorlage«, sage ich lachend und will seinem Spott von vornherein die Spitze nehmen. Meine mißliche Lage wird ihm eine gewisse Befriedigung sein, vielleicht mildert das seinen Groll ein wenig. »Ich bin Vater und Mutter zugleich«, füge ich hinzu, »keine Ahnung, ob sich das später einmal irgendwie auszahlt.«

Seine Brauen ziehen sich zusammen: »Aber warum machst du das? Das ist nicht gut!«

»Wieso sollen Männer keine Frauenarbeit machen?«

Er scheint sich zu ärgern, sein Gesicht läuft rot an: »Hier geht es nicht um Männerarbeit oder Frauenarbeit. Zur Zeit gibt es so viele Probleme, mit denen wir uns auseinandersetzen sollten, und du verplemperst deine Energie mit solchen Banalitäten. Wo ist deine frühere Aktivität geblieben? Schon nach einem Purzelbaum aufgebraucht?«

Na gut, bohr du nur in den Tiefen meiner Seele, aber ohne mich!

»Du weißt nicht, was es bedeutet, einen Haushalt zu führen, du hast keine Familie. Schau doch, was Kun auf dem Leibe trägt! Ich bin schließlich sein Vater!« Eigentlich sollte das scherzhaft klingen, aber ein Blick auf Kuns gestopfte, ausgebeulte Sachen, und mir vergeht der Spaß.

»Ich weiß ja. Ich werde was zum Anziehen kaufen für Kun. Ich bin Junggeselle, und während meiner Wanderjahre habe ich ein bißchen fürs Alter gespart. Aber mach sowas nicht wieder. Ich bitte dich!« Seine Stimme ist so leise, sein Blick so aufrichtig, keine Spur von Groll. Ich lege die Schere weg.

Er rollt das Nähzeug zusammen, wirft das Bündel aufs Bett und schaut mich ernst und fragend an: »Machst du das wirklich nur, weil dir das Geld fehlt?«

»Natürlich nicht nur deswegen. Hast du nicht gehört? Laut Anweisung des Genossen Xi Liu ist mir das Schreiben von Artikeln untersagt.«

»Genau danach wollte ich dich fragen. Wie stehst du dazu?«

Also deswegen ist er hier! Schadenfreude! Und jetzt? Wieso soll ich gleich Farbe bekennen! Na –: »Genosse Xi Liu hat recht. Nachdem ich Fehler begangen habe, würde es einen schlechten Eindruck machen, Artikel zu veröffentlichen. In dem Schreibverbot zeigt sich der Schutz, den Genosse Xi Liu mir gewährt.«

Seine Brauen runzeln sich finsterer, Zug um Zug pafft er sein billiges Kraut; ich muß dauernd husten. Er spielt am Pfeifenkopf herum und bläst ein paarmal in die Glut – scheint eine Angewohnheit von ihm zu sein.

»Du hast nichts dazugelernt – allenfalls heucheln hast du gelernt.« Er klopft die Asche aus bei diesen Worten.

Ja, ich bin zum Heuchler geworden, ich sage nicht, was ich wirklich denke. Der Ehrliche wird benachteiligt, das kapiert schon ein dreijähriges Kind. Heuchelei und Erwachsensein liegen nahe beieinander, nur sensible Menschen können das klar unterscheiden. Er kann es, nun gut. Aber ich muß weder gestehen, noch muß ich leugnen. Mund halten, reden lassen.

»Deine größte Sorge ist doch, ob Xi Liu dich in Ruhe läßt oder nicht, wie?«

Richtig, und darüber hinaus auch noch, ob er, He Jingfu, mich in Ruhe läßt.

»Und was ist mit dir selbst?« fährt er fort. »Kannst du Ruhe geben? Ich meine, es ist egal, was die anderen denken. Du selbst mußt deine Sache in die Hand nehmen, dir selber den Kopf zurechtsetzen.«

»Dann meinst du also, Xi Liu hätte mich noch nicht genug zurechtgestutzt, ja?« Ich kann meine Unzufriedenheit nicht unterdrücken.

»Xi Liu ist wirklich zu weit gegangen. Aber du bist dir selbst gegenüber zu anspruchslos. Deshalb stellst du dich heute so an. Vorbei ist vorbei – aber wie geht's nun weiter?«

Hochinteressant. Die reine Dialektik. Ich soll mir den Kopf zurechtsetzen – und was ist mit Xi Liu? You Ruoshui? Sie sind doch nur deshalb fehlerlos, weil sie nicht selbstkritisch sind. – Nur ein Idiot rückt sich selbst den Kopf zurecht! Früher habe ich bei anderen das Unterste zuoberst gekehrt; heute machen sie es mit mir genauso. Ich glaube, ich habe die Sache durchschaut.

Aber ich halte den Mund, soll er nur reden.

»Warum sagst du nichts? Habe ich nicht recht?« Er stopft wieder seine Pfeife.

»Recht hast du schon – leider, ich bin für die Geschichte verantwortlich, aber die Geschichte nicht für mich. Sie hat mehr für Xi Liu und You Ruoshui übrig«, antworte ich.

»Die Geschichte ist wie ein introvertierter Mensch, sie zeigt ihre wahren Gefühle und Empfindungen nicht so leicht. Aber eines Tages wirst du erkennen, daß sie unparteiisch ist.«

»Sehr poetisch.«

»Diese Poesie ist Wirklichkeit.«

»Idealistische Wirklichkeit.«

»Ideal und Wirklichkeit liegen nur einen kleinen Schritt voneinander entfernt.«

»Aber wir Chinesen sind gewohnt, einen Schritt voran- und zwei zurückzugehen.«

»Du . . .«

Er droht mir mit seiner Pfeife und sagt traurig: »Ich verstehe dich nicht. Dich hat man doch mit Samthandschuhen angefaßt. Du hast überhaupt keinen Grund zu resignieren.«

Mein Herz klopft, leise antworte ich: »Menschen haben Angst davor, verletzt zu werden, selbst Bäume fürchten sich vor dem Schälen. Deshalb begreife ich nicht, wie du bis heute ein solcher Idealist sein kannst! Hat dir die Lehre, die man dir erteilt hat, nicht gereicht? Von Kollegen habe ich einiges über dein Leben in der Fremde gehört. Ich kann mir einfach nicht vorstellen, wie man das übersteht. Ich bewundere dich, aber verstehen kann ich dich nicht.«

Er schweigt. Mit funkelnden Augen und zusammengepreßten Lippen sitzt er da, kerzengerade. Seine Pfeife droht zu erlöschen, aber er zieht nicht.

Mir fällt plötzlich auf, wie gut er aussieht. Diese geheimnisvollen Augen. Nicht groß, aber klar und ausdrucksvoll. Wenn er einen anschaut, merkt man, dieser Mann ist offen und ehrlich. Unwillkürlich will man sich ihm anvertrauen. Sein kantiges Gesicht, das vom langen Umherziehen gebräunt ist, die gerade, hohe Nase – er ist ein außergewöhnlicher, welterfahrener Mann. Die Kollegen bewundern meine makellosen Brauen und schönen Augen, aber wie unbedeutend und gewöhnlich ich neben He Jingfu wirke! – Ob Sun Yue weiß, wie gut er aussieht?

Er räuspert sich zweimal, als wolle er damit seine innere Erregung dämpfen. Was denkt er jetzt wohl? Ich will ihn gerade fragen, da klopft es. He Jingfu öffnet, und Sun Yue kommt mit einer Büchertasche herein, aus der sie gleich beim Eintreten ein Paar Schuhe hervorzieht – für Kun. Ich schaue sie kurz an, dann He Jingfu, und werde doch tatsächlich rot. Verdammt, wozu denn das!

Was He Jingfu damals für Sun Yue empfunden hat, weiß ich. Aber das ist lange her. Wie die beiden heute zueinander stehen, keine Ahnung. Der Abstand zwischen ihm und ihr dürfte wohl noch größer sein als der zwischen ihr und mir. Sun Yue ist nicht mehr so romantisch. Wie ich fängt sie an, sich mit Handarbeiten zu beschäftigen. Die Schuhe sind prima geworden, genau wie das Musterpaar.

Sie legt die Schuhe hin und will gleich wieder fort. Ich habe nicht die Absicht, sie daran zu hindern, doch He Jingfu hält sie zurück: »Genossin Parteisekretär, setz dich doch. Hör zu, was einer zu sagen hat, der gerade wieder in die Partei aufgenommen wurde. Wir sollten doch versuchen zu verstehen, nicht wahr?«

Das ist ja interessant, der Tonfall voll Spott, die Augen voll Flehen. Sun Yue setzt sich, ich reiche ihr eine Schale Tee.

»Gerade meinte Xu, ich sei immer noch ein Idealist, aber das ist nur bedingt wahr. Es ist richtig, als ich, gerade achtzehn, in die Partei eintrat, hatte ich den Kopf voller Ideale. Aber von heute aus betrachtet waren es blinder Glaube und blinde Ideale. Ich wußte damals weder etwas von der Gesellschaft noch von der Theorie. Doch wie die Kurzsichtigkeit des Auges sich bessern kann, so auch die Kurzsichtigkeit hinsichtlich eines Ideals.

Ich hatte kein sehr solides Selbstvertrauen. Nach der Maßregelung von 1957 kamen mir Zweifel, ob ich im Recht gewesen war. Daß sogar Menschen, die ich liebte, glaubten, ich hätte etwas falsch gemacht, zwang mich zum Nachdenken. Ich studierte die Werke des Marxismus-Leninismus, ich wollte meine Irrtümer erkennen und berichtigen. Durch das intensive Studium und das praktische Leben mit einfachen Menschen erkannte ich: ich hatte mich nicht geirrt. Erst diese Erkenntnis gab mir eine gewisse Sicherheit und überzeugte mich von der Richtigkeit dessen, was ich getan hatte. Und ich vertraute darauf, daß die Partei eines Tages ihre Fehler korrigieren und auch Xi Liu seinen Irrtum eingestehen würde. Dieses Vertrauen und der Wille zu überleben, ließen mich die langen schweren Jahre durchstehen. Doch einmal geriet meine Zuversicht ins Wanken. Da wollte ich sterben ...«

Sun Yue hebt den Kopf und schaut ihn kurz an. Er räuspert sich wieder, immer wenn er aufgeregt ist, räuspert er sich. Als er sich gefaßt hat, erzählt er uns eine Begebenheit aus seinem Leben in der Fremde:

Einmal – ich weiß nicht mehr genau wann – schloß ich mich in der Nähe der Großen Mauer einer Transportbrigade an, die mit Pferd und Wagen unterwegs war. Ich hatte gerade für mein sauer verdientes Geld ein Fuhrwerk erstanden. Einen störrischen Gaul, ziemlich billig.

Ich liebe die Große Mauer. Als ich zum erstenmal vom »Wichtigsten Paß der Erde« zur obersten Plattform des Wachturms hinaufstieg, vergaß ich, daß es mich als Heimatlosen hierher verschlagen hatte. Jeder Stein kam mir vor wie ein Mensch, die Große Mauer mit ihren endlosen

Windungen glich einer gigantischen Armee. Ich fühlte mich als Rekrut, der an die Front gekommen war, um sich zu dieser Armee zu melden. In nahezu jeden Stein des Turms hatten Besucher ihre Namen geritzt. Warum sie sich wohl hier verewigt hatten? Um berühmt zu werden? Hier konnte man nicht berühmt werden. Ich glaube, sie alle waren wie ich gekommen, um sich in diese Armee einzureihen. Die Steine waren unser Register. Ich allerdings trug mich damals nicht mit Namen ein, sondern mit Leib und Leben. Wenn ich könnte, zöge ich für immer dorthin. Ich wäre bereit, an der Großen Mauer mein Leben zu verbringen und nach meinem Tod an ihrem Fuß begraben zu werden.

Unsere Transportbrigade arbeitete illegal, wir alle gehörten zu den »Schwarzen«. Ihr wißt wahrscheinlich nicht, daß außerhalb unserer Gesellschaft noch »Schwarze Gesellschaften« aller Schattierungen existieren, blind zusammengewürfelte Gruppen, die aus einzelnen Arbeitern, Arbeitslosen und Outlaws verschiedenster Herkunft bestehen und natürlich aus denen, die nur eins im Sinn haben: Geld verdienen. Wir mußten uns zusammenraufen, sonst bekamen wir keine Arbeit und weder Getreide- noch Kleiderbezugsscheine. Zu einem Trupp gehört immer ein Anführer. Ich bin nie Anführer gewesen. Das wollte ich nicht, es liegt mir nicht, nach allen Seiten Kontakte zu knüpfen. Wenn du es nicht selbst erlebt hast, kannst du dir nicht vorstellen, was das für ein Haufen ist. Es gibt nichts Zusammenhaltloseres. Keiner setzt sich mit dem anderen wirklich auseinander, keiner kümmert sich um den anderen. Die Leute tun sich zusammen, um Geld zu verdienen, Geld ist das einzige, was sie eint. Der Häuptling ist meist irgendeine widerliche Ratte aus der Gegend, kennt alle Welt und versteht sich darauf, sämtliche Geschäfte an sich zu reißen, verschafft aber seinen Leuten dadurch eine Art legalen Status. Jeder fürchtet ihn. Unmöglich, seiner Ausbeutung zu entgehen. Selbstverständlich mußte auch ich ihm einen Teil meines hart erarbeiteten Lohns als Abgabe zahlen. Er sei ein Häftling aus einem Umerziehungslager, ein Krimineller, hieß es. Der Mann war hellhäutig, feingliedrig und sah aus wie ein Student, aber aus seinen verzerrten Gesichtszügen schaute der wilde Wolf. Vor allem die großen waagerechten Tränensäcke wirkten beängstigend. Sie gaben ihm einen Ausdruck von Unersättlichkeit und Bosheit. Jeder hatte Angst vor ihm. Auch ich legte es nicht darauf an, ihn zu reizen.

An einem Zahltag war es dann soweit: Er zog mir mit der Begründung, ich sei ein Auswärtiger, 80 Yuan vom Lohn ab. Das mit dem Geld mochte noch hingehen, aber seinen beleidigenden Ton konnte ich mir nicht gefallen lassen. Der Streit war da. Er wurde handgreiflich, ich schlug zurück. Ich hatte schon werweißwieviele Zweizentnersteine geschleppt, wieso sollte ich also eine Schlägerei mit ihm fürchten. Ich renkte ihm den Arm aus.

Man brachte mich auf das örtliche Polizeirevier. Dort sollte ich meinen Ausweis zeigen. Ich hatte keinen und sagte: »Egal ob ich sitze oder stehe, ich heiße immer He Jingfu. Krumme Sachen habe ich nicht gemacht. Wenn ihr's nicht glaubt, könnt ihr es ja überprüfen!« Der wachhabende Polizist war halbwegs in Ordnung und ermahnte mich: »Werd bloß nicht aufsässig«, dann warf er mich hinaus.

Ich jagte mit dem Pferdewagen zurück zu meinem provisorischen Wohnsitz. Mir war zum Heulen. Ausweis! Ausweis! Ich besaß keinen Personalausweis! Zählte ich überhaupt noch zu den Menschen? Ich ließ die Peitsche tanzen, trieb das Pferd an, Galopp, Galopp . . . in der Hoffnung, der Wagen werde umstürzen oder gegen die Große Mauer prallen. Wenn schon sterben, dann lieber gleich! Wozu sich weiterquälen ohne das, was den Wert eines Menschen ausmachte.

Als ich den entgegenkommenden Wagen bemerkte, war es schon zu spät. Beim Zusammenprall verletzte sich das Pferd des anderen an meinem Wagen. Die Deichsel drang ihm frontal in die Brust, nur mit vereinter Kraft gelang es dem Kutscher und mir, sie herauszuziehen. Blut spritzte mir auf den Kopf, ins Gesicht. Ich zog mein Hemd aus und stopfte es in die klaffende Wunde.

Kurz darauf verendete das Tier. Der Kutscher packte mich, sein Pferd war Eigentum der Kommune. Wortlos drückte ich ihm meine Peitsche in die Hand. Und weil mein Gaul nichts taugte, gab ich ihm auch noch den Wagen.

»Na gut, bin ich wieder alles los, brauche mich um nichts mehr zu kümmern«, sagte ich vor mich hin.

Der Kutscher war ein feiner Kerl. Er sah, daß ich auf einen Schlag alles verloren hatte, und brachte es nicht übers Herz, mich so zurückzulassen. Aus der Brusttasche zog er einen kleinen Flaschenkürbis mit Schnaps und wollte unbedingt noch ein bißchen mit mir reden. Er fragte nach meinem Woher und Wohin, und ich erzählte ihm freimütig alles. Seufzend hörte er mir zu und sagte immer wieder: »Jeder kommt wieder mal zu was, jeder kommt wieder mal zu was . . .«

Er zog mit meinem Pferdewagen davon. Sein totes Pferd hatte er mir überlassen wollen. Er meinte, ich solle es als Schlachtfleisch verkaufen, das werde mir etwas Geld bringen. Weil ich das aber nicht wollte, nahm er auch den Kadaver mit. Mich zog nichts mehr weiter, ich blieb, wo ich war, am Fuß der Großen Mauer. Diese Weite, diese Stille. Kein Mensch würde merken, wenn ich jetzt hier stürbe. Schweigend nähme die Große Mauer meinen Leichnam auf. Reglos lag ich da, starrte in das Sternengewimmel über mir und begann, wie Hamlet zu sinnieren . . .

Ich bin gerade dreißig Jahre alt. Mit dreißig steht man fest im Leben. Zu was habe ich es gebracht? Bin ich mit mir selbst im reinen? Habe ich eine Familie gegründet? Einen Beruf ergriffen? Nichts dergleichen. Nicht einmal einen Ausweis besitze ich. Also lebe ich nur für Nahrung, Kleidung, Dach über dem Kopf? Nur um mich für so einen Antreiber bis aufs Blut zu schinden? Um mit meinem Blut und Schweiß die beiden Säcke unter seinen Augen zu füllen? – Nein!

Ich rappelte mich hoch und stürzte zur Großen Mauer. Wieder stieg ich auf den Wachturm, zog ein Messer aus der Tasche und ritzte – dicht unter den Sternen – drei Zeichen in einen der grauen Steine: He Jing Fu. Ich trug mich mit meinem Namen in das Register ein. Dieser Stein, er war jetzt mein Ausweis, er bezeugt, daß He Jingfu zu den Kindern Chinas gehört, zu den Enkeln des Gelben Kaisers. Eng an die Turmmauer geschmiegt, setzte ich mich nieder. Die Berge und Flüsse unseres Landes, wie majestätisch und vielfältig! Diesseits der Mauer überall fruchtbares Grün, jenseits nichts als gelbe Erde. Und doch weckte diese endlose gelbe Wüste in mir eine stärkere Zuneigung. Ich spürte ihre Kraft, die noch in der Tiefe verborgen lag. Ein Sog geht von ihr aus, man will sich ihr hingeben, sie beflügelt meine Phantasie.

Eine Sternschnuppe flog von Ost nach West. Verlöschte irgendwo. Der Himmel hoch und still wie zuvor. Die Sterne mit ihrem ewig freundlichen Blinzeln. Der Silberfluß der Milchstraße starrte wie immer kalt und gleichgültig auf Hirt und Weberin an seinen beiden Ufern. Nichts schien passiert zu sein. Wer achtet im unendlichen Universum schon auf eine Sternschnuppe.

Meine Großmutter fiel mir ein. Als ich noch klein war, hatte sie mir oft vom Silberfluß erzählt.

»Jeder Mensch hat auf dem Kopf eine Perle aus Tau, das bedeutet: jeder Mensch hat sein eigenes Glück«, sagte sie und zeigte auf die Sterne am Himmel. »Mit den Menschen ist es so wie mit den Sternen am Himmel, jeder hat seinen Platz, seine Daseinsberechtigung. Niemand hält die Sterne fest, und doch stehen sie fest auf ihrem Platz am Himmel. So kann auch der Mensch auf der Erde leben, ohne daß ihn jemand hält oder stützt. Die Sterne am Himmel funkeln, und der Tau auf der Erde glitzert.«

Sollte meine Tauperle nun verdunstet sein?

Nein, in ihr spiegelten sich meine verstorbenen Eltern, die Schwester in der Ferne, alle Menschen, die ich liebte . . .

Pferd weg, Wagen weg, aber noch hatte ich meine Hände. Was machte es schon, daß ich keinen Ausweis hatte? Mein Wert beruht nicht auf einem Stück Papier.

Ich verbrachte die ganze Nacht auf dem Turm. Im Morgengrauen stieg ich hinunter. Zur Transportbrigade ging ich nicht zurück. Aber ich mußte mir eine andere Arbeit suchen und fragte in jedem Dorf an der Großen Mauer.

Ich fand keine Arbeit. Mein Geld war verbraucht. So blieb mir nichts anderes übrig, als fort von der geliebten Mauer nach Süden zu ziehen. Als ich am Huai-Fluß ankam . . .

»Sun Yue, was ist los?« He Jingfu unterbricht sich plötzlich.

Sun Yue hat den Kopf auf den Tisch gelegt, ihre Schultern zucken.

»Fühlst du dich nicht wohl?« frage ich.

Sie schüttelt den Kopf, ohne ihn zu heben. »Weiter«, drängt sie He Jingfu, »als du am Huai-Fluß ankamst . . .«

Aber He Jingfu hat keine Lust mehr. Er faßt seine Geschichte kurz zusammen: »Ich kam zu dem Schluß: Weiterleben. Ans Sterben habe ich seitdem nie wieder gedacht. Das Leben mag uns gegenüber ungerecht sein. Aber wir müssen uns selbst gerecht werden. Warum sollte ich mich mit diesem Antreiber messen wollen? Wurden denn mein Wert und sein Wert durch die Beziehung zwischen uns bestimmt? Nein. Selbst wenn wir tot sind und in Verwesung übergehen, werden meine Gebeine vielleicht ein wenig heller leuchten als seine, weil sie einen etwas höheren Phosphorgehalt haben als seine Knochen.«

Sun Yue steht auf, wischt sich kurz übers Gesicht und geht wortlos hinaus. He Jingfu starrt ihr nach.

»Liebst du sie noch?« Wider Willen entschlüpft mir die Frage.

»Sagen wir besser: ich habe nie eine andere Frau geliebt. Liebschaft und Wanderschaft sind nicht so unzertrennlich, wie die Literatur immer behauptet.«

»Ich hoffe wirklich, daß ihr zueinanderfindet«, sage ich, »aber ihr seid beide nicht mehr dieselben wie vor zwanzig Jahren. Die Zeiten haben sich zu sehr verändert, und die Gefühle der Menschen auch.«

»Das stimmt«, sagt er, »doch in welchem Maß sich die Gefühle letztlich geändert haben, das zeigt sich erst, wenn zwei Seelen einander begegnen. Sun Yue scheint einer solchen Begegnung auszuweichen.«

»Vielleicht liebt sie einen anderen? Sun Yue ist nicht mehr das temperamentvolle junge Mädchen von damals, das Leben hat sie umgekrempelt. Schau mal, diese Schuhe hat sie für Kun gemacht. Sowas hätte sie früher nie getan.«

Warum sage ich das? Ich weiß es selber nicht. Schon während ich es sage, finde ich mich gemein.

Er steht auf, lacht: »Ich gehe jetzt. Eigentlich wollte ich

mir dir über das Problem der menschlichen Natur diskutieren, aber unser Gespräch ist anderswo gelandet. Wir können ja ein andermal darüber reden. Denk mal darüber nach, ob die menschliche Natur animalische Züge hat und inwiefern diese die menschliche Gesellschaft beeinflussen.«

Das sind wieder diese Fragen aus seinem Buch. Darüber brauche ich nicht nachzudenken, denn ich könnte ihm sofort antworten: Natürlich ist der Mensch ein Tier, und sein Kampf ums Dasein ist grausamer als der irgendeines anderen Lebewesens, denn er ist fähig vorauszuplanen, er zieht wissend und zielstrebig in den Kampf und versteht es großartig, seine wahren Absichten zu verbergen. Aber ich will derartige Fragen erst gar nicht untersuchen – zu gefährlich!

»Ich finde«, sagt er schon im Gehen, »es genügt nicht, die Natur des Menschen mit der Summe der Umweltbedingungen erklären zu wollen. Das Eingeständnis, daß auch das Animalische Teil seines Wesens ist und das Leben der Menschheit beeinflußt, degradiert den Menschen doch nicht. Im Gegenteil, es erhöht ihn, denn er kann aus sich heraus seine niederen Instinkte überwinden. Dazu gehört viel mehr Kraft als zur Heuchelei.«

Ich packe ihn an den Schultern, schiebe ihn zur Tür hinaus und sage lachend: »Gut, gut, du Experte der Menschennatur. Ich will aber nicht über derartige Probleme diskutieren. Du bist doch firm in klassischer Literatur – willst du nicht lieber auf diesem Gebiet deine Studien betreiben?«

»Wieso denn?« Er kehrt noch einmal um. »Weil Fragen der menschlichen Natur und des Humanismus verbotenes Terrain sind?«

»Nein, nicht verboten«, erwidere ich, »nur gibt es nicht viele Menschen, die auf diesem Gebiet herumspazieren möchten – wenig Blumen, viele Dornen. Warum willst du dich zum Mitglied einer Minderheit machen? Vergiß nicht: Den höchsten Baum im Wald wird der Sturm fällen; die Landzunge, die ins Flußbett ragt, spült die Strömung fort; Menschen, die aus der Masse herausragen, werden bekämpft. Man darf eben nicht auffallen!«

»Dir hat man die individualistischen Federn aber sauber gestutzt. Gerade du mußt doch wissen, daß die Minderheiten besonders auffallen, weil sich Menschen wie du ducken.« Er versetzt mir einen kräftigen Schlag und ist zur Tür hinaus. Nach wenigen Schritten dreht er sich noch einmal um: »Morgen kaufe ich was zum Anziehen für Kun, räum deinen Kram da fort!«

Ich nicke zustimmend und schließe die Tür. Dann breite ich meine Handarbeit auf dem Tisch aus.

5. Sun Han

Geschichte ist für mich wie diese zerrissene Fotografie: ich mag sie nicht, aber ich komme nicht von ihr los.

Mutter läuft in den letzten Tagen ständig mit düsterem Gesicht herum. Immerzu schreibt sie in ein Notizbuch, schreibt und schreibt, aber sobald ich nach Hause komme, hört sie auf und verschließt ihr Büchlein in der Schublade.

»Mama!« rufe ich und werfe die Schultasche hin. – »Hm«, antwortet sie nur, dreht sich nicht einmal um. Hastig öffnet sie ihre Schublade, macht sie wieder zu und schließt ab.

Soll ich's ihr zeigen oder lieber nicht? Dieses blöde Schulheft! Mein Physikheft leuchtet wie eine »rote Laterne« – verhauen. Zum ersten Mal. Aber gerade weil es das erste Mal ist, habe ich solche Angst. »Besprich das zu Hause mit deiner Mutter: Warum hast du den Test nicht bestanden?« meinte Herr Wen, unser Lehrer. »Deine Mutter setzt so große Hoffnungen in dich! Du darfst sie nicht enttäuschen!« – Mir wurde noch mulmiger, als er mir das Heft mit diesen Worten zurückgab.

»Mama!« Ich nehme all meinen Mut zusammen, halte ihr das Heft unter die Nase und setze mich an meinen kleinen Schreibtisch, in Erwartung der Strafpredigt.

»Was hast du dazu zu sagen?« – Mutters Stimme ist belegt.

Ich wage nicht, den Mund aufzumachen. Sie schaut zu mir herüber; wie traurig sie aussieht! Ich lasse den Kopf hängen. Nur der Wecker ist zu hören, ticktack, ticktack.

Ach Mama, schimpf doch mit mir, hau mir rechts und links eine runter! Ich will nur deine traurigen Augen nicht sehen – ich flehe sie innerlich an. Aber sie schimpft nicht, schlägt mich nicht. Ich schaue auf: Tränen laufen ihr übers Gesicht.

Mir ist ganz elend. Erwachsene denken immer, nur sie selber hätten Kummer. Dabei können auch Kinder schrecklich traurig sein. Wenn meine Mutter weint, bricht mir fast das Herz. Jetzt fange auch ich an zu heulen.

»Mama!« Ich nehme einen neuen Anlauf. Warum bist du so unglücklich, möchte ich fragen. Wegen der schlechten Note? Aber ich traue mich nicht zu fragen.

»Hanhan, ist dir klar, daß du meine ganze Hoffnung bist? Wenn ich dich nicht hätte, wäre mein Leben sinnlos. Es ist alles so schwer. Aber davon verstehst du noch nichts«, sagt sie ganz leise.

Doch Mama, ich verstehe alles. Sprich doch mit mir! Ich kann dir helfen, wenn du Kummer hast. Wir beide sind doch aufeinander angewiesen, nicht wahr?

Aber sie spricht nicht weiter. Ich starre wieder auf das Schloß dieser Schublade.

Mutter unterschreibt mein Heft, gibt es mir zurück: »Warum hast du die Arbeit verhauen? Kommst du im Unterricht nicht mit?«

Ich schüttle den Kopf. Ich passe immer gut auf.

»Warum denn dann?«

»An dem Tag habe ich mich mit einer Freundin gestritten, und als wir dann den Test geschrieben haben, war ich ganz durcheinander«, gebe ich zu. Sie soll ruhig von meinen Problemen erfahren. Ich möchte so gern, daß sie mich versteht.

»Wieso habt ihr euch denn gestritten?« Mutter zieht die schmalen Augenbrauen hoch. – Egal mit wem ich mich streite, egal ob ich dabei im Recht bin oder nicht, sie kritisiert immer mich.

»Sie hat sich über meinen Namen lustig gemacht: Hanhan – Dummerjan, Hanhan – Dummerjan, hat sie dauernd gerufen und gefragt, warum ich ausgerechnet Hanhan heiße. Etwa weil ich keinen Vater habe . . .?«

Ich unterdrücke ein Schluchzen. Mutter beißt sich auf die Lippen.

»Mama, sag mir, was war denn eigentlich mit Vater und dir?« Ich fasse mir ein Herz. Danach will ich sie schon lange fragen. Mutter, erzähl doch, ich bin doch schon fünfzehn.

Mutter mit abwehrender Handbewegung: »Ach du

Quälgeist, geh noch ein bißchen raus spielen, ich hab andere Sorgen.«

Als sei mein Herz mit dem Schloß ihrer Schublade verriegelt, so ist mir zumute. Mutter ist mir fremd. Alles ist mir fremd.

Früher war sie ganz anders. »Huanhuan!« war ihr erstes Wort, wenn sie von der Arbeit kam. Das ist nämlich mein richtiger Name. Lachend warf ich mich in ihre Arme. Sie nahm mich gern Huckepack. »Huanhuan! Huanhuan, meine Kleine!« rief sie immerzu, während sie mit mir herumlief. »Huanhuan ist brav, Huanhuan ist lieb, Huanhuan ist süß!« Und jedesmal schrie ich: »Ja!« Irgendwann, wenn ich gar nicht darauf gefaßt war, rief sie laut: »Huanhuan ist doof!« Meistens fiel ich darauf herein und antwortete wieder mit Ja. Dann hockte sie sich lachend nieder, ich sprang vor ihr auf die Füße und schrie: »Das sag ich Papa, böse Mama, selber doof!« Dann zog Mutter mich wieder in ihre Arme, drückte mich an sich, küßte mich und lachte: »Nein, bist nicht doof, Huanhuan ist Mamas liebes Schätzchen, meine brave Huanhuan.«

Aber nach der Trennung von Vater und Mutter wurde mein Name geändert: Hanhan; und auch Mutter hat sich verändert. Sie sorgte zwar trotz großer finanzieller Einschränkungen dafür, daß ich immer gut zu essen hatte und anständig angezogen war, aber so herzlich wie früher war sie nur noch sehr selten. In ihren Augen schien ich nur noch ein kleines Tier zu sein, das versorgt werden mußte. Ich bin nicht länger Mamas »liebes Schätzchen«, sondern die Verkörperung ihrer »Enttäuschung«.

Ich fühle mich so einsam! Auch Kinder wissen, was Todessehnsucht ist. Überhaupt bin ich gar kein Kind mehr. Ich habe schon den Antrag auf Aufnahme in den Kommunistischen Jugendverband eingereicht. Ich sei verschlossen, sagt mein Lehrer.

Gut! Du hast ein Schloß, ich habe auch eins. Wenn du nicht willst, daß ich dich verstehe, lasse ich dich auch nicht in mich hineinschauen.

Mutter hat mir etwas über Literaturtheorie beigebracht. Literatur sei Ausdruck von Überdruß und Traurigkeit. Das finde ich auch, denn immer, wenn ich traurig bin, schreibe ich Gedichte. Ich habe sie Mutter nie gezeigt, aber sie hat mir eines Tages ein hübsches Notizbuch geschenkt. Als ich es aufschlug, standen auf dem ersten Blatt schon einige Schriftzeichen, von ihr geschrieben: »Jugendgedichte – Sun Han«. Woher weiß sie, daß ich dichte? Merkwürdig! Mehrere Gedichte habe ich schon übertragen. Nur eins – vom Tag des Physiktests – steht nicht in den »Jugendgedichten«. Ich habe Angst, daß Mutter es zu sehen bekommt. Darum habe ich es auf einen Zettel geschrieben.

Ich lege ihn vor mich auf den Tisch und freue mich an meinem Werk.

Der Name

Die Leute lachen über meinen Namen,
Weil er so seltsam ist.
Ach, ihr alle,
Solltet mich Ärmste nicht so behandeln.

Name, Name,
Du spiegelst nicht nur den Charakter eines Menschen,
Du kannst auch Erinnerung sein.
Ein Echo im Herzen.

An jenen Tag erinnere ich mich nicht mehr.
Die schreckliche Nacht aber werde ich nie vergessen.
Ich war zwar noch klein damals,
Doch meine Erinnerung ist deutlich.

Ach, du Unaussprechlicher,
Ständig plagst du mich.
Ich finde keine Ruhe
Wie das ewige Auf und Ab der Wogen.

Meines Namens Ursprung,
Ich möchte ihn nicht ergründen.
Er soll in meinem Herzen verborgen bleiben,
Soll anderen keine Qualen bereiten.

Ach sanfter Wind, wehende Weiden,
Erzählt mir alles, alles.
Macht euch nicht lustig über meinen Namen,
Macht, daß man ihn ganz und gar vergißt.

Ich habe keine Schublade, deshalb verwahre ich das Gedicht ganz unten in meiner Schulmappe.

»Huanhuan«, ruft Mutter plötzlich. Das ist ja mein richtiger Name! Auch Mutter denkt an früher. Auch sie hat gerade an die kleine Huanhuan gedacht. Ich renne zu ihr hinüber und hänge mich an ihren Hals. »Mama, wie hast du mich eben gerufen? Sag das nochmal!« – »Na, Hanhan doch! Oder habe ich mich vielleicht versprochen?« fragt sie erschrocken, ohne sich im geringsten zu verstellen. Mein Herz wird eiskalt. »Was ist los?« frage ich sachlich. »Setz bitte einen Kessel Wasser auf! Ich möchte eine Tasse Tee.« – »In Ordnung!« Ich klappere absichtlich laut mit dem Teekessel, aber sie scheint es nicht zu hören.

»Sun Han! Ist deine Mutter da?« – Da sind diese beiden ja schon wieder, Vater und Sohn. »Onkel Xu!« begrüße ich ihn ohne große Begeisterung. »Ja, sie ist da.«

Sie kommen in letzter Zeit ständig. Und nur weil Mutter dem kleinen Jungen ein Paar Schuhe gemacht hat. Gleich an dem Tag, als sie sie hingebracht hatte, kamen die beiden zum ersten Mal. Der Vater zerrte den Sohn zu meiner Mutter, deutete auf sie und forderte ihn auf: »Sag Mama zu ihr, Kun! Nun mach schon! Deine Schuhe sind von ihr. Nun sag schon: Danke, Mama!« Und tatsächlich brachte der Junge ein »Mama« heraus, und auch noch »Danke, Mama«. Und genau deswegen wird mir ganz schlecht, wenn ich die beiden sehe. Hätten sie nicht, wie sich's gehört, »Tante« sagen können? Nein, ausgerechnet »Mama« soll er sie nennen! Natürlich weiß ich, daß man hier in Shanghai statt Tante auch Mama sagen kann, aber dieser Xu ist doch offensichtlich älter als meine Mutter! Wie kann er sie so nennen! Wenigstens hat Mutter dem Kleinen nicht geantwortet.

»Hanhan, kocht denn das Wasser noch nicht? Gieß Tee auf für unsere Gäste!« ruft Mutter. Als ich das Teewasser hereintrage, kniet der kleine Kun gerade neben ihr und sie streichelt ihm zärtlich über den Kopf, als wäre er ihr Kind. Mein Gesicht glüht. Wir haben frischen Tee im Haus, vor kurzem erst gekauft. Aber diesem Xu gieße ich alte Teeblätter auf, die fast alle oben auf dem Wasser schwimmen. Er muß sie mit gespitztem Mund wegpusten. Wie ein Affe sieht er dabei aus. Wirklich wie ein Affe. Mutter wirft mir einen mißbilligenden Blick zu, sagt aber nichts. Jetzt geht's mir besser – aber nur ein bißchen.

»Hol mal ein paar von deinen Bonbons für den kleinen Bruder«, fordert Mutter mich auf.

»Hab ich alle schon aufgegessen«, antworte ich mürrisch. – Wieso eigentlich kleiner Bruder? Selbst wenn ich Bonbons hätte – nicht für den.

Erschrocken schaut Mutter mich an, dann wandert ihr Blick zur Dose auf dem Schrank. »Erst neulich habe ich ein Pfund gekauft«, denkt sie jetzt bestimmt, »das kann doch noch nicht alle sein.« Aber sie sagt nichts und sieht nicht nach. Also hat sie wohl doch noch etwas für mich übrig.

Mit viel Gepolter rücke ich einen Sessel an den Schreibtisch und setze mich hin. »Sei ein bißchen leiser«, sagt Mutter sanft, »wir haben Gäste, Hanhan.« Ich beachte sie nicht. Gäste! Was für ein Getue!

Sie sollen denken, daß ich Hausaufgaben mache, in Wirklichkeit höre ich ihnen zu. Sonst, wenn die beiden kamen, bin ich immer weggegangen. Bei diesen Unterredungen wird es meist sehr spät. Was haben die sich bloß soviel zu erzählen? Warum sind Mutter diese Gespräche nicht lästig? Wenn ich nur ein Wort zuviel sage, gleich bin ich ihr lästig: »Kannst du nicht draußen spielen? Du gehst mir auf die Nerven!«

»Was machst du denn jetzt so?« fragt sie gerade diesen Xu.

»Was kann ich schon tun?« antwortet der. »Kun hat nichts anzuziehen, ich versuche gerade, Sachen für ihn zu nähen. Freund He hat mich deswegen schon getadelt, er hat für den Jungen einen Anzug schicken lassen. Aber ich mache weiter; die Tage sind lang!«

Er will ja bloß bemitleidet werden.

Mutter wird rot. Sie wendet sich ab und seufzt: »Der Haushalt muß erledigt werden. Aber du darfst darüber den Beruf nicht vergessen. Die Fakultät will dir doch einen Lehrauftrag erteilen!«

»Natürlich möchte ich ein bißchen beruflich arbeiten«,

sagt dieser Xu, »aber Genosse Xi Liu ist nicht gut auf mich zu sprechen, da möchte ich dir nicht auch noch Schwierigkeiten machen. Es heißt ja schon, du nähmest mich zu sehr in Schutz. Dabei müssen die Leute doch wissen, daß wir während der Kulturrevolution zu verschiedenen Lagern gehörten, daß ich dich damals scharf kritisiert habe und heute noch in deiner Schuld stehe deswegen.«

So ein Schleimer! Immer dichter schiebt er seinen Kopf an Mutter heran. Sie rückt ihren Stuhl von ihm weg, unterbricht ihn: »Lieber Xu, wozu darüber reden? Unter uns kann von Schuld keine Rede sein. Wollten Menschen wie du und ich die Verantwortung für jenen Abschnitt der Geschichte übernehmen, dann hätte ich mit dir bestimmt schon gründlich abgerechnet. Aber wir waren damals leider noch nicht reif genug für diese Verantwortung. Eher müßte die Geschichte für uns die Verantwortung übernehmen. Aber welche Lehren jeder für sich aus seinen Fehlern gezogen hat, ist eine andere Sache. Du die deinen, ich die meinen. In dieser Hinsicht kann keiner den anderen decken, und keiner für den anderen geradestehen.«

Wieder das alte Lied: die Große Kulturrevolution, die Große Kulturrevolution! So lange ich zurückdenken kann, unentwegt höre ich dieses Wort. Aus den Radios tönte es einem täglich entgegen: »Die Große Kulturrevolution ist wunderbar, wirklich wunderbar!« Die Kindergärtnerinnen im Kindergarten brachten uns schon die Parole bei: »Es lebe die geschichtlich unvergleichliche Große Kulturrevolution!« – Was das heißt: »geschichtlich unvergleichlich«? – Das verstehe ich erst heute richtig. Immer war es so in all diesen Jahren: kaum sitzt Mutter mit ihren Freunden zusammen, gleich geht's los über die Große Kulturrevolution. Ich kann's nicht mehr hören! Heute schon wieder. Dabei geht's heute ja noch harmlos zu, sonst kriegen sie sich sogar in die Haare, schreien und streiten, bis sie heiser sind. Und zum Schluß beschwichtigt jedesmal einer: »Gut, gut! Wir sind kleine Leute, unsere Sache soll's nicht sein, geschichtliche Erfahrungen auszuwerten. Lassen wir das, reden wir lieber über Lohnerhöhungen oder übers Wetter. Hahaha!« Wie die Kinder! Erst ist der Teufel los, und dann ist ebenso schnell alles wieder vergessen. Und beim nächsten Mal fangen sie von vorne an. Ich hab das jetzt oft genug mitgekriegt und sie durchschaut: sie sind alle unzufrieden mit der eigenen Vergangenheit, der »ersten Hälfte des Lebens«, wie sie sagen. »Ja, die Geschichte! Die Geschichte hat sich mit uns einen Scherz erlaubt!« sagte einer, als ob er ein Gedicht aufsagen würde. Mutter hat erzählt, er sei gerade aus dem Zuchthaus entlassen worden, man hatte ihn lebenslänglich verurteilt, weil er gegen Lin Biao war.

Ich weiß schon, sie sind nämlich Intellektuelle. – Aber, Vorsicht, ich selber habe auch etwas von einer Intellektuellen. Nur, ich werde garantiert klüger sein als Mutter und ihre Bekannten, ich werde mich bestimmt nie an irgendeinem politischen Kampf beteiligen. Ich will eine unabhängige Persönlichkeit werden. Ich habe mich zwar in den Kommunistischen Jugendverband gemeldet, aber das zählt doch wohl nicht als politische Einrichtung. Und daß ich dort eintreten will, bedeutet nur, daß ich ein guter Mensch sein möchte. Mutter sagt immer: »Du mußt ein anständiger Mensch werden, aufrichtig und nützlich.«

»Sag, was du willst, ich fühle mich dir gegenüber trotzdem schuldig. Vor allem wegen dieser Kritikversammlung damals. Auch ich habe dich ›Xi Lius . . .‹ genannt, obwohl ich es nie wirklich geglaubt habe.« – Dieser Xu quatscht schon wieder, mit jammervoller Miene.

»Aber Xu!« Ein Ausruf von Mutter, dann steht sie auf. Sie muß sehr erregt sein. Immer wenn sie aufgeregt ist, steht sie auf – vielleicht rutscht dann der Ärger besser runter.

Wie hat der Mutter genannt, Xi Lius was? Was soll denn das heißen. Mutter hat noch nie davon gesprochen. Aber es war bestimmt nichts Gutes! Richtig, jetzt erinnere ich mich, Mutter hat einmal zu Tante Li gesagt, genau das, was sie am wenigsten ausstehen könne, nämlich andere verleumden, das hätte sie am eigenen Leib zu spüren bekommen – noch dazu durch die eigenen Kommilitonen. Hat sie damit etwa diesen Xu gemeint? Wenn ja, warum duldet sie dann seine Anwesenheit? Ich verstehe das nicht!

»Xu«, sagt sie gefaßt, nachdem sie sich wieder hingesetzt hat, »laß uns nie wieder über diese Sache reden!«

Er nickt: »Aber so etwas kann man nicht einfach vergessen! Ich bewundere dich wirklich, der Druck auf dich war so groß, und doch hast du nicht rebelliert.«

»Du hast nur die Außenseite gesehen. Mein Kopf war ein einziges Schlachtfeld damals. Vor allem als ich von dem Verhältnis zwischen Xi Liu und Chen Yuli erfuhr, hätte ich mich am liebsten auf die Seite der Rebellen geschlagen. Aber mich ›eisenharte Konservative‹ hätten die Rebellen ja nie akzeptiert. Deshalb habe ich den Mund gehalten – aus Respekt vor mir selber. Aber mir war immer bewußt, ich ›stehe in der falschen Reihe‹, ›folge den falschen Leuten‹. Wenn ich allein war, habe ich geheult vor dem Porträt des Vorsitzenden Mao!«

Mutter ist ja ganz schön dumm. Wer gibt denn heute noch zu, daß er damals rebellieren wollte? Das gestehen freiwillig ja nicht mal mehr echte Rebellen ein! Rebellen sind nämlich Konterrevolutionäre, schlechte Menschen! So steht's in jedem Roman. Aber was ich nicht verstehe: warum hieß es damals, sie seien gut? Gute Menschen, schlechte Menschen, dieses ewige Hin und Her macht einen wirklich wirr im Kopf. Wenn ich ehrlich bin, kümmern mich solche Sachen sowieso nicht. Für mich ist jeder, der zu Mutter und mir freundlich ist, ein guter Mensch, egal zu welcher Gruppe er gehört. Aber bei diesem Xu bin ich mir nicht sicher – liegt ihm wirklich was an Mutter, oder will er ihr nur schöntun? Mutter ist stellvertretende Generalsekretärin der Parteizelle, natürlich reden ihr viele Leute nach dem Mund. Großmutter hat oft gesagt: »Steht hinter einem Namen das Zeichen ›Zhang‹, haben Worte und Fürze einen lauteren Klang.« Ja, ein »Zhang« schüchtert ein! Ein Mitschüler von mir wurde auch nur deshalb in den Kommunistischen Jugendverband aufgenommen, weil er dem Sekretär ständig um den Bart ging. Ich kann so etwas nicht. Ich konnte das auch noch nie leiden – diese Kriecherei. Aber heute hat ein Mädchen aus meiner Klasse zu mir gesagt, daß ich so gut Gedichte aufsagen kann. Das war keine Schmeichelei. Das hat mich gefreut.

»Sun Yue!« Jetzt ist dieser Xu auch aufgestanden – ganz aufgeregt ist er: »Erst heute verstehe ich dich! Ich kenne so viele Leute, aktive Mitläufer zur Zeit der ›Viererbande‹, die sich jetzt im Handumdrehen in Verfolgte verwandeln und zu Helden im Kampf gegen die ›Viererbande‹ werden. Sie meinen, es läge in der Natur des Menschen, daß er die eigenen Fehler beschönigt und sich auf hinterhältige Weise Vorteile erschleicht. Leute wie du, die sich an die Tatsachen halten, ohne sich dabei selbst zu verherrlichen, sind große Ausnahmen. Außerdem kannst du dich selbst kritisch sehen. Nur, Menschen wie du müssen leiden. Schau dir You Ruoshui an.«

»Ich wollte dich gerade fragen, warum du nicht einen Bericht über ihn ans Parteikomitee schreibst, wo du doch in dieser Sache gut Bescheid weißt. Man müßte You Ruoshui helfen, seine eigenen Fehler zu erkennen. Wo bleibt denn sonst die Glaubwürdigkeit unserer Parteipolitik?«

Er lacht, antwortet nicht gleich. Nach einer Weile sagt er: »Liebe Sun Yue, hast du nicht gesagt, wir sollten dieses Kapitel der Geschichte nicht wieder aufschlagen? – Hat He Jingfu dich schon besucht?«

Darauf war Mutter offensichtlich nicht vorbereitet, sie fährt zusammen und schaut aufmerksam zu mir herüber. Dann steht sie auf, um diesem Xu Teewasser nachzugießen. Danach kommt sie zu mir und drückt mir zwei Yuan in die Hand: »Geh, kauf eine Tüte Bonbons!«

Will sie mich wegen vorhin in Verlegenheit bringen oder einfach nur loswerden? Ich forsche in ihrem Gesicht, ohne darin eine Antwort zu finden. Mir bleibt nichts anderes übrig, als mit dem Geld loszuziehen.

Im nächstbesten Laden kaufe ich die billigsten Bonbons und renne zurück nach Hause. Sie sind immer noch bei diesem He Jingfu. Xu nennt ihn »alter He«, als sei er sehr gut befreundet mit ihm. Mutter sagt He Jingfu, sie scheint ihn nicht besonders gut zu kennen.

»Der alte He ist wirklich ein außergewöhnlicher Mensch, man hat ihn damals total durch die Mangel gedreht, und doch ist er ungebrochen«, meint Xu bewundernd.

»Das stimmt!«

»Schon über vierzig, und immer noch Junggeselle«, fährt er fort, »wir, seine ehemaligen Kommilitonen, sollten ihm helfen, einen Hausstand zu gründen.«

»Hm.«

»Er hat sicher nicht vergessen, was einmal war zwischen euch«, murmelt dieser Xu und rutscht dichter an Mutter heran.

Mutter wird plötzlich rot bis zum Hals. Ihr Blick fliegt zu mir herüber. »Hanhan, setz doch mal den Reis auf!«

Ich verstehe, nun wollen sie sowas wie die »Kernfrage« besprechen. Und ausgerechnet ich muß gehen! Brummig wasche ich den Reis und stelle ihn auf den Gasherd, dann schleiche ich auf Zehenspitzen zur Zimmertür zurück und lausche.

»Ich will sagen, über seine Gefühle für dich brauchen wir nicht zu reden. Seine Tagebuchaufzeichnungen haben alles gesagt. Die Kritik damals ist wirklich zu weit gegangen. Aber die Zeiten sind vorbei, die Verhältnisse haben sich geändert. Auch He ist ein anderer geworden, härter, kompromißloser, während du noch nachgiebiger geworden bist. Vielleicht würdet ihr heute gar nicht mehr zusammenpassen.«

Mir schnürt's die Kehle zusammen. Eigentlich redet er in letzter Zeit immer nur darüber! Was für ein Mensch ist wohl dieser He Jingfu? War er schon einmal bei uns? Ich kann mich absolut nicht erinnern. Ich möchte hören, was Mutter dazu sagt. Aber sie läßt eine ganze Weile wortlos verstreichen.

»Hast du darüber noch nicht nachgedacht?« Wieder Xu, diesmal drängender.

Schließlich antwortet sie ganz leise: »Was soll's, wozu diese alte Geschichte wieder auskramen? Jeder geht seinen eigenen Weg. Jedem fällt es schwer, sich auf einen anderen einzustellen.«

Verdammt, der Reis. Es riecht schon ganz verbrannt. Auch Mutter hat's schon gerochen, sie öffnet die Tür, als ich gerade zum Herd zurückspringe. »Hanhan«, fragt sie streng, »was ist hier los?«

»Die Flamme war zu groß!« antworte ich, mit schlechtem Gewissen – bestimmt hat sie erraten, daß ich gelauscht habe.

Ich weiß auch nicht, ist es wegen diesem He Jingfu oder

wegen dem Reis – beim Essen sieht Mutter noch elender aus als vorhin, macht ein Gesicht wie drei Tage Regenwetter. Keiner sagt etwas. So geht das meistens bei uns. Wir sitzen nicht wie andere lachend und plaudernd beim Essen. Ich bin's zwar gewohnt, aber schön finde ich es nicht.

»Hanhan! Wie sitzt du schon wieder da! Achte auf deine Haltung!«

Jetzt kritisiert sie mich wieder. Dieser Tonfall ist noch unerträglicher als ihr Schweigen. Immer auf dem Höhepunkt ihrer schlechten Laune nörgelt sie an mir herum: schmatz nicht so laut, sitz ordentlich, halt den Kopf über die Reisschale! usw. usw. Bis ich überhaupt nicht mehr weiß, wie ich eigentlich essen soll. – Ich könnte platzen vor Wut! Bin ich etwa schuld an deiner Verstimmung, möchte ich fragen. Warum hast du mich dann überhaupt in die Welt gesetzt und großgezogen? Aber ich setze mich anständig hin und schiebe mir vorsichtig den Reis in den Mund, ohne sie anzusehen. Ich weiß, sie sieht betrübt und beunruhigt aus, so als tadele sie mich und wolle sich gleichzeitig bei mir entschuldigen. Ich kann diesen Ausdruck nicht ertragen.

Nach dem Essen setzt sich jeder wieder an seinen Schreibtisch und macht sich seine eigenen Gedanken. Ich möchte zu gern wissen, wer He Jingfu ist, in welcher Beziehung er zu Mutter steht, aber ich traue mich nicht, sie zu fragen.

In anderen Familien sitzt man jetzt vor dem Fernseher. Mutter und ich dagegen sitzen vor einer Wand. Ach, wenn doch Vater hier wäre, Vater . . .!

Dieses Wort ist mir in den letzten Jahren immer fremder geworden. Nach Möglichkeit vermeide ich es. Meine größte Sorge ist, jemand könnte mich nach meinem Vater fragen. Vor Mutter wage ich schon gar nicht, ihn zu erwähnen. »Er« sage ich stattdessen, oder »dieser Mann«, wenn es sich gar nicht umgehen läßt. Sie versteht das. – Ich habe einen Vater. Nein: Ich hatte einen Vater. Das Wort fesselt mich; damit kann nicht nur Vergangenheit verbunden sein. Ich warte immer noch auf den Tag, an dem ich mit Vater zusammen ins Kino gehen kann, oder Schlittschuh laufen. Gobang spielen ginge auch noch, Fünfer-Gobang. Immer stelle ich mir vor, daß uns die anderen, wenn wir drei auf der Straße spazierengingen, bewundern müßten: »Guckt mal, so eine glückliche Familie!«

Daß Vater sehr gut aussieht, weiß ich. Ich habe das Foto aufbewahrt, das Mutter in der Nacht zerrissen hat. Heimlich, hinter ihrem Rücken, habe ich es wieder zusammengeklebt. Drei Personen sind darauf: Vater, Mutter, ich. Es stellt meine gesamte Geschichte dar, dieses zerrissene Foto. Drei Personen mit zerrissenen Gesichtern, durch mich geht der Riß mittendurch; eine Hälfte von mir hängt am Vater, die andere an Mutter. Ich schaue sie nicht gerne an, diese zerstörte Familie, aber ich muß sie heimlich immer wieder betrachten. Auch jetzt möchte ich sie hervorkramen. Die Gelegenheit ist günstig, Mutter ist mit sich selbst beschäftigt. Ich ziehe das Foto heraus, werfe einen Blick darauf und packe es sofort wieder in meine Tasche. Mein Herz klopft. Ich spüre Mutters Blick. Aber unmöglich, sie kann nichts gemerkt haben. Sie hat keine Zeit, sich um mich zu kümmern.

Was ist das? Die drei Personen auf dem Foto sind ja lebendig. Ich gehöre gar nicht zu ihnen, sondern betrachte sie nur von außen. Drei so hübsche Menschen! Drei so vergnügte Menschen! Huanhuan stützt das Kinn in beide Hände, lacht übers ganze Gesicht. Huanhuans Mutter, lachend wie ein junges Mädchen. Huanhuans Vater lacht ebenfalls, nur mit geschlossenen Lippen, sogar er sieht wie ein junges Mädchen aus. Wer ist denn das da?! Ritzt mit einem Messer an den Gesichtern und Leibern herum! Alle werden durchgeschnitten. Huanhuans Vater, die Mutter, Huanhuan – lauter halbierte Menschen, fürchterlich! Ich wage nicht, sie anzuschauen! Doch schmerzlich lächelnd kommen sie auf mich zu. Entsetzt schreie ich auf. Erst nach langem Ringen entwinde ich mich den drei Halbierten und wache auf – ein Traum. Mutters Hand streichelt mir über den Kopf, sie küßt mich auf die Stirn. Ich halte den Atem an, bewegungslos. Ach Mutter, warum kannst du nur nachts so liebevoll und zärtlich zu mir sein?

Ihre Hand zieht sich zurück. Ich höre sie leise weinen. Vorsichtig öffne ich die Augen: Mutter hält mein Foto in der

Hand, das zerstörte Foto. Ich drehe mich zu ihr herum, rutsche dicht an sie heran, ganz dicht. Mutter nimmt mich fest in die Arme. »Mein armes Kind«, sagt sie weinend. »Was habe ich dir angetan! Was habe ich dir angetan!« – »Nein, Mama, ich bin schuld. Ich werde dir nie wieder Kummer machen!« Sie umarmt mich noch fester.

6. Xi Liu

Die Geschichte reicht für mich bis in die Gegenwart – sie gab mir einen Verräter zum Sohn. Ich bin ratlos!

Die Haushälterin serviert das Essen, wir drei haben am Eßtisch Platz genommen, ich habe den Vorsitz, meine Frau Chen Yuli links von mir wie gewöhnlich, rechts mein jüngster Sohn Xi Wang. Mir gegenüber sitzt die Haushälterin, damit sie uns jederzeit bedienen kann.

Xi Wang studiert im zweiten Semester chinesische Literatur an der Universität. Er wohnt auch dort, kommt nur am Wochenende nach Hause. Nach Möglichkeit vermeide ich das Gespräch mit ihm. Der Junge tanzt allmählich immer mehr aus der Reihe. Ausgerechnet die beiden Menschen, die vor mir am wenigsten Respekt haben, leben unter meinem Dach – Xi Wang und Chen Yuli. Yuli fürchte ich nicht; wie sehr sie mich auch mitunter verspottet, letzten Endes sind wir uns einig. Anders Xi Wang, er will scheinbar nicht eher Ruhe geben, bis er mich, den Parteisekretär, erledigt hat. Er ist ein echter »Rebell«, mein Sohn – ein Verräter.

Den Kopf tief über seine Schüssel gebeugt, schlingt er das Essen hinunter, erst als die Schale zur Hälfte geleert ist, redet er mich unwillig an:

»Ich habe gehört, du hast auf der Versammlung des Parteikomitees gesagt, man könne einem Menschen wie Xu Hengzhong nicht soviel Freiraum gewähren, dürfe ihm nicht gestatten, Artikel zu veröffentlichen, stimmt das?« Jedesmal wenn er den Mund aufmacht dieser mißbilligende Ton. Da hat die »Große Kulturrevolution« was Schönes angerichtet, selbst Komiteemitglieder können nicht mehr zwischen innen und außen unterscheiden. Wie können parteiinterne Richtlinien nach außen dringen?! Die Disziplin müßte wiederhergestellt werden!

»Das ist eine interne Angelegenheit des Parteikomitees«, antworte ich unfreundlich, »was hast du daran auszusetzen?«

»Auf wessen Politik stützt du dich eigentlich? Wann wirst du endlich begreifen, daß dir die Macht vom Volk nicht verliehen wurde, damit du andere Leute plagst, und erst recht nicht dazu, deine privaten Fehden auszutragen!« – Jede Silbe ein Pistolenschuß, ich bekomme keine Antwort heraus. Also ignoriere ich ihn einfach. Wenn kleine Kinder reden wollen, soll man sie lassen! Wozu bin ich schließlich sein Vater? Hauptsache, er untergräbt mein Ansehen nicht in der Öffentlichkeit. Das fürchte ich am meisten.

»Kannst du denn nichts anderes als Leute schikanieren? Nimm dir doch mal You Ruoshui vor! Alle Dozenten der Literaturabteilung wissen, daß Xu Hengzhong lediglich You Ruoshuis Sprachrohr war. Keiner war während der Zeit der Kritik an Deng Xiaoping so aktiv wie You Ruoshui. Sogar die heimlichen Sympathisanten der ›Viererbande‹ bezeichnen ihn als ein lebendiges, stetig fließendes Wasser. Jetzt hat er dich wieder eingewickelt. Ständig schmiert er dir Honig ums Maul, ja, das hast du gerne!«

Ich lege die Eßstäbchen hin und fahre ihn an: »Was verstehst du denn schon! Du wirst von Tag zu Tag anmaßender!«

Spöttisch verzieht er den Mund, lacht: »Anmaßend? Vater, glaubst du, du kannst vom Thema ablenken? Ich mache mir ehrlich Gedanken um dich – schließlich bin ich dein Sohn!«

Ich bekomme vor lauter Ärger kein Wort heraus. Yuli klopft unwillig an ihre Reisschale: »Ich bitte euch, könnt ihr nicht von etwas anderem reden? Xi Wang, du bist in letzter Zeit mit allem unzufrieden, findest du nicht, daß es gefährlich ist, kritisch zu sein?«

Sie hat einfach kein Gespür, diese Yuli. Was mischst du dich ein? Auf dich hat er es doch gar nicht abgesehen. Du bist für ihn die »Lehrerin«.

»Lehrerin Chen Yuli!« – Na bitte! Wer weiß, was nun kommt?

»Ich bin keineswegs allem gegenüber kritisch. Ich bin lediglich mit einigen Vorgängen hier unzufrieden. Sehr unzufrieden.« – Das ging ja noch, sein Tonfall war ganz friedlich, nur seine Augen hinter der Hornbrille funkeln –

gleich wird er seinen Pfeil abschießen. Ich reiche Yuli meine Reisschale: »Geh, fülle mir noch Reis nach!« – Sie beachtet mich nicht, die Haushälterin nimmt die Schüssel. Sie hat wirklich kein Gespür, diese Yuli. Aufstehen sollst du und verschwinden!

»Darf ich dich fragen: Bist du denn derzeit mit allem einverstanden? Glaubst du beispielsweise, Vater sei besser als dein früherer Mann? Glaubst du tatsächlich, daß er dich liebt? Er liebte auch meine Mutter sehr, während er dir diese Briefe schrieb, wo drinstand, daß er uns Kinder am liebsten umbringen möchte, um mit dir heimlich auf und davon gehen zu können. Tatsächlich aber behandelte er uns Kinder sehr anständig und kaufte uns jeden Tag Schokolade! Glaubst du's nicht? Dann frag mal meine Tante!«

Gerade im rechten Moment kommt die Haushälterin mit meiner gefüllten Schale herein. Xi Wang nennt sie immer »meine Tante«, sie hat ihn großgezogen. Ich war damals politisch in Ungnade gefallen; mein Lohn war drastisch gekürzt worden. Ich mußte mich ganz darauf verlassen, daß sie ihn mit ihren Ersparnissen durchbrachte. Später wollte Yuli sie ein paarmal entlassen, aber Xi Wang drohte: »Wenn du das tust, gehe ich vor Gericht!« Ich kann ihr da auch nicht recht geben. Man darf sich nicht so undankbar zeigen. Nur fürchte ich, daß die Tante Xi Wang negativ beeinflußt. Sie liebte seine Mutter allzusehr und kann Yuli nicht leiden.

Die Tante drückt mir die Schale in die Hand und verschwindet wortlos. Hätte sie ihn mit ein paar Worten zurechtgewiesen, er hätte bestimmt auf sie gehört. Jetzt muß ich es tun.

»Das geht zu weit!« Ich schlage mit der Faust auf den Tisch und erhebe mich. Erschrocken hüpfen Schüsseln und Teller. Auch Yuli ist aufgestanden, sie wird abwechselnd rot und blaß, blöde steht sie da. Alles, was sie kann, ist mit ihrer Hilflosigkeit kokettieren; wenn wirklich mal etwas passiert, fällt ihr nichts ein. Sun Yue ist ihr in dieser Hinsicht weit überlegen. Aber schließlich ist Yuli gerade deswegen meine Frau geworden.

Xi Wang scheint sich an unserer Aufregung genüßlich zu weiden. Seine Augen wandern von einem zum anderen. –

Das ist nun mein Lieblingskind. Nicht nur, weil er der Jüngste ist, sondern auch wegen seiner Ernsthaftigkeit. Und diese Augen – groß mit wissendem, verschlossenem Blick. Wenn ich früher, als er noch klein war, mit ihm spazierenging, sagten die Leute bewundernd: »Seht nur, was das Kind für Augen hat!« Das war Musik in meinen Ohren. Nie hätte ich gedacht, daß mir diese Augen einmal zum ständigen Ärgernis werden könnten. Wie er mich jetzt wieder anschaut! Als wolle er sagen: »Hast du etwas einzuwenden? Dann sag's doch! Los, sag's!« – Aber ich weiß nichts, was ich ihm entgegnen könnte.

»Na gut!« – Nach einigen Minuten des Schweigens zuckt er die Schultern und steht auf: »Offensichtlich wollt ihr nicht hören, was ich zu sagen habe. Dann eben nicht.«

Er geht in sein Zimmer, kehrt aber gleich nochmal um, schaut mich an und meint: »Ehrlich gesagt, Vater, ich habe ja gar nichts gegen deine Beziehung zu ihr. Es steht doch schon bei Engels: ›Die Abstammung des Menschen aus dem Tierreich bedingt seine Unfähigkeit, die animalischen Züge jemals restlos abzulegen . . .‹«

Oh Himmel! Was für einen Sohn hast du mir da gegeben! Was sind das für Reden! Der Mensch mit animalischen Zügen! Sein Vater mit animalischen Zügen! Noch dazu stellt er Engels auf den Kopf.

»Deinen Vater kannst du ruhig beleidigen! Aber ich verbiete dir, Engels zu verleumden! Was nimmst du dir heraus! Was nimmst du dir heraus!« brülle ich ihn an.

Er fängt an zu lachen, macht drei Klimmzüge am Türrahmen und springt wieder herunter: »Mein marxistischer Herr Vater, mögest du bitte ›Marx und Engels, Gesammelte Werke‹ aufschlagen, Kapitel 20, Seite 110. Die Bücher sind schon fast verschimmelt. Du bist so schnell dabei, auf Marx' und Engels' Prinzipien zu pochen, aber du schaffst es nicht, sie auch nur einmal zu lesen!«

Er verläßt das Eßzimmer, sein unverschämtes Lachen bleibt im Raum zurück.

Yuli stößt ihren Stuhl zurück und stürzt hinaus. Soll sie doch gehen! Das macht sie nur, um mich noch mehr zu erbittern. Ich habe selber auch meine Zweifel, ob diese Ehe nicht doch eine Fehlentscheidung war. Ich träumte von einer harmonischen Familie für meine alten Tage, auch wollte ich Yuli für das entschädigen, was sie meinetwegen durchgemacht hat. Aber alles kommt jetzt ganz anders. Die erwachsenen Kinder können sich nicht in meine Lage hineindenken. Wir haben kaum noch Kontakt miteinander. Xi Wang bemüht sich zwar, mich zu verstehen, doch alles, was er sieht, ist meine »Animalität«!

Ach, was für eine Familie ist das! Ich lebe einsamer als ein Alleinstehender. Draußen versteht mich niemand, und zu Hause ist es genauso. Den ganzen Tag geben sich die Besucher die Klinke in die Hand, aber wer von ihnen hat schon ein bißchen wahres Gefühl für mich? Die Gefühle dieser Leute sind wie Wasser. In der Beamtenwelt kann man sich Menschlichkeit nicht leisten, das habe ich in diesen Jahren zur Genüge selbst erfahren. Alle sagen, You Ruoshui sei mein Günstling. Als ob ich nicht selber wüßte, was für eine fragwürdige Figur er ist. Aber schließlich hat er seit Jahren unter mir gearbeitet, und obwohl er damals zu den »Rebellen« übergelaufen ist, verhielt er sich mir gegenüber im Grunde immer anständig. Kaum war die »Viererbande« zerschlagen, da kam er an und gestand mir reuig seine Sünden. Ich kann doch die wenigen Menschen, die noch zu mir halten, nicht alle verjagen. Wie könnte ich meine Position an der Universität halten ohne ein paar helfende Hände?

Niemand versteht mich. Dabei habe ich soviel gelitten! Ich habe fest geglaubt, die Geschichte werde wenigstens am Ende gerecht sein. Aber nein, sie spricht mich auch jetzt nicht frei – gibt mir einen Verräter zum Sohn. Ich bin völlig ratlos!

Erschreckend ist, daß ich manchmal insgeheim seinen abstrusen Ideen zustimmen muß. Ich muß zugeben, er ist aufrichtiger als ich, kompromißloser, weniger egoistisch. Aber er hat eben noch nicht mein Alter und meine Erfahrungen.

Bin ich vielleicht tatsächlich korrumpiert?

Dieser Absatz, den er eben zitierte, stammt der etwa wirklich von Engels? – Ich begebe mich in meine Bibliothek und suche den Band heraus, von dem er sprach. Da hat die Druckerei wieder geschlampt, Seite hundertzehn und hundertelf sind ja gar nicht aufgeschnitten. – Tatsächlich, da steht es. Ich habe noch niemals jemand von dieser Stelle reden hören. In den »Zitaten von Marx, Engels und Lenin« steht sie auch nicht drin. Aber, ernstlich lernen und behalten sollen wir ja nur den geistigen Extrakt der Theorien von Marx, Lenin und Engels, nicht Silbe für Silbe.

»Diesen geistigen Extrakt, hast du den schon mal gewissenhaft studiert?« – scheint mich mein Sohn zu fragen. Nein, er ist nicht zurückgekommen. Früher einmal hat er mich das gefragt. – Ich glaube nach wie vor, der Klassenkampf ist das wichtigste Glied in der Kette; setzt man da an, so kommt alles ins rechte Lot. Das ist der Kern des Marxismus-Leninismus. Daß bei den Studenten derzeit ideologische Verwirrung herrscht, daß man es mit der ideologischen Arbeit so schwer hat bei den Dozenten, liegt nur daran, daß man diesen Punkt aus dem Auge verloren hat, daß man von der Richtlinie abgekommen ist. Im Zentralkomitee scheint man darüber allerdings anderer Ansicht zu sein. Na, ich jedenfalls gedenke nicht, mich mit solchen Fragen zu belasten. Ich gebe zu, ich habe nicht viel von Marx und Lenin gelesen. Ich gehöre zu denen, die den Marxismus-Leninismus aus den Merkblättern der Vorgesetzten studieren. Was soll's auch, mehr zu lesen. Die Leute, die die Gesamtausgaben der Werke von Marx, Engels und Lenin durchgeackert haben, sind heute dieser, morgen jener Meinung. Die Vorgesetzten erwarten von uns, daß wir die Theorie studieren und uns auf unserem Arbeitsgebiet Fachkenntnisse aneignen. Aber dazu bin ich zu alt, das geht bei mir nicht mehr. Warten wir's ab! Sollte ich wirklich nicht mehr richtig mitkommen, dann muß ich mich eben die paar Jahre bis zur Pensionierung irgendwie durchwursteln. Jetzt ist's noch zu früh, das Spiel verloren zu geben.

Die »Tante« kommt, um abzuräumen, und bringt das Teewasser. »Tante, unser kleiner Wang wird immer verrückter. Du mußt ihn öfter mal ein bißchen zurechtweisen«, murmele ich unwillig vor mich hin.

»Jeder wie er mag. Ich finde den Jungen ganz in Ordnung. Ob er's mit jemand kann oder nicht, das hängt von dem Betreffenden selber ab. Mit Geld kann man jedenfalls keine Herzen kaufen«, sie schaut mich dabei nicht einmal an.

Diese Abfuhr habe ich mir selbst eingebrockt – ich hätte wissen können, daß sie die Partei des Sohnes ergreifen würde.

Aber vielleicht wird ja doch noch etwas aus ihm. Das Problem liegt in der Führung. Meine Führung reichte nicht aus. Als seine Mutter starb, war er gerade zehn Jahre. Die alte Tante hat ihn verwöhnt. Was für ein krauses Zeug wurde ihm in den Kopf gesetzt, kaum daß seine Mutter tot war. Das Kind war der Leidtragende. Auch ich habe mich an ihm versündigt. Aber wie dem auch sei, ich muß mal vernünftig mit ihm reden. Ich bin schließlich sein Vater.

Irgendetwas liest er gerade, ganz vertieft und konzentriert. Der Junge lebt sehr einfach. Außer dem Tonbandgerät zum Fremdsprachenlernen und einem kleinen Radio besitzt er kaum etwas von Wert. Sein ganzes Geld gibt er für Bücher aus. Ich gäbe ihm gerne etwas mehr, aber Yuli ist dagegen. An jedem Monatsersten rechnet sie alle Ausgaben mit mir durch. Frauen sind ja so kleinlich.

Auf den weichen Sohlen meiner Stoffschuhe hat er mich nicht kommen hören. Erst als ich mich in einen Sessel setze, hebt er den Kopf. Als er sieht, daß ich es bin, klappt er sofort sein Buch zu, ein Notizbuch. »Vater«, er steht auf, seine Stimme klingt viel freundlicher als vorhin. Mir wird gleich besser.

Ich räuspere mich kurz und beginne: »Lieber Wang, ich habe mich in den letzten Jahren selten mit dir unterhalten. Du hast allen Grund, mit deinem Vater unzufrieden zu sein, aber das Leben stellt alles auf den Kopf, auch ich habe mein Teil abbekommen!« Ich bin richtig gerührt, ein Kloß steckt mir im Hals. Er gießt eine Tasse heißes Wasser für mich ein und stellt sie vor mich hin. Nachdem ich ein paar Schlucke genommen habe, fahre ich fort: »Ich habe deiner Mutter großes Unrecht getan, aber ich habe sie nie vergessen. Wir haben als Kampfgefährten gemeinsam unser Leben aufs Spiel gesetzt . . .«

Er nimmt das Bild seiner verstorbenen Mutter vom Schreibtisch, streichelt sanft über ihr Haar. So schmal war sie, so mager, ihr Haar jedoch blieb bis ins Alter ganz schwarz.

»Mir blieb ja gar nichts anderes übrig, als nochmal zu heiraten. Weißt du, meine Gesundheit . . .« Plötzlich tue ich mir selber leid, kann nicht weitersprechen. Im Alter geht's mit den Kräften bergab. Jetzt, das fühle ich selbst genau, brauche ich Trost und Pflege. Xi Wang scheint das nicht zu begreifen.

»Vater!« Er kommt hinter seinem Schreibtisch hervor und zieht sich den Stuhl zu mir heran. Es ist schon viele Jahre her, daß wir beide so dicht beieinander gesessen haben. Mein Herz schlägt schneller. Alt bin ich geworden, richtig alt – daß ich so sehr die Wärme meines Sohnes brauche. Begreift er das denn nicht? Freundlich schaue ich ihn an: »Wang, sprich doch mit mir über deine Ansichten! Ich möchte dich gern verstehen.«

»Also gut, Vater! Ich habe auch schon immer mit dir reden wollen. Was deine Ehe mit Lehrerin Chen betrifft, daran habe ich nichts auszusetzen, das steht mir auch nicht zu. Ich liebe meine Mutter, aber sie lebt nicht mehr. Und du brauchst jetzt wohl wirklich Pflege. Ich bedaure nur, daß zwischen euch so gar keine Liebe herrscht . . .«

»Ach Kind, Liebe – das ist Sache der Jugend. Was wir brauchen, ist nichts als gegenseitige Fürsorge!«

»Mag sein! Ich will mich nicht in deine Angelegenheiten mischen, ich gestatte ja auch nicht, daß man sich in mein Leben einmischt.«

»Nun, dann verstehen wir uns in diesem Punkt?« frage ich hoffnungsvoll.

»Ja«, er nickt zustimmend. »Unsere Differenzen liegen woanders.«

»Aha«, sage ich, bereit, ihm aufmerksam zuzuhören.

»Vater, die Geschichte hat dir tiefe Wunden geschlagen. Aber vergiß nicht, auch du trägst der Geschichte gegenüber Verantwortung. China hat in den letzten Jahrzehnten Schweres durchgemacht – solltest du nicht eingestehen können, daß auch du einen Teil Schuld daran hast? Nehmen wir gleich mal die Kampagne gegen die Rechten! Du stehst an den Universitäten und Hochschulen des ganzen Landes in dem Ruf eines Helden im ›Kampf gegen Rechts‹. Du giltst als einer, der das Problem früh erkannt und beizeiten zum Gegenschlag ausgeholt hat. Unter den Studenten hast du zahlreiche rechte Elemente entlarvt und einen beharrlichen Kampf gegen solche Tendenzen geführt. Das rechnet man dir hoch an. Doch was war die Kehrseite der Medaille? Vater, hast du darüber schon einmal nachgedacht?«

Natürlich habe ich darüber nachgedacht. Die Ausweitung des Kampfs gegen die Rechten ging tatsächlich auf mein Konto. Die Anweisungen jedoch kamen von oben, ich habe nicht eigenmächtig gehandelt. Ich kann doch nicht für etwas geradestehen, was von anderen angeordnet wurde.

»Die Kehrseite, das waren das Blut und die Tränen der Betroffenen! Um die Ehre von Partei und Vaterland zu wahren, hat der junge Xie seiner Mutter bis zuletzt nicht den wahren Grund dafür mitgeteilt, warum ihm die Ausreise verwehrt wurde. In jedem Brief warf ihm seine Mutter vor, er erfülle nicht seine Kindespflicht – alles ertrug er. Nach seiner Rehabilitierung glaubte er, ihr die Wahrheit sagen zu können. Aber die Mutter verkraftete diese große Aufregung nicht mehr – der Gedanke, daß sie den eigenen Sohn jahrelang so falsch eingeschätzt hatte, trieb sie in den Wahnsinn. Dann wäre da noch He Jingfu, Sohn armer Bauern, sein Studium hat sich die ganze Familie vom Mund abgespart – du erklärst ihn zu einem Rechten und schließt ihn damit von der Universität aus! Das Herzblut mehrerer Generationen vergeudet in der Schande eines rechten Elements! – Vater, ich könnte platzen vor Wut, wenn ich daran denke. Wärst du nicht mein Vater, dann ... Ich weiß, was du selber in den letzten Jahren durchgemacht hast. Hättest du nicht mal nachdenken können, gründlich nachdenken? Ich habe so sehr gehofft, du würdest das tun, aber anscheinend machst du dir wenig Gedanken über das, was du angerichtet hast. Was dich den lieben langen Tag beschäftigt, ist die Frage, wie du deine persönliche Schlappe wieder wettmachen könntest – doch den Schaden wiedergutzumachen, den du dem Volk zugefügt hast, daran liegt dir nichts. Andere haben in diesen zehn Jahren des Chaos eine Menge dazugelernt, du dagegen hast viel verloren. Deine Gedankengänge werden immer hohler, starrer, spießbürgerlicher . . .«

Hätte das jemand von der Führung zu mir gesagt, dann müßte ich ernstlich darüber nachdenken. Ich spüre ja selber, daß ich in den letzten zehn Jahren nicht mehr zustande gebracht habe, als mir den Haß etlicher Leute zuzuziehen. Aber hier kritisiert mich mein eigener Sohn, gerade mal ein Drittel so alt wie ich. Das kann ich nicht akzeptieren, ich werde rot, meine Ohren brennen. Ich führe die Teetasse an die Lippen, kein Schluck mehr drin. Er muß meine Unruhe bemerkt haben, er nimmt mir die Tasse ab und gießt nach.

»Historische Probleme kann man wohl nicht emotional angehen, jede Zeit hat ihre eigenen Umstände und erfordert ihre eigene Politik.« Ich finde, das ist eine angemessene Antwort.

Aber mein Sohn schwelgt weiterhin in Gefühlen. Herzlich ergreift er meine Hand: »Vater! Ich hoffe wirklich, daß du mit der gegenwärtigen Entwicklung zurechtkommst!«

Ich sammele mich etwas, bemühe mich um eine heitere Miene und frage freundlich: »Was für eine gegenwärtige Entwicklung meinst du denn?«

»Spürst du denn nichts, Vater? Es ist etwas im Gange, etwas Einschneidendes, Grundlegendes. Ich spüre die Veränderung in mir, auch aus den Wünschen des Volkes spricht sie. Die Wirren der vergangenen Jahre haben viele einzigartige Persönlichkeiten hervorgebracht. Vater, kannst du wirklich kein bißchen davon merken?«

Ist das noch mein kleiner Junge? Ich verstehe das nicht. Vor mir steht ein schöner, junger enthusiastischer Dichter. Seine Worte bewegen mich zutiefst! Liebevoll ruht mein Blick auf ihm. Ach, die herrliche Jugend! Offen für alles, gesund und stark, sorglos und frei, im Vollbesitz aller Kräfte. So wie er heute, war ich damals auch, als ich mich in die Revolution stürzte. Ach, mein Kind, wenn du dich nur nicht mit philosophischen Fragen beschäftigen würdest, sondern dich stattdessen aufs Dichten verlegtest – du hättest gewiß eine große Zukunft vor dir.

Aber – wen meint er mit »einzigartige« Persönlichkeit?

Mit welchen Leuten hat er Umgang? Welche Rolle spielen deren Ideen für ihn? – Diese Fragen dämpfen meine Begeisterung gleich wieder.

»Wer ist es denn, den du so bewunderst!« sage ich, kaum noch lächelnd.

»Nun, He Jingfu, den müßtest du doch gut kennen? Einer derjenigen, die du zum Rechten abgestempelt hast. Aber ihm liegt nichts daran, persönliche Rache zu nehmen. Er denkt umfassender über die Geschichte und alle Bereiche des Lebens. Obwohl er nur als Sachbearbeiter im Informationsbüro arbeitet, ist er bei den Studenten angesehener als jeder Dozent.« Sein Tonfall und seine Haltung zeigen deutlich, He Jingfu fasziniert ihn.

Während der Anti-Rechts-Bewegung wurden unter den Studenten etwa zehn Prozent Rechte entlarvt. Die meisten habe ich vergessen, aber an He Jingfu erinnere ich mich genau. Seinetwegen habe ich mich doch damals mit Zhang Yuanyuan endgültig überworfen. Ich sei der Henker, der die Jugend würge. Als ich sie an ihrem Sterbebett besuchen wollte, warf sie mich hinaus: »Wenn du noch ein Fünkchen Gewissen besitzt, bringst du mir diese jungen Leute zurück, einen wie den anderen!« – Aber mir war klar, einige von ihnen waren bereits damals für immer verloren. Das einzige, was Zhang Yuanyuan mir hinterlassen hat, war das Verbot, an ihrem Begräbnis teilzunehmen. Sie war wirklich eine starrsinnige alte Frau, sie hatte innerlich völlig mit mir gebrochen. Mit den jungen Leuten sind wir tatsächlich etwas zu weit gegangen. Ach, junge Menschen haben manchmal rechte Ideen, ungesunde Empfindungen, ein falsches politisches Bewußtsein, aber das sind eben die Widersprüche im Volk – wir hätten sie erziehen müssen, stattdessen haben wir sie zu Volksfeinden gemacht. Es ist nichts Gutes dabei herausgekommen. Aber kann ich etwas dafür?

»Du bist nichts als ein Beamtenschädel! Aufsteigen willst du!« Zhang Yuanyuan wollte unbedingt, daß ich das zugab. Wie kam sie nur darauf? Ja richtig, einmal hatte ich zu ihr gesagt: »Wir stammen beide aus demselben befreiten Gebiet. Unsere berufliche und politische Qualifikation ist gleich. Nur wegen deines Rechtsdralls bist du bisher nicht befördert worden. Schon mehrmals hatte ich dich für den Posten des stellvertretenden Parteisekretärs im Auge . . .« Das hätte bedeutet, auch sie zum »Beamten« zu machen. Ich habe es nur ihretwegen getan, aber die alte Frau wollte das einfach nicht einsehen.

»Das ist ein guter Zug von He Jingfu. Aber alles hat seine zwei Seiten: Wir haben ihm Unrecht getan, das ist das eine; aber andererseits hatte er tatsächlich Fehler. Er übertrieb mit seinen Ideen, war moralisch labil! Hätte er aus seinen Fehlern gelernt, wir hätten das nur begrüßt. Die Politik unserer Partei besteht doch darin, ständig aus früheren Fehlern zu lernen. So mobilisieren wir im Moment sämtliche aktiven Faktoren, um die Vier Modernisierungen voranzutreiben!« erkläre ich meinem Sohn ausgesprochen friedlich.

Aber seine Augen nehmen schon wieder diesen fremden, spöttischen Ausdruck an. Hinter den Brillengläsern schießen abermals bedrohliche Blicke hervor.

»Politsprüche«, sagt er, »die hast du gut gelernt.«

»Ich arbeite für die Partei!« antworte ich.

»Aber alles, was du im Kopf hast, sind Schlagworte, nicht Menschen! Dabei soll die Politik doch den Menschen dienen.« – Er kehrt an seinen Schreibtisch zurück und spielt mit dem Notizbuch herum, in dem er vorhin gelesen hatte.

»Triffst du dich oft mit He Jingfu?« frage ich vorsichtig.

»Ja, wir sehen uns fast täglich«, antwortet er herausfordernd.

»Worüber unterhaltet ihr euch denn so?«

»Was denn, willst du Material über He Jingfu sammeln, um ihm aufs neue das Etikett eines Rechten zu verpassen?« Er wird grob.

»Ich hoffe nur, du wählst dir deine Freunde sorgfältig. Junge Menschen neigen leicht zu Extremen, und wenn ihnen jemand gefällt, heben sie ihn gleich in den Himmel. He Jingfu ist so lange auf Wanderschaft gewesen. – Weißt du überhaupt, was er in der Zeit alles getrieben hat?« – Ich muß eine strengere Haltung einnehmen. Bei diesem Umgang kann doch nichts Gutes herauskommen. Ich spüre schon He Jingfus schlechten Einfluß auf Xi Wang.

Daß meine Äußerung ihn derart aufbringen würde, hätte ich allerdings nicht erwartet. Er kommt auf mich zu, baut sich wütend vor mir auf und fährt mich mit höhnischem Tonfall an: »Da sich der Herr Sekretär so sehr dafür interessiert, kann ich ihm ja mal an He Jingfus Stelle über dessen Wanderungen Bericht erstatten. Er hat halb China abgeklappert, hat sich auf jede erdenkliche Art schinden müssen, freilich niemals im Sinne sozialistischer Wirtschaft! Sein Weg war der bourgeoiser Kleinproduzenten. Auch ›Betrügereien‹ kamen vor: Einmal konnte er keine Arbeit auftreiben. Gerade noch rechtzeitig, bevor ihm das Essen ausging, geriet er an eine Großbrigade, die einen Ziegelofen aufmauern wollte. Er gab vor, etwas davon zu verstehen, obwohl er keine Ahnung hatte. In der folgenden Nacht schaute er sich heimlich woanders so einen Ziegelbrennofen an, vermaß ihn und zeichnete ihn ab. Er brachte es tatsächlich fertig, der Brigade einen ganz ähnlichen Brennofen hinzustellen. Das war doch ›Betrug‹, was meinst du? Du wärst zu sowas nie fähig. – Und noch was: er hält an seinen sogenannten Irrtümern fest. Seit mehr als zwanzig Jahren befaßt er sich mit Fragen der menschlichen Natur und des Humanismus. Ganz China diente ihm als Untersuchungsfeld, er bezog sein Material aus dem Volk und dort suchte er auch nach Lösungen. Jetzt ist sein Buch fertig: ›Marxismus und Humanismus‹.«

Er hält mir das Notizbuch hin: »Da, hier ist es. Ob Ihnen das gefällt, Herr Sekretär?«

»Was? ›Marxismus und Humanismus‹? Was will er denn damit sagen?« frage ich.

»Er will darlegen, daß Marxismus und Humanismus durchaus nicht unvereinbar sind. Daß der Marxismus den Humanismus einschließt, ja radikalen, revolutionären Humanismus bedeutet«, antwortet er.

Völliger Quatsch. Sowie man im Klassenkampf die Zügel schleifen läßt, schießt auch schon das bourgeoise Gedankengut wieder ins Kraut. Da hat man nun jahrzehntelang scharf dagegen angekämpft – und doch findet der bourgeoise Humanismus der Grundherrenklasse immer noch seinen Markt! Aber ich wage nicht, ihm offen die

Meinung zu sagen, womöglich packt er mich wieder an meiner schwachen Stelle. Ich muß mal das Material zu diesem Problem durchblättern.

»Das ist ja schön«, sage ich im Plauderton, »wenn das Buch fertig ist, wollen wir weitersehen! Jedenfalls bedeutet Wettstreit von hundert Schulen nicht, daß wir eine bürgerliche Liberalisierung in Gang setzen wollen. Du solltest besser differenzieren lernen und nicht jede Neuigkeit gleich für revolutionär halten. Neues ist nicht immer revolutionär.« Auf meinen letzten Satz bin ich richtig stolz; er klingt wie eine Parole, deshalb wiederhole ich ihn gleich nochmal. Aber schon hat er mich wieder ...

»Dann setzt du wohl alt gleich mit revolutionär? Du jedenfalls bringst ideologisch und sprachlich überhaupt nichts Neues zustande, da bist du wohl superrevolutionär?«

»Ach, es hat keinen Zweck, mit dir zu reden. Mach doch, was du willst. Ich jedenfalls übernehme keine Verantwortung«, ich stehe auf und knalle die Teetasse auf den Tisch.

»Das wäre wohl auch das letzte, daß ich dich für mich verantwortlich machen würde. Nur eins will ich dir noch sagen, Vater, im Ernst, du solltest dich pensionieren lassen. Die Partei würde das bestimmt genehmigen. Es wäre das beste für dich. Empfindest du denn nicht selber, daß deine Macht in keinem Verhältnis mehr zu deiner Moral und deinen Fähigkeiten steht? Du stehst zu weit oben!«

»Jetzt bin ich dir nicht einmal mehr als Vater gut genug, was? Wenn es so ist, dann kannst du ja gehen!«

Das ist ja wirklich unerträglich. Muß man sich als Vater so etwas gefallen lassen? Auf so einen Sohn kann ich verzichten. Einsamkeit hin, Einsamkeit her!

Xi Wang wirft einen Blick auf das Bild seiner verstorbenen Mutter, und seine Augen verdunkeln sich. Wird er sich bei mir entschuldigen? Ich bleibe stehen und warte.

»Nun gut, Vater! Im Grunde haben wir uns nichts mehr zu sagen. Nur wegen Mutter lebe ich noch in diesem Haus. Kurz vor ihrem Tod nahm sie meine Hand und bat mich: ›Versprich mir, daß du deinem Vater verzeihen und ihn niemals verlassen wirst!‹ Ich versprach es ihr. Aber nun ist es wohl doch besser, wenn wir uns trennen. Morgen bringe ich meine Sachen ins Wohnheim, an den Wochenenden komme ich dann in Zukunft nicht mehr.«

»Du . . .«, meine Stimme zittert.

»Und noch was.« Er vermeidet es, mich anzusehen. »Ich bin finanziell auf dich angewiesen. Würdest du mir dreißig Yuan monatlich zahlen? Wenn du nicht willst, beantrage ich ein Stipendium.«

»Ich zahle dir dreißig Yuan monatlich«, sage ich kraftlos.

»Dann sprich bitte mit dem Lohnbüro, ich hole mir das Geld direkt dort ab. Damit ersparen wir uns Ärger«, erklärt er gelassen.

Ich nicke und verlasse sein Zimmer.

Draußen stürzt sich Yuli auf mich: »Na, hast du dich bei dem Schätzchen entschuldigt!?«

»Red kein dummes Zeug!« fahre ich sie an.

Sie weint, etwas anderes kann sie nicht! Unter Tränen sagt sie: »Belogen hast du mich und betrogen. Hätte ich das vorher gewußt, dann hätte ich mich lieber alleine abgerackert, anstatt dich zu heiraten. Nicht einmal meine eigenen Kinder wollen mehr etwas mit mir zu tun haben, wozu habe ich das nur gemacht . . .«

Wozu? Das mußt du schon selber wissen. Kühl lächelnd sage ich zu ihr: »Deine Erkenntnis kommt nicht zu spät. Wenn du auch gehen willst, dann bitte. Ich komme auch alleine zurecht.«

Sie schluchzt noch lauter. Arme Frau! Ich gehe auf sie zu. »Wein doch nicht«, sage ich sanft zu ihr, »hör auf zu weinen. Morgen zieht Xi Wang aus, dann sind wir zwei hier alleine. Ob du von mir belogen und betrogen wurdest, ist doch nun egal, wir beide müssen bis zum Schluß miteinander auskommen. Wir können den Leuten nicht noch einmal Anlaß zum Gespött geben.«

Sie hört auf zu weinen und stürzt sich in meine Arme.

In dieser Nacht habe ich traumlos geschlafen.

7. He Jingfu

Hanhan, laß uns Freunde sein.

»Ich gehe weg von zu Hause!« ruft Xi Wang und wirft sein Bündel mit Schwung auf mein Bett, er scheint erfreut und ärgerlich zugleich.

Ich verstehe nicht sofort, was er damit meint: »weg von zu Hause«. Ich bitte ihn, sich zu setzen und eins nach dem anderen zu erzählen. Als er mit seinem Bericht zu Ende ist, weiß ich zunächst nichts zu sagen.

Als er merkt, daß von mir keine Antwort kommt, fährt er von alleine fort: »Lehrer He, ich denke, es ist das beste so. Wie gekommen, so gegangen, nackt und bloß und jeder Bindung ledig. Was soll das schon – Familie!«

Ich bleibe stumm. Seine Handlungsweise weckt zwiespältige Gefühle in mir.

»Die Beziehung zu meinem Vater besteht ab heute nur noch in dreißig Yuan!«

Bei diesen Worten zucke ich zusammen und schaue meinen jungen Besucher eindringlich an.

Ich mag ihn. Trotz der Jahre, die zwischen uns liegen, sind wir dicke Freunde.

Einmal, als ich im Wohnheim saß, ins Schreiben vertieft, kam ein junger Mann zu mir herein und sprach mich ganz unbefangen an:

»Herr He, können wir uns ein bißchen unterhalten?« – Ich schaute ihn zweifelnd an. – »Ich heiße Xi Wang, bin der Sohn von Xi Liu. Aber seien Sie beruhigt, ich bin ganz anders als mein Vater.« – Diese eigenartige Einführung reizte mich zum Lachen: »Selbst wenn du wie dein Vater wärst, wieso sollte mich das beunruhigen?« – »Natürlich wären Sie beunruhigt, und das zu Recht. Ihr Leben zu ruinieren war nur eine der vielen Dummheiten, die mein Vater in seinem Leben begangen hat. Aber ein ›Held im Kampf gegen Rechts‹ gewesen zu sein, das hält er sich bis heute zugute. Wäre ich wie er, dann hätten Sie allen Grund, beunruhigt zu sein.« – Ich war es nicht gewohnt, Söhne so über ihre Väter reden zu hören – mal ganz abgesehen davon, daß ich diesen Vater nicht leiden kann. »Wir müssen ja nicht unbedingt über deinen Vater sprechen«, sagte ich, »es gibt doch noch andere Themen, meinst du nicht?« – Er nickte zustimmend: »Ich möchte Sie etwas fragen: Sie haben so viel durchgemacht, wie können Sie da immer noch so eine positive Einstellung haben. Ist Ihnen der Glaube an Ihre früheren Ideale denn nicht verlorengegangen? Oder suchen Sie jetzt, wie Zhuangzi, die Freiheit in der Subjektivität?« – Jetzt erst sah ich mir den jungen Menschen, der mir da gegenübersaß, genauer an. Seine Augen paßten so gar nicht zu seinem Alter. Auf den ersten Blick ließen sie ihn viel erfahrener, viel reifer erscheinen. Augen von unergründlicher Tiefe, dabei voller Enthusiasmus. Augen, die den anderen gerne geradeheraus anschauen und ihn nötigen, aufrichtig zu sprechen. Diesen Augen konnte ich vertrauen, ich war offen zu ihm. Seit diesem Tag sind wir Freunde.

Einmal habe ich ihn gefragt: »Wie kommt es, daß du dich schon mit so vielen Problemen herumschlägst, wo du noch so wenig Erfahrungen gemacht hast?« Seine Antwort versetzte mich in Erstaunen: »Nur Tiere können die Welt lediglich durch unmittelbare Erfahrung begreifen. Ich bin ein Mensch, ein Sohn Chinas noch dazu. Die Erfahrungen meines Vaterlandes, die Erfahrungen des Volkes sind auch die meinen und damit auch alle Probleme, die aus diesen Erfahrungen entstehen. Mich mit ihnen auseinanderzusetzen ist meine Pflicht und auch mein Recht.«

Ich mag ihn sehr.

Heute jedoch befremdet mich sein Verhalten. Wie kann sich seine Beziehung zum Vater nur auf diese dreißig Yuan beschränken? Was ist denn das für eine Beziehung?

Ich weiß, auf der Welt gibt es die verschiedensten Väter und Söhne, mancherlei Familienverhältnisse mit jeweils eigener Moral. Dennoch werde ich nie akzeptieren, daß der sogenannte Klassen- und Linienkampf in jede Familie hineingetragen wird und man von Vater und Mutter, Sohn und Tochter, Mann und Frau, jüngerem und älterem Bruder verlangt, sich voneinander abzugrenzen oder gar völlig zu distanzieren. Haben wir denn aus der Vergangenheit nichts gelernt? – Meine Familie hat mich zum Glück nicht so behandelt.

Was soll ich von Xi Wangs Benehmen halten? Daß er egoistisch handelt, kann ich nicht behaupten, denn ihn erfüllt brennende Liebe zu seinem Vaterland. Dennoch, soviel steht fest, wäre Xi Liu mein Vater, ich ließe ihn nicht allein.

»Wir beide gehören eben unterschiedlichen Generationen an«, das ist meine einzige Antwort nach langem verwirrtem Schweigen. Reichlich unklar.

»Du bist nicht einverstanden?« – Unklarheiten kann er nicht leiden, gerade schaut er mir in die Augen.

»Schon. Aber ich könnte nicht so handeln wie du.« Das ist noch immer unklar, ich weiß, aber es ist mir im Moment einfach unmöglich, mich klarer auszudrücken.

»Dann bist du also nicht einverstanden?« meint er, und mit Bestimmtheit: »Das liegt daran, daß wir verschiedene Väter haben.«

Ja doch, wir haben verschiedene Väter. Mein Vater – ein braver, anständiger alter Bauer, der nichts von dem verstand, was man Weltanschauung nennt, der außerstande gewesen wäre, Begriffe wie Ethik und Moral zu erklären. Und doch hat er sich sein Lebtag für andere abgerackert, sich bis zuletzt mit Leib und Leben für seine Kinder eingesetzt. Sein ganzes Leben war mir ein Vorbild. Diesen Vater würde ich nicht gegen zehn Xi Lius eintauschen!

»Aber Vater bleibt Vater. Wieso verlangst du dann Unterhalt von ihm?« meine ich.

Er lacht, heiter und unverkrampft: »Da sieht man wieder, daß wir wirklich zwei Generationen angehören! Verlange ich die dreißig Yuan nicht von ihm, dann muß ich ein Stipendium beantragen. Warum soll ich es nicht von ihm nehmen, ›ein paar Taler weniger machen den Reichen nicht ärmer‹. Hat das Volk ihn denn nicht schon überreichlich entlohnt? – Das ist dir zu kaltschnäuzig, nicht wahr?«

»Du hast eine reichlich merkwürdige Art, dieses Problem anzugehen. In diesem Punkt werden wir wohl kaum auf einen Nenner kommen. Immerhin, ich hoffe, du wirst deine Pflichten ihm gegenüber nicht gänzlich vernachlässigen. Dein Vater ist doch schließlich kein schlechter Mensch!«

»Das kommt darauf an, von welchem Standpunkt man ihn betrachtet. Von der geschichtlichen Entwicklung her gesehen, müßte er ausgemerzt werden; weil ich sein Sohn bin, habe ich ihm geraten, wenigstens freiwillig abzutreten. Wenn er nicht auf mich hören will, kann ich ihm nicht helfen. Soll ihn doch der Gang der Geschichte belehren!«

Bestürzt schaue ich ihn an. Eigentlich kenne ich ihn überhaupt nicht richtig. Heute entdecke ich eine völlig neue Seite an ihm – Kälte, Eiseskälte. Unbegreiflich, wie sich diese Heißblütigkeit mit solcher Kälte paart, aber vielleicht bedingt eins das andere. Junger Freund, woran glaubst du überhaupt? Wofür trittst du ein?

»Ich weiß, du bist für ›fair play‹. Aber das ist heutzutage in China nicht durchzusetzen. Festgefahrene üble Gewohnheiten lassen sich nur schwer ausrotten!« – Als hätte er meine innersten Gedanken erraten.

»Aha, wir müssen die Tradition der ›Viererbande‹ fortsetzen und auf Revolution in jeder Familie, in jedem Hirn bestehen, ist es das, was du meinst?« Ich rege mich langsam auf.

»Das behaupte ich ja gar nicht. Der Mensch hat sich nur vor der Geschichte und vor sich selbst zu verantworten, andere Instanzen gibt es nicht. Blutsbande bedeuten wenig. Und ich hätte nicht gedacht, daß ausgerechnet du, ein Mann, der sein halbes Leben lang im Land herumgetrieben wurde, Verwandtschaftsverhältnissen so großes Gewicht beimißt.«

Sein letzter Satz enthält deutlichen Spott. Seiner Ansicht nach darf ein Landstreicher anscheinend kein Fünkchen Familiensinn besitzen, nicht nur das, er muß Familienleben wohl geradezu verabscheuen. Doch bei mir ist es nun mal genau umgekehrt. Familie bedeutet für mich schmerzliche Erinnerung und kostbares Erbe zugleich; Erinnerungen, bitter und süß wie der Duft der Orchideen, gerade sie haben mein Leben in der Fremde erträglich gemacht. – Ich sehne mich nach einer eigenen Familie und möchte für meine eigenen Angehörigen ebenso sorgen, wie mein Vater es getan hat.

»Natürlich ist es etwas anderes, ob man mit jemand verwandt ist oder nur derselben Klasse angehört, aber trotzdem sind Verwandtschaftsverhältnisse Urform und Keimzelle sämtlicher gesellschaftlicher Beziehungen. Wenn wir nicht einmal in der Lage sind, unsere verwandtschaftlichen Beziehungen zu regeln, wie wollen wir dann Staat und Gesellschaft ordnen?« – Meine Stimme ist laut vor Erregung.

»Regelung verwandtschaftlicher Beziehungen! Du hast Illusionen! Mach doch mal die Augen auf und schau dich um! Gerade dieser feudalistische Begriff der Familienbindung läßt viele Kader die Hände zum Vorteil ihrer Kinder gegen das Volk ausstrecken. Ja, er verleitet sie sogar dazu, das Recht zu verdrehen, um sich auf Kosten des Volkes zu bereichern. Ach könnte ich diese Einstellung doch mit Stumpf und Stiel ausrotten!« Auch er heftiger, seine Augen funkeln.

»Aber vergiß nicht, unser Volk hat auch eine andere Art von Familienbindung geschaffen, eine andere Art Ethik und Moral! Menzius' Ausspruch ›Behandele alle Eltern als wären es deine eigenen. . .‹« Unwillkürlich hebe ich meinen Tabaksbeutel in die Höhe. Wie gern würde ich dem jungen Spund einmal die Geschichte dieses Tabaksbeutels erzählen, die Geschichte meines Vaters, meiner Familie! Er sieht zu schwarz. Er begreift von unserem Volk, von unserer Nation noch zu wenig, deshalb sieht er auch zu wenig Glanz und Licht. Er versteht nicht, daß dem, der im Hellen steht, das Dunkel besonders unerträglich erscheint.

Aber er unterbricht mich lachend: »Waffenruhe, Waffenruhe! Erst jetzt wird mir klar, daß du viel komplizierter bist als ich. Vielleicht, weil dir das Leben viel mehr gegeben hat. – Ich will heute noch umziehen, danach können wir weiterreden. Du hast doch nichts dagegen, wenn ich einstweilen ein paar Sachen bei dir abstelle?«

Ich nicke zustimmend, er geht, steckt aber gleich nochmal den Kopf zur Tür herein und winkt mich zu sich. Als ich neben ihm stehe, flüstert er mir ins Ohr: »Heute ist

Sonntag, besuch doch Lehrerin Sun und unterhalte dich mal mit ihr – wenn du schon eine Familie brauchst.«

Ich will ihm die Ohren langziehen, aber er schaut mich so an, daß ich gleich wieder loslasse: er hat das nicht nur im Spaß gesagt.

Sun Yue. Bei der Versammlung damals holte sie plötzlich Nadel und Faden hervor und forderte einen unverheirateten Genossen auf: »Näh mal deinen Knopf richtig fest.« Ich schaute an mir hinunter; da baumelte auch ein Knopf. Aber mir warf sie nur einen kurzen Blick zu. – Sun Yue. Ganz zufällig begegnete ich ihr vorgestern abend bei den Büschen im Park. Ich sah sie dort auf und ab gehen und zart über die niederen Büsche streichen. Als ich näher kam, nickte sie mir knapp zu und ging eilig davon. Erinnert sie sich noch –? Sun Yue . . . sie läßt mir keine Ruhe, aus meinem ursprünglichen Plan, mich im Zimmer einzuschließen und etwas zu schreiben, wird wieder nichts. Doch zu ihr nach Hause gehen will ich auf keinen Fall. Ich kann ihre Kälte nicht ertragen.

Den Schlüssel lasse ich für Xi Wang in der Türe stecken. Und nun ein bißchen hinaus – allein.

Und wohin jetzt? Ziellos ins Blaue. – Kam sie neulich zufällig zu den Hecken?

Das Farbenmeer von Blüten überall.

Sun Yue, hast du denn kein Bedürfnis nach einer Familie? Warum können wir nicht richtig miteinander reden? Jedesmal, wenn du dich bei einer Versammlung zu Wort meldest, spüre ich die Übereinstimmung zwischen uns, aber kaum begegnen wir uns allein, fühle ich wieder diese große Distanz. Warum ist das so, Sun Yue? – Gestern nach dem Unterricht traf ich dich im Flur: »Es ist Samstagabend, und du gehst nicht aus?« – Was wolltest du damit sagen? Antworte mir doch, Sun Yue!

»Wen soll ich meiner Mutter melden?« – Eine Tür öffnet sich plötzlich und vor mir steht ein kleines Mädchen – Sun Yues Tochter Hanhan. Ich habe nach Sun Yue gefragt? An ihre Tür geklopft?

»Sie waren schon einmal hier, stimmt's? Sind Sie He Jingfu?« fragt sie mich. Ich nicke. »Mama, Herr He ist zu Besuch gekommen!« ruft sie ins Haus. Und wieder zu mir gewendet: »Bitte, kommen Sie doch herein.« Wirklich, tadelloses Benehmen gegenüber Gästen hat das Mädchen. Mechanisch folge ich ihr ins Haus. Ich ärgere mich über mich selbst – wie konnte ich nur herkommen!

Teetassen werden gebracht. Tee wird aufgegossen. Sun Yue behandelt mich sehr höflich, wie einen fremden, seltenen Gast. Das warnt mich: Abstand wahren! – Am liebsten ginge ich gleich wieder, aber ich setze mich trotzdem.

»Xi Wang hat sich mit seinem Vater überworfen, nun zieht er zu mir. Das wollte ich dir nur kurz sagen.« – Was soll denn das? Bin ich hier, um Bericht abzustatten, einen Report über Xi Wang? Weiß der Himmel. Warum sage ich nicht einfach, daß ich nur mal so vorbeigekommen bin. Das wäre ehrlich und passend.

»Die heutige Jugend hat's gut, sie haben alle Tabus gebrochen und machen nun voll vom Recht der freien Wahl Gebrauch«, sagt sie, ohne mich anzusehen.

Ich frage erschrocken: »Findest du sein Verhalten etwa richtig?«

»Was für ein Verhalten?«

»Nun, daß Xi Wang mit seinem Vater gebrochen hat.«

»Ich wäre froh, wenn ich solchen Mut hätte.«

»Was meinst du damit?!«

Sie errötet, schweigt eine Weile, bevor sie antwortet: »Ich? Ich war in Gedanken wohl gerade bei einer anderen Sache. Ich habe mir in den letzten Jahren angewöhnt, Selbstgespräche zu führen, und manchmal rede ich irgendetwas daher, was ich selbst nicht richtig verstehe«, wieder vermeidet sie meinen Blick.

Wie ähnlich wir uns doch sind! Auch ich spreche gerne mit mir selber. Weiß nicht genau, wann ich diese Gewohnheit angenommen habe. Kein Mensch hat ja nur ein einziges Ich. Sein eines und sein anderes Ich diskutieren oft miteinander. Und einsame Menschen haben noch viel mehr Ichs und bekämpfen damit ihre Einsamkeit. – Was hat sie gerade gesagt? Sie bewundere das Glück der Jugend, die in vollem Umfang Gebrauch macht vom Recht auf freie Wahl? Sie fühlt sich irgendwie unfrei, in ihrem Kopf existieren irgendwelche Tabus. Sie steht vor einer Wahl, auch das steht fest.

Aber was meint sie genau? Was will sie wählen? Was für ein Tabu gibt es dabei?

Sie blättert in einem Buch. Ich gehe zu ihr hinüber, um es mir anzuschauen, es ist »Dreiundneunzig« von Viktor Hugo.

Dieses Buch habe ich mehr als einmal gelesen. »Jedes Attribut des Menschen sei ein Symbol der Kultur und ein Zeichen des Fortschritts. Ich fordere Freiheit des Geistes, Gleichheit der Herzen, Brüderlichkeit der Seelen!« Das sind die Worte seines Protagonisten Gauvain, das waren auch Hugos eigene Ideen.

Während ich wahllos das Buch aufschlage, entdecke ich diese beiden Sätze, rot unterstrichen und noch dazu mit Fragezeichen und Ausrufezeichen versehen.

»Gefallen dir diese beiden Sätze von Gauvain?« frage ich, auf die Seite deutend.

»Das kann ich gar nicht genau sagen. Ich habe mich vom bürgerlichen Humanismus deutlich distanziert, kann ich mich denn nun noch darauf berufen?« antwortet sie.

»Gibt es denn keinen proletarischen Humanismus?« frage ich mit Wärme.

Ruckartig hebt sie den Kopf, ein kurzer, ein herzlicher Blick. Mir wird heiß, es hält mich nicht auf meinem Sitz. Ich stehe auf und stütze mich auf die Lehne ihres Stuhles. Sie dreht sich um und schaut mich wortlos an. »Doch, es gibt ihn, Sun Yue, ganz bestimmt! Du hast doch Marx und Engels gelesen! Lies sie noch öfter, und du wirst entdecken, daß im Herzen dieser beiden großen Männer ein großgeschriebener ›MENSCH‹ stand. All ihre Theorien und revolutionären Aktionen dienten der Verwirklichung dieses ›MENSCHEN‹, alles was diesen ›MENSCHEN‹ einschränkt, wollten sie beseitigen. – Leider existieren unter uns Leute, die sich selbst als gläubige Marxisten bezeichnen, die aber nur einige wenige Elemente des Marxismus herausstellen, das Ziel der Revolution aber vergessen oder aus den Augen verloren haben. Und deshalb sieht es so aus, als ziele die Revolution lediglich darauf, die Individualität des Menschen auszulöschen, seine Familie zu zerstören und jeden einzelnen auf alle erdenkliche Art abzukapseln,

Mensch von Mensch zu isolieren. Die feudalistische Ordnung haben wir abgeschafft, aber an ihre Stelle eine neue politische Rangordnung gesetzt: Ich gehörte zu den Acht Schwarzen Gruppen, du warst eine Stinkende Nummer Neun. Aber unsere Kinder können wir deshalb doch zu anständigen Menschen erziehen. Den Ungeborenen bereits ein Etikett aufkleben, heißt denn das noch Materialismus?«

Sie ist aufgestanden, holt die Thermoskanne, gießt mir heißes Wasser nach und fordert mich auf: »Genosse He Jingfu, setz dich und sprich weiter!«

Ich starre sie an, als hätte ich eine Schüssel kaltes Wasser über den Kopf bekommen. Sie wird über und über rot. Was habe ich denn Unpassendes gesagt? Warum weist sie mich nicht darauf hin, sondern fordert mich auf, mich zu setzen? Hat sie mir übelgenommen, daß ich ihr zu nahe gekommen bin? – Sie hat gelernt, sich vor anderen zu verschließen. Sie ist wahrhaftig nicht mehr die Sun Yue von früher. Ich sauge an meiner Pfeife. Soll ich mich hinsetzen oder lieber gleich gehen?

»Onkel He!« Hanhan hat mich die ganze Zeit über fixiert und uns aufmerksam zugehört. Will sie mich aus der vertrackten Situation retten? Sun Yue schaut mißtrauisch zu ihr hinüber.

Sofort rücke ich meinen Stuhl zu Hanhan hinüber und streichele ihr übers Haar: »Na, Hanhan, willst du nicht ein bißchen draußen spielen?« Ich werde ein paar belanglose Worte machen und mich dann verabschieden.

Aber ohne auf meinen Vorschlag einzugehen fragt sie: »Waren Sie auch ein Kommilitone von Mama?« – »Ja.« – »Gleiches Semester?‹ – »Nein, ich war ein Jahr weiter als deine Mutter.« – »Wie könnt ihr euch dann kennen? Bei uns kennen sich nicht mal die Schüler aus dem gleichen Jahr.« – »Bei uns war das auch so.« – »Dann waren Sie wohl mit Mama befreundet, oder?«

Da werde ich nun von einem kleinen Mädchen gezwungen, meine Beziehung zu ihrer Mutter darzulegen. Das wird ja immer peinlicher. Sun Yue wirkt reichlich beunruhigt. Na gut, seien wir ehrlich: »Ich habe deine Mutter immer als meine Freundin betrachtet.«

»Und Mutter? Hat sie Sie auch als ihren Freund betrachtet? Immer?«

Ich wittere Gefahr hinter dieser Frage, denn Hanhans Gesichtsausdruck ist angespannt, fast feindlich. Sun Yue wird blaß, »Hanhan!« ruft sie. Und Hanhan herausfordernd zu ihrer Mutter: »Was denn, man kann doch mal fragen! So fragst du meine Freunde doch auch.«

Sun Yue ist wütend; sie geht hinaus. Hanhan beißt sich auf die Lippen, ihre Augen füllen sich mit Tränen.

»Sun Yue!« sage ich vorwurfsvoll, und »du bist hier zu Hause, ich werde gehen«, rufe ich ihr lauter nach. Sie kommt zurück, holt hinter der Tür eine Tasche hervor und sagt betont gleichmütig zu uns beiden: »Unterhaltet euch nur ein Weilchen, ich gehe mal eben einkaufen.« Und schon ist sie hinaus.

Ich sitze wie auf Kohlen. Was denkt sich Sun Yue eigentlich dabei? Will sie mich vor dem Kind absichtlich in Verlegenheit bringen?

Hanhan beginnt zu weinen, sie wendet sich ab. Ich will weg von hier. Aber als Hanhan merkt, daß ich aufstehe, dreht sie sich um: »Gehen Sie nicht fort.«

»Warum mußtest du mich auch so ausfragen? Das war gar nicht höflich, findest du nicht?« Ich setze mich wieder hin. In diesem Moment ist sie mir richtig ein bißchen unsympathisch. So darf ein Kind mit Erwachsenen nicht umgehen! Mein Ton klingt entsprechend unfreundlich. Hanhan beißt sich wieder auf die Lippen und fragt eigensinnig: »Möchten Sie mir nicht antworten?«

Ich weiß nicht, was ihr auf der Seele liegt, noch weniger verstehe ich ihre feindselige Haltung mir gegenüber. Aber weil ich ihren Kummer nicht noch größer machen will, bin ich offen zu ihr: »Ich hatte deine Mutter sehr gern. Aber deine Mutter wollte nicht mich, sondern deinen Vater.«

»Und jetzt sind Sie verheiratet? Sie haben gerade von ›unseren Kindern‹ gesprochen. Haben Sie denn Kinder?« fragt sie und ihr Blick hält meinen fest, damit ich nur ja nicht schwindle.

Mein Gott! Gerade habe ich zu Sun Yue von ›unseren Kindern‹ gesprochen! Ist denn das die Möglichkeit! Kein

Wunder, daß sie mich aufforderte, mich zu setzen und zu erzählen. Was mag sie nur gedacht haben! Selbst dem kleinen Mädchen fiel der Satz auf. Ob sie deswegen so unfreundlich zu mir ist? Vermutlich bin ich knallrot geworden. Meine Antipathie gegen Hanhan verschwindet.

»Ich bin nicht verheiratet, Hanhan. Natürlich habe ich auch keine Kinder.« Meine Antwort wirkt ziemlich unbeholfen.

»Aber daß meine Eltern geschieden sind, wissen Sie?« Die Feindseligkeit dieser Frage ist noch offenkundiger.

»Hanhan, ich habe das nicht gewußt, erst neulich habe ich davon erfahren. Noch vor dem Abschluß wurde ich zum Rechten gestempelt und vom Studium ausgeschlossen. Danach habe ich deine Mutter nicht mehr gesehen.« Nun, da ich weiß, was sie bedrückt, und selbst etwas lockerer bin, antworte ich ihr offen.

Hanhans Blick wird milder. So schöne Augen! Genau wie ihre Mutter.

»Hat meine Mutter Sie bekämpft?« fragt Hanhan. Ich schüttle den Kopf, da atmet sie erleichtert auf.

Unsere Unterhaltung wird entspannter.

»Wurden Sie rehabilitiert?« – »Ja.«

»Aber was nützt das? Jetzt sind Sie alt.«

»Warum meinst du, es sei nutzlos, richtig und falsch zu erkennen? Hanhan, so denkt doch kein Kind.«

»Ich bin eben kein Kind mehr. – Was haben Sie gemacht, als Sie wieder zu Hause waren?« – »In der Landwirtschaft gearbeitet.«

»Kein Wunder, daß Sie Pfeife rauchen wie die Bauern.« Keß nimmt sie mir die Pfeife weg, pafft einige Züge und gibt sie mir zurück: »Mehr als zwanzig Jahre lang in der Landwirtschaft?« – »Nein, über zehn Jahre bin ich im Land herumgezogen.«

Ihre Augen weiten sich. So unverständlich wie damals für deine Mutter die Großstadt Shanghai war, so unverständlich klingt das nun für dich.

»Im Land herumgezogen? Als Landstreicher? So wie Lazi?« –

»So wie Lazi. Aber ohne Lazis Glück, denn ich hatte

keinen Richter zum Vater, und auch keine Lida. Auch habe ich nicht gestohlen.«

Sie lacht. »Haben Sie gebettelt?« fragt sie gleich weiter.

»Ich habe gearbeitet. Durch halb China bin ich gewandert, als Arbeiter, Bauer oder Händler.«

»Warum mußten Sie herumziehen? Wollten Sie leben wie Gorki, ja?«

Ach, du Kindskopf! Leben wie Gorki! Was weißt du von Gorki. Auch er ist bestimmt nicht freiwillig auf Wanderschaft gegangen. Aber das verstehst du nicht.

»Ach Hanhan, laß uns über etwas anderes reden, ja? Du bist noch zu jung, das verstehst du noch nicht.«

»Doch, ich verstehe das, ich verstehe alles. Sie sollen mir davon erzählen.« Sie ist sehr, sehr hartnäckig.

Alles verstehst du? Du, ein Kind? – Wenn ich dir erzählte: ich bin herumgezogen um zu leben, um zu suchen und um zu lieben. – Würdest du das verstehen? Nein.

Wieso verliert das Herz eines Menschen, dem man so zugesetzt hat, nicht einfach alle Lebenskraft und hört auf zu schlagen! Es verlangt Nahrung, mehr noch, es verlangt geistige Nahrung. Wo kann es diese geistige Nahrung finden? Nur beim Volk und in der Umarmung einer Mutter. Genau wie du besonders an deiner Mutter hängst, weil du den Vater verloren hast, so hauste ich als Landstreicher in Wäldern und Bergen, weit fort von zu Hause, aber meine Mutter war mir so nah, wie niemals sonst. Ich lag an ihrer Brust, ich erkannte die Schönheit ihres ungeschminkten Gesichts, ihren Adel, aber auch ihr graues Schläfenhaar, die Narben auf ihrem Rücken.

An dieser Brust liegen neun Millionen Kinder, keines wird bevorzugt, keines vernachlässigt. Ihre Schicksale sind Freude und Kummer zugleich für die Mutter, manchmal singt sie, manchmal seufzt sie. Ich bekam nicht nur Zärtlichkeiten von ihr, sondern manchmal auch Schläge – Könntest du das verstehen, Kind?

»Du sollst gar nicht so viel verstehen, mein Kind.«

»Ich soll wohl ewig dumm bleiben, ja?« Sie ist beleidigt.

Nein, ich will dich nur nicht zu sehr belasten.

»Wir reden später einmal darüber, ja? Jetzt erzähl mir

mal, wo ist deine Mutter mit dir schon gewesen? Wart ihr schon an der Großen Mauer? – Wenn nicht«, füge ich tröstend hinzu, »werde ich später mal mit dir hingehen. Die Große Mauer mußt du dir unbedingt anschauen, jeder Chinese sollte sie einmal sehen. Erst wenn du die Große Mauer gesehen hast, wirst du erwachsen werden!«

»Warum?« Hanhans Laune steigt wieder.

»Sie ist uralt, mächtig und gewunden! Sie ist ein Sinnbild für die Geschichte der Nation; sie formt ihren Weg nach. Wenn du auf der Großen Mauer stehst, wirst du hören, wie es leise zu dir spricht: ›Weißt du schon? Die Große Mauer hat keinen Abschluß, sie wird niemals fertig. Jedes Kind Chinas muß ihr einen Ziegel hinzufügen. Hast du schon einen hinzugefügt?‹ – Wenn du das hörst, vergißt du deine eigenen Sorgen und wirst laut ausrufen: Ich füge einen hinzu! ja, ich füge einen hinzu! einen Ziegel, mit dem Feuer meines Herzens gebrannt! – Ach Hanhan, erst dann begreifst du, was Glück ist und was Unglück. Aber jetzt verstehst du das noch nicht richtig. Denn du hast unsere gemeinsame Mutter noch nicht kennengelernt, unser Heimatland. Habe ich nicht recht?«

Unter Tränen schaut sie mich an, und auch ich reibe mir unwillkürlich die Augen. Das Herz dieses Kindes ist wie Kristall, durchsichtig, klar, und dabei voller Wärme. Ich habe wieder die Sun Yue aus Jugendtagen vor mir.

»Hat man Sie schlecht behandelt? Zur Zeit gibt's doch so wenig gute Menschen auf der Welt und so viel gemeine!«

»Das ist nicht richtig, Hanhan. Egal ob in China oder anderswo auf der Welt, die meisten Menschen sind anständig, nur wenige sind schlecht und gemein. Wäre es anders, dann gäbe es keinen gesellschaftlichen Fortschritt, dann hätte die Menschheit keine Hoffnung.«

Nun strahlt sie mich an. Je länger ich sie betrachte, desto mehr Ähnlichkeiten mit der Mutter entdecke ich, vor allem die Augen. Sun Yues Augen waren für mich voll magischer Kraft. Mich allerdings haben ihre Augen nie angestrahlt. Entweder sie hat mich giftig angestarrt oder nur ganz flüchtig mit einem Blick gestreift. Für sie gab es nur Zhao

Zhenhuan. Wirklich, was war er doch für ein Riesentrottel – diese Frau zu verlassen!

»Würden Sie sagen, daß mein Vater auch ein guter Mensch ist?«

Was soll ich darauf sagen? Ich habe nie verstanden, wie es zur Scheidung kommen konnte. Leid tut mir jedenfalls Sun Yue. Freilich möchte ich jetzt auch ihre Tochter nicht kränken. Aber ihre Augen fordern eine Antwort. Ich muß zu Ausflüchten greifen: »Was sagt denn deine Mutter? Und was hältst du selbst von ihm?«

Sie öffnet ihre Büchertasche, kramt ein zusammengeklebtes Foto hervor und reicht es mir – wenn nicht noch ein kleines Kind darauf zu sehen wäre, würde ich glatt meinen, die Sun Yue und den Zhao Zhenhuan von damals auf derselben dreirädrigen Fahrradrikscha wieder vor mir zu sehen.

»Das ist alles: dieses Foto – Mutter hat es zerrissen. Als ich sie damals gefragt habe, warum? sagte sie nur: Vater wird uns in Zukunft nicht mehr besuchen, es gibt jetzt nur noch Huanhuan und Mutter.«

»Deine Mutter wollte dich nicht verletzen, Hanhan, du darfst sie nicht solche Sachen fragen.« Vor lauter Mitgefühl für Mutter und Tochter weiß ich nicht mehr, wie antworten.

»Ich gehöre doch auch zu diesem Bild, darf ich denn nicht einmal fragen, warum sie es zerrissen hat?«

Auch mit dieser Hartnäckigkeit gleicht sie ihrer Mutter. Und doch kann ich dir nicht antworten, mein Kind. Du kannst ja noch nicht begreifen, was damals geschah.

»Herr He, sagen Sie mir, wer hatte eigentlich Schuld, Vater oder Mutter?« – Sie fleht mich an.

»Deine Mutter ist ein guter Mensch, Hanhan!« antworte ich.

»Und Vater?« fragt sie wieder.

»Auch kein schlechter«, antworte ich.

»Aber schlechter als Mutter, nicht wahr? Also war es doch Vaters Fehler?«

Die Art, wie Kinder allen Fragen auf den Grund gehen, kann einen manchmal zur Verzweiflung treiben! Mir bleibt nichts anderes übrig, als erneut das Thema zu wechseln: »Hanhan, laß uns von etwas anderem reden, ja? – Macht dir die Schule Spaß?«

Unzufrieden schaut sie mich an, schweigt. Ich, bittend:

»Hanhan, wir unterhalten uns heute doch zum ersten Mal über unsere persönlichen Angelegenheiten, man kann nicht alles auf einmal klären. Später, wenn wir gute Freunde geworden sind, erzähle ich dir bestimmt alles. Heute bin ich ein bißchen durcheinander, sei mir nicht böse, ja?« Sie nickt verständnisvoll. Ich bin erlöst: »Am Sonntag solltest du dich lieber mit deinen Freunden treffen, Hanhan.«

»Ich habe keine Freunde. Mich versteht niemand. Nicht mal meine Mutter.«

Daß sich ein fünfzehnjähriges Mädchen einsam fühlt, das allein ist deprimierend, aber was mich wirklich erschüttert, ist der Ausdruck ihrer Augen; er scheint einer Erwachsenen zu gehören, die bereits durch eine harte Schule gegangen ist. Ich war mit fünfzehn sehr viel vergnügter. Es ist wirklich zum Heulen. Warum wird Kindern soviel zugemutet?

»Du mußt deine Mutter liebhaben, Hanhan! Sie hat es verdient.«

»Aber Mutter liebt mich gar nicht richtig. Ich möchte ihre Freundin sein, aber sie behandelt mich immer wie ein kleines Kind, mit dem man nicht offen reden kann. Ob Mutter mich wohl deswegen nicht leiden kann, weil sie meinen Vater gemein findet?«

Dicke Tränen laufen ihr über die Wangen. Ich weiß nicht, wie ich sie trösten könnte. Vorsichtig nehme ich ihr Gesicht in beide Hände und küsse sie auf die Stirn. Sie macht sich los und errötet. Aber der Ausdruck, mit dem sie mich anschaut, ist sanft und vertrauensvoll. Ach Kind, dir fehlt der Vater. Du sehnst dich nach seiner Liebe und ich fühle mich dir gegenüber schon fast väterlich.

Sun Yue kommt zurück. Hanhan läuft ihr entgegen und empfängt sie mit der Frage: »Bleibt Herr He heute zum Essen hier?«

Ich schaue Sun Yue an, die meinem Blick ausweicht und kühl sagt: »Wir haben nichts im Haus.«

Enttäuscht verzieht Hanhan den Mund, ich lache ihr verlegen zu, wende mich dann mit einem knappen »Auf Wiedersehen« zu Sun Yue und gehe.

Der Weg nach Hause wird mir immer weiter, je länger ich gehe – genauso wie die Entfernung zwischen Sun Yue und mir.

»Lehrer He, wohin des Wegs? Wie geht's denn so?«

Es ist Xi Wang, den Arm voller Sachen, er ist immer noch so aufgedreht wie heute vormittag. Ich helfe ihm, seinen Kram zu tragen; wortlos gehen wir weiter.

»Du scheinst nicht gerade beglückt zu sein?« fragt Xi Wang teilnahmsvoll.

Ich nicke. Da höre ich ihn sagen:

»Unsere Gefühle können uns ganz schön fertigmachen. Es braucht viel Zeit, bis sich die Menschen von ihren Verwundungen erholen. Die Generationen, die Einzelnen, alle in endlose Widersprüche verwickelt und hin und her gerissen. Es ist zermürbend! Manchmal bin ich das alles leid, dann fehlt mir jede Zuversicht.«

»Hat dein Vater irgendetwas zu dir gesagt?« erkundige ich mich.

»Nicht ein Wort. Meine Tante erzählte mir, er habe nicht einmal gefrühstückt. Ich verabscheue ihn und doch liebe ich ihn. Es ist schon gut, daß ich weggehe. – Meine Tante weint.«

Schweigend gehen wir weiter, einer hinter dem anderen. Die Sonne hat den Zenit überschritten, wir werfen schräge Schatten auf die Erde.

8. Zhao Zhenhuan

Sun Yue, ich bitte dich um Verzeihung.

Ich muß einen Beschwerdebrief schreiben, an den Chefredakteur. Er will Wang Panzi sein Recht verweigern.

Vor der Kulturrevolution hatte eine kleine Gruppe unserer Reporter ein Buch herausgegeben mit dem Titel »Die Entwicklungsgeschichte des revolutionären Journalismus«. Im vorigen Jahr begann man mit der Überarbeitung für eine Neuauflage. Zu den ursprünglichen Verfassern gehört auch Wang Panzi. Er ist zwar keiner der Hauptverfasser, aber hat viel Mühe auf die Sichtung des Materials verwandt und einige Laufereien gehabt. Jetzt gibt es kurz vor der Drucklegung Probleme wegen des Autorenverzeichnisses. Der Chefredakteur will Wang Panzis Namen streichen, weil er früher zu den »Rebellen« gehörte. Dafür will er sich selbst als »Berater« auf die Liste setzen. Ich halte das nicht für gerechtfertigt. Wang Panzi ist bereits rehabilitiert und hat seine staatsbürgerlichen Rechte zurückerhalten, wie kann man ihm da die Publikationsfreiheit verweigern. Außerdem dient die Bezeichnung »Berater« nur seiner eigenen Eitelkeit; in Wahrheit hat er gar nichts »beraten«, nur ein paar Telefonate geführt, um die nötigen »Verbindungen« herzustellen, die wir für unsere Materialsammlung brauchten. Wenn ihn das schon dazu berechtigen soll, auf der Autorenliste zu erscheinen, dann muß auch der Koch unserer Kantine aufgeführt werden.

Leider hat man in der Autorengruppe versucht, die Tatsachen zu verdrehen. Es gab endlose Beratungen über diese Angelegenheit, aber die einen sagten gar nichts und die anderen ergingen sich in Lobeshymnen auf den Chefredakteur, als hätte er als »Berater« den Großteil des Buches verfaßt. Gleichzeitig hackten sie auf Wang Panzi herum, weil er die Stirn habe, sich als einen der Verfasser zu bezeichnen, wo er doch in den letzten Jahren dieses Buch als »Giftkraut« verworfen hätte. Das ist richtig. Doch wenn allen, die das Buch abgelehnt haben, die Autorenschaft abgesprochen würde, dann dürfte keiner von uns mehr als Verfasser erscheinen, am allerwenigsten der »Berater«! Jeder weiß, daß gerade er sich die Hände schmutzig gemacht und bei öffentlichen Kundgebungen dieses »Giftkraut« verdammt hat. Zu Beginn der Kulturrevolution war er einer der Führer der Bewegung und der erste, der die Kritik an diesem Buch in Gang gesetzt hat.

Wang Panzi wandte sich in dieser Angelegenheit an mich, weil ich der Leiter der kleinen Reportergruppe bin und mit dem Chefredakteur auf gutem Fuß stehe. Lanxiang setzte sich ebenfalls für ihn ein und betonte dabei, was für ein guter Freund er doch sei. Er hatte Lanxiang gerade Geld für ein Wolljackett vorgestreckt und meinte, wir könnten es ihm später zurückzahlen. Das ist schon eine ganze Weile her, und er hat das Geld immer noch nicht verlangt.

»Das Wohlwollen von gestern ist die Freundschaft von heute«, sagte er. Also mache ich mir über das Geld nicht allzu viele Gedanken. Aber eins machte mir zu schaffen, meine Art, Schwierigkeiten aus dem Weg zu gehen. Das muß ich ändern. Sun Yue hat mich schon immer auf diesen Fehler hingewiesen.

Ich ging also zum Chefredakteur und trug ihm mein Anliegen vor: Wang Panzis Name solle bleiben. Und falls er in dieser Sache ein Einsehen habe, könne man ja als Kompromiß seinen Namen als »Berater« aufnehmen. Da er in erster Linie seinen Namen gedruckt sehen will und nicht an einem Honorar interessiert ist, hätte ich nicht erwartet, daß er sich in diesem unwichtigen Punkt stur stellen würde. Er sagte:

»Wang Panzi ist zwar gemäß proletarischer Politik rehabilitiert worden, aber soll man ihm deshalb schon gestatten zu publizieren, sich an die Öffentlichkeit zu wenden, und dadurch in ihm den Wunsch nach Anerkennung und persönlichem Vorteil wecken? Das geht nicht! Die proletarische Politik ist nicht grenzenlos in ihrer Nachgiebigkeit. Wang Panzi muß klein beigeben. Denken Sie nur daran, wie er noch vor einigen Jahren die Leute herumkommandiert hat!«

Er fügte noch eine freundliche Warnung hinzu: »Wir wissen, daß Sie mit Wang Panzi befreundet sind. Und wir haben uns sehr bemüht, dies den Massen verständlich zu machen. Als Sie Leiter dieser Reportagegruppe wurden, konnten wir es wegen Ihrer Beziehungen zu Wang Panzi nicht sofort bekanntgeben. Sie sollten etwas vorsichtiger sein. Wir würden Ihnen gern einen wichtigeren Posten anvertrauen, aber Sie müßten dann mehr mit uns zusammenarbeiten!«

Es ist zum Verrücktwerden. Ich habe einfach nicht genug Rückgrat! Wie ein Chamäleon passe ich mich der jeweiligen Umgebung an. Kann ich wegen einer Beförderung meine Integrität aufs Spiel setzen? Ich will einfach kein Mitläufer mehr sein!

Deshalb habe ich einen »Beschwerdebrief« an die Propagandaabteilung des Provinzparteikomitees geschrieben. Der Leiter der Propagandaabteilung reagierte sehr schnell mit einer Kritik an der Zeitung: »Falls die geschilderten Umstände der Wahrheit entsprechen, ist dem Genossen Zhao Zhenhuan recht zu geben. Die Angelegenheit ist mit allem Nachdruck zu behandeln.«

Heute rief mich der Chefredakteur zu sich und legte mir die Antwort der Propagandaabteilung vor. Er war sehr respektvoll.

Doch plötzlich änderte sich sein Ausdruck: »Aber Ihre Darstellung der Umstände ist falsch. Daß Wang Panzis Name gestrichen werden sollte, war ganz klar die Meinung Ihrer Reportergruppe. Wir in der Führung haben uns dazu nie geäußert. Wie können Sie die Verantwortung dafür Ihren Vorgesetzten zuschieben! Gut! Wir werden diese Angelegenheit genau untersuchen und im Sinne der Parteipolitik regeln.«

Ein Augenblick genügte und die Situation war vollkommen verdreht. Sein Problem war plötzlich mein Problem. Kläger und Angeklagter hatten die Rollen getauscht. Der Dieb ruft: Haltet den Dieb! Man hat mich zum Buhmann gemacht. Da ich weiß, daß es keinen Sinn hat, mit ihm darüber zu reden, beschließe ich, mich noch einmal an die Propagandaabteilung zu wenden, um alles genau zu erklären. Früher habe ich mich nie ernsthaft mit Problemen auseinandergesetzt, konnte nie etwas wirklich zu Ende bringen. Aber diesmal will ich die Sache durchstehen, bis Klarheit geschaffen ist.

Ich lege mir Papier für einen Entwurf zurecht. Bei diesem Brief muß jeder Satz stimmen. Da kommt plötzlich Wang Panzi herein, Manuskriptpapier in der Hand. Er grinst übers ganze Gesicht.

»Zhao! Das ist mein Bericht. Der Chefredakteur hat ihn persönlich durchgelesen und will ihn veröffentlichen. Er hat mir auch eine Notiz für dich mitgegeben.«

Ein Wunder ist geschehen! Ich sehe ihn mir an, den Wundertäter, wie er grinsend vor mir steht. Dieses Grinsen ist von ganz besonderer Art. Billig, aber unverwüstlich! Hinterhältig, schmeichlerisch und dumm zugleich. Selbst kleines Kapital bringt große Zinsen. Auch mit größter Anstrengung brächte ich kein solches Grinsen zustande.

Ich sehe mir die Notiz an. Die Schriftzüge des Chefredakteurs springen mir förmlich in die Augen: »Nach eingehender Prüfung der Volksmeinung und einem persönlichen Gespräch mit dem Genossen Wang Panzi bin ich zu der Überzeugung gekommen, daß Wang seinen Fehlern gegenüber Einsicht zeigt. Es ist deshalb nicht notwendig, ihn von der Autorenliste zu streichen. Bitte stellen Sie dies in Ihrer Reportergruppe noch einmal zur Diskussion, halten Sie dabei an der Politik der Partei entschlossen fest und teilen Sie mir dann das Ergebnis Ihrer Diskussion mit.«

Die Notiz des Chefredakteurs ist einfach perfekt!

Ich werfe Wang Panzi das Papierknäuel an den Kopf: »Das geht mich nichts mehr an. Sag dem Chefredakteur, er soll sich selber darum kümmern. Ich glaube, ich steige aus der ganzen Sache aus.«

Wang Panzi drückt mir das Papier wieder in die Hand: »Nimm's doch nicht so tragisch, alter Freund! In dieser Welt muß man sich ducken können! Wir wissen doch beide, was gespielt wird, und daß nicht du es warst, der meinen Namen streichen wollte. Du bist mein Freund, und ich bin dir sehr dankbar.«

Ich lächle kalt: »Und du? Bist du auch mein Freund? Bist

du beim Chefredakteur in der Lage gewesen, deinen Mann zu stehen?«

Ich kann mir lebhaft vorstellen, wie er sich dort gekrümmt und gewunden hat.

Er lacht noch immer: »Ich habe keine Kniefälle gemacht. Sei beruhigt! Andererseits habe ich es natürlich nicht gewagt, mich so aufzuspielen wie du.«

Ich mich aufspielen! Ich habe nichts mehr, womit ich mich aufspielen könnte.

»Zhao, ich will doch nur, daß mein Name nicht gestrichen wird. Was macht es schon, wenn man ein wenig von seinem Stolz opfert. Meinst du nicht auch, daß die da oben es gern haben, wenn man ihnen schmeichelt? Nimm's nicht so tragisch!«

Ich nehme es aber tragisch! Gern würde ich ihm ins Gesicht schlagen, um ihm dieses Grinsen ein für allemal auszutreiben. Ich kann es nicht länger ertragen und schiebe ihn hinaus.

Ich hasse mich selbst dafür, daß ich mich von solchen Nichtigkeiten beeindrucken lasse. Mitgegangen, mitgehangen! Nicht, daß ich einen Menschen wie Wang Panzi nicht durchschaute. Warum habe ich mich nur für ihn eingesetzt? Das Ganze hat sich ins Gegenteil verkehrt, und ich bin der Dumme. Es ist genau wie in dem Spruch: »Die Straßen des Taihang-Gebirges können einen Wagen brechen, doch im Vergleich zum Herzen des Menschen sind es gut befahrbare Wege. Die Wasser der Wu-Schlucht können ein Boot kentern lassen, doch im Vergleich zum Herzen des Menschen sind es friedliche Gewässer.«

Sun Yue hätte sich sicher gewundert über meine Unreife und Oberflächlichkeit.

Gut, Wang Panzi! Ich habe uns noch nie wirklich für Freunde gehalten. Von jetzt an werde ich mich nicht mehr in deine Angelegenheiten hineinziehen lassen.

Die beiden Zimmer sind voll Zigarettenqualm. Lanxiang kommt mit Huanhuan herein und ruft: »Der Rauch bringt einen ja um! Und kein Fenster ist offen!« Sie will die Fenster aufmachen, aber ich sage: »Mir gefällt es so.« Sie kommt zu mir herüber, wie sie den Aschenbecher sieht, bemerkt sie sofort: »Wang Panzi war wohl hier. Worüber habt ihr gesprochen? Was ist los mit dir?«

Sie muß sehr vertraut mit ihm sein, wenn sie sogar seine Zigarettenkippen erkennt. Wie stehen die beiden eigentlich zueinander?

»Der Chefredakteur hat Wang Panzis Artikel akzeptiert. Das Blatt scheint sich für ihn zu wenden.«

Ihrer übergroßen Freude nach könnte man meinen, sie sei seine Frau und nicht meine. Bevor ich sie kennenlernte, war sie bekannt als »Geliebte des gesamten Rebellenhauptquartiers«. Ich glaubte es damals nicht. Aber jetzt kommen mir Zweifel. Warum hatte es Wang Panzi damals so eilig, uns zusammenzubringen?

»Huanhuan! Hast du das Spiel mitgebracht, das Onkel Wang dir geschenkt hat?« fragt sie.

Huanhuan! Sieht sie mir ähnlich? Wir kannten uns erst kurze Zeit, und Lanxiang war schwanger. Gleich an dem Tag, nachdem sie es mir gesagt hatte, kam Wang Panzi vorbei und bat augenzwinkernd um ein rotes Ei. Wer weiß, ob das nicht eine kluge Falle war. Ich bin ganz durcheinander!

Trotzdem! Huanhuan sieht mir ähnlich. Alle sagen das! Die ganze Gestalt bis hin zu den Augenbrauen. Aber was heißt das schon!

»Was schreibst du da? Ich räume es weg. Wir wollen jetzt essen.«

Was ich da schreibe! Einen Beschwerdebrief zugunsten deines Wang Panzi. Eine Aufgabe von eigenen Gnaden! Wenn schon, dann sollte ich einen Beschwerdebrief über Wang Panzi schreiben. Wang Panzi, unser Wohltäter!

Er kam damals, um mir zu sagen, daß etwas über Lanxiangs und mein Verhältnis durchgesickert war und es Probleme geben könnte, wenn wir die ganze Angelegenheit nicht in Ordnung brächten. Das einfachste wäre Scheidung. Aber Sun Yue war absolut nicht damit einverstanden.

Daraufhin wandte er sich in meiner Sache an einen ehemaligen »Mitkämpfer in der Rebellengruppe«, der jetzt am Gericht angestellt war, und beschaffte mir zwei Scheidungsbestätigungen mit dem Siegel der »Rebellengruppe«. Es war eine reine Formalität. Ich habe Sun Yue betrogen und mich meiner Tochter gegenüber schändlich benommen.

Meine zweite Huanhuan ist sicher meine Tochter, sonst wäre sie mir nicht so nah.

»Huanhuan, komm her! Komm in meine Arme!« In Shanghai bei Sun Yue habe ich noch eine Huanhuan. Was aus ihr wohl geworden ist?

»Aah! Das ist ja gut! Ihr Foto immer dabei, was! Ein Herz und eine Seele!« Mit einem kalten Lächeln schleudert Lanxiang mir etwas entgegen. Eine kleine Plastikhülle mit einem Foto von uns drei damals.

»Du bist an meine Schublade gegangen!« Ich bin wütend.

»Ich hab was gesucht! Ständig sperrst du sie ab und sagst, es sind Papiere drin. Aber in Wahrheit ist es das!« Lanxiang ist hysterisch. Sun Yue würde sich nie so aufführen.

Nachdem sie damals den Scheidungsbrief erhalten hatte, kam sie sofort hierher. Sie blieb allein in meinem Zimmer sitzen, und ich ließ mich nicht blicken. Ich hatte Angst, sie zu sehen, sie zu hören. Sie verhielt sich ganz ruhig. Machte kein Aufsehen, ging auch nicht zu meinen Freunden, um mich schlechtzumachen. Sie saß den ganzen Tag über den Tisch gebeugt und schrieb.

Sie wandte all ihre Überredungskünste auf und schrieb alles in ein Notizbuch, das sie mir in die Schublade legte: »Das ist ein ganz besonderes Tagebuch, Zhenhuan! Lies es! Lies es, um unserer Freundschaft aus Kindertagen willen! Lies es Huanhuans wegen! Fließendes Wasser und fallende Blüten sind ohne Bedeutung, aber Freunde aus Kindertagen verbindet Liebe. Ein Fehltritt bringt ewige Reue, Zhenhuan! Versprich mir, auch im Falle einer Scheidung nicht diese Lanxiang zu heiraten. Ihr könnt nicht glücklich werden. Versprich's mir! Versprich es!«

Ich versicherte ihr, daß ich nichts mit Feng Lanxiang gehabt hätte, daß ich mich nur deshalb scheiden lassen wollte, weil unser Denken und unsere Charaktere zu verschieden wären. Sie glaubte mir und begann in ihrem Tagebuch eine rückhaltlose Selbstkritik mich betreffend. Doch eines Tages entdeckte sie ein Foto von mir und Lanxiang, eine Strähne ihres Haares und einen Verabredungsbrief von ihr, bei dem einem schlecht werden konnte. Wenn Sun Yue das an die Öffentlichkeit gebracht hätte, wäre ich erledigt gewesen. Ich war mir ziemlich sicher, daß sie es tun würde. Stattdessen schloß sie alles vor meinen Augen ein. Ich erzählte Lanxiang davon, aber sie sagte, das sei nur ein Trick, um mich zurückzugewinnen.

Zu diesem Zeitpunkt schickte die »Arbeiter-Soldaten-Propagandagruppe« ihrer Universität jemanden, um sie zurückzuholen, mit der Begründung, man habe nun ihre »restaurativen Verbrechen« endlich entlarvt . . .

Und ich! Ich stürzte mich auf diese Gelegenheit. Wang Panzi half mir dabei. Sun Yue! Sun Yue! Ich stehe in deiner Schuld!

Huanhuan streckt ihre Hand nach der Plastikhülle aus. Als ich sie ihr nicht gebe, fängt sie zu weinen an. Das Kind sollte nicht sehen, daß sich seine Eltern wegen sowas streiten. Es soll nicht noch ein junges Leben verpfuscht werden. Ich unterdrücke meine Wut und bleibe ruhig.

Aber Lanxiang ist das egal. Sie reißt das Kind von mir weg: »Huanhuan, geh! Sag ihm, er soll doch zu seiner Sun Yue gehen!« Huanhuan fragt in aller Unschuld: »Wer ist Sun Yue?« Lanxiang antwortet mit verzerrtem Mund: »Papas Herzallerliebste!«

Ich zittere am ganzen Körper und fauche sie an: »Wenn du wirklich willst, daß ich gehe, dann gehe ich! Ich will nur nicht, daß du's hinterher bereust. Ich werde es nie bereuen! Wenn Huanhuan sagt, daß ich gehen soll, dann gehe ich nur allzu gern!«

Das wirkt! Lanxiang wischt sich sofort die Tränen ab. Sie schiebt Huanhuan zu mir und setzt sich, immer noch schluchzend. Ich bin wirklich unmöglich! Eine Frau, die es nicht besser weiß, so einzuschüchtern. Auch ich falle in die traditionelle Rolle zurück, alles auf die Frauen zu schieben. Dabei ist Lanxiang nicht wirklich eine schlechte Frau. Wenigstens habe ich keinen Beweis dafür. Sie ist unzufrieden, weil ich sie ständig mit Sun Yue vergleiche.

Du Unglücksweib! Wer hat dir seinerzeit gesagt, daß du dich mit mir einlassen sollst!

»Schon gut! Hör auf zu weinen! Mach was zu essen! Huanhuan soll heute mal etwas früher ins Bett gehen.«

Lanxiang geht folgsam in die Küche, um das Essen herzurichten und bringt mir vorher ein Glas Schnaps. Einen anderen würde sie tyrannisieren. Wir passen einfach nicht zusammen.

Aber nach ein paar Gläschen ist sie wieder meine alte. Schon immer war das so. Sie kennt meine schwachen Stellen. Kann ich mit Alkohol Sun Yue und Hanhan vergessen?

Ich habe die Nase voll von diesem Leben. Wie gerne hätte ich Sun Yue mein Herz ausgeschüttet und sie um Verzeihung gebeten. Ich wollte, es wäre wieder so wie früher, als wir Arm in Arm spazierengingen und uns über Gott und die Welt unterhielten. Ich würde so gern wieder Briefe von ihr lesen. Briefe, die gut geschrieben sind, breites Interesse zeigen und echtes Gefühl ausdrücken. Aber ich habe alle ihre Briefe verbrannt. Ich wollte, ich könnte die Vergangenheit verbrennen, alles vollkommen vergessen . . . Ich bin ein geistiger Krüppel. Während der Arbeitszeit spreche ich nur über die Arbeit, zu Hause nur über Essen und Trinken.

Sun Yue kann mir nicht verzeihen. Sie soll mir auch nicht verzeihen. Was ich getan habe, ist nicht wiedergutzumachen.

Nein, heute will ich nicht schlafen. Ich sitze und sitze. Es ist gut, über alles nachzudenken. Es beruhigt.

Den Brief, den ich gerade für Wang Panzi angefangen habe, muß ich natürlich zerreißen. Warum kümmere ich mich auch um anderer Leute Angelegenheiten! Das Schreibpapier der Zeitung ist wirklich gut: dünn, glatt, geschmeidig und dezent liniert. Früher habe ich Sun Yue auf diesem Papier geschrieben. Sie sagte immer, daß meine Briefe ein Augenschmaus seien. Mein Vater hat mir Kalligraphie beigebracht.

Ich nehme ein leeres Blatt Papier und schreibe einige Zeichen: »Sun Yue, ich bitte Dich um Verzeihung . . .«

Der Pinsel wird mir aus der Hand gerissen. Lanxiang hat sich hinter mich geschlichen. Ihr Gesicht zuckt. Sie will ihrer Wut Luft machen, aber sie wagt es nicht. Sie tut mir leid.

»Wie soll's mit uns weitergehen? Ich gebe zu, daß ich einiges falsch gemacht habe. Aber nicht seitdem wir verheiratet sind. Ich habe immer zu dir gestanden. Was soll ich denn noch tun?«

Reue und Trauer können in einem ansonsten gewöhnlichen Menschen eine gewisse Seelentiefe hervorrufen. Lanxiangs Gesicht ist in diesem Augenblick sehr schön. Ich bin von ihr noch nie so berührt gewesen wie jetzt. Natürlich habe ich mich früher von ihr angesprochen gefühlt, aber nur physisch. Heute läßt mich das kalt.

Wäre sie nur ein klein wenig anders, dann könnte sie eine schöne, gebildete Frau mit Anstand sein. Aber wäre sie wie Sun Yue, dann hätte ich Sun Yue ja gar nicht zu verlassen brauchen. Es ist alles wie verhext!

Ich nehme ihre Hand und ziehe sie neben mich auf den Stuhl. Ich muß mit ihr reden. Der ganze Betrug und das ewige Hinausschieben längst fälliger Entscheidungen tun uns beiden nicht gut.

»Lanxiang, ich habe dich nie wirklich geliebt!« Sie verzieht den Mund. Sie glaubt mir nicht. Sie kann Zeitvertreib und wahre Liebe nicht voneinander unterscheiden. Kein Wunder! Sie hat nur das erste Jahr der Unteren Mittelschule absolviert und ihre Umgebung hat sie sehr lax erzogen.

»Ich kann mich nicht von dir scheiden lassen, noch viel weniger hinter deinem Rücken ein Verhältnis anfangen. Wenn man sich dazu einmal hinreißen läßt, bereut man es das ganze Leben.« Sie weiß, daß sie damit gemeint ist und wird rot. Ganz blöd ist sie nicht.

»Das Schicksal hat uns zusammengebracht, und wir bleiben auch zusammen. Jedenfalls habe ich dir früher nie wirklich mein Herz gegeben, und jetzt kannst du es schon gar nicht mehr von mir verlangen.«

Ihre Augen sind unsicher, erschrocken, wütend . . .

Seltsam! Ich fühle mich erleichtert, als wäre ich einen Teil meiner Wut wegen Sun Yue losgeworden. Wie mochten Sun Yues Augen ausgesehen haben, als sie damals die Scheidungsbestätigung erhielt? »Erst mit gebrochenen Flügeln erkennen sie die Bitternis des Lebens. Wie kann diese Wunde je wieder heilen?« Ein gebrochener Mensch! Ein gebrochenes Herz! Soll jeder seine eigenen Wunden lecken? Sicher waren sie verletzt und traurig.

Meine Erleichterung wird größer, steigert sich bis zur Freude an der Rache. An wem sollte ich mich rächen? An Feng Lanxiang und an Zhao Zhenhuan natürlich! Sun Yue, du kannst zufrieden sein! Wir bestrafen uns selbst.

»Laß uns einen Drei-Punkte-Vertrag schließen!« Ich bin ganz kalt.

»Was?« Sie versteht nicht.

»Ich sagte, laß uns eine Abmachung treffen, der wir beide zustimmen, damit wir unsere Familie zusammenhalten können«, versuche ich ihr mit einfachen Worten zu erklären.

»Was für eine Abmachung?« fragt sie nervös.

»Erstens, wir dürfen unseren Streit nicht in die Öffentlichkeit tragen. Wir bleiben weiterhin die kleine, glückliche Familie.«

»Ich bin doch kein Idiot und mache mich zum Gespött der Leute«, stimmt sie mir zu.

»Zweitens, vor Huanhuan darf niemand Sun Yue erwähnen. Das Kind soll nicht wissen, was war.«

»Ich soll freiwillig von Sun Yue reden? Ich wollte, es hätte sie nie gegeben.« Sie bringt ein Lächeln zustande.

»Gut, also der dritte Punkt. Wir sind uns treu. Aber was in jedem einzelnen vorgeht, ist seine Sache.«

»Du willst den ganzen Tag nur an Sun Yue denken, und ich soll nichts dagegen haben. Ist es das, was du meinst?« fragt sie scharf. »Aber ich erlaube auf keinen Fall, daß du ihr schreibst!«

Ich antworte nicht. Früher oder später würde ich ihr sowieso schreiben und sie um Verzeihung bitten. Dann ist da auch noch Hanhan, das Zeugnis unserer Liebe.

Plötzlich bedeckt Lanxiang ihr Gesicht und fängt an zu weinen. Ich ziehe sie vom Stuhl hoch. »Du gehst besser schlafen.« Sie klammert sich an mich. Sie ist wirklich zu bedauern.

Sun Yue, ich bitte dich um Verzeihung!

9. Sun Yue

Xu Hengzhong, ich habe nie daran gedacht.

Ein Unglück kommt selten allein!

»Sun Yue, verzeih mir, verzeih mir!«

Zhao Zhenhuans Brief stürzt mich in noch größere Verwirrung. Ich habe immer gewußt, daß dieser Tag einmal kommen würde. Jetzt ist er da! Die vernarbte Wunde beginnt wieder zu bluten.

Hanhan will zu einem Schulausflug und muß in aller Eile ihre Sachen herrichten. Ihre hastigen Bewegungen machen mich nervös.

»Mama, wenn Onkel He heute kommt, um mich zu besuchen, fragst du ihn dann bitte, ob er nicht nächsten Sonntag wiederkommen kann?« sagt sie, bevor sie geht.

»Was für ein Onkel He?« – »Na, He Jingfu!«

Er ist also wiedergekommen. Seitdem He Jingfu bei uns war, fragt sie mich ständig über ihn aus. Er kam auch gestern abend zu mir ins Büro und versuchte, alles über meine Scheidung zu erfahren. Am Ende sagte er noch: »Du hättest nicht einwilligen sollen. Du hättest an Hanhan denken müssen.« Unglaublich, daß er so mit mir redet! Mein Stolz verbot mir, ihm zu erzählen, was Zhao Zhenhuan mir angetan hatte. Dann hätte er noch weniger das Recht, mir die Schuld daran zu geben. Stimmt, ich hätte nicht einwilligen sollen. Aber wer hat mich schon gefragt!

»Verzeihung!« Das sagt sich so leicht, Zhao Zhenhuan! Damals, als ich zum zweiten Mal im politischen Kreuzfeuer stand, hast du alles noch schlimmer gemacht, indem du mir die Scheidung aufgezwungen hast. »Sogar Sun Yues Mann will nichts mehr mit ihr zu tun haben«, hieß es in der ganzen Universität. »Fallengelassen! Fallengelassen!« Klingen solche Worte im Zusammenhang mit Sun Yue, einem Mitglied der Kommunistischen Partei, nicht absurd? Dennoch entsprach es den Tatsachen. Aber es hat dir nicht genügt, mich fallenzulassen, du mußtest mich auch noch beleidigen:

»Was für eine Liebe aus Kindertagen? Erfinde nicht solche Geschichten, um den Leuten was vorzumachen. ›Xi Lius Hure!‹ Eine solche Beleidigung kann ich nicht hinnehmen. Ich will mit einer Hure nichts zu tun haben! Du hast mich betrogen! Du hast mich nie geliebt! Was willst du denn damit erreichen, daß du dich weiterhin so schamlos an mich klammerst? Ich würde lieber sterben, als nochmal mit dir zusammensein!«

Jeden Tag ein solcher Brief, jeden Tag! Wenn ich damals nach einem Tag voller Beschimpfungen als »Rinderdämon« und »Schlangengeist« nach Hause kam, erwarteten mich Hanhan und solche Briefe.

»Mama, ein Brief von Papa!« Sie strahlte jedesmal vor Freude, wenn sie mir einen Brief von dir übergab. Ich wagte nicht, ihn vor ihr zu lesen, da sie ständig fragte: »Hat Papa nach mir gefragt? Denkt Papa an Hanhan? Schreib doch, daß Papa kommen soll!«

Erst wenn Hanhan schlief, las ich sie. Jedes Zeichen war ein Schlag ins Gesicht. Immer mußte ich für das Kind Ausreden erfinden.

»Gebt mir etwas Zeit und laßt mich zu ihm gehen, damit ich nochmal mit ihm sprechen kann!« beschwor ich die »Arbeiter-Soldaten-Propagandagruppe«.

»Versuch nicht, wegen persönlicher Belange die Hauptrichtung des Kampfes zu ändern!« gaben sie mir zur Antwort.

Ich besprach mich mit einigen Freunden. Sofort erschien eine Wandzeitung: »Sun Yue fängt schon wieder mit ihrer konterrevolutionären Cliquenwirtschaft an!«

Mitfühlende Kollegen erkundigten sich vorsichtig nach mir. Ich erzählte alles. Schon wurden mir neue Verbrechen angehängt: ich beeinflusse die öffentliche Meinung, führe die Massen hinters Licht und heische mit betrügerischen Mitteln um Sympathie.

Als ich den Scheidungsbrief erhielt, war niemand da, der mich getröstet hätte. Wer kann mir diese Erinnerungen aus dem Gedächtnis streichen?

»Du kannst nicht deine ganzen Schwierigkeiten auf das Kind abwälzen! Merkst du nicht, wie einsam es ist?«

Bin ich etwa keine Mutter? Liebe ich mein eigenes Kind nicht? Wie willst du als Junggeselle das verstehen, He Jingfu?

An jenem Tag übergab mir die »Arbeiter-Soldaten-Propagandagruppe« die Scheidungsbestätigung. Kein Wort des Trostes. Im Gegenteil! Nur Schadenfreude. Ich steckte den Brief in meine Mappe, ohne ihn anzusehen, und holte Hanhan vom Kindergarten ab. Sobald sie mich sah, fing ich an zu weinen. Sie weinte mit mir: »Wer hat Mama wehgetan? Hat Mama Sehnsucht nach Papa?« Auf dem Weg nach Hause stellte mir das Kind unentwegt Fragen. Ich schüttelte nur den Kopf und weinte. Was hätte ich sagen sollen? Das Gesetz schreibt zwar den Schutz von Frauen und Kindern vor, aber in unseren Scheidungspapieren steht, daß ich zwar das Sorgerecht für Hanhan bekomme, aber Zhao Zhenhuan uns gegenüber keinerlei finanzielle Verpflichtungen hat. Von da an gehörte meine Tochter mir allein. Ich wußte nicht, wie ich sie unter diesen Umständen großziehen sollte. Ich war einfach nicht in der Lage, diese Schande und diese ständigen Angriffe zu ertragen. Ich brachte Hanhan früh ins Bett und blieb allein auf, um nachzudenken. Ich war nahe daran, mit mir Schluß zu machen. Ich räumte auf, zerriß das Foto. Schließlich setzte ich mich neben Hanhan. Sie schlief noch nicht, weil sie spürte, daß etwas nicht in Ordnung war. Sie drängte mich: »Mama, komm schlafen. Hanhan fürchtet sich!«

»Hanhan! Meine gute Hanhan! Was würde aus dir werden, wenn Mama nicht hier wäre?« Ich drückte sie fest an mich und küßte sie unter Tränen.

Sie streckte ihre kleine Hand aus und wischte mir die Tränen weg. »Mußt du wegfahren, Mama? Mach dir keine Sorgen! Deine Verwandten auf dem Land können auf mich aufpassen!«

Den Ausdruck »deine Verwandten auf dem Land« hatte sie am Tag vorher aufgeschnappt, als wir uns das »Mädchen mit dem weißen Haar« angesehen hatten. Kluges Kind! Liebenswertes Kind! Bedauernswertes Kind! Ich zog sie fest an mich und weinte die ganze Nacht. Nur ihretwegen habe ich bis heute am Leben festgehalten. Wälze ich meine Schwierigkeiten auf das Kind ab? Ich wollte, ich könnte alles hinunterschlucken, so daß nichts mehr davon übrigbliebe. Aber das ist nicht so leicht. Meine Kehle ist oft wie zugeschnürt. Wenn ich besonders bedrückt bin, zeigt sich das auch auf meinem Gesicht. Das bleibt natürlich nicht ohne Einfluß auf das Kind. Ich habe mir deshalb schon viele Vorwürfe gemacht, weißt du das? Aber du willst mich trotzdem noch tadeln. Ich glaube nicht, daß wir einander je verstehen werden. Du glaubst, das Leben sei mit mir sehr milde umgegangen und mit dir grausam . . .

Dieser ohrenbetäubende Lärm! Das Wohnheim der Universität ist zwar ziemlich weit vom Stadtzentrum entfernt, aber es ist immer noch sehr laut hier. Sind die Fenster zur Straße hin offen, macht einen der Lärm verrückt, läßt man sie zu, ist es zu stickig. Am besten man macht die Fenster zu und geht aus. Hanhan kommt mittags nicht zum Essen heim. Was soll ich dann allein hier. Ich gehe lieber und kaufe mir an einem Stand eine Kleinigkeit zu essen.

Das Wetter ist ausgesprochen schön, der Universitätspark voller rosiger Pfirsichblüten; es ist Frühling.

Hier ist die entlegenste Ecke des Parks, dicht bewachsen mit niedrigem Gebüsch, ein Ort für Liebespärchen. Ich damals mit He Jingfu . . . Was war das für ein Gefühl?

Schon bei unserer ersten Begegnung fühlte ich mich von ihm angezogen. Er sah nicht so gut aus wie Zhao Zhenhuan, aber seine Augen! Sie machten auch dem unsensibelsten Studenten klar, was »Ausstrahlung« bedeutet. Diese Augen folgten mir überall hin. Ich konnte ihnen nicht entgehen. Insgeheim verglich ich ihn immer mehr mit Zhao Zhenhuan. Zhao Zhenhuan liebte mich, aber in seiner Liebe steckte auch etwas Angeberisches. Er wollte mit mir immer über Liebe reden. He Jingfu war zurückhaltender, natürlicher. Unwillkürlich fühlte man sich ihm verbunden. In der Handbibliothek gab er mir oft ein Buch: »Lies mal das da; es ist gar nicht schlecht!« All diese Bücher hatten große Wirkung auf mich. Er beobachtete mich immer genau, wenn ich darüber zu Tränen gerührt war. Er verstand, warum ich weinte. Alle Bücher, die er las, las ich auch und umgekehrt. Es war nicht verabredet. Alles geschah stillschweigend und unbewußt. Und ehe ich noch recht wußte wie, waren wir Freunde geworden. Aber dann bei der Aufführung von »Leg deine Peitsche nieder« war mir, als schaute ich in einen ausbrechenden Vulkan. Plötzlich wurde mir bewußt, was da geschah. Ich nahm all meine Kraft zusammen, um Haltung zu wahren. Ich fürchtete ihn, wollte Distanz wahren. Er zog mich zu sehr an; er hätte mich dazu bringen können, meine Kindheitsliebe aufzugeben, meinem Versprechen untreu zu werden. Ich hätte meinen Freunden nicht mehr ins Gesicht sehen können.

Daraufhin gab ich öffentlich bekannt, ich sei in Zhao Zhenhuan verliebt. In seiner Gegenwart nahm ich absichtlich Zhao Zhenhuans Arm. Ich benützte sein anerkannt gutes Aussehen und seine Beliebtheit, um Halt zu suchen, um mir Mut zu machen. Ich wollte mich bewußt He Jingfus Anziehungskraft widersetzen.

Aber dann wurde sein Tagebuch veröffentlicht.

Was für ein Gehirn hat wohl dieses Mittel des Klassenkampfes ersonnen: die Geheimnisse des anderen bloßstellen, in seinen intimsten Gefühlen wühlen und ihn damit festnageln. Dank dieser Lehre habe ich gleich zu Beginn der Kulturrevolution mein Tagebuch verbrannt. Ich empfinde es immer noch als Verlust, wenn ich daran denke. Es wäre schön gewesen, die beiden zu vergleichen. Niemand hat mich je so geliebt wie er. Damals hätte ich sein Tagebuch gern Satz für Satz kopiert.

Jeden Abend versteckte ich mich vor Zhao Zhenhuan und wartete im Dickicht der Büsche auf He Jingfu. Wir hatten uns nicht verabredet, aber ich war sicher, daß ich ihn treffen würde. Ich wollte ihm sagen: Laß die Leute nur lachen! Laß sie dich beleidigen. Du hast mir dein Herz gegeben. Bitte nimm auch meins.

Dann, eines Tages stand er vor mir. Seine Blicke durchbohrten mich. Ich schrie unwillkürlich: »Verräter! Zweifacher Verräter! Du hast deine Liebe betrogen und du hast die Partei betrogen!« Ich rannte weg.

Als ich »mein Herz der Partei eröffnete«, erzählte ich alles rückhaltlos. Die Führer der Jugendorganisation waren ernst, aber sie halfen mir und lobten mich, weil »ich aus dem Klassenkampf eine Lehre gezogen hätte«.

Seltsam, dieses Dickicht hat sich in den letzten zwanzig Jahren nicht gelichtet. Es ist noch immer genauso undurchdringlich. Aber vielleicht hat auch mein Gedächtnis nachgelassen.

Ich habe mir alle Mühe gegeben, He Jingfu zu vergessen. Er war ein »Rechter«, ich eine »Linke«. »Rechts« und »Links« können sich nicht lieben. Hatte ich ihn wirklich vergessen? Ich wußte es nicht. Es ist, als hätte ich einen bösen Geist in einer Flasche verschlossen und wagte nicht, den Verschluß zu öffnen. Ich will auch nicht zu tief in meiner Seele graben ...

All das, versteht er das überhaupt? Was denkt er von mir?

Verzeihung! Zhao Zhenhuan, das sagst du so leicht! Um mir diese unschuldige, naive, große Liebe zu erhalten, habe ich einen hohen Preis bezahlt, unendliche Opfer gebracht. Vor dem möglichen verführerischen Glück mit He Jingfu habe ich die Augen verschlossen, meine Seele versperrt. Um dir treu zu bleiben, habe ich mich selbst verraten und dir alles gegeben. Ich war nicht ohne Zweifel, aber meine Treue gab mir Trost. Zum Dank dafür hast du mich verlassen.

Nein, Sun Yue hat keine Kraft mehr, anderen zu verzeihen. Sie will nur noch ihn, He Jingfu, um Verzeihung bitten. Nein, auch das will sie nicht mehr. Sie möchte am liebsten alles vergessen.

»Ich hoffe sehr, du bist noch die Sun Yue meiner Erinnerung. Warum willst du eine so schwere Bürde tragen. Du weißt doch, der Weg ist weit und die Last ist schwer. Es ist zuviel für dich.«

Jingfu, mein Lieber! Die Sun Yue, an die du dich erinnerst, existiert nur in deiner Vorstellung. Es hat sie nie gegeben. Die wirkliche Sun Yue hat eine Vergangenheit. Allerdings ist die schon tot, und man kann sie nicht mehr zum Leben erwecken. Die heutige Sun Yue kann nicht mehr so sein wie früher. Damals hatte sie einen festen Glauben, ein Ziel, Phantasie und Energie. Sie glaubte, Xi Liu verkörpere die Partei und sei ein Vorbild für alle. Die glaubte, daß sie das, was sie gab, auch wiederbekommen würde. Mit aller Kraft nährte sie die Vorstellung, die sie von Xi Liu hatte. Es war, als stünde sie in der wärmenden Frühlingssonne. Aber plötzlich kam ein Sturm auf, der alles wegfegte und in ein Chaos verwandelte. Alles, wofür sie eingestanden war, verlor seinen Glanz, und es schien, daß ihre bunte Regenbogen- und Blumenwelt nur mehr aus Seifenblasen bestand, die sie durch einen Strohhalm in die Luft geblasen hatte. Sie konnte nirgends mehr Halt finden. Jingfu, hast du ihr Weinen nicht gehört? Es ist schrecklich, wenn man seinen Glauben verliert.

Ich war manchmal dem Wahnsinn nahe. Wenn die Nacht kam und es ruhig wurde, zog ich mir die Decke über den Kopf, geschüttelt von lautlosem Weinen.

So ein wunderschöner Tag! Es hat schon lange nicht mehr geregnet. Werden die Dinge jemals wieder ihre ursprüngliche Farbe zurückbekommen? Es hat keinen Sinn mehr, alles zu übertünchen. Man müßte mit neuer Frische ans Werk gehen. Aber meine Schläfen sind schon weiß.

He Jingfu, liebe dein Bild von Sun Yue. Ich will es nicht durch die wirkliche Sun Yue zerstören.

»Lehrerin Sun!« Ein Liebespaar tritt plötzlich aus dem Gebüsch. Hoffentlich habe ich nicht wieder Selbstgespräche geführt!

Die beiden geben ein interessantes Paar ab. Sie verstehen sich wunderbar, machen sich aber immer selbst Schwierigkeiten. Das Mädchen hat schon einige Male in meiner Gegenwart geweint. Aber noch bevor ich mir den Jungen vorknöpfen konnte, waren sie schon wieder Hand in Hand im Park verschwunden. Ein wenig Schmerz gehört zur Liebe und ist ganz nach dem Geschmack der jungen Leute. Ihre Tränen kann ich nicht so ganz ernst nehmen.

»Geht ihr nicht in die Stadt?« frage ich.

»Heute nachmittag muß ich zu einer Probe für den Gesangswettbewerb. Und natürlich geht er nicht ohne mich aus«, gibt mir das Mädchen zur Antwort. Was für ein Selbstbewußtsein!

»Gut, gut, junge Leute sollen revolutionäre Lieder singen, das regt den Geist an«, sage ich lachend. Aber mein Gesicht ist rot. Wenn ich das Wort »revolutionär« nur oft genug gebrauche, können die Studenten nicht sagen, ich sei »konservativ«. Ich habe mir das zur Gewohnheit gemacht. Auch wenn ich weiß, daß nicht jedes gute Lied »revolutionär« ist.

»Lehrerin Sun, ich habe gehört, daß Sie in Ihrer Studentenzeit eine kulturelle Aktivistin waren. Kommen Sie doch heute nachmittag und singen Sie mit!« Es ist immer noch das Mädchen, das spricht. Sie sind wie Zhao Zhenhuan und ich damals. Ich habe auch immer das Wort geführt, aber die Autorität lag bei ihm.

»Gut, ich komme!« gebe ich munter zur Antwort und bin selbst überrascht darüber.

Er schaut sie an, und das Mädchen reagiert sofort: »Auf Wiedersehen!« Eng aneinandergeschmiegt gehen sie davon.

Ich kann nicht nochmal zum Gebüsch zurückgehen. Wer weiß, auf wie viele Paare ich da noch stoßen würde!

Ich gehe den kleinen Fluß im Park entlang. Soll ich wirklich hingehen und mit ihnen singen? Eine stellvertretende Generalsekretärin muß eigentlich halten, was sie verspricht. Aber ich habe in den letzten zehn Jahren außer einigen Strophen zu den »Zitaten Maos« nichts mehr gesungen. Wenn man laut singt, kann man seinen Kummer loswerden. Nicht mal das kann ich.

Habe ich alle Lieder vergessen? Mal sehen! »Der Himmel im befreiten Gebiet ist ein strahlender Himmel. Die Menschen im befreiten Gebiet freuen sich darüber . . .« Ich sang das damals zu einem Volkstanz. Einmal war dabei das Seidenband um meine Hüften so eng gebunden, daß ich mich kaum bewegen konnte. Ich habe vor den Lehrern losgeheult. Von einem anderen Lied fallen mir nur noch einzelne Zeilen ein: »Der Hahn kräht laut, kräht laut; ruft die Sonne, die rote Sonne. Der junge Bursche, der starke Bursche; wie kann er auf dem Bett liegen und faul sein, und faul sein.« Das ist aus »Brüder und Schwestern kultivieren das Brachland«. Als wir es auf einem großen Platz aufführten, hatten wir keine Lautsprecher. Damit man uns verstehen konnte, ließen die Lehrer je vier »Brüder und Schwestern« singen. Nur wenige der Jungen konnten singen. Der Lehrer sagte, ich sähe aus wie ein Junge und gab mir die

Rolle eines »Bruders«. Zhao Zhenhuan hatte mir geholfen, ein weißes Tuch um meinen Kopf zu binden. Er war auch ein »Bruder«.

»Die Hirse war so grün, so grün, als am 18. September die Japaner kamen so kühn ...« Das war ein Lied aus »Leg deine Peitsche nieder«, in dem ich mit He Jingfu zusammen spielte. Seine Stimme war so laut, daß man ihn bis in die hinteren Reihen verstehen konnte. An dieses Lied kann ich mich von Anfang bis Ende erinnern ...

»Worüber freust du dich denn so, daß du schon auf der Straße singst?«

Ich zucke zusammen. Das ist ja gefährlich, diese Selbstgespräche. Xu Hengzhong geht mit einem Korb voll Gemüse hinter mir. Wahrscheinlich ist er schon eine ganze Weile da.

»Am Sonntag mußt du wohl selber kochen?« frage ich verlegen.

»Ich habe ein Kind. Was soll ich machen! Ich bin Vater und Mutter zugleich. Ich bin ein echter ›Hausmann‹ geworden.« Er lacht bitter. Er tut mir leid.

»Wo ist Hanhan?«

»In der Schule bei einer Veranstaltung.«

»Und wohin gehst du?«

»Ich gehe nur spazieren.«

»Ich nähe gerade ein paar Sachen für Kun. Aber ich hab wahrscheinlich falsch zugeschnitten. Jedenfalls passen die Teile nicht zusammen.« Er macht einen bittenden Eindruck, obwohl er mich nicht ansieht.

»Komm, Xu Hengzhong! Ich helfe dir.«

Freudig stimmt er zu und wir gehen zusammen.

Menschen sind doch komisch! Vor einigen Jahren noch hätte sich niemand vorstellen können, daß wir einmal nebeneinander gehen würden. Ich habe ihn verabscheut. Xu Hengzhong gehörte ursprünglich auch zu den »Parteigängern Xi Lius«. Aber am Vorabend des »Januarsturms« schloß er sich plötzlich den »Rebellen« an. Kurz zuvor schickte er noch aus alter Freundschaft seine Frau vorbei, um auch mich zu einem Positionswechsel zu überreden. Ich lehnte entschieden ab. Seine Wankelmütigkeit ekelte mich an. Von da an hatten wir keine Verbindung mehr. Mir waren seine Motive damals nicht ganz klar. Gerade er war als »Held im Kampf gegen die Rebellen« Aushängeschild Xi Lius gewesen. Als man Xi Liu während der »Hundert-Blumen-Bewegung« angriff, zeigte sich Xu Hengzhong sehr betroffen. Die Zeitungen berichteten damals ausführlich über seine Heldentaten. Außerdem war er auch in ruhigen Zeiten immer vorsichtig genug gewesen, sich nach den Anweisungen der Partei zu richten. Er gehörte nicht zu denen, die sich nach vorne drängten und ihre Meinung sagten. Warum hatte er sich dann zu einer Zeit, als Macht und Einfluß der »Parteigänger Xi Lius« noch ungebrochen waren, einer Minderheit angeschlossen?

»Xu Hengzhong«, ich lächle, bevor ich den Mund aufmache. »In den vergangenen Jahren wollte ich dich schon immer mal was fragen.« Er sieht mich abwartend an.

»Du bist doch ein vorsichtiger Mensch. Warum hast du dich damals eigentlich den ›Rebellen‹ angeschlossen?«

Er wird rot. Er ist wirklich ein gutaussehender Mann, mit dem Flair eines Gelehrten. Auf der Universität war er sehr populär bei seinen Kommilitoninnen. Aber irgendetwas an ihm gefiel mir schon damals nicht.

Ich kann es nicht genau beschreiben. Sein Herz scheint in Ölpapier gewickelt. Man kann es nicht deutlich sehen und auch nicht direkt berühren. Das Wort Herzlichkeit scheint für ihn ein leerer Ausdruck, ein Begriff ohne Inhalt zu sein.

Ob er mir heute wohl die Wahrheit sagen wird?

»Das habe ich mich auch schon oft gefragt! Die Antwort ist: zum Teil aus Selbstsucht, zum Teil aus Dummheit!«

Diese Eröffnung kommt unerwartet. Man lernt doch nie aus.

»Erinnerst du dich noch an meine Wandzeitung über He Jingfu, während der ›Anti-Rechts-Kampagne‹?« Ich nicke.

»Du kennst nur einen Teil der Geschichte!«

Ich hätte es nie für möglich gehalten, daß dieses »Vorbild eines Helden« zu einer solchen Lüge fähig gewesen war.

1957, zu Anfang der ›Hundert-Blumen-Bewegung‹ war Xu Hengzhong wie alle anderen aufrichtig daran interessiert, bei der Reorganisation der Partei mitzuhelfen. Er setzte seine Unterschrift unter He Jingfus Wandzeitung, allerdings sehr klein und kaum zu entziffern. Eines Abends sah er Xi Liu und einige andere aus dem Vorstand des Parteikomitees vor He Jingfus Wandzeitung stehen und diskutieren. Er stellte sich verstohlen daneben um zuzuhören. Er war besorgt um Xie, ob Xi Liu ihn ausreisen lassen würde. Außerdem hatte er Angst, daß Xi Liu gegen He Jingfu vorgehen würde. Während er die Wandzeitung las, machte Xi Liu seiner Entrüstung laut und deutlich Luft. Sein Gesicht war verzerrt vor Wut: »Die Meinung des Zentralkomitees ist da ganz klar. Diese Leute können sich nicht mehr länger so aufführen!« sagte er zu seinen Begleitern.

Xu Hengzhong hatte Angst. Er wartete, bis Xi Liu und die anderen weg waren. Dann ging er zur Wandzeitung und suchte seine Unterschrift. Obwohl sie kaum zu erkennen war, wollte er sie doch übermalen. Es sollte so aussehen wie ein zufällig verspritzter Tropfen Tinte. Als er fertig war und gerade gehen wollte, kam jemand mit einer Kamera vorbei. Xu Hengzhong erkannte ihn. Es war der Chefredakteur der Universitätszeitung. Er fragte Xu Hengzhong: »Was tun Sie hier? Von welcher Abteilung sind Sie?« Er antwortete vage: »Ich fühlte mich nicht wohl und konnte nicht schlafen.«

Der Mann war sofort sehr interessiert.

»Etwa wegen dieser Wandzeitung? Was halten Sie davon?«

Xu Hengzhong versuchte sich herauszureden: »Ich kenne die genauen Umstände des Falles nicht.«

»›Der Genosse Xi Liu hat nicht wirklich gesagt, daß die Partei menschliche Gefühle nicht anerkennt. Der Genosse Xi Liu hat vielmehr bestätigt, daß menschliche Gefühle existieren, daß sie aber Klassencharakter haben. Meinen Sie nicht, daß He Jingfu ein Verleumder ist, der mit seinem Gift die Parteiführung angreift?‹

Eins war zwei und zwei war eins. Ich konnte keinen Unterschied zwischen den beiden Formulierungen erkennen. Aber der Satz ›mit seinem Gift die Parteiführung angreifen‹ ließ mich in kalten Schweiß ausbrechen. Ich machte eine zustimmende Kopfbewegung.«

Während Xu Hengzhong das sagt, verliert er nichts von

seinem Charme. Dennoch läßt ihn seine unaufhörliche Selbstironie schwächlich und alt erscheinen.

Am nächsten Tag wurde er von Xi Liu zu einem Gespräch zitiert.

»Ich höre, daß Sie sehr unzufrieden sind mit He Jingfus Wandzeitung; daß Sie so aufgebracht sind, daß Sie nachts nicht mehr schlafen können!« fing Xi Liu an. Xu Hengzhong widersprach nicht, stimmte auch nicht zu: »Ich schlafe zur Zeit nicht besonders gut.«

»Welche Klassenherkunft haben Sie?«

»Arme Bauern.« Xu Hengzhong wagte nicht, seine wahre Herkunft preiszugeben. Sein Großvater war Grundbesitzer gewesen und sein Vater ein Stammkunde im Bordell. Das Leben als »arme Bauern« ging auf die Bordellbesuche seines Vaters zurück. Sie waren wirklich arm. Als Xu Hengzhong noch klein war, besaß er nicht einmal Hosen. Die Leute im Dorf nannten ihn alle »Blankarsch«. Der Name ist ihm bis in die Universität geblieben, obwohl er überhaupt nicht zu seiner eleganten Art paßte.

»Gut, Ihr Klassengeist ist höchst schätzenswert. Er steht in erfrischendem Gegensatz zu den bourgeoisen Thesen über die menschliche Natur, die He Jingfu verbreitet. Unsere jungen Studenten sind zum Großteil völlig in Ordnung oder wenigstens einigermaßen zuverlässig. Sie gehören zu den ersteren. Setzen Sie sich mit aller Kraft ein, treten Sie nur mutig vor und stellen Sie sich gegen die Verdrehungen der Rechtsabweichler. Wir unterstützen Sie.« Xi Lius Haltung drückte die richtige Mischung von Ernst und Vertraulichkeit aus.

»Ich wußte nicht, was ich tun sollte! Ich hatte absolut nichts gegen He Jingfu. Ich konnte auch nicht erkennen, wo er sich in seiner Wandzeitung gegen die Partei wandte. Aber Xi Liu sprach im Namen des Zentralkomitees, und ich hatte Angst, da mit hineingezogen zu werden.«

»Und dann hast du jene Wandzeitung damals geschrieben?« frage ich.

»Der Chefredakteur der Universitätszeitung hat sie aufgesetzt, und ich habe sie abgeschrieben.«

»Wie mies!«

Als ich einmal ein Filmstudio für Handspielpuppen besichtigte, sah ich Holzpuppen, die nicht größer waren als ein Finger. Sie wurden mit Fäden bedient, und konnten stehen oder sitzen. Man konnte mehrere Puppen zugleich bedienen. Sie konnten weinen, lachen, sich umarmen, kämpfen, Helden und Schurken darstellen. Alles hing von dem ab, der die Fäden in der Hand hatte. Wenn Kinder sehen könnten, wie die Puppen funktionieren, würden sie dann noch genauso den Helden zujubeln und die Schurken auspfeifen? Ich glaube schon. Die Welt auf der Bühne ist anders als die Wirklichkeit.

»Was denkst du darüber?« fragt er mich am Ende seiner Geschichte scheinbar lässig, aber sichtlich nervös.

»Ich habe den politischen Kampf immer sehr ernst genommen und mich immer mit Leib und Seele für eine Bewegung eingesetzt. Ich hätte nicht gedacht . . .«

Ich stelle meine Meinung ziemlich vage dar, aber Xu Hengzhong versteht: »Genau, ich hätte auch nicht gedacht . . . Ich habe immer unglaubliches Glück gehabt. Ich bin in die Partei eingetreten, bin auf der Universität geblieben, bin durch die Zeitungen berühmt geworden. Damals wurde mir klar, daß im politischen Kampf richtig und falsch nur eine Frage der Umstände und nicht der Integrität eines einzelnen ist.«

»Dann war dein Anschluß an die Rebellen auch nur eine Frage der Umstände?« Ein Kloß steckt mir im Hals.

»Ich erfuhr von einem Kommilitonen aus einer hohen Kaderfamilie, daß die Tage der ›Rechten‹ gezählt waren.«

Ich frage nicht weiter, und er sagt nichts mehr. Wir wissen beide Bescheid. Ist es immer der eigene Kopf, den die Menschen auf den Schultern tragen? Wer kann schon von sich sagen, daß er unabhängig denkt und stets nach dem »Warum« fragt? Aus einer Komödie kann leicht eine Tragödie werden. Es ist nicht immer klar, wen wir auspfeifen und wem wir zujubeln sollen.

Ich hebe ein paar Steine auf und werfe sie in den Fluß. Ich will, daß sie über die Wasserfläche hüpfen, aber sie gehen sofort unter. Xu Hengzhong nimmt mir den Stein aus der Hand und zeigt mir, wie man es macht.

»Du mußt sie ganz leicht werfen, so daß sie an der Oberfläche bleiben.« Er versucht, es mir beizubringen.

»Das kann ich nicht.« Er wird rot.

Kun hat mich gesehen und kommt auf mich zugestürzt. »Mama Sun!« Das Kind ist recht hübsch, aber sehr dünn; nicht gerade fröhlich und ziemlich ängstlich. Er scheint die Leute immer anzuflehen: Liebt mich! Tut mir nichts! Ich bin so klein und bedauernswert!

Zu Hause angekommen repariere ich das verschnittene Kleidungsstück. Kaum sitze ich an der Nähmaschine, steht Kun schon schüchtern an meiner Seite und möchte gern in den laufenden Treibriemen fassen, wagt es aber nicht.

Xu Hengzhong putzt das Gemüse und mahnt ihn unaufhörlich: »Kun, sei nicht frech! Du darfst Mama Sun nicht stören!«

Im Radio spielen sie ein Lied, das mich an He Jingfu erinnert. Xu Hengzhong ist mit dem Gemüse fertig und kommt zu mir herüber.

»Ist da noch was zu retten?« Seine Stimme klingt verändert. Ich nicke nur.

»Das Schicksal hat mich weit weg geschickt, weit weg geschickt ...« heißt es in dem Lied. Am Fuß der Großen Mauer – eine Sternschnuppe. Ist meine Tauperle schon vertrocknet? Ich brauche seine Sympathie und sein Mitleid nicht. Was schiefgegangen ist, ist schiefgegangen und ist nicht mehr gutzumachen.

Die Hose ist fertig. Ich probiere sie Kun an. Er lacht. Er lacht sonst sehr selten. In seinem Lachen ist ein klein wenig Anbiederung. Ich umarme den Kleinen, und er preßt seinen Kopf an meine Schulter. Xu Hengzhong kommt herüber und streichelt das Kind. Ich mag es nicht, daß er so nahe bei mir steht. Ich lasse das Kind los und will gehen.

Er sagt sofort: »Komm, Kun, sag, daß Mama Sun mit uns essen soll, daß sie noch nicht heimgehen soll!« Das Kind wiederholt die Worte dreimal. Beim dritten Mal verzieht es den Mund und fängt an zu weinen.

Ich muß bleiben.

So sitzen wir drei zusammen beim Essen. Was würden die Leute denken, wenn sie uns so sehen könnten? Xu Hengzhong wirkt selten so glücklich wie jetzt. Er legt mir ständig die besten Stücke auf.

»Sun Yue, es ist schon lange nicht mehr so fröhlich zugegangen wie heute. Findest du nicht auch?« sagt er plötzlich und legt seine Stäbchen weg.

Ich kann nicht gut nein sagen.

»Ich hoffe, du kommst oft, so wie heute!« Auch das lehne ich nicht direkt ab.

»Wir kennen uns schon über zwanzig Jahre.« Er rückt ein Stück näher. Ich sehe ihn erschrocken an.

»Sun Yue, weißt du denn nicht? Als wir noch Studenten waren, wollte ich nur ein Mädchen haben. Aber Zhao Zhenhuan hatte es schon in Beschlag genommen.« Er ist wie ausgewechselt, richtig begeistert.

Ich bin wie vom Donner gerührt. Mein Gesicht brennt. Chen Yulis Worte klingen mir noch in den Ohren. Kein Wunder, daß sie falsche Schlüsse gezogen hat. Und er? Dieser Mann, für den ich nur Sympathie aufbringen kann? Ich senke den Kopf.

»Hanhan braucht die Liebe eines Vaters. Hast du nie daran gedacht, ihretwillen nochmal eine richtige Familie zu gründen?« hatte mich He Jingfu erst gestern noch gefragt.

»Ich habe nicht daran gedacht, und ich werde auch nicht daran denken!« hatte ich ihm geantwortet. Aber vielleicht ist es jetzt an der Zeit, mir darüber Gedanken zu machen. Nicht des Kindes wegen, sondern meinetwegen. Um Zhao Zhenhuans Reue zurückzuweisen, um He Jingfus Mitleid zu entgehen, um meine Illusionen aufzugeben.

Für Xu Hengzhong empfinde ich nur Sympathie. Sympathie ist nicht Liebe. Aber auf dieser Welt ist selbst Sympathie nur dünn gesät. Li Yining hat recht! Fast alle geben sich mit dem zufrieden, was sie haben. Der Unterschied besteht nur in der Geschicklichkeit, die Risse zu verbergen. Wie bei einem begabten Jadeschneider, der Fehler im Stein in die Form einbezieht und so geschickt vertuscht. Wer sich damit abfindet, bleibt nicht allein. Dieser Weg ist zwar eben, aber ohne Farbe und dennoch kann man ein ganzes Leben so verbringen. Was soll ich Xu Hengzhong antworten?

Ich schaue ihn an. Aus seinem Gesicht ist alle Farbe

gewichen. Seine Augen sind voll Scham, flehend und nervös. Ich lache gezwungen: »Xu Hengzhong, was du eben gesagt hast – ich habe noch nie daran gedacht.«

»Ich weiß, ich passe nicht zu dir. Ich bin nur ein mittelmäßiger Mensch. Außerdem stehe ich im Augenblick nicht gerade hoch im Kurs. Keiner achtet mich. Glaub mir, ich werde nie wieder einem Traum nachjagen.« Seine Stimme ist voll Selbstironie und Bitterkeit. Er scheint um zehn Jahre gealtert.

Plötzlich wird mir bewußt, daß unser Schicksal ähnlich ist. Wie bei einer Berg- und Talwanderung verbringen wir unser Leben in ständigem Auf und Ab. Wir sind mal oben, mal unten – und werden nach nichts sonst beurteilt. Sieht jemand unseren wahren Wert? Wir sind doch beide schon über vierzig. Wie viele solcher Hochs und Tiefs können wir noch ertragen?

Ich erzähle ihm, was ich denke, und sein Gesicht hellt sich wieder auf. Er ist so leicht zu beeinflussen, als läge sein Schicksal ausschließlich in der Hand anderer. Darin unterscheidet er sich deutlich von He Jingfu. Es ist nicht gut, wenn einer zu schwerfällig ist, aber zu große Empfindlichkeit macht den Charakter unselbständig. Ich mag Leute nicht, die zu empfindlich sind.

Ich sollte gehen.

»Bitte, verzeih all den Unsinn, den ich geredet habe!« Er scheint nun wieder vollends mutlos. Ich habe genug und sage nicht sehr höflich: »Wenn du schon weißt, daß du Unsinn redest, warum läßt du's dann nicht?«

Er ist beunruhigt. Ein Mann, der nicht männlich ist. So einen kann ich nicht brauchen. Ich gehe.

Ich versuche mit aller Kraft, diesen letzten Eindruck loszuwerden, ich gehe sehr schnell. Als ich am Gebüsch vorbeikomme, fällt mir ein, daß ich den Studenten versprochen habe, mit ihnen zu singen. Also gehe ich. Unter all den jungen Leuten kann ich das ganze Durcheinander für eine Weile beiseite schieben. So jung zu sein wie Xi Wang heißt, noch glücklich sein. Die Jungen haben eine historische Pflicht, tragen aber noch keine historische Verantwortung. Können wir je so sein wie sie? Werden sie so werden wie wir?

10. Hanhan

Mama, ich muß mit dir reden.

Schon wieder dieser Xu Hengzhong, wirklich lästig ist der! So geht das nun jeden Sonntag, immer taucht er mit seinem doofen Kun auf. Wenn ich den bloß sehe, wird mir schon ganz schlecht; kleine Nase, kleine Äuglein, ein mickriges Kerlchen, eigentlich zu bedauern. Aber Mutter mag ihn offensichtlich trotzdem. Ständig nimmt sie ihn in die Arme, als wär's ihr eigenes Kind. Das geht mir noch mehr auf die Nerven.

»Wir wollen mit euch den Sonntag verbringen!« ruft Xu Hengzhong freudig gleich an der Tür, in der Hand ein Plastiknetz voll Lebensmittel. Wahrscheinlich ist's ihm peinlich, daß er schon so oft bei uns gegessen hat, nun will er sich revanchieren. Komisch! Ich habe Mutter schon gefragt, warum der überhaupt immer kommt. Sie meinte, er sei gerade erst rehabilitiert, keiner wolle etwas mit ihm zu tun haben, wir dürften ihn nicht vor den Kopf stoßen.

Ich hatte gehofft, Mutter würde ihn heute wegschicken. Was soll das Ganze eigentlich? Aber sie schweigt, und ich kann nicht erkennen, ob sie sich über sein Kommen freut oder nicht. Ihr Gesichtsausdruck ist so ruhig wie immer, nur ihre Augen sind ein wenig traurig. Merkwürdig ist das mit den Augen der Menschen. Man kann sie nicht färben, schon gar nicht beliebig ihre Form ändern, und doch können sie so vieles ausdrücken. Am liebsten studiere ich die von Mutter. Aber manchmal kann man durch diese beiden Fenster der Seele nicht viel erkennen. Selbst wenn man sich zur Fensteröffnung hineinbeugt, sieht man nicht, was im Zimmer vorgeht. Das bedrückt mich.

Xu Hengzhong packt Stück für Stück sein Gemüse aus. Kun hilft ihm dabei. Mutter rührt keinen Finger und sagt nichts dazu.

Ich habe keine Lust, mich an so einem Gemeinschaftsessen zu beteiligen. »Was habt ihr denn mit denen zu tun?«

fragen mich schon die Klassenkameraden. Und einer hat gesagt: »Mein Vater kennt den, es heißt, er sei Anhänger der ›Viererbande‹!«

An mich denkt Mutter überhaupt nicht. Ich werde gehen, ich esse nicht zu Hause.

»Mama, ich gehe zu meiner Schulfreundin!« verabschiede ich mich knapp. »Komm rechtzeitig zum Essen zurück!« grinst Xu Hengzhong freundlich. Nanu! Was gehen denn dich unsere häuslichen Angelegenheiten an? Hältst dich wohl schon für das Familienoberhaupt, wie? Ohne auf ihn zu achten, gehe ich hinaus. Mutter begleitet mich schweigend zur Tür, sie schaut bekümmert: »Zu welcher Freundin willst du?« – »Gleich hier um die Ecke«, antworte ich patzig, »ich kann allein heimkommen.«

Ich renne davon, am liebsten würde ich heulen. – Mutter steht immer noch an der Tür und schaut mir nach; es sieht aus, als reibe sie sich die Augen. Sie hat's ja schwer genug – stellvertretende Parteisekretärin, der Unterricht und auch noch der Haushalt. Bei ihrem niedrigen Gehalt muß sie alles allein machen. Auf die letzte Gehaltserhöhung, die sie bekommen sollte, hat sie wieder zugunsten anderer verzichtet. An sowas merkt man, daß sie noch Mitglied der Kommunistischen Partei ist, ansonsten nicht. Darf denn ein Kommunist andere über das, was ihn bewegt, so im unklaren lassen? Nicht mal die eigene Tochter wird aus ihr schlau. Heißt es nicht, man solle offen sein? Aber Mutter ist ganz und gar verschlossen. Und Onkel He Jingfu? Ich bin mir nicht sicher.

Richtig, Onkel He ist seit damals, als Mutter nicht wollte, daß er bei uns zum Essen bleibt, nicht mehr erschienen. Dabei hat er versprochen, Freundschaft mit mir zu schließen. Ich ärgere mich über Mutter. Onkel He so unhöflich zu behandeln. Wenn sie ihn nicht sehen will, warum redet sie dann ständig von ihm? Erst neulich wieder, als sie mir mein angenehmes Leben vorhielt: »Wenn du deinen Lebensunterhalt selbst erarbeiten müßtest, so wie Onkel He damals, dann würdest du verstehen, was Leben heißt.« Als ich fragte, ob Onkel He am Sonntag zu Besuch kommen würde, erstarrte ihr Gesicht sofort: »Red kein dummes

Zeug! Was soll er denn hier? Sonntags wird er zusehen, daß er schleunigst zu seiner Bekannten kommt.« – »Wer ist denn seine Bekannte?« Da wurde sie noch ungehaltener: »Es ist schrecklich mit dir! Kümmere dich nicht soviel um anderer Leute Angelegenheiten! Wie soll ich denn wissen, was er treibt!« Wenn ich nicht reden soll, dann eben nicht, aber komisch ist das schon: Hat sie nicht selbst von Onkel He angefangen?

Wo wohnt er eigentlich? Soll ich in einem der Häuser fragen?

Ein junger Typ, offensichtlich Student, starrt mich dauernd an.

Plötzlich streckt er die Hand aus und zupft an meinen Zöpfen: »Bist du die kleine Hanhan von Frau Sun, der Lehrerin?«

Hanhan hin, Hanhan her, aber was heißt hier »klein«! Und dann noch an den Zöpfen ziehen! Bei uns in der Schule, da reden Jungen und Mädchen nicht mal miteinander, keiner von den Jungs würde wagen, eine Mitschülerin am Zopf zu ziehen. Haben diese Studenten denn kein ordentliches Benehmen? Unwillig reiße ich ihm den Zopf aus der Hand und schleudere ihn schwungvoll auf den Rücken.

»Eh, du Kratzbürste! Zöpfe sind zum Zupfen da! Ich steh auf Zöpfe!« Der Typ lacht unverschämt, ohne eine Spur von Verlegenheit.

»Dann mach's doch bei deiner kleinen Schwester!« – »Hab keine kleine Schwester«, lacht er noch gemeiner, »deshalb muß ich ja bei dir ziehen.« Und dabei streckt er schon wieder die Hand nach mir aus. Ich ergreife die Flucht, aber nach ein paar Schritten fällt mir ein: Vielleicht weiß er Onkel Hes Adresse? Was soll's, ich frag ihn einfach. Ich bleibe wieder stehen. Als er mich eingeholt hat, tätschelt er mir den Kopf: »Sei doch nicht sauer, war ja nur Spaß! Wo willst du denn hin?« Ich lächle ihn vorsichtig an und erkläre, daß ich Onkel He besuchen wolle.

»Onkel He ist krank, er liegt im Krankenhaus. Ich wollte gerade in seine Wohnung, um verschiedenes für ihn zu holen. Komm mit!« Er zieht mich mit und geht eilig auf eines der Häuser zu. Unterwegs erzählt er mir, er heiße Xi

Wang, und daß ich Frau Suns Tochter sei, habe er an meinen Gesichtszügen erkannt.

Ich will wissen, wie es Onkel He geht, aber er vertröstet mich: »Laß uns erst die Sachen holen«, sagt er, »dann erzähl ich dir.«

Xi Wang öffnet eine kleine Wohnung, im dritten Stock gleich neben den Toiletten. Was für ein armseliges Kämmerchen! Außer einer schäbigen alten Kiste und einigen Holzregalen voller Bücher steht so gut wie nichts drin; zwei gewöhnliche Etagenbetten noch, Onkel He benutzt offensichtlich eins der unteren Betten, in der oberen Etage türmt sich ein Haufen Krempel. Das andere Bett steht leer. Xi Wang erklärt, daß Lehrer, Angestellte oder Arbeiter von der Uni oft ihre auswärtigen Verwandten oder Freunde für ein, zwei Nächte hier einquartieren. Und das schäbige Bettzeug, wie bei den Bauern auf dem Land! Der ehemals dunkelrot gemusterte Stoff der Bettdecke hat sich grauviolett verfärbt, an einigen Stellen guckt schon die Baumwollfüllung raus. Auf dem kleinen, harten Kopfkissen liegt ein Stück grober Baumwollstoff.

»So also lebt Onkel He!« rutscht es mir heraus; ich bin wirklich erschrocken und bedrückt.

Xi Wang, der gerade die Waschschüssel und andere Sachen in ein Netz packt, dreht sich um und seufzt: »Hanhan, es gibt eben zu viel Elend auf der Welt! Hätte ich nicht gleich heute früh nach ihm gesehen, dann hätte er hier auch ruhig sterben können, kein Mensch hätte es bemerkt. Als ich hereinkam war er schon bewußtlos: akute Lungenentzündung. Ohne richtige Behandlung stirbt man daran. – Also komm, gehen wir.«

»Hast du auch nichts vergessen?« Ich schließe die Tür.

»Richtig, die Pfeife!« Er schlägt sich mit der Hand vor die Stirn.

Sie hängt am Kopfende des Bettes. Ich hole sie herunter und behalte sie in der Hand, während ich mit Xi Wang das Haus verlasse.

»Warum muß Onkel He nur immer Pfeife rauchen? Er sieht ja wie ein Opa aus damit!« Ich schaue mir das Ding genauer an. Eine ganz gewöhnliche Tabakspfeife, mit einem Tabaksbeutel dran, aus bäuerlichem schwarzem Stoff genäht, auch schon alt und verschlissen.

»Ein Erbstück, das hat Onkel He von seinem Vater. Wenn er wieder gesund ist, soll er dir mal die Geschichte dieser Tabakspfeife erzählen, Hanhan. Er hatte wirklich einen guten Vater!«

»Erzähl du mir doch die Geschichte.«

»Das geht nicht, ich muß jetzt ins Krankenhaus, und überhaupt – ich kann nicht gut erzählen.«

Daß ich mitkomme ist ihm nicht recht, denn im Krankenhaus sei jetzt keine Besuchszeit. Aber er ist einverstanden, daß ich ihn bis zur Bushaltestelle begleite.

Ich mache mir solche Sorgen um Onkel He. Wer wird sich denn um ihn kümmern, während er im Krankenhaus liegt? Ob die »Bekannte« von seiner Krankheit erfahren hat? Xi Wang weiß bestimmt, wer sie ist. »Hast du schon mit Onkel Hes Bekannter gesprochen?«

»Seit wann hat er denn eine Bekannte?«

»Das weiß ich auch nicht, meine Mutter hat gesagt, er werde es eilig haben, zu der Bekannten zu kommen.«

»Na sowas?« Meine Äußerung interessiert ihn sehr, ganz dicht kommt er heran und fragt geheimnisvoll: »Spricht deine Mutter öfter über Onkel He? Hat sie einen guten Eindruck von ihm?«

»Schwer zu sagen. Sie spricht zwar öfter von ihm, aber daß er zu uns zum Essen kommt, das will sie nicht.« Ich schaue Xi Wang an und füge hinzu: »Stattdessen kommt dieser Xu Hengzhong ständig an, sogar zum Essen – es ist zum Kotzen!« Ich mag über Mutter nichts Schlechtes sagen, aber vor Freunden von Onkel He will ich nicht unaufrichtig sein. Und Xi Wang muß wohl ein Freund von ihm sein.

»So?« – Er schweigt. Was soll das bedeuten?

Nach einer Weile fragt er: »Wen von beiden findest du besser, Onkel He oder Xu Hengzhong?«

»Natürlich Onkel He«, da brauche ich nicht lange zu überlegen.

Vor Freude grabscht er ganz spontan wieder nach meinem Zopf: »Da sind wir einer Meinung. Onkel He ist ein Mann mit Persönlichkeit. Persönlichkeit, verstehst du?«

»Ja. Von mir sagen die Schulkameraden, ich sei eine starke Persönlichkeit.« Was er mit Persönlichkeit meint, verstehe ich zwar nicht so ganz, aber muß man sich denn nicht schämen zuzugeben, daß man nicht mal weiß, was Persönlichkeit heißt?

Xi Wang schüttelt lachend den Kopf: »Nein, Hanhan! Bei Onkel He meine ich mit Persönlichkeit etwas anderes. Du bist ein verwöhntes, eigensinniges kleines Persönchen, ist's nicht so?« Ich nicke ein bißchen beschämt und verlegen. »Aber Onkel Hes Persönlichkeit – das bedeutet, er hat eigenständige Ansichten über das Leben und die Dinge. Selbstbestimmung, das ist sein großes Ziel! Onkel He, der weiß, was heißt, ein Mensch zu sein. Er ist sehr stolz, selbstbewußt und voller Selbstvertrauen.«

»Unser Lehrer hat gesagt, zu großer Stolz sei Zeichen von Individualismus!« Ich werfe diesen Satz dazwischen, ohne zu wissen, was ich da sage.

»Ach, Hanhan! Ohne Stolz sinkt der Mensch auf die Stufe des Tieres. Das verstehst du noch nicht. Laß es mich kurz machen: Von einem Menschen wie Onkel He kannst du vieles lernen. Er sagt nie etwas, was er nicht wirklich meint, und macht auch keine unnötig großen Worte.«

Richtig! Genau das gefällt mir an Onkel He. Ich finde ihn einfach »super«, wie wir in der Schule sagen würden, dieser Xu Hengzhong kommt einem dagegen richtig »spießig« vor.

»Spießig«, echt »spießig«! Wenn Mutter sich doch mit Onkel He anfreunden würde, das wäre schön! – Und wie steht's, wenn ich Vater mit Onkel He vergleiche? Mein Vater sieht besser aus als Onkel He. – Aber hat er Persönlichkeit? Auf meinem Foto läßt sich das nicht erkennen. Und Mutter will nie mit mir über ihn sprechen. – Und bei uns zu Hause sitzt noch dieser Xu Hengzhong herum. Mist, verdammter!

Knacks! Ich habe von den Buchsbaumhecken am Weg mit beiden Händen einen Zweig abgebrochen.

»Nanu, was ist dir denn jetzt für eine Laus über die Leber gelaufen?« fragt er.

Ganz erstaunlich, dieser Xi Wang kann einem ins Herz

hineinsehen. Fast bewundere ich ihn. Mutter sagte mal: »Hanhan, es wirklich nicht leicht, jemand zu finden, den du bewunderst!« So ist's. Ich habe selten jemand gesehen, der es wert gewesen wäre. Dieser Xi Wang scheint anders zu sein.

»Kannst du Onkel He gut leiden?« frage ich. Ich bin zwar überzeugt davon, aber ich möchte noch mehr Gutes über Onkel He aus Xi Wangs Mund hören.

»Freilich, ich habe ihn sehr gern. Ursprünglich war es einfach so, daß ich mich schuldig fühlte, weil mein Vater ihn früher so fertiggemacht hat. Ich habe versucht, etwas über ihn zu erfahren, ihm zu helfen, später habe ich ihn liebgewonnen. – Kennst du meinen Vater? Er ist nämlich der Parteisekretär von der Uni, Xi Liu. Er war es, der Onkel He zum rechten Element erklärt hatte.«

»Dein Vater ist wirklich gemein.« Schon wieder so ein Ausrutscher.

Er errötet. »Nein, so schlecht ist er nun auch wieder nicht. Daß er damals so gehandelt hat, lag ja an den besonderen historischen Verhältnissen.«

»Du verteidigst ihn nur, weil er dein Vater ist.« Ich jedenfalls nehme Onkel He in Schutz.

»Hanhan, du irrst dich. Ich versuche, fair zu sein. Für meinen Vater empfinde ich weder besondere Liebe noch Respekt.«

»Das ist bei mir aber anders.« – Verflixt, wie konnte ich sowas sagen! Warum passe ich nicht besser auf. Ich merke, wie mir heiß wird im Gesicht, hoffentlich hat er das nicht gehört. Es war ja nicht laut, außerdem fuhr ein Lkw an uns vorbei.

Das Gesicht, das er mir zuwendet, diese Augen, das kaum merkliche Lächeln; er hat mich wohl gehört. »Erzähl mal ein bißchen von deinem Vater«, fordert er mich auf.

Ich beiße mir auf die Lippen, schweige. Nur nicht wieder die Wachsamkeit einschlafen lassen.

»Es heißt, er sei ein schöner Mann? Ehrlich, ich möchte ihn gern mal sehen«, sagt er.

Und unwillkürlich hole ich mein zerrissenes Foto aus der Tasche. Daß mein Vater gut aussieht, freut mich doch!

Eingehend betrachtet er das Bild. »Tatsächlich«, sagt er dann zu mir, »sehr attraktiv. Wahrscheinlich hat deine Mutter sich deshalb in ihn verliebt.«

»Was redest du da?« Ich bin entrüstet.

»Nun, ein hübsches Gesicht gefällt jedem. Aber noch wichtiger als das Aussehen ist doch, ob einer ein gutes Herz hat. Meinst du nicht?«

»Soll das heißen, du glaubst, mein Vater hat kein gutes Herz? Du kennst ihn doch gar nicht! Mein Vater ist nicht wie deiner, er hat niemanden zum rechten Element gestempelt.«

Wieder zupft er mich am Zopf: »Du hängst ja noch sehr an ihm. Anscheinend hat deine Mutter dir noch nichts über ihn erzählt. So jung bist du doch nicht mehr, sie sollte mit dir über eure Familienangelegenheiten reden. Sonst kriegt ihr beiden irgendwann Probleme.«

Also dieser Xi Wang, ehrlich nicht dumm. Er scheint sich auszukennen. Es ist wirklich nicht richtig, daß sie mir so gar nichts erzählt. Heute muß ich einmal ernstlich mit ihr reden; sie muß mir alles erzählen. – Aber, ob Xu Hengzhong schon fort ist? Diese Null, ein richtiger ekliger Spießer, mit diesem Würstchen von einem Sohn.

»Also, ich muß jetzt einsteigen! Du solltest auch heimgehen. Ich sage Onkel He, daß du da warst, ja? Er spricht oft von dir.«

Wir verabschieden uns. Ach, die Tabakspfeife! Die habe ich ja immer noch in der Hand.

Na bitte, Xu Hengzhong und Sohn, nach wie vor anwesend, sitzen am Eßtisch beim Tee! Ich weiß nicht warum, plötzlich steigt eine Wut in mir auf, die läßt sich einfach nicht unterdrücken. Patsch, Onkel Hes Pfeife auf mein Tischchen geknallt, rums den Stuhl über den Fußboden gezerrt, und da sitze ich, mitten im Zimmer.

Mutter wirft erst mir, dann Xu Hengzhong einen kurzen Blick zu; sie ist verärgert. Trotzdem sagt sie freundlich: »Wir haben dir etwas aufgehoben, ich wärme es nochmal auf.«

»Hab schon gegessen«, sage ich bockig.

»Bei wem denn?« – Mutter, immer noch mit freundlichem Ton.

»Bei 'ner Schulfreundin! Ich geh jetzt jeden Sonntag zu Freunden zum Essen. Das spart Lebensmittel, Geld und lästige Umstände. Man muß nur ein bißchen dickfellig sein, dann klappt das schon!« So, da habt ihr's. Rums, noch ein Poltern mit dem Stuhl, und ich drehe Mutter den Rücken zu.

»Wir werden jetzt gehen. Hanhan, auf Wiedersehen!«

Endlich, er hat's gemerkt – Xu Hengzhong will gehen. Wer will dich schon »wiedersehen«? Verstohlen beobachte ich ihn aus den Augenwinkeln; sein Gesicht – weder rot noch blaß – es glänzt ganz ölig. Wahrscheinlich weiß er gar nicht, wie ihm geschieht, nicht einmal sein Gesicht weiß, welche Farbe es annehmen soll. Ich glaube, genau das wollte unser Chinesisch-Lehrer neulich sagen: Was das Innere tief bewegt, wird sich am Äußeren zeigen. – Nein, wie jämmerlich der aussieht! Einfach zum Lachen. Jetzt mußt du die Suppe auslöffeln, die du dir eingebrockt hast.

Nachdem Mutter die beiden an die Tür gebracht hat, kommt sie ins Haus zurück. Peng, höre ich die Tür ins Schloß fallen, sehr schwer und laut. Klar, sie ist sauer.

»Hast du nicht den kleinsten Begriff von Höflichkeit? Bin ich noch deine Mutter? Verdiene ich noch deinen Respekt, ja oder nein?«

Mutters Zornausbrüche arten nie in Geschrei aus; sie spricht dann nur leiser und gedehnter als sonst und betont die Worte noch deutlicher. Jedes Wort bohrt sich einem wie ein Pfeil ins Herz.

Ich weiß ja, daß ich zu weit gegangen bin eben. Aber, als ob mich heute der Teufel reitet – ich stoße zum dritten Mal an den Stuhl, die Wut in meinem Bauch läßt sich einfach nicht unterdrücken.

Platsch, klatsch – auf meinem Rücken zwei Schläge, schwer und schmerzhaft.

»Ja, hau mich nur! Schlag mich ruhig tot! Ich will schon längst nicht mehr leben!« schreie ich heraus und fange laut an zu heulen. Noch nie in meinem Leben habe ich so geheult und geschrien. Mutter haut mich selten, und wenn, dann nicht arg; außerdem muß sie dabei selber weinen, als sei sie diejenige, die die Prügel bekommt. Die harten Schläge zeigen, daß sie wirklich wütend ist. Ich bereue ja alles, ehrlich! – Aber ich weiß auch nicht, was in mich gefahren ist, warum ich immer ärger weine und schreie, je mehr mir alles leid tut. Das muß Mutter ja noch wütender machen. Auf weitere Schläge vorbereitet, lege ich den Kopf auf die Stuhllehne.

Aber nichts passiert. Ich hebe den Kopf und schaue nach ihr: Da sitzt sie auf dem Bett, starrt geistesabwesend vor sich hin und sieht sehr unglücklich aus und erschrocken.

»Wie kannst du so etwas sagen? Wer hat dich solche Worte gelehrt? – Schon längst nicht mehr leben wollen. – Sind das deine eigenen Worte, Hanhan?«

Sie spricht zwar zu mir, nimmt mich aber gar nicht wahr.

»Du findest wohl überhaupt nichts Liebenswertes an mir, das Leben mit mir ist dir wohl unerträglich? – Nun, dann geh und suche ihn, geh zu deinem Vater!«

Ich zittere am ganzen Körper. Ihre Worte machen mich noch unglücklicher als ihre Schläge, denn nun habe ich das Gefühl, sie liebt mich nicht mehr. Natürlich habe ich einiges an ihr auszusetzen – aber meine Mutter ist doch eine gute Mutter! Wenn sie mich nicht mehr lieb hätte, wenn ich sie verlassen müßte, dann würde ich tatsächlich sterben.

Ich stehe auf, gehe zu ihr und lehne mich weinend an sie: »Mama, bitte verzeih mir. Nie wieder sage ich sowas. Ich weiß nicht, was heute los ist, ich bin so deprimiert und durcheinander. Ich mußte das endlich einmal loswerden.«

»Wo bist du denn vorhin gewesen?« Mutter streichelt mir über den Kopf, über den Rücken – über die Stelle, wo sie mich gerade gehauen hat.

»Ich wollte Onkel He besuchen. Aber er ist plötzlich krank geworden und liegt im Krankenhaus.«

Mutters Hand auf meinem Rücken zuckt zusammen: »Was hat er denn, hast du nicht gefragt?«

»Akute Lungenentzündung, sagt Xi Wang.«

Mutter schiebt mich beiseite und steht auf. Ich halte sie fest: »Mama, ich war vorhin sehr böse.«

»Schon gut, Hanhan. Komm, iß doch.« Mit diesen Worten tritt sie an den Bücherschrank, sucht das Buch »Innere Medizin – Allgemeine Erkrankungen« heraus und schlägt bei »Akute Lungenentzündung« auf. Schon nach ein paar Sätzen wechselt sie die Farbe: »Wie geht es ihm?« Sie schaut mich eindringlich an. – »Es besteht keine Gefahr mehr, sagt Xi Wang.«

»Dann ist es ja gut. Komm, iß doch, Hanhan. Ich wärme dir den Reis, ja?« – Ein erleichterter Seufzer von Mutter, ihr Blick ruht noch auf dem Buch.

»Nein, Mama, ich möchte nichts essen. – Bitte, erzähl mir von Vater und dir, ich bin doch schon groß genug.«

Achselzuckend legt sie das Buch beiseite, ohne ein Wort geht sie zu ihrem Schreibtisch, öffnet das Schloß, das uns sonst trennt, holt aus der Schublade einen Brief, den sie mir in die Hand drückt, und verschwindet in der Küche. Auf den ersten Blick erkenne ich auf dem Umschlag »Zhao, Stadt A.«, und meine Hände beginnen zu zittern, und mein Herz klopft zum Zerspringen.

»Sun Yue, ich bitte Dich um Verzeihung!« – Gleich dieser Anfangssatz zeigt Recht und Unrecht! Er ist eine eiskalte Dusche für mich. Xi Wangs Worte fallen mir ein: Entscheidend ist nicht das Gesicht, entscheidend ist das gute Herz. Kann ein Mensch mit gutem Herzen etwas so Schlimmes tun, daß er um Vergebung bitten muß? Hat mein Vater ein gutes Herz?

»Warum habe ich mich eigentlich mit Feng Lanxiang eingelassen? . . . weil ich dem Leben als Zyniker gegenüberstand, als Spötter meiner eigenen Person und meiner eigenen Gefühle.«

Ah, so war das, so war das! Es gab eine andere Frau, eine schlechte Frau! Ein so schönes Gesicht hat er! Aber jetzt löst es sich vor meinen Augen auf, verschwimmt bis zur Unkenntlichkeit.

»Ich selber kann mir vor allem deshalb nicht vergeben, weil ich damals so skrupellos war und Dich gequält habe, um mein Ziel, die Scheidung von Dir, zu erreichen. Sun Yue, darf ich mich überhaupt noch als Mensch betrachten? Bin ich noch wert, Vater unseres Kindes zu heißen?«

Ah! So eine schöne große, gerade Nase hat er! So einen weichen, gütigen Mund! Augen voller Gefühl, Aufrichtigkeit. Und hat Mutter skrupellos gequält, um sein Ziel zu erreichen! Was für Menschen scheuen vor nichts zurück? Das müssen gemeine Menschen sein, ganz gemeine!

»Jetzt bin ich gebührend bestraft, mein Haar ist weiß geworden.«

Bestraft, bestraft! Ja, du gehörst erbarmungslos bestraft, du gewissenloser Halunke!

Und er hat mir soviel bedeutet! Seinetwegen die vielen, vielen Mißverständnisse mit Mutter, und so oft war ich unzufrieden mit ihr. Ganz vorsichtig habe ich das zerrissene Foto wieder zusammengeklebt, habe es bei mir aufbewahrt wie eine Kostbarkeit. Auf jenen Tag habe ich gewartet ... Nein! Nun erwarte ich nichts mehr. Zerreißen sollte man das Foto, zerreißen!

So, nun ist es weg. Zerrissen, und Schnipsel für Schnipsel in den Müll geworfen. Wahrscheinlich wäre mir noch wohler, wenn er tot wäre. Nie und nimmer kann ich in der Schule erzählen, was ich für einen Vater habe!

Vergebung? Nein, Mutter, vergib ihm nicht. Ich werde ihm nicht vergeben.

Ich werfe mich der Länge nach aufs Bett und schluchze hemmungslos. So furchtbar habe ich noch nie geweint. Als sei ich plötzlich allein in einer Einöde von Welt. Ich bin ängstlich, traurig und empört zugleich. Am liebsten würde ich alles in Stücke reißen, auch mich selber.

Mutter streichelt mir den Rücken, ruft immer wieder »Hanhan! Hanhan!« Ihre Tränen mischen sich mit meinen. Ich umarme sie fest: »Ab heute werde ich dir nie wieder Ärger machen.« Sie weint noch bitterlicher. »Mama, nie werde ich heiraten, niemals dich verlassen.« – Da beginnt sie laut zu schluchzen. So laut habe ich Mutter nur selten weinen gehört. Meistens weint sie lautlos.

»Warum hast du mir das nicht schon früher erzählt, Mama?« Ich wische mir die Tränen ab.

»Um dir deine schöne Illusion nicht zu zerstören. Ich fürchtete, es wäre dir vor den Mitschülern peinlich. Hanhan, ich bin diejenige, die schlecht ist. Ich bin ein schwacher Mensch, und wenn mir die Sorgen über den Kopf wachsen, lasse ich alles an dir aus. Darüber bin auch ich unglücklich, aber ich kann es einfach nicht ändern. Doch von nun an wollen wir uns gegenseitig helfen. Wir werden es schon schaffen.«

Lange liege ich in Mutters Armen, sehr lange. Heute sind wir uns endlich wieder nahegekommen; das Schloß vor der Schublade existiert nicht mehr.

»Iß doch ein bißchen, du mußt Hunger haben«, sagt sie mit sanfter Stimme. Ihr zuliebe esse ich.

Sie räumt Schüsseln und Eßstäbchen ab. Als ich mich eifrig ans Abwaschen mache, lächelt sie mich an. Ihr Lächeln macht mich froh und auch wieder wehmütig. Jetzt weiß ich ja erst, wieviel Bitterkeit in ihr ist. All diese Bitterkeit hat sie runtergeschluckt, nur meinetwegen. Und ich? Habe ich an sie gedacht? Ich hatte ständig Bange, sie könnte wieder heiraten. War das richtig von mir?

Unwillkürlich wandert mein Blick wieder zu ihr – hübsch ist sie, und noch so jung!

»Mama, wer bringt denn Onkel He das Essen ins Krankenhaus?« Plötzlich fällt mir Onkel He ein, gefällt ihm meine Mutter etwa nicht? Ich kann ihn gut leiden.

»Niemand, Hanhan.«

»Soll ich ihm nicht etwas bringen?« frage ich versuchsweise.

»Gut, Hanhan! Laß das Geschirr nur liegen, ich wasche ab«, antwortet sie, leicht errötend.

Einerseits bin ich froh, andererseits etwas bekümmert. Mutter macht sich ja auch Gedanken um Onkel He! »Gut, dann gehe ich, Mama.« Und um sie nicht spüren zu lassen, daß ich ein wenig enttäuscht bin, füge ich lachend hinzu: »Onkel He ist wirklich ein guter Mensch. Ein Mensch mit Persönlichkeit, sagt Xi Wang. So möchte ich auch sein, wenn ich groß bin.« – »Ja, ja«, antwortet Mutter, »sehr schön.« – »Wenn Onkel He aus dem Krankenhaus kommt«, sage ich noch, »lade ihn doch mal zum Essen zu uns ein, ja? Du warst neulich ziemlich unhöflich.« – »Nun, geh«, weicht sie aus, »darüber reden wir später.« Ich bin ganz wild darauf, genau zu wissen, wie sie zu Onkel He steht. Deshalb hake ich nochmal nach: »Dann sage ich es ihm, ja?« – Mutters Gesicht umwölkt sich: »Red nicht unüberlegt daher, Hanhan!« Ich kann's mir nicht verkneifen zu fragen: »Wenn du deinen Freund Xu Hengzhong zum Essen einlädst, darf ich dann nicht meinen Freund He Jingfu einladen?« Mutter hebt die Augenbrauen: »Kinder haben sich nicht um die Angelegenheiten Erwachsener zu kümmern!«

Aha, immer noch ein Schloß vor der Schublade. Schon will ich mich maulend auf den Weg machen, da fällt mir Onkel Hes Pfeife ein: »Mama, gib mir mal die Pfeife von meinem Tisch, ist Onkel Hes Erbstück.«

Mutter, die erst jetzt die Pfeife auf dem Schreibtisch bemerkt, nimmt sie in die Hand, betrachtet sie eingehend und winkt ab: »Geh nur! Bei der Krankheit, die er hat, darf er nicht rauchen. Wir geben sie ihm zurück, wenn er wieder gesund ist.«

Mutter denkt auch an alles. – Mag sie Onkel He nun oder mag sie ihn nicht?

11. Li Yining

Liebe Freundin, lebe so wie ich!

Wir Lehrer in der Mittelschule haben, außer wenn wir krank sind, keinerlei Freizeit; und selbst wenn man krank ist, bleibt immer noch die Hausarbeit. Ich bin schon seit drei Tagen erkältet, 39 Fieber, der Arzt hat mich krank geschrieben. Heute ist das Fieber zwar gesunken, aber ich bin noch etwas wacklig auf den Beinen. Yixin hat mir, bevor er zur Arbeit ging, eingeschärft, ich solle mich gut auskurieren, aber jetzt nehme ich doch den halbfertigen Pullover für meine Tochter zur Hand. Yixin hat schon die Hälfte der Hausarbeit übernommen, und wenn ich ihn bitten würde, stricken zu lernen, um mich zu entlasten, würde er auch das noch tun. Aber wie könnte ich das als gute Ehefrau von ihm verlangen? Seine Kollegen in der Fabrik verspotten ihn schon als Pantoffelhelden. Er hat keine freie Minute, dabei ist er doch erst Anfang Dreißig!

Sun Yue ist vorbeigekommen. Tagsüber macht sie das eigentlich selten. Obwohl sie nicht unbedingt im Büro sein muß, geht sie doch jeden Tag hin. Den Rest der Zeit sitzt sie zu Hause, um den Unterricht in ausländischer Literatur vorzubereiten. Sie hat die berühmten Autoren der Weltliteratur schon viele Male gelesen, aber sie muß sich auf jede Stunde wieder neu vorbereiten. Vor allem die moderne westliche Literatur hat es ihr angetan. Sie sagt, daß es da vieles gibt, was wert ist, studiert und als Beispiel herangezogen zu werden. Man müsse diese Literatur unbedingt der heutigen Jugend nahebringen.

Ich verstehe sie nicht. Sie hat viel durchgemacht und auch jetzt noch große Probleme. Sie ist innerlich zerrissen und voller Zweifel, doch wenn es um die Arbeit geht, ist sie stark wie ein Büffel und härter als ein Mann. Egal, was man ihr aufhalst, sie macht's. Manchmal muß ich einfach mit ihr schimpfen: »Du hast dein ganzes Leben gekämpft, dich für die Revolution geopfert, nie die Hand nach Hilfe ausgestreckt. Wofür kämpfst du denn noch? Wer erkennt die unmenschlichen Opfer an, die du für die Revolution gebracht hast? Wer beurteilt dich schon nach gerechten Maßstäben? Du hast mit deiner Jugend, deiner Liebe und deiner Familie bezahlt und nichts dafür bekommen. Hast du denn nichts daraus gelernt? Hast du denn noch nicht genug?« Sie ist nicht böse, wenn ich so rede, aber sie äußert sich auch nicht dazu. Sie seufzt nur: »Ich kann nichts dafür! Hart arbeiten ist mir schon zur Gewohnheit geworden. Leben heißt, für andere etwas tun.«

»Brauchen dich die Leute wirklich?« frage ich sie manchmal absichtlich zynisch, obwohl ich genau weiß, daß ich sie damit verletze. Ich will sie aus dieser Verwirrung reißen, will, daß sie sich nie wieder auf sowas einläßt. Aber immer wenn wir über solche Themen reden, wird sie schweigsam oder zitiert ein Gedicht: »Die mich kennen, fragen nach meinen Sorgen. Die mich nicht kennen, fragen nach meinen Zielen. Am unendlichen blauen Horizont, wo sind da die Menschen?« Wenn ich das höre, werde ich selbst traurig. Ich kann sie ja verstehen! Ich kann sie ja so gut verstehen! Wir gehören derselben Generation an und haben denselben Weg.

Warum kommt sie heute schon am Vormittag? Eigentlich kann sie nicht wissen, daß ich krank bin.

»Ich habe nicht gewußt, daß du krank bist. Ich bin nur so niedergeschlagen gewesen und ein bißchen spazierengegangen. Als ich hier vorbeikam, habe ich auf gut Glück hereingeschaut«, sagt sie, als sie zur Tür reinkommt. Sie sieht nicht besonders gut aus.

Ich fordere sie auf, Tee zu machen und sich zu mir aufs Bett zu setzen. Dann frage ich, was sie auf dem Herzen hat. Sie senkt den Kopf, wird rot und nach und nach kommt es aus ihr heraus: Zhao Zhenhuans Reue, Xu Hengzhongs Bemühungen um sie, He Jingfus Haltung, Hanhans Frühreife; sie hat Tränen in den Augen.

»Yining, eigentlich wollte ich das alles für mich behalten, aber es ist so schwer zu ertragen. Die Seele muß auch atmen können. Wenn ich alles nur hinunterschlucke, erstickt sie. Aber mit wem kann ich schon darüber sprechen? Hanhan ist noch zu jung. Alle meine Kollegen sind Männer. Yining, sag mir, was ich tun soll? Warum kann ausgerechnet ich nicht wie alle anderen ein ruhiges Leben führen? Habe ich denn nicht auch ein bißchen Ruhe und Frieden verdient? Es gibt so viele schlechtere Frauen, die ein weitaus besseres Leben haben als ich!«

Genau hier liegt das Problem! Sie durchschaut alles viel besser als ich, aber trotzdem fragt sie mich ständig um Rat. Sie will unbedingt aus meinem Mund ihre eigene Meinung hören, ich muß sie ihr immer wieder vorsagen. Es läßt mir keine Ruhe. Ich weiß nicht, wie oft ich ihr diesen Vortrag schon gehalten habe, aber bitte, heute nochmal:

»Es kommt daher, weil du deine Ansprüche ans Leben nicht herunterschrauben kannst, weil du dem geistigen Leben zuviel Bedeutung beimißt. Das ist heutzutage sehr unrealistisch. Du mußt Geistiges und Alltägliches voneinander trennen. Nur so kannst du dich von deinen Konflikten freimachen. Komm mal wieder auf den Boden! Schätze das Praktische und du wirst glücklich sein!«

»Was sagst du da? Geistiges und Alltägliches trennen? Dann dauert es nicht lange, und wir werden zu Tieren«, sagt sie, wie immer entsetzt.

So ist sie jedesmal. Sie will, daß ich ihr »alter ego« spiele und mit ihr diskutiere. Ich habe nichts dagegen, weil ich in ihr ebenfalls mein »alter ego« sehe. Der einzige Unterschied ist, daß das praktische »Ich« bei mir bereits die Führung übernommen hat, während sie ihres noch unterdrückt und bekämpft. Das ist der Grund für ihren Kummer und meine Zufriedenheit. Aber ich will heute mit ihr keine philosophischen Grundsatzfragen diskutieren. Obwohl ich Philosophie studiert habe und Sozialkunde unterrichte, drücke ich mich, wie die meisten, vor solchen Themen. Natürlich weiß ich, daß der Mensch ohne Geist zum Tier wird. Ich habe schreckliche Angst davor, die Menschen könnten auf die Stufe des Tieres herabsinken. Als ich noch klein war, habe ich im Zoo gesehen, wie die Affen ihre Kleinen ganz fest an sich drücken. Ich konnte den Anblick kaum ertragen. Warum sehen die Affen den Menschen so ähnlich? Der Mensch ist doch das höchste Lebewesen! Ich begriff damals, daß der Mensch sein tierisches Erbe nicht abschütteln kann, überall in der Gesellschaft wird das deutlich. Aber was ist besser? Daß die Affen Menschen gleichen oder umgekehrt?

Darüber zerbreche ich mir besser nicht weiter den Kopf, aber für Sun Yue sind solche Probleme von großer Bedeutung. Ich muß zum Kern der Sache kommen, das Ganze für immer aus der Welt schaffen. Sie muß aus dieser endlosen Depression heraus!

»Es hat keinen Sinn, groß zu diskutieren! Laß uns über konkrete Dinge reden. Es lohnt sich nicht, wenn du dir den Kopf zerbrichst, ob du Zhao Zhenhuan verzeihen sollst oder nicht. Du kannst ihn doch nicht wieder heiraten. Außerdem lebt er nicht hier in Shanghai. Ihm geht's im Augenblick mies, und da besinnt er sich wieder auf dich. Diese Reue ist keinen Pfifferling wert. Vergiß ihn! Und jetzt mal ehrlich, wie weit geht das mit dir und Xu Hengzhong? Mir ist da auch schon so einiges zu Ohren gekommen.«

»Ich habe ihn abgewiesen. Hanhan mag ihn nicht.«

»Und du? Magst du ihn?«

»Ich habe eine gewisse Sympathie für ihn und bringe es nicht übers Herz, ihn völlig links liegenzulassen. Er hat Pech zur Zeit.«

»Es gibt viele, denen es weit schlechter geht. Soll ich dir ein paar vorstellen?«

»Was meinst du damit? Ich habe doch gesagt, daß ich ihn ganz klar abgewiesen habe. Soll ich ihn etwa hinauswerfen, wenn er kommt. Ich bin ja nicht Hanhan.« Ihr Gesicht glüht.

»Wenn deine Zurückweisung deutlich genug ist, dann wird er auch nicht mehr kommen. Sei ehrlich, Sun Yue, hast du nie daran gedacht, Xu Hengzhong zu heiraten?« frage ich sie direkt.

»Aber nein!« Sie springt unwillkürlich auf. »Wie könnte ich! Unmöglich! Er tut mir leid. Manchmal verabscheue ich ihn sogar . . . Es ist wahr, Yining, ich habe mit dem Gedanken gespielt. Auf diese Weise hätte ich alle anderen Ideen endlich im Keim ersticken können. Ich habe versucht, soviel Positives wie möglich an ihm zu finden. Er ist zum Beispiel sehr häuslich. Aber es geht nicht! Wenn ich anfange, ihn ein wenig gern zu haben, überkommt mich zugleich Abscheu vor ihm. Als er angedeutet hat, daß er auf meine Zuneigung hofft, habe ich ihm gesagt, daß es nicht geht, daß es absolut nicht geht!«

»Gut! Hör zu! Nimm diesen Xu Hengzhong und streich ihn aus deinem Leben. Es war nichts zwischen euch. Also brauchst du dir seinetwegen keine Sorgen zu machen. Du mußt nur ganz fest bleiben, dann wird er sich schon anderweitig orientieren. Wenn er eine Frau haben will, muß er eben seine Ansprüche etwas zurückschrauben. Sein Problem ist ganz einfach zu lösen. Überlaß das nur mir!«

Sie lacht: »Du klingst wie die Chefin eines Heiratsinstituts.«

Egal, was sie denkt! Ein Heiratsinstitut wäre nicht das schlechteste. Ich habe eine gute Hand für sowas. Ich lasse nicht locker: »Und was hältst du von He Jingfu?«

»Ich hatte ihn einmal sehr gern.«

»Und jetzt?«

»Jetzt? Ich weiß nicht genau. Ich schätze ihn, ich vertraue ihm, aber ich will ihn auf keinen Fall heiraten. Früher habe ich ihn zurückgewiesen. Wenn ich ihm heute nachlaufe, wie sieht das aus? Auch wenn mich andere nicht dafür verachten würden, so könnte ich mir doch selbst nicht mehr ins Gesicht sehen.«

»Bemüht er sich um dich?«

»Ich bin mir nicht sicher. Aber ich habe nicht die Absicht, Sympathie oder Mitleid zu akzeptieren und schon gar nicht irgendwelche Almosen! Jeder Schritt, den ich gegangen bin, war selbst gewählt. Obwohl diese Wahl nicht immer völlig meinem Gefühl und meinem Willen entsprochen hat, manchmal sogar entgegengesetzt war, schließlich ist sie doch Ausdruck meiner Erkenntnis und Haltung dem Leben gegenüber. Ich will meine Spuren nicht verwischen, und ich werde auch anderen nicht erlauben, sie zuzuschütten. Auch wenn sie mir noch heute Kummer und Scham bereiten, gerade deshalb sind sie mir teuer . . . Ich kann nicht mein Leben mit ihm verbringen . . .!«

»Gut, dann vergiß He Jingfu!« sage ich munter. Mir ist

klar, daß sie ihn liebt. Aber ich will sie nicht zu dieser Verbindung ermuntern. Ich meine, daß Sun Yues Leben keine weiteren Aufregungen verträgt; und mit He Jingfu wären Aufregungen an der Tagesordnung. Ich kenne ihn nicht, aber ich habe schon von vielen gehört, daß er ein erfahrener, kluger Mensch ist. Aber leider tanzt er gerne aus der Reihe. Keiner weiß, wie China sich in Zukunft entwickeln wird, keiner weiß, ob wir nicht nochmal einen ›Kampf gegen Rechts‹ erleben werden. Keine politischen Kampagnen mehr! Das ist es, was sich die Leute erhoffen. Aber Hoffnungen gehen selten in Erfüllung.

Sun Yue ist in Gedanken immer noch bei He Jingfu: »Er braucht unbedingt ein Zuhause. Er hat sich sein halbes Leben herumgetrieben. Er kann nicht irgendeine beliebige Frau lieben. Er will . . .«

»Dann laß deinen Stolz beiseite und lauf ihm nach. Entschädige ihn für seinen Verlust!« Ich will sie provozieren.

»Ich weiß, daß Stolz und Eitelkeit nur schwer zu unterscheiden sind. Vielleicht ist mein Stolz nur Eitelkeit, ich kann ihn nicht überwinden«, brummt sie ärgerlich.

»Gut, dann brauchen wir nicht mehr über ihn zu reden.«

»Aber er ist im Kankenhaus. Soll ich ihn besuchen?« fragt sie.

Ich antworte übertrieben sachlich: »Eine Parteisekretärin hat sich um die Belange der Massen zu kümmern. Es gehört sich, daß du ihn besuchst.«

»Nein, ich gehe nicht!« Sie sträubt sich, als hätte ich ihr einen Befehl gegeben, He Jingfu zu besuchen.

Diesen He Jingfu muß ich mir unbedingt mal ansehen. Ein Mensch, der Sun Yue so aus dem Gleichgewicht bringen kann, muß ungewöhnlich sein. Andererseits, das muß nicht sein. Die Augen mögen zwar die Fenster der Seele sein, aber sie können auch was Falsches widerspiegeln. Ist Sun Yue damals nicht auf Zhao Zhenhuan hereingefallen? Und ich . . . aber das ist längst vergessen.

»Sag doch, was soll ich nur tun?« fragt sie wieder und sieht mich erwartungsvoll an. Was kann ich ihr sagen? Außer daß ich hoffe, daß sie glücklich wird. Ich glaube, es ist an der Zeit, ihr meine Geschichte zu erzählen. Das sollte ihr einiges klarmachen. Seit Jahren habe ich mit niemandem darüber gesprochen. Ich bin mit meiner Gegenwart zufrieden und bedaure nichts. Um meiner Familie willen habe ich die Vergangenheit ganz und gar begraben. Aber vielleicht kann ich ihr damit helfen. Solchen Kummer habe ich selbst durchgemacht. Wenn sie nur will, kann sie sich, wie ich, davon befreien.

Das Leben hat mir zwei unvergeßliche Lehren erteilt.

Während des Studiums verliebte ich mich in einen Kommilitonen; er war sieben Jahre älter als ich. Wir hatten uns wirklich sehr gern. Nach dem Abschluß wollten wir zusammen ins Grenzgebiet gehen, dort einen Hausstand gründen und zufrieden leben. Aber im letzten Semester passierte es. Ich wurde ins Parteibüro zitiert. Man überreichte mir zwei Briefe, die meinen Freund beschuldigten, seine Ehefrau, die in Zeiten der Not zu ihm gestanden habe, böswillig verlassen zu haben. Der Brief war von seiner Frau – einem Mädchen aus bäuerlichem Milieu –, der andere kam von seinem Vater, einem hochdekorierten Veteranen der Revolution. Es war wie ein Blitz aus heiterem Himmel. Er hatte mir nie etwas davon erzählt. Ich wußte nur, daß er der Sohn eines Revolutionshelden war. Weil seine Mutter früh starb, war er bei einer Familie im Dorf aufgewachsen. Sein Vater wollte ihn nach der Befreiung wieder aufnehmen, aber er blieb bis zum Beginn seines Studiums bei seinen Pflegeeltern, weil er sich mit seiner Stiefmutter nicht verstand. Er war schon immer etwas besorgt gewesen, was unsere gemeinsame Zukunft betraf, aber den wahren Grund dafür hatte er nie geäußert.

Ich wollte zu ihm gehen und eine Erklärung verlangen. Aber er kam mir zuvor. Als ich seine Geschichte hörte, wußte ich nicht, ob ich ihm Vorwürfe machen sollte oder nicht. Ich ließ es schließlich bleiben.

In der Familie, in der er aufgewachsen war, gab es eine etwas ältere Tochter, die sich um ihn gekümmert hatte. Ihre Eltern arrangierten dann nach ländlicher Sitte eine Verlobung. Er empfand für das Mädchen nur Dankbarkeit und Achtung, keine Liebe; für ihn war sie ältere Schwester und

Mutter zugleich. Sie konnte weder lesen noch schreiben, er liebte die Bücher. Als er die Aufnahmeprüfung für die Universität machte, hatte sie Angst, daß er sie verlassen würde. Deshalb machten ihre Eltern die Heirat »komplett«, indem sie eine Heiratsurkunde ausstellen ließen.

»Warum hast du in die Ehe eingewilligt?«

»Damals wußte ich nicht, was Liebe ist. Ich dachte, man verhält sich am besten ganz pragmatisch und war durchaus bereit, mein Leben mit ihr zu verbringen. Damals wußte ich nichts von der wahren Liebe. Natürlich habe ich das Unechte vergessen, nachdem mir das Echte begegnet war.«

Ihr Bild verblaßte immer mehr. Er dachte ursprünglich, daß es sehr einfach sei, die Angelegenheit zu regeln. In seinen Augen war es keine richtige Heirat. Aber er merkte sehr schnell, daß es so einfach nicht war. Jedesmal, wenn er nach Hause kam, bat er sie inständig um die Trennung mit der Begründung, daß jeder für sich mehr Chancen hätte, glücklich zu werden. Aber sie lehnte jedesmal kategorisch ab. Sie wollte lieber das Leben einer »verlassenen Frau« führen, als sich scheiden lassen.

»Du hättest es mir unbedingt sagen müssen! Warum hast du mich so hintergangen?«

»Ich wollte dich nicht hintergehen. Ich hatte einfach nicht den Mut, es dir zu sagen. Während der letzten zwei Jahre bin ich in den Ferien nie mehr heimgefahren. Ich dachte, sie würde vielleicht die Hoffnung aufgeben. Wer konnte ahnen, daß sich mein Vater einmischen würde.«

Die Schwiegertochter hatte dem Vater berichtet, daß sein Sohn nicht mehr nach Hause käme. Daraufhin schrieb dieser an die Universität und bat um eine Erklärung. Nachdem er erfahren hatte, daß sein Sohn »das Neue dem Alten« vorzog, ging er schnurstracks zu seiner Schwiegertochter und überhäufte sie mit Vorwürfen, weil sie ihrem Mann zuviel Freiheit gelassen hätte. Das arme Ding hatte bis dahin nicht die geringste Ahnung, daß ihr Mann noch eine »Liebe« hatte. Als sie davon hörte, wollte sie ihrem Leben ein Ende machen und hängte sich auf. Glücklicherweise konnte sie gerettet werden. Aber dieser Fall von »krasser Undankbarkeit« erregte großes Aufsehen im Dorf. Vor allem sein Vater spielte sich als Richter auf. Um seinen Sohn zu »retten«, war ihm jedes Mittel recht, einschließlich einer Klage bei der Parteiorganisation der Universität.

»Was willst du machen? Mit diesem Dorfmädchen dein Leben verbringen?«

»Was soll ich tun? Ich habe keine andere Wahl . . .«

»Und die Verantwortung, die du uns gegenüber hast? Ich habe mich in dir getäuscht. Du bist ein Schwächling!« Das war es, was ich ihm antworten wollte, aber ich sagte nichts. Es blieb uns tatsächlich keine Wahl. Wir waren die Verlierer. In der ›4.-Mai-Bewegung‹ hätte man unserer Liebe noch einen »antifeudalistischen« Stempel aufdrücken können – mußte man Dankbarkeit gleich mit Heirat begleichen? Aber diese Phase hatten wir hinter uns. Wir befanden uns schließlich im Sozialismus. Jeder hatte die Freiheit zu heiraten, wen er wollte. Deshalb war unsere Liebe »unmoralisch«, ein »Auswuchs bourgeoiser Ideologie«. Dazu kam, daß ich sowieso schon eine »Bourgeoise« war und Beziehungen zum Ausland hatte. Das machte mich noch verdächtiger.

Natürlich, wäre mein Freund ein hoher Kader gewesen, hätte sich diese »Kleinigkeit« in Ordnung bringen lassen. Aber er war nur ein ganz normaler Student. Außerdem war der Vater entschlossen, seinen Sohn nicht so leicht davonkommen zu lassen. Er wollte ihm eine Lehre erteilen. Die Universität hatte großen Respekt vor dem Vater.

Beide wurden wir kritisiert; er von der Partei, ich von der Jugendorganisation. Schließlich beendeten wir unsere Beziehung. Als wir nach dem Abschluß zur Arbeit eingeteilt wurden, wollte er nach Hause zurück, um mit seiner Frau zu leben. Ich wollte ins Grenzgebiet. Mein Antrag wurde genehmigt. Meine Kommilitonen hoben mich auf die Schultern, um mich zu feiern, als mein Name auf der öffentlichen Ausschreibungstafel erschien. Und er? Er stand in einer Ecke und beobachtete uns. Er ließ mich nicht aus den Augen.

Wir nahmen nicht Abschied voneinander, und wir schrieben uns auch nicht. Aber diese erste Liebe werde ich nie vergessen.

Ich arbeitete zwei Jahre in Tibet. Da es mir gesundheitlich nicht besonders gut ging, wurde ich wieder nach Shanghai versetzt. Kurz darauf verliebte ich mich in einen Kollegen. Meine Erfahrungen hatten mich vorsichtig gemacht, ich erkundigte mich gleich nach seinen politischen und familiären Umständen. Glücklicherweise hatte er keinerlei politischen Hintergrund. Gesellschaftlich stand er eine Stufe höher als ich; er kam aus einer kleinbürgerlichen Familie. Auch ihn klärte ich genau über meinen politischen Werdegang auf, damit er sich alles gut überlegen konnte. Als er sagte, daß es da nichts mehr zu überlegen gäbe, heirateten wir.

Unser Familienleben war ganz in Ordnung. Er war Musiklehrer und musizierte jeden Tag zu Hause. Ich liebe Musik. Es hätte nicht besser sein können. Ich dankte dem Himmel, daß er mir am Ende doch noch ein so gutes Leben beschert hatte.

Aber dann, in unserem zweiten Ehejahr, traf uns die ›Kulturrevolution‹ wie eine Flutkatastrophe, die alles hinwegfegt. Unser kleines Heim verwandelte sich in den ›Petöfi-Klub‹ der Mittelschule, und mein Mann und ich wurden zu »Rinderdämonen« und »Schlangengeistern«. Wegen meiner Herkunft und meiner gesellschaftlichen Verbindungen zog ich größere Aufmerksamkeit auf mich als er. Es dauerte kein Jahr, und er stellte sich unter dem Einfluß der politischen Umstände gegen mich, war bereit, für »die große Sache seinen nächsten Angehörigen zu opfern«.

Er deckte auf, daß ich in den drei katastrophalen Erntejahren ein Komplott gegen mein Vaterland geschmiedet hätte, um es an den Feind zu verraten. Tatsache war, daß mir 1962 ein Verwandter aus dem Ausland nach seinem Tod etwas hinterlassen hatte. Ich habe das Erbe nie angetreten. Aber gab es etwas Stichhaltigeres als die Enthüllungen eines Ehemannes? Ich wurde »befördert«. Man schor mir zur Hälfte den Kopf und ließ mich auf dem Boden kriechen wie einen Hund. Mein Mann bekam eine nachsichtigere Behandlung; er wurde »befreit«.

Damals erstarrte mein Herz zu Eis. Das Land, das Volk, die Partei, Freunde, alles war mir fremd. Mir schien, daß unter den Menschen weder Liebe noch Vertrauen sei und es nur den Kampf ums Überleben gäbe. Den einzigen Unterschied zu den Tieren sah ich darin, daß die weder Propaganda noch Vorwände brauchen, um sich umzubringen. Nur der Mensch ist so tückisch. Ich war überzeugt von Xunzis Grundsatz, daß der Mensch von Natur aus schlecht sei.

Oft dachte ich daran, mich umzubringen. Aber eine meiner Schülerinnen bewahrte mich davor; sie kümmerte sich rührend um mich und gab mir wieder Lebensmut.

Endlich wurde auch ich »befreit«. Das erste, was ich danach wollte, war die Scheidung und eine Versetzung von meiner alten Schule. Man genehmigte beides.

So bin ich hierher gekommen, bekam Arbeit und eine Wohnung zugewiesen. Die Schülerin, die mir so geholfen hatte, besuchte mich oft und lud mich auch zu sich nach Hause ein. Dort lernte ich ihren älteren Bruder kennen, meinen jetzigen Mann Yixin. Zuerst nannte er mich »Tante Li«. Ich hatte nichts dagegen. Er war acht Jahre jünger als ich.

Diese Familie brachte es fertig, meine Erstarrung ein wenig zu lösen. Langsam faßte ich wieder Vertrauen und Zuneigung zu den Menschen. Ich wollte mich nicht verlieben, genausowenig wie er. Zusammengebracht hat uns seine Mutter, eine gutherzige Frau, die leider schon tot ist. Damals nahm sie großen Anteil an meinem Schicksal. Sie setzte alle Hebel in Bewegung, um einen Mann für mich zu finden. Sie wußte, wie hart es war, allein dazustehen. Aber alle ihre Bemühungen blieben erfolglos. Wer wollte zu der Zeit schon eine Frau mit politischer Vergangenheit heiraten, die zudem noch geschieden war. Zuletzt fiel ihr Auge auf ihren Sohn.

»Yixin, du heiratest Lehrerin Li! Sie ist ein guter Mensch.« Sie versuchte, sein Mitgefühl für mich zu wecken. Außerdem machte sie ihm klar, daß ich eine wunderbare Ehefrau und Mutter abgeben würde. Als folgsamer Sohn willigte er ein. Er hörte auf, mich »Tante« zu nennen und sagte »Lehrerin Li«, später dann »große Schwester« und zuletzt »Yining«.

Yixin hat es nur bis zur Unteren Mittelschule geschafft. Dann mußte er seine Ausbildung unterbrechen und in der Fabrik arbeiten, um seine Mutter und die jüngere Schwester zu unterstützen. Zu Beginn der ›Kulturrevolution‹ war er Lehrling. Ich wußte nicht, wie ich einen acht Jahre jüngeren Mann lieben sollte, noch dazu bei diesem Bildungs- und Interessenunterschied. Als er zum ersten Mal meinen Namen aussprach und stammelte, daß seine Mutter ihm vorgeschlagen hätte, mich zu heiraten, wußte ich nicht, wie mir geschah. Ich zerrte ihn vor den Spiegel, um ihm unseren Altersunterschied deutlich vor Augen zu führen. Er starrte erschrocken hinein und sagte mit einem Seitenblick zu mir:

»Mama meint, du siehst jünger aus und ich älter. Das gleicht den Altersunterschied ungefähr aus.«

Ich fragte ihn: »Glaubst du, wir passen zusammen?«

»Ich habe keine Bildung. Du mußt für uns entscheiden.« Seine Naivität rührte mich, und ich strengte mich an, noch ein anderes Gefühl für ihn zu entwickeln. Ich hatte die Nase voll von Politik und Klassenkampf und wollte nur noch meine Ruhe haben, einen Unterschlupf, in dem ich mich verkriechen konnte, der die politischen Stürme von mir fernhielt.

Auf der Mittelschule las unser Literaturlehrer einmal ein Gedicht von Bing Xin vor. Es ging ungefähr so: »Wenn die Stürme vom Himmel brechen, verstecken sich die Vögel in ihren Nestern. Wenn sie unter den Menschen wüten, möchte ich mich im Leib meiner Mutter verkriechen.« Meine Mutter ist schon tot. Aber ein Nest tut's auch, ganz gleich, wie dürftig es ist.

Yixin und ich haben geheiratet. Glück läßt sich nur durch Vergleich definieren. Mein Leben ist schließlich ruhig geworden, weil ich dem politischen Hexenkessel den Rücken gekehrt habe. Yixin ist die Politik völlig egal. Für ihn bin ich seine Frau, die Mutter seiner Tochter, das Zentrum seines Heims. Er liebt sein kleines Zuhause, er liebt mich, und er liebt seine Tochter. Dafür würde er alles geben, und ich schätze mich glücklich deshalb.

Yixin findet nicht denselben Genuß in der Musik wie ich, aber er ist bereit, mich in jedes Konzert zu begleiten und es bis zum Ende zu hören. Er kämpft mit dem Schlaf, aber was macht das schon? Er ist einfach zu müde. Er liest nicht gern, aber wenn ich ihm aus einem Roman erzähle, hört er zu, ohne zu gähnen. Ich weiß, daß er kein Wort verstanden hat, denn wenn ich nachher mit ihm darüber diskutieren will, kann er nichts dazu sagen. Aber was macht das schon? Er kümmert sich um unser Heim, und wenn er mich ansieht, denkt er, sie braucht eine neue Jacke.

Wenn ich sage, daß man das Geistige und das Alltägliche auseinanderhalten soll, so heißt das nicht, daß ich ein intellektuelles Leben vollkommen ablehne. Es hat nur andere Vorzeichen. Ich habe zum Beispiel gelernt, zufrieden zu sein. Es genügt mir zu wissen, daß es auf dieser Welt jemanden gibt, der mich nie verlassen würde, der bereit ist, seine eigenen Interessen zu opfern, um mir Freude zu bereiten. Damit ist auch bei mir eine andere Art von Bedürfnis entstanden: ich bin zu jedem Opfer bereit, um ihn für alles zu entschädigen.

Um ihn glücklich zu machen, kann ich Musik, Literatur und Philosophie vergessen. Alles Dinge, die laut Hegel absolut notwendig sind für die höchste Entwicklungsstufe des Geistes. Ich habe mir eine Nähmaschine gekauft, Schnittmuster, eine Strickanleitung, ein Kochbuch. Ich kann inzwischen meinem Mann und meiner Tochter die Haare schneiden. Um nicht älter auszusehen als Yixin, mache ich mich etwas jünger zurecht. Man kann sagen, ich habe gelernt, meine Seele aufzuputzen.

So leben wir. Ich bin glücklich und zufrieden. Ich vermute, daß ich auch mit einem anderen Ziel vor Augen dasselbe Leben geführt hätte.

Im Augenblick fehlt uns nur noch der Fernsehapparat. Für ein Gerät mit kleinem Bildschirm hätten wir schon genug Geld, aber Yixin will eines mit großem Bildschirm, und unsere Tochter unterstützt ihn. Wenn wir uns noch etwas anstrengen, können wir uns in einem Jahr ein solches Gerät leisten.

Wenn wir den Fernseher haben, werden wir für eine Waschmaschine sparen. Yixin sagt, ich müsse wegen meiner Gesundheit von der Hausarbeit entlastet werden. »Ich als Arbeiter habe die Pflicht, die Frauen in unserem Haushalt von der Hausarbeit zu befreien. Ist das nicht eine große Aufgabe?« Meine Tochter streckt dann ihren Daumen in die Luft und ruft: »Papa ist der größte! Lang lebe Papa!« Und ich, ich umarme sie und drücke sie fest an mich.

Sie wird immer größer und braucht langsam immer mehr. Nach der Waschmaschine sollten wir uns einen Kassettenrekorder zulegen, damit sie besser Fremdsprachen lernen kann . . .

Das Leben produziert immer mehr Wünsche. Materielle Bedürfnisse nehmen langsam immer mehr Besitz von meinem Geist und werden ihn am Ende wohl ganz ersetzen. Die Gelüste sind endlos, und jede Gier kann man zum Zweck seiner Anstrengungen machen. Es bleibt kaum Zeit, an etwas anderes zu denken.

Ich überlasse die Philosophie den Philosophen und die Politik den Politikern. Ich bin ein Experte in Sachen Leben und studiere den Beruf des Hausvorstandes. Ich bin zufrieden, ich bin glücklich. So ist das Leben!

Das ist meine Geschichte. Mein Leben ist farblos, aber ruhig. Man muß wissen, daß die Kehrseite der Farbe der Sturm ist. Sobald du Aufmerksamkeit erregst, gibt es welche, die dich zerstören wollen. Wenn dich niemand bemerkt, kannst du in Ruhe leben. Was will der Mensch mehr?

Sun Yue nimmt meine Hand und drückt sie fest. Ihre Hände sind kalt und feucht.

»Wenn wir damals Kommilitonen gewesen wären, hätte es sein können, daß ich euch ebenfalls kritisiert hätte. Und wären wir Kollegen gewesen, hätte ich möglicherweise deinen Mann dazu ermuntert, für die ›große Sache seinen nächsten Angehörigen zu opfern‹. Yining, das macht mir angst. So viele Dinge, die in der Vergangenheit normal waren, sind heute Tragödien, die keiner wahrnimmt.«

»Vergiß es, Sun Yue! Denk nicht an Komödien oder Tragödien. Die Vergangenheit ist schon vergessen. Du kannst Geschichte auch als wertlosen Plunder ansehen, den man zusammenpackt und in eine Ecke wirft. Es ist wie beim Stricken. Wenn du was falsch gemacht hast, trennst du es wieder auf und strickst ein anderes Muster. Es wird was völlig Neues draus. Niemand kann mehr die ursprüngliche Form erkennen.«

Mein Vergleich bringt sie zum Lachen. Aber sie bricht es schnell wieder ab: »Beim Stricken brauchst du nur einen Faden. Aber das Leben besteht aus unzähligen Fäden.«

»Versuch nicht, Ordnung in die verwirrten Fäden zu bringen. Schneid sie einfach durch! Das ist alles!« sage ich.

»So einfach ist das nicht, Yining! Sag ehrlich, bedauerst du wirklich nichts?« Wieder nimmt sie meine Hand.

Mein Herz setzt einen Schlag aus. Bedaure ich etwas? Diese Frage habe ich mir noch nie gestellt. Man muß die Dinge anstreben, die man erreichen kann. Was man nicht erreicht, bedauert man. Aber was sie meint, sind Illusionen, Unmögliches; wenn man das nicht erreicht, gibt's doch nichts zu bedauern. Der junge Mann damals, der sich von mir getrennt hat, ist sicher ganz glücklich heute. Er ist mit dem Strom geschwommen, hat gewußt, wie er Gefahren ausweichen muß. Soll ich etwa bedauern, daß er ungeschoren davongekommen ist? Er ist nicht der einzige, der nicht bekommen hat, was er verdient. Es gibt welche, die sitzen in viel höheren Positionen als er. Soll ich mir darüber von morgens bis abends den Kopf zerbrechen? Könnte ich die Welt dadurch ändern?

»Nein, ich bedaure nichts!« sage ich entschieden. Sie sieht mich prüfend an und merkt, daß ich es ernst meine.

»Vielleicht sollte ich so sein wie du ...«

»Dann sag Zhao Zhenhuan, Xu Hengzhong und He Jingfu, sie sollen alle miteinander zum Teufel gehen!« Ich drücke mich absichtlich so deftig aus. Sie lacht und tippt sich mit dem Finger an die Stirn. Ich halte ihren Finger fest und sage ernsthaft: »Such dir einen rechtschaffenen Mann und gründe wieder eine Familie. Der Mann, von dem ich dir erzählt habe, wäre nicht schlecht.«

Sie ist überrascht, weiß im Moment nicht, was sie antworten soll. Lachend sage ich: »Schau, du fragst mich um Rat und dann hörst du nicht drauf. Sun Yue, lebe so wie ich, hör auf zu träumen!«

Meine Tochter kommt gerade aus der Schule, mit vollgestopfter Tasche. Kaum daß sie im Zimmer ist, wirft sie sich in meine Arme.

»Papa hat dir auf dem Weg zur Arbeit so viele gute Sachen zum Essen gekauft. Papa läßt dir ausrichten, daß du dich ja gut ausruhen sollst. Papa hat auch gesagt, ich soll dir an seiner Stelle einen Kuß geben . . .«

»Du kleiner Teufel!« Ich bin verlegen und schaue unwillkürlich zu Sun Yue hinüber. Sie ist leichenblaß. Ich sage sofort: »Hast du Tante Sun Yue nicht gesehen? Geh und gib ihr einen Kuß!« Sie klettert Sun Yue sofort auf den Schoß. Sun Yue kann die Tränen nicht zurückhalten und wendet den Kopf ab. Es macht mich ganz traurig. Ich weiß, was jetzt in ihr vorgeht.

»Tante, bist du wieder traurig?« Meine Tochter kennt Sun Yue sehr gut; sie weiß, daß sie oft deprimiert ist. Sun Yue schüttelt den Kopf und drückt sie an sich. Das Kind redet plötzlich wie eine Erwachsene:

»Tante, ich sage dir, kümmere dich um nichts und niemanden. Schau nur auf dich selbst, dann ist alles gut. Und wenn du alt bist, gehst du in den Ruhestand, machst im Park tai-qi-quan, kaufst dir was Gutes zum Essen, hm?«

Sun Yue lacht. Sie umarmt das Kind und stimmt ihm zu. Aber sie kann nicht aufhören zu weinen. Ich fühle mich scheußlich. Wenn wir unseren Kindern ein solches Beispiel geben, vergiften wir ihre kleinen Seelen. Es macht mich ganz traurig!

Sun Yue läßt meine Tochter los und seufzt: »Ich fürchte, ich kann nicht so sein wie du.«

»Dann mußt du dich dem Sturm stellen!«

»Schicksal ist Schicksal!« sagt sie im Aufstehen.

12. Chen Yuli

Sun Yue, vergiß nicht, das Gerede der Leute kann dir schaden.

Kaum nach Hause gekommen, bricht Xi Liu Streit mit mir vom Zaun. Seine Wut über Sun Yue, mit der er bei der Sitzung des Parteikomitees aneinandergeraten ist, läßt er jetzt an mir aus. Dabei war sie es, die ihn provoziert hat, nicht ich. Wen wundert's! Ich habe ihm lediglich gesagt, wie einige Dozenten der Literaturabteilung über Sun Yue denken: Sie macht ganz einfach, was sie will, verkehrt mit He Jingfu und Xu Hengzhong gleichzeitig. Xu Hengzhong geht ständig zu ihr zum Essen. Und diesem He Jingfu – seit er im Krankenhaus liegt, schickt sie dauernd das Essen durch ihre Tochter. Im Krankenhaus hält man Hanhan schon für seine Tochter. Pah, Sun Yue! Dabei bist du ja so eine anständige Person! Immer schaust du mich von oben herab an, als sei ich es gewesen, die dich in alles hineingezogen hat. Du bist ja nicht so eine! – Solche falschen Heiligen kann ich gerade leiden! Aber Xi Liu hält trotzdem große Stücke auf sie. Er glaubt, sie sei tüchtiger als ich, deshalb hat er ihr den Posten als Parteisekretärin verschafft, noch dazu in »Doppelfunktion«, und mich setzt er im Parteibüro bloß als gewöhnliche Sachbearbeiterin ein.

Ich wollte Xi Liu einmal Sun Yues wahres Gesicht zeigen, aber er konzentriert sich ganz auf den Linienkampf. Er hat das Gefühl, seit dem Aufruf zur »Befreiung des Denkens« und der Diskussion um »Wahrheit« läuft mit der Linie alles schief. Ob er mit »alles« die gesamte Universität meint oder die Partei oder den Staat, hat er nicht gesagt. Aber so wie ich ihn verstehe, meint er nicht nur einfach die Uni. Wenn das so weitergeht, sagt er, gerät der Staat ins Chaos und die Partei wird revisioniert, so wie in der Sowjetunion nach Stalins Tod. Er glaubt fest, daß das Zentralkomitee das Problem eines Tages erkennen wird: »Es liegt nämlich nur an diesen Intellektuellen. Jedesmal wenn wir Fehler korrigieren und die Politik entsprechend anpassen, kommen die Intellektuellen mit ihren rechten Störaktionen daher. Natürlich muß man da differenzieren. Die Minderheit der echten Rechtselemente will erneut die staatliche Linie ändern. Aber bei den meisten Leuten herrscht nur ideologisches Durcheinander, ihr Blick ist getrübt. So wie bei Sun Yue, die hat ziemlich verworrene Ideen. Man müßte sie verwarnen, sonst macht sie bei der nächsten Anti-Rechts-Kampagne Fehler.«

Aber was geht mich die nächste ›Anti-Rechts-Kampagne‹ an. Ich glaube nicht, daß es sowas nochmal geben wird. Xi Liu hockt von morgens bis abends zu Hause, er hat keine Ahnung, wie die einfachen Leute denken. Aber daß man Sun Yue mal eine Verwarnung erteilt, dafür bin ich auch: »Da bin ich ganz deiner Meinung! Ich mache mir auch schon Gedanken um Sun Yue!« habe ich zu ihm gesagt in der Hoffnung, daß er Sun Yue möglichst bald mal einen Dämpfer gibt, damit sie von ihrem hohen Roß runtersteigt.

Heute hat Xi Liu das erweiterte Parteikomitee einberufen, daran nehmen die Sekretäre der Hauptzellen aller Fachbereiche teil. Abgesehen von seinen allgemeinen Betrachtungen zur Lage hat er Sun Yue eine vorsichtige Warnung erteilt. Er hat sich dabei wirklich sehr angestrengt, es nicht allzu unangenehm für sie werden zu lassen. Seine rechte Hand, versteht sich! Während der ganzen Versammlung kein Wort über ihre persönliche Angelegenheiten, er kritisierte nur prinzipiell die Arbeit der chinesischen Literaturabteilung: Die Fachbereiche, die die Politik nicht an erste Stelle setzten, nähmen den Kampf zur Beseitigung der bürgerlichen Ideologie und zur Aneignung der proletarischen Ideologie auf die leichte Schulter. Bei Dozenten und Studenten herrsche ein einziges ideologisches Chaos. Zwei Beispiele führte er an: erstens He Jingfu, dessen Einfluß unter den Studenten immer mehr wachse und mit dem bereits eine Art Personenkult getrieben werde. Selbst sein eigener Sohn sei schon von He Jingfu aufgewiegelt und von zu Hause ausgezogen. Wohl hätten wir He Jingfu in der Vergangenheit etwas zu hart angefaßt, aber könne man deshalb gleich den gesamten Kampf gegen die Rechten in

Bausch und Bogen verdammen? He Jingfu zum Helden erklären? Hätte die Hauptzelle der Literaturabteilung schon mal geprüft, ob sein Einfluß auf die jungen Studenten positiv oder negativ sei? – Zweitens sei zu den Studenten durchgedrungen, daß er neulich intern an gewissen Liebesgedichten Anstoß genommen hätte, die immer wieder am Schwarzen Brett aufgetaucht seien. Jemand von den Studenten habe ihm daraufhin einen anonymen Brief geschrieben, in dem er, Xi Liu, als Verfechter feudalistischer Moral angegriffen und in einer Karikatur als Pfaffe dargestellt werde. Was solle man davon halten? Zuletzt wandte er sich an Sun Yue:

»Du könntest He Jingfu aufsuchen und ihm in aller Freundschaft raten, selbst mehr auf seinen Einfluß bei den Studenten zu achten. Vielleicht kannst du auch feststellen, wer diesen anonymen Brief geschrieben hat, und demjenigen die passende Kritik-Erziehung erteilen. Und gib dann einen Bericht ans Parteikomitee.«

Xi Lius Verhalten war wohlwollend. So ist er immer auf Versammlungen, macht einen rechtschaffenen, ausgeglichenen und gesetzten Eindruck. Das war es auch, was mich damals anzog. Ich suchte ihn ständig auf, um ihm meine »Gedanken zu berichten«. Damals war ich noch eine naive Studentin, die sogar ihre kleinen Romanzen meldete. Ich hielt ihn ja für einen älteren Herrn ohne Hintergedanken. Aber was geschah? Eines Tages, als seine Frau nicht zu Hause war . . . ach! Wozu daran denken! Nun ist's zu spät, passiert ist passiert.

Ich dachte, Sun Yue würde auf seine Vorschläge eingehen, aber sie widersetzte sich in jedem Punkt:

»Was die gegenwärtige ideologische Tendenz und politische Lage betrifft, beantrage ich, daß das Parteikomitee eingehend darüber diskutiert. Ist denn nicht die Praxis das einzige Kriterium zur Überprüfung der Wahrheit? Ich habe diesen Maßstab anerkannt, obwohl es schmerzlich für mich ist, denn ich muß jetzt vieles verneinen, woran ich früher geglaubt habe. Aber ich akzeptiere ihn, weil er der einzig wahre ist.

Mit der Ansicht des Genossen Xi Liu über die Tendenz

bei Dozenten und Studenten der chinesischen Literaturabteilung stimme ich auch nicht überein. Daß sie geistig rege sind, sich aktiv an der Diskussion um das Wahrheitsproblem beteiligen und bei einigen Fragen zur Kunst- und Literaturtheorie schon zahlreiche ganz neue Gesichtspunkte herausgearbeitet haben, ist das denn nicht erfreulich? Wäre es da besser, wenn keiner den Mund aufzumachen wagte?

Und He Jingfu hat mein vollstes Verständnis. Ganz im Gegensatz zu manchen Genossen, die aus dem erlittenen Unrecht persönliches Kapital schlagen, hält er sich keineswegs für einen Helden. Er liebt die jungen Leute und möchte ihr Freund sein. Wenn jedes Parteimitglied soviel Verständnis für die Jugend aufbrächte wie er, sich ebenso um sie kümmern und für sie einsetzen würde, könnten auch wir die Liebe der Studenten gewinnen. Leider sind einige unserer Genossen daran gar nicht interessiert, sie wollen sich lediglich über die eigene Machtposition mehr Einfluß verschaffen.

Dann ist da noch der anonyme Brief – für mich eine normale Form, in der das Volk die Führung kritisiert. Und die Ansicht des Volkes ist die richtige. Wie kommt Genosse Xi Liu denn dazu, Liebesgedichte von Studenten für dekadent und verdorben zu erklären? Wenn das schon dekadent, verdorben ist, dann . . .«

Mir bleibt fast das Herz stehen, wollte Sun Yue etwa meine und Xi Lius Vergangenheit zur Sprache bringen? – »dann . . ., was war denn das mit euch beiden damals?« – Würde das jetzt kommen? Nervös starrte ich sie an. Sie streifte mich mit einem Blick und verstummte. Nach kurzem Schweigen fuhr sie fort: »Ich bitte das Komitee, darüber zu diskutieren, ob nach dem Schreiber geforscht werden soll.« – Auch Xi Liu blieb nichts anderes übrig, als zuzustimmen: »Na gut, diskutieren wir eben darüber!«

War der Brief wirklich eine Diskussion wert? Die Kritik darin betraf nur Xi Liu persönlich; sie richtete sich weder gegen die Partei noch gegen den Sozialismus. Außerdem standen schon viele Artikel in den Zeitungen, in denen die Unterdrückung der Volksmeinung verurteilt wurde. Mit

Rücksicht auf Xi Liu äußerten die Komiteemitglieder ihre Beanstandungen natürlich nur durch die Blume: »Genosse Xi Liu hat ganz recht damit, uns wachzurütteln«, hieß es, »wer kritisiert, der sollte das offen und unverhohlen tun, man darf sich doch nicht vor Repressalien fürchten! Wir sind schon immer gegen Repressalien gewesen. Tun wir den Massen also unsere Ansicht kund, aber nach dem anonymen Schreiber zu forschen, das ist doch unnötig!«

Xi Liu, heute bekamst du zu spüren, daß mit Sun Yue nicht gut Kirschen essen ist! Der Mensch, den du dir vertrauensvoll herangezogen hast, hört überhaupt nicht auf dich. Ich gönne ihm das. Ich habe sein Gesicht genau beobachtet, es arbeitete kurz, aber heftig über den spitz vorstehenden Wangenknochen. Ich wußte, gleich würde er wütend werden. Ärgere dich nur! Zeig ihr, daß sie keine Heilige ist, der keiner zu nahe zu treten wagt. Laß alle wissen, Sun Yue hat Xi Lius Vertrauen verloren!

»Was machst du denn? Wo bleiben meine Hausschuhe!«

Xi Liu brüllt. Ja, zu Hause kann er den starken Mann herauskehren. Auf der Versammlung dagegen – nur ein kleines Zucken über den Wangenknochen, die Lippen kräftig zusammengepreßt, und schon ist der Ärger runtergeschluckt, den er eigentlich ausspucken wollte. Pah! Papiertiger! Im Grunde glaubt er selber gar nicht an das, was er sagt und tut. Ihm ist nicht wohl, er fühlt sich bedrückt, das ist alles. Er hält sich für einen Politiker, aber wer weiß, was in seinem Kopf vorgeht.

Ich stelle ihm die Hausschuhe hin, warte, bis er die anderen ausgezogen hat und räume sie weg. In mir nagt der Ärger! Ich feuere die Schuhe schwungvoll unters Bett und gebe ihnen noch einen Tritt hinterher. Wenn ich jetzt wählen könnte, würde ich mich noch einmal für ihn entscheiden?

Ich muß ja von allen guten Geistern verlassen gewesen sein. Eigentlich hätte ich eine recht ordentliche Psychologin werden können, denn ich war ein As in Psychologie. Nur wegen ihm habe ich auf meinen Beruf verzichtet. Auf sein Geheiß trat ich in die Partei ein, und als Sekretärin des Parteibüros fuhr ich ständig mit ihm im Auto ins Büro und wieder zurück und verbrachte mit ihm in Kurorten den Urlaub. Ich bekleidete zwar keine hohe Position, aber ich stand im Blickpunkt der Leute. Um Xi Liu zu hofieren, mußte man mir schmeicheln. Wer ihn fürchtete, fürchtete auch mich. Ich geriet in eine Art Größenwahn. Wie erklären sich denn psychologisch die Schwierigkeiten, die mächtigen Männern stets aus der Beziehung zu schönen Frauen erwachsen? Anfangs dachte ich, mein Verhältnis mit Xi Liu bliebe unbemerkt, wer konnte denn ahnen, daß schon etwas durchgesickert war und man hinter meinem Rücken bereits darüber redete? Da waren ja so gewisse Leute, zum Beispiel Zhang Yuanyuan, die alte Schachtel. Selbst nach ihrer Entlassung kritisierte sie Xi Liu und faselte irgendetwas von »einigen Führungskadern unserer Partei«, die sich »mit jungen Mädchen vergnügen«. Das sei ein »Überbleibsel aus der Feudalherrenzeit«, das die Partei zersetze. Aber ohne Beweise konnte sie ja weiter nichts als reden, wer achtete schon auf sie. – Diese Briefe! Diese unglückseligen Briefe! Ich hätte sie beizeiten verbrennen müssen. Aber damals fürchtete ich noch, er könnte mich eines Tages einfach sitzenlassen . . . und dann war's zu spät. Xi Wang hat recht, Xi Liu liebt mich gar nicht, ich bin nur ein Schauobjekt für ihn.

Ich setze mich neben Xi Liu und lehne mich ein bißchen an ihn. Jetzt, wo Xi Wang fort ist und nur noch wir beide im Hause sind, müssen wir uns ja miteinander einrichten. Dünn wie ein Scheit Brennholz ist er geworden, ein Wunder, daß er keinen Buckel hat – beim Anblick dieses kerzengeraden, stocksteifen Oberkörpers wird einem richtig unangenehm. Trotzdem schaue ich ihn oft an, noch dazu mit diesem gewissen Blick. Ich bin nun mal seine Frau; unsere Verbindung ist unter schwierigen Bedingungen zustande gekommen, ich kann einfach nicht anders. Außerdem würden die Leute sonst über mich lachen.

Und doch ist Sun Yue klüger als ich. Xi Liu hätte, glaube ich, lieber sie genommen! Sie jedoch verteidigte wehrhaft ihr eigenes Recht und könnte heute noch Bewerber haben . . .

»Sun Yue ist schrecklich eingebildet!« sage ich, noch in

Gedanken, zu Xi Liu, »sie hat wirklich ›Hörner auf dem Kopf und Stacheln am Leib‹!«

»Eingebildet ist sie nicht, aber politisch labil. Gib mir mal die ›Zitate von Marx, Engels, Lenin und Stalin‹.« Das ist ein Befehl; ich gehorche ohne Widerrede.

»Lies mal diesen Absatz vor«, er reicht mir das aufgeschlagene Buch.

»Die Intellektuellen als Sonderschicht in der gegenwärtigen kapitalistischen Gesellschaft, deren Besonderheit im großen und ganzen nur darin liegt, Individualisten zu sein und Disziplin und Organisation nicht akzeptieren zu können . . .; das ist nämlich auch das Gebiet, auf dem diese Gesellschaftsklasse der proletarischen nicht gleichkommt; und genau da liegt einer der Gründe dafür, daß das Proletariat so oft die Auswirkungen der kraftlosen Willensschwäche und schwankenden Unbeständigkeit der Intellektuellen am eigenen Leibe auszubaden hat . . .«

Er winkt ab, und ich höre auf zu lesen. Auf seinem Gesicht ein Lächeln des Triumphes: »Das hat Lenin sehr schön gesagt! Aber einige der Intellektuellen heutzutage meinen ja schon, der Marxismus-Leninismus sei überholt!«

»Lenin sprach von den Intellektuellen im vorrevolutionären Rußland«, erinnere ich ihn.

»Der Marxismus-Leninismus ist eine zeitlos gültige Wahrheit! Du mußt auch achtgeben, daß dir die Arroganz nicht den Verstand verdreht.«

Ich habe nicht vor, über diese Frage mit ihm zu streiten. Ich weiß, er kann Intellektuelle nicht leiden, und das nicht etwa wegen der Lehren Lenins, sondern weil er ihr Wissen fürchtet. Als er einmal in einem Magazin einen Artikel mit dem Titel »Wissen ist Macht« sah, brach er in lautes Hohngelächter aus: »Wissen ist Macht! – Das ist ja mal eine ganz neue Parole. Dieser Autor besitzt ja nicht mal ein Minimum an gesundem Menschenverstand! Was treibt die Geschichte voran? Das Volk natürlich, der Klassenkampf, und immer noch die Partei! Wissen ist Macht – dann müßte unsere Sache ja in den Händen der Intellektuellen liegen! Und wo bleibt die Arbeiterklasse, die Masse des Volkes, was ist mit der Partei?« – Der Ausspruch »Wissen ist Macht« stamme von einem englischen Philosophen, erklärte ich ihm. Aber das war nur Wasser auf seine Mühlen: »Na, dann ist ja alles klar! Wir sollen uns wohl nach den Parolen der Bourgeoisie richten, was?« – Ich bin mir nicht sicher, ob es Überheblichkeit ist oder ob er sich innerlich mit seiner Unwissenheit abgefunden hat. Wissen ist bedrohlich für ihn. In dem Maße, wie Wissen an Einfluß gewinnt, wird seine Macht abnehmen. Das fühlt er intuitiv.

Aber was bringt's, mit ihm zu streiten. Mein Schicksal ist nun mal an ihn gebunden. – Dauernd geistert mir Sun Yue durch den Kopf. »Die Situation der Intellektuellen hat sich zwar geändert, und auch unsere Politik ihnen gegenüber sollte heute eine andere sein; aber Sun Yue tendiert einfach zu sehr nach rechts!«

»Die Neigung zur Kleinbürgerlichkeit war bei dieser Frau schon immer sehr ausgeprägt. Schon der ideologische Einfluß westlicher Kunst und Literatur während ihres Studiums und dazu die derzeitige Lockerung der Anschauungen – es wäre doch geradezu ein Wunder, wenn sie in diesem allgemeinen Klima nicht nach rechts ausscheren würde!«

Wenigstens darin stimmt er mit mir überein. Ich rücke dichter an ihn heran.

»Und du hast ihr so wichtige Aufgaben übertragen!« sage ich schmollend. Wäre er zehn Jahre jünger ...

»Was verstehst du denn schon davon! Sun Yue hat eine bessere Basis im Volk als du. Und überhaupt, ich vergesse die Menschen nie, die mir mal geholfen haben.«

»War ich denn nicht diejenige, die dich am stärksten unterstützt hat, die zu dir stand, getreu bis zum Ende?« frage ich mit kokettem Augenaufschlag. – Nein, so häßliche Wangenknochen, wie aufgepappt stehen sie hervor!

»Du?« schmunzelnd schaut er mich an. Dieses Lächeln aus halbgeöffneten Augen – gräßlich sieht das aus. »Du bist eben anders! Du hattest doch auch deine Gründe. War's nicht so?«

Das ist so seine Art, Gefühle zu zeigen. Ich wende mich ab, um ihn nicht sehen zu müssen.

»Dann meinst du also, Sun Yue habe sich uneigennützig für dich eingesetzt?«

»Im Gegensatz zu dir denkt sie tatsächlich nicht immer nur an sich.«

Eine namenlose Wut steigt in mir auf. Immer findet er ein gutes Wort für Sun Yue. Alles habe ich ihm gegeben, und damit doch nur meinen Wert herabgesetzt. Jeder tritt die Schwachen und buckelt vor den Starken! Sun Yue soll nicht eigennützig sein! Daß ich nicht lache!

»Warum rennt sie heute wieder He Jingfu hinterher, nachdem sie ihm damals den Laufpaß gegeben hat? Das ist doch ein Skandal, alles zerreißt sich schon den Mund darüber – eine Schande, die du auch noch deckst! Du hast ja gehört, was sie vorhin sagte, das war doch einfach schamlos! ›Für He Jingfu habe ich vollstes Verständnis.‹ – Allerdings, das ist wohl der richtige Ausdruck, natürlich hat sie vollstes Verständnis für ihn; und für Xu Hengzhong obendrein!«

Ich kann ein Lachen nicht unterdrücken. Um Xi Lius spitze Wangenknochen zuckt es, er reißt die Augen auf. Ich nehme mich zusammen und sage seufzend: »Ich kann einfach nicht mitansehen, wie sie sich selbst zum Gespött macht. Ich mache mir wirklich Sorgen um sie. Xu Hengzhong und He Jingfu, beides politisch problematische Leute. Wenn das nicht in Ordnung kommt, wird sie politische Fehler begehen. Außerdem wirft ihr Verhalten ein schlechtes Licht auf die Partei.«

Endlich das gewünschte Resultat: kein Zucken mehr, stattdessen verzerren sich seine Mundwinkel zu einer Andeutung von Lächeln. – Das ist das einzige Vergnügen, das das Zusammenleben mit diesem Mann bietet: man kann Variationsbreite und Erscheinungsformen seiner Launen studieren und mitunter einige wissenschaftliche Experimente durchführen. Nur bei solchen Gelegenheiten erinnere ich mich noch daran, daß ich einmal eine hoffnungsvolle Psychologiestudentin war.

»Bitte Sun Yue doch zu einem persönlichen Gespräch. Sie legt Wert auf Diskretion, ein persönliches Gespräch akzeptiert sie vielleicht. Oder soll ich zu ihr gehen?«

Ich spinne den Faden weiter. In Xi Lius Augen bin ich eine Frau ohne eigenen Standpunkt. Das mag stimmen, aber jeder Mensch besitzt auch ein bißchen Raffinesse, einige Bereiche, die den anderen undurchschaubar bleiben. Wenn es nicht so wäre, bräuchte man keine Psychologie. Die Große Kulturrevolution hat die Psychologie weg»revolutioniert«, aber die Komplexität der menschlichen Psyche läßt sich nicht einfach abschaffen. Das versteht Xi Liu nicht. Ihm genügt es, wenn man ihm zustimmt und sich ihm fügt. Wie erwartet, ist er nun höchst zufrieden mit mir. Seine Mundwinkel zucken deutlicher, das Lächeln springt von den Mundwinkeln in die Augen, die Lider klappen wieder halb herunter, und seine Augen, die zu leuchten beginnen, suchen meinen Blick:

»Ich rede vorläufig nicht mit ihr.« Er streichelt meine Schulter. »Wenn du auf ein Schwätzchen zu ihr gingest, warum nicht? Manches könnt ihr Genossinnen untereinander besser besprechen. Sage ihr, daß wir uns keineswegs in ihr Privatleben einmischen möchten, aber nicht umhinkönnen, uns in politischer Hinsicht Sorgen zu machen.«

Soll ich? Ich habe mich jahrelang nicht mehr persönlich mit ihr unterhalten. Wir haben keinerlei Berührungspunkte. Auf den vielen Parteiversammlungen sitzt sie immer weit von mir entfernt. Wenn sie zu uns kommt, vermeidet sie schon bei der Begrüßung meinen Blick. Hat Xi Liu das vergessen? Ich schaue ihn zweifelnd an.

»Ich weiß, daß ihr euch nicht grün seid. Ihr Genossinnen seid im Grunde eures Herzens kleinlich. Mich hat die Erfahrung von zehn Jahren ›Großer Kulturrevolution‹ gelehrt, daß der Zusammenhalt mit den eigenen Genossen das wichtigste ist. Hätte mich nicht eine Reihe von Leuten nach Kräften gestützt, wäre auch mein Schicksal besiegelt gewesen. Du und Sun Yue, ihr seid meinetwegen bekämpft worden, habt meinetwegen gelitten, eigentlich solltet ihr heute wie Schwestern zusammenstehen. Meinungsverschiedenheiten dürfen nicht stören, wenn man trotz aller Unterschiede nur intensiv genug nach Gemeinsamkeiten sucht.«

Wenn ich seine Worte richtig verstehe, braucht man in führender Position unbedingt eine Handvoll Leute, im Alltag als helfende Hände, in »Kriegszeiten« als bewaffnetes Geleit. Ich als Frau des Führenden soll für den Zusammenhalt dieser Truppe sorgen. Daß Xi Liu das von mir erwartet, zeigt, daß er mich endlich als seine Vertraute anerkennt. Ich gehe. Schon um Sun Yue zu beweisen, daß ich eine Frau von Charakter bin.

Sun Yue, einen Korb in der Hand, will gerade mit ihrer Tochter die Wohnung verlassen. Auf meine Frage, wohin? bekomme ich unumwunden zur Antwort: »Zu He Jingfu, ihm das Essen bringen.« Typisch Sun Yue! Zuerst ging sie nicht selber ins Krankenhaus, aber kaum kritisiert man sie, schon begibt sie sich höchstpersönlich hin! Wie vornehm und gelassen sie nach außen auch wirkt, in Wirklichkeit ist sie am ganzen Leib mit Stacheln gespickt und sucht ständig Streit!

Ich sage ihr, ich käme im Auftrag Xi Lius und wolle mich mal mit ihr unterhalten. Sie gibt den Korb ihrer Tochter und fordert sie auf, allein zu gehen. Das Mädchen streift mich mit einem feindseligen Blick und murmelt: »Onkel He erkundigt sich so oft nach dir. Auch Xi Wang fragt, warum du Onkel He nicht besuchst. Und jetzt, wo du endlich mal mitkommen wolltest, wird wieder nichts draus.« Sun Yue antwortet ihr lächelnd: »Sag Onkel He, ich wollte ihn schon längst besuchen. Er soll sich in Ruhe pflegen. Morgen komme ich ganz bestimmt.« Die Tochter macht sich auf den Weg.

Höflich bittet mich Sun Yue in die Wohnung und läßt mich Platz nehmen, dann wartet sie schweigend, daß ich etwas sage. Dabei sieht sie mich aber nicht an, sondern zeigt mir ihr Profil, während sie, den Kopf in die Hand gestützt, aus dem Fenster schaut. Von der Seite sieht sie noch besser aus. Ungeachtet der zahlreichen weißen Haare wirkt sie auf den ersten Blick jünger, als sie tatsächlich ist. Das weiße Haar ist bei ihr kein Anzeichen von Gebrechlichkeit und Alter, sondern ein Symbol altersloser Würde. Ich sehe weiß Gott auch nicht schlecht aus, nur diese seriöse Ausstrahlung bringe ich nicht zustande. Sie als ehemalige Schauspielerin hatte schon immer ihren persönlichen Stil.

»Warst du heute auf der Versammlung nicht ein bißchen zu sehr in Fahrt? Der gute Xi brachte dir doch soviel Wohlwollen entgegen!«

»Der übliche parteiinterne Betrieb! Hat nichts weiter zu bedeuten.« Auch bei diesen sachlich geäußerten Worten wendet sie mir nicht das Gesicht zu. Also nein, so eine hochmütige Person! Ich vertrete hier schließlich Xi Liu!

»Liebe Sun, ich glaube, auch du weißt, daß Genosse Xi überaus bemüht um dich ist.« – Der »gute« Xi sage ich nicht wieder, daran dürftest du erkennen, daß ich nicht einfach nur meine Runde bei dir drehe und mich von dir beleidigen lasse! »Was denkst du wohl, warum Genosse Xi Liu auf der Versammlung mit der Meinung der Leute über dich so hinterm Berg gehalten hat?« – Ich denke, mein Ton ist herzlich genug.

Haben meine Worte sie getroffen? Endlich dreht sie sich um und schaut mir gerade ins Gesicht. Ihre Augen sind nicht groß, schmal und länglich, sie sieht freundlich aus – aber in Wirklichkeit hat sie Haare auf den Zähnen, diese Person! Und so antwortet sie mir auch:

»Es ist aber wirklich ganz und gar unnötig, daß Genosse Xi Liu sich in dieser Weise um mich bemüht. Ich hätte im Gegenteil sehr gern die Meinung der Leute von der Abteilung über mich erfahren. Genosse Xi Liu hat dich wohl geschickt, damit du sie mir mitteilst? Bitte, sprich nur, hab keine Bedenken!«

Xi Liu, deine gute Absicht wird nicht gelohnt. Aber schön, Sun Yue, wenn du willst, daß ich rede, dann rede ich. Wollen doch mal sehen, wie weit du gehen wirst. Lächelnd sage ich zu ihr: »Genosse Xi Liu hat mich nicht deswegen hergeschickt. Er glaubt nicht, was die Leute sagen. Er meint, du seist im politischen und täglichen Leben ein gefestigter Mensch mit eigener Ansicht, der sowas nicht tun würde.«

»Der was nicht tun würde?« fragt sie hartnäckig. Ihre Brauen sind hochgezogen, genau dazwischen bildet sich eine schnurgerade Falte. Offensichtlich unterdrückt sie ihre innere Erregung.

»Kommt Xu Hengzhong oft zu dir zum Essen? – Ich frage nur so, liebe Sun, keine Sorge.«

»Wieso Sorge. – Im Vergleich zu anderen Genossen ißt Xu Hengzhong sozusagen ständig bei mir«, antwortet sie kühl.

»Habe ich dich nicht früher schon gewarnt? Sein Fall ist zwar geklärt, aber ein schlechter Ruf haftet ihm nach wie vor an. Insofern ist die Angelegenheit noch nicht bereinigt. Wir verstehen dich ja, niemals würden wir annehmen, du könntest etwas mit ihm haben, aber die Leute ...«

Spöttisch lachend greift sie meine Worte auf: »Warum nehmt ihr denn nicht an, ich könnte etwas mit ihm haben? Nehmt's ruhig an, es wäre doch durchaus möglich!«

»Wir wollen wirklich nur dein bestes«, ich lächle ihr zu. Meine Wut von vorhin ist völlig verraucht.

»Vielen Dank für eure Fürsorge. Ich kann sehr gut selber auf mich aufpassen. Wenn Genosse Xi Liu nicht vorhat, sich in mein Privatleben zu mischen, dann beenden wir dieses Gespräch lieber.« Sie ist blaß geworden, lacht aber unvermittelt auf, um Ungezwungenheit und Gelassenheit zu demonstrieren.

»Um auf Xu Hengzhongs Fehler zu sprechen zu kommen: Es ist durch Untersuchungen erwiesen, daß er nicht in irgendwelche finsteren Machenschaften verwickelt war, also besteht kein vernünftiger Grund, seine Aktivitäten zu beschränken, und man kann sich schon gar nicht einfach in sein Privatleben einmischen. Und was seinen ›schlechten Ruf‹ betrifft: Meiner Ansicht nach haben wir und die Partei uns mit unseren eigenen Fehlern auch nicht gerade einen guten Ruf erworben. Da gibt es ebenfalls noch so manches zu bereinigen. Das sollte zur Zeit unsere vordringliche Aufgabe sein.«

Das ist eben Sun Yue! Immer muß sie zeigen, daß sie einen Kopf größer ist als andere. Seht nur, wie selbstlos sie ist – ihre einzige Sorge ist die Partei! Wird selber mit ihren Fehlern fertig! Aber der Frage, über die sie stolpern könnte, weicht sie aus: das anstößige Verhältnis zu Xu Hengzhong! Bin ich denn blöd?

»Nein! Nein! Liebe Sun! Über solche großen Probleme wollte ich nicht mit dir reden. Ich mache mir nur Sorgen über deine Beziehung zu Xu Hengzhong.«

»Und wenn ich über diese Frage einfach nicht mit dir reden möchte, wirst du dann behaupten, ich sei eine Anarchistin?«

Sie wird immer blasser, die Brauen wirken buschiger, die Augen dunkler. Ich spüre eine gewisse Genugtuung, bin aber zugleich unruhig. Nach kurzem Überlegen erwidere ich: »Ach, was geht mich das an. Nur, falls du tatsächlich was mit Xu Hengzhong hast, mußt du He Jingfu gegenüber etwas vorsichtiger sein. Wie ich gehört habe, schickst du täglich deine Tochter mit Lebensmitteln für ihn ins Krankenhaus. Dort hält man sie schon für seine Tochter.«

Augenblicklich wird sie rot, das Blut schießt ihr sogar in die Augen. Ganz klar, jetzt habe ich ihren wunden Punkt getroffen. Anscheinend hat sie für He Jingfu wirklich etwas übrig. Ein Mann wie He Jingfu könnte Sun Yue schon gefallen. Ganz zu schweigen von ihrem früheren Verhältnis zu ihm.

Sie setzt zu einer Antwort an, schweigt dann aber doch. Stur schaut sie zum Fenster hinaus. Trotzdem sage ich noch: »Hast du schon mal bedacht, was das für Folgen hat? – Gleichzeitig mit zwei Männern . . . mit zwei fragwürdigen noch dazu! Außerdem, wer kennt nicht deine frühere Beziehung zu He Jingfu? Was werden die Leute denken, so wie die Sache jetzt steht? Früher wolltest du nichts von ihm wissen, heute ist er dein Favorit. Liebe Sun, wir beide haben schon einmal Schlimmes durchgemacht, das Gerede der Leute kann dir schaden!«

Sie schrickt kaum merklich zusammen, fängt sich aber sofort wieder. Ohne den Blick zu wenden, antwortet sie wie zu sich selber, aber mit klarer, deutlicher Stimme: »Ah ja, Gerede kann schaden! Bei uns hier hält sich jeder für befugt, sich in das Privatleben des anderen einzumischen; wir meinen, auch das Privatleben sei Teil des Klassen- und Linienkampfes. Mancher nutzt das nur dazu aus, mit allerlei übler Nachrede persönliche Ziele zu erreichen. Wann wird das endlich aufhören?«

»Eben drum, sei doch vorsichtig! Der gute Xi und ich, wir sind deinetwegen wirklich in Sorge! Im Falle eines erneuten Umschwungs – wer kann dann mit Bestimmtheit sagen, was aus China wird? Besser, du nimmst dich etwas in acht.« – Ich meine es wirklich ernst. – Ich weiß nicht warum, aber der Gedanke an die Zukunft macht mich immer unruhig.

Wer weiß, ob es nicht wieder eine Große Kulturrevolution geben wird? Sollte jemals wieder so ein Sturm über uns hinwegfegen, werden hoffentlich viele, viele Menschen zu uns stehen. Und Sun Yue gehörte ja schließlich zur Gruppe der »Xi-Liuisten«.

Sun Yue ist aufgestanden, sie fährt sich flüchtig durch das kurze Haar und komplimentiert mich hinaus: »Lassen wir's gut sein, Genossin Chen Yuli! Bitte sag dem Genossen Xi Liu, daß in Zukunft Fragen, die meine Arbeit in der Fakultät betreffen, parteiintern diskutiert werden sollten; ich werde weder meinen Standpunkt verhehlen noch an meinen Fehlern festhalten. Was meine privaten Angelegenheiten betrifft, die kann ich selber regeln und trage auch persönlich die Verantwortung dafür. Sollte jemand feststellen, daß mein Verhalten gegen Parteidisziplin oder Gesetze verstößt, so möge er bitte bei den zuständigen Abteilungen beziehungsweise Gerichten Klage erheben, meinetwegen braucht er nichts zu vertuschen.«

An der Tür treffe ich mit Xi Wang zusammen. Er nickt mir zu, geht ins Zimmer und sagt zu Sun Yue: »Frau Sun, jetzt besuchen wir beide den Lehrer He.«

Gemeinsam gehen sie los – wie zwei gute Freunde. Ich habe ein ungutes Gefühl dabei.

»Schon zurück?« Xi Liu empfängt mich lächelnd.

»Es ist richtig erschreckend, wie Sun Yue sich verändert hat! Politische Prinzipien, Parteidisziplin – nichts davon hat in ihren Augen mehr Wert. Sie lebt nur für ihre eigenen Gefühle. He Jingfu beeinflußt sie ungeheuer. Und unseren Xi Wang auch – gerade machte er sich Arm in Arm mit Sun Yue auf, um ihn im Krankenhaus zu besuchen. Deine Vertraute, dein Sohn, beide auf He Jingfus Seite. Es formiert sich eine neue Front.«

Xi Liu schaut mich erstaunt an. Ich berichte den Inhalt meines Gesprächs mit Sun Yue in allen Einzelheiten – freilich hebe ich einiges heraus und spiele anderes herunter. »Unglaublich, also wirklich unglaublich«, sagt er mehrmals, nachdem ich zu Ende bin.

13. He Jingfu

Sun Yue, mach dich ans Werk, du solltest nicht warten.

Ich hätte nicht gedacht, daß sie ins Krankenhaus kommen würde. Ich glaube, Xi Wang und Hanhan haben sie dazu gedrängt.

Gestern noch sagte Xi Wang zu mir: »Jetzt besuche ich Frau Sun und frage sie, was sie sich eigentlich dabei denkt, dich nie zu besuchen.« Ich wollte das nicht zulassen. Aber er ist wohl doch dort gewesen, sonst wäre Sun Yue heute nicht hier. Noch dazu kam sie mit Xi Wang zusammen.

Nun, wo Xi Wang und Hanhan lachend abgezogen sind, sitzt sie an meinem Bett. Zum Glück stecke ich gerade nicht in dieser Krankenhauskluft, das wäre mir doch unangenehm! Ich will nicht, daß sie mich wie einen Patienten im Bett liegen sieht. Ich möchte in ihren Augen auf keinen Fall bedauernswert wirken. Von ihr will ich geliebt werden, nicht bemitleidet.

Aber ich fürchte, man hat mir bereits die Rolle des Bedauernswerten zugeschoben. Hanhan erzählte mir, Xu Hengzhong käme oft zu ihnen und fühle sich schon fast zu Hause. Nicht nur einmal regte Hanhan sich darüber auf und wollte von mir wissen, ob ihre Mutter Xu Hengzhong heiraten werde und ob ich diese Heirat gutheißen würde. Wie oft habe ich Xi Wang schon gemahnt: Sprich mit Hanhan nicht immer über die Angelegenheiten der Erwachsenen, sie hat doch schon genug Zeug im Kopf! Er antwortete mir trocken: »Eine Politik der Volksverdummung taugt nicht dazu, den Staat zu ordnen, und auch bei der Kindererziehung darf man keine Verdummungspolitik betreiben. Wozu hat denn eine solche Erziehung geführt bei Menschen deiner Generation, die von Kindesbeinen an rein und weiß war wie ein unbeschriebenes Blatt Papier? – Ihr nehmt jede Farbe an, mit der ihr in Berührung kommt. Euch wurden im Leben die Köpfe blutig geschlagen, manche sind dadurch völlig verstört, manche sind verstummt, manche sind gestorben. Wo ist der Unterschied zwischen Reinheit und Torheit? Daß eine Frau wie Lehrerin Sun Yue heute unentschlossen herumrennt, schwankend zwischen dir und Xu Hengzhong, was zeigt denn das? Hast du dir das schon mal überlegt?«

Ich konnte nichts darauf antworten. Sollte man Kinder vielleicht doch anders erziehen?

Schwankt Sun Yue zwischen mir und Xu Hengzhong? Wirklich? Möglich wär's schon, andererseits kann ich es nicht glauben. Was kann sie denn an Xu Hengzhong finden? Immerhin, Hanhan hat mit eigenen Augen gesehen, wie vertraulich sie miteinander umgehen. Außerdem: hat mir Xu Hengzhong an dem Tag, als ich ihn besuchte, nicht auch sowas angedeutet? – »Schau mal, die Schuhe hat sie für Kun gemacht!«

Aber auch in dem Schränkchen vor meinem Bett stapeln sich Sun Yues Gaben: Konservendosen, Obst, Gebäck, Milch ... Anfangs habe ich mich riesig darüber gefreut, aber dann begann ich diese Geschenke zu fürchten. Ich sagte zu Hanhan, sie solle nichts mehr mitbringen, andernfalls müsse ich mit ihrer Mutter abrechnen und ihnen Kostgeld zahlen. Davon wollte Hanhan nichts hören: »Stell dir einfach vor, ich hätte dir die Sachen geschenkt.« Einmal regte sie sich so auf, daß ihr die Tränen kamen. – Merkwürdige Geschenke, ich weiß nicht recht, was das soll!

Du fährst wohl zweigleisig, Sun Yue, auf welchem Gleis fährt bei dir die Liebe?

In den fünf Minuten, die sie nun an meinem Bett sitzt, hat sie außer »Na, geht's schon etwas besser?« nichts weiter gesagt. Wie gerne würde ich sie fragen! Aber was fragen? Und wie?

»An deiner Stelle würde ich sie fragen: ›Liebst du mich?‹ und ihr auch gleich sagen: ›Der einzige, der dich glücklich machen kann, bin ich, so wie du die einzige bist, die mir etwas bedeutet‹«, wurde ich von Xi Wang einmal »aufgeklärt«, denn er meint, ich verstünde nichts von Liebesangelegenheiten. Über diese Art von Nachhilfe kann ich nur lächeln. Er versteht nicht, daß Menschen unseres Alters und unserer Erfahrung für Fragen wie »Liebst du mich?« nichts mehr übrig haben. Wir haben solche mündlichen Erklärungen und Beteuerungen nicht mehr nötig. Wir haben gelernt, ihnen zu mißtrauen, wir verlassen uns lieber auf die eigenen Augen, auf die Stimme des Gefühls. Liebe – die muß man spüren, nicht zerreden. Ich fühle eine Distanz zwischen ihr und mir, entstanden durch unsere unterschiedlichen Erfahrungen und Charaktere. Ständig bin ich bemüht, diese Distanz zu verringern, aber was tut sie? – Was ist denn das mit Xu Hengzhong und ihr?

Sie schweigt immer noch, schaut mich nicht mal an, sondern läßt den Blick befangen zu den anderen Patienten wandern. Will sie mir etwas sagen und fürchtet, die anderen könnten zuhören? Acht Mann liegen in diesem Krankenzimmer, alle sind anwesend. Mir fällt auf, daß sie sich gegenseitig zublinzeln und Zeichen geben, bestimmt halten sie Sun Yue für meine Freundin. Ich hatte ihnen erzählt, daß ich weder verheiratet bin noch eine Freundin habe. Das glaubten sie nicht und fragten immer wieder, wessen Kind dann Hanhan sei. Die Tochter von jemand aus der Bekanntschaft, behauptete ich. Von männlicher oder weiblicher Bekanntschaft, wollten sie wissen. Um weiteren Belästigungen zu entgehen, sagte ich: männliche Bekanntschaft. – Heute, gleich bei Sun Yues Eintreten, ist ihnen natürlich alles klar, denn schon an der Ähnlichkeit erkennt man: Sun Yue ist Hanhans Mutter. Damit sie nicht auch noch dumme Bemerkungen machen, stellte ich ihnen Sun Yue direkt vor: »Unsere Genossin Sun Yue, Hauptzellensekretärin der Abteilung für chinesische Literatur.« – Sun Yue errötete.

»Ich hätte schon längst mal vorbeikommen sollen. Alle anderen Mitglieder aus der Abteilung waren schon hier, nur ich nicht . . . ich hab so viel zu tun.« Nach diesen Worten läßt sie abermals den Blick in die Runde schweifen, jetzt aber so, als wolle sie die Aufmerksamkeit der anderen auf sich ziehen, damit nur ja jeder mitbekäme, welch offizielle Persönlichkeit er hier vor sich hat.

Unbehagen macht sich in mir breit, und während ich zu ihr sage: »Dank sei der Parteizelle für ihre Anteilnahme, aber du hättest nicht zu kommen brauchen, ich werde bald entlassen«, denke ich an die natürliche, unbefangene, offene Sun Yue von früher. Ihr Getue heute gefällt mir gar nicht. Ich weiß ja, daß solches Imponiergehabe die verschiedensten Gründe haben kann: sich beliebt machen wollen, Eitelkeit, Verbergen wahrer Gefühle . . ., und doch kann ich es in keiner Form ausstehen; es ist so unnatürlich.

»Du bist in Vertretung der Parteizelle der Fakultät hier?« Diese Frage kann nun ich mir wiederum nicht verkneifen.

Sie wird rot, wie ein Kind, das man beim Lügen ertappt hat. Das ist noch die Sun Yue von früher. Aber sie geht nicht weiter auf meine Frage ein. Mir ist ungemütlich. Am liebsten würde ich sie wegschicken. Andererseits – wenn sie mich anschaut, ruhen ihre Augen mit solcher Wärme auf mir. Sorgsam inspiziert sie meine Medikamente, als wisse sie, wofür welches Mittel gut ist.

»Du nimmst nichts Fiebersenkendes mehr ein, bist du denn schon fieberfrei? Geht's dir schon wieder ganz gut?« fragt sie, und Freude zeigt sich auf ihrem Gesicht. Hat sie sich etwa extra wegen mir mit Arzneimitteln befaßt? – Ich öffne das Schränkchen neben dem Bett, hole die Äpfel heraus, die sie mir gekauft hat, schäle einen davon und biete ihn ihr an. Sie nimmt ihn, halbiert ihn mit dem Messer und reicht mir eine Hälfte.

Ein Strom von Wärme vertreibt mein Unbehagen. »Laß uns draußen ein bißchen auf und ab gehen«, schlage ich vor. Das Krankenhaus ist ruhig gelegen, mit viel Grün drumherum. Dort führe ich Sun Yue hin und setze mich mit ihr auf eine Bank. So viele Jahre kennen wir uns nun schon, und doch sitze ich zum ersten Mal neben ihr auf einer Bank, dicht beieinander, noch dazu zwischen Hecken.

Sie streicht mit der Hand über die Blätter und sagt leise: »Hier wachsen ja dieselben Sträucher.«

Ich bekomme Herzklopfen: »Meine Lieblingssträucher.«

Ein kurzer vielsagender Blick, aber sofort wird ihr Gesicht ernst.

Sie fragt nach dem Verlauf meiner Krankheit, und ich berichte mit kurzen Worten. Jedem anderen hätte ich das gleiche erzählt.

»So allein leben ist wohl auch nicht einfach. Keiner erfährt etwas, selbst wenn einem etwas zustößt. Es liegt auch an uns, wir kümmern uns nicht genügend um dich.«

Dieses Amtschinesisch! »Wir«, »wir«! Das ist fein im Chinesischen! Ein ganz simples Wörtchen, nur mit dem Pluralzeichen, und kann so viele Bedeutungen haben, kann sowohl überlegene Macht demonstrieren, die sich auf viele andere Menschen stützt, wie auch Bescheidenheit und Zurückhaltung, es kann Organisation und Masse dahinterstehen, aber auch die eigene Meinung, die man verbirgt.

»Nein. Ich bin daran gewöhnt und gedenke durchaus nicht, diesen Zustand zu ändern. Ihr braucht euch um mich keine Sorgen zu machen.« Meine Antwort ist unwirsch, mit besonderem Nachdruck auf dem Wörtchen »ihr«.

Sie schweigt, ziemlich lange. Na, da hat sie wohl krampfhaft nach einem Gesprächsthema gesucht, denn nun fragt sie mich doch, wer mich schon alles besucht habe. Brav zähle ich ihr die Leute einen nach dem anderen auf, als erstatte ich einem Vorgesetzten Bericht.

»Am häufigsten waren Xi Wang und Hanhan hier«, beende ich die Liste.

»Wie findest du Hanhan, ist sie einigermaßen in Ordnung?« fragt sie.

»Ein nettes Kind, liebenswerter als du«, antworte ich.

Erst als ich sie über und über erröten sehe, wird mir bewußt, was ich da gesagt habe. Es tut mir wirklich leid, und ich möchte meine Worte erklären, aber wie denn? Wollte ich damit ausdrücken, sie sei nicht liebenswert oder sie sei es wohl auch, nur eben anders als Hanhan? Aber eine Erklärung würde alles nur noch schlimmer machen. Ich gebe es auf, soll sie's nehmen, wie sie will.

»Ich muß jetzt zurück«, sagt sie.

»Ja, gut«, prompt stehe ich auf.

Aber sie geht doch noch nicht, sondern holt einen Brief aus ihrer Tasche: »Hätte ich beinahe vergessen. Wu Chun hat uns geschrieben. Erinnerst du dich noch an ihn? Nach dem Examen wurde er nach Tibet geschickt. ›Großes Mädchen‹ haben wir ihn immer genannt.«

Ich nehme den Brief und gleich taucht ein hübsches,

blasses, schüchternes Gesicht mit großen Augen am Horizont meiner Erinnerung auf.

»Hallo Ihr schlaffen Magister! Habt mich wohl längst vergessen, was? Ich meinerseits denke sehr oft an Euch. Stellt schon mal den Schnaps und die Fressalien bereit. Meine Wenigkeit liebt sowas! Haha!«

»Haha!« Mir ist, als sei vor meinen Augen dieses blasse Mädchengesicht zur Visage eines groben Kerls geworden. Unwillkürlich muß ich lachen. Sun Yue lacht mit.

»Dieser Wu Chun scheint sich verändert zu haben!«

»Unterschiedliche Lebenswege bilden unterschiedliche Menschen, die unterschiedliche Wege einschlagen. Diese Wege haben ihre Kurven, Windungen und Schleifen – die Menschen ihr Auf und Ab, Vor und Zurück. Die Wege können sich kreuzen, Menschen einander begegnen. C'est la vie.«

Meine kleine Ansprache erheitert Sun Yue.

»Lieber He, ich versuche schon die ganze Zeit, mit dir über etwas zu sprechen, aber mir fehlt der rechte Mut, schlimmer noch, ich weiß gar nicht, wie ich mich ausdrücken soll.«

Etwas in mir spannt sich. Ist sie deswegen gekommen, um endlich Klarheit zu schaffen? Und wie wird diese Klarheit aussehen?

»Ich war noch nie so durcheinander wie zur Zeit«, fängt sie an. »Was ich früher gar nicht zu denken gewagt hätte, geht mir jetzt den ganzen lieben langen Tag im Kopf herum und läßt sich einfach nicht vertreiben. Das beunruhigt mich.«

Ah so, darum geht's. Teils bin ich enttäuscht, teils erleichtert. Daß ihre Gedanken etwas konfus sind, habe ich schon bemerkt. Was beunruhigt sie daran? Nicht jede Konfusion ist etwas Schlechtes.

»Sun Yue, wenn ein Mensch sein Lebtag lang nie Chaos im Kopf hatte, so kann das nur heißen, daß er nicht richtig gelebt, nicht gründlich nachgedacht hat. Oder er ist dumm.«

»Das sagst du so daher. Aber bei mir ist das Durcheinander schon beängstigend.«

»Inwiefern beängstigend?«

»Ich kann es ja auch nicht richtig erklären. Als die ›Viererbande‹ an der Macht war, fühlte ich mich unglücklich und mutlos und hoffte Tag für Tag auf ihren Sturz. Endlich war sie von der Bildfläche verschwunden. Da stürzte ich zusammen mit Tausenden von Menschen hinaus auf die Straßen, jubelte und sang. Beim Anblick der Arbeiter mit ihren riesigen Trommeln konnte ich die Tränen nicht zurückhalten. Die Zeit der Kälte war vorbei; es war Frühling geworden. In dem allgemeinen Freudentaumel kam ich nicht auf dumme Gedanken.

Aber bald war die Hochstimmung verflogen. Denn als ich über alles nachzudenken begann, was passiert war, empfand ich plötzlich einen unbekannten Schmerz. Was mir weh tat, war nicht nur das Ergebnis eines Jahrzehnts politischer Wirren, sondern das, was sie verursacht hatte. Außerdem – das Ergebnis und seine Ursachen wirken ja bis heute! Mir ist, als sei ich verwundet und betrogen worden. Jede Nacht, wenn alles ruhig ist und Hanhan schläft, frage ich mich: Was hast du alles erlebt? Was dabei gedacht? Schwankt dein Glaube? Waren deine Hoffnungen ein Wahn, aus dem man dich herausgerissen hat? Ach, das alles ist wirklich beängstigend!«

Jetzt weint sie. Weine ruhig, weine! Wäre sie nicht wirklich überzeugt gewesen, hätte sie nie leidenschaftliche Hoffnungen gehegt, hätte sie nicht ehrlich nachgedacht, dann könnte sie jetzt nicht weinen!

Daß Sun Yue jetzt leidet, macht mich glücklich.

»Ich fühle mich, als hätte man mir plötzlich den Boden unter den Füßen weggezogen. Ich bin ohne Halt, ohne Steuerung.« Sie fährt sich mit der Hand über die Augen, während sie spricht.

»Kraftlos fühlst du dich, aber erregt und voller Unruhe, seelisch und geistig verstört, bist du überall auf der Suche. Aber entweder du findest gar nichts, oder du zweifelst, ob das, was du gefunden hast, womöglich nur ein gewöhnlicher unbeseelter Stein ist. So geht es dir, nicht wahr?« frage ich.

Ein kurzer, erschrockener Blick von ihr, sie nickt.

Das ist doch ganz normal, Sun Yue! Gerne würde ich jetzt ganz fest ihre Hand drücken. Aber das lasse ich doch lieber bleiben, suche stattdessen in der Tasche nach meiner Pfeife. Keine Pfeife da. Mir fällt ein, daß Hanhan sagte, ihre Mutter habe sie in »Gewahrsam« genommen. Na, dann nicht, ich balle die Fäuste und lege sie vor die Brust. Um Sun Yue nicht ansehen zu müssen, starre ich zu Boden. Wieso nimmt sie eigentlich meine Pfeife in »Gewahrsam«?

»Da hast du sie.« Sie hält mir meine Pfeife hin. »Aber rauch lieber noch nicht!«

Die Pfeife! Meine Pfeife! Woher wußte sie, woran ich gerade dachte? Ich nehme sie entgegen und betrachte sie genau. Das Jademundstück blank geputzt, der alte Tabaksbeutel ausgewechselt gegen einen neuen, handgenäht aus dem guten blauen Tuch der Leute vom Land. Nun ist mir alles klar! Sie kann Xu Hengzhong nicht lieben! Während sie schon an diesem Liebesbeweis nähte, habe ich noch gezweifelt. Was ist schon dabei, wenn ehemalige Studienfreunde sich ab und zu über ihre Probleme unterhalten, gelegentlich gemeinsam essen – und ich mache aus einer Mücke einen Elefanten!

Unwillkürlich rücke ich etwas näher. Sie schrickt zusammen, wirft mir einen raschen Blick zu und errötet ein wenig.

»Sun Yue!« sage ich leise und nehme ihre Hand. Da schaut sie mich an, Tränen in den Augen. Was möchte ich dir nicht alles sagen, Sun Yue!

»Wo hast du denn dieses blaue Tuch hergekriegt?«

Kaum ist die Frage heraus, bereue ich sie schon. Das war ganz bestimmt nicht das, was ich sagen wollte!

Sie lacht. Lacht über meine Dummheit?

»Heißt es nicht, wo ein Wille ist, da ist auch ein Weg?« Sie löst ihre Hand aus der meinen.

»Sun Yue!« sage ich nochmal. Denn schon ihren Namen auszusprechen, bedeutet Glück. Erwartungsvoll schaut sie mich an. Sorgsam befestige ich den Tabaksbeutel am Pfeifenstiel und gebe ihr die Pfeife: »Ich höre auf zu rauchen, hier, nimm sie wieder an dich!« Sie nimmt mir die Pfeife ab, lange ruht ihr Blick auf mir. So schöne Augen! Voller Sanftmut, voller Träume. Sun Yue, erinnerst du dich, was ich vor mehr als zwanzig Jahren in mein Tagebuch schrieb?

Sie versteht. Ein Zittern geht durch ihren Körper, dann verändert sie ihre Haltung und rückt dabei ein Stückchen von mir ab.

»Ich habe mich wohl auch sehr verändert?« fragt sie mit Wärme in der Stimme. Ich starre zu Boden und nicke.

»Hältst du mich denn für ganz normal?« fragt sie weiter.

»Absolut normal, Sun Yue.«

»Aber ich finde, ich tauge nicht mehr zum Parteimitglied.«

»Wieso denn nicht?« – Ich bin überrascht.

»Ich habe Zweifel bekommen«, murmelt sie.

»Heißt das, daß du dich früher für einen überzeugten Marxisten-Leninisten, einen hundertprozentigen Bolschewisten gehalten hast?« frage ich ein wenig spöttisch.

Sie antwortet nicht.

Ach Sun Yue, anscheinend bist du immer noch nicht ganz zu Verstand gekommen. Blindheit wirfst du in einen Topf mit Überzeugung, und Zweifel hältst du für unvereinbar mit Entschiedenheit. Wo hattest denn du – und auch ich – den Glauben her? Aus dem Hörsaal, aus den Büchern. Ohne den geringsten Kraftaufwand wurden wir gleich zu »Kämpfern des Kommunismus«. Marx und Engels dagegen rangen ein halbes Jahrhundert lang darum, ihren Glauben auf eine sichere Grundlage zu stellen. Wahrer Glaube ist niemals auf Sand gebaut, kann nicht in Unbesonnenheit gegründet sein. Es sei denn, der Mensch hat lügen gelernt, oder er trägt seinen Glauben nur wie ein Abzeichen am Revers.

»Aber vielleicht war mein Glaube lediglich blinder Glaube?« Sie hat über diese Frage schon nachgedacht.

Plötzlich lacht sie spöttisch auf: »Mir fiel gerade ein, wie es damals kurz nach der Befreiung war.«

Zur Zeit der Befreiung sei sie gerade in die Grundschule gekommen. Die Lehrer gingen damals mit den Kindern oft aufs Land, um den revolutionären Weg zu propagieren. Um etwas für die Entwicklung des »proletarischen Gefühls« der Kinder zu tun, ließ einer der Lehrer sie neben einer Jauchegrube frühstücken. Und während des Essens sprach er absichtlich auch noch über Jauche und Maden.

»Damals glaubte ich wahrhaftig, der Gestank der Jauche werde sich in Wohlgeruch verwandeln, wenn ich nur das richtige proletarische Bewußtsein hätte. Und brav habe ich diese Prüfung akzeptiert. Aber mir war speiübel, und ich wagte nicht, in die Jauchegrube zu schauen, in der es von Maden wimmelte. Als ein Mitschüler rief: Sun Yue, eine Made krabbelt in deine Schüssel! sprang ich auf und warf meine Reisschale zu Boden. Alle lachten mich aus, und ich schämte mich fürchterlich. Mit dem Vorsatz, meinen Ekel zu überwinden, setzte ich mich dann ganz dicht neben die Jauchegrube. Die Augen fest auf die Grube gerichtet, schob ich mir hintereinander den Reis in den Mund und sagte dabei die ganze Zeit zu mir selber: Ich sehe nichts. Ich sehe gar nichts ... bis die Reisschale endlich leer war. Der Lehrer lobte mich dafür.«

»Und was besagt diese Geschichte?« frage ich.

»Daß der Lehrer, der unser proletarisches Bewußtsein ausbilden wollte, selbst keine Ahnung hatte, was das ist. Wenn wir blindlings folgen, können wir nur Falsches weitergeben, werden Messing für Gold halten oder Gold für Messing. Freilich, so etwas Unmögliches ist mir später nicht wieder passiert. Aber Vergleichbares ereignete sich ständig.«

»Und alles hast du mit Hilfe des Zauberspruchs ›Ich sehe gar nichts‹ durchgestanden?«

»Natürlich«, sie nickt lächelnd, »gewiß doch, alles aufrecht durchgestanden.

Aber heute wirkt dieser Spruch nicht mehr. Ich habe zu vieles gesehen. Maden können einem ja egal sein – aber das Leben?«

»Darum meine ich ja, erst wenn man zweifelt, fängt man an, sich selbst zu erkennen. Und erst die Erkenntnis, zu der man durch Zweifel gekommen ist, ist einigermaßen verläßlich.«

Ich bin jetzt ganz heiter, ich fühle, die Distanz zwischen uns schwindet. Ruhig betrachte ich ihr schönes Profil und denke daran, was damals vor mehr als zwanzig Jahren vor den gleichen Sträuchern passierte ... Sun Yue, liefen hier nicht noch andere Spaziergänger herum, ich gäbe dir das, was du mir damals gabst, doppelt zurück ...

»Ich will dir etwas sagen ...« Sie spricht plötzlich zögernd und wendet sich mir zu.

»Sag's nur!«

»Xu Hengzhong besucht mich in letzter Zeit ständig zu Hause, er ...«

Plötzlich dröhnt es in meinem Kopf, und meine gute Laune ist wie weggeblasen. Nein, über Xu Hengzhong will ich nichts hören, gerade jetzt nicht. »Das weiß ich schon«, falle ich ihr ins Wort, »kümmere dich ruhig um Xu und hilf ihm, eine passende neue Frau zu finden.« Ich weiß, das klang reichlich grob, aber es ist mir jetzt ganz und gar unmöglich, mich gefälliger auszudrücken.

»Was redest du da?« Sie funkelt mich an. »Du meinst, ich solle ihm eine andere Frau empfehlen?«

»Richtig. Was er braucht, bist nicht du. Und was du brauchst, ist nicht er.« Ich starre sie an.

Sie senkt den Kopf: »Und du willst wissen, was ich brauche? Ich weiß es ja selber nicht ...«

»Gib mir meine Pfeife!« Ich strecke ihr die Hand hin.

Nach einem Moment der Bestürzung gibt sie mir die Pfeife. Ich stopfe sie und rauche, ohne sie anzusehen. Gerne möchte ich sie fragen: Wann hast du denn gelernt, dich zu verstellen? Weißt du wirklich nicht, was du brauchst? – Aber ich kann mich beherrschen! Ich rauche meine Pfeife. Na gut, wenn das so ist, wozu dich dann noch bestürmen? Ich habe schon mehr als das halbe Leben alleine zugebracht.

Der Qualm stört sie. »Es wäre besser, du würdest nicht rauchen.«

Ich beachte sie nicht; erst nachdem meine Pfeife leergeraucht ist, mache ich den Mund wieder auf: »Natürlich weißt du selbst am besten, was du brauchst, woher sollte ich das wissen! Jeder Mensch weiß das selbst am besten. Nur, manchmal zweifelt man an dem, was man braucht, fürchtet sich davor oder hat nicht genügend Vertrauen.«

»Du bist zu scharf«, sagt sie, den Blick immer noch auf eine unbestimmte Stelle gerichtet.

»Ich verlange ja nicht, daß das jemandem gefällt. Du bist zu gefällig.« Ich behalte sie fest im Auge.

»Ich verlange auch nicht, daß das jemandem gefällt.«

Ich hatte gehofft, unsere Herzen würden sich begegnen, aber ihr Blick sagt mir: heute nicht – sie nimmt ihr Herz, das sich mir fast offenbaren wollte, wieder zurück. Neben mir sitzt unsere Frau Hauptzellensekretär. Ich kann nichts als abwarten. Unreif gepflückte Früchte schmecken sauer. Habe ich es denn nötig, etwas vor der Zeit zu erzwingen? So viele Jahre warte ich schon. Heute öffnete sie mir bereits das Fenster ihrer Seele, morgen wird sie mir vielleicht die Tür aufmachen.

»Bei wem treffen wir uns denn, wenn Wu Chun kommt?«

»Bei mir natürlich. Ich kaufe jede Menge Fleisch, schönes fettes Fleisch, er muß sich unbedingt mal ordentlich satt essen.«

»Dann kaufe ich den Schnaps.«

»Darfst du denn das Krankenhaus verlassen?«

»Ich komme bestimmt, aber sag bloß nicht wieder: wir haben nichts im Haus.«

Sie lacht. Ich stehe und strecke ihr die Hand hin: »Es ist schon spät, Genossin Sekretär, du solltest gehen.« Sie gibt mir flüchtig die Hand und geht, aber nach wenigen Schritten kehrt sie noch einmal um, ich gehe ihr entgegen. »Es wäre wirklich besser, wenn du nicht rauchen würdest. Die Lungenentzündung kommt doch vom Rauchen!« In ihren Augen ist viel Wärme.

Ich drücke ihr die Pfeife in die Hand: »Na gut, ich beherrsche mich! Aber dann verwahr du lieber die Pfeife!« Sie lächelt und steckt die Pfeife in ihre Tasche.

Ihre entschwindende Gestalt verdoppelt sich plötzlich: die eine herzlich, natürlich und naiv, die andere gesetzt und lebenserfahren, zugleich etwas gekünstelt. Welche will ich denn nun haben?

»Das war wohl Ihre Freundin?« Einer der Patienten kommt heran. Alle wissen, daß ich Junggeselle bin.

Ich lächle vage. Das veranlaßt ihn zu einem Lob: »Tadellos, wirkt wie ein Kader!«

Eben, das gefällt mir nicht an ihr, daß sie »wirkt wie ein Kader«. Das kommt von ihrem förmlichen Benehmen.

»Nein, sie ist nicht meine Freundin. Auch kein Kader. Sie ist eine ehemalige Kommilitonin von mir.« Ich gehe zurück ins Krankenzimmer. Wenn man die Herzlichkeit der früheren Sun Yue mit dem gesetzten Wesen und der Lebenserfahrung der heutigen vereinigen könnte . . . Ob das möglich ist? Ich denke: ja. Ich liebe Spontaneität. Ich vertraue darauf, daß Sun Yue zu einer neuen Unbefangenheit zurückfindet.

Sun Yue, du bist ein Mensch aus Fleisch und Blut, dein Herz schlägt, dein Hirn arbeitet selbständig, und du hast Gefühle, die du ausdrücken solltest. Noch stürzen dich diese Fähigkeiten in Zweifel – aber was ist daran wirklich beunruhigend?

Es wird alles gut werden, Sun Yue, es wird gut werden. Aber wir sollten diesen Weg gemeinsam gehen. Wir sollten nicht warten.

14. Sun Yue

Hanhan, ich hatte einen seltsamen Traum.

Als ich vom Krankenhaus nach Hause komme, empfängt mich Hanhan ganz aufgeregt und schaut mich forschend an. Wahrscheinlich will sie herauskriegen, welchen Eindruck He Jingfus Krankheit auf mich gemacht hat.

Vorgestern habe ich zufällig ihr Tagebuch entdeckt. Nachdem sie im Bett war, wollte ich wie immer ihre Hausaufgaben kontrollieren. Dabei fiel aus ihrer Schultasche ein Notizbuch. Als ich hineinschaute, merkte ich, daß es ein Tagebuch war. Schreiben denn Kinder auch schon Tagebücher? Neugierig las ich darin. Meistens ging es um die Schule: Schwierigkeiten mit dem Unterricht, Probleme mit ihren Klassenkameraden, ihre Meinung über irgendwelche Lehrer etc. Normalerweise erzählt sie mir gleich alles. Einiges hat sie mir jedoch verschwiegen: Beobachtungen, Gedanken und Gefühle, die mich betreffen; es war wie ein Spiegel für mich, manches lustig, manches traurig.

»Schon immer haben die Menschen Kummer gehabt und niemanden, dem sie sich anvertrauen können! Wer kennt die Trauer in meinem Herzen? Wer hat Mitleid mit meiner Schwäche und Einsamkeit?« Das hatte sie nach einem traurigen Film geschrieben. Das Schicksal von Mutter und Tochter in diesem Film hatte sie sehr betroffen. Als das Mädchen zu seinem Lehrer sagt: »Ich wollte, ich hätte einen Vater wie Sie!« wollte sie mitten im Film das Kino verlassen, angeblich wegen Kopfschmerzen. Sicher hat sie dabei an He Jingfu gedacht. »Ich liebe Onkel He! Ich liebe ihn genauso, wie dieses Mädchen seinen Lehrer geliebt hat. Mama, warum könnt ihr nicht Freunde sein? Warum willst du Xu Hengzhong?«

Vielleicht hat mich ihr Tagebuch dazu veranlaßt, ins Krankenhaus zu gehen und He Jingfus Absichten herauszufinden. Ich bin meiner Tochter insgeheim dankbar dafür. Aber unter ihrem prüfenden Blick will ich mir nichts anmerken lassen.

»Es ist schon spät. Wenn du mit deinen Hausaufgaben fertig bist, dann geh schlafen, Hanhan!« Sie stimmt zu, rührt sich aber nicht vom Fleck, sieht mich nur an. Das Kind ist groß geworden, wirklich groß. Sie will jetzt an meinem Leben teilhaben. Dieser Wunsch ist unausgesprochen, aber hartnäckig. Es bleibt mir nichts anderes übrig, als mich damit auseinanderzusetzen. Aber heute will ich nicht mehr darüber reden. Mein Kopf ist noch voll von den Eindrücken aus dem Krankenhaus. Jeder Satz von ihm, jeder Blick, jede Geste; die Art, wie er in der Aufregung die Fäuste vor der Brust ballt . . .

»Ich bin auch müde, Hanhan. Wir wollen beide schlafen gehen!«

Ich ziehe mich aus und lege mich ins Bett. Hanhan ist enttäuscht und mault beim Ausziehen. Sie wirft ihre Kleider wahllos auf Stuhl und Boden. Ich beachte sie nicht und hänge meinen Gedanken nach.

He Jingfu stand meinen Ansichten gar nicht ablehnend gegenüber. Ich hatte mir unnötig Sorgen gemacht. Er ist ein Philosoph geworden. Was er sagt, ist voll tiefer Überlegung. Er hat in seinen mittleren Jahren wirklich an Reife gewonnen, seine Zweifel überwunden. Ich dagegen zweifle immer noch. Aber er hat recht. Zweifel sind eigentlich nichts Schlimmes. Ich frage mich nur, wann ich endlich Gewißheit bekommen kann. Ich weiß einfach nicht, ob ich mit ihm glücklich werden könnte oder nicht. Er übt noch dieselbe Anziehungskraft auf mich aus, aber ich spüre auch die Unterschiede in unseren Charakteren deutlicher.

Er hat mir seinen Tabaksbeutel gegeben. Soll das ein Pfand sein? Nein. Er hat nichts dergleichen gesagt.

Da ich jetzt sowieso nicht schlafen kann, stehe ich am besten wieder auf. Ich hole den Tabaksbeutel aus meiner Tasche. Hanhan sagt, er sei das einzige Stück, das ihm von seiner Familie geblieben ist. Wahrscheinlich steckt eine Geschichte dahinter. Die muß ich mir mal von ihm erzählen lassen. Ich weiß noch immer zu wenig über ihn. Wir hatten noch nie richtig Gelegenheit, miteinander zu reden.

»Mama!« Hanhan setzt sich plötzlich auf. Sie erschreckt mich ganz schön. Ich stecke sofort den Tabaksbeutel weg.

»Flickst du Onkel Hes Tabaksbeutel?«

Herrgott, sie hat gar nicht geschlafen und alles mitbekommen.

»Schlaf und kümmere dich nicht um anderer Leute Angelegenheiten, sonst wirst du morgen nicht rechtzeitig wach.« Ich setze eine ernste Miene auf.

»Gut, gut! Ich kümmere mich schon nicht um die Angelegenheiten anderer. Aber Mama, laß Onkel He nicht soviel rauchen. Er kriegt sonst noch Krebs!« Sie lächelt mich hinterhältig an und legt sich wieder hin. Ich verschließe den Tabaksbeutel in meiner Schublade und gehe schlafen.

In dieser Nacht komme ich zu der Überzeugung, daß er der große Reiter in meinem Traum war. Oder doch nicht? Ich habe ihn nur von hinten gesehen. Die Stimme, die ihm nachgerufen hat, scheint mir vertraut. Wer kann es sein . . . wer kann es nur sein? Meine Lider brennen und mir ist schwindlig. Ich will nicht weiter darüber nachdenken!

Vor meinen Augen erscheinen seltsame Bilder. Ungewöhnliches ereignet sich. Hinterher weiß ich, daß es ein Traum war. Ich betrachte Hanhan, die neben mir liegt. Sie ist wunderschön im Schlaf. Ich berühre ihr Gesicht und sage ganz leise: »Hanhan, hast du auch geträumt? Mama hatte einen sehr seltsamen Traum!«

Ich glaube nicht an Wahrsagerei. Aber jedesmal, wenn ich träume, vor allem, wenn es ein so eigenartiger Traum ist, denke ich lange darüber nach. Schon bevor ich ganz wach bin, versuche ich, seine Bedeutung herauszufinden, ob er vielleicht etwas über die Zukunft voraussagt. Genau wie mein Großvater, der aus den Veränderungen der Natur das Schicksal seiner Familie ableitete. Träume, die ich anderen erzähle, sind ziemlich vollständig, nicht so, wie die fragmentarischen Träume ohne Anfang und Ende, die Freud analysiert hat. Ich bemühe mich, all die verworrenen Teile in einen logischen Zusammenhang zu bringen.

Der heutige Traum geht mir nicht aus dem Kopf. Je länger ich darüber nachdenke, umso seltsamer wird er. Ich kann mich ziemlich genau an alles erinnern.

Ich schlüpfe aus dem Bett, um ihn aufzuschreiben.

Mein Traum

In der Stadt, in der er und ich leben, bricht plötzlich eine mysteriöse Seuche aus. Die Kranken gleichen Verrückten; sie stellen ihre Häuser auf den Kopf und werfen alles auf den Boden. Manche zünden sogar ihre Habseligkeiten an. Wenn sie dann alles losgeworden sind, schneiden sie sich zuletzt die Brust auf und untersuchen ihre Innereien. Es ist schrecklich! Manche halten ihr Herz in beiden Händen und weinen bitterlich, manche schneiden ihre Eingeweide heraus und lassen das Essen geradewegs durch den Körper fallen. Sie sagen, daß sie auf diese Weise die zahlreichen Windungen des Darms umgehen können. Manche werfen ihre Innereien den Hunden vor und setzen sich ein Plastikherz ein. Lachend bevölkern sie die Straßen und essen alles, was ihnen in den Weg kommt. Obwohl es unverdaut wieder herauskommt, schreien sie: »Heute habe ich endlich genug gegessen!«

Sämtliche Seuchenspezialisten der Stadt versammeln sich. Sie untersuchen über tausend Krankheitsfälle und finden heraus, daß es sich um eine ansteckende Geisteskrankheit handelt. Ursache ist der plötzliche Wetterumschwung. Ein Teil der eingefrorenen Nerven ist wieder zum Leben erwacht und übt einen heftigen Reiz auf die Gehirne der Leute aus. Die gesunde Bevölkerung ist äußerst besorgt. Man fordert alle auf, Räucherwerk zu verbrennen und zu beten.

Gebete und ärztliche Kunst bleiben jedoch ohne Erfolg. Die Seuche breitet sich unaufhaltsam aus.

Er und ich, wir sind noch gesund. (Ich weiß nicht, wer er ist, und auch nicht, in welcher Beziehung wir zueinander stehen. Wir wohnen schon seit einigen Jahren zusammen, und ich höre auf ihn.) Um uns nicht anzustecken, haben wir Fenster und Türen fest verschlossen, alle Kontakte abgebrochen. Seit über zehn Tagen sind wir nicht mehr draußen gewesen. Einmal hat er mich gezwungen, dreimal ein Gebet aufzusagen. Dabei sollte ich auch noch niederknien, sonst hätte es keine Wirkung, meint er. Ich verabscheue so etwas.

Als ich klein war, kniete ich mich gern vor Erwachsenen

hin. Man konnte ihnen damit ein wenig Geld oder zumindest einige anerkennende Worte entlocken. Bei einem unserer Familienfeste fing ich jedoch an, den Kotau zu hassen. Mehrere Generationen waren in der Haupthalle versammelt, meine Urgroßeltern, meine Großeltern, Eltern, Onkel, Tanten, Brüder, Schwestern. Ich war die Jüngste. Alle mußten der Reihe nach ihren Kotau machen und Glückwünsche darbringen, immer die Jüngeren den Älteren: »Ein glückliches Neues Jahr, Vater! Ein glückliches Neues Jahr, Mutter!« usw. usw. . . .

Der halbe Tag war schon um. Zuletzt kam ich an die Reihe. Ich mußte die meisten Kotaus machen, und es gab keinen, der für mich Kotau machte. Als ich in dem überfüllten Raum all die Männer und Frauen sah, jung und alt, die mich erwartungsvoll anschauten, wurde ich nervös, aber mir blieb nichts anderes übrig, als mich hinzuknien. »Ein gutes Neues Jahr, Urgroßvater! Ein gutes Neues Jahr, Urgroßmutter! Ein gutes Neues Jahr, Großvater!« Niederknien, aufstehen, Hände falten. Niederknien, aufstehen, Hände falten. »Ein gutes Neues Jahr, Onkel! Ein gutes Neues Jahr, Tante! . . .« Meine Knie wurden schon weich, aber es war kein Ende abzusehen. Ich suchte nach einer anderen Möglichkeit. Ich hatte beobachtet, wie sich die Männer grüßten. Also faltete ich nach ihrem Beispiel die Hände und sagte: »Ein glückliches Neues Jahr, meine Tanten, Brüder und Schwestern!«

Alle lachten, aber mein Vater war wütend: »Das geht nicht, kleine Yue, das geht nicht! Du mußt es ordentlich machen und jeden einzelnen grüßen!«

Mir blieb nichts anderes übrig. Ich mußte alle einzeln durchgehen. Ich grüßte meine Tanten, dann meine Brüder, dann meine älteren Schwestern. Ich hatte vier davon. Die jüngste war nur ein Jahr älter als ich. Sie aß immer meine Süßigkeiten auf. Auch vor ihr mußte ich Kotau machen. Als ich ihre selbstzufriedene Miene sah, weigerte ich mich. Ich hätte ihr am liebsten das Gesicht zerkratzt und sie beschimpft. Sie fing an zu heulen und mein Vater tadelte mich: »Kleine Yue, willst du nicht hören! Mach Kotau vor deiner älteren Schwester!« Unter Tränen mußte ich vor ihr niederknien.

Von da an haßte ich den Kotau. Glücklicherweise ist er nach der Befreiung abgeschafft worden. Trotzdem befahl er mir, mich hinzuknien und zu beten. Ich mußte ihm gehorchen.

Es ist unerträglich stickig. Aber er erlaubt nicht, daß ich meine Kleider ausziehe. Er meint, ich könnte mich erkälten. Wenn ich das Fenster aufmachen will, um etwas frische Luft hereinzulassen, läßt er es nicht zu. Schließlich kann ich es nicht mehr ertragen. Ich gehe zum Fenster und presse das Gesicht an die kühle Scheibe.

»Es liegt soviel Zeug auf der Straße. Was haben sie nur alles weggeworfen! Du! Laß uns mal schauen!« Ich nenne ihn immer nur »du«.

»Das geht nicht!« sagt er entschieden.

Ich versuche, mir was einfallen zu lassen. »Du, sieh mal, dort! Könnte ein Ledermantel sein. So einer ist früher selbst für gutes Geld nicht aufzutreiben gewesen. Hast du nicht gesagt, daß du gern so einen hättest? Ich geh und hol ihn für dich?«

»Wirklich?« Er dreht sich unwillkürlich um. »Es ist tatsächlich ein Ledermantel. Das Wetter wird auch mal wieder schlechter. Diese Wahnsinnigen! Gut! Geh und hol ihn! Wenn du auf dem Weg noch was anderes mitnehmen kannst, dann bring's ruhig! Wir schauen's uns dann nachher genauer an. Geh schnell und komm gleich wieder zurück! Du darfst mit niemandem in Kontakt kommen!«

»Gut!« Ich freue mich und laufe mit den zwei großen Reisetaschen, die er mir gegeben hat, hinaus.

Draußen ist es sehr heiß. Es würde Spaß machen, ohne Kleider herumzulaufen. Aber sein Gesicht klebt an der Scheibe. Er beobachtet mich genau. Besser nichts riskieren! Im Vorbeigehen hebe ich alles auf, was mir in den Weg kommt. Die beiden Taschen sind in kürzester Zeit prall gefüllt. Ich schleppe sie zurück, und er verbarrikadiert die Tür wieder hinter mir.

Wir gehen zusammen die Sachen durch: Mützen in allen Größen, auch welche für uns; Stöcke aller Art; ein Ledermantel, ein chinesischer langer Rock, eine Jacke, ein Schlafsack, ein Umhang; alles Sachen für kaltes Wetter. Dazu noch Holzfische, Bücher, Maisbrot, Ovomaltine, elegante Lederschuhe, eine Sonnenbrille . . .

Als ich in die Taschen des Mantels greife, berühre ich einen festen Gegenstand, wie eine Walnuß. Ich nehme ihn heraus und bin zutiefst erschrocken. Es ist ein menschliches Herz. Ich schreie: »Ein Herz! Da! Ein Herz!«

Auch er erschrickt und nimmt es mir aus der Hand, um es sich genau anzusehen. Dann sagt er lachend: »Feigling! Hast du nicht gesehen, daß es tot ist! Es ist doch schon vertrocknet und ganz farblos.«

Daß es tot ist, macht mir nicht weniger angst. Ich will wissen, wem es gehört, was es zu bedeuten hat, daß ich es gefunden habe. Ich betrachte den Mantel genauer. Wie vom Schlag getroffen lasse ich ihn fallen. Ich habe ihn erkannt. Er gehört He Jingfu. Er trug ihn, als er damals zu Besuch kam.

»Das ist He Jingfus Mantel und He Jingfus Herz!« sage ich völlig außer mir.

Er nimmt den Mantel und sieht ihn sich genau an. Er wird blaß und nickt: »Stimmt! Der gehört He Jingfu!« Er weiß, was ich für He Jingfu empfinde.

Ich erinnere mich genau an damals, als He Jingfu eines Abends zu uns ins Haus gestürzt kam und mich sehen wollte. Aber er ließ es nicht zu. Er behauptete, He Jingfu sei ein Gespenst, das mich fressen wollte. Er schob mich in den Nebenraum, um mich zu verstecken. Zu He Jingfu sagte er, ich sei nicht zu Hause. Und selbst wenn ich zu Hause wäre, würde er ihm nicht erlauben, mich zu sehen. Durch einen Türspalt konnte ich alles beobachten. Ich sah die Enttäuschung und Trauer in He Jingfus Augen. Er rief zur Wand hinüber: »Sun Yue, willst du mich wirklich nicht sehen? Willst du nicht wenigstens ein Geschenk von mir annehmen?« Ich wollte ihm gerade antworten, als ich zwei Klopfzeichen an der Tür hörte, unser Geheimzeichen, daß ich mich nicht rühren sollte. Ich wagte keinen Ton von mir zu geben. Er nahm einen Stock und drohte He Jingfu: »Bist du noch nicht verschwunden! Mit diesem Stock hier schlage ich dich windelweich!« Er trieb He Jingfu hinaus, und ich ließ es geschehen. All das fällt mir jetzt wieder ein, und ich frage ihn:

»Du! Das Geschenk damals, das mir He Jingfu geben wollte, was war das?«

Er zögert etwas und sagt dann: »Es war dieses Herz. Aber damals war's noch lebendig. Vor der Tür drückte er es mir noch in die Hand, aber ich konnte es wieder in seine Manteltasche zurückstecken. Ich weiß nicht, wo er jetzt ist oder wie der Mantel hierherkommt.«

»He Jingfu ist bestimmt tot. Dieses Herz ist ja auch tot. Es ist alles meine Schuld!« Noch während ich spreche, fange ich an zu weinen. Das Herz halte ich zärtlich in beiden Händen.

Meine Tränen fallen darauf. Ich spüre, wie es in meiner Hand zuckt und wie mein eigenes Herz zu zittern beginnt. Ich betrachte es aufmerksam. Seltsam! Eben war es noch verrunzelt und grau. Jetzt glänzt es. Mein eigenes Herz schlägt heftig, als wolle es herausspringen, um dem Herz in meiner Hand nahe zu sein. Ich kann einen Laut des Schreckens nicht zurückhalten.

Er hat es gehört und schaut zu mir herüber. Ich halte ihm meine Hand entgegen. Er wird leichenblaß und schreit:

»Sun Yue, schnell, wirf es aus dem Fenster! Wer weiß, ob es nicht die Seuche hat. Jetzt will es uns anstecken. Es haßt uns!«

Ich denke nicht daran, sondern halte das Herz ganz fest. Plötzlich blinkt es, als wolle es mir eine Nachricht übermitteln, die nur ich verstehen soll: »Ich hasse euch nicht. Ich hasse niemanden. Sun Yue, verschlucke mich. Ich gehöre zu dir!«

Ich stecke das Herz in den Mund. Er hat es gesehen und stürzt sich wie ein Verrückter auf mich. Er will es mir wieder herausreißen. Aber es ist zu spät! Ich habe es schon verschluckt.

»Sun Yue hat die Seuche!« schreit er und packt mich.

Plötzlich habe ich ungeheure Kraft. Mit einer kleinen Bewegung kann ich mich von ihm losreißen. Ich gehe in mein Zimmer und nehme ein kleines Messer. Damit schneide ich mir die Brust auf . . .

»Sun Yue hat die Seuche!« kreischt er.

Ich sehe, daß er krank ist, daß sein Geist verwirrt ist. Ich untersuche nur mein Herz. Was ist so seltsam daran?

Ich nehme es heraus und sehe es genau an. An der Spitze fehlt ein Stück, und es ist ganz staubig. Ich halte es unter den Wasserhahn und wasche es gründlich, dann trockne ich es ab. »Was mache ich nur mit dem fehlenden Stück?« frage ich mich. »Tu's wieder rein, und es wird von selbst nachwachsen«, sagt He Jingfus Herz. Ich setze mir das Herz wieder in die Brust. Es bleibt keine Narbe zurück. Ich bin sehr glücklich und sage zu ihm: »Schau! Bin ich nicht wieder ganz in Ordnung? Komm, ich wasche dein Herz auch!« Ich gehe mit dem Messer auf ihn zu.

Seine Augen sind schreckgeweitet: »Was! Willst du etwa, daß alle erfahren, daß ich kein Herz mehr habe? Hast du denn überhaupt keinen Sinn für Anstand?«

Ich bin erschrocken: »Was ist denn mit deinem Herz?«

»Damals, als ich He Jingfus blutiges Herz sah, wurde mir ganz übel, und ich mußte mich übergeben. Dabei kam die eine Hälfte mit hoch«, murmelt er.

»Dann hast du nur noch ein halbes Herz?« Er fängt an, mir leid zu tun.

»Eine Hälfte hatte ich noch. Aber dann bekam ich Durchfall und verlor die auch noch.« Er spricht so leise, daß ich ihn kaum verstehen kann.

»Ja, aber warum denn?«

»Ich hatte zuviel durcheinander gegessen.« Er wirkt nervös, das erste Mal seit Jahren. Er tut mir wirklich leid: »Und du spürst keine Leere dort?«

»Nein, es ist überhaupt nicht leer dort. Ich hab was anderes eingesetzt. Wenn du's nicht glaubst, fühl doch! Es ist ganz fest!«

Ich fühle, es ist wirklich ganz fest. So viele Jahre lebe ich nun schon mit einem Mann, der kein Herz hat. Wie ist das nur möglich gewesen.

»Wir müssen uns trennen. Ich kann nicht mit einem Mann zusammensein, der kein Herz hat. Oder soll ich He Jingfus Herz wieder ausspucken und dir geben?«

»Du bist verrückt! Ich würde doch nie sein Herz haben wollen!«

Kaum hat er zu Ende gesprochen, geht eine seltsame Verwandlung mit ihm vor. Er schaut mich aus riesigen

Augen an. Sein Mund wird immer größer, bis er seine Nase berührt. Auch mit mir geschieht etwas. Ich schaue in den Spiegel. Mein weißes Haar ist verschwunden, ebenso die Falten in den Augenwinkeln. Ich bin wieder jung. Das auffälligste jedoch ist, daß mein Herz leuchtet wie ein strahlendes Abzeichen. Vielleicht deshalb, weil ich das andere Herz verschluckt habe?

»Sun Yue hat die Seuche!« Er schreit, als sei er gerade aus einem Alptraum hochgeschreckt. Ich bedecke schnell meinen Kopf aus Angst, die Leute könnten sagen, ich hätte mir die Haare gefärbt.

»Sun Yue hat die Seuche!« Wer schreit jetzt? Ich ziehe mir einen Schleier übers Gesicht aus Angst, die Leute könnten sagen, ich hätte mich gepudert.

»Sun Yue hat die Seuche! Sun Yue hat die Seuche!« Alle möglichen Stimmen schreien jetzt durcheinander, ich höre überall Schritte. Erschrocken lege ich meine Hand auf den strahlenden Punkt an meiner Brust.

Eine Menschenmenge umlagert unser Fenster. Sie starren mich alle an, wie ich damals als Kind den Verrückten in unserem Dorf angestarrt habe. Spott gemischt mit Mitleid. Die Angst macht sie vorsichtig.

Ich kann nicht alles verstehen, aber offensichtlich informiert er die Leute über die Ursache meiner Krankheit.

»Das ganze Unglück kommt daher, daß sie dieses Herz verschluckt hat. Wir müssen es ihr wieder herausreißen!« schreit er haßerfüllt und deutet dabei auf mich. Sie drängen durch die Tür und zum Fenster herein. Alle sind sie gesund, und sie schreien: »Heraus mit dem Herz! Wir reißen es heraus und nehmen es als Abzeichen!« »Ich will auch ein Abzeichen!« »Ich auch!«

Irgendeiner hebt ein Messer gegen mich. Ich kann schnell zur Seite ausweichen. Ich springe hoch und stoße mit dem Kopf durch die Decke. Ich bin auf dem Dach. Einige folgen mir, andere wollen das Dach abheben.

Ich rufe: »Flieg!«, dann stoße ich mich vom Dach ab. Ich kann fliegen wie die Helden in den Gongfu-Romanen. Aber ich komme nicht hoch genug. Meine Füße streifen die Häuser. Ich bin zu langsam.

Ich werde immer müder und sinke immer tiefer. Meine Füße berühren schon den Boden. Ich denke, daß das wohl das Ende ist, daß sie mir nun das Herz herausreißen werden. Aber ich träume doch nur! Und in Träumen geht doch alles in Erfüllung! Ich versuche es noch einmal: »Flieg hoch! Über alle Hindernisse hinweg, bis in den Himmel!« Es funktioniert nicht. Ich stoße mich mit aller Kraft vom Boden ab, aber ich komme nicht hoch. Gerade will ich aufgeben, als ich eine Stimme höre: ». . . Sun Yue ist hier!« Glücklich erhebe ich mich ohne Anstrengung in die Luft. Der Punkt an meiner Brust strahlt heller denn je. Ich fühle mich wie ein kleiner Stern, der im Universum kreist, wie die Sternschnuppe, die He Jingfu an der Großen Mauer gesehen hat. Der Kosmos ist unendlich weit, die Erde unendlich still . . .

Als ich aufwache, versuche ich mir über zwei Dinge klarzuwerden. Erstens, wer »er« ist. Ist es Xu Hengzhong, Zhao Zhenhuan, Xi Liu oder Wu Chun? Ich gehe alle durch, die ich kenne. Aber keiner paßt. Ich kann beim besten Willen nicht herausfinden, wie alt er ist, wie er aussieht, was er macht. Seltsam! Zweitens, was bedeutet dieser Traum? Will er sagen, daß He Jingfu und ich zusammenpassen. Der Traum scheint das anzudeuten, aber nach der Traumdeutung meines Großvaters hat ein Traum in der Wirklichkeit immer die entgegengesetzte Bedeutung. Demnach passen wir nicht zusammen.

Ich bin schweißgebadet.

»Mama, ich habe geträumt.« Hanhan rückt an meine Seite. Sie klingt glücklich: »He Jingfu ist aus dem Krankenhaus entlassen worden und zu uns gekommen!«

Noch ein Traum über He Jingfu! Ich schließe die Augen und tue so, als ob ich schliefe. Ich will nicht mit ihr sprechen. Sie liebt es, mich über meine Träume auszufragen. Aber es gibt Träume, die schwierig zu erklären sind.

15. Der Erzähler

Die Kommilitonen sind nicht alle denselben Weg gegangen. Nicht alle Wege führen nach Rom.

Vorwort: Am X. des Jahres X treffen sich die Graduierten von 59 und 60 der Abteilung für chinesische Literatur an der Universität Shanghai, He Jingfu, Xu Hengzhong, Wu Chun, Li Jie, Su Xiuzhen und ich, genannt »Erzähler«, in Sun Yues Wohnung im Universitätswohnheim. Es ist ein denkwürdiges Treffen, wert, aufgezeichnet zu werden. Jeder der Teilnehmer ist ein Original, jeder hat eine Lebensgeschichte, die einen Roman abgäbe. In China gibt es Millionen solcher Menschen. Wollte jeder davon seine Lebensgeschichte aufschreiben, wären Tausende von Verlagen nicht genug. Und wer hätte Zeit, das alles zu lesen? Welche Aufgabe für spätere Historiker!

Sie haben mich gebeten, einen zusammenfassenden Bericht über dieses Treffen zu verfassen. Folgende Regeln gelten: Ich darf mein schriftstellerisches Talent zur Entfaltung bringen, muß aber streng bei den Tatsachen bleiben. Originalität und Kritik sind durchaus erwünscht, wenn ich mich dabei an Gerechtigkeit und Wahrheit halte.

Ich werde »Erzähler« genannt, bin aber wie eine Henne ohne Küken. Erst mit über vierzig habe ich meinen ersten Roman veröffentlicht. Glücklicherweise war er ein Erfolg und begründete meinen Namen. Sofort wurde ich in den Schriftstellerverband aufgenommen, was allein ausschlaggebend für den Erfolg ist. Ob man tatsächlich geschrieben hat oder nicht, wie oder worüber, ist egal, man muß nur dazugehören, dann ist man ein Schriftsteller. Aber – ich will nicht weiter vom Thema abschweifen.

Ich halte nicht allzuviel von meinem Talent, aber ich kann meinen ehemaligen Kommilitonen ihre Bitte nicht abschlagen. Dies mag als Rechtfertigung genügen.

Unser Treffen beginnt schon um neun Uhr vormittags. Nach und nach versammeln wir uns in Sun Yues Wohnung.

Einige der Frauen sind früher gekommen, um das Essen vorzubereiten. Um halb elf sitzen dann alle um den Tisch.

Sun Yues Zimmer ist mit seinen 14,2 qm nicht gerade klein. Es steht ein Doppelbett drin, ein Schreibtisch, ein Eßtisch, eine Kommode und ein Bücherschrank. Gewöhnlich halten sich hier nur Mutter und Tochter auf, und es ist genug Platz. Nicht so am heutigen Tag. Die Stühle reichen nicht aus, und einige müssen dichtgedrängt auf dem Bett sitzen. Da der Eßtisch zu klein ist, schieben wir noch den Schreibtisch dazu. Einige schlagen vor, die Kommode vorübergehend hinauszutragen, um Platz zu schaffen. Aber Sun Yue ist dagegen. Es steht nämlich eine Seladon-Vase mit frischen Blumen darauf, eigens für diesen Anlaß. Sie weiß nicht, wo sie die Blumen sonst hinstellen soll. Und ohne Blumen verlöre dieses Treffen etwas von seiner Romantik. Xu Hengzhong stimmt Sun Yue sofort zu:

»Es geht unmöglich ohne Blumen! Dieses Treffen ist nur schwer zu organisieren gewesen. Obwohl wir fast alle hier in Shanghai arbeiten, hat jeder genug mit sich selbst zu tun, und wir sehen uns kaum. Außerdem haben wir heute auch noch Wu Chun, Su Xiuzhen und Li Jie zu Gast, die von außerhalb kommen. Da können wir armen Scholaren uns schon etwas zusammendrängen. Sollte mal einer von uns befördert werden, dann können wir uns ja in sein ›Empfangszimmer‹ einladen lassen.« Kaum ist Xu Hengzhong fertig, da mischt sich Su Xiuzhen ein:

»Wenn ihr wollt, können wir uns mal bei mir zu Hause treffen. Unser Empfangszimmer ist nicht groß, aber für euch reicht's. Ich fürchte nur, die Einrichtung entspricht nicht ganz eurem großstädtischen Geschmack . . .! Wann wollt ihr kommen? Sagt mir nur Bescheid, dann werde ich euch mit unserem Sekretär gebührend empfangen.«

Das ist nun wirklich typisch Su Xiuzhen. Diese Dame liebt es, auf sich aufmerksam zu machen und großen Wirbel zu veranstalten. Sie weiß genau, daß keiner von uns die lange Reise auf sich nehmen würde. Natürlich will sie nur mit ihrem Reichtum prahlen und uns arme Schlucker damit ärgern. Sie ist als einzige von den Frauen so richtig herausgeputzt: modische Dauerwelle, Gesichtscreme, Parfüm. Als ob sie uns an ihren Spitznamen erinnern wollte: »Acht-Meilen-Duft«. Der stammte damals von mir und hatte unter den Kommilitonen schnell die Runde gemacht. Der Spitzname war nicht sehr nett. Aber wenn ich mir die Dame heute so anschaue, kann ich mir nur dazu gratulieren. Wie sie sich wieder aufgeputzt hat! Ihre stattliche Oberweite hat sie in eine Jacke westlichen Schnitts gezwängt. Bei der kleinsten Bewegung drohen die Knöpfe abzuspringen. Das Material ihrer Hose ist mir unbekannt, sicher was Neues. Die Bügelfalten sind messerscharf, und die Absätze ihrer Stöckelschuhe an die 15 cm hoch. Bei jedem Schritt muß man Angst haben, daß sie hinfällt. Je aufgeputzter, umso häßlicher! Aber sie ist ja jetzt die Frau eines Vizesekretärs in irgendeinem Kreiskomitee, und selbst stellvertretende Chefin im Außenhandelsamt. Je höher die Stellung, umso angenehmer die Pflichten!

Aber nun Schluß mit Su Xiuzhen! Ich will etwas über Wu Chun erzählen. Er wohnt zur Zeit bei He Jingfu und ist zusammen mit ihm gekommen. Er hat sich gleich die Schuhe ausgezogen und auf dem Bett niedergelassen. Als das Essen aufgetragen wird, steckt er sich als erster ein fettes Stück Fleisch in den Mund. Hände und Mund sind schon fettig, noch ehe die anderen zu essen angefangen haben. Als er hört, was Su Xiuzhen sagt, legt er die Stäbchen weg: »Su, ferne Wasser stillen nicht den nahen Durst. Wir kümmern uns nur um das Nächstliegende.« Und an alle: »Ich bin fast versauert auf dem Land und wollte mal raus. Ich hätte nicht gedacht, daß mich meine alten Kameraden so herzlich aufnehmen würden. Ich bin ehrlich gerührt! Gestern habe ich die ganze Nacht mit unserem alten He gequatscht. Wir wollten uns für alle ein Geschenk ausdenken. Herausgekommen ist ein Gedicht, das ich so recht und schlecht zusammengestopselt habe . . .«

Xu Hengzhong ist sofort begeistert: »Gut, Wu Chun! Du bist doch sowieso als ›Schlafzimmerdichter‹ bekannt gewesen!«

Alle müssen lachen, sogar Li Jie. »Ihr führt euch unmöglich auf! Dem Himmel sei Dank, daß Hanhan heute in der Schule ißt«, bemerkt Sun Yue. »Wenn die Katze aus dem

Haus ist ... Bei uns ist es umgekehrt. Wenn die Maus aus dem Haus ist ...«

He Jingfu stößt Wu Chun an: »Laß Katzen und Mäuse zufrieden und lies endlich!«

Wu Chun zieht ein gefaltetes Stück Papier aus der Jackentasche. Er öffnet es feierlich und reicht es Sun Yue: »Zeig mal dein Talent!«

Sun Yue schaut sich das Papier an und lacht: »Du meine Güte, was ist das für ein verrücktes Gedicht! Das lese ich nicht. Ich würde meine Stimme und meinen Ruf als Künstlerin verlieren!«

Als die Kommilitonen das hören, wollen alle gleich vorlesen, aber Wu Chun reißt das Papier an sich und schreit:

»Ihr wollt euch nur mit fremden Federn schmücken und selber nicht anstrengen! Ich werde vorlesen!«

Er spricht Dialekt und seine Aussprache reizt zum Lachen. Er wartet, bis alles ruhig ist und wirft sich dann in Pose wie ein uns allen wohlbekannter Literaturlehrer. Er kratzt sich am Kopf, schließt die Augen: »Es war einmal ...!«

Die Kommilitonen können das Lachen kaum zurückhalten, als er zu deklamieren beginnt:

Es heißt, wir seien einst Klassenkameraden gewesen.
Wie absurd!
Dort die mit den Beamtenhüten auf dem Kopf.
Hier der Häftling mit dem langen Bart.
Ihr Mann ist ein Bauer.
Sie hat ein Geschäft.
Ich saß einst mit einem Gewehr in der Hand
  auf dem Pferd.
Er zog einen Händlerkarren hinter sich her.
Was ist das für eine Hochschule,
  die so unterschiedliche Scholaren hervorbringt?
Geschweige denn Klassenkameraden!
Geschweige denn Klassenkameraden!
Wir sollten vorsichtig den Frost
  aus unseren Haaren kämmen
  und uns um die Zukunft unserer Kinder kümmern!

Laßt uns gut essen und trinken!
Unser Leben soll nicht umsonst gewesen sein.
Schnell, schnell, Brüder und Schwestern!
Schnell, schnell!
Wenn wir heute Abschied nehmen,
wissen wir nicht, wann wir uns wiedersehen.

Als er zu lesen anfing, haben noch alle gelacht und gerufen: »Du sagst es! Genau!« Am Ende lacht niemand mehr. Als Wu Chum fertig ist, sind alle in ihre eigenen schmerzlichen Gedanken versunken. Jeder sieht den anderen an. Keiner sagt etwas. Wu Chun stürzt zwei Gläser Wein hinunter. Seine Augen sind noch immer halb geschlossen.

Xu Hengzhong bricht als erster das bedrückte Schweigen: »Wu Chun, was willst du mit deinem Gedicht sagen?«

»Es ist wie unser Leben. Es hat kein Motto und auch keine Überschrift. Wer hätte vor zwanzig Jahren gedacht, daß unsere Lebenswege so verschieden sein würden? Kennt denn irgendeiner von uns die Bedeutung seines Lebens? Schaut mich an! Ich habe mich begeistert nach Tibet gemeldet, um den tibetischen Brüdern zu helfen. Stattdessen bin ich nur ein Grenzsoldat gewesen, mit einem Pferd und einem Gewehr, ständig in Todesgefahr, und das zehn Jahre lang. Die Kugeln müssen Augen gehabt haben. Keine hat mich getroffen. Ich liebe diese Gegend, aber meine Gesundheit ist nicht robust genug dafür. Ich mußte wieder in mein Heimatdorf zurück und verbringe nun mein Leben als halber Rentner.«

Einer sagt: »Ich habe gehört, daß du's gar nicht so schlecht getroffen hast?«

»Gar nicht so schlecht!« Wu Chun klatscht sich auf die Schenkel und setzt wieder seine lustige Miene auf: »Soll ich euch von meiner Romanze erzählen?«

Wirklich sehr romantisch! Als Wu Chun von Tibet nach Hause versetzt wurde, war er immer noch Junggeselle. Seine verwitwete Mutter war bereits tot. Der Führer seiner Einheit in Tibet nahm an, daß er es zu Hause nicht leicht haben würde und gab ihm deshalb ein besonderes Empfehlungsschreiben mit, in dem er darum bat, Wu Chun nur leichte Arbeit zuzuweisen und ihm bei der Gründung einer Familie zu helfen. Wu Chun übergab in aller Treuherzigkeit dieses Schreiben dem Parteikomitee der Kommune. Alles wurde wunschgemäß erledigt. Er bekam einen Schreibtischjob. Wenn er arbeiten wollte, arbeitete er, wenn nicht, blieb er zu Hause. Darüber hinaus verhalf ihm ein weiblicher Kader innerhalb einer Woche zu einer Frau.

»In einer Woche!« Alle sind entsetzt. Sun Yue kann es gar nicht fassen und fragt He Jingfu: »Ist das wahr?« He Jingfu lacht nur und nickt. Sie will weiter fragen, läßt es aber, als sie merkt, daß er sie genau beobachtet. Ich freue mich, daß sie sich anscheinend recht gut verstehen.

»Das ist echt Wu Chun! Erzähl mal! Sieht deine Alte wenigstens gut aus?« fragt Su Xiuzhen von oben herab.

Wu Chun lacht: »Ich bin kein Intellektueller mehr. Ich verstehe nichts von Liebe. Außer meiner Mutter habe ich nie jemanden geliebt und bin selbst auch nie geliebt worden. Ich brauche einen, der sich um mich kümmert. Mein Nachteil ist meine schlechte Gesundheit, mein Vorteil, daß ich an der Grenze gutes Geld gespart habe. Außerdem verdiene ich nicht schlecht. Sie hat gewußt, worauf sie sich einläßt. Ihre Familie steckt in finanziellen Schwierigkeiten, sie hat eine Menge Geschwister. Da ist es doch nicht schlecht, einen gutsituierten alleinstehenden Herrn zu heiraten. Und was das Gefühl angeht, ihr Aussehen ist soweit in Ordnung, und sie scheint mich auch nicht gerade zu verabscheuen. Das reicht doch. Mehr kann man nicht verlangen. Es mag zwar nicht Liebe auf den ersten Blick gewesen sein, aber dafür hält's ein ganzes Leben.«

Wir verstehen, was er meint. Keiner lacht.

»Kommt ihr gut miteinander aus?« fragt Sun Yue besorgt.

»Was heißt das schon? Sie ist Krankenschwester im Kommunal-Krankenhaus. Sie arbeitet den ganzen Tag und kommt abends heim. Dann kümmert sie sich um den Haushalt, und ich trinke meinen Wein. Sie will nicht, daß ich trinke, und sagt, daß es mich noch mal umbringen wird. Aber ich habe keine Angst. Die Kugeln haben's nicht geschafft, warum sollte ich dann den Wein fürchten? Ich sag immer zu ihr: ›Stell den Sarg schon mal vors Bett. Morgen kannst du auf die Beerdigung gehen, aber heute will ich noch trinken. Kümmer dich nicht um mich!‹ Und dann läßt sie mich in Ruhe. Nein, der Wein wird mich nicht umbringen. Natürlich sind wir nicht wie ihr Intellektuellen. Wir starren nicht den Mond an und quatschen über Liebe. Aber ich bin zufrieden. Ich denke, wenn ich dieser Welt einen Sohn und eine Tochter hinterlassen kann, habe ich nicht ganz umsonst gelebt.«

Sun Yue seufzt: »Wie geht's dir denn gesundheitlich? Wenn du einigermaßen in Ordnung bist, könntest du ja deine akademische Karriere wiederaufnehmen.«

Wu Chun winkt lachend ab: »Was für eine Karriere denn? Alles, was ich je auf der Uni gelernt habe, ist längst vergessen. Ich bin ein echter Provinzler geworden. Ich habe nichts mehr vorzuweisen, was eine richtige Arbeit rechtfertigen würde. Ich bin nicht mehr von Nutzen für mein Land. Das macht mich nicht gerade glücklich. Ich habe nichts Richtiges zu tun und langweile mich. Also habe ich mir gesagt, besuchst du mal die alten Freunde.« Er fährt sich übers Gesicht und schweigt.

Ich stimme ihm zu: »Er hat recht! Viele von uns hier haben das, was sie gelernt haben, nicht genutzt. Außerdem wäre es jetzt gar nicht so einfach, die ursprüngliche Karriere wiederaufzunehmen. Wir stehen alle schon mitten im Leben.«

Su Xiuzhen spießt mich förmlich auf mit ihren Stäbchen: »Was du da sagst, ist nur zu richtig! Wir Chinesen sind wie eine Schar blinder Hühner. Die Intellektuellen, die wollen natürlich zu ihrer intellektuellen Arbeit zurück. Ich mache da nicht mit. Wir müssen uns für die Revolution einsetzen!«

Die kann aber angeben! Ganz klar, daß sie nicht zu ihrer intellektuellen Ausbildung zurück will. Sie hat sich nicht die Bohne um Literatur geschert. Heute steht sie allerdings besser da als irgendein Intellektueller. Sie kommt ursprünglich aus einer sehr guten Familie, hatte aber kein Interesse für ihr Studium und war eine der Schlechtesten im Kurs. Sie verwandte ihre ganze Energie auf Aussehen und Kleidung.

Als nach der Prüfung die Arbeitsplätze vergeben wurden, sollte sie einer Truppeneinheit zugeteilt werden. Sie veranstaltete eine tränenreiche Szene und heulte, daß sie die »eiserne Disziplin« nicht durchhalten könne. Sie wolle zurück in ihre Heimat nach Shandong, wo sie auch schon einen Verlobten hätte. Wir wunderten uns alle, wo sie so schnell einen Verlobten aufgetrieben hatte. Später erfuhren wir, daß sie beim letzten Frühlingsfest zu Hause den Bezirkspropagandachef der Partei kennengelernt hatte, es war Liebe auf den ersten Blick gewesen. Ihrer Forderung wurde stattgegeben; sie kehrte nach Hause zurück und heiratete. Im Bezirkspropagandabüro bekam sie eine »Sonderaufgabe«, und nicht lange danach trat sie in die Partei ein. Sie hatte uns allen ausführlich über diese glücklichen Umstände berichtet.

Sie kam das erste Mal 1971 nach Shanghai. Sie besuchte mich, und ich besorgte ihr Theaterkarten. Sie erzählte mir einiges über sich:

»Zu Beginn der Kulturrevolution hat man meinen Alten kaltgestellt. Ich hatte auch Pech. Jetzt ist alles wieder in Ordnung. Der Alte ist ›befreit‹ und jetzt stellvertretender Chef des Bezirkspropagandabüros. Mit seinem Chef bin ich gut befreundet. Wir waren zusammen auf der Schule. Ich bin damals an eine Mittelschule gegangen, als Leiterin einer politischen Arbeitsgruppe. Jetzt bin ich versetzt worden. Nichts Besonderes! Aber ich kann reisen, das ist ganz angenehm.«

Ich sah sie mir genauer an. Sie sah wirklich wie jemand aus, dem es gut ging. Sie setzte Fett an, war aber gut angezogen. Ich erzählte ihr, daß Sun Yue geschieden sei und daß es ihr ziemlich schlecht ginge. Ich bat sie, Sun Yue zu besuchen. Sie machte eine wegwerfende Handbewegung und sagte:

»Da kann ich rein gar nichts machen. Ich bin sofort zu ihr gegangen, als ich hierherkam. Diese Sun Yue, die macht sich das Leben selber schwer. Außerdem ist sie gar nicht sozialistisch.«

»Sozialistisch?« Ich wollte wissen, was sie damit meint. Sie verzog den Mund:

»Ach, hör schon auf! Als ob du nicht wüßtest, was ich meine! Wir müssen uns nach der Gesellschaft richten. Zhang, dir kann ich es ja sagen. In den unteren Rängen ist schon alles verrottet, vollkommen verrottet! Und wenn du nicht mitmachst, schadest du dir nur selbst. Mir ist das egal! Wenn die klauen, klaue ich auch! Schau dir mal an, wie wir leben. Wir haben alles. Sun Yue dagegen würde lieber sterben, als ihre Prinzipien aufgeben. Ich habe ihr in bester Absicht zwei Freunde aus Shanghai vorgestellt, und sie hat sie nicht mal zum Essen dabehalten.«

»Aber du bist so sozialistisch!« sagte ich beißend, aber wie immer verstand sie es vollkommen falsch. Sie stimmte mir freudig zu:

»Genau! Mein Alter hat nicht viel auf dem Kasten. Wenn, dann säße er schon längst auf einem besseren Posten, dann hätte ich als seine Frau es jetzt nicht nötig, mir die Hacken abzulaufen ... Wie dem auch sei, heute ist doch jeder darauf angewiesen, daß die Alte sich ein Bein ausreißt für ein paar nützliche Beziehungen.«

Mein Gott, was ist das für eine ordinäre Person! Kann man darin noch die Intellektuelle mit hochkarätiger Ausbildung erkennen!

Als sie im Herbst 1975 das zweite Mal kam, war sie schon stellvertretende Leiterin des Bezirkserziehungsamtes. Sie nannte ihren eigenen Mann »mein Chef«. Ich fragte sie nach dem früheren Leiter, der den ›Rebellen‹ angehört hatte. Sie winkte nur ab:

»Der ist gefeuert! Bei dem Kerl hatten wir nichts zu lachen. Er hat damals eine ganz gemeine Kritikkampagne gegen meinen Alten geführt. Aber er hat's ein bißchen zu arg mit den Frauen getrieben. Man hat ihn in flagranti ertappt und sofort zur ›Reform durch Arbeit‹ geschickt. Aber so wie's aussieht, kann er immer noch einen kleinen Posten bekommen, als neuer Kader!«

»Willst du immer noch Theaterkarten?«

»Bloß nicht! Jeden Tag schicken mir irgendwelche Leute Eintrittskarten oder laden mich zum Essen ein. Ich bin todmüde!«

»Es sind sicher die Eltern junger Leute, die ›Reform

durch Arbeit‹ machen müssen, die dich zum Essen einladen, nicht wahr?«

»Klar! Wer sonst?«

»Sei ein bißchen vorsichtig! Jeder Bissen, den du ißt, kann sich in einen Strick um deinen Hals verwandeln. Wer weiß, wann die Rechnung präsentiert wird!«

»Mein guter alter Freund! Meinst du, ich bin blöd? Ich weiß, was gespielt wird. Alle haben sie ein Hintertürchen. Nicht nur ich. Ich dränge mich nicht ganz nach vorn, bleibe aber auch nicht ganz hinten. Immer hübsch in der Mitte, mit dem großen Strom. Wenn ich sehe, daß sich vorne einer den Kopf einrennt, kehre ich sofort wieder um. Das garantiert mir, daß ich kein leuchtendes Vorbild abgebe. Glaub mir, ich habe mich zum richtigen Zeitpunkt der Kulturrevolution angeschlossen!«

Man muß sie einfach bewundern. Sie setzt ihre Fähigkeiten skrupellos ein. Ich kann ihr als Mann in dieser Hinsicht nicht das Wasser reichen.

Nach der Zerschlagung der ›Viererbande‹ hätte ich alles erwartet, nur nicht, daß sie am Ende noch besser dastehen würde als zuvor.

»Gut! Die ›Viererbande‹ ist gescheitert, und ihre Wirrköpfe sind von der Bildfläche verschwunden. Mein Alter ist stellvertretender Sekretär im Kreiskomitee geworden und ich Leiterin des Außenhandelsbüros. Wir sind für Herstellung und Export von Lederschuhen zuständig.«

Das also war ihr Beitrag zur Revolution.

»Du bist die Geschäftsfrau in meinem Gedicht«, sagt Wu Chun halb lachend, halb ernst.

»Richtig! Und du bist vom Inlandsgeschäft zum Export übergegangen. Das bringt mehr!« setze ich den Gedanken fort. Sie ist durch und durch eine Geschäftsfrau. Keine Spur mehr von einer Intellektuellen!

Schon wieder fuchtelt sie mir mit ihren Stäbchen vor dem Gesicht herum. »Sei ja nicht gemein, du Schreiberling! Meinst du, ich weiß nicht, wo bei dir der Hund begraben liegt. Es ist nichts Besonderes, ein kleiner Sekretär zu sein!«

Ich hätte gute Lust, ihr einige gepfefferte Sätze an den

Kopf zu werfen, aber mir fällt im Augenblick nichts ein. Ich schiebe nur wütend ihre Stäbchen weg.

Sun Yue sieht, daß wir streiten, und versucht einzulenken: »Was soll denn das! Es war schwer genug, dieses Treffen zustande zu bringen.«

»Stimmt! Wir sind alte Klassenkameraden. Ich bin von weit hergekommen, um euch zu sehen . . .«

Ich habe noch einen Geistesblitz und versuche, ihn noch schnell loszuwerden: »Du bist gekommen, um uns die Zähne zu ziehen. Um die Garderobe der Frauen zu begutachten und zu sehen, ob es noch jedes Wochenende eine Tanzparty gibt!«

Einige kichern schon. Su Xiuzhen geht jetzt zum dritten Mal mit ihren Stäbchen auf mich los. Ich bin gerade dabei, ihren Angriff abzuwehren, als He Jingfu mit seinen Stäbchen dazwischenfährt. Lachend sagt er zu Su Xiuzhen:

»Laß gut sein, Su! Unsere Wege sind sehr verschieden gewesen. Du hast jetzt deinen Auftritt gehabt. Nun laß auch die anderen zu Wort kommen!«

Wu Chun stimmt sofort zu: »Hier ist noch jemand, der wie ich vom Land kommt. Li, du als Universitätsabsolventin hast einen Bauern geheiratet. Wieso ist keine Bekanntmachung in der Zeitung erschienen?«

Li Jie hatte sich nach der Universität darum bemüht, als Lehrerin in ihr Dorf zurückgeschickt zu werden. Ihr Freund hatte daraufhin mit ihr Schluß gemacht. 1964 haben wir dann in einer Lokalzeitung einen Bericht über sie gelesen. Sie war als »vorbildliche Lehrerin« gerühmt worden, die hoch in der Achtung der Bauern stand. Aber in den letzten Jahren kam keine Nachricht mehr von ihr. Jetzt ist sie rein zufällig in Shanghai, um an einer Lehrerkonferenz teilzunehmen. Wir erfuhren, daß sie einen Bauern geheiratet hat, der weder lesen noch schreiben kann. Verständlich, daß keine Bekanntmachung in der Zeitung stand. Sie gehörte damals schon zu den ›Schwarzen Garden‹.

Li Jie war noch nie sehr gesprächig. An der Universität ist sie nicht aufgefallen. Erst als sie darauf bestand, aufs Land zu gehen, wurde man mit einiger Überraschung auf sie aufmerksam. Sie sprang auf die Plattform des Vorsitzenden und packte das Mikrophon. Sie wiederholte nur immer den einen Satz: »Ich will aufs Land! Ich will dort Lehrerin sein!« Ihr Freund war von einer anderen Universität in Shanghai. Er wandte sich an den Leiter unserer Abteilung und bat darum, Li Jie in Shanghai zu behalten. Als der Leiter sie zu einem Gespräch bat, sagte sie immer noch dasselbe: »Ich will aufs Land! Ich will dort Lehrerin sein! Wir hatten es so abgemacht. Er hat seine Meinung geändert. Ich werde meine Meinung nie ändern!«

Sie sieht gut aus, macht einen kompetenten Eindruck, ist gut und vernünftig angezogen. Wenn man sie ansieht, weiß man, daß sie die geborene Lehrerin ist. Als sie merkt, daß Wu Chuns Worte die allgemeine Aufmerksamkeit auf sie lenken, wird sie nervös und streicht unaufhörlich ihr Haar zurecht. Sie weiß nicht gleich, was sie sagen soll. Su Xiuzhen nützt die Gelegenheit, um sich einzumischen:

»Li hat's auch falsch angestellt!«

Sun Yue zupft sie am Ärmel und bringt sie zum Schweigen. Aber Su Xiuzhens Worte haben Li Jie den Weg geebnet. Sie schaut gelassen in die Runde:

»Ich habe nichts falsch angestellt! Mein Vater war ein Bauer. Ich habe nur studiert, um später den Bauern helfen zu können. Ich weiß, wie schwer es für Bauernkinder ist zu studieren und wollte schon immer etwas für sie tun. Es hat mir Freude gemacht. Ich habe diesen Kurs eingeschlagen und bin nie von ihm abgewichen. Ich bin ganz zufrieden mit mir!«

»Den Bauern helfen, heißt doch noch nicht, einen heiraten. Was für eine gemeinsame Sprache sprecht ihr denn, du und dein Mann?«

Wieder Su Xiuzhen! Sie geht mir wirklich auf die Nerven. Sie weiß genau, warum Li Jie diese Wahl getroffen hat. 1964, als sie schon überall bekannt war, machte ihr ein junger Offizier aus der Gegend heftig den Hof, schließlich verlobten sie sich. Doch kurz vor der Hochzeit brach die Kulturrevolution aus. Li Jie wurde ein »Rinderdämon« und »Schlangengeist«. Aus Angst um seine Karriere trennte sich der junge Offizier schließlich von ihr. Von da an beschloß sie, nur einen ungebildeten Bauern zu heiraten. Aber Su Xiuzhen scheint das nicht begreifen zu können!

Sun Yue sieht Su Xiuzhen wütend an. Auch die anderen drücken – jeder auf seine Weise – ihre Mißbilligung aus. Nur Li Jie bleibt ungerührt. Sie sagt lachend:

»Ich habe ihn mir selbst ausgesucht. Er wollte damals unter meinem Offizier unbedingt seinen Dienst ableisten, aber nach dem, was vorgefallen war, ließ er es bleiben. Als mein Offizier ins Dorf zurückkam, um zu heiraten, lud er ihn zur Hochzeit ein. Aber er kam stattdessen zu mir in die Schule und blieb dort einen halben Tag schweigend sitzen. Ich fand das sehr nett. Außerdem lieben und verstehen wir beide die Bauern.«

Su Xiuzhen wagt nicht mehr, offen gegen uns alle anzutreten. Aber sie kann es nicht lassen, eine bedenkliche Miene aufzusetzen. Als Li Jie das merkt, sagt sie:

»Sicher fehlt uns einiges in unserem Leben, und manchmal bin ich deswegen sehr deprimiert.«

Su Xiuzhen reißt interessiert die Augen auf.

»Es gibt keine kulturellen Anreize. Die Kinder haben noch nie einen Film oder ein Theaterstück gesehen. Als mein Sohn fünf Jahre alt war, bin ich mit ihm in die Stadt gefahren, um einen Film anzuschauen. Obwohl ich ihm erklärt habe, was ein Film ist, hat er sich doch bei der ersten Großaufnahme gefürchtet und wollte nur noch nach Hause. Als ich sagte, er soll den Film zu Ende anschauen, sagte er, er müsse aufs Klo. Um die anderen nicht zu stören, bin ich schließlich nach der Hälfte mit ihm rausgegangen.«

Su Xiuzhen lacht aus vollem Hals: »Typisch Landkind!«

Li Jies Augen funkeln sie an: »Du findest das lustig? Mir war damals auf dem Heimweg zum Heulen. Ich habe die Hand meines Sohnes ganz fest gehalten und gespürt, daß ich tief in seiner Schuld stehe. Mein Kind, du bist unwissend, habe ich gedacht, aber ich bin hierhergekommen, um etwas dagegen zu tun – und ich bereue es nicht.« Sie senkt den Kopf wie ein schüchternes Mädchen. Sun Yue schaut sie an, Tränen in den Augen.

»Wenn einer ein Ideal hat, dann findet er seine innere Ruhe, ganz gleich wie schwierig das Leben ist«, sagt einer.

»Der Preis ist zu hoch!« seufzt Xu Hengzhong.

»Wenn man erkennt, daß das, was man will, der Mühe

wert ist, was spielt der Preis dann für eine Rolle?« sagt Sun Yue, tief in Gedanken.

He Jingfu schaut die Sprecher der Reihe nach an: »Es ist wirklich interessant, so im nachhinein betrachtet. Wenn wir in unserer Studentenzeit über Ideale gesprochen haben, waren wir alle voll Begeisterung, mit glühenden Wangen und strahlenden Augen. Wenn wir heute über Ideale sprechen, ist das ganz anders, düster und traurig. Sind die Ideale heute weniger wert oder vielleicht wir?«

»Alles ist weniger wert!« gibt Xu Hengzhong sofort zur Antwort.

Sun Yue ist anderer Meinung: »Ich sehe das nicht so! Echte Ideale können ihren Wert nicht verlieren. Sonst wären es Illusionen. Ich selbst kann noch viel weniger meinen Wert verlieren, sonst nehme ich mir meine Lebensgrundlage.«

He Jingfu sieht sie schweigend an, er lächelt noch immer. Sun Yue wird rot.

Xu Hengzhong erwidert mit einer gewissen Herablassung: »Sun Yue, du vergißt, Ideale haben immer etwas Illusionäres, im schlimmsten Fall sind es reine Illusionen. Und was unseren Wert angeht, den bestimmen wir nicht selbst.«

Sun Yue schüttelt entschieden den Kopf: »Ich bin anderer Meinung!«, macht aber keine Anstalten, Xu Hengzhong mit Argumenten zu widerlegen. Sie schaut schnell zu He Jingfu hinüber, als wolle sie ihn um Hilfe bitten. He Jingfu stellt sein Glas wieder hin und fährt fort:

»Xu Hengzhong hat nicht ganz unrecht. Wenn man Wirklichkeit und Ideale gegeneinanderhält, dann greifen sie übers Machbare hinaus und haben damit immer etwas von Illusion an sich. Aber Ideale bleiben nicht auf Illusionäres beschränkt, sie können Realität werden. Sie geben den Menschen Kraft. So habe ich immer an den Kommunismus geglaubt.«

»Und hast du ihn je verwirklicht gesehen?« fragt Xu Hengzhong spöttisch.

»Hab ich! Auch wenn mir persönlich in den fünfziger Jahren großes Unrecht widerfahren ist, sind doch im großen und ganzen gesehen in jenen Jahren denkwürdige Fortschritte gemacht worden. In unseren Kadern und in den Massen sind neue Ideale aufgeblüht. Das ist nicht zu leugnen!«

Sun Yue stimmt begeistert zu: »Wir sind alle in dieser Aufbruchsstimmung großgeworden.«

»Und jetzt?« sagt Xu Hengzhong nicht gerade überzeugt. Sein Spott hat sich von den Mundwinkeln in die Augenbrauen verlagert.

Ich mißbillige seine Art und komme den beiden zu Hilfe: »Zugegeben, wir stecken im Moment in Schwierigkeiten, aber wir werden damit fertig werden. Du kannst nicht behaupten, daß wir uns von unseren Idealen entfernt hätten!«

Sun Yue nimmt lachend ein Stück Gemüse und legt es mir auf: »Hier! Du hast es verdient!«

He Jingfu sieht, daß Xu Hengzhong ein wenig entmutigt ist und hebt sein Glas: »Komm, alter Freund, laß uns anstoßen! Ideale sind nicht wertlos. Ich sehe Ideale hinter den Zielen Li Jies und hinter deiner Unzufriedenheit mit der Realität. Sie verlangen von uns, ständig die Realität zu verändern und zu verbessern. Nur wenn wir Ideale auf ein Podest stellen, um sie anzuschauen, dann sind sie nichts weiter als Illusionen, die zerstört werden müssen.«

Xu Hengzhong lacht nur und hebt sein Glas. Er vereinigt in sich eine verquere Mischung aus Eleganz und Pedanterie. Manche schätzen ihn, andere verabscheuen ihn, und häufig führen beide Parteien dieselben Argumente ins Feld.

Wu Chun hat für derlei Diskussionen nichts übrig. Er hat sich ins Essen und Trinken vertieft. Mir fällt ein, daß er ja heute der Ehrengast ist: »Wir müssen alle noch auf Wu Chun trinken! Kein Wort mehr!«

Ich habe das Gefühl, daß ich vorhin etwas zu hart mit Su Xiuzhen umgesprungen bin und will es wiedergutmachen:

»Su Xiuzhen, willst du dich nützlich machen? Wir haben hier drei ledige Männer und drei ledige Frauen!«

He Jingfu und Sun Yue scheinen peinlich berührt.

Su Xiuzhen ist plötzlich voll Energie und klatscht in die Hände: »Überlaßt das nur mir, ja? Macht nichts, daß ich nicht von hier bin. Ich kenne die Leute hier besser als ihr!«

Wu Chun schüttelt den Kopf: »Das kann man doch nicht wie ein Geschäft betreiben. Du darfst das Ganze nicht so an dich reißen. Um Xu Hengzhong kannst du dich kümmern, aber auf He Jingfu und Sun Yue brauchst du keine Energie mehr zu verschwenden.«

Su Xiuzhen ist verwirrt. Sie schaut von einem zum anderen und sagt: »Wer von euch beiden hat ›seine Peitsche noch nicht niedergelegt‹?«

Es ist ein grober Scherz, und er verdirbt die gute Laune. Sun Yue wird blaß, He Jingfu gibt keinen Laut von sich. Li Jie erfaßt die Situation sofort und steht auf:

»Wir haben lange genug gegessen. Jetzt sollten wir aufräumen!« Sofort greifen alle zu. Li Jie unterbricht uns:

»Die Männer können das Zimmer ein bißchen aufräumen, dabei Tee trinken und sich unterhalten. Den Abwasch machen wir Frauen!« Wir Männer sind einverstanden, die Frauen verschwinden in der Küche.

Als wir mit dem Aufräumen fertig sind, setzen wir uns zusammen. Wu Chun sagt zu He Jingfu: »Ich hoffe sehr, bald gute Nachrichten von euch zu bekommen!«

Ich füge hinzu: »Vergangenes ist vergangen! Ich sehe, daß Sun Yue noch immer etwas für dich übrig hat.«

He Jingfu lacht nur. Xu Hengzhong schaut auf die Uhr und steht auf:

»Es ist schon spät! Mein Sohn ist allein zu Hause, und ich bin ein bißchen unruhig. Ich gehe schon mal. Das nächste Mal müßt ihr alle zu mir kommen!«

Wir sind einverstanden, und er geht.

Kaum an der Tür, kehrt er schon wieder um. Er ist ganz aufgeregt:

»Es sieht so aus, als ob Zhao Zhenhuan da ist!«

Wir stürzen alle zur Tür. Tatsächlich! Zhao Zhenhuan ist gekommen!

16. Zhao Zhenhuan

Ich stelle mich eurem Urteil, um mich selbst wiederzufinden.

Ich hätte nicht gedacht, auf einmal so vielen alten Kommilitonen zu begegnen. Ihr seid ständig in meiner Erinnerung. Immer, wenn ich an Sun Yue denke, seid auch ihr präsent, vor allem du, He Jingfu! 1962 habe ich dir einen Brief geschrieben: »Wir haben geheiratet und sind sehr glücklich. Wir hoffen, daß Du bald eine andere Aufgabe bekommst und wünschen Dir viel Glück.« In den letzten Tagen habe ich oft daran gedacht. Es war ein kalter, herzloser, abscheulicher Brief. Damals warst du nicht nur mein »Rivale in der Liebe«, sondern auch noch ein »Klassenfeind«. Für mich war vor allem das erste von Bedeutung. Ich war sehr glücklich über meinen Sieg, aber trotzdem besorgt, denn tief in meinem Herzen wußte ich, daß du stärker bist als ich. Sun Yue war damals jung und unerfahren. Sie fühlte sich von dir angezogen, wollte aber keine Verbindung mit dir eingehen. Aber nach einiger Zeit war ich mir dessen gar nicht mehr so sicher. Ich bot alles auf, um sie an mich zu binden, um eure Beziehung zu beenden. Aber dann am Ende war ich es selbst, der den roten Faden durchgeschnitten hat und in den Abgrund gestürzt ist ... und jetzt, seid ihr beide jetzt zusammen?

Ich sehe euch an, ihr seht mich an. Ich würde gern jeden von euch umarmen, aber eure Augen halten mich davon ab. Ist es die Überraschung, weil ich so plötzlich erschienen bin? Ist es mein weißes Haar, das euch befremdet? Oder verachtet ihr mich? Warum sind eure Augen so kalt, so zweifelnd und feindselig? Hat denn keiner ein wenig Freundlichkeit für mich?

He Jingfu hat mich weggeschickt. Ist er hier der Hausherr? Keiner von ihnen will mich hereinlassen. Alle führen sie mich weg von Sun Yues Wohnung. Ich kann nichts als stammeln:

»Ich wollte nur Sun Yue und das Kind sehen . . .« Keiner nimmt Notiz davon.

Schließlich bleiben sie stehen. Von hier aus kann man ihre Wohnung nicht mehr sehen. He Jingfu streckt als erster die Hand aus: »Kennst du mich noch?« Ich nehme zögernd seine Hand: »Ich habe nicht gewußt, daß du wieder an der Universität bist. Du . . .« Ich will ihn noch fragen, ob er eine Familie hat, aber ich wage es nicht. Ich habe Angst vor seiner Antwort. Auch Xu Hengzhong streckt mir die Hand hin. Er ist noch viel dünner als früher, aber seinen Stil hat er bewahrt. Die anderen begrüßen mich nacheinander. Nur Wu Chun steht abseits und schaut mich feindselig an.

Ich gehe auf ihn zu: »Wu Chun!« Aber er rührt sich nicht von der Stelle und sagt kalt:

»Ich gebe dir nicht die Hand, aber eins sage ich dir. Laß gefälligst Sun Yue in Ruhe. Hast du ihr noch nicht genug angetan? He Jingfu, ich gehe zurück und gebe Sun Yue Bescheid. Ich sage einfach, daß wir schon etwas früher aufgebrochen sind. Den Kerl da nimmst du am besten mit!«

He Jingfu wohnt also nicht bei ihr. Hat er Familie?

Wu Chun geht. He Jingfu nimmt freundlich meinen Arm: »Komm, wir fressen dich schon nicht!«

Ich folge ihnen, völlig durcheinander. Wie oft sind Sun Yue und ich hier im Universitätspark Hand in Hand spazierengegangen. Ich bin überrascht, daß ich mich nach all den Jahren noch so gut daran erinnern kann. Seit ich sie verlassen habe, überlege ich mir, wie mich die alten Kameraden wohl behandeln würden, wenn wir uns einmal träfen. Ich habe diesen Tag gefürchtet und zugleich herbeigesehnt. Ich habe alle Hebel in Bewegung gesetzt, um über sie auf dem laufenden zu sein. Habe es aber vermieden, sie persönlich zu treffen. Daß ich ihnen heute begegnet bin, habe ich nur mir selbst zuzuschreiben. Es tut weh: die Umgebung ist dieselbe, die Menschen sind anders geworden. Aber es hat auch etwas Tröstliches: trotz ihres Tadels beginnt die Mauer zwischen uns zu bröckeln . . .

»Gerade angekommen?« fragt Xu Hengzhong freundlich.

Ich nicke. Ich bin gleich vom Bahnhof hierhergekommen.

Ich war fast sicher, daß Sun Yue nicht umgezogen war. Dieses warme, gemütliche Zimmer war mal mein Zuhause, unser Zuhause.

»Bist du auf einer Dienstreise oder privat hier?« fragt mich He Jingfu.

Ich bringe kein Wort heraus. Auf einmal weiß ich es selbst nicht mehr genau. Ich bin dienstlich und zugleich privat hier. Man könnte auch sagen, ich bin heimlich hier.

Vor über einem Monat haben Lanxiang und ich uns getrennt. Ich habe als erster unser Drei-Punkte-Abkommen gebrochen. Ich konnte es einfach nicht mehr ertragen.

Wang Panzi hat das Faß schließlich zum Überlaufen gebracht. Der Chefredakteur wollte von mir einen Verriß über ein Theaterstück. Ich hielt es für ein gutes Stück und wollte nichts Negatives darüber schreiben. Der Chefredakteur war wütend:

»Gut! Soll's eben ein anderer schreiben. Aber, Zhao, Sie sollten Ihrem Sinn für Zusammenarbeit etwas auf die Beine helfen. Schließlich sind Sie hier angestellt. Bin ich da nicht berechtigt, Ihnen Aufträge zu erteilen?«

Was soll das? Ich tue meine Arbeit, das heißt noch lange nicht, daß ich der Sklave der Zeitung bin oder meine Freiheit dem Chefredakteur opfern muß.

Ich widersprach ihm: »Das ist nicht meine Aufgabe. Ich bin Journalist, kein Kritiker.«

Er lachte kalt: »Eine sehr gewissenhafte Unterscheidung. In den letzten Jahren hatten Sie weniger Skrupel.«

Er will, daß ich jetzt über Politik schreibe, aber dazu habe ich keine Lust.

Ich wollte ihn nicht völlig bloßstellen, sonst hätte ich ihn gefragt, wie es denn in den letzten Jahren um seine Skrupel bestellt gewesen sei. Er hatte einen »selbstkritischen« Brief nach dem anderen an Jiang Qing losgelassen, ohne je etwas von ihr zu hören. Er war bereit gewesen, seine Seele zu verkaufen, aber niemand hatte sie haben wollen. Er hätte besser vor seiner eigenen Tür gekehrt, anstatt so großkotzig zu tun.

Der Chefredakteur hat mich nicht gezwungen, die Kritik zu schreiben, aber er hat mir einen neuen »Hut« verpaßt:

»demokratischer Individualist«. Ich weiß zwar nicht, was das soll, aber er kann mir unterstellen, was er will. Es ist mir egal. Auf jeden Fall will ich nichts mehr schreiben, was mir gegen den Strich geht. Mir reicht's!

Wie oft habe ich mich selbst an der Nase herumgeführt, mit dem heutigen Schrieb den gestrigen kritisiert, mit dem morgigen den heutigen. Bekannte haben mich gefragt: »Wie viele Stimmen hast du? Deine Melodien ändern sich so schnell!« Und ich habe lachend geantwortet: »Nur eine, aber mein Repertoire ist groß, und ich beherrsche alle Stimmlagen.« Dabei fühlte ich mich scheußlich und dachte an den alten Herrn Gao in »Familie«, der seinen Sohn zwang, sich selbst zu schlagen. Ich war auch so eine lächerliche Figur: meine subjektiven Motive gestehen, ihre objektive Wirkung überprüfen, die Wurzeln meiner Ideologie bloßlegen, Maßnahmen zur Korrektur meiner Fehler ergreifen ... Es war immer dasselbe bei jeder Kampagne. Und jedesmal wußte ich wieder, daß ich mich nicht ändern konnte, nie ändern würde. Noch ehe die Tinte des Untersuchungsbeamten trocken war, hatte ich schon wieder »gesündigt«. So habe ich langsam, aber sicher das Verantwortungsbewußtsein und die Würde eines »Volksreporters« verloren und damit auch meine Selbstachtung und mein Selbstvertrauen. Ich bin zum leblosen Werkzeug geworden, habe mich völlig aufgegeben.

Genügt diese Lehre noch nicht? Wenn ich etwas nicht schreiben will, dann schreibe ich es nicht mehr. Ist ein »Hut« schwerer als ein gutes Gewissen?

Drei Tage später erschien in der Zeitung eine Kritik des besagten Stückes. Wang Panzi war der Verfasser. Kurz zuvor hatte er mir noch gesagt, daß man versuche, ihm diese Aufgabe zuzuschieben, daß er aber abgelehnt habe. Er war absolut schamlos. Ich wollte ihn nicht mehr sehen.

Ein gutes Stück hat viele Aufführungen. Drei Tage nach Erscheinen der Kritik gab der Chefredakteur folgendes bekannt: »Wang Panzi macht sich sehr gut. Durch sein praktisches Handeln gelang es ihm, Fehler zu berichtigen. Im Einklang mit der Parteipolitik wird er wieder in der ›Archivabteilung‹ eingesetzt und erhält seinen alten Posten als Abteilungsleiter zurück.« Wang Panzi ist also wieder mein Chef.

Die Beamtenwelt wie die literarische Welt sind nicht gerade friedliche Schauplätze. Je weiter ich davon Abstand nehme, umso besser. Aber Lanxiang ist von früh bis spät hinter mir her:

»Wenn man einen guten Job angeboten bekommt, muß man ihn nehmen. Warum nimmst du dir kein Beispiel an Wang Panzi?«

»Mir liegt nichts an Titeln. Finanziell gesehen ist ein Chef natürlich besser dran als ein einfacher Journalist. Aber an diesem Geld will ich mir die Hände nicht schmutzig machen.«

Ich hab es ihr immer wieder gesagt. Es ging zu einem Ohr rein und zum anderen wieder raus. Aber eines hätte sie nicht tun dürfen, auf keinen Fall: groß einkaufen, Wang Panzi zum Essen einladen und ihn bitten, mich beim Chefredakteur als stellvertretenden Leiter vorzuschlagen!

An diesem Tag habe ich Lanxiang vor Wang Panzi eine große Szene gemacht. Auch ihm gegenüber war ich nicht gerade höflich. Danach zog ich ins Wohnheim der Zeitung.

In der Zeitung schwirrten sofort alle möglichen Mutmaßungen über mich herum. Ich sei anmaßend; ein Individualist; wolle meine Alte loswerden, weil sie nur eine Arbeiterin sei usw., usw. Ich kümmerte mich nicht darum und vergrub mich in der Arbeit. In meiner Freizeit arbeitete ich wissenschaftlich. Vielleicht würde ich die Zeitung verlassen und als Dozent an die Universität gehen. Ich könnte Publizistik unterrichten.

Wang Panzi hat wirklich ein dickes Fell. Er hat sich dieses aufgeblasene Chefgehabe zugelegt. Jedesmal, wenn er mich sieht, klopft er mir gönnerhaft auf die Schulter.

»Zhao, hör nicht auf das Gerede der Leute! Diese Leute! Mir ist egal, was sie von dir halten. Mir gefällt dein widerspenstiges Temperament. Ja, ja, die Intellektuellen! Man muß ihnen ein bißchen Freiheit lassen. Kleine Kader wie ich können sich natürlich nicht soviel herausnehmen!«

Ich hätte ihm am liebsten ins Gesicht gespuckt. Aber

überall in der Redaktion hingen Tafeln mit der Aufschrift: »Bitte nicht spucken!«

Gestern kam er zu mir ins Wohnheim und grinste übers ganze Gesicht.

»Ich habe eine schöne Aufgabe für dich. Du fährst nach Hangzhou und stellst ein bißchen Material zusammen. Die Gegend dort ist sehr schön, du kannst dich ein bißchen erholen. Außerdem ist es nicht weit nach Shanghai. Wenn du Lust hast, schaust du bei deiner alten Universität vorbei – auf Spesenrechnung!«

Eine schöne Aufgabe? Ich weiß schon Bescheid! Der Chefredakteur schickt mir ein Paar Schuhe, gute Qualität, aber zu klein. Diese Art von Chef kenne ich nur zu gut. Er schätzt »fähige Leute« besonders, hält sich selbst aber für den Besten. Die »fähigen Leute« sind sein Kapital, sie heben sein Ansehen. Aber was tun, wenn einer der »Fähigen« nicht spurt? Ganz einfach: man wird ihn los! Aber wenn ich auf diese Weise nach Shanghai kommen kann . . . das wäre wirklich aufregend.

Ich sagte zu Wang Panzi: »Wäre zu überlegen.«

»Was gibt's da noch zu überlegen! Zhao, du bist unser bestes Pferd im Stall. Du mußt einfach fahren!«

Was für eine Aufgabe? Wahrscheinlich wieder eine Sache, bei der nichts rauskommt. Ich bin schon zu lange im Geschäft, um das nicht zu durchschauen.

Ich konnte gerade noch seiner Hand ausweichen, mit der er mir auf die Schulter klopfen wollte: »Pferd bleibt Pferd – den Weg bestimmt der Reiter.«

»Haha! Brillant! Originell!« Er hat eine feuchte Aussprache.

Ich dachte an das Schild: »Bitte nicht spucken!« und konnte mich nur mit Mühe beherrschen. »Leiter Wang, Sie haben mich vollkommen falsch verstanden! Ich bin lieber ein lahmer Mensch mit Herz als ein Rennpferd ohne Hirn.«

Er war zunächst etwas verblüfft, dann klopfte er mir wieder lachend auf die Schulter: »Gut, gut! Ein Mensch mit Charakter! Ich mag Menschen, die Persönlichkeit haben! Fährst du nun nach Hangzhou?«

»Ich fahre!«

Am selben Abend machte ich mich auf den Weg. Ich fuhr nicht bis Hangzhou, sondern stieg schon in Shanghai aus. Niemand wußte davon.

He Jingfu sieht, daß ich seine Frage nicht direkt beantworten kann und dringt nicht weiter in mich.

Als wir im Wohnheim sind, sehe ich sofort, daß er Junggeselle ist. Sein Zimmer sagt alles. Ich bin plötzlich ganz aufgeregt; ich weiß nicht, ob aus Angst oder aus Scham.

»Setz dich!« He Jingfu bringt mir einen Stuhl. Ich will mich gerade setzen, als Wu Chun zurückkommt. Sofort ist die Atmosphäre geladen. Er starrt mich mit seinen großen Augen feindselig an. Es sind Mädchenaugen: glänzend, sanft und etwas hilflos. Jetzt allerdings sind sie stechend und wild. Mein Mut verläßt mich. Was will er? He Jingfu zieht ihn am Arm.

»Wu Chun, wenn du was sagen willst, dann setz dich! Was soll das wilde Gehabe!«

Mir ist wieder wohler, und ich denke lächelnd an den Wu Chun von früher. Wir waren Freunde, haben oft Vertrauliches besprochen.

»Hast du auch noch die Frechheit zu lachen? Erklär lieber, wie alles gekommen ist. Sind deine Liebesschwüre seinerzeit nur leere Fürze gewesen? Hier, vor deinen Kommilitonen, raus mit der Sprache!«

Ich springe erschrocken auf und starre ihn mit offenem Mund an. Ich hätte mir nicht träumen lassen, daß er mir eine solche Frage stellen würde. Xu Hengzhong schiebt Wu Chun einen Stuhl hin und zwingt ihn, sich zu setzen.

»Das ist alles schon lange her. Warum nochmal aufrühren? Laß uns über was anderes reden.«

Richtig! Sehr lange. Aber ich will es aufrühren. Deswegen bin ich doch gekommen. Ich will an nichts anderes denken und über nichts anderes sprechen. Ich wende mich an Wu Chun:

»Wu Chun, schimpf nur! Ich habe nichts Gutes zu berichten. Hätte mich in all den Jahren jemand so beschimpft wie du jetzt, wäre ich nicht das geworden, was ich heute bin. Ich spüre, daß ich mich selbst verloren habe. Und um mich wiederzufinden, stelle ich mich eurem Urteil. Schimpf mit mir, Wu Chun! Schlag mich! Ich werde nicht zurückschlagen.«

Wu Chun schlägt sich auf die Schenkel, atmet geräuschvoll aus, sagt nichts.

Aber ich will reden. Die Worte haben sich seit langem in mir aufgestaut. Ich ziehe meinen Stuhl zu Wu Chun hinüber.

»Weißt du noch, Wu Chun? Als wir nach der Universität zur Arbeit eingeteilt wurden, standen wir alle zusammen, und du zupftest mich am Ohr und sagtest: ›Wenn du vergessen solltest, mir Süßigkeiten zu schicken, dann setzt's Prügel!‹«

Wu Chun murmelt etwas, aber ich fahre fort: »Du hast immer gesagt, daß du mich beneidest um diese wunderbare Liebe. Über Liebe haben wir oft gesprochen. Du über deine Sehnsucht, ich über mein Glück.«

Wu Chun sieht mich an und brummt vor sich hin. Ich frage ihn, ob er die Süßigkeiten bekommen hat, die ich ihm geschickt habe.

»Hab ich bekommen«, fährt er mich an. Dann wird seine Stimme wieder normal:

»Ich habe im Grenzgebiet deine Süßigkeiten erhalten und war so glücklich darüber, wie wenn ich verheiratet gewesen wäre. Ich habe meinen Lebensinhalt in eurem Glück und in dem von tausend anderen gesucht, kapierst du das nicht? Manchmal denke ich, daß ich, obwohl ich meine akademische Karriere aufgegeben habe und weit weg von zu Hause war, doch mein Vaterland, meine Freunde und meine Verwandten geschützt habe. Ich will nicht noch einen Krieg in diesem Land erleben, unter meinen Landsleuten nicht noch mehr Witwen und Waisen sehen. Ich bin das einzige Kind einer Witwe. Es war sehr hart für meine Mutter, mich aufzuziehen. Aber später habe ich erfahren, daß es außer Krieg und Krankheit noch andere Methoden gibt, um Witwen und Waisen zu schaffen. Eine davon ist, wenn man Frau und Kind schamlos im Stich läßt. Sun Yue hätte einen besseren haben können als dich. Aber du hast sie verlassen, du Schuft! Du gemeiner Schuft! Wenn ich Sun Yue sehe, muß ich immer an meine Mutter denken. Und wenn ich Hanhan sehe, an meine eigene Kindheit. Ich könnte heulen!«

Wu Chun weint. Laut. He Jingfu steht unvermittelt auf und holt ihm ein Tuch. Ich hätte gern mit Wu Chun geweint, so wie wir damals zusammen gelacht haben. Aber ich habe keine Tränen. Ich fühle nur Schmerz. Wu Chuns Worte sind wie ein Hammer, der mein inneres Eis zerschlägt. Die losen Brocken bohren sich mit ihren scharfen Kanten schmerzhaft in mein Herz. Doch sie bringen auch Erleichterung, denn unter dem Eis fließt frisches Wasser.

Wu Chun hat alle aus der Fassung gebracht. Eine ganze Weile sagt keiner etwas. Einige verabschieden sich schließlich mit deprimierten Gesichtern. Übrig bleiben nur wir vier: He Jingfu, Wu Chun, Xu Hengzhong und ich.

Xu Hengzhong fragt mich: »Wie geht's dir denn so im Augenblick?« Ich antworte einfach: »Ich habe bekommen, was ich verdient habe!«

Alle drei sind überrascht, wenn auch aus verschiedenen Gründen.

»Wenn's dir gut ginge, dann würdest du jetzt wohl nicht an Sun Yue und das Kind denken, was?« Wu Chun funkelt mich an.

Wahrscheinlich! Wenn wir schon über dieses Thema sprechen müssen, dann kann ich nur sagen, daß es mir eben deswegen nicht möglich war, ein glückliches Leben zu führen. Es gab keinen Augenblick, an dem ich nicht an Sun Yue und das Kind gedacht habe. Das ist der Grund für mein Unglück. Wenn ich mit meinem jetzigen Dasein zufrieden wäre, hieße das, daß der ursprüngliche Zhao Zhenhuan nicht mehr existierte, und die Frage nach Frau und Kind würde sich überhaupt nicht stellen. Wie kann ich ihnen das verständlich machen? Es ist besser, ich sage nichts mehr.

»Wozu hast du dich entschlossen? Willst du dich wieder scheiden lassen oder ist sonst eine Veränderung eingetreten?« fragt mich Xu Hengzhong gespannt.

»Ich habe noch nichts entschieden. Aber wir leben getrennt.«

Natürlich habe ich an Scheidung gedacht. Ich hasse Feng Lanxiang nicht, ich will nur keinen Tag länger mit ihr zusammenleben. Aber es fällt mir schwer, mich zu entscheiden, wegen Huanhuan. Seit einem Monat hole ich sie jeden Samstag vom Kindergarten ab und nehme sie mit in die Redaktion. Am Montag bringe ich sie dann wieder zurück. Ich frage sie ständig: »Huanhuan, wen magst du lieber, Mama oder Papa?« Huanhuans Antwort ist immer dieselbe: »Ich mag Mama und Papa gleich gern.« Ist ja auch verständlich! Lanxiang ist vielleicht keine gute Ehefrau, aber eine sehr gute Mutter. Wie alle Mütter konzentriert sie sich fast ausschließlich auf das Kind. Alles, was Huanhuan ißt, muß nahrhaft sein, alles, was sie anzieht, muß hübsch sein. Sie hat ihr sogar einen Tanzlehrer besorgt usw. Sie kümmert sich viel mehr um das Kind als ich. Huanhuan ist das einzige Band zwischen uns.

Gestern vor meiner Abreise habe ich Huanhuan außer der Reihe vom Kindergarten abgeholt, um mit ihr im Tianjin-Restaurant gefüllte Teigtaschen zu essen. Huanhuan liebt Teigtaschen. Aber gestern schien sie nicht sehr glücklich, sie hat kaum was runtergebracht.

»Was ist denn los?« fragte ich sie.

»Papa, wann kommst du heim? Huanhuan will, daß Papa heimkommt.«

»Papa hat viel Arbeit.«

»Mama sagt, daß du lügst. Du willst Mama nicht mehr!«

Ich fühlte mich scheußlich. Ich habe schon einmal eine solche Huanhuan gesehen. Jetzt ist aus dieser Huanhuan eine Hanhan geworden. Soll ich nochmal eine Hanhan schaffen? Aber andererseits, wie soll ich ein solches Leben weiterführen? Huanhuan läßt nicht locker:

»Papa, du darfst Mama nicht verlassen. Ich will Papa und Mama haben.«

Ich nicke und sie küßt mich überglücklich auf die Wange. Ich spüre ihren Kuß noch immer.

»Aber ich habe eine Tochter dort, die ich sehr liebe«, fahre ich fort.

»Was willst du dann von Sun Yue?« poltert Wu Chun los.

»Willst du sie wohl um Verzeihung bitten? Würdest dich wohl gern wieder versöhnen, hm?«

»Versöhnen? Nein! Ich will ihr nur meine Situation erklären und sie bitten, mich das Kind sehen zu lassen«, gebe ich ihm nach kurzer Überlegung zur Antwort. Das klingt einfacher, als es ist. Ich will mich selbst wiederfinden. Und das kann ich nur, wenn ich Sun Yue sehe. Wenn ich den zerbrochenen Spiegel wieder ganz machen könnte, wie würde ich ihn dann hüten! Aber leider ist das nicht mehr möglich, oder doch?

»Ist Sun Yue immer noch allein?« frage ich ängstlich und sehe dabei He Jingfu an. Er zieht die Augenbrauen hoch. Bevor er noch den Mund aufmachen kann, mischt sich Wu Chun ein:

»Im Augenblick ist sie noch allein, aber nicht mehr lange.«

»Ah! Wer ist es denn?« frage ich mit einem flauen Gefühl im Magen.

»Das geht dich nichts an! Auf jeden Fall ist er besser als du. Bist du jetzt immer noch der Meinung, daß du sie weiterhin belästigen solltest?«

Ich sage nichts mehr. Sollen? Was soll ich? Wahrscheinlich hätte ich nicht herkommen sollen! Ich habe noch eine Familie und weder die Macht noch das Recht, Sun Yue meine Gefühle aufzudrängen. Aber ich muß sie unbedingt sehen, ihr mein Herz ausschütten. Ihre bevorstehende Heirat macht meinen Wunsch nur noch dringender. Ich werde sie für immer verlieren, für immer, für immer . . .

Wu Chun steht auf und kommt zu mir herüber. Er legt seinen Arm um meinen Nacken.

»Zhao, ich kann verstehen, wie dir zumute ist. Aber man muß auch an die anderen denken. Ich lade dich für ein paar Tage zu mir aufs Land ein. Da gibt es Berge und Wasser, Fische und Krabben. Und außerdem hast du noch mich, deinen Freund aus alten Tagen. Heute abend fahren wir, ja?«

Ich nicke gegen meinen Willen: »Gut, ich komme!« Aber ich will gar nicht zu Wu Chun fahren. Ich will nach Hangzhou und alles Vergangene für immer begraben. Von heute an will ich keinen meiner Kommilitonen mehr sehen, nie mehr an sie denken.

»Nein!« sagt He Jingfu, der bis jetzt geschwiegen hat. Er steht auf und wendet sich an Wu Chun:

»Du hast schon deine Fahrkarte und solltest deinen Zug nicht versäumen. Zhao Zhenhuan bleibt bei mir!« und zu mir: »Wir haben uns so viele Jahre nicht gesehen. Und gerade jetzt ist es gut, wenn wir uns mal richtig aussprechen!«

Wu Chun und Xu Hengzhong sagen nichts mehr. Ich weiß zwar nicht, warum He Jingfu mich dabehalten will, aber ich bleibe.

17. He Jingfu

Meine Ruh ist hin ...

Nun sind nur noch wir beide übrig, Zhao Zhenhuan und ich. Ich glaube, man müßte ihm erst mal etwas zum Abendessen anbieten. Aber er lehnt ab, unter keinen Umständen brächte er jetzt etwas herunter, und mir ist auch nicht nach Essen zumute. Irgendwo habe ich noch ein bißchen Salzgebäck, dazu brühe ich uns zwei Schalen Tee auf.

»Hier, iß!« Ich schiebe ihm die Gebäckschachtel hin ...

Er schüttelt den Kopf: »Hast du nicht 'ne Zigarette? Ich würde gern eine rauchen.«

Ich deute auf die Tür hinter ihm, da kann er mein Schild lesen: Ich habe das Rauchen aufgegeben, kann Gästen leider keinen Tabak anbieten. – Habe ich selber geschrieben nach der Entlassung aus dem Krankenhaus. Und Hanhan habe ich versprochen: ab heute raucht der Onkel nicht mehr. Da flüsterte sie mir hocherfreut ins Ohr: »Ich habe ein Geheimnis entdeckt: Deine Pfeife interessiert Mama sehr, andauernd hat sie sie in der Hand und schaut sie an. Sie denkt immer, ich schlafe schon, aber ich tu nur so!« – Als ich dann auch noch in ihrem Beisein mein Schild aufhängte, wollte sie unbedingt ihrer Mutter von meinem Entschluß erzählen ...

»Ich hab's mir auch schon abgewöhnt, mehrmals schon. Aber immer, wenn ich nervös bin, rauche ich doch wieder«, meint Zhao Zhenhuan, mein Schild mit schmerzlichem Lächeln betrachtend.

»Laß es mal lieber bleiben«, empfehle ich ihm, »du siehst nicht gerade blühend aus, finde ich.«

»Ja ja, ich müßte wirklich aufhören. – Hast du's dir denn gleich radikal abgewöhnt? Keine einzige in Reserve?«

»Nein, keine einzige. Ich habe ja Pfeife geraucht.«

»Tabak geht auch. Gib mir doch deine Pfeife.« Er streckt mir die Hand entgegen.

»Tja, die Pfeife ...« – Ich habe keine Lust, es ihm zu erzählen.

»Gleich mitverbrannt? Na, das war doch nicht nötig!« meint er teilnahmsvoll.

»Nicht verbrannt – jemand hat sie in Verwahrung.« – Was ist denn nur mit mir los? Irgendwie möchte ich es ihm nicht sagen, andererseits wäre mir's schon ganz recht, wenn er etwas erfahren würde.

»Deine Freundin?« fragt er, die ausgestreckte Hand zieht sich zurück.

Ich bin verwirrt, mir fällt keine passende Antwort ein.

»Ja, wirklich?« forscht er nach.

»Eine kleine Freundin – Hanhan.« Ich glaube, diese Antwort klingt ganz gut.

»Hanhan?« Seine Mundwinkel verziehen sich auf einmal, man weiß nicht ob zum Lachen oder Weinen, seine Gesichtszüge fallen auseinander; er sieht plötzlich viel älter aus. Einfach unvorstellbar, daß er derselbe sein soll, der damals mit der reizenden Sun Yue auf der Fahrradrikscha daherkam.

»Ja, Hanhan, deine und Sun Yues Tochter. Sie besucht mich manchmal. Ein entzückendes Mädchen«, erkläre ich möglichst beiläufig.

Seine Augen leuchten auf: »Sie sieht Sun Yue ähnlich, findest du nicht?«

»Im großen und ganzen schon, aber in gewisser Hinsicht auch dir.«

»Wirklich? Hat sie mal mit dir über mich gesprochen? Sie muß ja eine miserable Vorstellung von mir haben!«

»Hanhan spricht nicht gern über ihren Vater.« Meine Antwort klingt beinahe schon grob. Dieses Gesprächsthema kann einen aber auch irritieren. Hinzu kommt, daß auch mir mittlerweile die eigenartige Freundschaft, die zwischen mir und Hanhan entstanden ist, zu denken gibt. Insgeheim betrachte ich mich fast schon als ihren Vater. Aber der hier ist der richtige Vater, der leibliche Erzeuger! Und ich hocke auch noch mit ihm zusammen und rede – ausgerechnet über sie! Das ist ja nicht auszuhalten! Andererseits, habe ich ihn nicht deshalb bei mir aufgenommen?

Seit er hier aufgetaucht ist, ist meine Ruhe dahin. Was bedeutet die Ankunft dieses Mannes für Sun Yue – und für mich – ausgerechnet jetzt, wo die Distanz zwischen uns geringer wird, wo wir uns ein wenig näherkommen! Sun Yue darf ihn nicht zu Gesicht bekommen, war mein erster Gedanke, ich brachte ihn erst mal weg von ihrer Haustür. Nun lasse ich ihn gar bei mir logieren.

Seine Augen wandern prüfend über mich und meine Behausung. »Was schaust du so, kennst mich wohl nicht mehr?« frage ich in der Absicht, die Atmosphäre etwas zu entspannen.

»Du bist mir vertraut und doch fremd«, antwortet er, und seine Hand streicht gedankenverloren über das weiße Haar. Erschreckend alt ist er geworden.

»Klingt ziemlich dialektisch. Mir geht es mit dir genauso.«

»Noch immer Junggeselle?« – Sein Blick bleibt an meinem Bett haften.

»Vielleicht gründet man demnächst einen Junggesellenverein. Ich übernehme dann den Vorsitz.«

»Du solltest lieber eine Familie gründen.«

»Man sollte vieles und tut es doch nicht. Das hängt von unterschiedlichen Faktoren ab, von zwangsläufigen und zufälligen . . . « Nichts zu machen, ich lasse mir nicht in die Karten schauen. Seine Ankunft betrachte ich als einen jener zufälligen Faktoren.

Irgendwie scheint er kapiert zu haben, denn er verfolgt das Thema nicht weiter, stattdessen bettelt er: »Kannst du nicht irgendwo ein paar Zigaretten für mich auftreiben? Gibt es unter den Kollegen hier im Wohnheim keine Raucher?« Um seine Mundwinkel zuckt es wieder. Ich merke, daß ihm das bereits zur Gewohnheit geworden ist. Es ist nicht mitanzusehen. – »Also gut, ich besorge dir Zigaretten.«

Ich kaufe ihm am Kiosk eine Schachtel und bringe sie ihm. Gierig macht er ein paar Züge, dann reicht er mir die Schachtel: »Rauch auch eine, einmal ist keinmal.« – »Nein, danke, ich nicht.«

»Genau das fehlt mir – deine Standhaftigkeit. Darum geht's bergab mit mir«, sagt er durch die Rauchwolken zu mir.

»Standhaftigkeit muß man sich antrainieren, damit kommt man nicht auf die Welt.«

»Auch mit Training bringe ich's nicht soweit wie du.«

»Weil du nicht dasselbe durchgemacht hast wie ich.«

»Das stimmt allerdings. Ich frage mich manchmal, was das für ein Leben ist, das ich geführt habe. Ich weiß selber nicht, wie ich's nennen soll. Manche halten mich für einen Glückspilz, ich komme mir mehr wie ein Unglücksrabe vor.« Er zündet sich eine Zigarette an der anderen an.

Tja, was kann man von seinem Leben sagen? In all den Jahren war er niemals Gegenstand eines politischen Angriffs, schon gar nicht »Triebfeder« einer Bewegung. Ihm, der stets wie ein stiller Beobachter mitlief, der wie ein Stein ohne Ecken und Kanten mit dem Schlamm der Strömung trieb, ihm kam nie in den Sinn, sich selbst einen festen Standort im Leben zu suchen. 1957, während der Anti-Rechts-Bewegung, hätte er allen Grund gehabt, mich erbittert anzugreifen, und damit sowohl seinen politischen Standpunkt demonstrieren als auch sein Mütchen kühlen können. Aber nichts dergleichen tat er. Nie erhob er das Wort gegen mich in den Kritikversammlungen, nie schlug er eine Wandzeitung gegen mich an. Er wich mir aus. Er war mir ein Rätsel, aber ich hatte Sympathien für ihn. Trotz allem hat er sich unglücklich gefühlt. Und ich gebe zu, er war tatsächlich nicht gut dran. Aber an wem lag das denn?

»Mein Vater, ein mittelloser Intellektueller, unterrichtete sein Lebtag auf dem Dorf. Von ihm hörte ich von Kindesbeinen an: Studiere und laß die Finger von der Politik. Politik ist scheußlich, ein schmutziges Geschäft. Und ich habe mich dementsprechend verhalten. Aber den Garten der Pfirsichblütenquelle, den Ort der Zuflucht vor den Wirren der Welt, gibt es nicht auf Erden. Auch dort auf dem Land war mein Vater vor politischen Angriffen nicht sicher. Den Schock und die Schande, während der ›Kulturrevolution‹ als ›feudalistisches Relikt‹ Spießruten laufen zu müssen, hat er nicht lange überlebt. Und ich, ich noch stärker politisch gefährdet. Denn ich habe von all dem politischen Greuel und Unrat noch viel mehr mitgekriegt als er. Wohin konnte ich mich zurückziehen? In die Familie? Ich hatte keine richtige Familie. Also habe ich mich zum Trost bedenkenlos durch ein ausschweifendes Leben betäubt. Das Ergebnis: Meine Seele ist dem Teufel verpfändet.«

»Meine Seele ist dem Teufel verpfändet« – seine Worte machen mich tief betroffen. Das Bild des Faust aus Goethes großem Gedicht steigt vor mir auf. Faust, der in der erstickenden Luft des Mittelalters lebte, der seine Seele dem Teufel verpfändete in der Hoffnung, höchste Glückseligkeit zu erlangen. Unvorstellbar, auch heute sind Menschen bereit zu einem derartigen Pakt – um politischem Unheil zu entkommen. Faust rettete seine Seele, aber was wird aus Zhao Zhenhuan?

»Der Teufel besitzt wahrscheinlich gar nicht genügend Kochtöpfe für all die vielen armen Seelen, noch kannst du deine zurückkaufen. Hast du schon damit begonnen?«

»So siehst du mich?« Er drückt hastig seine Zigarette aus.

»Ja, anders kann man dich doch nicht verstehen«, antworte ich mit Festigkeit.

Er springt auf und läuft erregt hin und her. Dabei redet er ununterbrochen: »Es ist so wichtig, daß die anderen einen verstehen! So wichtig! Eben noch war ich auf der Hut vor dir, ich dachte, du würdest mich verhöhnen, mir Vorwürfe machen und mich anschließend davonjagen. Das Recht dazu hättest du. Weißt du, Tausende von Malen schon habe ich gedacht, du hast Sun Yue damals wirklich besser verstanden als ich. Ich hatte nichts begriffen.«

Ja. Dasselbe habe auch ich schon tausendmal gedacht. Verglichen mit dir, verstand ich Sun Yue besser – weil ich sie auch mehr liebte. Gerade deshalb lief ich ihr doch unermüdlich hinterher! Habe ich etwa nicht daran gedacht, dich fortzujagen, als du ausgerechnet jetzt daherkamst? Oh doch! Aber ich kann's nicht. Bei dem Gedanken an unsere gemeinsame Studienzeit bringe ich's einfach nicht übers Herz, dich ohne jede Hoffnung ziehen zu lassen. Ob du das wohl erraten kannst? Ich hoffe es! – Am liebsten würde ich jetzt eine rauchen.

»Ich liebte nur Sun Yues Schönheit, ihre Klugheit und ihre Sanftmut. Daß diese Frau mir gehörte, machte mich stolz. Das Wertvollste an ihr jedoch, ihre Fähigkeit, sich einem hohen Ideal hinzugeben und sich leidenschaftlich für eine bessere Zukunft einzusetzen, habe ich nie zu schätzen gewußt. Ich habe ja sogar versucht, diese Fähigkeit zu unterdrücken. Dabei wäre Sun Yue ohne diesen Geist gar nicht sie selbst.

Oft denke ich, es war ein Glück, daß wir beide nach der Hochzeit getrennt wurden und an verschiedene Orte kamen, andernfalls wäre Sun Yue unglücklich geworden und hätte ihre Wahl bereut. Was meinst du, He, alter Freund?«

Schon möglich. Aber was ist heute? Heute hat er Sun Yue zu verstehen begonnen, womöglich zu lieben. Eigentlich müßte ich mich freuen. Aber das Gefühl, das in mir aufsteigt, ist das exakte Gegenteil. Der Zhao Zhenhuan vor mir hier ist ein echter »Rivale«. Soll ich ihn hierbleiben lassen? Wu Chun macht sich schon Gedanken. Als ich Zhao Zhenhuan aufnahm, betrachtete ich ihn lediglich als einen alten Studienkameraden, der Pech gehabt hat, als einen verlorenen Sohn, der reuevoll heimkehrt. Ich habe damit gerechnet, daß Sun Yue ihm mit reichlich gemischten Gefühlen gegenübertreten wird, aber nicht, daß er für mich eine echte Bedrohung werden könnte. Jetzt bereue ich. Kann Liebe einfach so kommen und gehen? Geht das – Liebe ohne Eifersucht? Aber soll ich ihn wirklich rausschmeißen?

»Warum nimmst du mich bei dir auf?« Er unterbricht plötzlich sein Hinundhergerenne und baut sich vor mir auf.

»Eigentlich wollte ich, daß du dich mal mit Sun Yue und Hanhan triffst.«

»Eigentlich? – Und was ist jetzt damit?« Seine Augen fixieren mich, die Muskulatur um seine Mundwinkel hat sich sofort wieder verzogen.

Ich schweige. »Jetzt bereue ich das!« würde ich ihm ja gerne sagen, aber ich kann nicht, denn der Anblick seiner verzerrten Mundwinkel gibt mir einen Stich. Ich weiß nicht, wie ich mich verhalten soll.

»Sag mal ehrlich, wie stehst du jetzt zu Sun Yue?« fragt er und umklammert meine Schultern mit beiden Händen. Seine Haltung ist eine Mischung aus Erwartung, Unruhe, Drängen . . .

»Was hat das mit dir zu tun? Geh doch zu ihr! Sie ist jetzt garantiert zu Hause.« Energisch schiebe ich seine Hände weg.

»Nein. Ich habe dir soviel erzählt, du kannst doch jetzt nicht einfach gar nichts sagen.« Er bleibt hartnäckig, wieder legt er mir beide Hände auf die Schultern.

»Leg dich ja nicht mit mir an. Weißt du, ich habe mich fast zwanzig Jahre als Landstreicher durchgeschlagen, ich kann mich meiner Haut wehren.« Wieder schüttle ich ihn ab.

»Heißt das, du liebst sie immer noch?« fragt er und schaut mich verwundert an.

Statt einer Antwort werfe ich ihm einen vernichtenden Blick zu.

»Und sie? – Sie liebt dich auch, natürlich. Du hast sie schon immer beeindruckt. Von Hanhan hast du auch gesprochen. Eure Beziehung scheint ja schon recht weit gediehen zu sein. Ich sollte euch nicht in die Quere kommen. Hast du mich nur aufgenommen, um darüber mit mir zu reden? Genauso, wie ich dir damals 1962 diesen Brief geschrieben habe ... Du hast natürlich das Recht, dich zu rächen.«

Das tut weh. Wollte ich mich tatsächlich an ihm rächen? Aber daran habe ich doch gar nicht gedacht! Ich halte nichts von Rache, und ich werde mich auch nicht rächen! Ob er jetzt endlich gehen wird?

»Dann gehe ich jetzt besser! Sag Sun Yue, ich wünsche euch alles Gute!«

Das Blut schießt mir ins Gesicht. Mir ist, als hätte mich jemand mit einer Ohrfeige zur Besinnung gebracht! War das Zhao Zhenhuan? Bestimmt! In der Vergangenheit mag er Sun Yue enttäuscht haben, jetzt aber, in diesem Moment sorgt er sich um sie, sorgt sich um mich. Und ich? – Nein! Es waren Sun Yue und Hanhan, die mir den Schlag ins Gesicht versetzt haben. Ich habe das Recht, einen anderen zu lieben, aber das Recht, anderen die Liebe gewaltsam zu nehmen, habe ich nicht! Ich weiß, Hanhan liebt mich; ich spüre, Sun Yue liebt mich. Trotzdem, sie haben mich nicht dazu berechtigt, ihr Schicksal zu bestimmen.

Er streckt mir die Hand hin: »Gib mir die Hand, zum versöhnlichen Abschied, ja?«

Eisern packe ich sie, presse sie aus Leibeskräften und lockere den Griff erst, als er vor Schmerz aufschreit. Ein Ruck, ein Stoß, so, nun sitzt er brav auf meinem Bett. Er stößt mich von sich. Schaut mich verwirrt und verständnislos an.

»So kannst du doch nicht weg. Du solltest Sun Yue trotz allem besuchen. Und Hanhan«, sage ich mit hohler Stimme.

»Ist das denn angebracht?« fragt er. Seine Stimme, sein Gesichtsausdruck – er meint es aufrichtig.

»Was heißt hier angebracht? Ihr seid ehemalige Studienfreunde, stammt aus demselben Dorf. Und überhaupt – zwischen mir und Sun Yue ist noch nichts abgesprochen. In dem Punkt kannst du ganz beruhigt sein.«

»Wirklich, ich möchte weiter nichts, als ihr sagen, daß ich glaube, sie erst heute richtig zu verstehen, und hoffe, daß sie mich versteht. Ich weiß, ich habe kein Recht, irgendetwas von ihr zu verlangen, denn alles, was zwischen uns war, ist vorbei. Aus und vorbei. Wenn es mit euch beiden klappt, wünsche ich euch von Herzen Glück, wenn's auch hart für mich ist, sehr hart . . .«

Er schluckt, in seinem Gesicht zuckt es. Ein Mensch, der verloren hat, was er liebte; jetzt findet er es wieder, aber darf es doch nicht mehr sein eigen nennen – ach wie gut kenne ich dieses Gefühl! Mit einer beschwichtigenden Handbewgung hindere ich ihn am Weiterreden, reiche ihm eine angezündete Zigarette und sage freundlich: »Du rauchst zuviel. Hier, die letzte für heute abend. Der Rest bleibt für morgen.« So, die Schachtel verschwindet in meiner Jackentasche. Soll er sich jetzt erst mal ausruhen, ich werde inzwischen ein bißchen spazierengehen. Aber er hält mich zurück: »Möchte Sun Yue mich denn sehen?« Er fürchte, sagt er, sie werde ihn nicht treffen wollen. Heute, als er aus dem Zug gestiegen sei, hätte er spontan zu ihr gehen wollen, aber jetzt, wo er sich gesammelt habe, sei er froh, daß er es nicht getan habe. Wer weiß, was das gegeben hätte!

In der Tat, ich habe auch noch nicht darüber nachgedacht, ob Sun Yue ihn eigentlich sehen will. Seit ich mich wieder mit ihr treffe, ist sie nie von selbst auf Zhao Zhenhuan zu sprechen gekommen. Auch ich habe natürlich nicht davon angefangen; ich hoffte ja, sie hätte die Vergangenheit aus ihrem Gedächtnis verbannt. Aber seit diesem Gespräch mit Hanhan ging mir Zhao Zhenhuan unentwegt durch den Kopf. Was bedeutet es, daß Hanhan nicht das geringste über die Trennung ihrer Eltern wußte? Heißt das, Sun Yue empfindet doch noch etwas für ihn, hat noch Hoffnungen und will deswegen dem Bild, das sich ihr Kind von seinem Vater gemacht hat, nicht schaden? Wäre es so, dann sollte ich meine Absichten lieber aufgeben. Auch für Hanhan wäre es besser. Das wollte ich herausbekommen; eines Tages paßte ich Sun Yue auf dem Heimweg vom Büro ab:

»Was war eigentlich damals zwischen Zhao Zhenhuan und dir? Habt ihr euch nicht immer ganz gut verstanden?« fragte ich sie.

»Warum interessiert dich das? – Etwas ganz Alltägliches ist passiert: Er hatte eine andere Frau«, antwortete sie gleichgültig.

»Und deswegen gleich Scheidung? Wenn man verheiratet ist, kann man doch nicht einfach wieder auseinanderlaufen, schon gar nicht, wenn Kinder da sind.«

»Du hast kein Recht, mir Vorwürfe zu machen!« Sie wurde sofort zornig, in ihre Augen traten Tränen.

»Ich mache dir doch keine Vorwürfe«, erklärte ich eilig: »Es ist wegen Hanhan. – Hanhan! Warum mußtest du dem Kind so einen Namen geben! Wäre es nicht auch gegangen, ohne deiner Tochter diese Bürde aufzuladen?«

Aber diese Worte brachten sie nur noch mehr auf. Böse fuhr sie mich an: »Was verstehst du denn schon! Nichts, überhaupt nichts! Und deshalb meinst du, du dürftest über alles herziehen. Hab erst mal selber Familie, Kinder, und mach durch, was ich mitgemacht habe . . .« Sie brach ab und schwieg, wahrscheinlich kam ihr zu Bewußtsein, daß ihr letzter Satz wie eine Verwünschung klang!

Nach diesem Gespräch war mir klar, daß man diese Saite in ihr nicht anrühren durfte. Aber warum, das begreife ich bis heute nicht und werde so schnell auch nicht dahinterkommen. Dritte wollte ich danach nicht fragen. Welche Eindrücke hat das Zusammenleben mit Zhao Zhenhuan bei ihr hinterlassen? Sehnt sie sich nach ihm oder verabscheut sie ihn? Ich muß das wissen, denn genau da liegt womöglich der Grund für diese Distanz zwischen ihr und mir.

Und jetzt, wird sich der Abstand noch vergrößern, wird er kleiner werden? Werden sich ihre Gefühle ändern, nachdem sie Zhao Zhenhuan wiedergesehen haben wird? Wie wird sie sich entscheiden? Man kann es nicht wissen!

Dennoch, ich muß Zhao Zhenhuan zu einer Begegnung mit ihr verhelfen. Um seinetwillen, um Sun Yues willen, um Hanhans willen und auch wegen mir. Alles hängt jetzt von Sun Yue ab.

»Ich werde zu ihr gehen und ihr sagen, daß du hier bist«, sage ich plötzlich entschlossen.

»Du?« – Ein zweifelnder Blick von ihm.

»Ich! Nur ich kann das. Einerlei, ob du's glaubst oder nicht. Jedenfalls gehe ich zu ihr und sage ihr, daß du hier bei mir wohnst und hoffst, sie zu sehen.«

»Gut!« – Keine Widerrede mehr von ihm. Wie faßt er meinen Entschluß auf? Denkt er etwa, ich will ihn vor Sun Yue schlechtmachen? Warum ist er so? – Ach, soll er doch! Soll er doch! Mir reicht's langsam. Ich kann mich auch nicht um alles kümmern. »Nun ruh dich mal aus«, rate ich ihm, »ich gehe jetzt zu ihr, bin gleich wieder zurück.«

Von weitem schon halte ich Ausschau, um zu sehen, ob noch Licht bei ihr brennt. Aber ich war doch zu selten bei ihr, als daß ich jetzt ihr Fenster herausfinden könnte. Ich werde doch erst an die Tür der Wohnung Nummer 1 pochen müssen, bevor ich erfahre, ob sie schon schläft.

Gleich beim ersten Klopfen öffnet sich die Tür. Sie hat also noch nicht geschlafen! Ohne die leiseste Verwunderung drückt sie mir gleich einen Schemel in die Hand und fordert mich auf, sie in den Hof zu begleiten, denn Hanhan schläft schon. Ich folge ihr in den Hof, wo wir uns an der Mauer niederlassen. Sie wartet, daß ich zu reden beginne.

»Du mußt ja hundemüde sein nach so einem Tag.« Ich muß erst mal meine Gedanken ordnen.

»Ja, ich bin wirklich sehr müde. Wenn ich nicht auf dich gewartet hätte, läge ich schon längst im Bett.«

»Wie konntest du wissen, daß ich noch komme?«

»Ja, ist denn Zhao Zhenhuan nicht bei dir? Ich habe alles gesehen. Und Xu Hengzhong hat mir dann auch noch erzählt, daß Zhao Zhenhuan bei dir wohnt. Aber ich wäre auch ohne ihn draufgekommen, daß du ihn bei dir aufnehmen und mir zu einer Begegnung mit ihm raten würdest«, sagt sie gelassen.

»Warum sollte ich dir denn raten, dich mit ihm zu treffen?« Mein Herz schlägt schneller, auch meine Stimme verändert ihren Klang, leise, tief und rauh. Sie versteht mich, versteht mich voll und ganz! Wir gerne würde ich ihr sagen, was ich alles gedacht habe.

»Nun ja, das ist doch der Standpunkt eines Humanisten!«

Auch sie spricht jetzt sehr leise, ihr Blick streift mich kurz.

»Nur der Standpunkt eines Humanisten?« Mein ganzes Gefühl schwingt in der Frage mit, meine Stimme zittert.

»Was für einen könnte es sonst noch geben?« sagt sie kaum hörbar.

Oh! Wie gerne würde ich ihr sagen: den Standpunkt des Liebenden. Geliebte! Akzeptierst du das nicht? Wäre ich nicht wert, dein Geliebter zu sein, nachdem ich über zwanzig Jahre lang nur dich geliebt habe? Aber ich darf das nicht, heute nicht! Heute muß ich eine unliebsame Pflicht erfüllen, muß die Rolle eines Fürsprechers für meinen Rivalen spielen.

Ich starre in den Himmel, ohne zu antworten. Mond und Sterne sind zu sehen, aber die mehrstöckigen Häuser, die Umfassungsmauern schränken den Blick ein. Ein Gefühl der Enge und Beklemmung überkommt einen beim Hinaufschauen; es sieht aus, als habe man die Sterne von der Weite des Himmels gepflückt und in einen schwebenden Bilderrahmen gezwängt.

»Jingfu!« Ich spüre den Druck von zwei heißen Händen auf meinen Knien. Ganz vorsichtig nehme ich diese Hände, drücke sie fest und lege sie auf meine Brust.

»Ich liebe, liebe schon mehr als zwanzig Jahre, und doch bin ich in der Liebe wie ein unbeschriebenes Blatt, Sun Yue! Heute erst machst du den ersten farbigen Pinselstrich darauf!«

Ein Beben durchläuft ihren Körper, sie entzieht mir ihre Hände; sie sind auf einmal ganz kalt geworden.

»Jingfu, eben weil du ein unbeschriebenes Blatt bist, will ich nicht mit dir zusammenleben!« Die Hand, die sacht über meine Brust gleitet, hält am dritten Knopf meiner Jacke inne. Dieser Knopf – damals fehlte er, ich wurde nur darauf aufmerksam, weil sie an jenem Tag für einen anderen Kollegen Nadel und Faden hervorholte. Daraufhin nähte ich ihn wieder an. Auch sie scheint sich zu erinnern.

»Was hast du gesagt?« Ich habe sie eben nicht verstanden, habe nicht richtig zugehört.

»Ich will nicht mit dir leben, gerade weil du ein unbeschriebenes Blatt bist. Denn ich bin keines mehr. Früher, da war auch ich so rein und weiß, aber das Leben hat einen aschgrauen Schleier darübergelegt. Diese Grundierung ist nie wieder abzuwaschen. Die Ankunft Zhao Zhenhuans wird sie nur wieder deutlicher zutage treten lassen. Oh, wie ich das hasse!«

Mich fröstelt. »Sun Yue«, tröste ich sie, »das Leben besteht nicht nur aus Liebe. Wer von uns ist schon so rein und fleckenlos. Auch mich hat die Vergangenheit eingefärbt, tiefer noch als dich.«

»Deine Tönung mag dunkel sein, grau ist sie nicht, du mußt dich ihrer nicht schämen. Bei mir ist das anders. Nehmen wir zum Beispiel diese Episode zwischen uns! Jedesmal, wenn ich daran denke, fühle ich mich dir gegenüber schuldig. Gläubiger und Schuldner können einander unmöglich auf gleicher Ebene lieben.«

Das trifft mich vollkommen unvorbereitet. Daß sie unsere Beziehung so sieht, hätte ich nie erwartet. Will ich denn Gläubiger sein? Nein, Sun Yue, ganz und gar nicht! Was ich von dir will, ist doch Liebe!

»Ich habe schon viele Male darüber nachgedacht, aber immer komme ich zu dem Schluß: Ich kann keine Verbindung mit dir eingehen. Mein Stolz erlaubt es nicht. Ich will mich nicht selbst betrügen, ich liebe dich, liebe dich sehr. Wie oft rufe ich im Traum nach dir; wie oft male ich mir das Bild unseres Zusammenlebens aus. Aber oft, auch jetzt in diesem Moment wieder, taucht ein anderes Bild von mir auf: ich, der Vergangenheit ausgeliefert, den Menschen, die alles falsch deuten und mich verhöhnen. . .

Ich sehe nur einen Weg: allein bleiben. Li Yining hat mir geraten, Intellekt und Leben auseinanderzuhalten. Ich will ihren Rat befolgen. Allerdings kommt für mich nur der Intellekt in Frage. Vergiß mich, Jingfu! Ich bin ein schwacher, verletzlicher Mensch mit sehr viel Stolz. Ich sehe in diesem Leben keinen Weg, diesen Widerspruch zu überwinden, wenn wir ein zweites Mal zur Welt kommen sollten . . .«

Plötzlich verbirgt sie das Gesicht in den Händen. Ach, Sun Yue! So gerne nähme ich dein Gesicht in meine Hände, schaute dich eindringlich an. Du hast mich einmal geküßt, ich dich noch nie. Jetzt ist der Abstand zwischen uns so klein. Außer dem eingesperrten Mond und den Sternen niemand da . . .

Ihre Schultern beben, ich höre sie schluchzen. Es bricht mir das Herz. Ich kann mich nicht länger beherrschen. Ich lege den Arm um ihre Schultern: »Nein, Sun Yue, ich werde dich nie vergessen, in alle Ewigkeit nicht!«

»Ich habe mich entschieden«, erwidert sie mit ruhiger, fester Stimme und macht sich aus meinen Armen frei.

Soll ich weinen? Soll ich schreien? Wie gerne täte ich beides! Warum mußte ich heute abend angerannt kommen, nur um das endgültige Urteil zu vernehmen? Gibt es ihn tatsächlich, den Schicksalsgott, der uns aus dem Dunkel steuert und zum Narren hält? Ah, sie existieren tatsächlich, diese Geister, die uns mit seltsamen Zufällen auf Irrwege locken!

Aber ich weine nicht, ich schreie nicht. Ich springe ungestüm auf, versetze dem Schemel einen Fußtritt, trommele mit den Fäusten gegen einen Baumstamm. »Jingfu!« ruft sie leise. Ich strecke ihr die Hand entgegen: »Laß mich jetzt eine Pfeife rauchen!« Schweigend geht sie ins Haus und kommt mit meiner Pfeife zurück, der Tabaksbeutel prall gefüllt. Ich frage nicht: Wieso? Wie kommt es, daß du Tabak bereit hast? Ich stopfe mir meine Pfeife und paffe mit hastigen Zügen.

»Bitte, verzeih mir.« – Sie wagt bei diesen Worten nicht, mich anzusehen.

»Da gibt es nichts zu verzeihen. Ich respektiere deine Entscheidung. Ich komme ganz gut zurecht ohne Familie, bin das Alleinsein gewöhnt.« Auch ich habe nicht den Mut, sie anzusehen.

»Du solltest aber heiraten. Es gibt viele Genossinnen, bessere als mich ...«

»Na ja, mal sehen, später ... reden wir nicht weiter davon! – Zhao Zhenhuan bereut aufrichtig. Du solltest dich ruhig mal mit ihm treffen.«

»Sollte ich das?« fragt sie, wohl mit einem Lächeln, aber kalt und bitter. Sehen kann ich's nicht, aber fühlen.

»Doch, du solltest. Sag, was du willst, schließlich war er ein guter Studienfreund von uns, und er ist und bleibt Hanhans Vater. Wenn er jetzt bereut, haben wir alle die Pflicht, ihm die Hand zu reichen. Sein Haar ist weiß, wie bei einem alten Mann ...«

»Meinetwegen. Bestelle ihm, ich erwarte ihn morgen vormittag«, höre ich sie sagen.

»Na dann, auf Wiedersehen!« Ich halte ihr die Hand hin, »und alles Gute«.

Fest schüttelt sie sie und sagt mehrmals immer leiser werdend: »Ich danke dir.«

Nach ein paar Schritten drehe ich mich um – sie ist immer noch da. Ich gehe schneller. Aber sie bleibt auf ihrem Platz; ich kann ihren verschwommenen Schatten erkennen.

Unter einem Baum bleibe ich stehen, schaue zurück zu ihrem Haus. Ob sie noch immer dort steht? Ich kann es nicht mehr erkennen. Aber ich sehe den Lichtschein ihrer Fenster. Diesmal weiß ich genau, welche es sind – und werde es nicht mehr vergessen.

Nur nicht gleich nach Hause gehen. Ich gehe wahllos kreuz und quer, vereinzelte Laternen beleuchten spärlich den Park, aber auch ohne sie fände ich zu der Stelle, wo die Hecken stehen.

»Wie oft habe ich im Traum nach dir gerufen, wie oft mir das Bild unseres Zusammenlebens ausgemalt.«

Sun Yue, hast du das gesagt – oder ich?

»Ich sehe nur einen Weg: allein bleiben.« – Ja, allein. Damals, als ich im Lande umherziehen mußte, aller Rechte beraubt, kam mir nie in den Sinn, ich sei zum Junggesellendasein verurteilt. Aber ab heute ist mein Schicksal besiegelt: Ich bleibe allein!

Zhao Zhenhuan, der noch nicht schläft, sieht mich mit der Pfeife zwischen den Zähnen eintreten und fragt besorgt: »So spät? Habt ihr euch gut unterhalten?«

Ich habe keine Lust, ihm zu antworten, und setze mich auf mein Bett.

»Die Pfeife hast du auch mitgebracht?«

»Du fragst zuviel!« brülle ich ihn an und lege mich auf mein Bett.

Ich höre, wie er mit der Hand gegen den Bettpfosten trommelt und seufzt.

»Morgen vormittag erwartet dich Sun Yue«, verkünde ich mit erstickter Stimme.

»Ist das ihr eigener Wunsch, oder hast du sie überredet?«

»Noch so eine blöde Frage und ich schmeiß dich raus!« Klick, ich knipse das Licht aus und ignoriere ihn einfach.

Ohne ein weiteres Wort miteinander zu wechseln, verbringen wir beide eine schlaflose Nacht.

18. Sun Yue

Versöhnung? Verzeihung? Ist das so leicht?

Zhao Zhenhuan ist da.

Gestern kam Xu Hengzhong ganz aufgelöst zu mir: »Ich muß dir was sagen. Aber du darfst dich nicht aufregen!«

Er bringt immer alles verdreht heraus. Was gibt's da »Aufregendes«? Ich habe ihn schon gesehen. Als ich ins Zimmer zurückgehen wollte, sah ich, wie sie jemand zur Tür hinausdrängten. Sofort wußte ich, daß es Zhao Zhenhuan war. Aber das muß ich Xu Hengzhong nicht unbedingt auf die Nase binden.

»Zhao Zhenhuan ist da. Er will dich sehen.«

Richtig! Daran ist nichts Überraschendes. Ich habe immer gewußt, daß wir uns eines Tages wiedersehen würden, daß er dann die Rolle des reuigen Sünders spielen würde und ich die der Beleidigten. Leider ist er genau zum falschen Zeitpunkt gekommen. Ich bin gerade dabei, die Vergangenheit mit allen Mitteln zu vergessen und He Jingfu näherzukommen.

»Ich will ihn nicht sehen«, sage ich zu Xu Hengzhong.

»Ganz richtig! Du kannst ihn nicht sehen. Er ist wieder verheiratet, hat ein Kind. Er will bei dir nur Trost suchen und vergißt, daß im heutigen China ein Mann nur eine Frau haben kann. Er hat kein Recht mehr auf dich.«

Obwohl er recht hat, kann ich die Art, wie er das sagt, nicht ausstehen. Seine übertriebene Sorge um mich wirkt so aufgesetzt. Ich unterbreche ihn:

»Schon gut, Xu! Bitte, sag ihm, daß ich ihn nicht sehen will!«

»Wu Chun wollte ihn ursprünglich schnell loswerden, aber He Jingfu bestand darauf, ihn dazubehalten. Er läßt ihn sogar bei sich wohnen«, sagt er indigniert.

»Zhao Zhenhuan wohnt bei He Jingfu! Es war ganz allein He Jingfus Idee.«

Gut, daß ich keinen Spiegel habe; bei seinen letzten

Worten bin ich fast ohnmächtig geworden. He Jingfu hat Zhao Zhenhuan veranlaßt zu bleiben, und er wird mich überreden, ihn zu sehen. Das weiß ich! Aber ich kann mir nicht vorstellen, daß er Zhao Zhenhuan bei sich wohnen läßt. Früher stand Zhao Zhenhuan zwischen uns wie ein Bild in einem Zerrspiegel, durch den wir Dinge sehen, die wir schon längst hätten vergessen sollen. In diesen Tagen habe ich meine ganze Kraft darangesetzt, an jenem Zerrspiegel vorbeizukommen, mit He Jingfu eine Einheit zu bilden. Und nun will He Jingfu den Spiegel der Vergangenheit wieder zwischen uns stellen. Vergangenheit und Gegenwart lassen sich nicht trennen – sie werden meine Zukunft verschlucken. Ich habe soviel Haß in mir. Auf wen? Auf Zhao Zhenhuan? Auf He Jingfu? Auf diesen Botengänger Xu Hengzhong? Oder auf mich selbst? Ich weiß es nicht. Aber ich muß ihn sehen. Für alles, was er mir einmal bedeutet hat, will ich ihn sehen.

»Nun gut! Bitte, sag Zhao Zhenhuan, daß ich ihn doch sehen will!«

Xu Hengzhong kann meinen plötzlichen Sinneswandel nicht verstehen. Er versucht, mich davon abzubringen: »Beruhige dich doch! Du bist noch jung. Du bist nicht auf ihn angewiesen!«

»Ich bin ganz ruhig, keine Sorge! Ach Xu, beinahe hätte ich es vergessen . . . Ich habe meine Freundin Li Yining gebeten, sich nach einer Frau für dich umzusehen. Sie hat mich gestern angerufen.«

Er ist rot geworden.

»Sie kennt eine Frau, über dreißig, noch nie verheiratet gewesen, hübsch, aus wohlhabender Familie. Überleg dir, wann Li Yining ein Treffen für dich arrangieren soll.«

Er ist rot bis tief in den Nacken. Er ziert sich eine Weile und antwortet dann: »Nächsten Sonntag im Volkspark!«

Das ist wunderbar. Ich gratuliere ihm aufrichtig.

»He Jingfu wird wahrscheinlich kommen, um alles mit mir zu besprechen, und du hast ein Kind zu Hause, das auf dich wartet. Es ist besser, wenn du jetzt gehst.«

Er steht sofort auf. Noch im Gehen sagt er: »Ich fände es besser, wenn du ihn nicht sehen würdest . . .«

Dann steht Zhao Zhenhuan vor mir. Zögernd streckt er die Hand aus, aber ich rühre mich nicht. Er zieht seine Hand wieder zurück.

Ich starre ihn ganz offen an, schätze ihn ab. Sein Haar ist weiß, aber immer noch dicht. Er war immer sehr stolz auf sein dichtes, weiches, glänzend schwarzes Haar. Er hat es immer sorgfältig gekämmt. Jetzt wirkt es ungepflegt.

Früher waren seine Gesichtszüge harmonisch. Jetzt ist das Gesicht mager und kantig. Um Augen und Mund haben sich Falten gebildet.

»Schaut nach oben! Noch weiter! Noch ein bißchen! Ich muß euch ein paar Falten auf die Stirn malen.« War es in der fünften Klasse der Volksschule? Wir wollten auf der Straße ein Propagandastück aufführen und sollten ein älteres Paar darstellen. Der Lehrer, der uns schminkte, war sehr besorgt, weil wir keine Falten hatten. Wir konnten unsere Augenbrauen nicht weit genug nach oben ziehen. Es entstanden einfach zu wenig Falten. Der Lehrer streichelte uns enttäuscht und liebevoll über die Stirn und seufzte: »Lassen wir's! Zwei Linien genügen. Aber es wird nicht viel nützen.«

Er schüttete Mehl auf unsere Köpfe, um den Eindruck von weißem Haar zu erwecken. Wir machten Verrenkungen auf der Straße, sangen und schnitten Gesichter. Die Leute zeigten mit dem Finger auf uns: »Schaut die beiden an! Zum Totlachen!« Sein Vater schimpfte: »Unglaublich! Kinder, die ein Ehepaar darstellen!«

Das Leben ist schließlich doch der beste Maskenbildner. Wir brauchen nicht mehr angestrengt die Augenbrauen hochziehen, denn die Falten sind von selbst gekommen und nicht zu übersehen.

»Setz dich!« Ich deute auf einen Stuhl und gieße ihm Tee ein. Er mag ihn dünn.

Er wägt vorsichtig ab, läßt seinen Blick durchs Zimmer gleiten. Einige Bücher sind dazugekommen. Er sieht sie sich näher an. Die Wandfarbe blättert ab. Von dem Kinderkopf, den er damals für Hanhan mit Kreide an die Wand gemalt hat, sind noch Spuren übrig. Ich muß das Zimmer neu streichen.

Das Kinderbett, das wir gekauft hatten, steht jetzt in einer Ecke, begraben unter irgendwelchen abgelegten Sachen. Dort standen wir damals voll Bewunderung über unser Baby gebeugt, es war gerade ein paar Tage alt. Es hatte seine Gesichtsform und meine Augen. Als das Kind da war, habe ich ihm ein Telegramm geschickt: »Es ist ein Mädchen. Komm schnell!« Er kam, aber nach zwei Tagen erhielt er schon ein Telegramm von seiner Zeitung, das ihn dringend zurückrief. Er küßte das Kind und mich und ging. Er war noch nicht an der Tür, als mir schon die Tränen kamen. Ich hatte plötzlich das Gefühl, daß ich allein nicht zurechtkommen würde. Dieses kleine Wesen, wie sollte ich es alleine aufziehen können. Er blieb stehen, kam zurück und setzte sich neben mich.

»Ich fahre nicht! Es gibt nichts, was sie nicht auch ohne mich erledigen könnten.«

Ich wischte mir die Tränen ab und schob ihn zur Tür. »Geh, geh! Ich komm schon zurecht.« Er seufzte und stand auf. An der Tür drehte er sich noch einmal um. Ich hatte aufgehört zu weinen. Aber als ich seine Schritte auf der Treppe hörte, drückte ich mein Kind an mich und ließ den Tränen freien Lauf! Das Kind verstärkte meine Abhängigkeit von ihm. Ich hatte das Gefühl, daß ich ihn von jetzt an nicht mehr verlassen konnte.

Die Vase auf der Kommode ist neu, die Blumen sind frisch. Ursprünglich stand eine rote Glasvase dort, ein Hochzeitsgeschenk unsrer Kommilitonen. Wir hatten hübsche Plastikblumen drin. Am Tag unserer Scheidung habe ich sie zerschlagen. Ich wollte nichts mehr haben, was mich an ihn erinnerte.

»Du hast dich kaum verändert. Siehst immer noch jung aus!« sagt er, nachdem er mich prüfend angesehen hat.

Das sagt sich so leicht. Kaum verändert! Hast du gehofft, daß ich so aussehen würde wie du, das Haar ganz weiß? Meinst du, du hast mich noch nicht genug verletzt?

»Dem Himmel sei Dank, ich habe überlebt«, antworte ich ihm.

»Ich weiß, daß du mich haßt!«

Hassen? Das ist nicht genug! Ich verachte ihn. Ich lache kalt: »Wenn es so ist, dann hättest du nicht kommen sollen.«

»Ich wage nicht, etwas von dir zu verlangen. Ich möchte dich nur fragen, ob wir nicht Freunde sein könnten. Immerhin kennen wir uns von klein auf«, sagt er und hält dabei meinen Blick fest.

Freunde aus Kindertagen! Wie wahr! So eine wertvolle Freundschaft! Ich starre ihn an. Er weicht aus. Ich kann nicht anders als ihn anstarren!

»Ich weiß, daß ich keine Liebe mehr von dir verlangen kann. Aber wir sind zusammen aufgewachsen, wir waren Freunde. Sei nicht zu hart mit mir. Tritt mich nicht, wenn ich schon am Boden liege!« So habe ich dich damals in meinem Brief angefleht, kaum mehr in der Lage den doppelten Druck zu ertragen.

»Was zum Teufel willst du von mir? Was für eine Freundschaft aus Kindertagen? Übertreib nicht so!« war deine Antwort.

Ich zittere am ganzen Körper, als hätte ich diese Worte eben erst gehört. Ich sehe ihn an. Er scheint heute nicht mehr zu solchen Worten fähig, aber soll ich deshalb alles, was er früher gesagt hat, vergessen?

»Ich habe vergessen, in welcher Beziehung wir standen. Mein Gedächtnis ist nicht so gut wie deins.«

Er schweigt. Seine Mundwinkel zucken. Das hatte er früher nicht.

»Du wirst es bereuen!« habe ich ihm damals geschrieben.

»Und wenn ich als Bettler am Krückstock gehen müßte, würde ich es nicht bereuen. Ich will dich nicht mehr sehen«, war seine Antwort.

Ich habe seine Handschrift noch genau vor Augen. Sitzt heute derselbe Mann vor mir?

»Wie kannst du es wagen, hierherzukommen!« sage ich verächtlich. Er weiß bestimmt, was ich meine. Er wird seine eigenen Worte, seinen eigenen Brief wohl noch nicht vergessen haben!

Wieder zucken seine Mundwinkel. »Du kannst mich ruhig fragen, woher ich den Mut nehme, zu dir zu kommen. Kann ich rauchen?«

Ich schiebe ihm wortlos einen Aschenbecher hin, meine Hand zittert. Alle haben sie angefangen zu rauchen. Wenn sie deprimiert oder lebensüberdrüssig sind, trinken sie Tee oder Wein und rauchen. Sind sie denn ständig deprimiert? Es ist Zeit, daß das aufhört.

»Man denkt doch, man fühlt doch. Und wenn ich daran denke, was ich euch angetan habe, könnte ich mich dafür umbringen.« Er zündet sich eine Zigarette an und inhaliert tief.

Sich selbst umbringen! Ich hätte es beinahe getan. An jenem Tag, als ich nach der öffentlichen Anprangerung in die Schule zurückkam und mir der Scheidungsbrief übergeben wurde. »Du bist so rein! Du solltest nicht mit einer so groben Person verheiratet sein, wie ich es bin.« Ich rannte mit dem Kopf gegen die Wand und schlug mir Arme und Schultern grün und blau. Ich hatte Angst, daß das Kind es sehen könnte . . .

»Hör auf, hör auf! Ich will nichts mehr von deiner Reue hören. Ich bin keine Heilige, auch nicht der Liebe Gott. Wende dich an die. Ich kann das Vergangene nicht vergessen und will es auch nicht.«

Ich schlage dabei so heftig auf die Glasplatte des Schreibtisches, daß sie zerbricht. Meine Hand beginnt zu bluten. Er sieht es und will mir erschrocken das Blut abwischen. Ich weiche ihm aus, sauge an der Wunde.

Überraschung, Traurigkeit und Enttäuschung spiegeln sich in seinen Zügen. Nach einiger Zeit erscheint ein bitteres Lächeln auf seinem Gesicht.

»Sun Yue, ich weiß, daß ich Strafe verdient habe. Aber du gibst mir nicht mal Gelegenheit zur Reue. Das ist nicht fair!« Er bemüht sich sehr, ruhig zu bleiben und spricht betont langsam.

»Fair? Du willst Fairneß? Bist du damals fair gewesen?« brülle ich ihn an. Meine verletzte Hand schmerzt. Ich klebe ein Pflaster auf die Wunde.

»Sun Yue!« schreit er. Ich sehe ihn an. Er fängt sich wieder und fährt mit normaler Stimme fort:

»Ich bin nicht in erster Linie gekommen, damit du mir verzeihst, sondern damit du mich verstehst. Ich glaube, wir sollten einander verstehen, wir könnten einander verstehen. Wir haben nicht nur uns vor Augen, sondern auch unsere gemeinsame Vergangenheit, unsere Gegenwart und unsere Zukunft. Wir sind nicht mehr Mann und Frau, aber doch alte Schulkameraden, Freunde, die Eltern unseres Kindes. Du mußt auf mich keine Rücksicht nehmen, aber auf das Kind.«

»Hast du jemals auf das Kind Rücksicht genommen?«

Als er Hanhan erwähnt, möchte ich ihn am liebsten anspucken.

»Mama, warum ist Papa nicht gekommen?«

»Papa hat viel zu tun, Kind. Sei lieb und rede nicht ständig von ihm, ja?«

»Alle meine Freunde im Kindergarten haben eine Uniform. Ich will auch eine Uniform!«

»Ich kauf dir eine.«

»Alle haben ihre Uniform von ihrem Papa. Ich will meine auch von meinem Papa.«

»Gut, ich schreibe Papa, daß er dir eine kaufen soll.«

Ich tat so, als würde ich einen Brief an Zhao Zhenhuan schreiben. Dann wartete ich drei Tage und kaufte eine Uniform.

»Papa ist ja so lieb! Mama, bitte schreib Papa und sag danke. Ich schreibe auch, ja?«

»Schreib nur, Kind! Schreib! Wieviel Zeichen kannst du schon?«

»Genug, um ›danke Papa‹ zu schreiben.«

Er will, daß ich Rücksicht auf das Kind nehme!

»Sun Yue, bitte sag es nicht!« Seine Augen und seine Stimme flehen mich an, nicht weiterzusprechen. Ich drehe mich weg und wische mir ein paar Tränen aus den Augen, die ich nicht zurückhalten kann.

»Ich habe Hanhan großes Unrecht zugefügt. Von heute

an will ich es wiedergutmachen. Willst du mir nicht mal dazu Gelegenheit geben. Schau, mein Haar ist schon ganz weiß. Ich habe noch . . .«

Er zieht seine Brieftasche heraus und zeigt mir das Foto. »Das habe ich immer bei mir getragen . . .«

Ein Foto von uns drei, an Hanhans erstem Geburtstag.

Ich spüre, wie sich meine Wut legt. Was bleibt, ist Trauer.

»Sun Yue, du mußt mir glauben, die Lektion, die mir das Leben erteilt hat, ist härter gewesen als dein Tadel. Mir ist jetzt klargeworden, daß ich dich früher nicht wirklich geliebt habe, oder besser, dich nicht ganz und gar geliebt habe. Vollkommen geliebt hat dich nur einer – He Jingfu. Ihr habt recht. Man braucht ein Ziel, man braucht Ideale, und man darf in seiner Suche nach dem Sinn des Lebens nicht nachlassen. Ich bin nur gekommen, um dir das zu sagen. Ach Sun Yue, wenn man noch einmal von vorne anfangen könnte . . .«

Ich schneide ihm das Wort ab: »Sei still! Du hast jetzt eine neue Familie. Du mußt weitermachen, für deine Frau, für dein Kind. Du mußt weitermachen!«

»Laß mich meine Tochter sehen! Ich glaube . . .« Er steht auf und geht zu meinem Schreibtisch. Mit gesenktem Kopf schaut er sich die Fotos unter der Glasplatte an. Alle sind von Hanhan, vom Babyalter bis jetzt. Ich habe sie dort hingelegt, um sie jeden Tag vor Augen zu haben. Er betrachtet jedes einzelne, streichelt es und murmelt unaufhörlich: »Hanhan! Hanhan!«

Mir ist zum Heulen, aber ich will vor seinen Augen nicht weinen.

Er setzt sich auf meinen Stuhl. Wenn er früher zu Besuch nach Hause kam, habe ich ihm immer diesen Stuhl überlassen. Jedesmal zog er mich zu sich herunter und flehte mich an:

»Bitte um eine Versetzung. Damit wir endlich zusammen leben können. Wir sind schon zu lange getrennt und immer in Sorge um den anderen. Trennung kann ja schöne Gedichte hervorbringen, aber Gedichte sind nicht das Leben.«

Damals antwortete ich: »Wir müssen uns danach richten, was die Partei für uns vorsieht. Die Partei kümmert sich um uns. Wir dürfen uns nicht mit einer Forderung an die Partei wenden. Ich bin Parteimitglied.«

»Habe ich seine Stellung bei dir irgendwie in Frage gestellt?« Diese Frage kommt plötzlich und treibt mir den kalten Schweiß aus den Poren. Wenn ich damals He Jingfu gewählt, mit ihm gelebt hätte und wenn dieser unglaubliche Sturm nicht über uns hereingebrochen wäre, hätte diese Tragödie dann je stattgefunden?

Er legt seinen Kopf auf meinen Schreibtisch. Seine Schultern zucken. Ich kann ihn nicht weinen sehen. Wenn ich während unserer Studentenzeit nur einige kalte Worte zu ihm gesagt habe, hat er immer sofort geweint oder ist krank geworden.

Ich gehe hinüber und bleibe neben ihm stehen. So wie ich es vor zehn Jahren gemacht habe. Er saß, und ich stand neben ihm. Seine Schultern zucken noch immer. Unwillkürlich lege ich meine Hand auf sein weißes Haar und sage: »Wein doch nicht! Ich bin ja einverstanden! Du kannst sie sehen.«

Er dreht sich plötzlich um, packt meine Hand und drückt sie an sein Gesicht. Die Tränen laufen an meinen Fingern entlang, warme Tränen. Sie durchnässen mein Pflaster. Die Wunde fängt wieder an weh zu tun. Ich zittere am ganzen Körper. Was soll das? Versöhnung? Verzeihung? So leicht? Ein paar Tränen und schon ist die Schmach weggewaschen? Ein paar schöne Worte und schon ist der Schmerz ausgelöscht? Im Gegenteil! Die Tränen reizen nur die offene Wunde.

Aber was soll ich mit ihm machen? Ich habe immer noch nicht gelernt, wie man Rache nimmt.

»Ist sie gut in der Schule?« fragt er.

»Sehr gut! Sie ist sehr fleißig.« Ich ziehe meine Hand zurück.

»Gib mir Gelegenheit, alles wiedergutzumachen bei ihr. Ich wäre dir so dankbar, Sun Yue!« Er sieht mich flehend an.

Ich schaue auf die Uhr. Es ist fast Mittag. Hanhan hat heute nachmittag keinen Unterricht. Sie wird zum Mittagessen heimkommen. Soll ich zulassen, daß sie sich treffen?

»Komm, Hanhan! Das ist dein Papa.« Ich schiebe sie zu ihm hinüber. Aus welchem Film stammt diese Szene? Richtig! Es war ein ausländischer Film. Der Vater kommt, um sein uneheliches Kind zu sehen. Und die verlassene Mutter akzeptiert ihn schließlich um des Kindes willen als Ehemann. Dieser Vater war noch ledig. Er war also vollkommen im Recht, eine Versöhnung herbeizuführen. Aber was für eine Rolle soll ich heute spielen? »Hanhan, das ist dein Vater. Sag Papa zu ihm!« Sie nennt uns dann beide im gleichen Atemzug Mama und Papa. Was würde man davon halten? Was würden die Leute denken? Würden sie sagen, daß ich großzügig bin oder so nachgiebig, daß man alles mit mir machen kann?

»Es ist schon spät. Geh jetzt! Ich spreche mit Hanhan, ob sie dich sehen will«, sage ich schließlich.

Er wird nervös: »Wird sie mich sehen wollen? Hast du ihr beigebracht, mich zu hassen?«

»Ich weiß nicht, ob sie dich sehen will oder nicht. So viele Jahre hatte sie keinen Vater. Und jetzt plötzlich tauchst du auf . . . Ich könnte mir vorstellen, daß sie dich vielleicht gar nicht sehen will«, sage ich kalt und versuche, meine Sympathie für ihn zu unterdrücken.

»Ich flehe dich an, Sun Yue! Du darfst mir diese letzte Hoffnung nicht auch noch nehmen. Vor dir liegt eine glückliche Zukunft. Du hast He Jingfu . . .« Schon wieder dieses Zucken.

Ich habe He Jingfu! Eine namenlose Wut steigt in mir auf. Ich packe einen Stuhl und lasse ihn auf den Boden krachen, meine Stimme überschlägt sich: »Ich hasse dich! Nie werde ich dir verzeihen!«

Sein Gesicht verzerrt sich. Mein Herz bleibt fast stehen. Wir stehen einander gegenüber und starren uns an, lange, sehr lange. Er wendet sich als erster ab und sagt leichthin: »Gut! Ich gehe. Sun Yue, eines Tages wirst du bereuen, was du heute getan hast. Um des Kindes willen wirst du es ganz sicher bereuen.«

Er geht. Ich stehe wie angewurzelt und bringe kein Wort des Abschieds heraus. Werde ich es bereuen? Um des Kindes willen? Habe ich etwas falsch gemacht? Seit ihrer Geburt mußte ich allein für sie sorgen, habe mir alles vom Mund abgespart, alle Schwierigkeiten allein getragen. Habe ich das alles nicht für sie getan? Jetzt, wo sie groß ist, freuen sich alle mit mir, Genossen, Freunde, Verwandte: »Sun Yue, das Schlimmste ist vorbei.« Keiner, der das nicht durchgemacht hat, kann verstehen, was das »Schlimmste« bedeutet. In all den Jahren hat mich nur ein Gedanke aufrechterhalten: Ich muß das Kind großziehen, um jeden Preis, muß ihm eine gute Ausbildung verschaffen. Das Kind ist mein ganzes Leben, meine ganze Hoffnung. Um des Kindes willen muß ich weiterleben. Um seinetwillen kann ich zu ihm, Zhao Zhenhuan, ohne die geringste Scham sagen: »Du bist der Verlassene, nicht ich!« Sollte Hanhan unter diesen Umständen nicht mir allein gehören? Jeder, ganz gleich wer, muß das gerechterweise zugeben. Aber jetzt soll ich sie einem anderen anbieten, soll mein Herzblut für den Trost eines anderen opfern, für jemand, der mich und sie verlassen hat und mir sagt, daß ich ihr sonst Unrecht tun und es noch bereuen würde! Ist das wahr? Kann es eine so himmelschreiende Ungerechtigkeit geben? Ich kann es nicht glauben! Ich kann es einfach nicht glauben!

Ich höre das Klappern ihrer Schritte die Treppe heraufkommen: »Mama. . .!« Ihre Stimme hat einen übermütigen Klang. Was hat sie auf dem Herzen? Ich zwinge mich, gelassen zu erscheinen: »Du bist schon da?«

»Mama, rat mal?« Schon steht sie vor mir, die Hand auf die Brust gepreßt, über das ganze Gesicht strahlend.

Ich schaue sie an. »Das Jugendabzeichen, ja?« Glücklich nimmt sie die Hand weg. Tatsächlich, das Abzeichen. Die bis jetzt parteilose Genossin Sun Han ist in den Kommunistischen Jugendverband aufgenommen worden. Ich freue mich von Herzen für sie und lache, als sie mich umarmt.

»Mama, wie alt warst du, als du in die Jugendorganisation aufgenommen wurdest?«

»Vierzehn!«

»Ich bin älter, als du warst.«

»Nicht viel älter. Außerdem bist du viel reifer als ich damals.«

Ihre Augen glänzen. Ich war genauso, damals. Allerdings

hatte ich außer meinem festen Glauben keine anderen Gedanken im Kopf. Hanhan ist anders.

»Mama, es ist nicht gut, zuviel zu verstehen, nicht wahr? Meine Klassenkameraden sagen, ich sei etwas labil, mal himmelhochjauchzend, mal zu Tode betrübt. Aber es ist halt so, Mama. Ich bin ganz begeistert, wenn ich in der Zeitung etwas über gute Menschen und gute Dinge lese, und ganz verzweifelt, wenn ich schlechte Menschen und schlechte Dinge sehe. Ich versuche, das zu überwinden. Du hilfst mir, Mama, ja?«

Ich tätschle lachend ihren Kopf. Ich kann auf ihre Gefühle keinen Einfluß nehmen. Als ich jung war, waren meine Gefühle stabil; ich habe mich ganz geradlinig entwickelt. Aber jetzt? Ich bin mir nicht mehr sicher, ob es gut oder schlecht ist, wenn die Gefühle so eindeutig sind. Hängen damit nicht auch Ignoranz, Schwerfälligkeit und Beschränktheit zusammen? Ich weiß es nicht genau. Je älter ich werde, umso weniger Selbstvertrauen habe ich, ganz anders als Hanhans Schulkameraden. Ich kann ihr keine definitive Antwort geben.

»Mama, ist unsere Generation so wie eure?« Sie ist sehr aufgeweckt, ständig denkt sie nach, fragt.

»Wie meinst du?«

»Kompliziert?«

»Meinst du nicht?«

»Unser Leben wird doch glatt verlaufen, oder, Mama?«

Das Leben wird doch glatt verlaufen! Das ist die einzige Hoffnung des Kindes. Aber ist das möglich? Ich kann ihr keine Garantie dafür geben. Während meiner Schulzeit habe ich viele Lehrer und andere Erwachsene sagen hören: »Ihr seid nicht so wie wir. Euer Weg verläuft glatt. Ihr lebt wie in Watte gepackt!« Aber in der Watte steckten am Ende doch Spitzen und Kanten. Sollen wir das unserer nächsten Generation auf den Lebensweg mitgeben? Nein! Hanhans Anfang war nicht glatt. Sie mußte mehr Leid und Kummer ertragen als andere Kinder. Das ist die erste Hinterlassenschaft ihrer Eltern. Was können wir ihr noch mitgeben? Was kann sie selbst erreichen?

»Hanhan!« Ich hebe ihren Kopf von meiner Schulter

und sehe sie zärtlich an. »Ich muß etwas mit dir besprechen!«

»Was denn, Mama?« Sie ist immer noch glücklich, ihre Augen übermütig.

»Dein Papa ist gekommen. Er will dich sehen.«

Das Lächeln verschwindet von ihrem Gesicht. »Wo ist er?«

»Bei Onkel He.«

»Warum wohnt er dort?« Sie scheint sehr erstaunt. Was meint sie denn?

»Onkel He hat ihn eingeladen«, sage ich ruhig.

»Aha! Hast du ihn gesehen?«

»Ja! Willst du ihn sehen?«

». . .«

»Entscheide selbst.«

». . .«

»Ich jedenfalls kann ihm nicht verzeihen. Ich kann die Vergangenheit nicht vergessen. Aber du? Dich kann ich zu nichts zwingen.«

Mein Herz rast. Was will ich von ihr hören? Ich hoffe, daß sie meine Lage versteht, daß sie nicht den Eindruck hat, daß ich sie noch mehr belasten will. Das ist ein Widerspruch, ich weiß.

Ich warte auf ihre Antwort. Sie beobachtet mich genau, besonders meine Augen, als läge die Antwort in ihnen. Nach langer Zeit sagt sie endlich:

»Ich will ihn nicht sehen, Mama!«

»Hanhan!« Ich umarme sie. »Wir brauchen einander! Wir brauchen einander!«

Hanhan nickt und legt ihren Kopf an meine Brust. Ich werde langsam ruhiger.

Vielleicht hätte ich sagen sollen: »Geh, Kind! Ich will nicht, daß du für Mama ein Opfer bringst!«

Vielleicht hätte ich sagen sollen: »Verzeih ihm, Hanhan! Deine Mutter hat auch Fehler gemacht.«

Aber ich sage nur: »Lassen wir's dabei, Hanhan! Komm, wir essen!«

19. Hanhan

Warum nur hat mir die Geschichte gleich als erstes eine solche Last auf die Schultern gelegt?

Das gewöhnliche Wort »Vater« hat plötzlich die Bedeutung »mein Vater« bekommen. Seit Mutter mir seinen Brief zu lesen gab, hasse ich ihn. Er hat Mutter sitzenlassen, er hat mich sitzenlassen, deshalb hasse ich ihn. Er lebt mit dieser Frau zusammen, die ich nicht kenne, deshalb. Ich kann nicht an ihn denken, ohne rot zu werden; ich darf »meinen Vater« vor den Mitschülern nicht erwähnen, ich hasse ihn.

Seine Haare sind schon weiß, schreibt er – recht geschieht ihm! Und wie sieht er jetzt aus, mit seinem weißen Haar? Wie ein Alter? »Alter«, so werde ich ihn jetzt nennen. Sieht er immer noch gut aus, dieser »Alte«?

Er schreibt, daß er eine Tochter hat, die Huanhuan heißt. So heiße ich eigentlich auch. Warum hat er sich für diese Tochter keinen anderen Namen ausgedacht? Er sehne sich täglich nach mir, hat er geschrieben – als ob ich solchem honigsüßen Geschwätz glauben würde! Wenn er sich nach mir sehnt, warum besucht er mich dann nicht einmal?

Heute, bei der Parteizellenversammlung, als ich in den Kommunistischen Jugendverband aufgenommen wurde, sagte mein Lehrer: »Sun Hans rasche Fortschritte in letzter Zeit sind nicht zu trennen von ihrer Erziehung im Elternhaus.« – Mich hat meine Mutter erzogen, so ist das. Meine Eltern – das ist allein meine Mutter. Der »Alte« hatte nichts damit zu tun. – Wie ihm wohl zumute sein mag, wenn er erfährt, daß ich jetzt im Kommunistischen Jugendverband bin? Ob er sich so freut wie Mutter? »Ich habe noch eine Tochter in Shanghai, die ist schon im Kommunistischen Jugendverband!« wird er den Leuten erzählen, »ein Glück, daß Hanhan ihre Mutter hat! Ich habe meine Pflicht als Vater schlecht erfüllt! Ich sollte mich schämen!«

Irgendwie so wird er mit seinen Freunden reden. Ach Quatsch, er erfährt ja gar nichts davon. Mutter wird's ihm nicht erzählen, und ich auch nicht. Er war schon immer Luft für uns, wir haben so getan, als gäbe es ihn nicht. Wenn er sich ärgert, soll er doch! Sowieso hat er wieder eine Huanhuan. – Ob die mir ähnlich sieht? Das würde ich wirklich gern wissen! Wenn sie bloß nicht so ist wie diese gemeine Frau! Die hat an allem Schuld!

Und heute ist er plötzlich da – »mein Vater«!

Soll ich ihn treffen? Den Vater? Diesen Vater! Selbstverständlich muß ich nicht! Aber ich würde so gern mal sehen, ob seine Haare tatsächlich schon weiß sind. Wollte ich ihn nicht auch noch fragen: Was willst du überhaupt hier? Du kannst ruhig so tun, als gäbe es mich gar nicht!

Ich soll selber entscheiden, sagt Mutter. Warum eigentlich? Kann sie das nicht, als Oberhaupt der Familie? – »Ich kann ihm einfach nicht verzeihen«, sagt sie. Soll ich ihm da etwa verzeihen? Drängen tut Mutter mich nicht. Aber was erhofft sie sich von mir? Ich müßte ihre Augen sehen, aber sie weicht meinem Blick aus. – Ich kann doch keine andere Haltung einnehmen als sie. Auf keinen Fall. Mutter hat mich großgezogen, ich muß mich auf ihre Seite stellen. Auf seiner Seite steht diese gemeine Frau.

»Nein, ich will ihn nicht sehen, Mama!« Mutters Augen leuchten auf, sie scheint sich zu freuen. Das war es, was sie gehofft hat. Ich habe richtig geraten. Hätte ich anders entschieden, dann würde sie sich jetzt grämen.

Nach dem Essen soll ich mich zu ihr setzen, sie schließt mich in die Arme und will mich trösten.

Lange sitzen wir so. Wie rasch ihr Herz klopft! Wortlos streichelt sie mir über den Kopf, ganz sanft, ganz vorsichtig, manchmal seufzt sie. Wenn das so weitergeht, werde ich bestimmt heulen! Das darf ich nicht, ich muß stärker sein. Ich mache mich von ihr los und öffne meine Schulmappe. Viel zuviel Hausaufgaben heute! Sprachen, Geometrie, Physik – die Lehrer scheinen zu wetteifern, wer am meisten aufgibt. Schon seit einer Ewigkeit habe ich nicht mehr ferngesehen und keinen Roman mehr gelesen. Ich werde immer kurzsichtiger, während sich die Lehrer über meine Fortschritte freuen. – Freizeit futsch, Augen kaputt: Das heißt dann Verbesserung!

»I have lived today.« Heute habe ich einen schönen Tag verbracht. »I have lived today.« Heute habe ich einen schönen Tag verbracht. »I have lived today.« Habe ich heute einen schönen Tag verbracht? Heute wurde ich in den Kommunistischen Jugendverband aufgenommen. Heute ist mein Vater da.

»Hanhan, warum liest du immerzu diesen einen Satz?«

»Mir ist ein bißchen schwindlig, und müde bin ich! Diese endlose Versammlung. – I have lived today.« – Mein Vater wartet bei Onkel He auf mich. Wird er traurig sein, wenn ich nicht komme? – »I have ...«

»Hanhan, du sollst nicht lernen, wenn du müde bist. Geh ein bißchen nach draußen!«

»Aber wir haben so viel auf ...«

»Macht nichts, heute ist ein besonderer Tag – ich bin dir nicht böse, wenn du deine Aufgaben nicht schaffst.«

Mutter spricht ganz leise, bestimmt ist sie sehr traurig. Ich bin ja auch traurig, Mama! – Besonderer Tag heute! Ein bißchen viel auf einmal.

»Hanhan, du nimmst mir das doch nicht übel?« fragt Mutter plötzlich. Anscheinend hat sie mich die ganze Zeit nicht aus den Augen gelassen, beobachtet jede meiner Regungen. Das ist ja schlimm mit dir, Mama! Ich muß doch arbeiten!

»Was soll ich dir übelnehmen, Mama?« Ich tu so, als hätte ich sie nicht verstanden. Klappe mein Englischbuch zu.

»Würdest du ihn nicht doch gerne sehen? Gehst du nur deshalb nicht hin, weil du mich nicht traurig machen möchtest? Du hältst mich für egoistisch, und das nimmst du mir übel, nicht wahr, Hanhan?«

Plötzlich kommt sie mir alt vor, wie eine geschwätzige alte Tante. – Frag doch nicht! möchte ich ihr sagen, du machst einen ja ganz verrückt! Aber der Ausdruck ihrer Augen hindert mich daran. – Geometrieaufgaben: Dreiecke zeichnen. Das ganze Übungsheft ist voll mit Dreiecken. Ein Punkt – ganz einfach. Bei zwei Punkten entsteht schon eine Linie – genau wie zwischen Mutter und mir. Aber noch ein Punkt mehr, ein einziger nur, dann entstehen plötzlich aus dem Nichts zwei weitere Linien, die sich zum Dreieck fügen, und man bekommt eine Fläche! Ganz schön kompliziert! Was passiert, wenn man diesen einen Punkt wegwischt? Aber Vater ist nicht wegzuwischen. So kompliziert liegen die Dinge auf dieser Welt. Das Bekannte . . . und das, was man erst beweisen muß . . . ach, wie lästig. Bereits Bekanntes, bereits Bekanntes! Mir ist bekannt, daß Vater bei Onkel He ist, muß ich ihn zum Beweis noch sehen? Wer kommt auf die Lösung? Nein, ich will gar nicht drauf kommen. Raus will ich, ein bißchen rumlaufen. Einfach irgendwo rumlaufen. Aufstehen, Türe öffnen . . .

»Hanhan, wo willst du hin?«

»Zu 'ner Schulfreundin, ein bißchen spielen.«

»Sag mir, wo sie wohnt, ich möchte dich nachher abholen.«

»Nicht nötig, Mama. Ich komme alleine heim, ich bleib nicht lange.«

Nanu, seit wann regnet es? Dieser ekelhafte, feine Nieselregen. Mutter sagt, das ist schlechter Regen: Wenig Regen – nasses Kleid; wenig Worte – Herzeleid. Na, dann werde ich eben naß, nochmal zurückgehen und den Schirm holen, dazu hab ich keine Lust.

Und nun, wohin?

Papa ist bei Onkel He. Onkel He hat ihn eingeladen. Warum eigentlich? Ob er meinen Vater gern mag? Nein, unmöglich. Xi Wang hat mir einmal anvertraut: Onkel He liebt deine Mutter. Und dann fragte er auch noch, ob mir das recht sei.

»Das weiß ich auch ohne dich«, erklärte ich ihm.

»Na großartig. Woher denn?« fragte er grinsend.

»Das sieht man doch! Pah, du denkst wohl, nur du verstehst sowas?«

»Ei, Klein Hanhan versteht was von der Liebe.« Er lachte mich aus zusammengekniffenen Augen an und tat ganz überheblich. »Ich versteh's eben schon, na und?«

»O.k., o.k. Nehmen wir mal an, du verstehst was davon, wärst du einverstanden mit Onkel He?«

Ich gab ihm keine Antwort. Ich kann mich doch nicht einfach so über Erwachsenenangelegenheiten auslassen.

Und wenn, würde ich doch Xi Wang nicht meine Meinung auf die Nase binden! Für wen hält er sich eigentlich? Hätte Mutter mich gefragt oder Onkel He, dann würde ich sagen: »Einverstanden! Restlos einverstanden!« Ich habe Onkel He doch gern! Wirklich, schrecklich gern!

Aber jetzt, wo mein Vater gekommen ist, paßt es mir da noch, daß Onkel He und Mutter sich mögen? – Sowas kann einem schon zu schaffen machen. Hängt nicht alles davon ab, was für ein Mensch mein Vater ist? Wenn er ein schlechter Mensch ist – dann doch lieber Onkel He. Aber würde Onkel He einen schlechten Menschen bei sich aufnehmen? Ganz bestimmt nicht. Nur, müßte er meinen Vater nicht eigentlich hassen? Eifersüchtig sein, so wie Othello? Othello hat Desdemona umgebracht – wie schrecklich, die Liebe! Am besten, ich werde später Nonne.

Komme ich so nicht geradewegs zu Onkel He? Also gut, schau ich kurz bei ihm vorbei und frage ihn, warum er meinen Vater aufgenommen hat. Wenn ich ihm dabei über den Weg laufe . . . dann ist's halt so, jedenfalls habe ich ihn nicht absichtlich besucht und muß Mutter nicht beschwindeln.

Bumbumbum! Bumbumbum!

»Wer ist da? Was soll der Krach?«

Xi Wangs Stimme – »Ich bin's, Hanhan! Ist Onkel He nicht da?«

Die Tür geht auf. Meine Blicke inspizieren das Zimmer: nur zwei Männer sind im Raum, Onkel He und Xi Wang. Die wattierte Decke auf dem Bett ist zurückgeschlagen, aber ganz zusammengefallen. Da scheint keiner darunterzustecken. Er ist fort? Meine Augen brennen – bloß jetzt nicht heulen und mich von Xi Wang auslachen lassen.

Onkel He streckt die Hand aus, zieht mich zu sich und zupft liebevoll an meinem Zopf. Mir fallen die dunklen Ringe um seine Augen auf, müde sieht er aus – auch wegen dieser Geschichte? Was hat er heute nur? Wie eindringlich und forschend er mich anschaut! Wie Mutter vorhin – als gäb's auf meiner Stirn lauter Schriftzeichen zu lesen. Ich mag nicht, wenn er mich so anstarrt. Nein, das halte ich nicht aus, jetzt fange ich doch an zu weinen. Ohne zu fragen warum, drückt Onkel He meinen Kopf an sich und wischt mir mit den Fingern die Tränen ab. Auch Xi Wang fragt nicht.

»Komm, Hanhan! Heute war doch ein Glückstag!« Er zupft mich auf einmal lächelnd am Zopf. – Glück soll ich heute gehabt haben? Was meint er denn?

»Da, das Abzeichen des Kommunistischen Jugendverbandes! Herzlichen Glückwunsch!« Er deutet auf meine Brust. Tatsächlich, das habe ich glatt vergessen, Onkel He zu erzählen. Aber Xi Wang, was hält er vom Kommunistischen Jugendverband? Er selber ist doch gar nicht Mitglied! – »Dazu bin ich schon zu alt! Ich trete doch nicht mehr in eine Jugendorganisation ein«, hat er einmal zu mir gesagt. »Dann willst du wohl in die Partei eintreten?« fragte ich ihn. »Hm? Kommt drauf an, mal sehen«, meinte er. – »Was denn sehen? Ob du die Voraussetzungen erfüllst?« wollte ich wissen. »Was für Voraussetzungen? Wenn ich mich mit meinem Vater vergleiche – wer von uns beiden bringt wohl die besseren Voraussetzungen für die Partei mit?« – »Natürlich du.« – »Eben. Du mußt zugeben, in diesem Punkt mangelt es dir noch etwas an Verständnis, da fehlt dir im Vergleich zu mir doch noch eine klitzekleine Kleinigkeit! Eh?« – Alles wieder in diesem überheblichen Ton! – Aber heute beglückwünscht er mich, und er scheint's ehrlich zu meinen.

»Tatsächlich, Hanhan! Hab ich ja noch gar nicht gesehen!« Onkel He bewundert ebenfalls mein Jugendverbandsabzeichen. »Auch von mir, herzlichen Glückwunsch.«

Onkel He läßt mich an seinen Schreibtisch setzen und packt eine Handvoll Bonbons vor mich hin. Dann setzt er sich auf sein Bett.

Was ich mir heute gedacht habe? Das rote Pionierhalstuch umgewickelt, Aufnahme in den Kommunistischen Jugendverband, Parteieintritt, eine Heldin werden? Schritt für Schritt höher hinauf, so wie in den Romanen? Mir kommt's so vor, als läge vor mir ein Berg mehr, hoch und steil und ohne Stufen, und um den zu erklimmen, braucht man gar nicht unbedingt ein Held zu sein, aber man braucht dennoch Riesenkraft, eine Riesenkraft!

Kann ich ihm so etwas erzählen? Nein, nein, er würde fragen: »Versuch mal zu definieren: Was ist das für ein Berg? Warum mußt du diesen Berg besteigen? Ändere doch einfach deine Richtung!«

»Warum sagst du nichts?« fragt Xi Wang.

Ich schüttle den Kopf: »Ich habe mir gar keine Gedanken gemacht. So ein mieses Wetter heute, Onkel He! Man wird ganz trübsinnig dabei.« Bei diesen Worten kann ich auf einmal die Tränen nicht mehr zurückhalten. Soll's Xi Wang doch sehen! Er kann doch auch nicht immer fröhlich sein. Hat er denn noch nie geweint?

»Hat deine Mutter dir von deinem Vater erzählt?« fragt Onkel He leise, ich nicke. »Und, was meinst du?« Ich schüttle nur den Kopf.

Xi Wang scheint unbedingt etwas sagen zu wollen. Er schiebt seine Brille nach oben und schaut mich an wie ein alter Mann: »Hanhan, willst du nicht offen mit uns reden? Ehrlich gesagt, wenn er mein Vater wäre, ich würde mich mit ihm treffen. Unbedingt!«

Verwundert schaue ich ihn an. Das hätte ich nicht gedacht. Warum legt er für meinen Vater ein gutes Wort ein, wo er doch mit seinem eigenen Vater nicht gut auskommt? Meint er das ehrlich? Mein Blick wandert zu Onkel He, der nickt mir zu: »Du solltest dich mit ihm treffen, Hanhan. Deine Mutter sieht das zu emotional.«

Mir ist, als hätte ich eine Eiskugel verschluckt, mir wird kalt im Bauch, aber zugleich angenehm süß. Daß sich auch Onkel He für meinen Vater einsetzt, beweist, daß er kein schlechter Mensch sein kann. Der gute Onkel He, gar nicht eifersüchtig. – Na, vielleicht hat mir Xi Wang damals etwas Falsches erzählt, und auch ich kann mich getäuscht haben. – Aber warum interessiert sich Mutter so für seine Tabakspfeife? – Am liebsten würde ich geradeheraus zu ihm sagen: Ich weiß, daß mein Vater bei dir wohnt, darum bin ich nämlich hier: Ich möchte ihn sehen. – Aber was ist mit ihm? Wo steckt er? Wieder durchsuche ich mit Blicken das Zimmer, um eine Spur von ihm zu entdecken. Doch da ...

»Dein Vater wollte deiner Mutter nicht weh tun, deshalb

hat er beschlossen, dich nicht zu treffen. Diesen Brief hat er für dich dagelassen.«

Als ob er Gedanken lesen könnte! Er nimmt einen Brief aus der Schublade und gibt ihn mir. »Dem Genossen He Jingfu mit der Bitte um Weitergabe an Zhao Huan.« Die fremde Schrift, der fremde Name – wie dünne lange Haken stochern sie längst verblaßte Erinnerungen in mir auf. Er hielt mich gerne mit ausgestreckten Armen in die Luft und versuchte, mir Angst einzujagen: »Jetzt laß ich dich fallen, jetzt laß ich dich fallen!« – »Trau dich doch, trau dich doch!« – Ich hatte keine Angst. Er traute sich nicht. Dann machte ich ihm bange: »Ich springe runter! Ich springe runter!« Und ich strampelte tatsächlich ein bißchen mit den Beinen in der Luft herum, so daß er mich nicht mehr richtig halten konnte. Er stellte mich schleunigst auf die Erde und schloß mich fest in die Arme: »Du kleiner Strolch, du, frech wie deine Mama!« Dann gab er mich frei. – Das ist lange her. Und doch bin ich immer noch seine Tochter, er ist mein Vater. Fünfzehn Jahre bin ich jetzt, und das ist der erste Brief, den er mir schreibt.

Ich lese ihn mit dem Gesicht zur Wand.

> Huanhuan, nun ist die Gelegenheit, Dich zu sehen, vorbei und ich kann mich nur schwer damit abfinden. Ich weiß, deine Mutter wollte nicht, daß wir uns treffen. Aber Du, hättest Du mich sehen mögen? Ich habe Dich und Deine Mutter damals unglücklich gemacht, das werde ich mir nie verzeihen. Ich habe Dir gegenüber meine Vaterpflichten nicht erfüllt, ich stehe tief in Deiner Schuld. Von nun an werde ich das Versäumte bestimmt nachholen und Dir künftig ein Vater sein, der diese Bezeichnung verdient.
>
> Huanhuan, vergiß mich nicht. Ich habe Fehler gemacht, Du kannst mich hassen, mich verabscheuen, aber vergiß mich nicht. Ich bin dabei, meine Fehler wiedergutzumachen. Dazu brauche ich Kraft, liebe Tochter! Willst Du mir helfen?
>
> Huanhuan, mein Kind!
>
> Mein Haar ist schon weiß, da beginnst Du gerade

erst, das Leben zu verstehen. Ich setze große Hoffnungen in Dich. Jeden Tag wünsche ich Dir und Deinen Kameraden, daß ihr ein anderes Leben führen könnt und nicht dieses Drunter und Drüber erleben müßt wie meine Generation. Eure Zukunft ist hell. Streng Dich an, mein Kind!

Sag Mutter: Ein jeder kann auf den falschen Weg geraten. Aber selbst wenn man nicht mehr zurückkann, bereuen kann man es doch. Es gibt schon genug Haß zwischen den Menschen und genug Abgründe. Die müssen jetzt mit Verständnis und Freundschaft wieder überbrückt werden. Ich glaube fest, eines Tages wird sie mit mir einer Meinung sein.

Ich gehe jetzt, aber wir werden uns wiedersehen.

Dein Vater

»Papa!« Jahrelang habe ich ihn nur heimlich für mich so genannt. Heute möchte ich ihn in seiner Gegenwart, vor aller Welt, so nennen. Aber er ist fort, er kann nicht mehr hören, daß ich ihn rufe.

Ein alter Mann, den Kopf voller weißer Haare, kommt auf mich zu und streckt mir seine zittrigen Hände entgegen: »Hanhan, Hanhan! Stütze mich, ich bin doch alt! Aber ich muß noch auf diesen Berg steigen, um von der Vergangenheit loszukommen.« – Armer Vater, Hanhan kommt, kommt und stützt dich, bis du hinauf auf den Gipfel des Berges gekrochen bist.

Eine alte grauhaarige Frau kommt auf mich zu und streckt mir ihre zittrigen Hände entgegen: »Hanhan, Hanhan! Rasch, halte mich, der Berg da vorn stürzt gleich ein, er wird mich unter sich begraben!« – Liebe Mutter, ich komme! Hanhan hilft dir und führt dich weit, weit fort, dorthin, wo du diesen Berg nicht mehr siehst!

Sie meinen ja beide denselben Berg!

Zwei Paar Hände umklammern meine Arme, es reißt mich in zwei Teile, mein Herz bricht entzwei! Vater, Mutter, warum könnt ihr nicht gemeinsam in dieselbe Richtung gehen, auf demselben Weg? Warum mußtet ihr auseinander? Für Reue ist es nun zu spät! Es wäre besser gewesen, ihr hättet nicht geheiratet und die arme Huanhuan – Hanhan – nie geboren!

Meine Tränen fallen wie die Perlen einer zerschnittenen Kette auf den Tisch. Onkel He wischt sie immer wieder mit dem Finger ab. Ich halte seine Hand fest und weine nur noch mehr: »Onkel He!«

Er seufzt tief und läßt sich mit einem Ruck gegen das Bettgestänge fallen. Gleichzeitig angelt er mit der Hand etwas unter dem Kopfkissen hervor. Es ist seine Tabakspfeife.

Hat Mutter ihm die Pfeife zurückgegeben? Warum denn bloß? Wegen Vater? Empfindet sie noch etwas für ihn? Nein, unmöglich. Niemals wird sie ihm verzeihen, hat sie gesagt. Also wollte Onkel He selber seine Pfeife zurückhaben? Aber warum? Will er, daß Mutter meinem Vater doch verzeiht und sich wieder mit ihm verträgt? – So ein guter Mensch! Onkel He ist der allerallerbeste Mensch, der mir je begegnet ist!

»Ich verstehe Lehrerin Sun nicht – wirklich. Aus einer ganz simplen Angelegenheit hat sie so ein Durcheinander gemacht? Nun leidet sie, das Kind leidet, Zhao Zhenhuan leidet, und du leidest auch!«

»Xi Wang, red nicht solchen Unsinn!« wendet sich Onkel He an Xi Wang.

»Es ist doch so! Im Grunde genommen steckt in ihren Gefühlen noch eine ganz gehörige Portion Egoismus, finde ich. Sie denkt viel zuviel an sich selbst!« behauptet Xi Wang.

Mutter und egoistisch? Ganz und gar nicht! Ich muß sie in Schutz nehmen: »Alles hat sie für mich geopfert! Du bist selber egoistisch! Was kümmerst du dich überhaupt um unsere Angelegenheiten?« fauche ich ihn an.

Xi Wang kehrt die Haltung eines Erwachsenen heraus, der einem Kind nichts übelnimmt; er schüttelt seufzend den Kopf: »Ach Hanhan, das verstehst du eben noch nicht. Eltern müssen ihren Kindern alles geben, das ist ihre Aufgabe gegenüber der Gesellschaft. Wenn wir später Kinder haben, werden wir es auch so machen. Das ist doch Pflicht und kein Opfer. Wer aus Pflichten Opfer macht, der ist selbstsüchtig.«

Das ist ja ganz was Neues! Von irgendwelchen Pflichten und Aufgaben weiß ich nichts. Ich weiß nur, daß Mutter mich liebt, wirklich und von Herzen, und nicht nur gezwungenermaßen ihre Pflicht mir gegenüber erfüllt. Wenn das eine Pflicht wäre, warum erfüllen dann manche Eltern diese Pflicht so schlecht? Ich glaub nicht, was er da erzählt! Er tischt hier absichtlich irgendwelche Theorien auf, um meine Mutter schlechtzumachen. Mutter wurde schon genug kritisiert, da mußt du, Xi Wang, nicht auch noch kommen! Großartige Grundsätze kann ich nicht formulieren, aber ich kann dir auch weh tun, und zwar so, daß du dich nicht wieder traust, so dummes Zeug daherzureden:

»Du kannst weiter nichts als große Töne spucken! Haben Kinder ihren Eltern gegenüber denn keine Aufgaben? Warum erfüllst du deine nicht? Denk erst mal darüber nach, wie du deinen Vater behandelst! Dann kannst du über andere urteilen!«

Das Leuchten in Xi Wangs Augen erlischt. Ich höre ihn seufzen. Nach kurzem Schweigen rückt er langsam seine Brille zurecht und sagt sehr freundlich zu mir: »Hanhan, du bist wirklich gräßlich. Du willst mich verletzen, weil ich dich verletzt habe, nicht wahr?«

Er errät wirklich alles. Wie viele Jahre ist er eigentlich älter als ich? Eigenartig!

»Wenn mein Vater so mit mir reden würde: ›Wang, dein Vater hat Fehler gemacht, aber jetzt will er sich bessern! Hilf ihm doch!‹ Ich würde in die Luft springen vor Freude, würde ihm beide Hände entgegenstrecken, ich wäre bereit, ihn auf meine Schultern zu nehmen! Aber mein Vater hält sich für unfehlbar. Dabei ist er nicht nur schuldig vor Frau und Kindern, sondern vor Partei, Volk und Geschichte! Noch wenn ihn die reißende Zeitströmung abseits auf eine Sandbank spült, hält er sich für den Helden, rudert mit den Armen, stampft mit den Füßen und befiehlt der Flut: Zurück marschmarsch! Kehrtschwenk, marsch! Ach, ein erbärmlicher, abstoßender Anblick ist das! Wenn ich könnte, würde ich ihn mit einem kräftigen Stoß wieder ins Wasser hineinstoßen. Er würde dann zwar einige Mundvoll Wasser schlucken, aber auch schwimmend ein Stück vorankomen, oder ich würde ihn in den Schatten der Bäume schieben, damit er sich richtig ausruhen könnte. Aber ich habe nicht die Kraft dazu . . .«

Xi Wangs Worte kommen mir vor wie ein Gedicht. Man kann sich ihnen nicht entziehen. Ohne seinem Vater je begegnet zu sein, sehe ich ihn vor mir: ein verknöcherter Alter, der mit aufgeblasenen Backen an der Küste steht und mit fuchtelnden Armen und stampfend den Wellen befiehlt: Zurück marschmarsch, kehrtschwenk, marsch! Dann stopfen ihm die tosenden Wogen den Mund mit Salzwasser und Gischt, und der brausende Meereswind drückt ihm die Backen ein. Da macht er keinen Mucks mehr . . . hihi! Verkalkt ist er! Xi Wangs Vater ist nicht wie meiner! Im großen und ganzen gibt Xi Wang das ja zu. Er ist schon in Ordnung, dieser Xi Wang, ich war eben gemein zu ihm. Verlegen lächle ich ihm zu, da lacht er auch.

Warum kann Mutter meinen Vater nicht auch so sehen wie Xi Wang?

»Sag du mal, findest du meine Mutter egoistisch?« wende ich mich an Onkel He.

Der ist mittlerweile mit seiner Pfeife beschäftigt; er unterzieht den Tabaksbeutel einer eingehenden Betrachtung. Auf meine Frage hin werde ich nun meinerseits genau gemustert, bevor er antwortet: »Du mußt nachsichtig mit ihr sein. Es gibt da einen wunden Punkt bei ihr.«

Das freut mich; Onkel He hat meine Mutter nicht kritisiert. Das wünsche ich mir von euch, Vater, Mutter, Onkel He: Keiner soll den anderen kritisieren.

Xi Wang sieht nicht so aus, als sei er einverstanden. Er setzt zum Sprechen an, aber ein Blick auf Onkel He läßt ihn schweigen. Er schüttelt nur den Kopf. Onkel He lächelt ihm zu: »Ach du, du bist zu ungeduldig. Probleme, die uns die Geschichte beschert hat, kann man nur historisch behandeln.«

»Aber wer soll die schwere Bürde der Geschichte am Ende tragen? Die nächste Generation?« fragt Xi Wang. Wie ein Streithahn gerät er bei jeder Gelegenheit in Rage.

»Nein, die kommende Generation hat ihre eigenen Sorgen. Ihr seid diejenigen, die die Geschichte vorantreiben müssen!« antwortet Onkel He.

»Aber praktisch sieht es doch so aus: Die Leiden der Eltern werden auf uns, auf meine Generation und Hanhans Generation, mit verteilt. Ständig hören wir: Übt Nachsicht mit der vorangegangenen Generation, seid nachsichtig mit den Vätern und Müttern. Aber hat diese Generation auf die folgende Rücksicht genommen? Sind die Eltern nachsichtig mit den Kindern?« fragt Xi Wang.

Wozu regt er sich so auf? Mich zählt er nicht zu seiner Generation. Komisch! Aber ich denke, er hat recht mit dem, was er sagt. Als Söhne und Töchter haben wir die Plage, Söhne und Töchter zu sein. »Du bist noch klein!« ist Mutters ständige Rede. Aber wenn ihr euch mal an die Zeit erinnert, als ihr selber fünfzehn wart, habt ihr euch damals auch mit so komplizierten Fragen herumschlagen müssen wie ich jetzt? Es heißt: Wer Melonen sät, wird Melonen ernten; wer Bohnen sät, wird Bohnen ernten. Was habe ich denn gesät? Noch gar nichts, und doch ist mein Korb bereits voll mit bitteren Melonen, so schwer, daß ich ihn nicht einmal mit beiden Händen tragen kann. Alle von den Erwachsenen gesät. Das zerrissene Foto, und heute noch dieser Brief! Das war die Geschichte, heißt es. Aber was ist Geschichte? Ich habe sie noch nicht gesehen, bin ihr nie begegnet, und doch packt sie mir einfach eine Last auf die Schultern, als hätte ich sie beleidigt! Ist das fair?

»Xi Wang, du bist immer so erpicht darauf, alles klar zu differenzieren.« Das ist wieder Onkel He. Nun will ich doch mal hören, wie er Xi Wang widerlegt. – »Du mußt begreifen, daß Erkenntnis und Praxis, Theorie und Realität eine Einheit von Gegensätzen bilden. Zuerst kommen die Gegensätze, dann kommt die Einheit«, erklärt Onkel He. Die Pfeife wird wieder unterm Kopfkissen verstaut. Zur Bekräftigung klopft er noch zweimal mit der Hand drauf. »Du aber willst die Gegensätze einfach nicht sehen.«

»Ich sehe sie schon. Aber während ich die Auflösung der Widersprüche voranbringen will, verlangst du von mir, ich solle nur warten«, sagt Xi Wang angriffslustig. »Das Warten und der Wille, alles beim alten zu lassen, sind verschworene Freunde.« Sein Blick scheint zu sagen: Jetzt habe ich dir aber richtig Bescheid gegeben.

Doch Onkel He lächelt nur: »Schön wär's, wenn man nicht zu warten brauchte! Wer möchte nicht auf der Stelle Pfirsiche essen. Ja, wenn sie bereits reif am Baum hängen, worauf dann noch warten? Darauf, daß sie einem von allein in den Mund fallen?« Ich muß lachen und Xi Wang genauso. Onkel Hes Erklärungen sind lustiger als die von Xi Wang.

»Dennoch, ohne Warten geht's nicht!« fährt er fort. »Geschichte – ein abstraktes Wort. Aber jeder der Faktoren, die zusammengenommen Geschichte ausmachen, die Geschichte vorantreiben – vor allem der Mensch –, ist konkret, kompliziert, vielgestaltig und höchst sonderbar. Willst du den Menschen nicht gestatten, ihren Weg bis zum Ende zu gehen? Ziehst du allein den Karren der Geschichte?«

»Aber ... ach was!« Xi Wangs Gesichtsausdruck, sein Tonfall haben sich gemäßigt, was wollte er sagen? Warum spricht er nicht weiter?

»Ich wollte dich nicht entmutigen, Xi Wang. Ich bewundere die Jugend dieser Generation. Ihr wart von Anfang an mutiger und nüchterner als wir; ihr seid bereit zu Reformen; ihr packt die Dinge beherzt an, und ihr lauft nicht erst wie unsere Generation im Zickzack, bevor ihr langsam, langsam mit einer schweren Last auf dem Rücken zu Bewußtsein kommt. Aber eben deshalb, weil ihr mit der Geschichte noch kaum in Berührung gekommen seid, könnt ihr ihr wahres Gewicht nicht ermessen, ihr nehmt sie zu leicht. Ich pflichte euch bei, wenn ihr die Welt von einer höheren Warte aus betrachtet. Nur hoffe ich, daß ihr dann, wenn ihr eure Erkenntnis in die Praxis umsetzen werdet, mit den Füßen auf der Erde bleibt, alles etwas genauer betrachtet und ein bißchen umfassender denkt. Vergeßt nicht, man selbst ist auch nur ein ganz normaler, gewöhnlicher Mensch. Wenn ihr es so macht, werdet ihr euch nicht alleine fühlen.«

»Wahrscheinlich werde ich diesen Tag der Praxis nicht mehr erleben!« seufzt Xi Wang.

»Ich werde ihn erleben, glaube ich. Darf man mal fragen, wie alt du jetzt bist?« sagt Onkel He.

Schadenfroh reibe ich mir die Nase – ätsch, Xi Wang. Er will mich am Zopf ziehen.

»Also gut, Hanhan! Warten wir's ab. Wie mag die Zukunft aussehen, auf die wir warten? Wie eine breite, ebene, asphaltierte Straße?«

Onkel He schüttelt lachend den Kopf: »Genug jetzt, reden wir von etwas anderem. Hanhan wird sich nicht dafür interessieren. Stimmt's, Hanhan?«

»Doch, es interessiert mich. Ich finde, du hast recht, Onkel He. Ich muß warten, bis Mutter ans Ende des Wegs ihrer eigenen Geschichte kommt, nicht wahr?«

»Richtig!« Er ist mit meiner Antwort sehr zufrieden.

»Aber, Onkel He . . .« – Ich möchte fragen, was wird dann passieren, wenn Mutter am Ende des Wegs angekommen ist? Aber Xi Wang spitzt die Ohren, da sage ich lieber nichts mehr.

Ich werfe ihm einen Blick zu: Mußt du noch nicht gehen? Du bist doch schon vor mir gekommen, hockst hier schon lange genug herum. Ich würde gern ein paar Worte mit Onkel He allein reden.

20. He Jingfu

Auch die Milch eines Vaters ist umgewandeltes Blut.

Als Xi Wang merkt, was Hanhan ihm zu verstehen geben will, wendet er sich augenzwinkernd an mich: »Ach, ich hab ja noch was zu erledigen! Hanhan, bleib du ruhig noch ein Weilchen hier!« Sagt's, erhebt sich und verschwindet. Hanhan folgt ihm zur Tür und schließt ab.

Sie setzt sich neben mich, und ich warte, was sie mir zu sagen hat. Ich warte ziemlich lange, ohne daß sie den Mund aufmacht. Schließlich halte ich's nicht mehr aus: »Hanhan, wolltest du irgendetwas mit mir besprechen?«

»Nein«, kommt es prompt, aber ihre Augen verraten, daß sie doch etwas auf dem Herzen hat. Sie schaut abwechselnd auf den Brief in ihrer Hand, dann auf mich.

»Gibt es etwas, worüber du mit mir nicht sprechen kannst?« Ich bemühe mich, ihr die Hemmungen zu nehmen, damit sie über ihren Kummer spricht. Kinder sollen doch nicht so viele Sorgen in sich hineinfressen.

Sie beißt sich auf die Lippen, anscheinend hat sie nun einen Entschluß gefaßt.

»Mein Vater tut mir leid«, sagt sie, den Blick immer noch auf dem Brief in ihrer Hand.

»Ja. Mir auch, in der Lage, in der er sich zur Zeit befindet«, antworte ich.

»Onkel He, was meinst du, ob Mutter sich eines Tages ...« Sie hält inne, schaut mich zweifelnd an, schweigt.

»Du hoffst, daß Vater und Mutter sich wieder vertragen, nicht wahr?« frage ich lächelnd. Ich kann nur mühsam den Aufruhr in meinem eigenen Herzen unterdrücken.

Ihre Augen leuchten auf, aber sofort schüttelt sie den Kopf: »Das wird nicht gehen. Er hat doch diese Frau. – Onkel He, was meinst du, ob sie sich scheiden lassen? Sie vertragen sich doch gar nicht!«

»Schon möglich!«

»Und die kleine Huanhuan, was wird mit ihr?«

»Die bleibt beim Vater oder bei der Mutter.«

»Ich hätte gerne kleine Brüder und Schwestern, einer allein ist schrecklich einsam.«

Ich kann's ihr nachfühlen. Das ist doch nur normal. Täten sich die drei wieder zusammen, dazu noch eine kleine Huanhuan, so wären sie wahrscheinlich eine recht glückliche Familie. Aber was wird aus mir? Wo bleibe ich? Mir ist, als zerre jemand an meinem Herzen. Mit Mühe beherrsche ich meinen Wunsch nach der Pfeife. Hanhan ist ein intelligentes Kind.

»Onkel He!« Ich zucke zusammen. Ich fürchte, sie weiß, was in mir vorgeht.

»Die Pfeife da, hat Mutter sie dir wiedergegeben, oder hast du sie selber zurückverlangt?«

Noch so eine Frage. Was soll ich ihr antworten? Was mag sie hören wollen? Die Wünsche von Kindern sind manchmal schwer zu erraten. Ich muß mir erst klarwerden, was sie im Sinn hat, damit ich sie mit meiner Antwort nicht traurig mache. Mit gezwungenem Lachen sage ich: »Rat mal!«

Sie schaut mich forschend an, dann antwortet sie vorsichtshalber mit einer Frage: »Mutter hat sie dir zurückgegeben, ja? Sie hat einmal gesagt, wir warten, bis du aus dem Krankenhaus kommst und geben sie dir dann wieder.«

Ich nicke. Jetzt kenne ich ihren geheimen Wunsch. Ich möchte ihr die Hoffnug nicht nehmen. Mir wird ganz elend.

»Onkel He, sei doch nicht traurig!« Sie zieht ihren Stuhl noch näher zu mir und schmiegt sich an mich.

»Warum sollte ich traurig sein?« frage ich. Dieses kleine Mädchen bringt mich in Verwirrung. Klingt meine Stimme nicht etwas merkwürdig? Ich wage nicht, ihr in die Augen zu schauen, aus Furcht, nun könnten mir selber die Tränen kommen.

»Ich weiß doch, daß du traurig bist. Xi Wang hat mir einmal gesagt, du liebst meine Mutter auch. Stimmt das, Onkel He?« Ihre Stimme leise, ganz leise, als könnte uns jemand hören. Mir aber dröhnt jedes ihrer Worte in den Ohren. In ihren Augen Sorge, Unruhe, Verlegenheit, Anteilnahme.

»Stimmt das, Onkel He?« – Warum mußt du mich so etwas fragen, Hanhan? Wenn du vielleicht vage schon etwas von Liebe ahnst, dann wirst du es gemerkt haben. Hast du mir denn nicht immer bereitwillig von deiner Mutter berichtet? Warst du nicht diejenige, die die Verbindung zwischen deiner Mutter und mir fördern wollte! Und heute mußt du mich fragen: »Stimmt das, Onkel He?« – Ich weiß, sage ich »nein«, wirst du traurig sein und zweifeln, annehmen, daß ich dich belüge. Antworte ich »ja«, wie wird dir dann zumute sein? Aber gut, mir bleibt nur, mich ebenfalls wie ein Kind zu verhalten.

»Ja, Hanhan. Ja«, antworte ich leise.

Da knüllt sie den Brief zusammen, beugt sich über den Tisch und – weint!

Kind, ach Kind! Was soll das Weinen? Da habe ich in deiner jungen Seele wieder an eine schmerzliche Saite gerührt. Ich verstehe, du liebst mich, kaum weniger als du deine Mutter liebst. Du hast gehofft, ich könnte glücklich werden. Nun aber steht zwischen dem Glück der Menschen, die du liebst, etwas Trennendes . . .

Weine doch nicht, Kind! So geht es im Leben. Scheibchenweise wird jedem von uns das Herz zerschnitten, dagegen kann man nichts tun. Du bist noch jung. Noch ist deine Welt überschaubar, später wird alles noch verworrener und komplizierter. Aber dann wirst du vielleicht trotzdem nicht weinen, wirst sein wie ich heute.

Ich streichle ihr über den Kopf und versuche, ihre Tränen zu trocknen. Aber sie lassen sich nicht trocknen.

»Hanhan, ich kann keine Tränen sehen.« Weiter versuche ich, sie zu beruhigen.

»Onkel He, wir bleiben aber doch Freunde?« Sie hält meine Hand fest.

»Freilich, Hanhan, die besten Freunde. Komm, gib den kleinen Finger her: auf ewige Freundschaft.« Und während ich im Spaß mit ihr den kleinen Finger kreuze, verwandelt sich ihr Weinen in Lachen.

»Du bist wirklich lieb, Onkel He! Ich werde noch oft zu dir kommen.«

»Fein, Hanhan, du bist jederzeit willkommen.«

Ihre Stimmung hat sich ein bißchen gebessert. Wahllos blättert sie in den Papieren herum, die meinen Tisch bedecken.

»Hanhan, ich glaube, du mußt nach Hause gehen. Deine Mutter macht sich sonst Sorgen.« Sun Yue weiß womöglich gar nichts von Hanhans Besuch bei mir.

Sie zieht meinen Arm zu sich herüber und schaut auf meine Armbanduhr: »Oh!« Sie fährt sich mit der Zungenspitze über die Lippen. »Schon Abendessenszeit! Dann gehe ich jetzt.«

»Ich komme gleich mit, ich will in die Mensa, wir können ein Stück zusammen gehen«, schlage ich vor, nehme im Hinausgehen meine Reisschüssel und verlasse mit ihr das Haus.

»Muß ich Mutter den Brief zeigen?« fragt sie.

»Ja, Hanhan. Von heute an mußt du mit deiner Mutter ganz geduldig sein und ihr langsam, langsam klarzumachen versuchen, was du wirklich möchtest. Sie wird schon auf dich hören. Sie hat dich sehr gern!« Die Kehle ist mir zugeschnürt bei diesen Worten. Kurz bevor wir die Mensa erreichen, verabschieden wir uns.

Ich warte, bis sie verschwunden ist, mache kehrt und gehe ins Wohnheim zurück. Ich brauche Ruhe. Die letzten beiden Tage waren schrecklich anstrengend.

So, die Tür ist verschlossen, jetzt soll bloß keiner kommen! Ich muß allein sein und mich in aller Ruhe hinlegen.

Das ist also das Ende nach mehr als zwanzig Jahren. Ich stehe mit leeren Händen da wie am Anfang. Ein junger Mann ist darüber alt geworden, doch alles bleibt unverändert. Nackt und bloß kommt man an, frei von allen Bindungen geht man wieder.

Eine Träne im Augenwinkel – laß sie. Darf ich nicht wenigstens Liebeskummer haben, wo ich schon das Glück der Liebe nicht genießen durfte? Ich will sie nicht fortwischen. Stehe ich wirklich mit leeren Händen? Ich taste wieder nach der Pfeife unter dem Kopfkissen. Der Tabaksbeutel ist ein anderer. Das ist doch schon etwas. Die einzige Spur dieser langen unerfüllten Liebe – Stich für Stich fein säuberlich mit der Hand genäht. Woran hast du gedacht,

Sun Yue, jedesmal, wenn du die Nadel einstachst? Hast du mir nicht bei jedem dieser Nadelstiche dein Herz ausschütten wollen? Ist es möglich, daß du die Hoffnung hattest, der lange im Boden verborgene Same werde keimen, blühen, Früchte tragen?

»Mein Stolz erlaubt es nicht.« – Ist das wirklich so, Sun Yue? Gestern habe ich die ganze Nacht hindurch nachgedacht und bin mir darüber nicht klargeworden. Zhao Zhenhuan hat sich schlaflos im Bett gewälzt. Wie gern hätte ich ihn nach dem Gespräch mit dir gefragt! Ich möchte wissen, welchen Eindruck ihr voneinander hattet. Aber ich habe kein Wort gesagt. Das zerrissene Foto, das Hanhan mir einmal zeigte, ist mir ständig vor Augen. Ich sehe die Ränder wieder zusammenwachsen, die drei Personen sind wieder deutlich erkennbar, vollständig, innig verbunden.

»Wenn wir ein zweites Mal zur Welt kommen sollten. . .« Sun Yue, würdest du denn dann mit mir leben wollen? Wenn es tatsächlich dein Stolz ist, der es dir jetzt verbietet, dann könnte ich noch hoffen. Denn eines Tages wirst du begreifen, daß wahrer Stolz bedeutet, daß man seine eigenen Empfindungen respektiert. Soll ich also warten? Nicht auf eine Wiedergeburt, sondern auf die Zukunft . . .

»Hat Mutter dir die Pfeife wiedergegeben, oder hast du selber sie zurückverlangt?« – Mal sehen, ich muß einmal scharf nachdenken! Ich glaube, ich habe sie selber zurückverlangt. Richtig, ich wollte sie wiederhaben! – »Laß mich jetzt eine Pfeife rauchen!« habe ich gesagt und ihr die Hand entgegengestreckt. Daraufhin hat sie mir die Pfeife gebracht. Als ich dann ging, nahm ich sie, ohne zu fragen, mit nach Hause, dieses sichtbare Zeichen der Liebe! Warum bin ich so wenig feinfühlig? Selbst Hanhan mißt dieser Sache größte Bedeutung bei, und ich kümmere mich überhaupt nicht darum, ich Idiot!

Ich sollte zu Sun Yue gehen und ihr sagen: Mein Gefühl für dich ist unverändert. Ich will auf dich warten, ewig warten. Ja, ich bringe ihr die Pfeife wieder und bitte sie: »Nimm sie für alle Zeiten in Verwahrung!« – »Du bist wirklich lieb, Onkel He!« Ich höre wieder Hanhans Stimme. In diesem »wirklich lieb« lagen so viele Bedeutungen: »Mein Vater tut mir leid!« – Ich fühle wie sie. »Hoffentlich vertragen sich Vater und Mutter wieder!« – Ich stimme ihr zu. »Ich weiß doch, daß du traurig bist!« – Das zeigt, sie ist einverstanden damit, daß ich mich für ihre Familie opfere . . . Heute hat Hanhan mich nicht nur gefühlsmäßig, sondern vor allem moralisch begutachtet.

Aber geht es hier überhaupt um Moral?

»Ein Mensch, der nur für sich lebt, ist schlimmer als ein Tier. Selbst Schwein und Hund machen sich Sorgen um ihre Jungen!«

Mein Vater. Das waren seine Worte.

Von nun an wird mir meine Pfeife noch wertvoller sein. Sie wird mich immer an meinen Vater und an Sun Yue erinnern. Der eine war ein einfacher Bauer, die andere eine gebildete Frau. Zwei so verschiedene Menschen! Beide aber auf ihre Art voller Liebe und von Angst gequält, von hochherzigen Gefühlen und Idealen erfüllt und bereit zu opfern.

»Bruder! Wir beide waren früh verwaist. Hand in Hand um Nahrung bettelnd wuchsen wir auf. Dann dieser Winter, als es nirgends mehr etwas zu erbetteln gab und wir den Hunger nicht mehr ertragen konnten – Hand in Hand gingen wir in den Fluß. Langsam wateten wir ins Wasser, ich voran, du hinterdrein. Das Wasser umspülte uns den Bauch, dann die Brust. Auf einmal bliebst du stehen und wolltest nicht weiter. ›Bruder‹, riefst du weinend, ›wir wollen lieber nicht sterben! Das Wasser ist viel zu kalt . . .‹ Hand in Hand gingen wir zurück, du voran, ich hinterdrein. Wir verkauften uns an zwei Familien. Bei der Befreiung waren wir wieder Brüder. Du brachtest es sogar zum Kader. Und was ist passiert? – Am Ende bist du doch ins Wasser gegangen. Ach Bruder, hattest du keine Angst vor der Kälte? Warum hast du deinem großen Bruder nichts gesagt?«

Dieser tränenerstickte Bericht meines Vaters, neben dem Leichnam meines Onkels, war wahrscheinlich die längste Rede, die er je gehalten hat. An jeden Satz, an jedes Wort erinnere ich mich genau. Denn seit damals nahm ich an meinem Vater etwas wahr, was ich zuvor nie bemerkt hatte.

Mein Onkel hatte »Selbstmord aus Furcht vor Strafe« begangen, sein Verbrechen hieß: »Skrupelloser Angriff auf die Drei Roten Banner.« Auf dem Land starben die Leute bereits vor Hunger, aber die Zeitungen waren immer noch beim ›Großen Sprung nach vorn‹, die Führung ermunterte die Bauern immer noch zur Ablieferung der »Getreideüberproduktion«. Meinem Onkel, dem stellvertretenden Leiter der Kommune, war es unbegreiflich, wie so etwas unter der Führung der Kommunistischen Partei möglich sein konnte. »Die leitenden Genossen des Zentralkomitees, die ja großenteils selbst vom Land kommen, werden doch nicht im Ernst glauben, daß man auf einem Mu Land riesige Mengen Getreide produzieren kann? Warum gestatten sie den Journalisten eine solche Schaumschlägerei? Wenn diese Übertreibungen weitergehen, werden bald alle verhungern!« In einem Brief ans Zentralkomitee enthüllte er die Erfolgsberichte aus den Kommunen und Landkreisen als Falschmeldungen, schilderte die katastrophale Situation der Bauern und forderte das Zentralkomitee auf, eine Abordnung zu entsenden, um die Lage zu überprüfen. Der Brief kam zurück – er war unterwegs geöffnet worden.

Dann berief die Kommune eines Tages plötzlich eine Vollversammlung zur Bekämpfung aktiver konterrevolutionärer Elemente ein. Den Vorsitz hatte der Leiter des Kreisamts für Öffentliche Sicherheit. Ich ging mit meinem Vater hin. Uns traf fast der Schlag: bekämpft wurde mein Onkel. Sein Körper war bis zum Hals mit Stricken verschnürt, die Arme auf den Rücken gefesselt . . .

Sie machten ihn völlig fertig, anschließend sollte er unter scharfer Bewachung in die Kreisstadt gebracht werden. Doch unterwegs riß er sich auf einmal von seinen Begleitern los und stürzte sich kopfüber in den Fluß – mit gefesselten Armen, bewegungsunfähig . . .

Der Leichnam dieses »aktiven konterrevolutionären Elements«, das sich aus »Furcht vor Strafe umgebracht« hatte, wurde aus dem Fluß gefischt und bildete sofort den Gegenstand einer gleich an Ort und Stelle abgehaltenen Kritikversammlung: Sterben, na das paßte zu dem! Für den »Anhänger der Konterrevolution« auch noch eine geeignete

Grabstelle wählen? Verboten! Gleich hier: Loch in die Erde, Leiche rein, basta! Sarg kommt nicht in Frage!

Die Frau meines Onkels war damals schwanger. Mit großer Anstrengung hatte sie den Weg zum Leichnam ihres Mannes zurückgelegt, vor den Augen aller Leute entkleidete sie den Toten und zog ihm saubere Sachen an. Schaufel für Schaufel fiel die gelbe Erde darauf. Vergraben. Noch keine vierzig Jahre war er alt gewesen . . .

»Und wenn ich dafür ins Gefängnis komme, ich hole ihn heim, und er bekommt von mir einen schlichten Sarg.« Nachdem er vom Fluß zurückgekommen war, rauchte mein Vater die ganze Nacht hindurch, eine Pfeife nach der anderen. »Wenn Bauern ein paar offene Worte sagen, das nennen die schon Verbrechen?« murmelte er immer wieder vor sich hin. Am nächsten Abend nahm er das Bettgestell auseinander und zimmerte daraus heimlich einen Sarg. Dann schlichen wir durch die Dunkelheit zum Fluß, gruben den Leichnam des Onkels aus, legten ihn in den Sarg und beerdigten ihn hinterm Haus auf der Privatparzelle.

Mag sein, daß die Dorfbewohner davon wußten, vielleicht auch nicht. Angezeigt jedenfalls hat uns niemand.

»Von nun an sind wir wieder eine Familie. Haben wir zu essen, dann wirst du auch satt; ist bei uns das Essen knapp, dann mußt du auch hungern, so wie zu Lebzeiten meines Bruders«, sagte ich zu meiner Schwägerin.

Denken und Fühlen meines Vaters standen völlig im Zeichen des ›Klassenkampfes‹. Nie war ihm in den Sinn gekommen, sich selbst zum »Werkzeug des Klassenkampfes« zu machen. Wohl deshalb, weil er zu gewöhnlich, zu unbedeutend war! Niemand hatte daran gedacht, sich ihn zunutze zu machen, er besaß ja nichts, was er im ›Klassenkampf‹ hätte verlieren können. Jahr für Jahr, tagaus, tagein, zu jeder Zeit, ständig in Wind und Wetter. Mal wurde diese Abteilung, mal jene Familie in die eine oder andere Klasse hineingeweht, schlimmer noch, auch ein und dieselbe Person konnte gestern, heute, morgen unterschiedlichen Gesellschaftsklassen zugeordnet werden. Nicht wenige erwarben darin großes Geschick: jederzeit entsprechend den »Erfordernissen des Klassenkampfes« den eigenen Schwerpunkt ändern und die Farben wechseln. Man lernte unterscheiden, woher der Wind wehte, und wissen, wo's langging, lernte, sich in die richtige Reihe zu stellen, sich von den falschen Leuten zu distanzieren, Helfershelfer heranzuziehen und sich zu Gruppen zusammenzuschließen ... Mein Vater hat so etwas nie gemacht. Er schien zu klein – was für eine Rolle hätte er schon im ›Klassenkampf‹ spielen können?

Aber umgekehrt spielte dieser Kampf für ihn eine gewaltige Rolle. Er enteignete ihn. Und bot ihm zugleich Gelegenheit, seine schlichte Größe in vollem Umfang zu offenbaren. Er nährte mich mit einer seltenen Nahrung: Ich trank die Milch des Vaters ...

Zwei Familien schlossen sich wieder zu einer zusammen. Meine Tante war mit ihrem Sohn zu uns gezogen. Im Haus gab es nur hungrige Mäuler, weder Getreide noch Vieh. Alles, was irgend eßbar war, wurde gegessen, alles Verkäufliche verkauft. Erwachsene können sich zusammennehmen, weinen und klagen nicht, aber Kinder? Mein jüngerer Bruder war erst sieben Jahre alt, der Sohn meines Onkels noch jünger, erst sechs. Und das Kind im Bauch meiner Tante, brauchte das nicht erst recht Nahrung?

Vater und ich stocherten täglich in den Bewässerungsgräben und im Fluß und gruben das freie Land um und um. Meine Mutter, eine Frau mit kleinen, gebundenen Füßen, suchte den ganzen Tag lang mit meiner jüngeren Schwester auf den Feldern nach übriggebliebenen Süßkartoffeln. Um nicht »das Antlitz der Kommune zu beschmutzen«, nähten sie sich in Jacken und Hosen viele kleine Taschen, in denen sie die Süßkartoffeln, in Scheiben zerschnitten, verschwinden ließen. Wie viele Süßkartoffeln konnten sie schon auf diese Weise transportieren! Auf dem freien Land gruben sie ein Feuerloch und die darin gegarten Süßkartoffeln wurden gleich wieder im eigenen Bauch begraben ...

Die Tage schleppten sich hin wie Jahre. Mein jüngerer Bruder, dem Elend nicht gewachsen, starb als erster. Meine Mutter wurde krank und stand nicht mehr auf ...

»Mach Kotau vor deinem Onkel!« Die Tante stand mit meinem Vetter an der Hand vor meinem Vater. »Ich kann es nicht länger mitansehen, eure gesamte Familie geht wegen mir und den meinen zugrunde. Ich werde mit meinem Sohn vor der Hungersnot fliehen. Wenn wir die nächsten Jahre überstehen, kommen wir wieder.«

Mein Vater paffte eine Pfeife nach der anderen. In seinem Tabaksbeutel steckte getrocknetes Laub des Cassia-Baumes. Schließlich winkte er, Tränen in den Augen, ab: »Wenn du meinst, daß ihr es schafft, dann geht. Mein Bruder möge mir verzeihen . . .«

Wir blieben zu dritt: mein Vater, meine jüngere Schwester und ich. Vater und Schwester waren schon zu schwach, um das Bett zu verlassen. Ich war der einzige, der noch täglich auf Nahrungssuche gehen konnte. Aber auch ich hatte schon am ganzen Körper die Wassersucht. Wie Mutter nähte ich mir überall Taschen ein, zog über die Felder und suchte nach Resten von Süßkartoffeln. Als es in der Nähe nichts mehr gab, wanderte ich zu abgelegeneren Feldern. Selbst die fingerdicken, ausgewachsenen Enden der Süßkartoffeln trug ich wie eine Kostbarkeit nach Hause.

Mein Vater wurde nicht mehr gesund. Von Tag zu Tag magerte er stärker ab. Jeden Abend setzte ich mich an sein Bett und stopfte ihm seine Pfeife. Im Pfeifenkopf verglimmte Blatt für Blatt das getrocknete Laub – der Anblick tat mir weh, als müsse ich selbst im Feuer brennen! Hätte ich mein Herz, mein Blut, meine Liebe doch in Tabak verwandeln können . . . »Vater, rauche doch dieses Zeug nicht, ja?« bat ich ihn inständig, während ich ihm ja selber die Pfeife gestopft hatte. »Das geht nicht, mein Kind! Das war das einzige kleine Vergnügen, das ich mir mein Lebtag lang gegönnt habe, nun laß mich mal bis zum Schluß rauchen, hm?« . . .

Wo mag Sun Yue nur diesen guten Tabak besorgt haben? Daß man auch Akazienblätter rauchen kann, sogar mit Lungenzügen, davon wird sie nichts wissen.

Dann kam der Tag – Vater hatte mich an sein Bett gerufen, ich hatte ihm die Pfeife mit »Tabak« gestopft. Er hielt sie, zu kraftlos, um zu rauchen. Ich begann fassungslos zu weinen. Vaters Mundwinkel verzogen sich, wollte er mich noch einmal anlächeln? Aber stattdessen fing er an zu weinen. »Im kleinen Weidenkörbchen ist noch ein knappes halbes Pfund Süßkartoffeln, ich habe sie in besseren Zeiten zurückgelegt. Ich werde sterben, aber du darfst nicht sterben. Wer wird sonst wissen, was für ein Mensch du wirklich bist? Und dein Onkel . . . Die Tante mußt du auch suchen . . . Deine Schwester aufziehen . . .«

Den Satz hat er nicht beendet und den »Tabak« nicht mehr geraucht. Ich kniete nieder. Lange, lange blieb ich so . . .

Dann hob ich die Pfeife auf, die zu Boden gefallen war. Und der erste Zug meines Lebens war der Rauch von Akazienblättertabak, den mein Vater mir hinterlassen hatte . . .

Mein Onkel und ich, wir wurden rehabilitiert, die Tante kehrte mit ihrer damals in der Hungersnot geborenen Tochter nach Hause zurück. – Ich bin überzeugt, die Seele meines Vaters hat ihren Frieden gefunden. Denn in seinem Herzen gab es keine Selbstsucht. Und in meinem Herzen, da gibt es dich, Vater, wie könnte das anders sein?

Nehme ich die Pfeife zur Hand, so denke ich an dich. Aus der Pfeife sauge ich deine Milch, Vatermilch. Muttermilch ist umgewandeltes Blut, nichts anderes ist die Milch eines Vaters.

Außer dieser Tabakspfeife hat mein Vater nichts hinterlassen, was an ihn erinnert. Daß man sich an ihn erinnern oder gar eine Trauerfeier für ihn abhalten müsse, kam sowieso keinem in den Sinn. Hat also das große Opfer, das er brachte, keinerlei Bedeutung gehabt? Die Geschichte – sie verzeichnet immer nur die Taten und Schicksale der Großen. Menschen wie mein Vater gehen auf in dem Wort »Volksmasse«.

Ich denke oft an meinen Vater, ich trauere um ihn. Das Buch, das ich geschrieben habe, ist meine Trauerrede für ihn: »Marxismus und Humanismus«. Sich dem Klassenkampf zu widmen, um Unterdrückung und Ausbeutung abzuschaffen, ist eine notwendige, hochherzige und große Sache; künstlich Klassen zu schaffen, Volk und Familien zu spalten, nur um dieses Kampfes willen, das ist lächerlich und grausam. Unsere Vorgänger haben das Volk befreit, die

Nachfolger haben ihm schwer geschadet. Die Vorgänger sahen das Volk als Menschen, die Nachfolger dagegen betrachten es lediglich als ein Werkzeug, das sprechen kann.

Sun Yue hat mein Manuskript noch nicht gelesen. Ich wollte es ihr schon oft zeigen, aber jedesmal hinderte mich ihr Verhalten daran. Der Verlagslektor, den ich vorgestern traf, sagte, es werde demnächst in Druck gehen . . .

Ich werde Sun Yue ein Exemplar mit den Worten widmen: »Derjenigen, nach der ich mich länger als zwanzig Jahre gesehnt, die ich länger als zwanzig Jahre umworben habe . . .«

Nein, zu anzüglich. Das könnte mißverständlich sein. Ich müßte etwas schreiben wie: »Für Genossin Sun Yue zur kritischen Begutachtung.«

»Genosse!« »Genosse!« Früher haben wir gesungen: »Genosse, unser stolzester Name, ehrenvoller als jeder andere Name bist du.« Spricht man heute noch irgendjemanden so an, dann läßt es ihn kalt, ja er fühlt sich womöglich befremdet – weshalb wohl?

»Genossin Sun Yue.« – Diese Anrede, ist das alles, was nach zwanzigjährigem Sehen und Werben übrigbleibt? Wie enttäuschend! Mir werden meine Tagebuchaufzeichnungen bleiben, und eine kleine gelbe Blume aus Papier.

21. Sun Yue

Ich habe aus dem, was ich verloren habe, gewonnen. Von nun an werde ich mein Leben selbst in die Hand nehmen.

Als Hanhan endlich heimkommt, ist es sehr spät. Ihre Augen sind rot und verschwollen. Ich wage nicht zu fragen, wo sie gewesen ist oder was sie gemacht hat. Ich kann den Verdacht nicht loswerden, daß sie bei ihm war.

»Laß uns essen!« sage ich beiläufig und bringe ihr etwas extra Gutes.

»Ich hab schon gegessen, Mama.«

»Wo denn?«

»Bei . . . Onkel He«, sagt sie nach kurzem Zögern.

»Hast du . . . ihn gesucht?«

»Nein. Auf dem Heimweg von meiner Freundin bin ich zufällig Onkel He begegnet. Er hat mich in die Kantine mitgenommen und mir einen Brief gegeben.«

Ihre Antwort ist zweideutig. Ich glaube nicht, daß sie He Jingfu nur zufällig getroffen hat. Aber ich lasse es dabei. Ich weiß nicht, wie ich reagieren soll. Sie tut mir leid.

Sie zieht einen Brief heraus und hält ihn mir hin, sofort erkenne ich die Schrift.

»Ich lese keine Briefe an dich.«

Über ihr Gesicht fliegt ein Schatten der Enttäuschung. Sie zieht den Brief zurück, setzt sich an ihren Schreibtisch und liest ihn durch, dabei streicht sie mit einem Kugelschreiber zwei Zeilen an. Sie läßt den Brief ausgebreitet auf dem Tisch liegen und geht. Angeblich um mit einer Schulfreundin eine Mathe-Aufgabe zu lösen.

Hat sie ihren Vater nun gesehen oder nicht? Warum hat Zhao Zhenhuan ihr geschrieben? Das läßt mir keine Ruhe.

Der Brief liegt auf dem Schreibtisch. Ich habe zwar gesagt, daß ich ihn nicht lesen will, aber Hanhan hat ihn offen liegengelassen und absichtlich zwei Stellen angestrichen. Um das Kind nicht zu enttäuschen, werde ich ihn lesen.

Die angestrichenen Stellen betreffen mich. Ich weiß jetzt,

daß er weg ist, aber nicht, ob ich darüber froh oder traurig sein soll. Ich sehe immer Hanhans rote, verschwollene Augen vor mir. Hat sie etwa in He Jingfus Gegenwart geweint? Was muß er von mir denken? Ich habe ein reumütiges Herz abgewiesen, ein Treffen zwischen Vater und Tochter verhindert. Ich bin kleinlich und selbstsüchtig. Das wird er denken. Aber Jingfu, ist dir klar, daß ich das alles nur wegen dir getan habe?

»Mama!« ruft Hanhan, noch bevor sie im Zimmer ist. Sie will mich nicht in Verlegenheit bringen. Ich gehe schnell von ihrem Schreibtisch weg. Ich sage ihr nicht, daß ich den Brief gelesen habe, und sie fragt auch nicht.

»Mama, Xunzi hat doch gesagt, daß der Mensch von Natur aus schlecht sei, nicht wahr?«

Ich bin sehr überrascht über ihre Frage. Woher kennt sie Xunzi? Seit wann interessiert sie sich für solche Probleme?

»Hast du Onkel He gefragt? Er ist ein Spezialist auf diesem Gebiet.« Ich bringe ihn absichtlich ins Gespräch. Ich will mit ihr über He Jingfu reden. Ich will mit allen über He Jingfu reden. Jingfu, Jingfu, Jingfu . . .!

»Nein! Aber ich glaube auch nicht ganz, was Xunzi sagt. Ich glaube, Menzius hat auch recht. Manche Menschen sind gut, manche sind schlecht. Nicht wahr, Mama?«

Obwohl ich an der Universität lehre und das Problem von Humanismus und menschlicher Natur ständig in der Klasse diskutiere, weiß ich nicht, wie ich einem 15jährigen Mädchen darauf eine klare Antwort geben soll. Ich will auch nicht theoretisch mit ihr darüber diskutieren. Ich will wissen, was sie sich dabei gedacht hat.

»Hanhan, das ist ein schwieriges, theoretisches Problem. Sag mir zuerst, warum deiner Meinung nach Menzius auch recht hat.«

»Weil ich einen guten Menschen kenne, einen sehr guten!«

»Wen?« Sie meint doch wohl nicht ihren Vater?

»Onkel He! Mama, Onkel He ist ein wirklich guter Mensch. Er hat gesagt, daß ich Papa unbedingt sehen soll. Er sagte, ich soll dich überreden . . .«

Hanhan beobachtet mich genau. Bin ich etwa blaß geworden? Sie spricht nicht weiter.

Ich verstehe, Jingfu! Du hast dich entschlossen aufzugeben. Gestern habe ich das von dir verlangt, aber heute habe ich gehofft, du würdest es nicht tun. Ein mehr als zwanzig Jahre alter »Fall« muß wohl so enden, oder nicht? Wir haben als Verlierer angefangen und hören als Verlierer auf. Es ist so furchtbar schade, Jingfu!

Nun ist alles vorbei, wirklich vorbei. Jetzt können wir reden wie zwei Freunde, zwei sehr enge Freunde.

Jingfu, als ich Zhao Zhenhuan geheiratet habe und als ich Xu Hengzhong in Erwägung zog, hast du mich da falsch verstanden? Du hast vielleicht geglaubt, ich will eine Familie. In Wirklichkeit ist es ganz anders. Ich suche viel mehr. Ich suche etwas Reines. Nur aus diesem Grund habe ich so viele Fehlschläge, so viel Schmerz ertragen müssen. Ich tue mir selber leid, die Zukunft beunruhigt mich. Aber im Grunde genommen stehe ich doch hinter dem, was ich tue. Ich lehne das Leben nicht ab, und ich mißtraue ihm nicht. Aber ich lehne es ab, wie unreif und primitiv mich die Gesellschaft behandelt. Und ich mißtraue mir selbst und meiner Haltung dem Leben gegenüber. Daraus entstehen dann entweder Verzweiflung oder Entschlossenheit. Und ich glaube, ich halte mich an letzteres.

Ich will nicht länger in Selbstmitleid zerfließen und andere für mein Schicksal verantwortlich machen. Ich will aus dem Gestern die Nahrung für das Heute schöpfen, den Schmerz zur Quelle der Erkenntnis machen. Aus Schmerz können Kunst, Philosophie oder Glaube werden. Obwohl ich meine Jugend und meine Liebe verloren habe, war nicht alles umsonst. Ich halte an der Asche meines inneren Feuers fest. Sie reicht aus, um mich zu wärmen, und die Glut kann noch den Weg vor mir erhellen.

Jingfu, du hast gesagt, daß ein Mensch nicht passiv sein darf, daß er handeln und etwas schaffen muß. Ich habe gelebt, ich habe nachgedacht, und jetzt will ich die Ernte einbringen. Egal, ob es Unkraut oder Disteln sind, es ist alles meins, von mir allein geschaffen. Schon immer wollte ich schreiben, aber die Hälfte meines Lebens habe ich als

Student und Lehrer der Literatur verbracht. Ich habe mich immer selbst verspottet in dem Glauben, meine Wünsche seien größer als meine Möglichkeiten, mein Wille stärker als meine Fähigkeiten. Jetzt erst verstehe ich, daß es nur daran lag, daß ich nicht wahrhaftig und unabhängig gelebt, gedacht, gelitten und genossen habe. Ich habe dafür bezahlt, viel bezahlt! Aber die Ernte wird groß sein. Sie soll groß sein! Sie muß groß sein. Solange ich noch einen Atemzug in mir habe, werde ich nicht aufhören, Forderungen an das Leben zu stellen. Jingfu, das Leben hat uns unterdrückt – wir sollten jetzt dagegenhalten.

Ist da jemand? Bist du es, Jingfu? Kaum vorstellbar, daß du kommst, um mich zu überreden, Zhao Zhenhuan zu vergeben oder vielleicht mich mit ihm zu versöhnen. Komm nicht! Sprich nicht mehr über sowas, Jingfu! Ich muß vergessen, was ich vergessen kann und mich an das erinnern, woran ich mich selbst erinnern kann. Verstehst du wirklich nicht? Je mehr du versuchst, mich zu überreden, umso schwerer fällt es mir ihm zu verzeihen.

Erst wenn ich den Schmerz über deinen Verlust überwunden habe, kann ich Zhao Zhenhuan verzeihen. Du kannst beides voneinander trennen, Jingfu, ich nicht!

Aber wird es je eine Zeit geben, in der ich keinen Schmerz mehr über deinen Verlust empfinden werde? Meine Liebe zu dir ist heute weit größer als zu Anfang. Es ist nicht nur die Liebe zwischen Mann und Frau, in ihr vereinigen sich all die Schmerzen und Erfahrungen der Vergangenheit. Deshalb ist sie mir besonders wertvoll. Ich will nicht, daß andere darüber lachen und darauf herumtrampeln. Hat sich Zhao Zhenhuan je darüber Gedanken gemacht? Er will nur seine eigene Seele loskaufen und will nicht wahrhaben, daß wir beide Ruhe brauchen. Er hat nur Angst davor, spurlos aus meinem Leben zu verschwinden. Du nimmst seine Reue ernst. Ich kann ihm seine Selbstsucht nicht verzeihen. Er braucht Verständnis und Freundschaft, ja! Hat er das je für mich gehabt?

Die arme Hanhan ist über den Schreibtisch gebeugt und schreibt. Einen Brief?

Ich würde so gerne zu dir laufen, dir sagen: Meine Liebe

zu dir ist für immer in meinem Herzen. Jingfu, die Liebe, die man im Herzen vergräbt, ist eine unabhängige Liebe. Sie bedarf keiner äußeren Form. Die Ehe ist nichts als eine Formalität, um Mann und Frau aneinander zu binden.

Von heute an sind wir wahre Freunde. Ich werde nie wieder nervös sein in deiner Gegenwart. Ich kann dir ohne die geringste Furcht helfen und dich unterstützen, weil wir einfach nur Freunde sind.

Ich habe mich immer als Verlierer gesehen, als eine vom Leben im Stich Gelassene, aber jetzt glaube ich plötzlich an den Sieg. Die Wogen des Lebens haben mich in die Wildnis verschlagen. Aber in dieser Wildnis gibt es schon ein Zelt, es wächst grünes Gras, und es öffnen sich Wege. Das Wasser ist frischer, klarer.

»Gibst du mir einen Umschlag, Mama?«

Sie schreibt wirklich einen Brief. An wen? Ich trete mechanisch vom Fenster weg und gebe ihr einen Umschlag.

»Und noch eine Briefmarke!«

Da sie mir nicht sagt, an wen sie schreibt, nehme ich an, daß es ein Brief an Zhao Zhenhuan ist. Ich gebe ihr eine Marke.

Von heute an wird die feine Linie zwischen uns deutlicher gezogen sein. Exakter, fester! Hanhan will eine Linie ziehen. Zhao Zhenhuan will es. Und da ist noch Jingfu. Er tut das seine dazu. Es gibt zwei Dinge, die ich in Zukunft verbergen muß: meine Wut gegen Zhao Zhenhuan und meine Liebe zu He Jingfu. Hanhan, ich verstehe dich. Du solltest versuchen, auch mich zu verstehen.

Gib deine Illusionen auf!

22. Xi Liu

Wenn man solche Dinge durchgehen läßt, wird es immer schlimmer. Ich werde das nicht dulden.

Also, das eine weiß ich: wenn das so weitergeht, gibt's unweigerlich eine neue Anti-Rechts-Kampagne. Veröffentlicht man doch tatsächlich so ein Zeug – »Marxismus und Humanismus«.

Humanismus, Humanismus! Wie sehr wir auch dagegen angekämpft haben in den letzten dreißig Jahren, einfach nicht totzukriegen! Ist das nicht seltsam? Da wurde dieser He Jingfu vor mehr als zwanzig Jahren genau deswegen zum Rechten deklariert, genau deswegen, weil er sich für den Humanismus stark machte und gegen die Klassenlinie der Partei aufmuckte, und hat nichts dazugelernt. Im Gegenteil, er treibt's immer ärger, fängt an, Bücher zu schreiben. Hätten wir das Problem nicht rechtzeitig erkannt, wäre das Buch glatt an die Öffentlichkeit gekommen. Es ist alles Yulis Verdienst, wirklich! Sie hat mir davon erzählt. Ich wußte nur, daß He Jingfu an dem Buch arbeitet, das hatte mir Xi Wang ja erzählt. Aber mit einer so schnellen Veröffentlichung hatte ich nicht gerechnet, wirklich aktiv, der Verlag. Ob der Chefredakteur irgendwelche Beziehungen zu He Jingfu hat?

»Wo kommt eigentlich der Chefredakteur her?« – Mal Yuli fragen.

»Aus Hebei, soviel ich gehört habe.«

Dann dürfte er He Jingfu nicht kennen, der stammt bestimmt nicht aus Hebei.

»Gibt's jemand im Verlag, mit dem He Jingfu gut befreundet ist?«

»Nicht, daß ich wüßte. Ah doch, richtig, der verantwortliche Lektor hat in Shanghai studiert. 1957 wurde er im Verlag kritisiert, sogar den Schandhut hat er getragen.«

Na bitte, gleiche Brüder, gleiche Kappen. Und wie verhält sich die Parteiorganisation des Verlages dazu? Warum hält man dort nicht die Stellung?

Das muß man ihm lassen, dem You Ruoshui, er arbeitet wirklich fix, was ich ihm vorgestern aufgetragen habe, hat er heute bereits erledigt. Kaum nimmt er die Sache in die Hand, schon ist der revisionistische Charakter von »Marxismus und Humanismus« sonnenklar.

»Ich bestreite, daß der Klassenkampf in der sozialistischen Gesellschaft ein permanenter, scharfer und schwieriger Kampf ist, und bin dagegen, ihn als Kernproblem zu betrachten« – liegt hierin nicht schon ein grundsätzliches Problem? Ohne den Klassenkampf, was soll denn unsere Kommunistische Partei da tun?

»Das sind ja winzige Schriftzeichen. – Yuli, lies mir mal vor, wieso ist er gegen Klassenkampf?«

Yuli kann einem wirklich auf die Nerven gehen, kaum ist sie zu Hause, schon hantiert sie mit diesen Stärkungsmitteln herum: weiße Morcheln, Essenz aus Hirschgeweihsprossen. Ihr revolutionäres Bewußtsein ist bereits degeneriert. Wenn man den Klassenkampf nicht anpacken würde, könnten wir uns dann deine weißen Morcheln, deine Hirschgeweihsprossenessenz überhaupt noch leisten?

Na endlich, da ist sie.

»Wie ist denn die Klassenlage in der sozialistischen Gesellschaft? Es wird Zeit, dies einmal realistisch zu untersuchen! Der Klassenkampf wird ausgeweitet, jeglicher Widerspruch zum Klassenwiderspruch erklärt und Klassenkampf notfalls künstlich erzeugt. All das schadet unserem Land. Auf den Dörfern versteht man nicht, wie dreißig Jahre nach der Befreiung die Feinde angeblich immer zahlreicher werden.«

Was für ein Gerede! Damit verdammt er rundweg alle politischen Bewegungen seit der Befreiung. Nach seiner Sicht hätten wir in diesen dreißig Jahren keinerlei gutes Werk getan, sondern das Übel sogar gefördert. War die Liquidation von Konterrevolutionären etwa ein Fehler? War der Kampf gegen die Rechten etwa falsch? Und die Fahndung nach heimlichen Anhängern der ›Viererbande‹? – Der geistige Extrakt der marxistischen Theorie ist der Klassenkampf. Das Banner des Marxismus können wir demnach wohl ebenfalls einholen?

»Streich mir diesen Abschnitt mit dem Rotstift an, das lese ich morgen dem Parteikomitee vor. Sollen mal hören, was da veröffentlicht werden soll!« Yuli führt meinen Befehl prompt aus.

»Vater!«

Wer ist das? Xi Wang? Wieso taucht er plötzlich auf? Er wollte doch mit seinem Alten nichts mehr zu tun haben. Ein kühler Blick, ansonsten beachte ich ihn gar nicht. Auch Yuli starrt ihn bloß an.

»Vater, Tante sagt, dir geht's in letzter Zeit nicht besonders gut.« – Was ist nur in ihn gefahren, er ist viel freundlicher und herzlicher als sonst. Hat er etwa eingesehen, daß er im Unrecht war? Dann wäre ja alles in Ordnung! Seinem eigenen Fleisch und Blut muß man verzeihen können! Ich deute aufs Sofa, fordere ihn auf, sich zu setzen und sage: »Was habe ich nicht alles durchgemacht damals! Seit diesen Schlägen tun mir bei jedem Wetterumschwung sämtliche Knochen weh, in letzter Zeit ist es besonders schlimm!«

»Ich weiß, deshalb bringe ich dir ein paar Heilkräuter. He Jingfu erzählte mir, sie seien gut gegen sowas. In den Jahren, in denen er durchs Land zog, hat er viel mitgekriegt. Ein halber Doktor ist er geworden!«

He Jingfu, der wahre »Humanist«! Jetzt fängt er sogar schon mit mir an! Fein! Soll er sich doch in dieser Form für die Allgemeinheit nützlich machen! Aber stattdessen muß er so ein Buch schreiben. Daß du mir gegenüber Humanismus praktizierst, mag ja angehen, aber seinem politischen Giftkraut gegenüber kann ich unmöglich tolerant sein. Ich bin schließlich verantwortlich dafür, daß die Stellung gehalten wird.

»Bist du noch viel mit He Jingfu zusammen?« frage ich Xi Wang. Er zögert, bevor er antwortet: »Ziemlich.«

»Weißt du, daß sein Buch bald erscheinen wird?« Seine Antwort ist ausweichend: »Hab davon gehört. Genaues weiß ich nicht.« – Das verschweigt er wohl im Interesse von He Jingfu. Ihm vertraut er mehr als dem eigenen Vater – ist das konfuzianische Kindesliebe? Ich möchte ihn von diesem

He Jingfu wegbringen. Er gehört zu denen, die zunächst ganz anständig zu sein scheinen, aber kaum wittern sie günstiges Klima, dann stiften sie Unruhe. Ich reiche ihm das Material, das You Ruoshui zusammengestellt hat, hinüber, aber Yuli nimmt es mir aus der Hand und läßt es in ihrer Handtasche verschwinden.

»Xi Wang, deinem Vater geht's gesundheitlich immer schlechter, er ist ganz auf diese hochwertigen Stärkungsmittel angewiesen.« Yuli hält ihm eine Flasche nach der anderen vor die Nase. Er steht mit verschränkten Armen dabei, ein spöttisches Lächeln um die Mundwinkel, und läßt kein Auge von ihr, als beobachte er einen Taschenspieler bei seiner Kunst. Aber Yuli quasselt munter weiter: »Das ganze Monatsgehalt für uns beide geht dabei drauf. Sonst könnten wir dir ja etwas mehr Taschengeld geben. Die Studenten heutzutage – anders als wir damals –, die brauchen mal da was anzuziehen, hier mal ein paar Bücher, anspruchsvoller als wir Gehaltsempfänger. Darum können sich die Familien heute nur ein Kind leisten.«

»Reg dich nicht auf, mir reicht mein Geld«, sagt Xi Wang, nachdem sie die Stärkungsmittel wieder weggeräumt hat.

Ich versuche, mit Blicken ihrem Geschwätz Einhalt zu gebieten. Xi Wang ist heute direkt höflich zu ihr, dabei steht ihm ins Gesicht geschrieben, was er von ihr denkt. Kann sie sich denn nicht ein bißchen zurückhalten.

»Ist dir beim Lesen von He Jingfus Manuskript etwas Problematisches aufgefallen?« Ich mache mir Sorgen um die Ansichten meines Sohnes, deshalb muß ich dieses Thema nochmal zur Sprache bringen. Wieso rümpft Yuli die Nase und verdreht die Augen? Genossinnen sind immer so kompliziert. Xi Wang ist nicht ihr leibliches Kind, deshalb traut sie ihm nicht recht über den Weg.

»Ganz durchgelesen hab ich es nicht. Damals, als ich's mir anschaute, fand ich's recht gut. Wenn ich jetzt so drüber nachdenke, bin ich nicht mal imstande, klar zu sagen, was Humanismus eigentlich heißt, deshalb kann ich auch nicht behaupten, ich sei dafür oder dagegen. Hast du denn irgendwelche Probleme entdeckt, Vater?«

In der Tat, das heißt, er scheint dazugelernt zu haben. – Er denkt jetzt anders als früher, vernünftiger wie es scheint! Haben andere ihn mit der Nase drauf gestoßen, oder ist er von alleine zur Einsicht gekommen? Ich war schon immer der Meinung, daß es bei jungen Menschen auf die richtige Führung ankommt, vor allem in Zeiten, in denen sie ihre Ansichten entwickeln. Im Grunde ist Yuli schuld, sie hat mich daran gehindert, das Kind ordentlich zu erziehen. Aber ein unerzogener Sohn ist Fehler des Vaters!

»Wenn du so denkst, dann ist's ja in Ordnung«, sage ich zufrieden. »Der Vorsitzende Mao lehrte uns: ›Parteimitglieder sollten jede Angelegenheit hinterfragen, sie sollten sich im eigenen Kopf eine eigene Meinung bilden und überlegen, ob eine Sache recht oder unrecht ist und ob sie moralisch ist; sie dürfen weder blindlings folgen noch der Sklavenhaltermentalität Vorschub leisten.‹ Dem Humanismus beipflichten, ohne überhaupt zu wissen, was das bedeutet, ist das nicht geradezu lächerlich? Junge Menschen haben nun mal die Neigung, blindlings zu folgen, aber du scheinst ja langsam vernünftig zu werden.«

Xi Wang hört mir geduldig zu, dann sagt er: »Vater, was du gesagt hast, stimmt tatsächlich. Zum Teil war ich recht überheblich und eingebildet und glaubte, den Marxismus-Leninismus kapiert zu haben, in Wirklichkeit hatte ich nicht die geringste Ahnung. Ich habe mich auch nicht bemüht, von dir und Lehrerin Chen zu lernen. Im Ernst, was ist denn nun eigentlich Humanismus? Erkläre du mir das doch einmal!«

Was Humanismus ist? Da wurde das nun so lange kritisiert, und ihr Studenten der Geisteswissenschaften habt's immer noch nicht begriffen? Aber an seinen Augen kann ich ablesen, daß er wirklich nicht verstanden hat und auf meine Erklärung wartet. Da muß ich ihm wohl eine kurze Erläuterung geben.

Tja, was bedeutet Humanismus? Komisch, wieso fällt einem zu einer Sache, die man normalerweise im Griff hat, auf einmal nichts ein? In welchem Buch stand da gleich noch etwas darüber? Ich komme im Moment einfach nicht drauf. Xi Wang schaut mich unverwandt fragend an. Ah! Ich hab's –

»Yuli! Gib mal das Material vom You her. Da steht das ganz klar drin.«

Zögernd schaut Yuli zu Xi Wang, dann wieder zu mir. Aber als sie mein ungeduldiges Fuchteln sieht, reicht sie es mir herüber.

Genau, hier steht's klipp und klar: Ja, das ist dieser Humanismus, für den He Jingfu eintritt. – »Erstens: gegen Klassen und Klassenkampf gerichtete Theorie – proklamiert Gleichmacherei unter den Klassen; zweitens: für abstrakte Freiheit, Gleichheit, Brüderlichkeit – was praktisch bedeutet, daß wir Feinde lieben sollten; drittens: für eine unabhängige menschliche Natur und unabhängige Gefühle – was der Durchführung der Klassenanalyse in bezug auf jeden einzelnen Menschen widerspricht; viertens: für Individualismus und Emanzipation der Persönlichkeit.«

Punkt für Punkt lese ich meinem aufmerksam lauschenden Sohn die Titelzeilen des Materials vor. Er zieht ein Notizheft aus der Jackentasche und macht Notizen. »Da siehst du's, das sind höchst gefährliche Ansichten! Das ist es doch genau, was wir wieder und wieder kritisiert haben!«

»Also, mir kam das beim Lesen anders vor! Wieso sollten sich seine Ansichten geändert haben? Wandte er sich nicht lediglich gegen die Ausweitung des Klassenkampfes? Warum klingt es jetzt wie eine Theorie gegen den Klassenkampf selber?« meint er kopfschüttelnd und schreibt dabei weiter in sein Büchlein.

Ich gebe ihm den Abschnitt, den Yuli mir vorhin vorgelesen hat; den schreibt er auch noch ab. Dann überfliegt er den folgenden Text. An einer Stelle hält er inne: »Hast du alles gelesen, Vater?« fragt er mich. »Nein, ich bin nur bis Punkt vier gekommen. Das trifft sich gut, lies mir doch ein paar Stellen vor.«

Er liest: »Der Mensch, seine Persönlichkeit, muß geachtet werden, er muß zur Würde erzogen und darin bestärkt werden. Meines Erachtens ist das Selbstwertgefühl der Menschen in unserer heutigen Gesellschaft zu wenig ausgeprägt. Jahrtausendelange Feudalherrschaft hat uns allmählich der Fähigkeit beraubt, über den Wert des Menschen nachzudenken, uns unsere eigenen Ansichten über das Leben zu bilden und uns zu eigenständigen Individuen zu entwickeln. Als läge der Wert der menschlichen Existenz nicht darin, in welchem Maß er seine Individualität in die Gesellschaft einzubringen imstande ist, sondern darin, wie gut er sich anpaßt oder verleugnet und seine Persönlichkeit im Gemeinsamen auflöst. Wie eintönig wäre das Leben ohne Individualität! Auch der gesellschaftliche Fortschritt ist auf sie angewiesen. Zum Glück gibt es in der Geschichte immer einige wenige, die, mit den gegebenen Verhältnissen unzufrieden, die Fesseln veralteter Ansichten abstreifen. Nur sie sind in der Lage, über die breite Masse hinauszuwachsen und sich zu selbständigen, starken Persönlichkeiten zu entfalten. An die Stimme des Herzens appellierend, setzen sie schließlich ein gewaltiges Heer in Bewegung und treiben die Geschichte voran. Welcher Revolutionär jedweder Epoche wäre nicht ein solches Individuum gewesen! Verdienen sie nicht gerade deswegen unsere Hochachtung, weil sie in ihrer Zeit und in ihren Lebensumständen ihren menschlichen Wert optimal verwirklicht haben? Deshalb gebührt der eigenständigen Persönlichkeit unsere uneingeschränkte Bewunderung. Und an gewisse Freunde ergeht der Appell: Respektiert die Persönlichkeit! Pflegt und fördert sie!«

Hier unterbricht er sich und schaut mich an. Ich kann's nicht fassen. So etwas steht in einem Buch, von einem Kommunisten geschrieben? Persönlichkeit respektieren! Was soll denn das? Parteimitglieder haben gefügiges Werkzeug der Partei zu sein. Hätte jeder seine eigenen Ansichten, seine eigene Persönlichkeit, wie wären dann die Richtlinien der Partei durchzusetzen? Wo kommen wir hin, wenn jeder auf eigene Faust werkelt und jeder seine eigene Marschmelodie singt? Aber es kommt ja noch schlimmer.

»Lies mir das doch nochmal vor, diesen Unsinn da mit ›über die breite Masse hinauswachsen‹.«

Xi Wang liest die Stelle noch einmal. Mir wird zusehends klarer: Hier wird Anarchie gepredigt, zur Rebellion aufgerufen.

»Dieser ideologische Wirrwarrr entstammt wohl sämtlich dem Gedankengut der morschen Bourgeoisie?« frage ich Xi Wang.

»Emanzipation der Persönlichkeit wurde einst auch von der bürgerlichen Revolution gegen den Feudalismus ins Feld geführt«, erwidert er.

»Und He Jingfu möchte wohl ebenfalls Stimmung machen für die Emanzipation der Persönlichkeit?«

»Den Gedanken hat er.«

Der ist gut! Macht Sozialismus zu Feudalismus, Yenan zu Xi'an. Und ich dachte noch, wir hätten mal was Neues! Existiert das Problem der Emanzipation der Persönlichkeit in der sozialistischen Gesellschaft überhaupt noch?

»Zu was will uns He Jingfu denn emanzipieren? Emanzipation zur Bourgeoisie?« Unwillkürlich werde ich laut.

»Vater! Da kommt doch noch ein Absatz!« ruft Xi Wang und liest weiter:

»Beim Schreiben dieser Stelle ist mir, als vernähme ich eine mahnende Stimme: Achtung, du bist bereits am Rand des Abgrundes, machst dich zum Trommler der Bourgeoisie!«

Fein! Er weiß es sogar selber. »Und weiter?«

»Langsam, mein Freund. Ich gebe zu, vom bürgerlichen Humanismus beeinflußt zu sein. Aber den Schandhut eines Bourgeois weise ich zurück. Humanismus in der bürgerlichen Gesellschaft bedeutete Selbstbestimmung und Selbstverwirklichung nur für einige wenige und auf Kosten der Mehrheit, die ein menschenunwürdiges Leben führen mußte. Solchen Humanismus meine ich nicht. Aber, es gibt noch einen anderen, den marxistischen Humanismus, der die Emanzipation der gesamten Menschheit und die Entwicklung jedes einzelnen zu Autonomie und Individualität fordert. Lesen wir doch bei Marx und Engels nach: ›Aber in der kommunistischen Gesellschaft, in der keinem, wer er auch sei, ein spezieller Tätigkeitsbereich zugewiesen wird, in der jeder sich auf jedem beliebigen Gebiet entfalten darf, reguliert die Gesellschaft die Gesamtproduktion. So habe ich die Möglichkeit, nach Herzenslust heute dieser, morgen jener Tätigkeit nachzugehen, mich vor dem Mittag mit

Jagd, nach dem Mittag mit Fischfang, am Spätnachmittag mit Viehzucht zu befassen und nach dem Abendbrot mit Kritik, aber auf jeden Fall ohne, daß wir deswegen zu Jägern, Fischern, Viehzüchtern oder Kritikern gemacht werden.‹ – Welch verlockender Zustand! Jeder Mensch wird sein eigener Herr sein. Freund, meinst du nicht, daß der Marxismus dem Humanismus radikalste, revolutionärste Bedeutung verliehen hat? Meinst du nicht, daß wir, um dieses kommunistische Ideal zu erreichen, jede Art der Unterdrückung menschlicher Natur und Persönlichkeit eliminieren müssen? Solltest du etwa meinen, feudalistische Tyrannei sei der richtige Weg für uns?«

Xi Wang lacht auf. »Interessant!« ruft er auch noch. Was denkt er sich. Ich weiß nur, daß dieser anmaßende He Jingfu sich schadenfroh die Hände reibt: Schimpfst du ihn einen Bourgeois, gleich stülpt er dir den Hut des Feudalisten über. – Anti-Feudalismus, wird das nun wieder modern! Daß wir seinerzeit die Grundherrenclique erledigt haben, war das etwa nicht antifeudalistisch? Soll das heißen, wir hätten das ganze Leben lang unter blutigen Opfern Revolution gemacht und nicht einmal den Feudalismus niedergeschlagen? Lachhaft!

»Vater, was hast du vor? Die Veröffentlichung verbieten?« Xi Wang blättert die Unterlagen noch einmal von vorn bis hinten durch und gibt sie mir dann zurück.

»Irgendetwas muß geschehen – auf jeden Fall kann ich nicht einfach die Hände in den Schoß legen! Eine konkrete Vorstellung habe ich noch nicht. Ich nehme das Material auf jeden Fall erst mal mit zur Versammlung des Parteikomitees und stelle es dort zur Diskussion, kommen wir parteiintern zu einem Konsens, dann werden wir weitersehen.«

»Meiner Meinung nach sollte man das Buch am besten erst mal erscheinen lassen. Nach der Veröffentlichung könnt ihr immer noch kritisieren. Wer das Recht auf seiner Seite hat, braucht sich doch nicht zu fürchten!«

Er ist eben doch noch ein Kind! Als ob man solche Sachen mir nichts, dir nichts an die Öffentlichkeit bringen könnte! Ein Buch ist etwas anderes als ein Feuerwerk, das mal kurz zur Belustigung der Kinder abgebrannt wird. »Laßt hundert Blumen blühen, laßt hundert Schulen miteinander streiten.« – Das war konsequente proletarische Politik, aber bourgeoise Liberalisierung war damit nicht gemeint. Wenn sowas Blüten treibt, dann ist das nicht nur He Jingfus Problem, sondern das Problem der Universität; wir, die Mitglieder des Parteikomitees tragen die Verantwortung! Kopfschüttelnd frage ich Xi Wang: »Wie stellst du dir das vor?«

Chen Yuli sitzt schon die ganze Zeit dabei und hört zu. Ich weiß nicht, warum sie Xi Wang immerzu forschend ansieht als sei er ein Fremder. Vielleicht läßt sein heutiges Verhalten sie an eine echte Wandlung bei ihm glauben, denn nun setzt sie eine freundliche Miene auf und mischt sich in unsere Unterhaltung.

»Xi Wang, du weißt vielleicht, daß das Buch im Verlag heftige Diskussionen ausgelöst hat! Ein früherer Kommilitone von mir, der dort arbeitet, sagte zu mir: ›Ein verdammt mutiges Buch! Vor zwanzig Jahren hätte das ausgereicht, um zehn Rechte fertigzumachen!‹ Viele waren dagegen, aber der Chefredakteur will es unbedingt herausbringen. Der zuständige Lektor, auf den er große Stücke hält, ist seinerzeit auch fälschlich zum Rechten erklärt worden.«

Und da Xi Wang ihr lächelnd zunickt, fährt sie noch lebhafter fort:

»Dieser Kommilitone meinte, wenn er das Manuskript in die Finger gekriegt hätte, hätte er es unter allen Umständen abgelehnt. Denn wer muß schließlich später dafür geradestehen? – Daraufhin habe ich alle Hebel in Bewegung gesetzt, um an einen Vorabdruck heranzukommen. In der Tat, ein sehr ernstes Problem!«

Xi Wang lächelt ihr nochmals zu, dann wendet er sich an mich: »Vater, was die Angelegenheiten des Verlages betrifft, da kannst du wohl nicht nach dem Rechten sehen?«

Sowas hat es bisher noch nie gegeben. Wenn der Verlag früher ein Buch herausgab, holte er immer zuerst die Meinung der Parteizelle der Einheit ein, in der der Autor arbeitete. Diesmal wurden wir überhaupt nicht gefragt; keinerlei politische Überprüfung des Autors hat stattgefunden. Es hält sich eben keiner mehr an die Richtlinien! Allerdings . . .

»Wir könnten von uns aus an den Verlag herantreten und ihnen unsere Meinung unterbeiten. Sie müssen die Meinung der Organisation respektieren! Yuli, ruf mal den Chefredakteur an, ihn möchte ich in dieser Sache als ersten ansprechen.«

Chen Yulis Augen weiten sich, kopfschüttelnd sagt sie: »Ob das nicht unangebracht ist? In so einer Angelegenheit tritt man am besten nicht mit dem eigenen Namen in Erscheinung. Das Parteikomitee wird doch kollektiv geführt!«

Sie hat ja recht, man sollte sich auf das Kollektiv stützen. Die Lehre der vergangenen Jahre war hart genug. Leistungen macht dir jeder streitig; Fehler schieben sie dir von allen Seiten zu, manchmal muß man auch die Seite wechseln. – Ist das nicht Yous Wahlspruch: ›Allzeit bereit, der gerechten Sache wegen zur Gegenseite überzutreten‹? Aber als erster aufzustehen, ist nicht einfach. Wenn ich die Seite wechsle, dann auf welche?! Diesmal bestehe ich auf einer Diskussion im Parteikomitee, jeder einzelne soll Farbe bekennen.

»Also warten wir erst mal die Diskussion ab, dann sehen wir weiter! Na komm, Wang, erzähl doch mal ein bißchen, was treiben denn die Kommilitonen in letzter Zeit so, haben sie immer noch so verworrene Ansichten? Schreiben sie immer noch Liebesgedichte ans Schwarze Brett?«

»Von eurem Blickwinkel aus ist das natürlich immer noch derselbe Wirrwarr, dasselbe Durcheinander. Liebesgedichte allerdings sind selten geworden, man bereitet die Gründung eines Mönchsordens vor, und es heißt, man wolle dich zum Abt küren!«

Seine Antwort läßt mich aufschrecken: Ah! Das ist wieder mein Xi Wang, wie er leibt und lebt! Funkelnde Augen hinter den Brillengläsern, um die Mundwinkel das spöttische Lächeln.

»Was soll das heißen! Willst du damit sagen, deiner Meinung nach sei alles in Ordnung?« fragt Chen Yuli.

Xi Wang wirft ihr einen verächtlichen Blick zu: »Mein Blickwinkel ist nach wie vor derselbe. Aber darüber will ich mit euch nicht diskutieren. Zwischen uns besteht eine zu große Distanz. Mir ist, als trügt ihr wallende Beamtengewänder und bunte Federbüsche auf den Köpfen – aber auf eurem Banner führt ihr den Marxismus-Leninismus! Erbärmlich!«

»Das heißt, du hast eben nur so getan, als hättest du dich geändert?« frage ich, erschrocken und erbost zugleich.

Nun zwinkert er mir auch noch zu! Dann springt er auf, klammert sich wieder an den Türrahmen und macht Klimmzüge, drei Stück. »Wann hast du dir dieses doppelzüngige Verhalten angeeignet?!«

»Wieso doppelzüngiges Verhalten? Denk doch mal darüber nach, was ihr selber gerade tut! Um den Lauf der Geschichte zu bremsen, streckt ihr eure Hände aus, so weit's nur eben geht. Ist euch das nicht weit genug, dann befehlt ihr kraft eures Herrscherstabs anderen Leuten, mit ihren Armen eure Reichweite zu verlängern. Wie ihr euch heute verhalten habt, war das etwa anständig und offen? Du vor allem, Vater! Ich hoffe nur, du wirst in dieser Angelegenheit nicht intervenieren! Letztlich blamierst du dich damit bloß selber!

»Scher dich zum Teufel!« Ich kann mich nicht länger beherrschen.

»Gut! Dabei bin ich heute in bester Absicht gekommen, ich wollte mich nach deinem Befinden erkundigen. He Jingfu redet mir ständig zu, ich solle dich besuchen, auf dich warten, dir helfen. Aber mein heutiger Besuch hat mir bestätigt – bei manchen Leuten bringt warten gar nichts! Wenigstens bin ich nicht umsonst gekommen, denn ich habe euren erhabenen Reden gelauscht und eure Unterlagen gelesen. Habe sozusagen aus Versehen kurz mal KGB gespielt. Vielen Dank!«

Er verschwindet und zurück bleibt sein freches Lachen. So ein Sohn! Er hat mir die Laune gründlich verdorben. – He Jingfu will, er solle auf mich warten, mir helfen. Wer bin ich denn in deren Augen? Eine rückständige arme Seele? Pah! An welchem Stadium der Überheblichkeit leiden die beiden eigentlich?

»Ich war ja von Anfang an dagegen, daß du ihm das Material zeigst! Aber immer vertraust du deinem Schätzchen! Fein, jetzt rennt er garantiert zu He Jingfu und erzählt ihm alles, und wenn der dann Angst kriegt und das Manuskript vielleicht selber zurückzieht, war dieser Schachzug total umsonst!« mault Yuli mit hängenden Mundwinkeln.

Typisch Frau! Hätte He Jingfu tatsächlich Angst und würde das Manuskript zurückziehen, umso besser! Schlimm wäre nur, wenn er sich auf andere Weise mit uns anlegen würde. Diese jungen Leute heutzutage, alle so gerissen! Einer wie der andere die reinsten Politiker! Xi Wang genauso.

»Laß gut sein, die Sache wird sowieso erst morgen nach den Ermittlungen des Parteikomitees entschieden. – Ist der Reis noch nicht fertig?«

»Hab gerade nachgeschaut. Die Alte wird auch immer lahmer. Und für so eine Haushaltshilfe geben wir auch noch Geld aus!«

»Wir müssen doch revolutionären Humanismus praktizieren! Die Frau steht ja völlig mittellos und mutterseelenalleine da.«

»Ich glaube nicht an Humanismus! Da bin ich mit den Jungen einer Meinung: Ich glaube an wechselseitige Ausbeutung. – Nur weil sie mittellos und allein dasteht, ist sie gut zu uns. Hätte sie Geld und Angehörige, wäre sie schon lange nicht mehr bei uns.«

Humanismus! Humanismus! So oft wurde er schon verurteilt, und die Menschen fangen immer wieder davon an. Alle lieben einander, alle sind gleichberechtigt, man braucht doch nicht bei jeder Kleinigkeit gleich Klassenkampf – welch hehre Gedanken! Aber wenn ich die anderen nicht bekämpfe, bekämpfen sie mich. Diese Menschen! So sind sie alle! Kampf rund um die Uhr und nichts wird besser, aber ohne Kampf wäre alles noch schlimmer!

Unsere Haushaltshilfe trägt die Speisen auf, sie ist wahrhaftig alt geworden. Die schwere Hausarbeit, kaum noch krauchen kann sie. Kein Wunder, daß Yuli unzufrieden ist. Aber eigentlich ist das ja nicht meine Sache.

»Dann nimm du den Haushalt eben selber in die Hand! Nur muß man sich um die Frau ein bißchen kümmern, sie hat früher jahrelang ohne Lohn gearbeitet, diese Summe muß sie zurückbekommen.«

Yuli nickt und lacht. Die alte Frau, ohne Sohn, ohne Tochter, wo kann sie denn hin? – Achje! Die Hüfte zwickt, der Rücken schmerzt! Ich schaff's nicht mehr, mich mit allem abzugeben. Soll Yuli doch alles arrangieren!

23. Sun Yue

Wer hätte gedacht, daß es so etwas gibt.

Ich hätte nicht gedacht, daß wir gleich bei meinem ersten Besuch über solche Dinge sprechen würden.

»Jingfu, du kannst dein Buch nicht veröffentlichen. Das Parteikomitee hat es beschlossen!« werde ich ihm sagen müssen.

Was wird er denken? Was wird er sagen? Ein solcher Schlag! Ich weiß, daß er nicht schreibt, um berühmt zu werden. Er schreibt über die Erfahrungen der letzten zwanzig Jahre, über seine Ziele.

Ich war zu stolz, ihn danach zu fragen. Ich weiß auch so Bescheid. Ich habe zwei »Informanten«. Einer ist Xu Hengzhong. Er liegt mir ständig in den Ohren, He Jingfu zu überreden, kein solches Risiko einzugehen.

»Er hat die Kämpfe in diesen Jahren nicht erlebt. Er ist zu enthusiastisch. Er soll abwarten. Heute ist es so, und morgen kann es schon wieder ganz anders sein.«

Der andere Zuträger ist unser »Erzähler«. Er ist normalerweise nicht sehr aktiv, aber von uns ehemaligen Kommilitonen am besten informiert, besonders über Angelegenheiten der literarischen Welt. Er hat uns über die Auseinandersetzungen im Verlag auf dem laufenden gehalten. Als das Manuskript zum Setzen ging, kam er begeistert zu mir.

»Sun Yue, heute müssen wir einen trinken! Es gibt eine gute Nachricht.«

Er war so begeistert, als wäre es sein Buch, das kurz vor der Veröffentlichung steht. Er sagte bedauernd:

»Mir fehlt He Jingfus Mut. Ich bin mein ganzes Leben zur Gewöhnlichkeit verurteilt. Ich bin ein chinesischer Oblomow. Vielleicht, weil ich immer ruhig schlafen konnte.«

Ich habe ihm etwas zu trinken gegeben, und wir haben zusammen gelacht.

Was dann kam, war nicht vorauszusehen. Der Parteisekretär einer Universität verhindert die Publikation eines Buches, obwohl es vom Verlag bereits akzeptiert worden ist. Müssen wir uns da nicht grundsätzlich über die Legalität einer solchen Handlungsweise unterhalten?

»Da müssen wir eingreifen! Schon um He Jingfus willen. Er darf sich nicht einbilden, daß er hier irgendwelche revisionistischen Thesen verbreiten kann.«

Das hatte Xi Liu auf einer Versammlung des Parteikomitees von sich gegeben. Ich weiß nicht mehr genau, wie alles anfing, aber mir war klar, daß er dahintersteckte, obwohl es You Ruoshui war, der die Angelegenheit zur Sprache brachte. Kurz vor Ende der Versammlung rief er plötzlich zu Xi Liu hinüber:

»Genosse Xi Liu! Es gibt ein Problem, mit dem sich das Parteikomitee befassen sollte. Es ist nicht nötig, daß die Sekretäre aller Parteizellen dableiben, aber Genossin Sun Yue von der Literaturabteilung sollte anwesend sein.«

Xi Liu nickte sofort, ohne zu fragen, worum es sich handelte. Das sah doch sehr nach einem abgekarteten Spiel aus.

Selbstverständlich blieb ich. Ausgerechnet um eine Sache zu diskutieren, auf die ich absolut nicht vorbereitet war. You Ruoshui zog gleich einen Stoß Papiere hervor und informierte uns über die angeblich revisionistischen Stellen, die er in »Marxismus und Humanismus« entdeckt hatte.

»Der gravierendste, der gefährlichste revisionistische Punkt besteht darin, daß He Jingfu zwischen Marxismus und Humanismus keinen Widerspruch sieht, sondern eine Übereinstimmung. Das bedeutet nichts anderes als eine Kastration des Marxismus und seiner Lehre vom Klassenkampf.«

Er erklärte aber nicht, was der Autor mit der Übereinstimmung von Marxismus und Humanismus meint oder wie er Humanismus definiert. Ich weiß, daß He Jingfu damit die radikale Befreiung der ganzen Menschheit meint. Er will sie nicht nur von der Klassenausbeutung und -unterdrückung befreien, sondern auch von jeglicher geistigen Fessel, von Aberglauben, von Mitläufertum. Er will sie aus ihrer tierhaften Existenz lösen. Er lehnt es ab, den Klassenkampf zum Ziel des Lebens zu machen, weil er den Menschen nur Leid und Zersplitterung bringt. Er versteht unter einer sozialistischen Gesellschaft mehr Demokratie, mehr Freiheit, mehr Friede. Er will, daß sich jeder Bürger nicht nur physisch, sondern auch geistig frei fühlt, daß jeder Wert auf seine Rechte und seine Individualität legt. Das ist doch vollkommen in Ordnung! Aber You Ruoshui hält das für Revisionismus.

»Es ist ganz einfach! Wir Marxisten haben solche Ansichten schon immer kritisiert, nicht nur während der Kulturrevolution. Und wir haben diese Kritik immer ganz korrekt im Einklang mit der Parteilinie durchgeführt.«

Als You Ruoshui sprach, wurde sein sonst blasses Gesicht rot, und seine Glatze glänzte von Schweiß. Er hielt seinen Blick unverwandt auf Xi Liu gerichtet, obwohl dieser ihn kein einziges Mal ansah. Xi Liu fixierte der Reihe nach jeden einzelnen in der Versammlung. Zuletzt blieb sein Blick an mir hängen, sehr lange.

Am Ende seiner Rede faltete You Ruoshui seine Papiere zusammen und steckte sie in seine Jackentasche. Xi Liu wandte den Blick von mir ab und schaute in die Runde. Dann sagte er gemessen:

»Wir haben ursprünglich nicht gewußt, daß dieses Buch erscheinen soll. Wenn Genosse You Ruoshui nicht davon gehört hätte und die Angelegenheit nicht aus eigenem Antrieb geprüft hätte, wäre es ohne unser Wissen publiziert worden.«

Geht das wirklich auf You Ruoshui zurück? Seit wann handelt der aus eigener Initiative?

»Genossin Sun Yue, hat man in der chinesischen Literaturabteilung von diesem Buch gewußt?«

»Ich wußte davon!« antwortete ich sofort.

»Warum hast du nichts davon gesagt?«

»Das ist eine Angelegenheit des Verlages. Wir haben kein Recht, uns da einzumischen. Auch dem Genossen He Jingfu steht publizistische Freiheit zu.«

Xi Lius Backenknochen traten noch stärker vor als sonst. Er wandte sich an die Mitglieder des Parteikomitees:

»Ist das tatsächlich so? Ich finde, darüber sollten wir uns etwas unterhalten! ›Laßt hundert Blumen blühen und hundert Schulen miteinander kämpfen!‹ Hieße das nicht, bourgeoiser Freiheit Vorschub leisten? Wollen wir die Führung in der Partei oder nicht?

Wie klar der Fluß heute ist! Klar, aber ohne Fische. Dieser Fluß hat keine Fische, denn Fische lieben trübes Wasser. Das Wasser ist so klar. Müssen wir unbedingt Steine, Schlamm und Gras hineinwerfen, um es aufzuwühlen?

Das älteste Mitglied des Parteikomitees sprach zuerst. Sein Haar ist schlohweiß. Er hat ein gütiges Herz, und seine Augen sind aufrichtig und offen.

»Nach alter Gepflogenheit hätte sich der Verlag vor der Publikation des Buchs erst einmal mit der Einheit des Verfassers in Verbindung setzen müssen, dann hätten wir alle Bescheid gewußt. Da es jetzt nun mal so ist, wie es ist, sollten wir das Beste daraus machen. Der Autor ist noch jung. Überredung und Erziehung sind das beste Mittel. Man sollte ihn davon überzeugen, daß es das Sinnvollste ist, wenn er sein Manuskript zurückzieht, es verbessert und dann wieder einreicht. Ich denke, seine Ansichten sind falsch. Wir haben dergleichen schon häufig kritisiert. 1942 zur Zeit der Rektifizierung von Yenan ...«

Ich wußte, daß er bei Pan Gu, den drei heiligen Herrschern und den fünf Kaisern anfangen und heute aufhören würde. Jedesmal wenn während der Kulturrevolution eine Versammlung stattfand, um ihn zu kritisieren, fing er in grauer Vorzeit an. Mit seinen gütigen, ehrlichen Augen sah er die ›Roten Garden‹ an und sagte:

»Ich bin kein Revisionist. Ich habe eine lange Erziehung durch die Partei genossen. Zur Zeit der Rektifizierung in Yenan ...«

Die ›Roten Garden‹ beschimpften ihn, erniedrigten ihn, verhöhnten ihn. Aber ganz gleich unter welchen Umständen, nie gab er zu, ein Revisionist zu sein. Ich verehrte ihn sehr deswegen. Aber in den letzten zwei Jahren habe ich mich ihm etwas entfremdet. Das Leben ist weitergegangen, aber er ist immer derselbe geblieben. Er gleicht einem Standbild in dieser Versammlung. Schon seit Ewigkeiten ist er da und immer in derselben Haltung. Man kann ihn bewundern, aber man kann keine praktischen Fragen mit ihm besprechen.

»Sun Yue, wir müssen das Steuer wieder fest in den Griff bekommen. Dieses Durcheinander darf nicht mehr länger andauern. 1942 in Yenan . . .«

Als ich ihn das sagen hörte, sank mir das Herz. Ich hätte ihm gern mit aller Macht einen Stoß versetzt.

»Heute ist es anders als früher. Ein Verlag ist nicht verpflichtet, einen Autor politisch zu überprüfen. Aber in diesem konkreten Fall hätte man vorsichtiger sein sollen.«

Das war ein Komiteemitglied aus dem Parteisekretariat der philosophischen Abteilung, einer vom »Fach« wie ich. Soweit ich ihn kenne, ist er relativ »freiheitlich« in seinen Ansichten. Hatte er Angst vor diesem »konkreten Fall«?

»Wie macht sich denn He Jingfu so in der Abteilung? Könnten wir dazu etwas hören?« fragte ein weibliches Komiteemitglied. Ich sagte einfach:

»Sehr gut!«

Und dachte, wie kann man ihn und sein Buch je verstehen? Wie weit können wir in diesem »konkreten Fall« unseren Einfluß geltend machen? So weit, daß er nicht publizieren kann. Aus jedem einzelnen könnte man einen »konkreten Fall« machen. Bei jedem könnte man einen Grund zur Einmischung finden. Keiner ist perfekt. Nicht alles, was glänzt, ist Gold. Ein »konkreter Fall«? Ein »konkreter Fall« . . . Es ist alles so schwer in den Griff zu bekommen!

Vielleicht hätte ich in der Versammlung »konkret« werden sollen. Aber ich will nicht in der Öffentlichkeit über He Jingfu sprechen. Ich kann nicht einmal in Ruhe an ihn denken.

Er ist seit Zhao Zhenhuans Besuch nicht mehr bei mir gewesen. Wenn wir uns zufällig treffen, nicken wir uns nur zu und begrüßen uns kurz, kein Wort mehr. Es macht mich sehr traurig, denn ich habe das Gefühl, daß wir uns immer weiter voneinander entfernen. Ich spreche bei Freunden immer häufiger über ihn, besonders bei Li Yining.

»Ich will nicht, daß du noch einmal enttäuscht wirst. Bei He Jingfu wirst du keine Ruhe finden. Du darfst ihn auf keinen Fall heiraten!« gibt sie mir jedesmal zur Antwort.

Ganz richtig! He Jingfu kann mir keinen Frieden geben. Aber vielleicht ist es gerade das, was mich so anzieht. Ich habe ihn schon einmal in Wind und Regen alleine kämpfen lassen. Sollte der Sturm ein zweites Mal über ihn hereinbrechen, kann ich ihn nicht noch einmal im Stich lassen! Ich würde keine Ruhe mehr finden!

»Ich habe einiges über He Jingfu gehört. Kann ich es vorbringen?«

Es war Chen Yuli, die Protokoll führte. Xi Liu nickte zustimmend.

»Seit seiner Überprüfung und nachfolgenden Rehabilitierung ist ihm mächtig der Kamm geschwollen. Er verbreitet seine Lebensgeschichte unter den Studenten und spielt den Märchenhelden. Er zieht Scharen von unerfahrenen Jugendlichen in seinen Bann. Er sagt häufig, daß die Partei ihre Lehren aus der Geschichte ziehen muß. Was nichts anderes heißen soll, als daß er immer im Recht war und die Partei Fehler gemacht hat, daß er klüger ist als die Partei und daß die Partei ihn schändlich behandelt hat. Die Thesen, die er da in seinem Buch vertritt, über den Wert des einzelnen, über den Individualismus, verbreitet er alle unter den Studenten. Die Welle von Anarchismus in unserer Literaturabteilung hat eine ganze Menge mit ihm zu tun. Und daß vor nicht allzu langer Zeit eine Gruppe von Studenten Streit provozierte, als der Genosse Xi Liu sich dagegen verwahrte, daß man Liebesgedichte am Schwarzen Brett verbreitet, ist auch auf He Jingfu zurückzuführen. Plötzlich machen sich Studenten über den Genossen Xi Liu lustig, sagen, er soll sich zum Abt einer buddhistischen Vereinigung machen lassen ...«

Wer hatte gekichert? War es das ältere weibliche Komiteemitglied oder der Professor neben ihr. Er ist Professor für Geschichte und Mitglied des ständigen Ausschusses. Da er der einzige Professor im Komitee ist, nennen ihn alle nur

»Professor«. Er hatte seine Pfeife im Mund und flüsterte seiner Nachbarin offensichtlich etwas Witziges zu, denn beide lachten. Xi Lius Gesicht war rot geworden. Er klopfte mit seinem Füller auf den Tisch und sagte im Befehlston zu Chen Yuli: »Komm zur Sache!«

Chen Yuli merkte, daß sie den Faden verloren hatte und wurde rot, nahm sich aber zusammen und fuhr fort:

»Um es kurz zu machen, He Jingfu hat sich undankbar gezeigt gegenüber der Liebe und Fürsorge, die ihm die Partei zukommen ließ. Er verfolgt weiterhin denselben Weg, den er 1957 eingeschlagen hat. Keiner weiß, wo er enden wird, wenn wir ihm nicht bald zu Hilfe kommen. Was seinen privaten Lebensstil angeht, will ich mich hier lieber nicht dazu äußern.«

Bei ihren letzten Worten sah sie mich bedeutungsvoll an. Mir wurde heiß, und mein Gesicht brannte. Bei der Erwähnung von He Jingfus Privatleben war mir, als hätte man uns beide mit Schmutz beworfen. Ich war bis zur Unerträglichkeit angespannt.

Chen Yuli hat wirklich Talent zum Reden. Sie hatte ihnen einen »greifbaren« He Jingfu geliefert. Ich habe schon begriffen, daß die meisten Menschen Außenseiter diskriminieren. Ihre Methode besteht in der übelsten Verleumdung des Betreffenden in dessen Abwesenheit und vor Leuten, die ihn nicht kennen, so daß er sich nicht verteidigen kann. Aber ich verstehe Jingfu. Ich liebe ihn. Und mit jeder Bewegung von Chen Yulis hübschem Mund entstand ein anderer He Jingfu vor meinen Augen, ein bewundernswerter, liebenswerter Vagabund, mein engster und doch unerreichbarer Freund. Jingfu, ich kann nicht gleichgültig zuhören, wie andere dich mit Schmutz bewerfen. Ich kann nicht zulassen, daß die Genossen, die dich nicht kennen, einen völlig falschen Eindruck von dir bekommen. Ich darf keine Angst mehr haben, meine Gefühle preiszugeben. Ich fürchte mich auch nicht mehr davor. Es scheint, als hätte ich nur auf eine Gelegenheit gewartet, meine Liebe zu dir öffentlich zu bekennen. Ich mußte sprechen.

Ich stand auf. Aber bevor ich den Mund öffnen konnte, kam mir ein Komiteemitglied zuvor:

»Wenn das wirklich so ist, können wir nicht zulassen, daß sein Buch veröffentlicht wird.«

Ein anderes Mitglied war noch eifriger: »Wenn ich was zu sagen hätte, würde ich ihn als ›Rechten‹ einstufen. Ich hatte schon immer meine Vorbehalte gegen eine Rehabilitation in so großem Stil.«

Ich setzte mich wieder. Mir wurde klar, daß ich ja an einer Sitzung des Parteikomitees teilnahm, in meiner Eigenschaft als Sekretärin der Hauptzelle der chinesischen Literaturabteilung. Das Problem, das wir zu besprechen hatten, betraf unsere Haltung einem Buch gegenüber und nicht die Beziehung zwischen He Jingfu und mir.

»Erziehung ist die einzige Methode! Die Haltung der Partei gegenüber Genossen, die Fehler gemacht haben, zielte immer darauf ab, sie aus den vergangenen Fehlern lernen zu lassen, die Krankheit zu heilen und den Menschen zu retten. In der Rektifizierung von 1942 . . .«

Ich sah diesen weißhaarigen, alten Herrn dankbar an, dankbar für sein gutes Herz. Aber er kommt nie zum Kern der Sache.

Ich sah den Professor an. Er ist ein ehrlicher und humorvoller Mensch. Vom Aussehen her ist er ganz unauffällig. Sein Humor gibt ihm jedoch einen gewissen Charme. Er spricht nicht viel auf den Versammlungen des Parteikomitees. Wahrscheinlich hält er es als einziger Professor in der Runde für besser, bescheiden aufzutreten. Diesmal hoffte ich, daß er sprechen würde. Er hat eine unbekümmerte Art, seine Pfeife zu rauchen.

Endlich löste sich sein Mund von der Pfeife. Er räusperte sich leicht und setzte zum Sprechen an. Er lächelte, bevor er begann: »Ich habe durch Genossin Chen Yulis Worte einen sehr widersprüchlichen Eindruck bekommen. Auf der einen Seite ist He Jingfu ein eingebildeter Kerl, auf der anderen ein Mensch, der die Zuneigung der Studenten gewonnen hat. Genossen! Es ist nicht einfach, sich die Zuneigung der Jugend zu erwerben. Wir können natürlich sagen, einer nützt die Unerfahrenheit und Unwissenheit der Jugend aus. Aber versucht das mal! Ich unterrichte und komme in unmittelbaren Kontakt mit den Studenten. Es ist nicht so einfach, sie auszunutzen. Sie sind ganz und gar nicht dumm. Und wenn sie sich jemandem anschließen, dann heißt das, daß derjenige etwas hat, was wir nicht haben. Deshalb glaube ich, ist es nicht gut, He Jingfu einfach so abzutun. Außerdem, wenn er so ist, wie Genossin Chen Yuli ihn beschreibt, dann fürchte ich, hat die Sache weitreichendere Konsequenzen als nur das Recht auf die Veröffentlichung eines Buches.«

»Aber er sagt, daß die Partei Fehler gemacht hat«, warf ein Komiteemitglied aufgebracht ein.

Der Professor zog wieder an seiner Pfeife.

»Wer kann schon sagen, die Partei hätte nie Fehler gemacht?«

Xi Liu paßte es nicht, daß sich der Professor eingemischt hatte. Er sagte aber nichts, musterte nur die Leute der Reihe nach. Er hoffte anscheinend, daß sich einer aufraffen und dem Professor widersprechen würde. Der aber zupfte die Genossin an seiner Seite am Ärmel. Sie nickte lächelnd. Auch sie gehört zu den ältesten Komiteemitgliedern. Sie ist schlank und elegant, wirkt überhaupt nicht wie eine ältere Frau. Seit ihrem Anschluß an die Revolution hat sie immer für die Partei gearbeitet, zuletzt als Leiterin der Propagandaabteilung.

»Ich denke ständig daran, ob es nicht an der Zeit wäre, die Kriterien zu untersuchen, auf deren Basis wir Entscheidungen treffen. Wir reden schon so lange herum . . .«

Xi Liu fragte sie: »Wozu diese Frage?«

»Was soll eine solche Diskussion? Da steckt was anderes dahinter. Das ist mir ganz klar!«

Das war wieder der, der He Jingfu als »rechtes Element« abstempeln wollte.

»Nicht alle Dinge haben eine Spitze«, gab der Professor lächelnd zur Antwort. »Vor allem haben wir kein Eisen mehr für solche Spitzen.«

»Schaut! Gerade haben zwei Genossen ganz unterschiedliche Ansichten geäußert. Das zeigt, daß wir die Angelegenheit gründlich diskutieren müssen«, gab die Leiterin der Propagandaabteilung zu bedenken. »Wenn das Parteikomitee in so einer wichtigen Frage nicht gründlich recherchiert und klar Stellung bezieht, dann sehe ich mich gezwungen, von meinem Posten zurückzutreten.«

»Das besprechen wir später. Lassen Sie erst mal ihre Meinung zum Problem He Jingfu hören«, fiel ihr Xi Liu ins Wort.

»Gut! Ich glaube, die Praxis beweist, daß wir uns ernsthaft mit der Bekämpfung feudalistischer Überbleibsel auseinandersetzen müssen. Ich stimme mit He Jingfus Ansichten überein. Ich halte es für unrechtmäßig, wenn sich das Parteikomitee in die Sache einmischt. Das ist alles!«

Mit diesen lakonischen Worten beendete sie ihre Rede und flüsterte dem Professor etwas zu.

»Will sich noch jemand dazu äußern?« fragte Xi Liu. Er wollte offensichtlich die Diskussion beenden. Er ließ seinen Blick über die Anwesenden schweifen und sagte:

»Wenn keiner mehr was Neues dazu zu sagen hat, dann können wir ja zu einer Entscheidung kommen. Zwei Genossen sind für die Publikation des Buches. Wer schließt sich dem noch an?«

»Ich! Ich verstehe zwar nichts von der Sache, aber im Verlag ist doch ebenfalls ein Parteikomitee, dem wir vertrauen sollten. Wir sollten uns an den Dienstweg halten.«

Das war der Leiter der Organisationsabteilung. Xi Liu ignorierte ihn.

Einige hatten noch kein Wort gesagt. Ich sah sie der Reihe nach an und wußte, daß sie nichts sagen würden. Sie sagen nie etwas, wenn es ein Problem zu besprechen gibt. Sie zeigen ihre Funktion erst bei der Abstimmung. Und das sollte man nicht unterschätzen. Xi Liu stützt sich auf sie. Sie sahen völlig unbeteiligt aus, so entspannt und zufrieden wie Kinder in einem sonnigen Park. Ich blickte sie flehend an, in der Hoffnung, sie würden eine wohlüberlegte und gerechte Meinung von sich geben. Das Ganze geht nicht nur einen einzelnen an, ein Buch, sondern betrifft den Kurs der Partei und der Parteipolitik. Aber alle, alle mieden sie meinen Blick. Sie würden nicht sprechen. Mir war so kalt. Warum sind sie gerade jetzt, wo ein Sproß die Erde durchbricht, zwei zarte Blätter zeigt, so gleichgültig, so unberührt?

»Keiner mehr, der sich dem anschließt? Dann . . .«

Ich ließ Xi Liu nicht aussprechen und sprang auf. Er sah mich überrascht an. Nach einer Weile fragte er:

»Was hast du für eine Meinung?«

»Ich glaube, wir dürfen einen Menschen, ein Buch nicht so leichtfertig abtun. Wir haben hier eine Versammlung des Parteikomitees. Und das Parteikomitee muß sich genau an die Richtlinien der Partei und an die Parteipolitik halten.«

Ich war furchtbar aufgeregt und wußte, daß meine Stimme zitterte.

»Was soll denn deiner Meinung nach geschehen?« unterbrach mich Xi Liu ungeduldig.

»Ich halte einige der gerade geäußerten Ansichten über He Jingfu und sein Buch für falsch.«

Ich konnte meinen Kopf nicht klarkriegen und sagte, was mir gerade in den Sinn kam, redete viel zu lange. Was habe ich eigentlich gesagt? Ich weiß es nicht mehr. Normalerweise kann ich mich immer ganz genau an das erinnern, was ich gesagt oder geschrieben habe. Aber jetzt läßt mich mein Gedächtnis im Stich. Ich habe wahrscheinlich darüber gesprochen, wie ich He Jingfu verstehe. Habe ich unabsichtlich meine wahren Gefühle gezeigt? Chen Yuli lachte verstohlen in sich hinein. Mancher Leute Gefühle und Gedanken sind sehr seltsam. Sie können den Haß unter den Menschen akzeptieren und halten ihn für normal. Aber aufrichtige Liebe können sie nicht akzeptieren. Sie halten sie für unnormal. Sie können ein oberflächliches Verhältnis akzeptieren, aber nicht Liebe. Chen Yuli soll ruhig lachen. Sollte ich unabsichtlich meine wahren Gefühle offenbart haben, so bereue ich es nicht.

Alle schauten sie Xi Liu an, bereit, dem geringsten Wink von ihm zu folgen, warteten auf seine Reaktion. Es war, wie wenn man einen Ball in einen großen weichen Haufen Baumwolle wirft. Was sollte das Ganze noch? Ich setzte mich wieder.

Gewohnheit! Gewohnheit! Gibt es irgendeine Macht, die stärker ist als Gewohnheit. Die Augen der Menschen sind nach oben gerichtet. Der Wert eines Menschen und der Wert seiner Worte hängen von seiner Position ab. Ist einer einflußreich, so wird sein Wort geschätzt. Ist er es nicht, dann wird er überhört. So sollte es nicht sein, aber es ist die Realität. Und die Realität überzeugt die Menschen mehr als ideale Grundsätze. Wenn sich dieser Zustand nicht ändert, wo bleiben dann unsere Hoffnungen?

Ich hatte keine Lust mehr, etwas zu sagen. Ich hoffte nur, daß diese Versammlung bald zu Ende wäre.

Aber Chen Yuli wollte ihren Auftritt noch etwas ausbauen:

»Sun Yues Rede verblüfft mich«, sagte sie. »Leute, die uns nicht kennen, könnten meinen, es bestünde eine persönliche Abneigung zwischen He Jingfu und mir, als würde ich absichtlich schlecht über ihn reden.

Tatsächlich habe ich weder früher noch heute etwas gegen ihn gehabt. Ich will nur Genossin Sun Yue davor bewahren, sich von Ihrer Zuneigung den Blick trüben zu lassen.«

Sofort entstand ein Gemurmel, und alle sahen mich etwas merkwürdig an. Offensichtlich erinnern sie sich noch genau an die Sache von damals. Sie waren neugierig zu erfahren, wie wir heute zueinander stehen, und wollten das Motiv für meine Rede herausfinden. Ich stehe wieder einmal im Scheinwerferlicht. Zuerst war ich erschrocken, beschämt und nervös, weil ich wirklich Zuneigung für He Jingfu empfinde und dieses Gefühl meine Haltung ihm gegenüber beeinflußt. Aber ganz allmählich wurde ich ruhig. Ich fragte mich:

»Hast du aufgrund deiner Zuneigung die Prinzipien der Partei aufgegeben, Recht und Unrecht durcheinandergebracht?«

Und ich mußte verneinen. Ich stand einfach auf und sah Xi Liu direkt an:

»Ich möchte dich fragen, Genosse Xi Liu, ob die Versammlung des Parteikomitees sich etwa anschickt, hier meine privaten Gefühle zu diskutieren?«

Ich war ganz ruhig. Plötzlich lief Xi Liu rot an. Das ist ungewöhnlich bei ihm. Ich weiß nicht genau, ob er aus Wut auf mich rot geworden ist oder aus Scham über Chen Yulis Worte.

»Sun Yue, setz dich!«

Die Leiterin der Propagandaabteilung sprang auf und fuhr fort: »Ich wende mich schärfstens dagegen, daß man auf einer Parteiversammlung private Angelegenheiten diskutiert, Genosse Xi Liu. Welches Recht haben wir, uns in das Privatleben anderer einzumischen? Wir sind durchaus in der Lage, das Ganze auf der Basis von Sun Yues Worten zu beurteilen. Es ist nicht nötig, persönliche Gefühle an die Öffentlichkeit zu zerren!«

Wenn ich mich nicht sehr zusammengenommen hätte, hätte ich die Tränen nicht mehr zurückhalten können. In den letzten Jahren haben wir durch die Ausweitung des Klassenkampfes auf alle Lebensbereiche kaum mehr ein Privatleben gehabt. Mit »Privatleben« verbindet man gleich »Skandal«. Jeder glaubt, das Recht zu haben, sich in das Leben des anderen einzumischen. Wozu ist denn sonst die Partei gut.

»Sun Yue hat natürlich das Recht, ihr Privatleben selbst zu bestimmen. Aber daß sie Parteiprinzipien durch Gefühle ersetzt, das können wir unter keinen Umständen gestatten!« gab Xi Liu ihr zur Antwort.

Habe ich wirklich Parteiprinzipien durch Gefühle ersetzt? Ich wollte das nicht unwidersprochen durchgehen lassen. Ich war bereit, mich ihm und allen anderen Mitgliedern des Komitees zu stellen. Ich wollte ihnen alles erklären.

»Ich bin bereit, hier auf dieser Versammlung über meine Beziehung zu He Jingfu zu sprechen. He Jingfu hat mich während unserer Studienzeit geliebt und liebt mich heute noch. Seine Liebe ist ehrlich und aufrichtig. Ich bin glücklich darüber, denn ich liebe ihn ebenso. Aus verschiedenen Gründen können wir jedoch nicht heiraten. Das ist sehr schmerzlich für mich, aber nicht zu ändern. Soweit meine ganz privaten Gefühle.«

Einige Genossen steckten die Köpfe zusammen und tuschelten. Was redeten sie wohl?

»Was soll das?« hörte ich einen sagen.

»Nicht ich wollte darüber sprechen. Es war Chen Yuli, die das Thema zur Sprache gebracht hat«, antwortete ich jenem Genossen. Er nickte mir freundlich zu. Aber ich weiß, daß er keine eigene Meinung hat. Ich wandte mich an Xi Liu.

»Ich trete nicht wegen meiner privaten Gefühle für He Jingfu ein. Ich bin nur für die Durchführung der Parteipolitik und der Gesetze unseres Staates. Selbst wenn He Jingfus Ansichten falsch sind, müssen wir die Veröffentlichung des Buchs gestatten und können nur durch Diskussion entscheiden, was richtig oder falsch ist. Ich leugne nicht, daß ich mit He Jingfu einer Meinung bin. Wenn sich erweisen sollte, daß seine Ansichten falsch sind, so bin ich bereit, mit ihm die Verantwortung dafür zu tragen, ganz gleich, wie groß seine Fehler sein mögen.«

Chen Yuli lachte wieder verstohlen in sich hinein. Sie ist eifersüchtig, weil sie nie wahre Liebe erlebt hat. Xi Liu liebt sie nicht wirklich. Manchmal tut sie mir leid. Aber sie nützt dieses Mitleid oft aus, um anderen zu schaden. Gibt ihr das Trost und Zufriedenheit? Wenn der Fuchs die Trauben auf dem Spalier nicht erreichen kann, behauptet er, sie seien sauer. Diese Haltung ist noch verzeihlich. Aber wenn er das Spalier mitsamt den Trauben niederbrennen will, damit keiner mehr etwas davon hat, dann ist das unverzeihlich.

Endlich konnte sich Xi Liu nicht mehr zurückhalten. Er bedeutete mir mit einer Handbewegung, mich zu setzen.

»Wir wollen hier nicht weiter Sun Yues persönliche Probleme diskutieren. Ich werde jetzt alle vorgebrachten Ansichten kurz zusammenfassen! Laut vorangegangener Diskussion ist die Mehrzahl der Genossen gegen die Veröffentlichung des Buchs. Die Minderheit hat sich der Mehrheit zu fügen. Ich möchte den Genossen You Ruoshui bitten, die Meinung des Parteikomitees dem Verlag mitzuteilen. Sollte sich der Verlag nicht nach unseren Vorschlägen richten, muß er später die Folgen selbst tragen. Was He Jingfu angeht, so stimme ich der Meinung jenes Genossen zu, daß Erziehung das wichtigste ist. Wenn er bereit ist, das Manuskript zurückzuziehen und grundlegende Änderungen vorzunehmen, dann ist er jederzeit willkommen. Wir bitten die Parteisekretärin der Literaturabteilung, bei ihm genaue und gründliche ideologische Arbeit durchzuführen.«

Nun muß ich zu He Jingfu gehen und »genaue und gründliche ideologische Arbeit« an ihm leisten.

»Ah, Sun Yue! Wohin gehst du? Komm, komm! Komm rein und setz dich. Iß was! Es gibt was Gutes.«

Warum muß ich ausgerechnet You Ruoshui begegnen! Ich verabscheue ihn.

»Was für ein glücklicher Zufall! Du kannst gleich mitkommen und mir helfen, die ›genaue und gründliche ideologische Arbeit‹ durchzuführen«, sage ich sarkastisch.

»Nicht doch! Ich habe nach dem Essen noch etwas Wichtiges zu erledigen.«

»Dann überlaß mir doch deine Papiere, damit ich He Jingfu deine Ansichten genau auseinandersetzen kann. Ich habe keine Notizen gemacht.«

Er wehrt sofort ab: »Gib ihm nur einen groben Überblick. Daran wirst du dich schon noch erinnern. Er wird schon verstehen, was gemeint ist. Meine Ausführungen dazu sind noch nicht präzis ausgearbeitet. Nicht dazu geeignet, sie ihm vorzulegen.«

»Aber hast du diese Gedanken nicht schon auf der Versammlung des Parteikomitees vorgebracht? Und die Versammlung hat aufgrund unausgegorener Ideen eine Entscheidung getroffen. Nicht zu glauben, daß es dir offensichtlich nichts ausmacht, sowas einer Parteiversammlung aufzutischen!«

You Ruoshui läuft rot an und streicht sich unaufhörlich über die Glatze. Dann schlägt er einen vertraulichen Ton an:

»Sun Yue, ehrlich gesagt, die ganze Angelegenheit geht nicht von mir aus. Ich befolge nur Anweisungen von oben.«

»Das hat wohl Xi Liu veranlaßt?« bohre ich weiter.

»Das kann man nicht unbedingt sagen. Ich meine, als Parteimitglied muß man tun, was man gesagt bekommt, meinst du nicht, Sun Yue?«

Seine Verschlagenheit ist ekelerregend.

»Geh nicht! Das Essen ist gleich fertig. Iß! Iß doch was!« Ich reiße mich los:

»Gutes Essen ist das letzte, was ich jetzt brauche. Ich muß mir überlegen, wie ich es He Jingfu beibringen soll.«

Er streicht wieder über seine Glatze und versucht, den Aufrichtigen herauszukehren:

»Sun Yue, du mußt alles tun, was in deiner Macht steht. Er soll vorläufig sein Manuskript zurückziehen. Wenn später die Zeit reif ist dafür, kann er es immer noch einreichen. Der Weg eines jeden Menschen ist uneben. Alle großen Persönlichkeiten der Geschichte sind durch Unglück und Katastrophen gegangen. Fehlschläge haben ihr Gutes. Sie machen Menschen aus uns. Deshalb hat Menzius gesagt: ›Der Himmel überträgt den Menschen große Verantwortung . . .‹ «

»Na, dann bist du wohl deshalb keine große Persönlichkeit, weil du zu wenig Fehlschläge hattest. Wie schade, daß dein Weg bisher so eben war!«

Ich habe keine Angst, ihn zu beleidigen. Im Gegenteil!

»Haha, Sun Yue! Seit wann hast du denn solche Stacheln? Paß auf, sonst ruinierst du dir noch deine Verdauung. Geh, geh! Geh nach Hause!«

Selbst wenn man ihn sticht, fließt kein Blut, und wenn man mit dem Messer auf ihn losgeht, bleibt er unversehrt. Es ist sicher nicht leicht, soweit zu kommen. Voraussetzung dafür ist absolute Kaltblütigkeit. Trotzdem ist er auf halbem Weg steckengeblieben. Warum wäre er sonst nur Bürochef im Parteikomitee. Was will er eigentlich mit dem ganzen »Iß, iß; es gibt was Gutes«? Es ist eigenartig.

Aber ich habe keine Lust, mich mit You Ruoshuis Innenleben zu befassen. Ich lasse ihn endgültig stehen und gehe auf dem schnellsten Weg zu He Jingfu. Ich weiß immer noch nicht, wie ich es ihm sagen soll.

An meinem Weg liegt ein Stück Brachland; früher war es ein dichter Rasen. Heute wächst nur noch Unkraut. Es heißt, daß die Gärtner unzufrieden sind mit ihrer Bezahlung und deshalb nicht viel arbeiten wollen. Es ist eine Frage der »Produktionsverhältnisse«. Gibt es auf geistigem Gebiet auch Probleme mit den »Produktionsverhältnissen«? Wenn man sich nicht darum kümmert, wird auch hier frischer grüner Rasen zu Unkraut. Xi Liu hat eine Schlinge nach He Jingfu ausgeworfen, und ich soll sie festziehen.

Ich klopfe zweimal an die Tür. He Jingfu steht vor mir. Xi Wang ist auch da. Sie scheinen überrascht von meinem Kommen.

24. He Jingfu

Nach dem Wind kommt der Regen.
Damit muß man rechnen.

So eine Überraschung. Plötzlich ist sie da, ohne Einladung, ohne Ankündigung.

Sie sieht nicht gerade blendend aus. Ich biete ihr den Stuhl vor meinem Schreibtisch an und setze mich aufs Bett, Xi Wang gegenüber. Er macht keinerlei Anstalten zu gehen, obwohl er ganz genau weiß, daß sie mich heute zum ersten Mal besucht. Bestimmt will er mit ihr über diese Sache reden, man weiß nie, was er als nächstes von sich geben wird, er ist da völlig unbekümmert. Sie dagegen ist an offene Diskussionen mit Studenten nicht gewöhnt; sie kann besser mit den Dozenten oder mit Kadern umgehen. Ich kann nur hoffen, daß er verschwindet. Peinlich, daß ich so etwas denken muß, mein Gesicht wird rot, meine Ohren fangen an zu glühen. Um meine Verwirrung zu verbergen, gieße ich ihr eine Tasse Tee ein und versuche, betont witzig zu sein: »Bitte vielmals um Verzeihung, ich wußte nichts von der bevorstehenden Ehre Ihres hohen Besuchs, Genossin Hauptzellensekretärin. Darf ich mir erlauben, nach dem Grund Ihres Besuchs zu fragen?«

Xi Wang wirft mir einen schelmischen Blick zu, dann wendet er sich lachend ab. Sun Yue errötet. Zu keinem weiteren Beweis meines Charmes mehr fähig, hocke ich blöde auf meinem Bett und warte darauf, daß sie den Anfang macht.

Aber Sun Yue, ganz damit beschäftigt, mein Zimmer in Augenschein zu nehmen, sagt nichts. Xi Wang erhebt sich. Ich nehme an, daß er in die Mensa will: »Geh schon mal voraus, ich komme gleich nach.«

»Nein, nein, ich warte noch, bin gar nicht hungrig heute. Ich würde gerne ein paar Worte mit Frau Sun reden«, und gießt sich dabei selbst eine Tasse Tee ein! Dann zwinkert er mir zu. Meine Ohren werden noch heißer. Sun Yue schaut zu mir herüber. Da redet er sie auch schon an:

»Frau Sun, was ich Sie fragen wollte: über die Angelegenheit von Herrn He wissen Sie doch Bescheid, oder?«

Sun Yue: »Welche Angelegenheit?« – und wieder ein Blick zu mir.

»Wissen Sie das wirklich nicht? Mein Vater will im Namen des Parteikomitees der Universität die Veröffentlichung eines Buches verhindern – ›Marxismus und Humanismus‹. Er selber will und kann nichts tun, und er möchte auch nicht, daß andere aktiv werden. Er ist zum Stolperstein für die Befreiung des Denkens geworden und ist auch noch stolz darauf! Wahrscheinlich meint er, andere ins Stolpern zu bringen, sei auch eine Kunst!«

Dieser Junge, ständig führt er solche Reden, sogar dem eigenen Vater gegenüber. Während er spricht, beobachtet er Sun Yue genau, als suche er herauszufinden, ob sie tatsächlich nicht Bescheid wisse.

Sun Yue fährt zusammen, gewinnt aber ihre Fassung gleich wieder. Anscheinend gänzlich unbeteiligt fragt sie: »Ach wirklich? Woher weißt du denn das?« Dem unruhigen Ausdruck ihrer Augen nach zu urteilen, stellt sie sich nur unwissend, aber ich habe nicht vor, sie bloßzustellen, schon gar nicht in Gegenwart von Xi Wang.

Hat er sie durchschaut? Um seine Mundwinkel erscheint der Anflug eines spöttischen Lächelns. Nervös starre ich ihn an. Wenn er sie bloß nicht kompromittiert! Ich versuche, ihm Zeichen zu geben, aber er weicht meinen Blicken aus und trinkt mit erhobenem Kopf hastig seinen Tee. Wie er jetzt die Tasse abstellt, ist das spöttische Lächeln verschwunden. Ich fordere ihn erleichtert auf: »Xi Wang, erzähl doch mal Frau Sun, was du bei deinem Vater erfahren hast, damit ich's nicht tun muß.«

Xi Wang nickt lachend: »Ich habe nämlich unabsichtlich ein bißchen KGB gespielt und einen Blick hinter die Kulissen geworfen.« Erschrocken schaut Sun Yue mich an.

»Jetzt tut's mir direkt ein bißchen leid, daß ich mich mit ihnen überworfen habe, sonst hätte ich noch mehr in Erfahrung bringen können«, beendet Xi Wang seine Geschichte.

»Auf solche Interna sind wir doch überhaupt nicht angewiesen«, sage ich lachend. – Der Lektor hatte mir erzählt, daß Chen Yuli, als sie sich den Vorabdruck besorgte, ausdrücklich im Namen des Parteikomitees der Universität aufgetreten war. Egal ob Chen Yuli, Xi Liu oder You Ruoshui, alle benutzen sie den Namen der Partei für ihre eigenen Zwecke. Auch sowas zählt zu den internen Informationen. Aber ich habe Xi Wang nichts davon gesagt. Der Junge ist zu unbedacht. Solche Sachen können einen wirklich deprimieren. Heimlichtuerei einerseits, Herumspionieren auf der anderen Seite – wieviel Energie vergeuden wir Chinesen damit, Kulissen aufzubauen und sie dann auszuspionieren.

»Ich bin eben nicht so naiv wie ihr! Da es nun mal Leute gibt, die Kulissen bauen, braucht es auch die anderen, die rauskriegen, was dahinter ist. Und wenn denen jedes Mittel recht ist, warum sollen wir ihnen mit Edelmut begegnen?« ereifert sich Xi Wang.

»Ich mag diese Heimlichkeiten nicht. Das ist ja wie in der Politik!« Jetzt ist auch Sun Yue erregt.

»Wem gefällt das schon? Aber damit schafft man es noch lange nicht aus der Welt. Oder könnten Sie einer Frau wie Chen Yuli Offenheit und Redlichkeit beibringen, diesem Prototyp einer bösen Stiefmutter! Sie kennt doch kein größeres Vergnügen, als Streit zu schüren! Leider gibt es noch genug von ihrer Sorte in unseren Reihen, und auch eine ganze Menge Männer, die solche Frauen bewundern!«

Sun Yue runzelt die Augenbrauen: »Was hat das mit Mann und Frau zu tun? Hier geht's um Recht oder Unrecht. Ihr jungen Leute müßt euch in euren Reden etwas mäßigen.«

Xi Wang lacht. Er schiebt seine Brille nach oben, betrachtet Sun Yue höchst interessiert und meint: »Frau Sun, es überrascht mich, daß Sie auf meine Argumentation derart heftig reagieren. Ich weiß, was Sie im Augenblick empfinden. Sie wollen die Würde der Frau verteidigen. Aber es gibt nun mal Frauen wie Chen Yuli, die nichts von Würde wissen.«

Die ganze Zeit über beobachte ich Sun Yue aufmerksam. Das ist nun ihr erster Besuch hier in meiner Höhle! Ich habe mir diesen Besuch anders vorgestellt. Wie die Sun Yue von damals hätte sie sein sollen: mitreißend, natürlich, pausenlos redend. Freudig erschrocken hätte ich vor der weitgeöffneten Tür ihres Herzens gestanden und wäre eingetreten ... Aber heute – ich weiß bis jetzt nicht, was sie eigentlich hier will.

»Frau Sun!« fängt Xi Wang wieder an. »Wie sollte nun Ihrer Meinung nach verfahren werden? Ein Kompromiß?«

»Grundsätzlich natürlich gemäß den Richtlinien der Partei!« antwortet Sun Yue zurückhaltend. Ein Schatten von Enttäuschung huscht über Xi Wangs Gesicht. Er seufzt, steht auf und zieht sich dreimal am oberen Bettgestell hinauf, als müsse er seine Muskeln trainieren; seine übliche Art, eine Stimmung zu überspielen oder sich abzureagieren, ich kenne das schon.

Sun Yue, die ihm die Enttäuschung wohl ebenfalls ansieht, lächelt und fragt fast mütterlich: »Was sollte man denn deiner Meinung nach tun?«

»Was soll's, ihr seid ja doch nicht damit einverstanden!« seufzt Xi Wang, aber er fährt trotzdem fort: »Ich finde, man müßte die Sache an die große Glocke hängen und Dozenten und Studenten der gesamten Uni darüber diskutieren lassen. Auch die Zeitungen könnte man informieren. In diese muffige Grabeskluft hier muß doch mal ein frischer Wind fahren! Vor dem Krach mit meinem Alten Herrn habe ich keine Angst, ich würde gerne aufschreiben, was ich dort erfahren habe, und es öffentlich bekanntgeben. Schlimmstenfalls streicht er mir den Unterhalt, aber ich kann ja arbeiten gehen.«

Sun Yue schüttelt entschieden den Kopf.

»Das kann ich auch nicht gutheißen«, sage ich zu ihr, »die Erfahrung lehrt, daß sich Probleme nicht mit dem Holzhammer lösen lassen; damit macht man die Dinge nur noch schlimmer. Warten wir lieber erst mal die Stellungnahme des Verlages ab! Der Verlag wird sich doch wohl an die Regeln halten.«

Xi Wang wiegt den Kopf: »Ich merke immer deutlicher, die Studenten der fünfziger, sechziger Jahre waren doch anders als wir heute! Aber gut, man soll niemanden zwingen. Nur soviel noch: Ich bewundere eure gute Absicht, glaube aber nicht, daß sie etwas bringt.«

»Aus eurer Sicht gehören wir ja auch schon zum alten Eisen!« Sun Yue lacht, aber es klingt ein wenig verletzt.

»Frau Sun, so habe ich das nicht gemeint. Wenn Sie mich so verstanden haben, dann bitte ich um Entschuldigung.«

Sun Yues Augen werden feucht. Das geht schnell bei ihr. Ein paarmal öffnet sie den Mund, will etwas sagen, tut es aber doch nicht. Sie kämpft gegen ihre Gefühle an.

Auch Xi Wang wird unruhig, verlegen steht er auf und sagt: »Ich gehe jetzt essen. Redet nur weiter und laßt euch nicht stören.«

Sun Yue, die ebenfalls aufgestanden ist, nimmt Xi Wang am Arm: »Ich habe mich nicht geärgert. Ich möchte mich gerne öfter mit euch unterhalten. Es wäre schön, wenn du auch einmal zu uns nach Hause kommen würdest. Hanhan spricht ständig von dir!«

»Hast du viel Kontakt zu den Studenten?« fragt sie mich. Ich nicke.

»Ich möchte gerne, aber andererseits habe ich Angst davor. Ich will nicht allzuviel von mir preisgeben, womöglich habe ich einen schlechten Einfluß auf sie. Mit wem kann man schon vernünftig reden, wenn man immer Vorbild sein muß!« Eine Träne rinnt aus ihrem Augenwinkel.

Wir sitzen uns gegenüber. Wie gerne würde ich ihre Tränen trocknen. Um nicht selber die Beherrschung zu verlieren, trete ich ans Fenster und schaue hinaus. »Das Sein bestimmt doch das Bewußtsein!« greife ich ihren Gedanken auf, »mich redet man auch mit ›Lehrer‹ an, aber deshalb habe ich mir noch lange nicht in den Kopf gesetzt, ein Vorbild für die Menschheit zu sein. Meine Vagabundenjahre haben mich daran gewöhnt, wie ein Stück Vieh angebrüllt und herumkommandiert zu werden. Für meine Ohren besteht zwischen ›Lehrer He‹, ›Freund He‹ und ›Hei, du da!‹ so gut wie kein Unterschied. Ich habe mir angewöhnt, als Mensch mit anderen Menschen umzugehen, und zwar nur als Mensch. Verstehe ich mich mit jemandem, und fassen wir Vertrauen zueinander, dann werden wir Freunde, egal ob es mein Schüler ist oder mein Lehrer. Im

Gegensatz zu dir offenbare ich dem anderen gerne mein Innerstes. Wohl deshalb, weil sich früher nie ein Mensch dafür interessiert hat. Alle wollten sie bloß meine Arbeitskraft. Eine eingesperrte Seele ist so gut wie tot. Wäre damals nur einer dagewesen, der mein Herz zu sehen verlangt hätte, den Brustkorb hätte ich mir aufgerissen, um es ihm zu zeigen . . .«

Mir versagt die Stimme. Bild für Bild wird die Vergangenheit wieder lebendig, vor allem diese entsetzliche Geschichte . . .

»Du, ein Reaktionär, ein Schwarzer, was geht dich das an! Verschwinde hier und laß dich nie wieder blicken, sonst sperren wir dich ein!«

1970 verschlug es mich in die Ortschaft Huaishang am Ufer des Huai. Die Zwangsumsiedlung von Städtern aufs Land war dort gerade voll im Gange. Aus einem altertümlichen Marktflecken mit gerade zehntausend Einwohnern sollten fünftausend Mann runter »an die Basis«. »Unnütze Esser«, auch Kader waren dabei. Der Sekretär des Kreiskomitees, auch einer der Abkommandierten, verkündete, diese Maßnahme diene der »Beseitigung des Unterschieds zwischen Stadt und Land«. Es ging zu wie im Krieg: Jeden Tag wurden Leute abtransportiert, Erwachsene weinten, Kinder schrien. Kaum waren sie zur Tür hinaus, wurde hinter ihnen das Haus abgerissen. Damit sollte vermieden werden, daß sich die Menschen »Sorgen um Angriffe im Hinterland« machten. Da war eine sechsköpfige Familie, der Mann Verkäufer im Krämerladen, die Frau Arbeiterin in der Nudelfabrik, vier Kinder hatten sie aufzuziehen, das älteste gerade zehn. Täglich erschienen Einsatztrupps bei ihnen und drängten zum Auszug. Unter Tränen flehte das Ehepaar, man möge sie nicht aufs Land schicken, dort könnten sie doch die Kinder nicht durchbringen! Der Sekretär des Kreiskomitees war der Meinung, er habe ihnen gegenüber bereits »äußerste Großmut geübt« und könne nun nicht mehr umhin, »revolutionäre Maßnahmen« einzuleiten. Ich habe diesen »revolutionären Maßnahmen« mit eigenen Augen zugesehen:

Ein Trupp Kerle, kräftige Oberarme, breites Kreuz, mit

Spaten, Äxten und Abrißhaken bewaffnet, trabte vor dem Haus der Familie an. Der Mann war vorher gewarnt worden und geflohen. Seine Frau sank vor dem Anführer des Trupps auf die Knie und flehte ihn weinend an – erfolglos, natürlich! Schon wollte man sich über das Häuschen hermachen. Plötzlich ein lautes wolfsähnliches Geheul! Ich sah eine nackte Frau den First des Daches entlangkriechen . . .

Sie hatte tatsächlich gehofft, ihr Heim unter Einsatz von Schamgefühl und Leben schützen zu können.

Grölendes Gelächter. Man zerrte sie herunter, ein anderer Trupp kletterte hinauf, und im Handumdrehen war das Haus in einen einzigen Schutthaufen verwandelt.

Die Frau stieß vor Scham und Verzweiflung unablässig dieses Wolfsgeheul aus. Ein paar beherzte Frauen gingen zu ihr, nahmen sie in die Arme und zogen ihr etwas an.

Ich konnte meine Tränen nicht zurückhalten. Mir war, als habe meine eigene Mutter diese Schmach erlitten. Am liebsten hätte ich meinen ganzen Haß, all meine Wut laut herausgeschrien, aber das war verboten. Ich mußte mich zwingen zu schweigen.

Unauffällig behielt ich diese Familie »an der Basis« im Auge, ich hätte den Leuten gern ein wenig geholfen. Schon wenige Tage nach der Umsiedlung verfiel die Frau dem Wahnsinn. Immer wenn sie jemanden zu Gesicht bekam, wollte sie sich ausziehen. Und dann lief sie eines Nachts unbekleidet aus dem Haus. Als ihre Angehörigen sie in dem kleinen Fluß fanden, war sie bereits ertrunken.

Damals stand ich in der Dunkelheit am Ufer des Flusses, in dem die Frau ertrunken war, und schüttete der Nacht mein Herz aus, schrie laut die Sorge um mein Vaterland, meine Liebe zu ihm aus mir heraus. Deswegen wurde ich verjagt . . . Man hatte keinen Bedarf an solchen Gefühlen.

»Lieber He!« ruft Sun Yue, aber ich wage nicht aufzuschauen, ich weine. Nur ein unbestimmtes »Hm« kommt als Antwort.

»Was denkst du jetzt?«

»Ich denke, es ist immer noch besser sein Herz auszuschütten, als einsam zu sein!«

»Jingfu!« Als ich meinen Vornamen höre, drehe ich mich unwillkürlich um und gehe auf sie zu.

»Jedesmal wenn ich an diesen Abschnitt in deinem Leben denke, ist mein Herz wie gelähmt. Wenn ich mich in solch einer Lage befunden hätte ...« Sie weicht meinem Blick aus.

»Du wärst genauso stark gewesen und hättest weitergemacht. Da ist gar kein Geheimnis dabei: Willst du überleben und die Wahrheit finden, dann mußt du lernen, alles zu ertragen, alles, auch Unrecht und Ehrlosigkeit ...« Woran ich eben wirklich dachte, werde ich ihr nicht erzählen, sie könnte es nicht ertragen.

»Immer habe ich das Gefühl, ich müßte mich bei dir entschuldigen, als sei ich die Ursache deines Unglücks gewesen ...«, sagt sie mit gesenktem Kopf.

»Sun Yue!«

Da hebt sie den Kopf, unsere Blicke begegnen sich. Diese Sun Yue mit den tränenvollen Augen ähnelt doch noch der kleinen Straßenmusikantin aus »Leg deine Peitsche nieder!«. Damals vergaß ich dieser Augen wegen, daß ich auf einer Bühne stand. Und jetzt, es ist wie damals: »Sun Yue«, sage ich leise und breite die Arme aus ...

Und schaue in ein zögerndes, kummervolles Augenpaar, unerträglicher noch als die zornigen Augen damals. Verlegen lasse ich die Arme sinken und schwenke sie aus Furcht vor ihrem Spott wie absichtlich ein paarmal hin und her.

»Wer eine große Katastrophe überlebt, der ist für ein späteres Glück bestimmt! Sun Yue, wir haben keinen Grund, traurig zu sein!« Indem ich sie betont munter zu trösten versuche, verscheuche ich auch mein eigenes Unbehagen.

»Was für ein Glück soll das sein? Ich muß es übersehen haben«, meint sie mit einem Anflug von Lächeln.

»Die Freiheit, die Freiheit im Geiste. Wir sind nicht länger abergläubisch, keine blinden Mitläufer, sind nicht mehr so naiv und leichtfertig. Ist das kein Glück? Außerdem haben wir uns eine dickere Haut zugelegt.«

Sie lacht leise in sich hinein: »Eine dicke Haut, ist das auch Glück?«

»Ein ganz großes sogar!« Jetzt muß auch ich lachen. »Das ›Glück im Glück‹ sozusagen! Kritisieren möchten Sie mich? Aber bitte sehr! Wollen Sie mir gleich die Schandtafel umhängen? Nein? Meinen Lohn wollen Sie auch nicht kürzen? Na, dann ist ja alles in Ordnung! Hab ich ein Glück! Haha!«

Sun Yue lacht, lacht aus vollem Herzen, wie ein kleines Mädchen. »Es ist wirklich amüsant mit dir, du kannst einen zum Weinen bringen und zum Lachen, kannst Bitteres in Süßes verwandeln!«

Wieder mache ich einen Schritt auf sie zu. Zu gerne würde ich sie bei den Schultern fassen und sagen: Dann bleib doch für immer bei mir! Aber ich fürchte mich vor diesen zögernden, kummervollen Augen. Also ziehe ich mich schnell zurück, zurück auf meinen Platz. Als ich mich wieder etwas gefaßt habe, frage ich sie:

»Sun Yue, warum bist du heute gekommen? Ist es wegen der Schwierigkeiten mit meinem Buch?«

Sie fährt sich ordnend mit der Hand durchs Haar, und als habe sie damit auch ihre freudige Erregung zurückgedrängt, stellt sie mir ruhig und gelassen wie immer die Gegenfrage: »Woher weißt du davon?«

»Bei uns auf dem Land heißt es: Wenn Wind kommt, kommt Regen. – Der Wind hat mir das Gerücht längst zugetragen.«

»Welches Gerücht?«

Welches Gerücht? Von mir wird sie das nicht erfahren. Sogar mir schoß das Blut in den Kopf, als ich davon hörte.

»Nichts als schamloser Klatsch!«

»Wieso, was denn?« Sie beharrt auf Auskunft.

Ihr das sagen? Genau das, wovor sie sich am meisten fürchtet! Eine Phantasie haben manche Leute, bewundernswert geradezu. Manches von dem Schmutz, mit dem meine Vergangenheit ihrer Meinung nach befleckt ist, ist durch allerlei Kanäle bis in den Verlag gedrungen. Der gemeinste dieser Schandflecken, ein pfirsichfarbener, besagt, mir sei jedes Mittel recht gewesen, Sun Yues Familie auseinanderzureißen, und dazu haben sie sich einen regelrechten Dreiakter zurechtgelegt: 1. Rivalenkampf – Kampf mit

Zhao Zhenhuan um die Geliebte; 2. Den Streit schüren – Sun Yue zur Scheidung von Zhao Zhenhuan aufstacheln; 3. Den Feind vernichten – Zhao Zhenhuan kommt aus der Ferne angereist, um sein Kind zu besuchen, ich aber verstecke das Kind und jage ihn davon. Und Sun Yue, ihr wird in dem Stück die Rolle der flatterhaften, wankelmütigen, nur auf sich bedachten Frau zugewiesen.

»Nun sag schon!« Wieder drängt sie mich; ich merke, daß sie ziemlich nervös ist.

Nein, von mir erfährt sie es nicht. »Wozu willst du das hören? Es ist völlig uninteressant. Kommen wir lieber zum Thema zurück. Erzähl mal, ist der Regen schon gefallen?«

»Wer weiß, ob Regen oder Schnee? – Ich soll dir den Beschluß des Komitees mitteilen.«

Sie hat wieder ihre offizielle Haltung angenommen. Ich muß ein Gefühl der Fremdheit mit Macht unterdrücken und versuche, ihr zuzuhören.

»Nach Untersuchung der von den Massen eingegangenen Berichte und Kritiken hält das Parteikomitee dein Buch nicht für geeignet, ohne vorherige grundlegende Änderungen veröffentlicht zu werden. Das Parteikomitee hat beschlossen, einerseits mit dem Verlag in Kontakt zu treten und ihm seine Ansicht mitzuteilen; andererseits verlangt das Komitee ein Gespräch zwischen der Hauptzelle der Abteilung für chinesische Literatur und dir. Man hofft auf dein Verständnis, daß diese Maßnahmen zu deinem Besten sind und daß du dein Manuskript aus eigenem Antrieb zurückziehst.«

Wie eine Schallplatte; präzise Wortwahl, prägnante Aussprache, deutliche Akzentuierung der Töne. Nur was sie dabei empfindet, das bleibt unklar. Hat sie sich das auch in den vielen Jahren als Kader angewöhnt, oder ist es eine natürliche Gabe? Ich kann's jedenfalls nicht leiden.

»Bericht beendet?« frage ich barsch.

»Ja«, sagt sie kaum hörbar.

»Dann will ich jetzt mal deine persönliche Meinung hören.« Ich betone das Wort »persönliche«.

»Sei nicht so, Jingfu. Du weißt doch, ich bin auf deiner Seite. Was hast du denn jetzt vor?« Sie bleibt freundlich und geht auf meinen schroffen Ton überhaupt nicht ein, mein Ärger erlischt.

»Ich weiß ja, du hast dieses Buch nicht für dich selber geschrieben. Du bist nun bestimmt sehr niedergeschlagen. Wenn es irgendetwas gibt, sag es mir! Betrachte mich als Freund . . .«

Wie eine Mutter, die ihren Sohn tröstet, weil man ihm Unrecht getan hat. Ihre mütterliche, weibliche Sanftheit wärmt mich, aber ich kann das kaum ertragen. Eben hatte ich so ein Gefühl noch nicht. Was macht mich nur so traurig? Ein Buch schreiben und nicht veröffentlichen können, so etwas kommt in China wie im Ausland alle Tage vor. Ich bin weder der erste noch der letzte, dem dergleichen passiert, und ein tragischer Fall schon gar nicht. Abgesehen davon, es ist ja noch nichts endgültig entschieden. Aber selbst wenn das letzte Wort bereits gesprochen wäre, es überrascht mich nicht, daß das Buch nicht erscheinen kann. Es gibt immer wieder Dinge, die zwar keineswegs selbstverständlich sind, mit denen man aber dennoch rechnen muß. Traurig bin ich trotzdem, sehr traurig sogar. Weil das, was ich soeben klipp und klar vernommen habe, vom Parteikomitee einer Universität beschlossen wurde. Eigentlich dürfte es Beschlüsse dieser Art gemäß den Parteirichtlinien überhaupt nicht geben! Mir wäre lieber, unsere Partei würde Probleme nicht auf diese Weise lösen. Ein Parteimitglied ganz offen seiner demokratischen Rechte berauben und dabei behaupten, es geschehe zu seinem Besten!

»Weinst du?« Sie klopft mir auf die Schulter: »Du bist doch stark, nicht wahr?«

Ja, ich bin ziemlich stark. Aber wenn starke Menschen weinen, sind die Tränen nicht zu unterdrücken. Mutige Feldherren tragen eine feste Rüstung, um ein rotes, klopfendes Herz zu schützen. Wenn dieses Herz verletzt wird, fließen nicht nur Tränen.

»Was hast du jetzt vor?« fragt sie wieder.

»Ich ziehe mein Manuskript nicht selbst zurück. Bitte teile dem Parteikomitee mit: Ich halte die Ansicht des Komitees für falsch. Ich werde den Beschluß des Verlages abwarten. Sollte der Verlag die Veröffentlichung nicht wagen, werde ich auf höherer Parteiebene dagegen klagen«, antworte ich. Das hatte ich mir schon vorher zurechtgelegt.

Sie seufzt: »Ich wußte, daß du dich so verhalten würdest. Vorhin hast du dich wohl über mich gewundert? Ich habe mich wie ein Beamter gebärdet, stimmt's?«

Was ist nur heute los mit ihr? Ihre Stimme klingt so freundlich, ihr Lächeln so natürlich und aufgeräumt. Sie bringt mich ganz durcheinander. Hat sie etwa irgendeinen Entschluß gefaßt?

»Hat Zhao Zhenhuan wieder mal geschrieben?« frage ich vorsichtig.

Das Lächeln erlischt im Nu, gleich ist sie wieder zurückhaltend und beherrscht: »Ja, er hat geschrieben, an Hanhan. Schon öfter.«

»Sehr gut. Laß Hanhan ihn ein bißchen trösten!« – Zu spät, um über die Bedeutung dessen, was ich da gerade geäußert habe, nachzudenken. Und sie, mit noch mehr Zurückhaltung in Gesicht und Tonfall, sagt weiter nichts als: »Ja. Das finde ich auch!« Dann steht sie auf und verabschiedet sich: »Es ist schon spät, ich muß zurück. Keine Sorge, ich werde dem Parteikomitee deine Stellungnahme mitteilen. Bitte paß besser auf deine Gesundheit auf, du darfst dich nicht aufregen.«

Ich schaue auf meine Armbanduhr, schon zwei Uhr. Und wir beide haben noch nichts gegessen! »Ich habe Nudeln im Haus und Milchpulver, bleib doch zum Mittagessen hier«, versuche ich, sie zurückzuhalten.

»Ach nein!« Sie ist schon an der Tür, doch bevor sie geht, sagt sie noch: »In dem kleinen Imbiß gegenüber der Uni gibt es jetzt noch etwas Warmes!« Ich bringe nur »Jaja« und »Auf Wiedersehen« heraus.

Da sind ja meine Essensmarken, also kann ich in die Imbißstube. – Warum ist mir das nicht gleich eingefallen: Ich hätte sie einladen sollen! Doch jetzt ist sie schon fort.

25. You Ruoshui

Bloß keine eigenen Gedanken haben.
Immer bereit sein, die Seite zu wechseln.

»Meine Einwände gegen eine Veröffentlichung des Buchs ›Marxismus und Humanismus‹

1. Zum revisionistischen Charakter des besagten Buchs;
2. Zur Person des Autors He Jingfu.«

Nach vollen drei Stunden – der Aschenbecher ist mit Kippen gefüllt – sitze ich immer noch vor diesen paar Zeilen.

Schon die Überschrift gefällt mir nicht. Bin ich etwa derjenige, der etwas gegen die Veröffentlichung von He Jingfus Buch hat? Zum Teufel! Als ich vor gut einem Monat durch Zhang, den Chefredakteur des Verlages, von dem Buch erfuhr, jubelte ich insgeheim noch! Er sagte zur mir: »Lieber You, diese Gedanken habe ich mir schon lange selber gemacht, nur nicht gewagt, sie auszusprechen oder gar darüber zu schreiben. Überleg doch mal, was macht denn unsere zwischenmenschlichen Beziehungen derart gespannt? Der Klassenkampf, der von morgens bis abends veranstaltet wird! Vor einigen Jahren getraute ich mich nicht einmal vor meiner eigenen Frau offen zu reden, aus Furcht, sie könne um der Sache willen die eigenen Angehörigen ans Messer liefern. Das ist doch entsetzlich!« Und ich stimmte ihm zu: »Ich finde wirklich auch, man sollte über diese Dinge offen reden. Tagaus, tagein Trennlinien ziehen und sich dementsprechend einreihen; wir sind ja schlimmer als die Tiere! Ameisen, Wildgänse, Bienen – alle Lebewesen lieben ihre verwandten Artgenossen.«

Zhang reihte das Buch damals unter die Schwerpunktbücher des Jahres ein, und auch ich hätte bei einer Abstimmung gleich beide Hände dafür erhoben.

Aber jetzt schreibe ich dennoch: Ich bin nicht einverstanden mit der Veröffentlichung! – Bin ich Chef des Verlages oder Leiter der Propagandaabteilung? Habe ich irgendwelche Befugnisse? Ausgerechnet ich soll »nicht einverstanden« sein?

Eigentlich ist dieser Zhang schuld. Ich betrachtete ihn als einen Vertrauten, doch nachdem ich ihm haarklein alles über die Beziehung von Xi Liu zu He Jingfu bis hin zu den Vorkommnissen während der Diskussion im Parteikomitee erzählt hatte, schlug er amtliche Töne an: »Wir müssen selbstverständlich die Meinung eines Parteikomitees respektieren. Nur, zwischen uns beiden allein können Angelegenheiten wie diese nicht geklärt werden! Unser Parteikomitee muß ja auch ermitteln, bitte doch einer das Komitee, uns eine schriftliche Stellungnahme mit folgenden Punkten zukommen zu lassen: erstens, Fakten über den Autor; zweitens, die Ansicht eures Parteikomitees über das Buch.«

Jeder, der sich Beamter schimpft, ist ja nun inzwischen schlau geworden. Bei allem, was er tut, wird er die Verantwortlichkeit einkalkulieren, denn im Falle von Ermittlungen fällt sie letztlich auf ihn selber zurück. Ich an Zhangs Stelle hätte mich genauso verhalten. Wie sollte man sich sonst nach oben und unten rechtfertigen? Und wie vor dem Autor?

Vom Verlag ging ich direkt zu Xi Liu und erstattete ihm Bericht. Ich nahm an, er werde rundheraus ja sagen und von mir allenfalls einen ersten Entwurf verlangen. Doch es kam anders: »Das Parteikomitee befindet sich im Moment in einer sehr schwierigen Lage!« erklärte er mir. »In den letzten Tagen kamen Professoren, der Leiter der Propagandaabteilung, der Chef der Organisationsabteilung und Mitglieder anderer Parteikomitees, ja sogar leitende Basiskader der Fakultätsreferate zu mir und sprachen sich gegen die Entscheidung unseres Komitees aus; sie sei mit der Parteipolitik nicht vereinbar. Auch Dozenten und Studenten reagierten scharf. Es sieht ganz so aus, als wolle He Jingfu die Massen aufwiegeln, um Druck auf das Parteikomitee auszuüben! Soviel ich gehört habe, wird er dabei sogar von Sun Yue und von meinem reizenden Sohn unterstützt. Sun Yue gerät immer mehr auf den falschen Weg.«

Am liebsten hätte ich erklärt: »Na, dann lassen wir's doch lieber!« Aber Xi Liu war anderer Meinung: »Einigen

Leuten vom Parteikomitee hat die Große Kulturrevolution Angst eingejagt, sie fürchten den Druck der Massen. Aber ich nicht! Und wenn wirklich eine zweite Kulturrevolution kommt? Soll sie doch! Zu der Zeit habe ich wahrscheinlich schon längst eine Audienz bei Marx!«

Und was wird aus mir? Ich bin erst fünfundfünfzig, werde ich dann etwa auch schon eine Audienz bei Marx haben?

»Und? Läuft das unter deinem Namen?« wollte ich wissen.

»Nein, das geht nicht. Daß ich direkt auftrete, ist nicht gut. Ich habe mir überlegt, wir schreiben einen Bericht in deinem Namen, drei gleichlautende Exemplare: Ein Exemplar geht ans Parteikomitee der Universität, eins an den Verlag, eins an die Propagandaabteilung des Kreiskomitees. Auf dem Exemplar für die Universität kann ich meine Kritik vermerken, außerdem werde ich Abteilungsleiter Fu von der Propagandaabteilung persönlich aufsuchen und ein paar Worte mit ihm reden. So wie ich ihn kenne, ist er über die derzeitige Lage an der ideologischen Front im Bilde.«

»Ich habe gehört, er liege schon seit einiger Zeit im Krankenhaus, ein Sachverständiger ist er wohl nicht gerade . . .« Das konnte ich mir nicht verkneifen.

»Das verstehst du nicht. Sein Krankenhausaufenthalt ist eine Art schweigender Protest. Auf diese Weise trifft ihn für nichts, was sich derzeit tut, irgendwelche Verantwortung. Wir sind alte Kampfgefährten, ich kenne ihn. Was heißt kein Sachverständiger? Du bist doch etwa nicht auch der Meinung, daß Laien nicht Vorgesetzte von Experten sein können?«

Xi Liu will es jetzt offensichtlich durch die Hintertür versuchen. Abteilungsleiter Fu ist dem Verlag unmittelbar übergeordnet. Über das Parteikomitee der Universität mag Zhang sich hinwegsetzen, nicht aber über Abteilungsleiter Fu. Jeder im Verlag weiß, daß Zhang und Fu sich nicht grün sind, und sich während der vergangenen politischen Auseinandersetzungen gegenseitig Steine in den Weg gelegt haben. Nur, was habe ich davon, wenn ich mich da hineinziehen lasse?

»Ich – das geht nicht! Genosse Xi Liu, überleg doch, ich bin nur Parteibürodirektor!« Ich krümmte und wand mich.

»Parteibürodirektoren zählen nicht zu den einfachen Kadern!« Xi Lius Mundwinkel zuckten, und lächelnd fuhr er fort: »Übrigens – du bist noch jung. Wie sagt der Volksmund? ›Erst wenn er 55 Jahre alt ist, zeigt sich der Bergtiger in wahrer Gestalt.‹ Du bist in den besten Jahren! Zur Zeit wird Wert gelegt auf Verjüngung der Führungsschicht, du hast die besten Chancen.«

Damit stellte er mir eine höhere Position und weitere Vergünstigungen in Aussicht, das ließ sich deutlich heraushören. Ich werde in diesem Jahr fünfundfünfzig. Stehe aber schon vierzig Jahre im Dienst der Revolution. Mit fünfzehn meldete ich mich zum Militär und trat in die Partei ein, bei der Befreiung gehörte ich im Nordosten bereits zum aussichtsreichen Nachwuchs. Doch gleich als das Problem Gao und Rao auftauchte, wurden mir die Flügel gestutzt, seither ging's bergab. Warum wäre ich sonst einem Mann wie Xi Liu unterstellt? Ich bin mir über seine Fähigkeiten völlig im klaren. Er hat mich doch nur deshalb an die Universität versetzt, um mich nach Strich und Faden auszunutzen. Ich darf für ihn machen, wozu er nicht in der Lage ist, und kann ihn doch nicht überflügeln, denn ich trage ein Mal. Jetzt winkt er mit Beförderung! Aber ob man beim gegenwärtigen Stand der Dinge überhaupt für seine eigene Position garantieren kann, ist schwer zu sagen. Falls sich die Bewegung zur Befreiung des Denkens weiterentwickelt, wird sich Xi Liu, selbst wenn man ihn nicht seines Amtes enthebt, auf seinem Sessel nicht halten können. Er ist ja unbedacht wie die Gevatterin Liu, die hilflos im »Garten der Augenweide« umhertappte und weder aus noch ein wußte. So einer soll sich als Vorgesetzter halten können? Also, die Chance, daß Xi Liu mich nach oben zieht, ist ziemlich gering. Allerdings muß ich ihm gehorchen, solange er seinen Posten noch hat, und wär's nur einen Tag.

Ich kann nicht umhin, ich muß mein »nicht einverstanden« schreiben.

Eigentlich egal, wie ich mich ausdrücke, bei künftigen Ermittlungen geht dieses Material sowieso auf meine Rechnung. – Xi Liu hat dir gesagt, du sollst das schreiben? Nicht schlecht, er soll die Verantwortung tragen. Aber die Ansichten in diesem Schriftstück, sind das auch Xi Lius Ideen? Das zu erklären kann schwierig werden. Also, dieses Schriftstück bedarf sorgfältigster Ausarbeitung.

Den Titel sollte ich ändern, er ist zu tendenziös. Weg damit, neu schreiben – »Über den Schriftsteller He Jingfu und sein Buch ›Marxismus und Humanismus‹«. Klingt schon viel gemäßigter.

»Ach herrje! Was machst du denn! Hast du den Reis noch nicht aufgesetzt?« Meine Frau ist zurück. Immer platzt sie herein wie ein Feuerwerkskörper. Sie nützt es aus, daß sie mehr als zehn Jahre jünger ist als ich, und tanzt mir von Tag zu Tag mehr auf der Nase herum. In der Universitätsbibliothek, wo sie arbeitet, gibt es wirklich nicht viel zu tun. Trotzdem soll jeden Mittag ich den Reis waschen und kochen. Aber heute werde ich sie gar nicht beachten. Ich schreibe einfach weiter –.

»1. Über den revisionistischen Charakter des besagten Buchs.«

Nein, so nicht, das ist unlogisch. Im Titel erwähne ich He Jingfu zuerst, also müßte ich auch zuerst über ihn schreiben. Also durchstreichen, neu schreiben: »1. Über He Jingfu.«

Über He Jingfu – was kann denn ich über ihn sagen? Ich kenne ihn eigentlich nur dem Namen nach. Zählt denn das, was Chen Yuli über ihn sagt? Ich bat sie, mir das aufzuschreiben, damit ich mich darauf beziehen kann, aber sie wollte nicht. Aber wo immer sich eine Gelegenheit bietet, zieht sie über ihn her, und dabei läßt sie garantiert auch jedesmal etwas Nachteiliges über Sun Yue einfließen. Keine Ahnung, ob nun He Jingfu sie beleidigt hat oder ob es Sun Yue war. Na egal, jedenfalls vermerke ich: »nach Informationen«. Wenn es später heißen wird: nach wessen Informationen? dann sage ich: laut Chen Yuli. Was sie damals bei der Sitzung des Parteikomitees erklärt hat, habe ich mir ja auch notiert, ich war nicht der einzige, der das gehört hat.

»Hörst du nicht? Den Reis sollst du machen! Ich koche die Beilagen, für den Reis habe ich keine Zeit!« registriert mein Ohr, und gleichzeitig das Kneifen zweier Finger. Das macht sie ständig, egal, ob jemand dabei ist oder nicht. Wenn sie sich bei mir einschmeicheln will, kneift sie mich ins Ohr, und wenn sie sich ärgert, macht sie es genauso. Man kann sie einfach nicht daran hindern!

»Schau mal«, lächle ich ihr zu, »ich habe doch zu tun! Könntest du nicht heute mal eine Ausnahme machen? Nur heute!«

Sie beugt den Kopf zu mir herunter, aber als sie sieht, was ich schreibe, kneift sie mein Ohr noch fester und explodiert gleich noch einmal: »Sowas schreibst du? Wer hat dir denn das aufgetragen? Wenn du keine Angst vor Beschimpfungen hast, ich schon!«

»Mein Vorgesetzter, ich muß das schreiben, verstehst du?« antworte ich sanftmütig.

»Vorgesetzter? Welcher Vorgesetzte? Soll er's doch selber schreiben! Hör dich doch mal um im Lesesaal der Bibliothek; überall sind heftige Diskussionen im Gange. Alle empören sich über das Unrecht, das man He Jingfu antut. Was stört dich denn so an He Jingfu, daß du Material über ihn zusammenstellst?

»Oje, oje, es heißt zu Recht: Studierte können sich mit Soldaten nicht vernünftig beraten. Das hier ist Arbeit, und kein Privatvergnügen.«

Ihr Mund verzieht sich: »Klingt gut, wie du das sagst! – Als ich dich zur Zeit der ›Viererbande‹ in deinem blinden Enthusiasmus hindern wollte, hast du auch gesagt, alles nur für die Arbeit. Und was ist passiert? Bist du etwa nicht treu und brav zu Xi Liu gerannt, hast Rotz und Wasser geheult und ihm gestanden, daß du alles nur zum eigenen Vorteil getan hast? Ich hasse es, das Gesicht zu verlieren! Aber du? Du verlierst den ganzen Kopf! Hast du denn alles vergessen?«

Zu den heißen Ohren bekomme ich jetzt auch noch ein brennend rotes Gesicht. Sie hat ja recht. Damals, als die ›Viererbande‹ ihr Unwesen trieb, hatte sie jeden Tag mein Ohr im Griff.

»Schon gut, schon gut. Du bist ideologisch emanzipiert, deine Ansichten sind ja richtig, aber Parteisekretär bist du nicht, auf dich kann ich nicht hören. Nun geh schon, koch den Reis!« Ich hoffe, sie auf billige Art und Weise loszuwerden.

»Pah! Glaube ja nicht, daß ich für dich koche, wenn du sowas machst! Was sitzt bei dir eigentlich zwischen den Schultern, frage ich, ein Kopf oder eine dicke Warze? Kannst du selbständig denken oder nicht?«

Was mir zwischen den Schultern sitzt? Kann ich auch nicht genau sagen. Auf jeden Fall ist es nicht Aufgabe dieses Dings, Gedanken zu produzieren. Ohne Gedanken ist's schon schwer genug. He Jingfu macht sich Gedanken – ja, und? Dozenten und Studenten empören sich nun über das Unrecht, das ihm geschieht! Das nützt ihm einen Dreck! Gerechtigkeit und Ungerechtigkeit hängen nicht vom Reden ab, sondern von der Macht. Wer sich über Ungerechtigkeiten empören will, der findet immer Stoff!

Meiner Frau ist das nicht klarzumachen. Am besten so tun, als wäre sie gar nicht da, weiterschreiben, ihr Elan ist immer schnell verpufft. – Die Überschrift gefällt mir immer noch nicht. Warum muß eigentlich unbedingt He Jingfu darin erwähnt werden? Wäre es so nicht besser: »Einige Fakten über das Buch ›Marxismus und Humanismus‹«? Also, wieder fort damit, noch einmal neu schreiben –.

»1. Argumentation des Buchs ›Marxismus und Humanismus‹.«

»Kannst du nicht hören?« Sie wird immer zorniger, das hätte ich nicht erwartet. Was ist denn los? Was soll ich gehört haben? Nun gut – ich lege den Stift aus der Hand und schaue sie an.

»Die Leute sagen, du bist ein Mann ohne Kopf, ohne Herz, ohne Rückgrat! Da, schau dir das an!«

Sie drückt mir ein Blatt Papier in die Hand – eine Karikatur. Garantiert von Studenten gezeichnet! Diese Studenten heutzutage! Unterschrift: »Woher seine Flexibilität – ›fließend wie Wasser‹?« Dargestellt ist ein Mensch ohne Kopf mit hängenden Schultern und Armen, die sich wie Bäche durch einen schmalen Felsspalt schlängeln.

Mein Gesicht glüht, meine Kehle wird trocken.

»Es ist mir sehr unangenehm, dir das zu zeigen! Ich

wünschte, du wärst nicht dieser Beamte!« Ihre Stimme ist jetzt leiser, sie weint.

»Ritsch!« Ich zerfetze die Zeilen, die ich gerade geschrieben habe, knülle das Blatt Papier zusammen und – weg damit, in den Papierkorb.

Ich, ein Mensch mit abgehacktem Kopf, ein Mann mit laschen Hängeschultern? Ihr sollt wissen, was ich für einen Kopf habe und was für breite Schultern, wenn ich eine Sache wirklich anpacke!

»Ich wasche ja schon den Reis, ich koche ihn!« sage ich zu ihr. Sie lacht; Kindergemüt, erst aufbrausend, haut um sich her alles kurz und klein, und dann ist im Nu alles wieder vergessen.

Nach dem Essen mache ich mir's auf dem Bett so richtig bequem. Soll Xi Liu doch selber schreiben! Mehr als entlassen kann er mich nicht . . .

Ein Mensch ohne Kopf, kann der überhaupt weiterleben? Da hat sich der Karikaturist was Schönes ausgedacht! Dabei fällt mir eine Anekdote aus irgendeinem Buch ein. Sie handelt von einem Geköpften, der seine Hinrichtung gar nicht richtig mitbekommen hatte. Also rappelt er sich vom Richtplatz hoch, schreitet durchs Stadttor hinaus und macht sich geradewegs auf den Heimweg. Unterwegs knurrt ihm der Magen. Da geht er zu einem Fladenverkäufer. Der aber will ihm keine Fladen verkaufen: »Du hast ja keinen Kopf, du kannst doch nicht essen!« Der Mann besteht aber auf seinem Fladen. Der Verkäufer ist ratlos, schließlich gibt er ihm einen. Erst als der Mann den Fladen in den Mund stecken will, fällt ihm auf: Der Mund ist weg. – »Ich habe meinen Mund verloren, der Verkäufer sagte doch, ich hätte keinen Kopf. Der Kopf wäre mir ja egal – aber ohne Mund, was soll ich da machen? Ohne Mund muß ich sterben!« Bei dieser Vorstellung schlug er sich verzweifelt auf seinen kahlgeschlagenen Hals, fiel nieder und verschied. Und die Moral von der Geschicht? Den Mund braucht mancher unbedingt, den Kopf dagegen nicht. Gewisse Leute nehmen eben jeden Verlust in Kauf, wenn ihnen nur der Mund nicht abhanden kommt. – Der Student muß diese Geschichte gekannt haben, als er die Karikatur gezeichnet hat!

»Ich gehe jetzt zum Dienst. Daß du ja nicht hinter meinem Rücken wieder zu schreiben anfängst!« höre ich wie durch Watte die Stimme meiner Frau und murmle zur Antwort ein »Hmm«. Ich bin wirklich hundemüde.

Da kommt Xi Wang hereingestürmt. Er begibt sich geradewegs zu meinem Schreibtisch, und wie er sieht, daß die Berichtsbögen leer sind, wendet er sich meinem Papierkorb zu und wühlt das zusammengeknüllte Blatt heraus.

»Hab ich mir's doch gedacht, daß Sie zu so etwas imstande sind! Wenn Sie schon keinen Parteigeist besitzen, zeigen Sie wenigstens ein bißchen Menschenfreundlichkeit! Sie brauchen einem Talent wie He Jingfu nicht auf die Sprünge zu helfen, aber brechen Sie ihm nicht den Hals! Warum müssen Sie ihm alle Hoffnung nehmen, ihm kaltes Wasser über den Kopf schütten und ihn unter Schmutz begraben?« Ich kann sein Gesicht nicht sehen, während er das sagt, er wendet mir den Rücken zu und wühlt in meinen Papieren.

»Beschuldige nicht die falschen Leute, Xi Wang! Dein Vater will, daß ich das mache! Auch mir paßt die Unterdrückung von Talenten nicht! Mein Sohn hat darunter zu leiden . . .«, sage ich angriffslustig.

»Ach! Ihr Sohn wird unterdrückt, nur deshalb sind Sie unzufrieden! Sie denken nur an sich selber!«

»Ich diene deinem Vater!«

»Ihr beide dient euch gegenseitig!« Xi Wangs Stimme wird strenger.

Ich setze mich im Bett auf – du fliegst gleich raus. Ein Student! Wie kommst du dazu, mir im eigenen Haus Vorhaltungen zu machen? Weil du der Sohn von Xi Liu bist? Xi Liu liebt dich gar nicht.

»Haha!« – Kaum habe ich mich im Bett aufgesetzt, höre ich dieses unverschämte Gelächter. »Was gibt's da zu lachen?«

»Kein Wunder! Sie sind ja ein Mann ohne Kopf und Schultern!«

»Blödsinn!« Ich brülle vor Wut. Komisch, war das überhaupt meine eigene Stimme? Bin ich heiser? Ich taste nach meinem Hals – oh! Der Kehlkopf so dick! Bin ich etwa krank?

Xi Wang lacht immer noch.

»Raus hier!« Ich steige aus dem Bett und versetze Xi Wang einen Stoß.

»So geschwind haben Sie einen neuen Kopf bekommen?« fragt er und tippt mir auf den Kopf. In seinen Augen blitzt ein erbarmungslos spöttisches Lächeln. Ich einen neuen Kopf? Rasch trete ich vor den Spiegel – ja, ist denn das die Möglichkeit? Auf meinem Hals sitzt Xi Lius Kopf! Der dicke Adamsapfel, den ich soeben ertastet habe, ist eigentlich seiner.

»Ich muß jetzt den Bericht schreiben! Mach mal Platz!« sage ich – sagt Xi Liu – zu Xi Wang. Er gehorcht tatsächlich, setzt sich ein Stück weiter weg und beobachtet mich aus funkelnden Augen.

Ich lege das Papier zurecht und schreibe erneut die Überschrift: »Meine Einwände gegen eine Veröffentlichung des Buchs ›Marxismus und Humanismus‹.« Wieso denn jetzt wieder dieser Titel? Aber es geht nicht anders, meine Hand gehorcht mir nicht mehr.

»Moment mal! So nicht, You, alter Freund! Wir wollen die Ansicht des Parteikomitees eurer Universität, nicht deine persönliche.« – Von woher spricht jetzt plötzlich Zhang vom Verlag zu mir? Ich wende den Kopf und stoße gegen eine riesengroße Nase. O Himmel, der Kopf von Zhang ist auf meiner rechten Schulter angewachsen! Auch das noch, der mit seinem rauhen Stoppelbart! Eben hatte ich noch ganz abfallende Schultern, jetzt aber sind sie plötzlich ausladend, etwa um diesen Kopf zu tragen?

»Unzulässiger Einwand seitens des Verlages! Angehörige des Parteikomitees der Universität sind sehr wohl berechtigt, uns, der Propagandaabteilung, in eigenem Namen Bericht zu erstatten!« – Das ist die Stimme von Propagandaleiter Fu. Wo steckt der denn nun wieder? Wie ich mir den Hals nach ihm verrenke, stoße ich links gegen ein eiskaltes Brillengestell. Der Kopf von Abteilungsleiter Fu sitzt auf meiner linken Schulter!

»Welch köstlicher Anblick! Das nenne ich ein Zusammentreffen erlesener Köpfe!« höre ich Xi Wang.

Das ist ja schrecklich, hättet ihr nicht kommen können,

wenn keiner da ist? Ihr blamiert mich hier entsetzlich! Und was ist mit meinem eigenen Kopf, wo steckt der eigentlich?

Bei diesem Gedanken sinkt auf einmal Chen Yulis Kopf aus der Höhe herab: »Sei unbesorgt! Dein Kopf ist in meinem Schrank verschlossen!«

So langsam wird mir angst und bange: »Ah, vielen Dank! Nun geh nur wieder! Ich habe zu tun! Muß den Bericht schreiben!«

»Ich schau mir mal an, was du da schreibst! Laß dir doch ein paar Ratschläge geben!« lacht sie und kommt auf mich zu.

»Willst du etwa auch noch auf meinen Schultern Platz nehmen? Denkst du vielleicht, du kannst dich noch dazwischenquetschen?« schreie ich ihr laut entgegen. Dennoch krallt sich, kaum daß meine Worte verhallt sind, ein Paar kräftiger Hände in meinen Nacken und drückt ihn nach unten. Meine Halswirbelsäule krümmt sich und bildet eine Ebene, auf die Chen Yulis Kopf sofort hinaufhüpft. Ihr Nasenrücken stößt an Xi Lius Hinterkopf.

»Los, schreiben!« schreit Xi Liu.

»Los, schreiben!« schreit Zhang.

»Los, schreiben!« schreien Abteilungsleiter Fu und Chen Yuli.

»Gut, gut, ich schreibe ja schon!« Ich will meine Hand bewegen, aber sie rührt sich nicht. »Ihr dürft meine Hand nicht festhalten!« rufe ich.

»Haha! Interessant! Sie träumen wohl, Direktor You?« – Wieder Xi Wangs Stimme. Komisch, warum kann ich ihn plötzlich nicht mehr sehen? Kräftig reibe ich mir die Augen – da steht er ja, ich aber liege noch auf dem Bett. Verdammt! Die widerliche Karikatur!

»Du hier? Bist du schon lange da?« frage ich und richte mich hastig auf.

»Bin eben erst gekommen. Als ich eintrat, hörte ich Sie rufen: ›Ihr dürft meine Hand nicht festhalten!‹ Was haben Sie denn geträumt, Direktor You?« Xi Wang lacht und mustert mich von oben bis unten, wie eben im Traum. Eben erst gekommen? In dieser kurzen Zeit habe ich so einen langen Traum gehabt? Bestimmt habe ich erst nach seinem

Eintreten zu träumen angefangen und im Halbschlaf seine Anwesenheit gespürt.

»Setz dich! Ich glaube, ich habe eben im Traum mit Studenten Basketball gespielt, und gerade als ich einen Korb legen wollte, wurde meine Hand festgehalten. So ein verrückter Traum!« Während ich drauflosschwafle, trete ich an meinen Schreibtisch und krame wie zufällig im Papierkorb. Das Blatt, das ich vorhin weggeworfen habe, ist noch da. Es sieht nicht so aus, als habe es jemand berührt. Puh! Ich sehe schon Gespenster! Warum sollte Xi Wang denn in meinem Papierkorb herumstöbern. Aber weswegen ist er gekommen?

»Ist irgendwas passiert, Xi Wang?« frage ich und gieße ihm eine Tasse abgekochtes Wasser ein.

»Ja und nein, wie man's nimmt.«

»Warst du zu Hause bei deinem Vater?« taste ich mich an den Zweck seines Kommens heran.

»Nein!« Seine Miene wird ernst. »Direktor You, ich bin gekommen, um etwas mit Ihnen zu besprechen.«

»Ah, gut! Und was?«

»Es geht um die Veröffentlichung von He Jingfus Buch. Ich denke, mein Vater kann in dieser Sache nicht auf Sie verzichten. Ich würde gerne Ihre Meinung dazu hören.«

Wieder muß ich an die Karikatur denken. Ob sie von Xi Wang stammt? Von zeichnerischen Talenten bei ihm habe ich zwar noch nichts gehört, aber die jungen Leute heutzutage sind ja so raffiniert. Man weiß nie, wozu sie in der Lage sind. Vielleicht war er's doch, dieser boshafte Kerl! Er kommt doch nicht etwa, um neues Material zu sammeln? Vor diesem Nachwuchs muß ich mich in acht nehmen.

»Wer bin ich schon im Parteikomitee? Ein Bürovorsteher. Ich bin nicht dazu da, Entscheidungen zu fällen. Ich bin nur ein ausführendes Organ.« Vorsichtig wähle ich meine Worte.

»Einerlei ob Entscheidungsträger oder ausführendes Organ, wie sehen Sie die Sache?« Er stellt seine Frage gemessen, wie ein Vorgesetzter.

»Ich? Ich bin ideologisch natürlich nicht so emanzipiert wie ihr. Aber gegen die Unterdrückung von Talenten bin ich sehr wohl. Mein Sohn gehört nämlich auch zu den betroffenen Jugendlichen.« Na sowas, ich rede genauso wie in meinem Traum? Zum Teufel! Was ist denn heute los!

»Das heißt noch gar nichts. Manch einer reagiert sehr aufgebracht, wenn man ihm den eigenen Kopf runterdrückt, er schreit und zappelt, aber das hindert ihn nicht daran, seinerseits andere zu ducken.«

Merkwürdig, auch Xi Wangs Worte habe ich so ähnlich schon im Traum gehört. Irritiert schaue ich ihn an, heute sehe ich wirklich Gespenster!

»Direktor You, mir ist klar, daß mein Reden keinen Zweck hat, trotzdem möchte ich mit Ihnen sprechen. Sie sind imstande, die gegenwärtige Lage klar zu überblicken. Der Trend zu Wissenschaftlichkeit und Demokratie ist unaufhaltsam, aber mein Vater hat dafür keinerlei Verständnis. Er ist bereits in hohem Maße verkalkt. Ändern kann ich ihn nicht, auch Sie brächten das nicht fertig. Aber seinen Einfluß, die Rolle, die er spielt, könnten wir beide untergraben. Sie sind sein Vertrauter, ich bin sein Sohn und zugleich sein Widersacher, es müßte uns doch möglich sein, seinen Einfluß von verschiedenen Seiten zu schmälern!«

Von anderen habe ich oft gehört, Xi Lius Sohn sei ein außergewöhnlicher Bursche, aber ich hatte mich bisher noch nie allein mit ihm unterhalten. Er macht seinem Ruf gleich bei unserer ersten Begegnung wirklich alle Ehre. Das ist nicht einfach irgendein junger Mann! Das ist ein Experte in Sachen Politik! Ich muß vorsichtig sein. Nach kurzem Überlegen antworte ich ihm:

»Ich weiß nicht, was du meinst. Mag sein, Genosse Xi Lius Ansichten sind etwas konservativ. Aber er hat auch eine andere Stellung als wir und muß Probleme natürlich umfassender überdenken. Wir stehen nicht an seinem Platz, wir betreiben nicht seine Politik, bei uns zählt nicht jeder Satz, aber wir sollten doch Verständnis haben für die Schwierigkeiten, die er als Vorgesetzter hat, meinst du nicht?«

Er lächelt voller Spott: »Über den Wert meines Vaters müssen wir uns ja nicht unbedingt einigen! Ich bin überzeugt, Sie kennen ihn besser als ich. Aber in Ihrer Stellung können Sie die Tatsachen nicht zugeben. Ich sage Ihnen rundheraus, Direktor You, wenn Sie ihm diesen Bericht nicht schreiben, wird ihn die Unterdrückung von Herrn He noch viel Mühe kosten! Er selber hat nicht vor, in Erscheinung zu treten.«

Mich packt die Angst. Er weiß, daß ich an dem Bericht schreibe? Unwillkürlich schiebe ich den Papierkorb aus seiner Reichweite hinter die Lehne meines Stuhls.

»Was für einen Bericht?« Ich stelle mich dumm.

»Sie brauchen nicht zu versuchen, mich zu täuschen. Ich weiß alles. Undurchlässige Wände gibt es nicht«, sagt er und schaut mich durchdringend an.

Hat meine Frau geplaudert? Dieses Weib . . . ihr ist das zuzutrauen!

»Xi Wang, ich verstehe dich nicht, du mit deinen Voraussetzungen und der Gewißheit, später durch ein Auslandsstudium den letzten Schliff zu bekommen, was kümmerst du dich um Dinge, die dich nichts angehen?« Ich lenke vom Thema ab, rede ernsthaft auf ihn ein.

»Die Universität, Ausbildung durch Studium im Ausland, das alles hat doch ein Ziel: die Umgestaltung Chinas. Alles dient diesem Ziel. Ich bin kein Träumer.«

Wirklich erstaunlich! Wie kommt Xi Liu zu solch einem Sohn.

»Was meinen Sie, könnten Sie meine Ansichten in Erwägung ziehen?« fragt er mich noch.

»Selbstverständlich, ich kann die Ansicht eines jeden in Erwägung ziehen«, antworte ich.

Ein rascher Blick streift mein Gesicht, um seine Mundwinkel erscheint die Spur eines Lächelns. Dann steht er auf und verabschiedet sich förmlich: »Ich habe Sie gestört. Meine Ansicht muß nicht unbedingt richtig sein. Ich überlasse es Ihnen, sie zu prüfen.«

Nachdem ich ihn hinausbegleitet habe, setze ich mich völlig entnervt an meinen Schreibtisch. Schreibe ich oder schreibe ich nicht? Ich denke ja doch schon wieder nach! Mein eigener Sohn fällt mir ein. Also doch zuerst den Essay schreiben, um des Sohnes willen die Ungerechtigkeit anprangern.

Abermals nehme ich den Stift zur Hand, schreibe die Überschrift hin: »Arbeitsanforderungen – Eine Streitschrift«. Gerade will ich weiterschreiben, da ruft vor der Tür eine Frauenstimme: »Hallo You, Xi Liu schickt mich, ich soll mal nach dir sehen!« – Chen Yuli. Schleunigst zerreiße ich den angefangenen Bogen und werfe ihn in den Papierkorb.

Wenn Xi Wang das nicht paßt, soll er doch seinen Alten Herrn aufsuchen und mit dem die Rechnung begleichen!

»Genossin Yuli, bitte sehr! Siehst du, ich beginne gerade zu schreiben . . .« Chen Yulis Kopf, ihr Gesicht, nähert sich dem meinen – aber angewachsen auf ihren eigenen Schultern.

26. Der Erzähler

Warum kann eine einfache Sache so kompliziert werden?
Der Hauptgrund ist der menschliche Faktor.

Ganz egal, wie beschäftigt ich bin, ich besuche He Jingfu und Sun Yue immer gern.

Das Problem der Veröffentlichung von »Marxismus und Humanismus« ist im Verlag inzwischen zu einer vieldiskutierten Angelegenheit geworden. Das hätte ich nicht gedacht.

Für mich stellt sich die Sache ganz einfach dar. Etwas Geschriebenes hat seinen wissenschaftlichen Wert, und ein Schriftsteller genießt die normalen bürgerlichen Rechte. Wenn ein Verlag ein Manuskript akzeptiert, dann ist normalerweise die Sache in Ordnung. Nicht so in diesem Fall! Auf halbem Weg legt der Sekretär des Parteikomitees der Universität seinen Widerspruch ein und die Druckmaschinen werden gestoppt. Die ganze Welt kritisiert den Anarchismus. Ich bin nicht sicher, wie man diesen Vorgang nennen soll. Jedenfalls werden politische und gesetzliche Richtlinien außer acht gelassen.

Ursprünglich habe ich meine ganze Hoffnung auf den alten Zhang, den Verlagsleiter, gesetzt. Ein Genosse im Verlag hatte mir verraten, daß Zhang das Buch sehr schätzte und nicht glücklich war über Xi Lius Einmischung. Er wollte unbedingt, daß Xi Liu und die anderen ihre Einwände schriftlich begründeten, damit man sich über die Legalität ihrer Vorgehensweise auseinandersetzen könne. Keiner hatte damit gerechnet, daß der Leiter der Erziehungsabteilung Xi Liu unterstützen würde. Er hat You Ruoshuis Material mit folgender Anmerkung an den Verlag geschickt: »Ich bitte den Verlag, Autor und Werk genauestens zu überprüfen. In dieser Angelegenheit ist sehr sorgfältig vorzugehen.« Daraufhin stoppte Zhang die Drucklegung. Privat äußerte er sich sehr ungehalten: »You Ruoshuis Material bringt überhaupt nichts. Es ist aus dem Zusammenhang gerissen und absichtlich entstellt; ein persönlicher Angriff auf die Person des Autors. Aber kann ich es mir leisten, den Leiter der Erziehungsabteilung zu ignorieren? Das wäre für ihn eine willkommene Gelegenheit, mir eins auszuwischen.«

Der alte Zhang ist alles andere als ein Dummkopf und will natürlich die Verantwortung nicht allein übernehmen. Er hat den Ball nach oben weitergegeben. In einem Bericht an die Propagandaabteilung des Provinzkomitees hat er um Instruktionen nachgesucht und gleichzeitig darum gebeten, die Anweisungen nicht über den Leiter der Erziehungsabteilung, sondern über das Propagandabüro selbst laufen zu lassen. Der Schiedsrichter hebt die Hand, das Spiel ist unterbrochen. Alles bleibt vorerst in der Schwebe.

Durch diese Sache habe ich einiges dazugelernt. Wenn mich jetzt einer fragen würde, warum eine einfache Sache so kompliziert werden kann, dann könnte ich, ohne nachzudenken, antworten: Das Hauptproblem ist der menschliche Faktor. Wenn unterschiedliche Menschen mit unterschiedlichen Charakteren zusammenkommen, dann wird die einfachste Sache zu einem komplizierten Fall. Als Gott die Menschen schuf, zeigte er große Erfindungsgabe. Er schuf einen He Jingfu und sein Gegenstück Xi Liu. Dann brachte er noch einen You Ruoshui ins Spiel, um Xi Liu zu vervollständigen. Die beiden ergänzen einander vollkommen. Sogar ihre Namen zeigen diese Verbindung. Damit nicht genug! Da sind noch der alte Zhang und der Leiter der Erziehungsabteilung, zwei Gegenspieler auf verschiedenen Ebenen der Macht. Außerdem gibt es da Sun Yue, die dem ganzen Farbe verleiht und das Publikum anzieht. Wenn man von diesen Menschen nur einen wegließe, wäre alles viel einfacher. Aber auf wen könnte man verzichten? Alle sind sie unentbehrlich.

Sun Yue ganz besonders. Ich habe gehört, daß sie und He Jingfu sich durch diese ganze Sache sehr nahe gekommen sind. Das ist wunderbar für He Jingfu; genau wie in dem Zitat: »Im Osten geht die Sonne auf, im Westen fällt Regen. Der Weg nach vorn ist wieder klar.« An sich ist das eine ganz normale Angelegenheit, aber im Fall He Jingfus freue ich mich ganz besonders, und ich wünsche den beiden, daß sie endlich ein Paar werden.

Es sind schon einige Leute bei Sun Yue: Xu Hengzhong, He Jingfu, Li Yining, auch Hanhan ist zu Hause. Ich begrüße sie alle: »Heute komme ich aber gerade noch rechtzeitig. Ihr seid ja schon alle da.« Sun Yue sagt lachend: »Besser im rechten Augenblick als zu früh. Heute feiern wir die erfolgreiche Ehevermittlung für Xu Hengzhong. Die Vermittlerin, Li Yining, ist auch da. Wir haben eben bei Xu Hengzhong gegessen und sind danach hierhergekommen.«

Das ist aber eine Neuigkeit. Vor nicht allzu langer Zeit habe ich gehört, daß Li Yining Xu Hengzhong eine Frau vorgestellt hat, eine mit sehr viel Geld. Ich hätte nicht gedacht, daß es so schnell zur Heirat kommen würde. Ich lege meine Hände übereinander und gratuliere Xu Hengzhong:

»Meinen herzlichen Glückwunsch! Wenn ihr ein Fest planen solltet, ich komme gern und helfe.«

Xu Hengzhong nimmt in seiner lässig eleganten Art meine Glückwünsche entgegen und sagt:

»Es sieht fast so aus, als könnte ich es nicht vermeiden. Ich bin zwar ein armer Schlucker und habe für derlei nicht allzuviel übrig. Aber die Familie meiner Frau will es so. Ist mir auch recht! Richten wir uns nach den ortsüblichen Gepflogenheiten. Ich kann mich nicht vom Küchendunst der gewöhnlichen Leute fernhalten. Also finde ich mich mit dem Unvermeidlichen ab und stehe es durch.« Er kann bei diesen Worten seine Zufriedenheit kaum verbergen.

Mein Interesse für diese ganze Hochzeitsangelegenheit ist nur mäßig. Ich habe nicht die Absicht, mich mit Xu Hengzhong weiter darüber zu unterhalten, sondern wende mich an He Jingfu:

»Wie steht's mit der Veröffentlichung deines Buches?«

Xu Hengzhong scheint heute besonders guter Stimmung und mischt sich gleich ein:

»Es wird immer komplizierter. Heute hat Xi Lius Sohn, Xi Wang, einen Kommentar ans Schwarze Brett der chinesischen Literaturabteilung gehängt, mit der Überschrift: ›Regiert das Gesetz oder die menschliche Willkür – Über unsere Publikationsfreiheit angesichts des Falles He Jingfu‹. Er hat das Ganze nicht nur gründlich von allen Seiten beleuchtet, sondern auch Xi Liu und einige Mitglieder des Parteikomitees namentlich kritisiert.«

»Was soll daran so schlecht sein? Das wird die Leute zum Reden bringen, und Xi Liu wird vielleicht wieder zur Vernunft kommen«, gebe ich zur Antwort.

»Du denkst wirklich zu simpel!« Xu Hengzhong schüttelt unzufrieden den Kopf. »Xi Liu kann sagen, daß He Jingfu Xi Wang dazu provoziert hat. Außerdem kann er Sun Yue mit hineinziehen, indem er behauptet, sie sei der Drahtzieher von beiden ...«

An dieser Stelle bricht er ab und sieht Sun Yue an. Sie ist rot geworden. Sie schaut zu He Jingfu hinüber, dann zu mir und sagt schließlich, alle Blicke meidend:

»Ich habe keine Angst davor, mit hineingezogen zu werden. Ich wollte, ich hätte die Kraft, He Jingfu aus dem Hintergrund zu unterstützen.«

»Sag sowas nicht, Sun Yue! Ich bin schon nervös genug deswegen!« fällt ihr He Jingfu ins Wort.

Was soll das bedeuten? Warum sind sie so reserviert und höflich miteinander? Haben sie sich etwa durch all die üblen Gerüchte abschrecken lassen?

»He Jingfu! Sun Yue! Es ist doch egal, was die Leute sagen. Es kommt nur auf euch selbst an. Xi Liu kann euch eure Liebe nicht verbieten. Ihr habt schon soviel durchgemacht. Es ist nicht leicht ...«

He Jingfu bringt mich mit einer Handbewegung zum Schweigen: »Zhang, laß gut sein! Ich werde immer Sun Yues Genosse und Freund sein.« Sun Yue macht den Eindruck, als hätte sie uns nicht gehört.

Gut! Gut! Ihr seid Genossen und Freunde. Ich verstehe euch wirklich nicht. Schaut man Xu Hengzhong an, dann sieht man, daß auch Leute, die sich nicht lieben, eine Familie gründen können. Nur ihr beiden, die ihr euch doch liebt, habt ständig Schwierigkeiten!

»Nun gut! Was habt ihr euch denn bezüglich He Jingfus Buch überlegt?« kehre ich etwas unglücklich zum Thema zurück.

»Wir sind gerade dabei, das zu besprechen. Was würdest du vorschlagen?« He Jingfu scheint sein Verhalten von vorhin zu bedauern und spricht mit besonderer Wärme.

»Wende dich an den Disziplinarausschuß!«

»Dort sitzen lauter Leute wie Xi Liu«, widerspricht Xu Hengzhong sofort.

»Was sollen wir dann deiner Meinung nach tun? Es muß doch einen Ausweg geben. Heute ist es doch viel besser als früher. Das mußt du zugeben!« wende ich mich ziemlich irritiert an ihn.

Ich bewundere Xu Hengzhong und gleichzeitig verabscheue ich ihn. Er ist in der Lage, ein Problem viel umsichtiger und sorgfältiger zu analysieren als die meisten, wie ein älterer Bruder. Aber er sieht immer nur das Schlechte an einer Sache und malt alles in den schwärzesten Farben. Man kann nicht leugnen, daß das Schlimmste eintreten kann, aber er hält es grundsätzlich für unvermeidlich und die Menschen für absolut machtlos dagegen. Wie konnte er nur so werden? Er hat doch nicht annähernd soviel durchgemacht wie He Jingfu und Sun Yue.

»Natürlich gibt es eine Möglichkeit! Ich würde vorschlagen, daß He Jingfu Xi Liu privat aufsucht und mit ihm spricht. Er soll ihm erstens klarmachen, daß er mit dem Kommentar Xi Wangs nichts zu tun hat, und zweitens soll er Xi Liu um seine persönliche Stellungnahme zum Manuskript bitten und gleichzeitig seine Bereitschaft zeigen, es zu überarbeiten. Das würde die Lage entspannen. Aber ich fürchte, He Jingfu wird damit nicht einverstanden sein.«

Xu Hengzhong hofft wohl auf meine Unterstützung, denn er sieht mich unverwandt an.

Doch bevor ich etwas sagen kann, ergreift He Jingfu das Wort: »Unmöglich! Es ist keine Frage des persönlichen Kontaktes. Es ist ein Problem, das nur auf offiziellem Weg gelöst werden kann.«

»Aber wenn du jetzt den normalen offiziellen Weg einschlägst, erreichst du überhaupt nichts. Wir hören zwar Tag für Tag, daß das Rechtssystem immer mehr ausgebaut wird, aber ihr wißt doch, daß an der Universität Shanghai immer noch Xi Lius Wort Gesetz ist. Was ist denn an einem

Kompromiß so unmöglich? Wenn man dadurch die Veröffentlichung des Buches erreicht, ist doch alles in Ordnung. Du sagst einfach zu Xi Liu, daß du das Manuskript ändern willst, läßt es aber in Wirklichkeit, wie es ist. Er ist doch gar nicht in der Lage, das nachzuprüfen. Bau ihm eine goldene Brücke, laß ihn das Gesicht wahren, gib ihm das Gefühl, daß er nach wie vor das Sagen hat. Dann gibt es nichts mehr, was dich hindern könnte«, argumentiert Xu Hengzhong.

»Meinst du wirklich, Xi Liu tut das nur, um He Jingfu Steine in den Weg zu legen?« frage ich ihn.

»So einfach ist das nicht! Es ist schwierig, die Faktoren seines Verhaltens zu bestimmen.«

»Aber mir geht es darum, dogmatische Fesseln zu sprengen und nicht darum, Xi Lius Wohlwollen zu erwerben. Ich habe nichts gegen ihn persönlich. Was er denkt, ist seine Sache. Außerdem glaube ich nicht, daß unsere Meinungsverschiedenheiten über persönlichen Kontakt zu lösen sind«, setzt ihm He Jingfu entgegen.

Ich stimme ihm zu. Aber was sollen wir dann tun? Ich weiß auch keinen Rat und wende mich an Sun Yue:

»Wäre es möglich, das Ganze offen auf den Tisch zu bringen und es von der Hauptzelle der Abteilung und dem Uni-Parteikomitee diskutieren zu lassen?«

Sun Yue seufzt: »Wir haben alle schon daran gedacht. Aber Xi Liu will die Sache nicht öffentlich behandelt sehen. Er sagt, daß sich das Parteikomitee in der Praxis nicht in solche Angelegenheiten einmischt. Es ist einmal diskutiert worden, aber es ist nichts Definitives dabei herausgekommen. You Ruoshui hat nur seine persönliche Meinung geäußert, wozu er natürlich berechtigt ist. Daß man die Drucklegung gestoppt hat, ist allein Sache des Verlages. Wir haben kein Recht, da einzugreifen. Vielleicht ist das Papier knapp geworden, oder sie haben ihre Pläne geändert. Der Verlag hat uns nicht nach unserer Meinung gefragt, also können wir uns auch nicht offiziell darum kümmern.«

»Aber Xi Liu und der Leiter der Erziehungsabteilung haben doch ihre Hand im Spiel«, sage ich.

»Hast du einen stichhaltigen Beweis dafür? Wenn ihr es

falsch anpackt, dann heißt es sofort, daß ihr die beiden fälschlich beschuldigt. Wenn der kleine Mann den großen anschwärzt ohne stichhaltige Beweise, dann handelt es sich um eine falsche Anschuldigung. Umgekehrt ist das natürlich anders; keiner fragt danach, ob ein Subalterner fällt oder nicht«, meint wieder Xu Hengzhong in seiner lakonischen Art.

»Es ist wirklich erschreckend. Wir können nicht den offiziellen Weg einschlagen. Wir können nur hintenherum handeln, Beziehungen spielen lassen, Hintertüren benützen«, sagt Sun Yue entrüstet.

Nicht schlecht! Aber wie? Aus den verschiedensten Gründen hat sich die ganze Angelegenheit zu einem zähen Brei entwickelt, der in die Maschine geraten ist und alles lahmlegt.

Wie arbeitet man sich durch diesen zähen Brei hindurch? Es ist wirklich schwierig. Mir fällt nichts ein. Ich frage He Jingfu: »Was habt ihr beschlossen? Es sieht so aus, als könnten wir nichts anderes tun als die Stellungnahme des Provinzpropagandabüros abwarten.«

Sun Yue antwortet an seiner Stelle: »Wir wollen einen gemeinschaftlichen Brief an das nächsthöhere Parteikomitee schreiben. Darin soll nicht nur die Publikation des Buches angesprochen werden, sondern auch grundsätzlich die Gedankenfreiheit und das Problem der Kader.«

»Geht nicht zu weit!« Li Yining, die bis jetzt geschwiegen hat, mischt sich resolut ein. »Ihr solltet keinen gemeinschaftlichen Brief schreiben. Es gibt schon zuviel Gerede! Habt ihr noch nicht genug Unannehmlichkeiten?«

»Gerede! Laß sie reden! Manchmal möchte ich diesen Gerüchtetreibern ins Gesicht schreien, daß ich . . .«

Sun Yues und He Jingfus Blicke begegnen sich, aber beide wenden sich schnell wieder ab. Sun Yues Blick wandert zu Hanhan hinüber, die still über ihren Hausaufgaben sitzt. Jetzt hebt sie den Kopf und schaut ihre Mutter an. Mein Herz schlägt schneller. Mir geht langsam ein Licht auf. Aber ehe ich gründlicher darüber nachdenken kann, fängt Li Yining zu sprechen an:

»Ihr müßt euch überlegen, ob es das wert ist oder nicht.

Schreibt doch nur über das Problem der Veröffentlichung. Was wollt ihr denn mit dem anderen? China hat Millionen von Menschen, aber keiner außer euch hat den Durchblick, wie?«

»So ist es nun auch wieder nicht! Man muß einfach was tun!« halte ich ihr entgegen. Wir kennen uns nicht sehr gut, deshalb bemühe ich mich um Höflichkeit. Sie dagegen ist alles andere als höflich:

»Wenn das deine Meinung ist, dann tu doch was! Wo ist denn der Roman, in dem du brennende gesellschaftliche Probleme ansprichst?«

Ich bin überrascht, daß die sonst so freundliche Li Yining einen so scharfen Ton anschlägt. Es stimmt schon, was sie sagt. Ich habe nichts Entlarvendes über aktuelle Probleme geschrieben, obgleich ich tagtäglich darüber nachdenke. Jeden Tag will ich schreiben. Jeden Tag mache ich mir ein neues Konzept. Doch immer wieder zögere ich. Nicht aus Angst, was gäbe es schon zu fürchten? Aber ich möchte nicht zum Gegenstand der Kritik werden. Wie ein Schauspieler bei seinem ersten Auftritt, wenn er sich plötzlich im Rampenlicht befindet. Ich weiß, daß es mir an Mut mangelt. Aber zum Mut gehört Übung und zur Übung wiederum Mut. Es ist immer dasselbe. Und überhaupt: ich habe meine besten Jahre schon hinter mir. Aber ich unterstütze andere mit aller Kraft in ihrem Bemühen, eine neue Welt zu schaffen. Ich freue mich aufrichtig über den Erfolg anderer und habe Mitgefühl, wenn sie scheitern. Ist das nicht genug? Muß ich unbedingt selbst zum Helden werden? Ich fühle mich von Li Yining ungerecht behandelt:

»Ich habe weder Mut noch Talent. Aber heißt das, daß man mir deshalb das Recht absprechen kann, anderen zu helfen?«

Li Yining merkt wohl, daß sie etwas zu weit gegangen ist. Ausdruck und Ton werden milder:

»Deine Unterstützung kann ihnen schaden. Ich weiß, was in China vorgeht. Es wird sich nie in Ordnung bringen lassen. Die Chinesen sind zu unterwürfig und zu faul. Die meisten Menschen können zwar denken, aber nicht handeln oder wollen nicht handeln. Sie hoffen, daß andere es für sie tun, stecken selbst die Hände in die Ärmel, schauen zu und behalten sich das Recht auf Kritik vor. Sie wollen einfach mal ein paar Jahre in Ruhe und Frieden verbringen!«

»Ich bin ganz deiner Meinung! Es besteht kein Grund, ein sinnloses Opfer zu bringen«, stimmt mir Xu Hengzhong zu.

»Wir sind alle so, wie du eben gesagt hast.«

»Wir gehören derselben Generation an und haben deshalb vieles gemeinsam. Dennoch bringen die einzelnen Lebenswege Unterschiede hervor. Das ist ganz natürlich.«

He Jingfu will diese spannungsgeladene Diskussion offensichtlich beenden. Während er spricht, lächelt er uns alle freundlich an.

Die Atmosphäre lockert sich.

»Wie komisch!« Hanhan sitzt über ihren Hausaufgaben und lacht plötzlich auf.

He Jingfu geht zu ihr hinüber und nimmt ihr Heft.

»Ha! Du bist entlarvt! Du hast nur zwei Fragen beantwortet. Du hast heimlich zugehört.« Er droht ihr und tut so, als wolle er das Heft Sun Yue geben.

Hanhan schaut verstohlen zu ihrer Mutter hinüber. Sie sieht das verhaltene Lachen auf ihrem Gesicht und reißt He Jingfu das Heft aus der Hand. Dann wirft sie sich in Pose:

»Was heißt hier, heimlich zuhören. Ihr habt so laut geredet, daß mir fast das Trommelfell geplatzt ist. Mir blieb ja nichts anderes übrig als zuzuhören.«

Hanhan hat den Tonfall eines Komikers und bringt uns alle zum Lachen. He Jingfu tätschelt ihren Kopf und fragt:

»Na, was ist denn so komisch an uns?«

Hanhan lächelt vergnügt ihre Mutter an. Sie ist offensichtlich glücklich und stolz darauf, daß He Jingfu ihr soviel Aufmerksamkeit schenkt.

»Ihr Intellektuellen seid schon seltsam; ein bißchen verrückt! Wie die kleinen Kinder. Sie schlagen sich und sie vertragen sich. Ist das vielleicht nicht komisch?«

Ich sage im Scherz: »Wir Kinder sind nicht wie ihr Kinder! Wir treiben unsere Scherze nicht zum Spaß. Unsere Scherze betreffen das Schicksal unseres Vaterlandes.«

Hanhan antwortet prompt: »Ihr denkt, wir treiben nur

unseren Spaß. Denkt nicht zu gering von uns! Wir machen uns genauso viel Gedanken wie ihr. Wir werden die Studenten der achtziger Jahre sein, ihr seid die der fünfziger, dazwischen liegen dreißig Jahre. Deshalb könnt ihr uns nicht verstehen und behandelt uns immer wie Kinder.«

Hanhan strengt sich sehr an, ernsthaft und überlegen auszusehen, aber ihr Gesicht ist das eines Kindes. Dennoch lacht keiner über sie. Wir nicken ihr alle zustimmend zu. Nur Sun Yue tut so, als sei sie zornig:

»Schaut sie euch an! Was habe ich mir da für ein Früchtchen herangezogen?«

Hanhan schneidet He Jingfu eine Grimasse. Er lächelt sie liebevoll an und sagt: »Gut! Genug gestritten! Jetzt mach deine Hausaufgaben!« Sie gehorcht sofort, dreht sich um und beachtet uns nicht mehr.

»Habt ihr den Brief schon geschrieben?« nehme ich das Gespräch wieder auf und wende mich dabei an He Jingfu und Sun Yue.

»Wir waren gerade dabei, als ihr gekommen seid. Es sieht so aus, als hätten wir diese hohe Versammlung einberufen, um Xu Hengzhongs Verlobung zu feiern«, gibt Sun Yue lachend zur Antwort.

27. Zhao Zhenhuan

Ich habe verloren, was ich verlieren sollte, und gefunden, was ich finden sollte.

Wang Panzi legt mir einen Brief auf den Schreibtisch und weist mit bedeutungsvoller Miene auf den Absender hin, als würde er mir ein streng geheimes Dokument übergeben und mir höchste Geheimhaltung einschärfen.

Der Brief trägt den offiziellen Absender der Universität Shanghai. Aber auch ohne das hätte ich gewußt, daß er von Sun Yue stammt. Ihre Schriftzeichen sind wie sie, schön und nicht alltäglich.

Wang Panzi dreht sich zu einem Genossen um und lacht verstohlen. Wartet er etwa darauf, daß ich den Brief öffne? Da kann er lange warten. Endlich geht er und zwinkert jenem Genossen anzüglich zu. Ich kenne diesen Ausdruck nur zu gut. Er bedeutet: da tut sich was!

Es tut sich wirklich was. Gestern hat mich Lanxiang um die Scheidung gebeten, mit der Begründung, ich hätte in Shanghai bei Sun Yue gewohnt und wieder eheliche Beziehungen mit ihr aufgenommen.

Ich habe ihr keinerlei Erklärung gegeben, sondern nur gesagt: »Ich bin mit der Scheidung einverstanden. Aber Huanhuan bleibt bei mir!« Als sie das hörte, fing sie lauthals zu heulen an und machte mir sogar in der Redaktion eine Szene: »Gib's doch zu! Gib's doch zu! Du hast das alles mit Sun Yue vorher ausgemacht! Und du meinst, ich weiß nichts davon. Ich sage dir, ich bin genau im Bilde, was ihr in Shanghai getrieben habt.«

Was wir getrieben haben? Schau lieber, was du selber treibst. Als ich von meiner Dienstreise zurückkam, haben mich einige Freunde gewarnt: »Es ist besser, wenn du gleich heimgehst. Wang Panzi und Feng Lanxiang haben sich früher recht gut verstanden. Aber daraus muß man noch lange keine falschen Schlüsse ziehen.« Aber mir ist alles klar. Wenn sie sich wirklich so gut verstanden haben, dann ist das Ganze kein Mißverständnis mehr. Daß sie sich damals sehr nahe standen, ist in der Redaktion seit jeher ein offenes Geheimnis. Die ganze Zeit habe ich mir um meines inneren Friedens willen etwas vorgemacht. Wenn Wang Panzi auf dem Land keine Frau mit einer Schar Kinder gehabt hätte, wäre Feng Lanxiang wahrscheinlich nicht auf mich verfallen. Ich verstehe nur nicht, was sie an diesem häßlichen, vulgären Kerl so anzieht. Sie verehrt ihn ja geradezu.

Ich bin mir nicht sicher, ob die beiden das Ganze nicht zusammen ausgeheckt haben. Immerhin sieht dieser Auftrag in Hangzhou wie eine Falle aus. Ich habe jedenfalls Wang Panzi nicht darum gebeten, mir die Reisekosten nach Shanghai zu erstatten, weil ich mich nicht aus öffentlichen Mitteln bereichern will. Aber er hat förmlich darauf bestanden: »Wir sind doch alte Freunde! Das ist doch eine Kleinigkeit für mich. Wie war's denn? Hast du die alten Kommilitonen alle getroffen? Geht's Sun Yue gut?«

Ich habe ihn weder einer Antwort gewürdigt noch ihm meine Fahrkarte gegeben. Dennoch ging es in der Redaktion bald wie ein Lauffeuer um: »Zhao Zhenhuan will Sun Yue wieder heiraten. Als er nach Hangzhou gehen sollte, ist er in Wirklichkeit nach Shanghai gefahren, um mit Sun Yue über eine erneute Heirat zu sprechen.« »Schau an, Zhao Zhenhuan will sich von Feng Lanxiang scheiden lassen.« »Zhao Zhenhuan geht in der Wahl seiner Ehefrauen immer mit der Zeit! Haha!«

Lu Xun hat einmal gesagt, ein Mensch, der sich gegen eine falsche Anschuldigung verteidigen muß, sei zu bedauern. Ich versuche es erst gar nicht. Meine Reise nach Shanghai war nicht umsonst. Ich habe erkannt, daß ich viel Leid über Sun Yue und Hanhan gebracht habe und nun einen hohen Preis für meinen Seelenfrieden bezahlen muß, aber auf die Kommentare der anderen kann ich verzichten.

Wenn sie die Scheidung will, soll sie sie haben. Ich habe in diesem Stück nichts zu suchen. Mein »Drei-Punkte-Abkommen« war von vornherein undurchführbar. Mir war die geistige Einsamkeit unerträglich und ihr die Kühle im täglichen Leben. Ich weiß, daß ich ihr Unrecht tue. Ich habe sie nie wirklich geliebt und bin auch jetzt nicht in der Lage dazu. Deshalb kann ich auch nicht verlangen, daß sie mir treu ist. Aber ich glaube, sie hat was Besseres verdient als Wang Panzi und sollte sich einen anderen suchen.

Meine Hände zittern. Ich wage es einfach nicht, den Brief zu öffnen. Was für eine Nachricht wird er mir bringen?

Als ich aus Shanghai abfuhr, habe ich He Jingfu fest die Hand geschüttelt und ihm nochmal versichert: »Ich wünsche euch viel Glück! Wenn alles entschieden ist, müßt ihr mir sofort schreiben. Ich will euch gratulieren.«

Vielleicht sind das die Neuigkeiten? Ist es so, Sun Yue?

Warum hat mir Hanhan vorher gar keinen Hinweis gegeben? Sie hat mir oft geschrieben, aber nie über die Sache zwischen Sun Yue und He Jingfu. In ihren ersten Briefen hat sie unaufhörlich von ihrer Mama gesprochen und wie schlecht es ihr geht. Zuletzt hat sie ihre Mutter überhaupt nicht mehr erwähnt. Ob das ein Hinweis ist?

Meine Hände zittern und mein Gesicht ist schweißnaß. Ich wage nicht, diesen Brief zu öffnen. Der Genosse, dem Wang Panzi eine Grimasse geschnitten hat, kommt zu mir herüber und sagt mitfühlend: »Zhao, du siehst nicht gut aus. Geh lieber ins Wohnheim und ruh dich aus. Es gibt ja nicht viel zu tun hier.« Ich drücke ihm dankbar die Hand und verlasse das Büro.

Im Wohnheim schließe ich die Tür hinter mir ab und hole ein Messer. Langsam schlitze ich den Umschlag auf, ziehe den Brief heraus, falte ihn auseinander und lege ihn vor mich hin.

»Papa, ich habe dieses zerrissene Foto immer aufgehoben. Sag, kann man es wieder reparieren?«

Ah, Hanhan! Hast du das deine Mutter auch gefragt? Sicher! Vielleicht bringt der Brief andere Neuigkeiten.

Ich lächle vor mich hin und fühle mich schon ein wenig besser.

»Zhenhuan, mein alter Schulfreund!« – eine vertraute und doch distanzierte Anrede. Was hat das zu bedeuten? Ich lese den Brief hastig durch. Seltsam! Ich verstehe ihn nicht. Es steht gar nichts Besonderes drin, er bestätigt weder meine Hoffnungen noch meine Befürchtungen.

Ich lege mich aufs Bett und versuche, mich zu beruhigen. Erst nach dem zweiten Durchlesen habe ich verstanden, was in diesem Brief steht:

Zhenhuan, mein alter Schulfreund!

Ich hätte Dir schon früher schreiben sollen. Aber wegen all der Verwicklungen um He Jingfus Buch war ich sehr in Sorge und habe es bis heute aufgeschoben. Jingfu hat mich schon gemahnt deswegen.

Als Du nach Shanghai kamst, um Verständnis und Verzeihung zu suchen, habe ich Dich enttäuscht. Ich war zu kleinmütig. In dieser Hinsicht kann ich es weder mit Dir noch mit Jingfu aufnehmen.

Meine Beziehung zu Dir war ein wichtiger Abschnitt in meinem Leben. Ich weiß nicht mehr, wie oft ich mich damit beschäftigt, wie oft ich darüber nachgedacht habe. Aber ich kann nicht mehr darin erkennen als unendliche Traurigkeit und unbeschreibliche Opfer. Deshalb hätte ich nie gedacht, daß ich Dir eines Tages verzeihen könnte, erst recht nicht, daß ich einmal Dich um Verzeihung bitten würde. Ich war vollkommen in meinen Haß versunken und habe mich in der Rolle der Verlassenen und Bedauernswerten gesehen.

Dabei kann man das, was sich zwischen uns abgespielt hat, nicht so einfach erklären, und was bleibt, ist nicht nur Haß.

Ich glaube, daß in erster Linie ich an unserer Tragödie schuld bin, nicht Du. Denn als ich damals unserer Heirat zustimmte, empfand ich für Dich nur Freundschaft und Dankbarkeit, aber keine Liebe. Du hast mich nie so fasziniert und begeistert wie Jingfu. Ich hatte mich an Dich gewöhnt, und Du warst mir vertraut. Ich wußte, daß ich mich nach He Jingfu sehnte und daß es besser gewesen wäre, ihn zu heiraten. Aber ich habe Dich genommen, weil ich mir keine Undankbarkeit und Wankelmütigkeit nachsagen lassen wollte. Und nachdem Jingfu als »Rechter« abgestempelt worden war, wollte ich meinen ohnehin zweifelhaften politischen Ruf nicht noch mehr ruinieren.

Ich kann mich noch gut daran erinnern, daß Du sagtest, es habe in unserem Leben vor und nach der Hochzeit keinen Unterschied gegeben. Ich war in Deinem Herzen immer noch eine Freundin und nicht wirklich eine Ehefrau. Damals habe ich Dir geantwortet, daß unsere räumliche Trennung daran schuld sei. Aber insgeheim habe ich mich gefragt, ob ich wirklich deine Frau werden könnte, wenn wir zusammen wären. Ich war unentschieden. Ich denke, daß ich mich nicht hätte daran gewöhnen können und wahrscheinlich unzufrieden gewesen wäre.

Warum habe ich Dir nie etwas von meiner Unzufriedenheit gesagt? Weil unsere Trennung mir die Gelegenheit gab, mir Illusionen zu machen und damit meine Unzufriedenheit zu kaschieren. Ich habe Dir immer regelmäßig und eifrig geschrieben. Meine Briefe waren voll von Schilderungen meiner leidenschaftlichen und aufrichtigen Gefühle. Du hast oft gesagt, daß Dir diese Briefe wie Literatur vorkämen. Dir begegne darin nicht eine Frau, sondern ein Überwesen. Du hattest recht, Zhenhuan! Ich habe mir bewußt oder unbewußt ein anderes »Du« und eine andere Welt geschaffen, um Trost darin zu finden. Ich war eingesponnen in diese künstliche Welt und kümmerte mich nicht um Deine realen und berechtigten Bedürfnisse. Du hast mich oft gebeten, aus meiner Höhe auf die Erde herabzusteigen, an Deine Seite zu kommen. Aber ich war von meiner Welt völlig gebannt und habe Dich mit Engelszungen beredet abzuwarten, was die Partei für uns arrangieren würde.

In der Praxis bin ich Dir immer eine treue Ehefrau gewesen. Doch im Geiste war ich immer nur mir selbst treu. Schau, eigentlich bin ich es gewesen, die als erste den Keim der Trennung gelegt hat. Wie könnte ich Dich dann dafür verantwortlich machen?

Die Geschichte hat bereits eine Seite umgeblättert. Ich habe oft überlegt, ob man diese Seite wieder zurückschlagen könnte; um Hanhans willen. Aber ich bin immer wieder zum selben Ergebnis gekommen: Das Vergangene ist für immer vorbei. Ganz zu schweigen davon, daß Du noch eine Familie hast, noch ein Kind. Aber selbst wenn Du allein gewesen wärst, wäre ich, fürchte ich, zu keinem anderen Ergebnis gekommen.

Du kannst natürlich sagen, daß es nur wegen He Jingfu so ist. Stimmt! Wenn ich He Jingfu geheiratet hätte, hätten wir uns nicht erst zusammenraufen müssen, wir wären eine Einheit gewesen. Aber bei uns beiden mußte jeder sich dem anderen anpassen und Opfer bringen. Natürlich bedeutet Liebe auch Opfer, aber Opfer sollten nicht unbedingt ihre Grundlage sein. Deshalb kann ich mich zwischen euch beiden immer nur für He Jingfu entscheiden.

Aber Hanhans wegen werde ich meine Liebe begraben. Sie lebt in einem großen inneren Konflikt. Sie liebt He Jingfu heiß und innig, kann aber andererseits den Verlust ihres richtigen Vaters nicht verschmerzen. Ist das nicht verständlich? Ich kann ihr ihren richtigen Vater nicht bieten. Aber ich kann vermeiden, ihre Gefühle durch eine Heirat mit He Jingfu noch mehr zu verletzen. Jingfu denkt wahrscheinlich ähnlich, denn er hat aufgehört, sich um mich zu bemühen . . .

Durch die Schwierigkeiten mit der Publikation seines Buches kommen wir natürlich häufig zusammen. Ich kann ihn nicht allein kämpfen lassen. Der Damm um unser Herz bröckelt langsam ab. Ich schaue oft mit großem Schuldgefühl auf Hanhan und hoffe, daß sie mir verzeihen wird.

Erst gestern hat sie mir einen Fetzen Papier gegeben, auf dem stand: »Mama, ich muß Dir etwas sagen, was ich Dir eigentlich nicht sagen dürfte. Ich will, daß ihr beide, Du und Onkel He, glücklich seid. Du willst doch auch nicht, daß ich Deinetwegen meine Gefühle opfere. Und ich will es umgekehrt auch nicht.«

Ich habe das Papier unter Tränen He Jingfu gezeigt . . .

Jingfu und ich haben großes Mitgefühl mit Dir und bedauern Deine augenblickliche Lage sehr. Ich verstehe, was Du jetzt durchmachst. Aber schon Lenin hat gesagt, daß sich das Leben immer wieder neue Wege sucht. Man muß die Widersprüche erkennen, dann kann man sie lösen. Wir hoffen beide, daß sich Deine Widersprüche bald lösen werden.

Ich habe Hanhan alles über uns erzählt. Sie war sehr traurig und sagte: »Ihr habt die falsche Wahl getroffen. Aber wenn ihr diesen Fehler nicht gemacht hättet, wäre ich jetzt nicht hier. Deshalb darf ich euch nicht tadeln dafür.« Ich antwortete ihr halb im Scherz: »Du mußt unbedingt auf deine Mutter hören. Bevor du nicht dich und das Leben genau kennst, darfst du dich nicht verlieben. Gefühle, die durch Freundschaft und die Anziehungskraft des anderen Geschlechts entstehen, haben etwas mit Liebe zu tun, sind aber keine wahre Liebe. Wahre Liebe ist Vertrautheit der Seele.« Sie nickte nur in scheinbarem Verständnis. Wer kann sagen, was für einen Weg sie einschlagen wird. Aber als Vater und Mutter muß man alles tun, um Kinder anzuleiten und zu beraten; man sollte verhindern, daß sie die gleichen Fehler machen.

Es tut mir sehr leid, daß ich euer Treffen nicht zugelassen habe. Ihr beide habt mir keinen Vorwurf daraus gemacht, aber ich muß es tun. Ich habe Hanhan aufgezogen, aber das war Pflicht, nicht Güte. Und selbst wenn ich es aus Güte getan hätte, dürfte ich keine Opfer als Entschädigung verlangen. Bitte, vergib mir! In den nächsten Winterferien darf Hanhan Dich besuchen. Ganz bestimmt!

Sie denkt viel an Dich. Jingfu und ich reden ihr zu, Dir wieder einmal zu schreiben. Sie sagt, sie wird. Aber dieser Brief dürfe kein gewöhnlicher Brief sein. Er müsse genau durchdacht sein. »Dieser Brief wird ein Meilenstein im Leben von Papa, Mama und mir sein. Er soll das Ende des Alten und den Beginn des Neuen verkünden.« Solche Worte brauchen Dich nicht zu überraschen. Unsere Hanhan ist eine kleine Philosophin geworden, seitdem sie solche Freunde wie He Jingfu und Xi Wang hat. Du wirst sie bald sehen, Deine wundervolle Tochter, Deine kleine Freundin.

Jingfu läßt dich grüßen. Er wird Dir auch bald schreiben. Im Augenblick schlägt er sich noch mit der Publikation seines Buches herum. Es scheint einen Ausweg zu geben. Das übergeordnete Parteikomitee hat jemanden geschickt, der die ganze Sache klären soll. Wir sind ganz optimistisch. Jingfu sagt oft, Verlust und Gewinn läge in der Natur des Lebens. Die Menschen gewinnen gern und verlieren ungern. Aber verlieren ist nicht unbedingt schlecht. Ohne Verlust kein Gewinn! Ich bin da ganz seiner Meinung. Natürlich ist es nicht einfach, nicht stolz auf Gewinne und nicht traurig wegen Verlusten zu sein. Aber wir wollen uns möglichst nicht von solchen Gedanken behindern lassen.

Zhenhuan, unsere ursprüngliche Beziehung ist zu Ende. Von heute an sind wir nur noch alte Kommilitonen und Freunde. Das hätten wir immer bleiben sollen. Wir haben einige Umwege gemacht, aber am Ende haben wir doch uns selbst und den anderen besser verstanden und können auf dieser Basis eine richtige Beziehung aufbauen. Sollte man uns dazu nicht gratulieren?

Du bist jederzeit herzlich bei uns willkommen. Grüße bitte Lanxiang und Huanhuan von mir.

Ich wünsche Dir gutes Gelingen bei Deiner Arbeit und viel Glück für Dich persönlich.

Sun Yue

Eine goldene Haarnadel zeichnet einen Silberfluß, der die Vergangenheit von der Gegenwart trennt und Sun Yue von mir. Eine Schar von Elstern schlägt eine Brücke auf der geschrieben steht: »Freundschaft darf sie überqueren, Liebe nicht.«

Das ist die Botschaft ihres Briefs. Jetzt verstehe ich. Ich weiß nicht, ob ich traurig oder froh sein soll.

Ich betrachte das lang gehegte Foto: Sun Yue und Hanhan sehen mich liebevoll an. Sun Yue sagt freundlich zu mir: »Du hast mich für immer verloren!« Hanhan streckt kokett ihre Arme aus: »Papa, ich gehöre für immer zu dir!«

Ein lang vergangener Traum steigt wieder auf. Ich folge einem Mädchen durch die Wellen. Heute begreife ich, daß dieses Mädchen Hanhan war, nicht Sun Yue. Sun Yue hat nie wirklich zu mir gehört. Ich habe verloren, was ich sowieso nie besessen habe.

Ich möchte heulen, laut heulen. Sich lachend vom Gestern trennen, ist nur auf der Bühne möglich. Ich kann es nur weinend tun.

Weine, Zhao Zhenhuan! Weine um das, was du verloren hast. Weine um das, was du gewonnen hast. Weine laut!

»Zhao! Zhao!«

Das ist Wang Panzi, draußen vor der Tür. Der kann mich aber auch nicht einen Augenblick in Ruhe lassen. Ich will nicht, daß er mich so sieht. Ich wische mein Gesicht ab und räume den Brief und das Foto weg. Vor dem Spiegel ordne ich mein Haar und öffne dann die Tür.

»Haha! Hast dich wohl zurückgezogen und genießt die Ruhe, was!« Wie immer versucht er, sich bei mir einzuhaken und mir auf die Schulter zu klopfen.

Ich reiße mich los und frage ihn, was er will. Augenblicklich setzt er eine geheimnisvolle Miene auf: »Wie steht's denn? Hast wohl eine erfreuliche Nachricht bekommen?«

Ich lache: »Genau! Ich habe verloren, was ich verlieren sollte, und habe gefunden, was ich finden sollte.«

»Was soll denn das bedeuten? Klingt wie eine buddhistische Meditationsweisheit!« Während er spricht, bohren sich seine Augen in mein Gesicht, um herauszufinden, was ich meinen könnte.

»Was ist denn daran so schwer zu verstehen, mein lieber Chef?« sage ich ruhig. »Sag mir endlich, was du willst, sonst kannst du gleich wieder verschwinden!«

»Na, na! So grimmig!« Er kichert immer noch. »Nichts Geschäftliches! Nur eine gerichtliche Vorladung zu eurem Scheidungstermin.« Er übergibt mir das Papier.

»Danke!«

»Du solltest es dir nochmal gründlich überlegen! Muß es

denn wirklich sein, alter Freund? Du mußt an Huanhuan denken!«

Ach wie mitfühlend! Am liebsten würde ich ihm ins Gesicht spucken. Ich öffne die Tür und sage: »Geh, bitte! Ich will an Sun Yue schreiben.«

Er geht sofort, und ich schließe die Tür fest hinter ihm.

Ich muß ihr unbedingt schreiben. Ich will den beiden meine Glückwünsche aussprechen, meine aufrichtigen Glückwünsche.

Und ich muß unbedingt an Hanhan schreiben: »Hanhan, meine über alles geliebte Tochter. Ich habe meine Seele wiedergefunden, in Dir!«

Die Tränen laufen mir übers Gesicht. Aber ich denke nicht daran, sie abzuwischen. Warum auch? Ich habe verloren . . . Das ist doch ein Grund zum Weinen! Das Alte ist zu Ende, das Neue hat begonnen. Auch das ist ein Grund zum Weinen!

Meine Tränen fallen auf das Briefpapier. Und genau auf dieses Papier schreibe ich: »Sun Yue, meine Freundin!«

Anmerkungen

Seite 9 *wie sich ihre kleine Gestalt neben mein Bett kniete:* Zhao Zhenhuan faßt Huanhuans Niederknien als Kotau auf. Kotau darf jedoch nicht vor einer liegenden Person gemacht werden, es sei denn, sie ist verstorben.
Kotau: rituelle Verbeugung vor älteren Personen.
Seelentafel: Holztäfelchen mit dem posthumen Namen eines Verstorbenen; wird in der Seelenhalle aufgehängt.

Seite 16 *Chen Yuli:* »Yu« bedeutet »Jade«.

Seite 17 *Liu Yuxi:* Dichter aus der Tang-Zeit (618–907), der die Volkspoesie nachahmte.

Seite 19 *Hundert-Blumen-Bewegung:* 1956/57 Kampagne für mehr Meinungsfreiheit, um die Partei nichtkommunistischen Intellektuellen attraktiver erscheinen zu lassen.

Seite 21 *Yuan:* chinesische Währung; 1 Yuan = 10 Jiao = 100 Fen; umgangssprachlich: 1 Kuai = 10 Mao = 100 Fen.
Qin: altes chinesisches Saiteninstrument.

Seite 34 *9. Dezember:* Am 9. 12. 1935 fand in Peking eine große Demonstration gegen den japanischen Angriff auf China statt.
Leg deine Peitsche nieder: Einakter mit Gesang und Musik über Flüchtlinge aus der von Japan besetzten Mandschurei.

Seite 39 *Traum der roten Kammer:* bekannter chinesischer Roman aus der Qing-Zeit (1644–1911) von Cao Xueqin (1715?–1764).

Seite 41 *Anti-Rechts-Bewegung:* Säuberungsaktion von 1957 gegen sogenannte Volksfeinde als Reaktion auf die Liberalisierungsphase der »Hundert Blumen«; betroffen waren vor allem Intellektuelle.

Seite 45 *Kritik an Deng:* Kampagne gegen den damaligen stellvertretenden Ministerpräsidenten Deng Xiaoping im Anschluß an die Protestaktionen von 1976 auf dem Tiananmen-Platz, die sog. »Abwehr gegen den Wind von rechts zur Umstoßung gefällter richtiger Urteile«.
Su Qin: hoher Beamter in beratender Funktion beim König von Ost-Zhou während der Zeit der Streitenden Reiche. Wurde als Spion für Zhou im Staat Qi hingerichtet.
Zhuang Zi: chinesischer Philosoph (365–280 v. Chr.), Taoist.

Seite 55 *Rinderhirt und Weberin:* Eine chinesische Sternensage erzählt von dem Liebespaar Rinderhirt und Weberin, die den größten Teil des Jahres durch die Milchstraße getrennt sind.

Seite 60 *Hanhan – Dummerjan:* Wortspiel; das chinesische Zeichen Han des Mädchennamens wird genauso gesprochen wie das Zeichen han = dumm. Das Han-Namenszeichen bedeutet »enttäuscht«.

Seite 66 *Lin Biao:* Verteidigungsminister und designierter Nachfolger Maos. Im September 1971 stürzte sein Flugzeug unter mysteriösen Umständen über der Mongolei ab. 1973 begann eine große Kritikkampagne gegen Lin Biao und Konfuzius.

Seite 67 *Zhang:* »Chef«, »Führer«, »Leiter«, »Direktor«, u. v. a.; diese Bezeichnung steht im Chinesischen hinter dem Namen jeder Person, die eine gehobenere Position innehat.

Seite 74 *lebendiges, stetig fließendes Wasser:* Anspielung auf die eigentliche Bedeutung des Namens You Ruoshui, »fließen wie Wasser«.

Seite 78 *Auf unserem Arbeitsgebiet Fachkenntnisse aneignen:* Mißstand in der Volksrepublik China seit der Kulturrevolution: die alten Kader, vielfach Vorgesetzte in leitender Funktion, haben meist überhaupt keine Kenntnisse auf ihrem Arbeitsgebiet. Das soll geändert werden.

Seite 79 *Partei des Sohnes:* politische Anspielung; so wurde die Gruppe um den designierten Mao-Nachfolger Lin Biao genannt.

Seite 84 *Vier Modernisierungen:* Kurzform für das 1974 vom damaligen Ministerpräsidenten Zhou Enlai verkündete Entwicklungsprogramm bis zum Jahr 2000. Nach 1976 zur Doktrin erhoben. Modernisierung von 1. Industrie, 2. Landwirtschaft, 3. Wissenschaft und Forschung, 4. Landesverteidigung.

Seite 92 *wenn wir nicht einmal in der Lage sind (. . .) Staat und Gesellschaft zu ordnen:* nahezu wörtliches Zitat von Konfuzius (551–479? v. Chr.) über die richtige Staatsführung.

Menzius: chinesischer Philosoph (390–338 v. Chr.), Konfuzianer; Menzius geht im Gegensatz zu Xun Zi davon aus, daß der Mensch zwar von Natur aus schlecht, durch Erziehung aber zu bessern sei.

Seite 98 *Lazi:* Hauptfigur aus einem in der Volksrepublik China populären indischen Film aus den 50er Jahren: Ein Richter verurteilt zu Unrecht einen Räuber; dieser entführt aus Rache die schwangere Frau des Richters und gibt das später geborene Kind, Lazi, als sein eigenes aus. Lazi führt ein Leben als Landstreicher und Dieb, landet zeitweise auch im Gefängnis, bevor es schließlich zum Happy-End kommt.

Seite 99 *Lida:* Lazis Geliebte.

Seite 117 *Das Mädchen mit dem weißen Haar:* moderne, revolutionäre Oper.

Seite 122 *Brüder und Schwestern kultivieren das Brachland:* neben dem »Mädchen mit dem weißen Haar« eine der ersten modernen, revolutionären Opern, in denen die Helden der Gegenwart verehrt werden.

Seite 123 *18. September:* Am 18. 9. 1931 nutzten die Japaner einen Sabotageakt an der südmandschurischen Eisenbahn, um Mukden und in der Folge den Nordosten Chinas (Liaoning, Kirin, Heilungkiang) zu besetzen. Es entstand der japanische Satellitenstaat Manchukuo.

Januarsturm: Im Laufe des Januars 1967 wurden die Anhänger Liu Shaoqis von den Roten Garden in Shanghai, Peking und anderen Landesteilen ihrer Ämter und Funktionen enthoben. Liu Shaoqi (1898–1969) war von 1959 bis 1967 Staatspräsident. Als Gegenspieler Maos wurde er zu Beginn der Kulturrevolution abgesetzt und ins Gefängnis geworfen. Er starb an den Folgen von Mißhandlungen.

Seite 153 *4.-Mai-Bewegung:* Äußerer Anlaß war eine Demonstration am 4. Mai 1919, mit der Studenten gegen die Versailler Friedensbedingungen protestierten. Die Proteste waren aus einer neuen Kulturbewegung erwachsen, die die Abschaffung alter konfuzianischer Werte und eine der Umgangssprache Rechnung tragende Sprach- und Schriftreform forderte.

Seite 154 *Petöfi-Klub:* Sándor Petöfi (1823–1849), ungarischer Lyriker und geistiger Führer der revolutionären 1840er Jahre; Petöfi schrieb eine neuartige, volksnahe und realistische Lyrik.

Seite 155 *Xunzi:* chinesischer Philosoph (ca. 298–238 v. Chr.).

Seite 156 *Bing Xin:* chinesische Dichterin (*1900).

Seite 160 *Tai-qi-quan:* frühere chinesische Kampfart, sogenanntes Schattenboxen.

Seite 195 *Holzfische:* Holzfische werden in buddhistischen Tempeln als Schlaginstrumente benutzt.

Seite 198 *Gongfu-Roman:* klassischer chinesischer Heldenroman.

Seite 218 *Jiang Qing:* (*1904) dritte Ehefrau Maos; wurde 1976 als Kopf der Viererbande verhaftet und zu einer langjährigen Gefängnisstrafe verurteilt.

Seite 219 *Familie:* Roman von Ba Jin (*1904), neben Lu Xun einer der bedeutendsten modernen Dichter Chinas.

Seite 226 *wenn ich den zerbrochenen Spiegel wieder ganz machen könnte:* Einen zerbrochenen Spiegel reparieren heißt, eine zerbrochene Ehe kitten.

Seite 277 *Die Drei Roten Banner:* industrielle und landwirtschaftliche Produktion; Generallinie des sozialistischen Aufbaus; Einführung der Volkskommunen (1958).
Der große Sprung nach vorn: politisch-ökonomische Bewegung der Jahre 1958–60. Eine »sprunghafte« Industrialisierung sollte China innerhalb kurzer Zeit in den Kommunismus befördern. Ein Teil dieser Politik war die Einrichtung der ›Volkskommunen‹ auf dem Land. Die Bewegung endete mit einem ökonomischen Desaster.
ein Mu Land: entspricht 1,15 Hektar.

Seite 295 *Yenan zu Xian machen:* Yenan war die Hochburg der Revolution, Xian die alte Kaiserstadt.

Seite 302 *Oblomow:* Roman von Iwan Gontscharow (1812–1891). Oblomow stellt die Figur eines gebildeten russischen Adligen dar, der sich vollkommener Passivität hingibt.

Seite 305 *1942 zur Zeit der Rektifizierung von Yenan:* erste großangelegte Säuberungskampagne Maos gegen »rechte« und »trotzkistische« Elemente.
Pan Gu: Held des chinesischen Welterschaffungsmythos.

Seite 334 *Gao und Rao:* Gao Gang und Rao Shushi, 1954 als Rechtsabweichler angeklagt, sollen versucht haben, im Nordosten Chinas ein »unabhängiges Königreich« zu errichten.
Gevatterin Liu: Figur aus dem »Traum der roten Kammer«; vgl. auch Anmerkung zu S. 39.

Seite 347 *Sogar ihre Namen zeigen diese Verbindung:* Das »Liu« in Xi Liu bedeutet »fließen«, das »You« in You Ruoshui bedeutet »schwimmen«.

Nachwort

»Alle mußten nun ihre Seele bloßlegen, ihre Hände ins Sonnenlicht halten und offenbaren, ob die Flecken daran Blut- oder Erdspuren waren.«

Bis heute läßt sich in der Volksrepublik China der Hauptgruppe der »linksgeschädigten« Schriftsteller, d. h. der »Rechtsabweichler« und der Autoren der »skeptischen Generation«, nur eine sehr kleine Zahl von Schriftstellern gegenüberstellen, deren Aufstieg eng mit der linksextremen Politik verbunden war. Eklatantestes Beispiel bleibt wohl Dai Houying, die im Shanghaier Schriftstellerverband während der Kulturrevolution von Amts wegen ältere Schriftsteller und Intellektuelle malträtierte, um dann ein gutes Jahrzehnt später reuevoll mit ihren Romanen *Die große Mauer* und *Der Tod des Dichters* für mehr »Humanismus« in den zwischenmenschlichen Beziehungen einzutreten. Es sind Konfessionen der Verwirrung und der »Negation früherer Negationen«, das belegt das (ganz auf den chinesischen Leser zugeschnittene und daher in der vorliegenden Ausgabe nicht enthaltene) Nachwort der Autorin zur *Großen Mauer*, aus dem der Titelsatz von den bloßgelegten Seelen und befleckten Händen im Sonnenlicht stammt. Cause célèbre einer Opportunistin oder leidvoller Wandel einer Autorin, die wie keine andere bisher das psychologische Klima unter den linken Usurpatoren der Macht und in der Shanghaier Literaturszene während der Kulturrevolution beschrieben hat?

Dai Houying – hohe, kluge Stirn, schnelle, eindringliche Augen – strahlt Elastizität und fast jugendliche Spannkraft aus. Sie gehört zum puritanischen Typ des vorrangig politisch denkenden Intellektuellen, den die Massenkampagnen und besonders die Kulturrevolution geformt haben. Im Gespräch wirkt sie diplomatisch kühl, immer in Versuchung, sich deklamierend, gleichsam in permanenter Rechtfertigung an ein imaginäres Publikum zu wenden.

Dai kann auf die Bilderbuchkarriere einer radikalen Maoistin und Propagandistin zurückblicken. Sie wurde im März 1938 im Kreis Yingshang der Provinz Anhui geboren und war in ihrer Familie die erste und einzige, die es zu Schulabschluß und sogar Universitätsdiplom brachte. Als sie aus dem Hörsaal heraus den »bürgerlichen Humanismus« ihrer Lehrer und der Intellektuellen überhaupt attackierte und sich auch noch als glänzende Rednerin und Agitatorin in dieser Sache hervortat, war ihr Weg vorgezeichnet. Noch vor dem offiziellen Abschluß des Studiums an der Chinesisch-Abteilung der Ostchinesischen Pädagogischen Hochschule in Shanghai wurde ihr im März 1960 vorfristig das Abschlußzeugnis zuerkannt: sie wurde gefördert von den Shanghaier Radikalen, die später die Kulturrevolution so maßgeblich geprägt haben. Als sogenannte »neugewachsene Kraft im Felde der Literaturtheorie« holte man sie an eine beigeordnete Forschungsstelle des Shanghaier Schriftstellerverbandes, wo sie sich mit literaturpropagandistischen Pamphleten profilierte. Während der Kulturrevolution in Shanghai mitverantwortlich für die Verfolgung vieler Literaten, hat sie deren Haß so gründlich auf sich gezogen, daß ihre beiden ersten Romane vor der Drucklegung mit allen Mitteln in Shanghai blockiert wurden und schließlich nur fernab in der Provinz Fukien und in Kanton erscheinen konnten. Als sie auf der vom Kulturminister Wang Meng initiierten internationalen Konferenz über chinesische Gegenwartsliteratur Anfang November 1986 ihren dritten Roman überreichte, verwickelte sie einen hohen Funktionär des Schriftstellerverbandes in ein Streitgespräch – aus Unmut über die nach wie vor geübte Zurückhaltung des Verbandes ihr gegenüber und die Weigerung, sie an der Konferenz teilnehmen zu lassen. Denn auch 1985/86 noch war Dai Houying nach chinesischen Begriffen nur »Amateurschriftstellerin«, ohne den von der Standesorganisation verliehenen Status der »Berufsschriftstellerin« mit allen seinen Annehmlichkeiten.

Dai begann erst 1978 zu schreiben und unterrichtete an einem Kolleg der Fudan-Universität in Shanghai Literaturtheorie. 1979 wurde *Der Tod des Dichters* fertig, 1980 *Die große Mauer*. *Der Tod des Dichters* ist eine selbstreinigende Konfession und ein autobiographisches Dokument über die Beziehung einer jungen Radikalen der Kulturrevolution zu einem verfolgten Literaten der älteren Generation, geschrieben aus der reuevollen Perspektive der ehemaligen Linken. Verarbeitet ist Dais Verhältnis zu dem 16 Jahre älteren Parteidichter Wen Jie (1923–1971), der sich unter dem politischen Druck dieser Verbindung wegen schließlich das Leben nahm. Auch die *Die große Mauer* ist ein Bekenntnis: ein Zeugnis über die Jahre der Kulturrevolution und gleichzeitig eine Abrechnung mit sich selbst. An einer Universität wird das Schicksal einer Gruppe Intellektueller (ihrer Generation) nachgezeichnet – und dies so erfolgreich, daß von dem Roman in der Volksrepublik bereits weit über 200 000 Exemplare verkauft waren, bevor er zeitweilig verboten wurde.

In der »Kampagne gegen geistige Verschmutzung« (d. h. gegen zunehmende West-Einflüsse) 1983/84 wurde die ehemalige Radikale Dai ironischerweise mit ihrem Bestseller *Die große Mauer* Hauptziel der Angriffe. In der Kampagne beabsichtigten konservative Literaturpolitiker den Liberalisierungstendenzen der chinesischen Öffnungspolitik und dem »laxen ›bürgerlichen‹ Humanismus« deutlichere Grenzen zu setzen, die nach mehr Unabhängigkeit strebenden Intellektuellen wieder auf den Parteigehorsam zu verpflichten und generell einen einheitlicheren Einsatz der Schriftsteller in politische Propagandafunktionen durchzusetzen. Dai wurde mit ihrem Appell für »Humanismus« und mit ihren formalen Experimenten, die sie in den Augen der Kritiker als Anhängerin des »Modernismus« entlarvten, so sehr zum Mittelpunkt der Auseinandersetzung, daß sie nur durch Selbstmorddrohung den Angriffen ein Ende machen konnte. Die Kampagne verstärkte natürlich die Wirkung des Romans, der nun, nach dem Verbot in der Volksrepublik, als Hongkong-Raubdruck auch internationale Verbreitung unter der chinesischen Intelligenz im Ausland fand. Übersetzungen im Westen waren die Folge.

Eine Rohfassung der vorliegenden Übersetzung hat Monika Bessert – sichtlich beeindruckt von der Grundaussage Dai Houyings – bereits 1984/85 in Angriff genommen. Daraufhin konnte ich das Buch über den ›Förderkreis Deutsch-Chinesischer Literaturdialog‹ dem Verlag vorstellen, der bereit war, nach Zhang Jies Roman *Schwere Flügel* einen weiteren Schritt auf dem Wege der Einführung chinesischer Gegenwartsliteratur zu tun. Monika Bessert und Renate Stephan-Bahle, die sich umfassend in die moderne chinesische Literatursprache eingearbeitet haben, gebührt für ihre Leistung ebenso Anerkennung wie Susanne Ettl für die sorgfältige sinologische Durchsicht und die Endredaktion des Textes.

Helmut Martin Köln, im November 1986

Inhalt

Zhang Jie
Schwere Flügel

Roman
Aus dem Chinesischen
von Michael Kahn-Ackermann
1985, 340 Seiten, Leinen

»Das ist ein neuer, bekenntnishaft direkter, sich nicht hinter formelharten Parteiweisheiten verschanzender Ton in der jüngeren chinesischen Literatur – und er prägt, für mich auf fast sensationelle Weise, Duktus und Sprache des ganzen, 1982 in China veröffentlichten Romans, der auf den westlichen Leser unmittelbar wirkt und flüssig zu lesen ist. (...) Es ist ein Wurf, gekonnt und warmherzig geschrieben; kein aufgeklärtes, in jedem Satz abgeschottetes Kunstwerk. Wer es liest, wird nach der Lektüre mehr wissen und einige gefühlsgeladene Stunden erlebt haben.«

Frankfurter Rundschau

»Zhang Jies Roman ist raffiniert gebaut. Was zu Beginn als Panorama zahlreicher, nur lose verbundener Schicksale erscheint, enthüllt sich bald als intrigenreiche Geschichte vom Machtkampf im Milieu rund um das Ministerium für Schwerindustrie. (...) Ein brisantes Buch also, das auch den konfuzianisch geprägten Sittenkodex anklagt, der einen erbarmungslosen Zwang zu prüder Gefühlskontrolle auferlegt.« *Frankfurter Allgemeine Zeitung*

»Skurille Gestalten gibt es, nebenbei gesagt, genug in diesem Roman – auch hier eine Erinnerung an Dostojewski.«

Nürnberger Zeitung

Pu Yi

Ich war Kaiser von China

Vom Himmelssohn zum Neuen Menschen
Die Autobiographie des
letzten chinesischen Kaisers
(1906–1967)
Herausgegeben und aus dem Chinesischen übersetzt
von Richard Schirach und Mulan Lehner
488 Seiten mit 59 Abbildungen, Leinen

Das Leben Pu Yis, des letzten Kaisers von China, ist eine der unglaublichsten und aufregendsten Geschichten unseres Jahrhunderts. Im Dezember 1908 setzte man den Zweieinhalbjährigen als Kaiser auf den Drachenthron. Am 12. Februar 1912 – er hatte gerade seinen sechsten Geburtstag gefeiert – wird mit der Gründung der Republik auch seine Abdankung ausgerufen. Im Juli 1917 wird Pu Yi noch einmal für einige Tage zum Kaiser proklamiert, bevor er endgültig abdanken muß. Als die Japaner die Mandschurei erobern, ernennen sie Pu Yi zunächst zum Präsidenten und 1934 zum Kaiser des Satellitenstaates Mandschuko. 1945 wird er von den Sowjets gefangen genommen und 1950 als Kriegsverbrecher an die Volksrepublik China ausgeliefert.

Pu Yi sitzt neun Jahre lang im Gefängnis zum Zwecke der ›Umerziehung‹, bevor Mao Zedong ihn begnadigt. Er lebt zunächst als Gärtner, später als Literatur- und Geschichtsforscher in Peking und schreibt an seiner Autobiographie. 1967 stirbt er als loyaler Bürger der Volksrepublik China.

Die Lebensgeschichte des letzten chinesischen Kaisers, der nie regiert hat, läßt uns den ungeheuren Wandel vom kaiserlichen China zur Volksrepublik aus der Perspektive eines unmittelbar und existenziell Betroffenen miterleben. Sie ist nicht nur ein spannendes Abenteuerbuch und ein einzigartiges, historisches Dokument, sondern auch eine Parabel über den Gebrauch der Macht.

Carl Hanser Verlag

Akzente
Zeitschrift für Literatur

32. Jahrgang, Heft 2/April 1985
Schwarze Augen suchen nach dem Licht
Chinesische Schriftsteller der 80er Jahre

Aus dem Inhalt:

Carl Hanser Verlag